ROBINSON
SUISSE

PARIS
.... ÉDITEUR

PARIS. IMPRIMÉ PAR BÉTHUNE ET PLON.

LE
ROBINSON
SUISSE

TRADUIT DE L'ALLEMAND DE WYSS

PAR Mme ÉLISE VOIART

PRÉCÉDÉ D'UNE INTRODUCTION DE M. CHARLES NODIER

Orné de 200 vignettes

D'APRÈS LES DESSINS DE M. CH. LEMERCIER.

PARIS,
LAVIGNE, LIBRAIRE-ÉDITEUR,
RUE DU PAON SAINT-ANDRÉ, 1.

1841.

INTRODUCTION.

—◦❋◦—

Daniel de Foë eut un jour une grande pensée Il lui vint l'idée de mettre un homme aux prises avec tout ce qu'il y a de plus redoutable pour l'homme : la nécessité, le péril, et surtout la solitude. Il voulut que cet homme n'eût, dans son état désespérant de misère et d'abandon, que deux auxiliaires : le courage moral qui ne se rebute de rien, et cette providence proverbiale des malheureux, qui aide toujours ceux qui s'aident. Il montra ce que peuvent l'instinct naturel de la conservation, la patience d'un caractère énergique et résolu, la résignation enfin, qui est la patience élevée au rang des vertus chrétiennes. Le *Robinson* anglais est un type inimitable de l'homme *seul*, et on conçoit très-bien qu'il ait frappé d'admiration l'imagination morose et mélancolique de Rousseau. Ce type est d'ailleurs parfaitement religieux, parfaitement moral, parfaitement social ; et ce dernier genre de mérite est aussi précieux qu'extraordinaire dans un personnage que l'infortune réduit à l'isolement le plus absolu. Des trois grands devoirs de la créature intelligente, envers Dieu, envers elle-même, envers les créatures qui lui ressemblent, *Robinson* accomplit les deux premiers avec une ferveur exemplaire et touchante ; il est tourmenté du besoin de remplir l'autre, et il le remplit aussi vite qu'il le peut, car il ne lui manquait qu'un prochain à aimer. Mais, quand arrive cette péripétie, l'intérêt dramatique de la fable est déjà fini. *Robinson* a des champs, des plantations, des maisons, un royaume. Les nouveau-venus seront ses ouvriers, ses domestiques, ses tenanciers, ses sujets. Les besoins les plus intimes du cœur ont été mis en oubli dans cette composition ; vous n'y entendrez nulle part, ni la voix consolante des femmes, ni les bégaiements délicieux des petits enfants ; vous n'y aimez rien, pas même Robinson ; la sympathie qui vous entraîne vers lui dans tout le cours de sa lutte héroïque avec la destinée n'est pas le résultat d'un sentiment affectueux ; c'est tout simplement le retour involontaire de votre pensée sur vous-même ; c'est cet instinct universel, ou d'égoïsme, ou de pitié, qui vous associe par l'imagination à des malheurs que vous auriez pu subir. Et voulez-vous savoir jusqu'à quel point Robinson vous a réellement intéressé, abstraction faite de la position désolante où il est placé par le romancier ? Demandez-vous ce que devint Robinson quand il eut quitté son île, ou convenez avec franchise que vous ne vous souciez guère de vous en informer. C'est que dans l'ouvrage de Daniel de Foë, il y a une situation saisissante, une action pleine d'inquiétudes et de terreurs qui tient constamment la curiosité en haleine, une morale douce et pure qui fortifie l'âme, et c'est beaucoup sans doute, mais ce n'est pas assez ! Il y manque de tendres soucis, des sollicitudes mutuelles, des alarmes, des joies qui se partagent ; il y manque un père, une épouse, une famille.

Le *Robinson* de Daniel de Foë est un chef-d'œuvre, mais c'est un chef-d'œuvre froid qui laisse le cœur froid, parce que l'unité solitaire de l'intérêt repose sur un fait d'exception ; parce que l'infortune de *Robinson* étonne et tourmente plus qu'elle ne touche ; parce que cet homme, avec son courage qui impose et son intelligence qui rassure, n'est, en dernière analyse, qu'une individualité singulière et frappante, prise à part de tous les liens, de toutes les obligations, de toutes les affections de la vie commune. *Robinson* est admirable dans sa résolution, dans son activité, dans son industrie, et il faut bien qu'on l'admire; mais un roman du genre admiratif ne sera jamais le livre du cœur. Nous sommes organisés pour autre chose que pour défendre notre existence matérielle contre des dangers qui ne menacent que nous. Notre instinct moral le plus précieux, celui qui révèle à l'homme toute sa destination, le porte à chercher l'homme, à aimer l'homme, à le protéger, à le défendre, à le servir. Il y a dans notre sein une voix intime et profonde qui crie avec le vieillard de Térence :

Homo sum ; humani nihil à me alienum puto.

Tout ceci n'a pas pour objet, et Dieu me garde d'y penser, d'élever une objection malveillante contre la juste renommée de l'auteur du *Robinson* anglais. Il ne s'agit que d'un inconvénient inévitable de son sujet, d'un vice qui était inhérent à la forme de son ouvrage, et que le rôle épisodique de Vendredi, d'ailleurs si ingénieux et si touchant, ne pouvait pas complètement racheter.

M. Wyss n'a pas voulu s'arroger le mérite de l'invention; il l'a acceptée, il l'a subie, il ne s'est donné que pour l'imitateur et le copiste d'un grand modèle; mais imiter comme M. Wyss, c'est mieux qu'inventer; c'est appliquer une invention reçue au plus important de tous les objets d'utilité possible; c'est prêter une âme à l'ébauche de l'artiste; c'est faire marcher la statue de Pygmalion. Le *Robinson* anglais restera un beau et bon livre, mais le *Robinson Suisse* mérite peut-être la première place parmi tous les ouvrages d'imagination destinés à l'enseignement des enfants et à celui des hommes. Ne cherchez ni dans les romans, ni dans les écrits les plus spéciaux eux-mêmes qu'ait inspiré une douce philanthropie éclairée par la science, un code d'éducation physique, intellectuelle, morale, à préférer à celui-ci. Je voudrais qu'il pût se trouver, mais vous ne le trouveriez pas. Ces bonnes fortunes du cœur et du génie auxquelles la munificence de M. de Monthyon a réservé un riche prix annuel, ne sont pas tout-à-fait si communes qu'il paraît l'avoir pensé; il s'en présente au plus trois ou quatre par siècle, et toutes ne sont pas de même valeur. Le *Spectacle de la Nature*, de Pluche; le *Comte de Valmont*, de l'abbé Gérard; l'*Ami de la Jeunesse*, de Filassier; le *Magasin des Enfants*, de madame Leprince de Beaumont; quelques autres encore, et bien peu — *Apparent rari nantes!* — composeraient cette bibliothèque d'élite qui s'augmente trop lentement. En attendant qu'il en arrive, si j'avais l'honneur d'exercer quelque influence sur les délibérations de l'Académie française, je l'engagerais à donner le prix tous les ans au *Robinson Suisse* de M. Wyss, et à faire distribuer gratuitement cet ouvrage dans les écoles. Je conviens que cette disposition ne serait peut-être pas fort conforme au texte rigoureux du testament, mais je suis convaincu qu'elle remplirait exactement les intentions du donataire.

Le *Robinson Suisse* de M. Wyss, c'est *Robinson* en famille. A la place de ce marin téméraire et obstiné qui se débat contre la mort dans une fatigante agonie, c'est un père, c'est une mère, ce sont de charmants enfants, divers d'âge, de caractère et d'esprit, qui vont fixer votre intérêt; et ne vous imaginez pas que l'intérêt se soit réduit en se divisant. Il se multiplie au contraire par toutes les sympathies que cette famille inspire. La combinaison du nouvel auteur a changé toute l'économie de sa fable; elle vous a transporté du dernier séjour d'un aventurier au berceau de la société humaine. Elle va vous faire voir comment se forment les peuples éclairés par la sagesse de Dieu, et secourus par les miracles de sa providence. L'île de *Robinson* s'élargira sous vos yeux; vous pourrez y étudier jusqu'aux progrès d'une civilisation rapide qui embrasse toutes les périodes de l'histoire du monde.

Le *Robinson Suisse* est un de ces hommes qui ont beaucoup appris dans l'unique et louable dessein de savoir, et que la nécessité, cette régente impérieuse des esprits, force tout-à-coup à transformer leurs théories en pratique. Il a sur l'homme naturel et inculte l'avantage de l'instruction; il connaît les choses, comme Adam, par leurs noms et par leurs propriétés, avantage merveilleux que notre espèce devait à sa propre nature, qu'elle a perdu dans sa déchéance, et qu'elle ne ressaisit lentement qu'en recueillant une à une toutes les découvertes et toutes les notions des générations passées; mais ce précieux travail, d'une intelligence élevée, il l'avait fait. Tout ce qu'on peut savoir, il le sait; tout ce que la création a de mystères pénétrables et utiles, elle le lui révèle; et comme cette science qui vient de Dieu s'est élaborée dans un esprit judicieux et soumis, elle a contribué à le confirmer dans sa foi. C'est cet homme qui a une femme et des enfants à abriter, à nourrir, à vêtir, à loger, à meubler d'une manière conforme à leurs habitudes, avec les simples ressources du désert; c'est cet homme qui y parvient à force de rudes travaux, d'infatigables efforts et de confiance dans la bonté sans bornes du Maître de toutes choses. Son histoire contient donc toute l'histoire de l'homme et de la société elle-même, l'espace renfermé dans un lieu étroit, le temps dans une courte succession d'années, l'œuvre si longue et si patiente de l'humanité dans l'économie intérieure d'un petit ménage. C'est le sommaire le plus attachant, le plus agréable à lire, d'une *Ency-clopédie* conçue par de véritables sages, et appropriée à nos véritables besoins.

Il suffit d'y réfléchir un moment pour concevoir que le plan de M. Wyss embrasse un cours d'éducation tout entier, et qu'il conduit l'auteur à travers une seule génération, aux limites raisonnables du *progrès*, en prenant ce dernier mot dans sa juste valeur, c'est-à-dire sans égard aux prétentions extravagantes de ces sophistes impies qui construisent toujours Babel. Le *Robinson Suisse* demande à la nature tous les secours qu'elle peut offrir à l'homme, et la nature ne lui en refuse aucun, car toute la création est faite pour l'homme. Rien ne manque à la patience laborieuse, rien ne manque à l'industrie inventive que les choses dont la nécessité ne s'est pas fait sentir encore, et peut-on dire qu'une chose manque lorsqu'elle n'est pas nécessaire? L'île du *Robinson Suisse* est, à la vérité, très-favorisée dans ses productions, mais c'est à défaut de recherches, et, si l'on peut s'exprimer ainsi, à défaut de besoins, que nous ne trouvons pas les mêmes ressources partout où nous portons nos pas et nos regards. Quel citadin n'a foulé dédaigneusement l'ortie et la fougère, les plantes les plus méprisées, sans se douter qu'il y avait là un aliment agréable et salubre, un tissu qui ne le cède pas à celui du chanvre, un papier bien préférable à celui que nous tirons maintenant du coton, un pain savoureux, un cristal brillant et limpide? Nous sommes bien insouciants et bien ingrats! Le *Robinson Suisse* met à profit tous ces bienfaits de Dieu pour en rapporter la gloire à Dieu; il étudie, il apprend avec ses élèves, et c'est la bonne manière d'enseigner; chaque découverte amène un essai, chaque essai engendre un art ou un métier; toutes les journées portent leurs fruits; toutes les découvertes, tous les succès se récapitulent en actions de grâces pour le Créateur. Comme cette vie est animée de bonnes études, de travaux utiles et fortifiants, de pieuses élévations vers le Seigneur, de douces et tendres émulations à qui contribuera le mieux au bien-être de tous! Qu'on me fasse voir quelque part un système d'instruction primaire qui vaille celui-là, et mes éloges lui sont assurés d'avance, vînt-il de Locke, de Rousseau, des philosophes et de l'Université.

Il me reste peu de choses à dire, car je n'ai pas le droit de louer l'excellente traduction de madame Voiart, dont la réputation était faite quand l'éditeur l'a adoptée. Il ne m'est guère plus permis d'insister sur le mérite d'exécution matérielle de cet admirable livre. Comme l'histoire naturelle y occupe une grande place, il avait plus de droits qu'aucun autre à s'enrichir de ces illustrations dont le luxe typographique a introduit la mode. Elles y étaient, pour ainsi dire, indispensables, et les naturalistes conviennent, comme les amateurs des arts, qu'elles ne laissent rien à désirer. Quant à mon enthousiasme pour l'ouvrage de Wyss, qu'il fallait peut-être justifier par des développements plus étendus, c'est un soin dont je peux me dispenser, maintenant que le livre est ouvert.

Le lecteur jugera.

CH. NODIER,
De l'Académie française

PRÉAMBULE.

— ❦ —

Une famille suisse que des espérances de fortune appelaient en Amérique s'était embarquée au Hâvre sur un bâtiment marchand destiné à transporter des colons dans le Nouveau-Monde. Un parent éloigné de M. Starck, c'est le nom du chef de cette famille, venait d'y mourir, en léguant toutes ses propriétés à son cousin, à condition que celui-ci viendrait s'y établir avec tous ses enfants. Six personnes, le père, la mère, et quatre garçons d'âges et de caractères différents, composaient cette famille. L'aîné, qu'on appelait Frédéric, avait quinze ans; c'était un grand et beau garçon plein de force et d'agilité, tête vive, bon cœur, plus habile dans les exercices du corps que dans ceux de l'esprit; il n'était point dépourvu d'intelligence, mais il en avait moins que son frère Ernest. Celui-ci, âgé de treize ans, était d'un caractère lent et même un peu paresseux; mais, naturellement attentif, observateur et réfléchi, Ernest cherchait sans cesse à s'instruire. Il avait surtout un grand goût pour l'histoire naturelle, et il possédait déjà une quantité de connaissances, fruits de ses expériences et de ses observations. Le troisième garçon, dont le nom était Rudly, diminutif de celui de Rodolphe, avait douze ans. C'était un franc étourdi, bavard, un peu présomptueux, hardi et entreprenant, mais au demeurant un excellent enfant, et rachetant par les qualités de son cœur la légèreté de son esprit. Enfin, le plus jeune de tous, que sa mère et ses frères appelaient volontiers *le petit Fritz*, n'était encore qu'un petit garçon de huit ans, bien gai, bien doux, et dont l'enfance un peu maladive avait retardé l'instruction. Il ne savait rien encore, mais, comme il était attentif et docile, il ne devait pas tarder à acquérir l'instruction en rapport avec son âge et ses facultés.

M. Starck était un homme dans la force de l'âge, chrétien sincère, dévoué à ses devoirs de père et de citoyen. L'excellente éducation qu'il avait reçue, jointe à beaucoup de lectures, l'avait mis en état d'élever lui-même ses enfants, et de leur faire contracter de bonne heure ces habitudes d'ordre et de travail auxquelles il avait dû lui-même le bien-être dont il avait joui jusqu'alors. Il voulait que la pratique accompagnât la théorie, et surtout que ses fils apprissent, autant que possible, à se suffire à eux-mêmes en une foule de choses pour lesquelles souvent la plupart des enfants réclament l'aide ou les soins d'un domestique. Tout jeunes ses enfants savaient manier assez adroitement la scie et le marteau, et il ne se posait pas une planche ou un clou dans la maison que ce ne fût de la main plus ou moins habile des petits garçons. De plus, élevés à la campagne, ces enfants, presque tous d'une constitution robuste, étaient accoutumés à supporter, sans danger pour leur santé, le froid, le chaud, la pluie et toutes les intempéries des saisons. Habitués à visiter les étables et les écuries de la ferme de leur père, ils n'avaient peur ni des bœufs ni des chevaux, ni d'aucune autre espèce d'animaux domestiques. Dans l'occasion, ils auraient même su les traire et les conduire. Le père, en dressant ainsi ses fils au travail et à la fatigue, n'avait eu en vue que de fortifier leur tempérament, de les aguerrir contre mille petites craintes puériles dont les enfants sont souvent saisis à l'aspect des animaux, mais surtout de leur donner cette expérience pratique des choses de la vie que l'étude des livres ne donne point, et qui, en apprenant aux enfants à tirer d'eux-mêmes leurs propres ressources, en fait par la suite des hommes utiles aux autres et pleins d'une véritable indépendance pour eux-mêmes. Il ne savait pas, ce bon père, qu'en agissant ainsi il préparait à ses fils les moyens non-seulement de se tirer des plus terribles dangers, mais encore d'assurer leur sort et celui de toute la famille. La digne épouse de M. Starck, qu'il appelait souvent *ma bonne Élisabeth*, était le véritable type de la mère de famille. Uniquement occupée des soins de sa maison, elle la régissait avec douceur et gaîté. L'amour qu'elle portait à ses enfants était aussi éclairé que tendre; le sentiment religieux dont son âme était pénétrée la pré-servait de toute faiblesse pour leurs petits défauts, et il était rare que ses douces remontrances demeurassent sans effet sur des enfants qui lui portaient autant de respect que d'attachement.

Appelé, comme nous l'avons dit, à recueillir un riche héritage dans le Nouveau-Monde, M. Starck, dans l'espoir d'assurer à sa famille un avenir plus avantageux, n'hésita point à quitter sa patrie et à s'embarquer avec tous les siens pour Phila-delphie. Le commencement du voyage fut des plus heureux. Suivant sa coutume, le père ne manqua pas de profiter des nouvelles circonstances où il se trouvait pour ajouter aux connaissances pratiques de ses enfants. L'ordre et l'admirable arrange-ment qui règnent sur un bâtiment, le travail intelligent et régulier de l'équipage, l'examen de la boussole, la puissance de la barre du gouvernail, tous ces grands effets de l'art nautique où les puissances du calcul et de l'équilibre exécutent tant de merveilles, tout fut, pendant cette traversée, une source journalière et intarissable d'étonnement et d'instruction pour les fils de M. Starck. Ils apprenaient des mate-lots à faire et défaire ces nœuds marins si simples et si indissolubles; ils s'exerçaient à rouler des câbles, à faire mouvoir le cabestan, et quand le charpentier avait quelques réparations à faire, il était toujours assisté par nos petits garçons : Frédéric tournait avec ardeur l'énorme tarière, Rudly enfonçait les chevilles de bois à grands coups de maillet, et si Ernest ne paraissait pas prendre une part aussi active que les autres au travail, il n'en était pas moins occupé à faire une foule d'observations curieuses ou utiles sur la manière dont l'ouvrier s'y prenait, soit pour retourner presque seul d'énormes pièces de bois, soit pour les dresser à l'aide du levier ; enfin, rien n'échap-pait à l'enfant, qui enrichissait ainsi son esprit et sa mémoire d'une foule de notions qui devaient bientôt lui devenir nécessaires.

On était déjà parvenu au 40e degré de latitude, et tout faisait espérer qu'avant dix jours la navigation aurait son terme, quand tout-à-coup les vents, jusqu'alors favo-rables, changèrent et soufflèrent avec une telle violence que, malgré toute l'habileté de l'équipage, le bâtiment fut jeté hors de sa route et poussé dans des mers incon-nues ; une tempête effroyable éclata, et durant dix jours et dix nuits sa fureur ne fit que s'accroître : dans ces terribles circonstances, M. Starck et son fils aîné, le seul qui pût prendre une part active au travail de la pompe, firent preuve du plus grand dévoûment. Mais enfin, vaincus par la fatigue, ils vinrent se jeter sur un matelas dans la chambre de poupe, où la mère, entourée de ses plus jeunes enfants, était en prière et recommandait à Dieu tous les objets de sa tendresse. Pendant qu'ils pre-naient ainsi un peu de repos, un grand bruit se fit entendre sur le pont...

Mais nous laisserons M. Starck lui-même continuer la relation de cet événement, ainsi que celle de tout ce qui le suivit. Puisse cette narration offrir une lecture agréable à nos jeunes lecteurs, et leur démontrer cette importante vérité que, quelle que soit la grandeur des infortunes auxquelles Dieu nous soumet quelquefois, la Providence n'abandonne jamais les hommes qui ne s'abandonnent point eux-mêmes!

LE TRADUCTEUR.

SOMMAIRE DU CHAPITRE I.

Le naufrage. — Tentatives de salut. — L'arrivée à terre. — Voyage de découverte. — Retour. — Attaque nocturne. — Voyage au bâtiment submergé. — Le troupeau à la nage.

epuis six effroya-
bles jours, la tempête
était déchaînée, et au
septième, sa fureur, loin de s'apaiser, parut encore augmenter de violence. Nous étions emportés vers le sud-est,
sans savoir dans quels parages nous nous trouvions ; le navire, dont tous
les mâts étaient brisés, avait plusieurs voies d'eau ; l'équipage, épuisé par
la fatigue de tant de jours et de nuits passés sans sommeil, ne s'occupait
plus de la manœuvre, et les matelots, au lieu de leurs imprécations
ordinaires, ne faisaient plus entendre que de tardives prières où les
accents du désespoir ; enfin la consternation était générale ; et, tout en
recommandant son âme à Dieu, chacun ne songeait plus qu'à sauver
sa vie.

Enfants ! dis-je alors à mes quatre fils, que l'épouvante avait glacés,
Dieu seul peut nous sauver, et s'il le trouve bon, il le fera ; mais, s'il
en ordonne autrement, soumettons-nous ; ce ne sera que pour nous
réunir tous dans le ciel, où rien ne pourra plus nous séparer.

En entendant ces paroles qui la préparaient à une terrible catastrophe,
ma digne femme essuya ses pleurs, ses lèvres murmurèrent une courte
et dernière prière ; puis soudain elle redevint calme : elle se mit à rassurer ses enfants, qui se pressaient autour d'elle, avec un courage et une
force d'âme dont je n'étais pas capable ; car je sentais mon cœur se briser
de douleur, en songeant au sort qui attendait les chers objets de ma tendresse. Par un sentiment unanime, nous tombâmes tous à genoux, et
une prière ardente et pleine de foi s'éleva vers le Dieu miséricordieux

dont nous attendions notre salut. Je vis dans cette circonstance combien l'âme des enfants sait aussi s'élever au-dessus d'elle-même, et puiser dans la prière la force dont elle a besoin pour résister au malheur. Frédéric, mon fils aîné, priait à haute voix ; il demandait à Dieu de sauver son père, sa mère et ses frères ; il semblait oublier son propre danger pour ne songer qu'à celui qui nous menaçait, et pendant quelques instants toute ma jeune famille, animée par ce généreux sentiment, sentit ses terreurs se calmer. Ma confiance dans la Providence s'en accrut : comment le Seigneur n'aurait-il pas pitié d'eux? me disais-je le cœur ému ; ils l'invoquent avec tant de confiance et d'amour !...

Tout-à-coup nous entendîmes, à travers le bruit des flots battant le navire, une vigie crier : Terre! terre! Mais dans le même instant le bâtiment reçut un choc si terrible qu'il nous fit tous rouler de côtés et d'autres ; un sourd craquement accompagna cette secousse, et un bruit d'eau pénétrant de toutes parts avec violence m'annonça que le flanc du navire venait de toucher contre un écueil : nous étions échoués. Une voix que je reconnus pour celle du capitaine s'écria avec un accent de détresse : Nous sommes perdus ; à la mer, les chaloupes! à la mer! Nous sommes perdus! Ce cri d'angoisse me perça le cœur. d'autant que mes enfants le répétèrent avec une expression terrible. Cependant, tâchant de me contraindre : Courage, enfants! leur dis-je, nous sommes encore au sec, la terre est proche, et Dieu n'abandonne pas les gens de cœur ; je vais voir s'il nous reste quelque espoir de salut.

Je montai en effet sur le pont : des torrents de pluie, et les vagues furieuses qui le balayaient, m'empêchèrent long-temps de me tenir debout, je parvins enfin à m'attacher à une pièce de bois, reste de notre grand mât brisé ; mais que devins-je en voyant que l'équipage avait quitté le bâtiment ? Les chaloupes chargées de monde étaient à la mer, et le dernier matelot coupait la corde qui retenait encore la dernière au navire. Je courus sur la galerie extérieure, je criai, j'appelai, je suppliai, le tout en vain ; ma voix se perdait dans le fracas de la tempête, et soit que les vagues, s'élevant comme des montagnes, empêchassent les fuyards d'apercevoir mes signaux de détresse, soit que l'agitation de la mer rendît le retour des chaloupes impossible, je vis ces dernières fuir entre les lames avec une effrayante rapidité, et tout espoir de secours fut perdu pour moi. Cependant, quelque terrible que fût cette pensée, j'éprouvai une sorte de joie en voyant que l'eau qui remplissait déjà une partie du bâtiment ne pourrait s'élever que jusqu'à une certaine hauteur, et que ma famille, qui était dans une chambre élevée, ne cou-

rait aucun danger. Je portai ensuite mes regards inquiets vers le sud,
et je découvris, à travers la pluie et la brume, une côte peu éloignée
dont l'aspect, il est vrai, paraissait assez sauvage ; mais, dans cet instant
critique, l'atteindre devint le but de tous mes désirs.

Quoique profondément affecté de la position où me laissait l'abandon
de mes compagnons de voyage, j'affectai en revenant près des miens une
sérénité que j'étais loin d'éprouver : Prenez courage, mes amis, leur
dis-je en entrant, tout espoir n'est pas encore perdu ; à la vérité, le bâtiment est immobile, mais l'eau ne peut monter jusqu'à nous, et si demain
matin le vent et la mer s'apaisent, il ne sera peut-être pas impossible de
gagner la terre qui est peu éloignée.

Cette vague assurance tranquillisa soudain mes enfants, et, suivant
l'inexpérience de leur âge, ils n'hésitèrent pas à regarder comme positif
ce qui, hélas ! n'était encore que fort douteux : ils en vinrent presque à
se féliciter de l'événement qui rendait le bâtiment fixe et tranquille, et
les délivrait de ces horribles balancements dont ils avaient tant souffert
dans tout le voyage, surtout depuis le commencement de la tempête.
Mais ma femme, plus habituée à pénétrer au fond de ma pensée, découvrit ma secrète angoisse. Un signe de ma part lui ayant fait connaître
l'abandon dans lequel nous nous trouvions, je sentis pourtant mon courage renaître en voyant que sa confiance en Dieu n'en était point ébranlée :
Prenons quelque nourriture, dit-elle ; aussi bien l'âme se fortifie avec le
corps, la nuit qui se prépare sera peut-être bien pénible, et il faut être
prêt à recevoir tout ce qu'il plaira au bon Dieu de nous envoyer. Elle se
mit aussitôt à préparer le souper de ses enfants comme elle le faisait
chaque soir ; tous mangèrent de bon appétit, tandis que nous nous efforcions d'avaler quelques bouchées ; bientôt les plus jeunes se jetèrent sur
leurs lits et ne tardèrent pas à s'endormir profondément ; Frédéric seul,
qui sentait plus vivement que ses frères tout le danger de notre position,
parut vouloir veiller avec nous une partie de la nuit.

— Mon père, me dit-il tout-à-coup, je pense qu'il y aurait un moyen
de nous sauver ; ce serait de faire pour ma mère et mes frères des espèces
de corsets natatoires, c'est-à-dire de leur attacher sous les bras des morceaux de liége ou des bouteilles vides qui les soutiendraient sur l'eau ;
pour nous, vous et moi, mon père, je crois que nous nagerions sans
peine et sans autre secours que la force de nos bras.

— Ton idée me paraît bonne, mon fils, et il faut de suite aviser au
moyen de l'exécuter, afin d'être cette nuit préparés à tout événement.

Il y avait dans notre chambre une quantité de petits barils et de boîtes

de fer-blanc qui avaient servi à renfermer des provisions pour le voyage.
je les jugeai propres à l'usage auquel nous les destinions. Nous les réunîmes deux par deux en laissant un intervalle d'à peu près un pied entre
chaque, et ma femme y attacha de fortes bretelles pour pouvoir les fixer
sous les bras; quand ces espèces de trajectiles furent achevés, attachés
solidement sur les épaules de nos pauvres petits, qui subirent cette préparation presque sans s'éveiller, nous attendîmes patiemment le retour
de la lumière, espérant que si, pendant la nuit, le navire venait à s'entr'ouvrir, nous pourrions, moitié en nageant, moitié étant portés par les
vagues, atteindre heureusement le rivage.

J'engageai mon fils à prendre quelque repos, car le travail de la journée
l'avait fort accablé, et il ne tarda pas à s'endormir ; ma femme et moi
nous continuâmes à veiller. Nous passâmes cette nuit, la plus longue et
la plus affreuse de notre vie, dans une alarme continuelle, écoutant tous
les bruits, épiant chaque mouvement du bâtiment à demi brisé, de peur
d'être surpris par quelque nouveau désastre : que de réflexions cruelles
passèrent dans notre esprit ! que de plans aussitôt détruits que conçus !
mais aussi que de prières ardentes s'élevèrent de nos cœurs angoissés vers
le Dieu de toutes miséricordes, pendant cette nuit terrible ! Elle s'écoula
enfin et sans accidents. Vers le matin, le vent commença à perdre de sa
violence, le ciel s'éclaircit, et l'aurore, aux bords de l'horizon, dégagé
de nuages, annonça un beau jour. Le cœur ranimé par cet aspect, j'appelai ma femme et mes enfants sur le pont, où j'étais monté le premier :
mes fils demeurèrent d'abord surpris en ne voyant là aucun de nos compagnons : Où sont donc tous nos gens? se dirent-ils, pourquoi sont-ils
partis sans nous ? comment achèverons-nous notre voyage ?

— Mes amis, celui qui nous a protégés jusqu'ici saura aussi nous
conserver et nous tirer d'embarras : que ceci vous apprenne à ne compter que sur l'aide de Dieu et de vous-mêmes. Les compagnons sur lesquels nous nous reposions avec tant de confiance nous ont abandonnés
sans pitié au moment du danger ; mais Dieu et l'intelligence qu'il nous
a donnée nous restent, implorons l'un et mettons l'autre à profit. Aide-
toi, Dieu t'aidera : c'est une maxime qu'il ne faut jamais oublier. Maintenant, mes enfants, à l'œuvre! voyons par quel moyen nous pourrons
sans dangers quitter cette carcasse de navire et gagner la terre que vous
voyez d'ici à peu de distance. Nous tînmes conseil.

Mon fils Frédéric, qui était un vigoureux nageur, tenait fort à son
invention de scaphandre, et se faisait fort de conduire sa mère d'un bras
tandis qu'il nagerait de l'autre. — Vous, mon père, vous conduirez mes

deux frères, et Ernest, qui est déjà assez fort, à l'aide de ces deux barils, fera bien le trajet tout seul.

Ernest, un peu lourd et paresseux de son naturel, ne goûtait pas du tout cette proposition.

— Il vaudrait mieux, disait-il, construire un radeau et partir dessus tous ensemble.

— Sans doute, repris-je, si cette construction n'était pas une entreprise au-dessus de nos forces, en même temps qu'un radeau est une embarcation fort scabreuse. Cherchons autre chose ; mais auparavant visitons le bâtiment, peut-être l'examen nous fournira-t-il quelque idée d'une plus facile exécution.

Aussitôt tous se mirent à parcourir le bâtiment. Moi je me rendis d'abord à la cambuse, lieu où se gardent les provisions et l'eau douce, car il fallait songer à nourrir tout mon monde. Ma femme et mon petit Fritz allèrent à la recherche de la volaille et des animaux domestiques, lesquels, oubliés depuis deux jours au milieu du désastre, mouraient de faim et de soif.

Frédéric courut à la chambre aux munitions, Ernest au magasin du charpentier, et Rudly à la chambre du capitaine ; mais à peine en eut-il

ouvert la porte, que deux grands dogues en sortirent, et dans leur joie de se voir mis en liberté renversèrent le petit garçon, en l'accablant de leurs bruyantes caresses. Rudly, qui d'abord avait été fort effrayé de leur apparition, se remit bientôt, et comme la faim avait rendu ces pauvres animaux fort dociles, il n'eut pas de peine à s'en rendre maître. Il les prit chacun par une oreille et les amena sur le pont où je venais de remonter. Ses frères arrivaient aussi de divers côtés : Frédéric apportait deux fusils de chasse, du plomb et un petit baril de poudre, Ernest tenait une hache, un marteau et des tenailles, il avait rempli le fond de son chapeau de clous de toutes grandeurs, et un ciseau et des vrilles sortaient de ses poches. Il n'y avait pas jusqu'au petit Fritz qui n'eût aussi rapporté quelque chose : il nous présenta une boîte où il avait trouvé de jolis petits crochets, disait-il. En vérité ! dis-je après avoir examiné la trouvaille de l'enfant, le plus jeune a presque trouvé le meilleur : ces petits crochets sont de bons et beaux hameçons qui nous seront peut-être plus utiles pour entretenir notre vie que tout ce qui se trouve sur le vaisseau ; c'est ainsi, mes enfants, que dans la vie le bonheur s'offre souvent à celui qui le connaît et le cherche le moins.

— Pour moi, dit ma femme, je n'apporte rien que de bonnes nouvelles, j'ai trouvé une vache, un âne, deux chèvres et sept moutons, ainsi qu'une grasse truie encore en vie, et comme je leur ai donné de la nourriture abondamment, ils pourront servir à nos besoins si le bon Dieu veut que nous demeurions encore quelque temps sur ce frêle abri....

— Sans doute, repris-je alors ramené à l'idée principale, vous apportez là tous de bonnes choses, mes enfants, mais cela ne résout pas la difficulté. Toi, par exemple, Rudly, tu ne t'es occupé que des animaux que tu aimes, et tu n'as rien apporté d'utile : que veux-tu que nous fassions de tes deux chiens, ce sont deux bouches de plus à nourrir.

— Mais, mon père ! reprit l'enfant en caressant ses chiens, quand nous serons à terre ils nous aideront à chasser.

— Fort bien, mais il faut arriver jusque-là, et ce ne sera pas sur le dos de tes chiens que tu feras ce trajet, n'est-ce pas ?...

— Ah ! s'écria Rudly avec chagrin, si j'avais seulement la grande cuve où maman faisait la lessive, et que je faisais voguer sur le lac, je me ferais bien fort de vous faire arriver tous sur cette terre, j'allais bien plus loin que cela avec mon bateau !...

Ce fut pour moi un trait de lumière.

— Béni soit le bon conseil ! m'écriai-je, fût-il sorti seulement de la bouche d'un enfant, mon Dieu, je te rends grâces ! Suivez-moi, enfants, en avant scie, marteau, clous, vrilles ! Nous allons nous mettre à l'œuvre. Je leur dis en peu de mots mon idée, et aussitôt nous descendîmes à fond de cale où j'avais vu de grands tonneaux flotter sur l'eau dont la base du navire était remplie ; après plusieurs tentatives infructueuses, nous parvînmes enfin à retirer quelques-uns de ces tonneaux et à les rouler sur le premier plan du navire qui était presque à fleur d'eau ; ils étaient en bois de chêne très-solides et garnis de bons cercles de fer, et les trouvant propres à mon dessein, avec l'aide de ma femme et de mon fils aîné, je commençai à scier ces tonnes par la moitié, et j'obtins ainsi huit petites cuves de trois pieds de diamètre sur quatre de hauteur. Je cherchai ensuite une longue planche sur laquelle je disposai mes cuves en les plaçant l'une à côté de l'autre sur une ligne, en laissant dépasser la planche à l'avant et à l'arrière de mon bateau, afin qu'elle pût se courber comme la quille d'un bâtiment ; nous fixâmes alors toutes ces cuves l'une à l'autre par le fond avec de grands clous, de fortes chevilles dont Ernest avait découvert une provision dans l'atelier du charpentier. Cette première opération terminée, et après avoir pris quelque repos et quelques rafraîchissements, car on doit concevoir combien de tels travaux durent nous causer de fatigues, nous nous remîmes à l'ouvrage avec une nouvelle ardeur. Nous avions heureusement d'excellents outils, du bois et des clous en abondance : je choisis deux planches d'égale longueur que je fixai sur les deux flancs de mes cuves, dont les deux extrémités, rapprochées par des chevilles, formèrent comme la pointe de la barque, tandis que celle du fond sciée en angle aigu vint également s'y rattacher. Quoique nous eussions travaillé avec beaucoup d'ardeur, ce ne fut qu'à la fin du jour que notre œuvre prit quelque figure ; mais quand elle fut terminée, ce fut un autre embarras pour la faire passer du chantier à la mer : nos faibles bras en avaient bien assemblé les parties ; mais il eût été impossible qu'ils en fissent jamais mouvoir l'ensemble. Je rassurai mes enfants à ce sujet, en leur faisant connaître un instrument dont les effets leur parurent merveilleux, c'était le cric, machine composée d'une roue en fer à dents, qu'on met en mouvement au moyen d'une manivelle, qui fait monter par degrés une pince de fer à l'aide de laquelle on soulève les plus lourds fardeaux. Pendant que deux de mes fils étaient allés me chercher cette machine, j'avais coupé une perche à voile en plusieurs morceaux, et ayant ensuite placé le cric sous l'avant de mon bateau, je tournai la manivelle, la masse se souleva lentement, j'ordonnai alors à l'un de mes enfants de placer sous la base les rouleaux de bois de manière à pouvoir faire glisser le bateau vers l'endroit où je me proposais de le lancer à la mer. Toutes ces opérations étaient fort longues, et Rudly surtout s'étonnait de la lenteur avec laquelle je tournais la manivelle du cric.

— Il vaut mieux aller lentement que pas du tout, mon fils ; il est prouvé par un grand nombre d'observations, et c'est un principe de la science appelée la mécanique, que toute machine perd en force ce qu'elle gagne en rapidité, de même qu'elle perd en agilité ce qu'elle acquiert en force. Le cric n'est point destiné à aller vite, mais à soulever le poids, et mieux il remplit cette fonction plus son action est lente.

— Bah ! reprit le petit incrédule, il ne s'agirait pour cela que de tourner plus vite la manivelle.

— Tu casserais le ressort qui fait marcher les dents de la roue, et voilà tout ce que tu y gagnerais. Le temps ne fait rien à l'affaire : avec la patience et l'intelligence, on vient à bout de tout, mon fils, et j'espère bien, aidé de ces deux puissances, amener notre entreprise à bien.

En effet, grâce aux rouleaux de bois sur lesquels reposait maintenant notre barque improvisée, elle ne tarda pas à rouler assez majestueusement vers la galerie du navire, laquelle ayant été fracassée de ce côté par les rochers entre lesquels le bâtiment était échoué, nous offrait ainsi une issue pour lancer notre embarcation à la mer. J'avais pris la précaution d'attacher à l'arrière un long câble dont j'avais fixé le bout à une forte pièce de bois, ce qui empêcha notre construction de trop s'éloigner du corps du navire lorsque, par nos efforts réunis, nous fûmes parvenus à la mettre à flot.

Une bruyante acclamation accompagna cette opération; mais la joie ne tarda pas à se changer en inquiétude, en voyant la barque danser sur l'eau comme une folle, et se balancer de côté et d'autre, de manière à nous inspirer la crainte que tant de soins et de travail demeurassent sans résultat; car il paraissait impossible de se confier sans dangers à cette machine flottante. Je me grattais la tête avec anxiété, cherchant ce qui pouvait manquer à ma construction; tout d'un coup je pensai que sa légèreté seule était la cause de cette agitation, je pris quelques boulets amoncelés auprès des canons, je les jetai adroitement dans les cuves, et je ne tardai pas à voir ma barque se redresser peu à peu, et prendre enfin son équilibre sur la surface des eaux. Des cris joyeux signalèrent cette nouvelle réussite, et la sécurité de mes garçons fut telle qu'ils voulaient descendre à l'instant même dans la barque; mais de peur que ce que j'y avais jeté ne suffît pas, et que les mouvements de mes jeunes étourdis ne fissent encore chavirer l'embarcation, je pensai à la pourvoir d'un balancier à l'imitation de ceux qu'emploient les sauvages, et qui empêchent ainsi leurs étroites pirogues de se renverser. J'expliquai à mes jeunes compagnons de quoi il s'agissait et je me remis à l'œuvre.

Deux morceaux de perches à voile, coupés d'égale longueur, furent fixés par une forte cheville en bois, l'un à l'avant, l'autre à l'arrière de ma barque, et de telle sorte qu'ils pussent se mouvoir; j'attachai à l'extrémité de ces perches un baril vide bien bouché, afin que l'eau n'y pénétrât pas, et de la sorte empêcher le bâtiment de tourner sur lui-même.

Il ne nous restait plus qu'à sortir du navire : la grande crevasse qu'il avait dans le flanc nous offrit un passage commode; je n'eus qu'à scier quelques éclats de bois pour que ma femme et mes plus jeunes enfants y pussent passer sans danger; j'avais, au moyen du câble qui la retenait, attiré notre barque tout près de cette ouverture; toutefois, comme la journée était trop avancée pour tenter cette expédition, nous la remîmes au lendemain; il fallait nous munir de rames pour diriger notre embarcation, et songer aussi à ce que nous pourrions emporter avec nous. Il fut donc résolu que nous passerions encore une nuit sur le navire; il n'avait pas souffert de détériorations sensibles, et puis nous commencions à nous familiariser avec les dangers de notre situation. Nous prîmes seulement la précaution de revêtir nos enfants et nous-mêmes des appareils natatoires que mon fils aîné avait imaginés, de peur d'un accident nocturne; je conseillai aussi à ma femme de quitter ses habits peu commodes en pareille circonstance, et de revêtir un costume de matelot qui laisserait plus de liberté à ses mouvements. Elle y consentit, quoiqu'elle eût quelque répugnance pour cette espèce de travestissement; nous prîmes quelque nourriture, et après m'être assuré qu'aucun danger imminent ne menaçait ma famille, nous adressâmes une prière de reconnaissance vers ce Dieu miséricordieux qui nous protégeait d'une manière si visible; ensuite chacun de nous se jeta sur son lit pour se préparer, par un repos bienfaisant, aux travaux du lendemain.

Le point du jour nous trouva éveillés, car l'espérance aussi bien que le chagrin ne laisse pas dormir long-temps; aussitôt que nous eûmes fait la prière du matin en commun et pris un frugal déjeûner, je disposai tout pour le départ en recommandant à mes enfants de se munir de tout ce qu'ils jugeraient utile d'emporter avec nous, et ma femme de donner de la nourriture aux animaux pour plusieurs jours, car, ajoutai-je, si notre expédition réussit nous pourrons peut-être revenir les chercher.

Le chargement de notre nouveau navire consistait en un baril de poudre, trois fusils légers, trois carabines, deux paires de pistolets de poche, une paire de grands pistolets d'arçons, des balles et du plomb autant qu'on en put prendre, enfin un moule à balles. De plus, ma femme et ses enfants portaient chacun une gibecière bien garnie; nous en avions trouvé plusieurs dans les effets des officiers de l'équipage. J'avais fait placer aussi une caisse de tablettes de bouillon, une autre de biscuits, un baril de harengs et d'autres comestibles; nous y joignîmes une marmite en fer, une ligne à pêcher, une caisse de clous, des outils tels que marteaux, scies, tenailles, haches, tarières, etc., enfin une pièce de toile à voile que je destinais à faire une tente pour nous abriter. Je fus obligé de me borner à ces choses de première nécessité, et d'abandonner bien d'autres objets utiles; mais, quoique j'eusse remplacé le lest que j'avais jeté la veille par ces divers objets, la faiblesse de notre embarcation n'en pouvait admettre davantage.

Au moment de descendre dans la barque, et comme nous venions de demander à Dieu de bénir et protéger notre entreprise, nous entendîmes

tout-à-coup le chant des coqs et des autres volailles qui semblaient nous
dire un triste adieu. Je pensai subitement que nous pourrions fort bien
les emporter avec nous ; car, si nous ne pouvons les nourir ici, dis-je,
peut-être pourront-ils nous nourrir là-bas. Mon conseil fut suivi, nous
allâmes à la recherche de ces pauvres bêtes : je plaçai dans une des cuves
du bateau dix poules avec deux coqs, en ayant le soin de les couvrir d'une
toile, pour qu'ils ne s'envolent pas ; quant au reste des autres volatiles,
tels que les oies, les canards et les pigeons, nous leur donnâmes la
liberté, persuadés qu'ils se rendraient à terre mieux et plutôt que nous,
les uns par l'air, les autres par l'eau.

Tout mon monde était placé dans les cuves, nous n'attendions plus que
ma femme pour nous embarquer, et, comme elle était fort prévoyante,
je ne doutai pas que son absence fût causée par quelque recherche utile.
Elle arriva enfin chargée d'un assez gros sac : Ceci, dit-elle en le jetant
dans la cuve où était déjà notre petit Fritz, est ma pièce de prévoyance.
Je pensai que c'était un oreiller pour que l'enfant fût assis plus commodément dans cette cuve à demi remplie de toutes sortes de choses, et je
n'y fis pas plus d'attention.

Je coupai le câble qui retenait encore notre barque, et nous partîmes.
Ma femme occupait la première cuve, Fritz était dans la seconde à côté
d'elle, Frédéric était placé dans la troisième pour surveiller nos munitions de guerre qui se trouvaient dans la quatrième ainsi que les poules et
la toile à voile ; nos provisions de bouche remplissaient la cinquième, Rudly
avec les ustensiles de ménage occupait la sixième, Ernest, entouré de
toutes sortes d'outils, était
blotti dans la septième ; et
moi, debout dans la hui-
tième cuve, je dirigeais de
mon mieux ce frêle esquif
sur lequel était réuni tout
ce que j'avais de plus cher
et de plus précieux.

Au moment où nous commençâmes
à nous éloigner du navire, voilà que les pauvres chiens que Rudly avait trouvés dans la
chambre du capitaine, voyant que nous partions sans eux, se mirent à
pousser des hurlements plaintifs, puis, sautant tous deux à la mer, ils
se mirent à nous suivre en nageant avec beaucoup de vigueur ; ils étaient
trop lourds pour les prendre avec nous dans le bateau ; car l'un d'eux,

qu'on appelait Turc, était un dogue anglais de forte race, et Billy, une belle chienne danoise, était de la plus grande espèce. Je craignis d'abord qu'ils ne pussent faire ce long trajet à la nage, mais ces intelligents animaux surent fort bien s'aider eux-mêmes en appuyant de temps en temps une de leurs pattes sur la barre de notre balancier de l'arrière, et de cette manière ils nous suivirent sans trop de fatigues.

Notre navigation fut heureuse, quoique fort lente; la mer était tranquille et ses petites vagues nous portaient doucement vers la terre : le ciel était serein, et autour de nous voguait une quantité de tonnes, de ballots et de caisses provenant de notre bâtiment naufragé. Dans l'espoir qu'elles contiendraient quelques provisions, je tâchai d'en amarrer quelques-unes à l'aide d'un grand croc de fer dont je m'étais muni; et Frédéric, d'après mes instructions, ayant jeté une corde autour de ces tonnes, parvint à les fixer aux flancs du bateau, et nous continuâmes notre route en traînant à la remorque ces objets qui pouvaient nous être fort utiles.

En approchant du rivage, la contrée vers laquelle nous voguions perdit un peu de son aspect sauvage. Frédéric, avec ses yeux d'aigle, nous dit qu'il voyait des arbres parmi lesquels il distinguait des palmiers. A cette

annonce, Ernest, qui était déjà un grand docteur en histoire naturelle, fit éclater sa joie, et raconta à ses frères toutes les merveilleuses propriétés du palmier, dont on tirait du vin, du lait, du beurre, et une amande bien autrement savoureuse que les noisettes de nos bois, disait le petit bonhomme. Comme je regrettais fort de n'avoir pas pris le télescope du capitaine, Rudly me présenta une petite lunette marine qu'il avait trouvée dans la chambre du pilote, et cet instrument me fut très-utile pour choisir le point de la côte où nous pourrions aborder. Après bien des efforts pour lutter contre les courants qui nous repoussaient au large, je parvins à diriger ma barque vers l'embouchure d'un ruisseau dont les eaux se précipitaient dans la mer. Il y avait là comme une petite baie où nos oies et nos canards, qui nous avaient précédés, semblaient nous attendre et nous montrer le chemin. J'abordai avec précaution un endroit où le rivage était à peu près à la hauteur de nos cuves, et où pourtant il y avait assez d'eau pour tenir notre esquif à flot.

Notre débarquement s'effectua rapidement ; tout ce qui pouvait se mouvoir s'élança à terre, et même le petit Fritz, dont la taille n'atteignait pas la hauteur de sa cuve, s'efforçait de grimper comme les autres ; sa mère vint à son secours et le tira après elle sur le bord où elle était déjà parvenue. Les chiens, arrivés plus tôt que nous, nous y reçurent avec de joyeux aboiements. Les oies et les canards, qui barbottaient déjà dans la baie, poussaient de bruyantes clameurs, lesquelles, réunies aux cris aigus des pingouins et autres oiseaux de mer qui se tenaient sur les rochers d'alentour, faisaient une étrange et sauvage harmonie.

Notre premier soin, lorsque nous eûmes touché terre, fut de tomber à genoux, et, dans un sentiment de la plus vive et la plus tendre recon-

naissance, de remercier notre céleste protecteur et de nous recommander pour la suite à sa bonté. Nous procédâmes ensuite au déchargement de notre bateau ; combien nous nous trouvâmes riches alors du peu que nous avions sauvé avec nous ! Ma femme fit sortir la volaille et l'abandonna à elle-même, car nous n'avions encore rien pour la loger ni la nourrir. Je m'occupai aussitôt à chercher un emplacement pour dresser notre tente et établir notre quartier de nuit : une longue perche que j'enfonçai dans une anfractuosité du rocher, et dont l'extrémité vint s'appuyer sur une autre perche fourchue plantée dans le sable, reçut la toile à voile que nous avions apportée, et figura à l'instant une tente assez spacieuse pour recevoir toute ma famille ; nous en assurâmes les côtés

en chargeant les bords inférieurs de la toile avec les caisses, les tonnes et autres objets pesants, tandis que de forts crochets fixés par devant nous donnèrent le moyen de la fermer pendant la nuit. Je dis ensuite à mes fils de ramasser de l'herbe et de la mousse dans les environs et de l'étendre sur le sable au soleil, pour les faire sécher, afin que la nuit nous ne couchions point sur la terre nue. Tandis qu'ils étaient ainsi occupés, j'allai choisir sur les bords du ruisseau de grandes pierres plates dont je dressai une espèce de foyer à quelque distance de la tente ; nous ramas-

sâmes des éclats de bois sec que la mer avait rejetés sur ces bords, je
battis le briquet, et bientôt un feu clair et pétillant vint réjouir nos yeux.
On y plaça la marmite avec de l'eau du ruisseau ; ma femme, s'étant
adjoint le petit Fritz en qualité de marmiton, se mit à couper des tablettes
de viande dont nous avions une caisse toute pleine, se disposant à nous
faire la soupe. L'enfant, à qui sa mère avait donné l'emploi de casser par
petits morceaux le biscuit qui devait composer notre potage, fort étonné
de ces apprêts, lui dit : Mais, maman, que veux-tu donc faire de cette
colle-forte, et comment faire de la soupe au bouillon, puisque nous
n'avons ici ni viande, ni boucher qui en vende ? — Ce que tu prends
pour de la colle-forte, mon fils, lui répondit-elle, est de la gelée de
viande extrêmement épaisse et séchée, comme tu le vois ; on a imaginé
ce moyen pour suppléer à la viande, qui se gâterait bientôt dans les
voyages maritimes, et ensuite parce qu'il serait impossible d'embarquer
la quantité de bétail suffisante pour faire du bouillon pendant une longue
traversée.

Pendant ce temps Frédéric avait chargé son fusil et s'était dirigé du
côté du vaisseau. Ernest, après avoir fait la réflexion qu'il n'était point
agréable de s'aventurer ainsi dans un lieu désert, descendit à droite vers
la mer ; tandis que Rudly, tournant à gauche entre les rochers du rivage,
se mit à chercher des moules qu'il avait remarquées en débarquant. Pour
moi, je m'occupais à tirer à bord les deux tonnes que nous avions re-
morquées à notre barque, quand tout-à-coup un cri perçant me fit
courir précipitamment du côté où se trouvait Rudly : je trouvai mon
fils dans un bas-fond dont l'eau pourtant lui montait jusqu'aux genoux ;
un gros homard l'avait saisi par la jambe, et le pauvre garçon s'efforçait
en vain de lui faire lâcher prise. J'entrai aussitôt dans l'eau ; et comme à
mon approche inattendue l'animal voulut faire retraite, je pris si bien
mon temps, que le saisissant avec précaution par le milieu du corps, me
défiant un peu de ses pinces et de ses aiguillons, et le frappant d'un
bâton que je tenais à la main, je parvins à le tirer sur le sable aux cris
de joie de mon petit garçon subitement consolé à la vue de cette belle
proie.

Impatient de la porter à sa mère, et quelque lourd que fût le crustacé,
Rudly, qui le croyait mort parce qu'il le voyait sans mouvement, le prit
aussitôt entre ses bras ; mais dans ce moment le crabe, qui n'était qu'en-
gourdi par le coup que je lui avais porté, lui détacha un si violent coup
de queue au travers du visage, que l'enfant laissa tomber l'animal et se
remit à pleurer de douleur et de colère. Voilà qui t'apprendra, lui dis-je,

à prendre sans précautions un animal capable de nuire, souviens-toi de la leçon ! J'achevai ensuite le homard d'un coup de pierre, et Rudly tout joyeux le porta en courant vers le foyer où sa mère était occupée à préparer notre repas.

— Maman ! maman ! s'écria-t-il en approchant, un homard, Ernest ! une écrevisse de mer ! Où est Frédéric ? Prends garde ! Fritz, il te pincerait joliment ! C'est moi qui l'ai pris ! là-bas, au bord de l'eau ! Le coquin m'avait saisi par la jambe, et si je n'eusse pas eu un solide pantalon de matelot, il me l'eût coupée net.... Oh ! c'est un terrible animal !

Ernest, qui était accouru aux cris de son frère, examinait curieusement le homard, puis il émit l'avis qu'on le fît cuire dans le bouillon, attendu qu'il avait su quelque part que la soupe aux écrevisses était une excellente chose. Ma femme n'accueillit pas la proposition, elle craignait de gâter son bouillon ; mais elle promit de faire cuire l'animal à part et avec tout le soin possible, et de lui en donner la première grosse patte pour sa part, car enfin, dit-elle en lui passant une main caressante sur le front, c'est toi, mon petit Rudly, qui le premier et jusqu'à présent le seul as trouvé quelque chose de bon et l'as apporté à la communauté.

Ernest, qui était revenu de sa course les mains vides, crut sentir un petit reproche dans l'éloge adressé à son frère.

— Ah ! pour cela, dit-il, j'ai aussi trouvé quelque chose de bon à manger, mais pour l'avoir il aurait fallu entrer dans l'eau, et....

— Bah ! dit Rudly, je sais ce que c'est ! de mauvaises moules dont je ne voudrais pas manger ! au lieu que mon homard ! Ah ! voilà un bon morceau ! n'est-ce pas, maman ?...

— Mais si c'était des huîtres, reprit Ernest, ma trouvaille ne serait pas du tout à dédaigner, et je ne serais pas étonné que ce fût effectivement des huîtres par la manière dont elles sont collées aux rochers, vu le peu de profondeur de l'eau et d'autres indices encore....

— Eh ! mon cher docteur ! (c'était le nom qu'on donnait souvent à Ernest quand il faisait une inutile parade de son instruction) puisque tu vois si bien les choses, dit sa mère, fais-moi le plaisir d'aller nous chercher la preuve de ce que tu avances ; dans notre position il ne faut rien négliger, et surtout ne pas craindre de se donner de la peine ni de se mouiller les pieds quand il s'agit de coopérer au bien général.

Ernest partit aussitôt, et Rudly, qui ne demandait pas mieux que de barboter dans l'eau, l'accompagna ; il y entra hardiment tandis que son frère choisissait les pierres pour poser le pied. Comme ils s'étaient munis chacun d'un bâton ferré par le bout, ils détachèrent du rocher une quantité de belles et bonnes huîtres dont ils nous rapportèrent deux pleins mouchoirs. En tournant le rocher, notre jeune naturaliste fit encore une autre découverte : il remarqua dans un angle d'où l'eau de la mer s'était retirée quelque chose de blanc et de brillant, Ernest se baissa, et, l'ayant goûté, il s'assura que c'était du sel. Mais cette fois Ernest, au lieu de s'en tenir seulement aux plaisirs de la découverte, eut l'idée de la mettre à profit; il ramassa une coquille vide de grande moule, et l'ayant remplie de ce sel, il l'apporta à sa mère, qui accueillit cette nouvelle trouvaille avec une joie marquée : Voilà qui est bien, mon Ernest, lui dit-elle, grâce à toi nous ne mangerons pas un potage fade et sans goût.

— Mais pourquoi n'aurait-on pas mis de l'eau de mer dans la soupe pour la saler? demanda Rudly. — Parce que cette eau est aussi amère que salée, se hâta de répondre Ernest, et c'est ce dont tu peux te convaincre en la goûtant.

— Grand merci, frère, dit Rudly en faisant une pirouette, je m'en rapporte à toi.

Après avoir achevé de rouler sur le sable nos tonneaux et nos caisses, j'étais revenu du côté de la marmite, que ma femme venait de découvrir et dont elle remuait le contenu avec un petit bâton ; après l'avoir goûté, elle nous annonça que le potage était prêt : Eh bien, mangeons-le, dit Ernest qui était un peu gourmand et toujours fort empressé de se mettre à table. — Certes, lui dit sa mère avec le ton du reproche, tu ne voudrais pas manger sans que ton frère aîné fût de retour : je ne vois pas Frédéric, continua-t-elle avec un peu d'inquiétude; et puis comment pourrons-nous manger notre soupe, nous n'avons ni assiettes, ni cuillers; il est impossible que nous puisions le potage avec nos doigts, comment faire? Cette question adressée à tous les convives demeurait d'abord sans réponse, et nous nous trouvions là aussi attrapés que le fut maître renard lorsque la cigogne lui présenta à manger *en un vase à long col et d'étroite embouchure.*

— Si nous avions seulement des noix de cocos, dit Ernest, nous ferions avec les morceaux de la coque d'excellentes cuillers à potage.

— Ah ! s'il ne s'agissait que de dire : si nous avions, j'aimerais autant désirer tout de suite avoir une douzaine de bons couverts d'argent, de fer ou même de bois : à quoi servent les mots inutiles?

— Eh bien ! dit encore Ernest, qui examinait une des huîtres que

Rudly venait d'apporter, en prenant la grande écaille de ces huîtres il me semble qu'elle pourrait tenir lieu de cuiller....

— Ton idée est bonne, dit la mère, mais il faut d'abord les bien laver, car le goût de l'eau de marée pourrait bien gâter notre soupe. Pendant qu'elle se disposait à cette opération, nous entendîmes la voix de Frédéric, il poussait de joyeux cris en approchant, et nous y répondîmes de même. Il s'avançait les mains derrière le dos et avec une mine toute singulière. Je n'ai rien trouvé, nous dit-il. — Comment rien du tout ? demandai-je un peu surpris. — Rien du tout, répéta-t-il. Mais ses frères qui avaient couru à sa rencontre l'entouraient déjà, et s'écriaient : Un cochon de lait ! un cochon de lait ! où l'as-tu trouvé ? comment l'as-tu pris ? oh ! laisse voir ? Et le jeune homme, avec un sourire de triomphe, nous présenta un petit animal qui ressemblait en effet à un jeune cochon. Il paraît que tu as fait bonne chasse, dis-je à Frédéric ; puis m'approchant, j'ajoutai à voix basse : Pourquoi viens-tu gâter ma joie par une coupable plaisanterie ? Ne te permets jamais d'offenser la vérité, mon cher fils, même en riant, c'est une habitude indigne d'un cœur honnête et qui peut conduire celui qui s'y adonne au mensonge, le plus bas, le plus odieux de tous les vices.

Frédéric écouta en rougissant ma réprimande, et me promit d'y avoir égard : il nous raconta alors comment, après avoir franchi le ruisseau, il avait trouvé un pays fort agréable : Le bord de la mer, dit-il, y est plat et d'un accès facile, vous ne vous figurez pas la quantité de caisses, de tonnes et de pièces de bois de toutes espèces que les flots y ont apportées ; on voit de là le navire échoué. N'irons-nous pas demain pour chercher le pauvre bétail que nous y avons laissé ? Si nous pouvions seulement amener la vache, le biscuit trempé dans du lait ne serait pas si dur ; là-bas il y a de l'herbe en abondance et un petit bois à l'ombre duquel nous pourrions nous établir, au lieu de nous laisser griller ici par le soleil, sur cette plage aride et dénuée de tout !...

— Patience ! patience ! chaque chose a son temps, mon enfant, demain, après-demain sont des jours qui auront leur part ; mais avant toute chose, dis-moi, as-tu découvert quelque trace de nos compagnons d'infortune ?

— Pas la moindre, ni sur la terre, ni sur la mer.... reprit Frédéric. — Espérons, dit ma bonne et compatissante femme, qu'ils auront pu se sauver et qu'un bâtiment les aura recueillis en route. Je ne dis rien, car je connaissais mieux que ma femme les dangers de la mer et de ces embarcations tumultueuses ; mais je ne fis aucune réflexion

pour ne pas affliger ma famille ; d'ailleurs, Frédéric continua le récit de
son aventure : J'ai aperçu plusieurs animaux de l'espèce de celui-ci,
disait-il ; je le vis sauter dans l'herbe, tantôt s'asseoir sur ses pattes de
derrière et s'essuyer le museau avec celles du devant ; si je n'avais pas
craint qu'il n'échappât, j'aurais tâché de le prendre tout vivant, car il me
paraissait peu farouche.

Pendant ce temps, Ernest examinait l'animal en question : Il n'est pas
de la race du porc, disait-il, car s'il a des soies rudes comme celui-ci, il
n'a point les dents du cochon, mais seulement des incisives comme les
animaux rongeurs. Il ressemble fort à une bête que j'ai vue dans les
planches de mon livre d'histoire naturelle : si je ne me trompe, ton cochon de lait doit être ce que l'on appelle un agouti.

— Allons, voilà M. le docteur qui prononce, dit Frédéric d'un air
railleur.

— Ne te moque point tant ! repris-je à mon tour, ton frère a raison,
je ne connais également l'agouti que par des gravures, et ton marcassin
me le rappelle parfaitement : cet animal habite l'Amérique septentrio-
nale, il se niche sous les racines des arbres, vit de fruits, et grogne
comme un cochon ; du reste, il est d'un naturel fort doux, et sa chair
est, dit-on, un excellent manger.

— Mais, mes amis, dit alors ma femme, vous avez bien le temps de
faire vos observations scientifiques, la soupe vous attend et vous paraissez
l'oublier. Il faut maintenant ouvrir ces huîtres pour nous faire des cuillers, mais je ne sais comment m'y prendre, car ni Rudly ni moi nous
n'en pouvons venir à bout.

— Je sais un bon moyen pour cela, dis-je alors en prenant quelques huîtres et les plaçant sur le feu d'où ma femme venait d'ôter la marmite. En effet, elles n'eurent pas plutôt senti la chaleur qu'elles s'entr'ouvrirent d'elles-mêmes : Allons, mes enfants! dis-je en en prenant une, goûtons un peu de ce coquillage qui fait, dit-on, les délices des gourmands. Je détachai l'huître avec mon couteau et je l'avalai; mais, quoique chacun à mon exemple fût obligé d'en faire autant pour se procurer une cuiller, le régal ne fut du goût de personne; les huîtres furent déclarées un détestable ragoût, et nous commençâmes à plonger nos cuillers improvisées dans le potage fumant que ma bonne ménagère nous avait préparé. Pourtant, ce ne fut point sans nous échauder joliment les doigts. car il fallait nécessairement les tremper dans le bouillon, et chacun faisait éclater son exclamation de douleur ou d'impatience. Ernest alors prit la coquille de moule dans laquelle il avait apporté du sel, et l'ayant vidée et essuyée, il s'approcha, sans rien dire, de la marmite, remplit de potage sa coquille qui était grande comme un assiette, et, riant sous cape, il se mit à l'écart pour manger sa portion à son aise.

— Tu n'as pensé qu'à toi, Ernest, lui dis-je, et cela est peu aimable! n'aurais-tu pas pu nous procurer à chacun une assiette semblable?

— Mais, répondit-il avec embarras, il y en a beaucoup au bord de la baie.

— C'est pourquoi il t'eût été facile de le faire, mais je vois avec peine que tu ne penses qu'à ta petite personne; prends-y garde, mon cher enfant! l'égoïsme est un vice affreux et qui nous empêche d'être aimé! Or, pour te punir de ta personnalité, veuille, je te prie, donner cette portion si prudemment refroidie à nos pauvres serviteurs, nos deux chiens qu'il faut aussi nourrir, et reviens te brûler les doigts avec nous.

Ce reproche toucha le jeune garçon au vif; il obéit, et plaça son écuelle devant les chiens qui en eurent bientôt lapé le contenu, et il revint tout honteux prendre place à la marmite. Mais, tandis que nous étions ainsi occupés, voilà que les chiens, ayant flairé l'agouti rapporté par Frédéric et qui était posé à l'ombre derrière la toile, le découvrirent et se mirent à le dévorer à belles dents. A cette vue, les enfants poussèrent de grands cris; Frédéric plein de fureur saisit son fusil, il eût tiré sur les chiens si Ernest ne lui eût retenu le bras; il les poursuivit à coups de pierres, et dans le transport de colère dont il était bouleversé, il lança vers eux son arme avec une telle violence que le bois éclata et le canon en fut faussé. Je suivis le jeune écervelé dont les vociférations et les lamentations faisaient retentir les rochers, je lui représentai ce qu'il y avait de ridicule et d'odieux dans un tel emportement, et combien sa mère était surprise et affligée de voir son fils aîné se livrer à de tels excès et donner un si mauvais exemple à ses frères. Frédéric était violent, mais son cœur était excellent, et l'idée d'avoir effrayé sa mère le frappa vivement; sa colère s'éteignit subitement, il me demanda pardon en versant quelques larmes de repentir, et courut embrasser sa mère pour effacer la fâcheuse et pénible impression qu'il avait causée.

Cependant le soleil descendait à l'horizon, la volaille se rassemblait autour de nous pour ramasser les miettes de biscuits que nous avions laissé tomber pendant notre repas; ce que ma femme ayant remarqué, elle tira de ce sac que nous appelions déjà le sac enchanté, parce qu'il en sortait une foule de choses que nous ne nous attendions pas d'y trouver; elle en tira, dis-je, quelques poignées d'avoine, de pois, de vesces et autres grains qu'elle se mit à distribuer aux poules, aux pigeons dont elle se trouvait entourée; mais, sur l'observation que je lui fis que ces graines précieuses pourraient nous servir de semences pour l'avenir, elle remplaça cette nourriture par quelques biscuits que l'eau de la mer avait gâtés et qui, brisés en petits morceaux, parurent également du goût de ces volailles. Bientôt tout ce petit peuple ailé se disposa au repos, les poules s'établirent sur le faîte de notre tente, les pigeons se nichèrent dans le creux des rochers, les oies et les canards se blottirent dans les joncs de la petite baie; tout annonçait l'heure du repos, et les fatigues de la journée nous en faisaient sentir le besoin. Je rappelai tout mon monde, je chargeai nos armes par précaution; nous fîmes en commun la prière du soir, et avec les derniers rayons du soleil, nous nous retirâmes sous la tente qui devait nous abriter pendant la nuit.

A peine y étions-nous entrés que l'obscurité la plus profonde succéda soudain à l'éclat du jour : mes enfants en témoignèrent quelque surprise. Cela me fait présumer, leur dis-je, que le lieu où nous sommes est voisin de l'équateur, où ce phénomène est habituel, car le crépuscule étant un effet des rayons du soleil brisés dans l'atmosphère, plus ils tombent obliquement, et plus leur lueur affaiblie s'étend au loin; le contraire arrive quand ces rayons tombent plus perpendiculairement, c'est ce qui fait que la nuit arrive tout de suite quand le soleil descend sous l'horizon. Après cette courte explication, que tout le monde n'entendit peut-être pas, chacun, fort disposé à dormir, s'était jeté sur son lit de mousse. Je regardai encore une fois hors de la tente pour voir si tout était tranquille; j'en fermai l'entrée avec les crochets que nous y avions adaptés, et je me couchai.

Autant la journée avait été chaude, autant la nuit nous parut froide :

nous fûmes même obligés de nous serrer comme des moutons les uns auprès des autres, pour nous réchauffer ; toutefois, le sommeil de ma petite famille n'en fut pas moins doux, et quelles que fussent les pensées soucieuses qui occupaient mon esprit, je ne tardai pas moi-même à y céder et à m'endormir profondément.

Le lendemain, le chant de nos coqs nous ayant éveillés de bonne heure, nous tînmes conseil, ma femme et moi, sur ce que nous devions entreprendre, et nous fûmes bientôt d'accord que notre premier soin devait être d'aller à la recherche de nos compagnons du vaisseau, et d'examiner en même temps la nature du pays, afin de prendre une détermination sur le lieu où il serait le plus convenable de nous établir. Ma femme, quelle que fût sa répugnance à se séparer de moi, sentait bien qu'un tel voyage ne pouvait se faire avec toute la famille : elle consentit donc à demeurer à la tente avec Ernest et les deux plus jeunes enfants ; tandis que, suivi de Frédéric, assez fort pour supporter la fatigue et m'aider au besoin, j'irais à la découverte ; en conséquence, j'engageai notre ménagère à nous préparer à déjeûner afin de pouvoir nous mettre en route avant la chaleur.

— Ah ! le déjeûner sera bientôt prêt, dit-elle en soupirant, car je n'ai rien à vous donner qu'une soupe.

— Mais, qu'est donc devenu le homard que Rudly a si bien pêché ?

— Il faut le lui demander, car je ne l'ai pas revu depuis l'aventure des chiens ; pourvu que ceux-ci ne l'aient pas mangé comme l'agouti de Frédéric. Éveille les enfants pendant que je vais allumer le feu et faire chauffer de l'eau.

Les enfants furent bientôt debout, la toilette ne fut pas longue, tout le monde s'était couché tout habillé. Je demandai à Rudly ce qu'il avait fait de son écrevisse de mer, il courut aussitôt la chercher dans un coin du rocher où il l'avait cachée, de peur qu'elle n'eût le destin du gibier de son frère. Voilà qui est bien, lui dis-je, je suis fort content de voir que tu sais prendre quelques précautions ; heureux celui qui devient sage par le dommage d'autrui ! Mais, dis-moi, mon garçon, ne veux-tu pas nous donner la part qui t'était réservée de ce homard pour le voyage que nous allons entreprendre ? Ce mot de voyage produisit son effet ordinaire sur ces jeunes têtes ; mes quatre fils se mirent à cabrioler comme de jeunes chevreaux, en répétant : Un voyage ! oh ! un voyage ! Je modérai leur ardeur en leur disant quelques-unes des raisons qui s'opposaient à ce que nous fissions cette course tous ensemble. D'ailleurs, il ne faut pas fatiguer votre mère inutilement, ajoutai-je, vous resterez tous trois près d'elle, dans ce lieu qui paraît sûr, et la vigoureuse Billy vous servira de garde tandis que Turc nous accompagnera, Frédéric et moi. Un tel compagnon et de bons fusils peuvent inspirer du respect. Mes fils se rendirent à ces considérations. Rudly courut porter son homard à sa mère, afin qu'elle le fît cuire, tant pour le déjeûner que pour le voyage, et pendant ce temps je dis à Frédéric de préparer nos armes et de garnir nos deux gibecières des munitions convenables. En voyant son fusil tout courbé, par suite de sa violence de la veille, le jeune homme, encore honteux de son emportement, me demanda la permission d'en prendre un autre; j'y consentis, et j'ajoutai à son armement et au mien une paire de pistolets de poche. De plus je pris une hache légère, dont je passai le manche dans ma ceinture de matelot.

Quelques instants après, la mère nous appela pour déjeûner ; elle avait trouvé dans nos effets un seau de fer-blanc, dans lequel elle imagina de verser le potage, et elle avait fait cuire le homard tout-à-fait au naturel, c'est-à-dire avec de l'eau et du sel ; mais la chair, quoique substantielle, nous parut coriace et sans goût; cependant, nous en mîmes, Frédéric et moi, les débris dans nos gibecières avec quelques morceaux de biscuits et une bouteille d'eau : c'étaient les provisions du voyage. Avant de nous mettre en route, nous implorâmes tous ensemble la miséricorde du Seigneur, en le priant de bénir notre entreprise et de protéger également ceux qui partaient et ceux qui restaient. Lorsque nous eûmes accompli ce devoir pieux, je donnai mes dernières instructions à ma femme, je recommandai à mes enfants de ne pas s'éloigner de leur mère et de lui obéir en toutes choses, et après les avoir tous embrassés, je me hâtai de m'arracher d'auprès de ces chers objets de ma tendresse, dont les larmes et les soupirs mal étouffés me troublaient jusqu'au fond du cœur. Quand nous fûmes un peu loin, je crus entendre les gémissements de ma femme et de mon petit Fritz : il me fallut un grand effort sur moi-même pour ne pas retourner sur mes pas; cependant, comme nous nous dirigions vers le ruisseau dont j'ai déjà parlé, le bruit de ces eaux vagabondes couvrit celui des tendres adieux qui nous étaient adressés, et nous ne pensâmes plus qu'au but de notre voyage.

Les bords du ruisseau étaient escarpés, et ce n'était que vers son embouchure qu'il se trouvait un petit passage fort étroit, par où nous avions été jusqu'alors chercher de l'eau. Je me réjouis de cette circonstance qui mettait les miens en sécurité de ce côté, tandis que, de l'autre, des rochers à pic au pied desquels la tente était dressée ne me laissaient rien à craindre pour eux. Nous fûmes obligés, pour franchir ce torrent, de remonter jusqu'à l'endroit d'où il se précipitait en cascade d'une pente très-rapide ; les grosses pierres dont son lit était parsemé nous permirent de le traverser, non sans faire quelques sauts périlleux, et parvenir enfin sains et saufs sur l'autre rive. Nous tournâmes alors à gauche, en marchant péniblement à travers de grandes herbes à moitié desséchées par le soleil, pour

gagner le bord de la mer, où nous pensions trouver peu d'obstacles à notre marche. Mais nous avions à peine fait vingt pas, qu'un fort bruissement de feuilles et de plantes brisées se fit entendre derrière nous, et en même temps ces herbes, presque de la hauteur d'un homme, commencèrent à se mouvoir dans la même direction ; j'armai sur-le-champ mon fusil, et je vis avec plaisir que Frédéric, sans s'émouvoir, en fit autant, et, dirigeant le canon du côté d'où venait le bruit, se tint prêt à faire feu suivant l'objet qui s'offrirait à ses regards. Bien lui en prit de n'avoir pas tiré à l'aventure ! les grandes tiges s'entr'ouvrirent et nous vîmes paraître notre bon et fidèle Turc, que dans la douleur des adieux nous avions oublié d'emmener, et que nos gens avaient sans doute envoyé après nous. Je reçus l'animal avec joie, et je louai en même temps Frédéric d'avoir su, dans cette circonstance, garder toute sa présence d'esprit et de ne s'être pas laissé troubler par la peur, qui eût pu le jeter dans quelque danger, et d'avoir enfin été assez maître de lui pour n'avoir pas tiré son coup avant de voir l'espèce d'ennemi qu'il avait à combattre. Tu le vois, mon fils, ajoutai-je, les passions non maîtrisées peuvent être funestes : ta colère d'hier, et la peur d'aujourd'hui, si tu n'avais su la réprimer, auraient pu nous causer un grand et irréparable dommage.

4

— Mais, mon père, si les passions sont si mauvaises, pourquoi donc Dieu nous les a-t-il données ?

— Les passions ne sont point mauvaises par elles-mêmes, pourvu que nous les maintenions soumises à la raison ; elles paraissent même nous avoir été données par notre Créateur pour donner plus d'activité à nos facultés, que la paresse, naturelle à l'homme, laisserait engendrer. Mais, je te le répète, il faut que la raison règle nos passions, qu'elle leur donne un but utile, autrement elles nous ravalent au rang des animaux, ou elles nous conduisent au crime.

En conversant de la sorte, nous nous avancions vers la mer ; à notre droite et tout au plus à une demi-lieue de distance, des rochers, qui depuis le lieu de notre débarquement formaient une ligne parallèle au rivage, commençaient à se couvrir à leur sommet d'une fraîche couronne d'arbres de toutes les espèces. L'espace entre les rochers et la mer était couvert, en partie, par les hautes herbes et par des bouquets de bois qui s'étendaient jusqu'au rivage ; tout en réjouissant nos yeux de l'aspect de ces beaux lieux, nous suivions le bord de la mer dans l'espérance que nous apercevrions sur ses flots, ou la chaloupe qui avait emporté nos compagnons, ou quelques indices de leur débarquement à terre ; mais ce fut en vain que nous cherchâmes sur le sable la trace de leurs pas, ou dans les buissons quelque chose qui nous indiquât le passage de quelque être humain, nous ne pûmes rien découvrir.

— Si nous tirions quelques coups de fusil, me dit Frédéric, peut-être que nos camarades sont cachés quelque part, et qu'en nous entendant ils se montreraient.

— Oui, si tu étais sûr que nos signaux seraient entendus seulement par des amis, et non par des sauvages que ce bruit attirerait bientôt de notre côté.

— Mais au fait, mon père, pourquoi nous fatiguer ainsi à la recherche de ces méchantes gens, qui se sont sauvés sans nous, et nous ont si lâchement abandonnés ?

— Par plus d'une raison, nous devons faire cette recherche, mon fils : la première, c'est qu'il ne faut pas rendre le mal pour le mal, ensuite c'est que ces hommes pourraient nous être utiles et nous aider dans notre établissement ; mais de tous les motifs, le plus puissant c'est qu'ils ont peut-être besoin de notre secours, car nous avons certainement emporté du navire plus de choses qu'ils n'en ont pu prendre, et qu'ils meurent peut-être de faim à cette heure.

— En attendant, nous perdons notre temps à courir ainsi à l'aventure, tandis que nous aurions pu retourner au bâtiment et en sauver le bétail, dont la possession nous serait si utile.

— Lorsque plusieurs devoirs se présentent à remplir, nous devons toujours donner la préférence au plus important ; il est plus noble de chercher à sauver des hommes, que de s'occuper d'animaux auxquels, du reste, nous avons donné assez de nourriture à l'avance, pour ne pas craindre qu'ils meurent de faim ; et d'ailleurs la mer est calme, elle ne détruira pas de sitôt le navire où ils sont encore en sûreté.

Après avoir parcouru toute la plage sans faire aucune découverte de ce que nous cherchions, nous atteignîmes un petit bois, sous lequel nous fîmes halte pour nous rafraîchir. Un clair ruisseau coulait sous son ombrage, et tout autour de nous, volaient, gazouillaient, chantaient une foule d'oiseaux inconnus de formes et de plumages différents, mais qui se distinguaient plutôt par des couleurs éclatantes que par la beauté de leur ramage. Frédéric, en vrai chasseur, perçait du regard la profondeur des arbres, et il découvrit sur les branches un petit animal, qui lui parut ressembler à un singe. mais il n'en était

pas sûr, parce qu'il n'avait fait que l'entrevoir. Tout-à-coup Turc fit
entendre un grognement sourd, et leva la tête avec inquiétude vers
la cime d'un arbre; Frédéric, pour voir ce qui la causait, tourna précipitamment autour du tronc, son pied posa sur un corps rond, caché
dans l'herbe, et qui le fit trébucher et presque tomber. Il ramassa cet
objet assez gros, et me l'apportant, il me demanda ce que c'était. Il pensait
que c'était une espèce de nid, à cause des filaments dont il paraissait en
partie formé. Je me moquai un peu de lui, et de cette mauvaise habitude
qu'il avait de juger superficiellement les choses sans se donner la peine
de les examiner. Je crois plutôt, ajoutai-je, que ceci est une noix, et
vraisemblablement une noix de coco. Je la cassai d'un coup de hache;
mais comme elle était trop vieille, l'amande qui en tapissait le contour
était dure, sèche, et hors d'état d'être mangée.

— Mais, papa, Ernest m'avait dit que le coco contenait une eau
fraîche et sucrée, que l'on buvait comme du lait d'amande; voilà encore
la science de notre cher docteur en défaut.

— Et toi, mon fils, ton humeur railleuse ne cesse jamais, surtout
quand elle trouve l'occasion de s'exercer vis-à-vis de ton frère! abstiens-
toi donc, mon cher Frédéric, de cette disposition, qui fait peu d'honneur à ton esprit, et donnerait mauvaise opinion de ton cœur. Ici tu
juges comme tout à l'heure sur les apparences : ton frère avait raison,
la noix du coco, quand elle n'est pas tout-à-fait mûre, est pleine d'une
eau claire, odorante, aigrelette et fort agréable au goût; lorsque le fruit
a pris tout son accroissement, cette eau s'absorbe, et les parois de la
coque se couvrent d'une substance de la nature de celle de l'amande,
qui, en vieillissant, finit enfin par se dessécher entièrement si elle
n'est point recueillie. Quand la noix tombe dans un terrain favorable,
cette moelle se gonfle et se germe, finit par s'ouvrir un passage à travers
la coque, pour se fixer en terre et reproduire ainsi un nouvel arbre.

— C'est une chose merveilleuse, dit Frédéric, rendu attentif par mon
observation, qu'un si faible germe puisse briser cette dure et triple enveloppe pour se reproduire. Je sais bien que les amandes des pêches et
des abricots en font de même; mais le noyau est déjà à demi fendu sur
le côté; mais ici comment cela peut-il se faire?

— Mon enfant, Dieu, qui pourvoit à tout, a résolu la difficulté qui
t'embarrasse. Remarque bien ici, à la base de la noix, ces trois petits trous
ronds : ils ne sont couverts que par une espèce de tampon spongieux qui
se pourrit vite, et donne ainsi passage au germe, qui plante alors ses
racines dans la terre et demeure attaché au coco, jusqu'à ce qu'il ait

achevé de consommer la moelle nourricière, destinée à substanter sa première enfance ; c'est ainsi, mon cher fils, qu'en observant la nature, tu trouveras toujours à t'émerveiller, et l'occasion de bénir et d'adorer son auteur.

Cependant nous continuions à marcher à travers les bois, où nous étions souvent obligés de nous frayer un chemin avec la hache, parce qu'ils étaient comme entrelacés par une multitude de lianes et d'autres plantes grimpantes, qui nous barraient à tout moment le passage. Nous parvînmes enfin dans un lieu plus découvert ; la forêt s'étendait à droite à une portée de fusil, et des arbres isolés, d'une forme sin-

gulière, s'élevaient de distance en distance ; Frédéric, qui marchait toujours en avant, les eut bientôt remarqués : Regardez donc, mon père, quelle étrange chose ! ces arbres portent leurs fruits, si toutefois ces grosses excroissances ne sont pas des champignons monstrueux, sur le tronc et non sur les branches. Je m'approchai, et reconnus avec joie que ces arbres étaient des calebassiers, déjà tous chargés de leurs fruits ; nous en ramassâmes quelques-uns de diverses grosseurs, et j'expliquai à mon fils quel parti les sauvages savaient tirer de ces courges, dont l'écorce forte et solide se façonne de mille manières, et comment on pouvait en faire des assiettes, des écuelles, des vases à boire et autres ustensiles de ménage, dans lesquels même on pouvait faire cuire différents mets.

— Comment, cuire, mon papa ! mais il est impossible de mettre cela sur le feu.

— T'ai-je dit qu'on dût mettre ces plats sur le feu ?

— Eh bien ! comment peut-on faire cuire quelque chose sans feu ?

— Je ne t'ai pas dit non plus qu'on dût s'en passer, seulement il n'est pas besoin de mettre le vase dans lequel on veut faire cuire quelque chose auprès du feu.

Ici Frédéric me regarda d'un air surpris, car je souriais et m'amusais de son embarras. — En vérité, je n'y comprends rien, reprit-il, et à moins d'employer la magie....

— Il n'y a pas d'autre magie, mon enfant, que l'intelligence de l'homme; c'est elle qui supplée chez lui à la force, et lui fait exécuter tant de choses qui paraissent merveilleuses; et quant à la manière dont on peut faire bouillir de l'eau ou toute autre chose dans des vases de calebasse, elle consiste à faire rougir au feu des cailloux que l'on jette peu à peu dans le vase, jusqu'à ce que ce qu'il contient soit parvenu au degré de cuisson convenable.

— Ah! voilà quelque chose de bien malin, je l'aurais bien trouvé si j'y avais réfléchi.

— Tu parles comme les amis de Christophe Colomb, quand il leur proposa de faire tenir un œuf sur sa pointe; les moyens les plus simples sont souvent ceux auxquels on pense le moins. Mais revenons-en à nos calebasses; si nous pouvions tout de suite en préparer quelques-unes que nous laisserions sécher ici sur le sable, et que nous reprendrions à notre retour, ta mère serait bien contente si nous lui rapportions ainsi quelque pièce de ménage. Frédéric, enchanté de cette idée, tira aussitôt son couteau et se mit en devoir de couper par la moitié une assez grosse courge dont les deux moitiés devaient faire, selon lui, deux charmantes soupières : mais l'écorce était dure comme du cuir; la lame du couteau glissait, et coupait d'une manière inégale et en serpentant; bientôt le vif et impétueux jeune homme jeta la courge avec impatience, en prit une autre, ne réussit pas mieux, et tout en trépignant se tourna vers moi, en disant : Je n'en saurais venir à bout !

— Ton impatience te nuira toujours, mon ami, lui dis-je, et ton irréflexion t'empêchera souvent de réussir si tu n'y prends garde ! Voilà bien des écuelles manquées, mais tâche des débris de faire quelques cuillers, cela te sera plus facile; pour moi, voici le moyen que j'emploierai pour partager ces courges d'une manière nette et égale. Je pris dans mon carnier un paquet de ficelles, dont je fis un de ces nœuds de batelier qui serrent si fort et ne se relâchent point; j'en entourai une courge par la moitié, et après l'avoir légèrement serré, je frappai fortement sur la ficelle avec le dos de mon couteau pour tracer la marque où la section devait se faire; puis, ayant attaché un des bouts du lien à une branche d'arbre, je tirai l'autre de toute ma force, et le fruit ne tarda pas à se couper en deux.

Je vidai ensuite l'intérieur qui ne contenait qu'une chair aqueuse et fade, dans le genre de celle de nos potirons, et j'eus ainsi deux coques fortes et solides que Frédéric regardait avec admiration.

— Mais comment avez-vous imaginé cette manière de couper sans couteau, mon papa? me dit-il; c'est comme celle de cuire sans feu, ou du moins sans se servir précisément de feu pour cela.

— Je me suis souvenu d'avoir lu, dans un livre de voyage, que les nègres et les sauvages coupent ainsi les courges, dont ils font toutes leurs vaisselles. Tu vois par là, mon fils, toi qui aimes peu les livres, qu'il est bon d'avoir lu, et surtout de savoir dans l'occasion mettre à profit ses lectures.

Nous fîmes tout de suite une douzaine d'autres vases plus petits, et Frédéric ne se tira pas trop mal de cette opération; nous réussîmes moins bien à la confection des cuillers, car celle que j'avais faite ressemblait plus à une pelle qu'à une cuiller. — Cela vaut mieux encore que nos écailles d'huîtres avec lesquelles nous ne pouvions pas manger le potage sans nous brûler les doigts, observa mon fils; et d'ailleurs, ajoutai-je, dans la nécessité, on doit se trouver heureux de l'à peu près.

— Ne pensez-vous pas, mon papa, que le bon Dieu met quelquefois ses enfants en détresse pour leur apprendre à se contenter de peu?

— Ta réflexion est bonne, mon cher fils, et cent écus ne me feraient pas tant de plaisir que celui qu'elle me cause.

— Ah! voilà grand'chose que cent écus! et qu'en feriez-vous ici, mon bon père? Si vous aviez dit une bonne soupe ou un bon morceau de rôti, je comprendrais mieux la valeur de ma remarque.

— Eh bien! celle-ci n'est pas moins précieuse, et je me réjouis fort de voir que tu commences à estimer une chose suivant les circonstances qui la rendent véritablement bonne et utile : l'argent n'est, en effet, qu'un moyen d'échange, dans la société humaine, et il perdrait ici tout son prix, puisqu'il n'y trouverait pas son emploi.

En parlant ainsi, nous nous levâmes pour continuer notre route; nous remplîmes nos vases de sable fin, afin que le soleil, en les séchant, ne leur fît pas prendre une mauvaise forme, et nous nous éloignâmes, non sans remarquer avec soin les environs, afin de pouvoir, au retour, reprendre notre vaisselle.

Après une marche d'environ deux heures, nous arrivâmes à l'extrémité d'une langue de terre qui s'avançait au loin dans la mer, et sur

laquelle s'élevait une petite colline assez escarpée. Ce lieu nous parut
favorable pour l'objet qui nous avait fait entreprendre notre course :
la recherche de nos compagnons du vaisseau. Ce ne fut pas sans beaucoup de fatigues que nous atteignîmes la cime de cette colline, d'où
la vue embrassait un immense horizon ; mais nous eûmes beau regarder dans toutes les directions, avec une excellente lunette marine,
nous ne découvrîmes pas la moindre trace de ceux que nous cherchions, ni même d'autres créatures humaines. Mais en revanche la
nature étalait devant nous ses grâces simples et naturelles. Les rivages
fleuris d'une baie considérable, dont les contours se perdaient dans le
bleu du ciel, enfermaient une mer doucement agitée, et dans les petites
vagues de laquelle se jouaient les rayons du soleil ; la beauté des feuillages
de différents verts ; les parfums de mille plantes inconnues, l'aspect de
cette solitude enchantée eût suffi pour remplir nos cœurs de joie et de
reconnaissance pour le Dieu miséricordieux qui nous y avait conduits,
comme il avait jadis fait entrer les patriarches dans la terre promise.
Mais la considération de tant de biens devenus notre partage ne m'empêchait point de songer avec tristesse au sort de nos compagnons de
voyage engloutis, sans doute, dans les abîmes de la mer, ou peut-être
jetés sur quelques côtes désertes et inhabitables. Que la volonté de Dieu
soit faite ! dis-je, en joignant les mains ; peut-être faut-il que nous vivions
désormais dans cette solitude ; soumettons-nous à ses desseins, et tâchons
de tirer le meilleur parti possible de notre position.

Mon fils m'assura que cette vie solitaire ne l'effrayait pas du tout, et
que la société d'un bon père, d'une tendre mère et de ses frères chéris
lui suffisait pour se trouver heureux, dût-il passer toute sa vie dans cette
contrée charmante, quoiqu'inhabitée.

Nous descendîmes ensuite la colline, et nous nous dirigeâmes vers un
petit bois que nous avions aperçu de loin ; il fallait, pour y arriver, traverser un champ planté de grands roseaux si fortement entrelacés que
nous eûmes quelque peine à nous y frayer un passage : nous marchions
avec précaution, car je craignais que ces roseaux ne fussent la retraite
d'un serpent ou de quelque animal venimeux ; notre chien marchait devant, et je coupai avec ma petite hache un de ces roseaux, plus utile
pour me défendre contre un reptile que ne le serait une arme à feu ; je
remarquai avec quelque surprise un jus épais qui s'échappait de la cou-
pure de ce roseau ; je le goûtai par curiosité, et l'ayant trouvé doux
comme du miel, je ne doutai pas que ce ne fût la véritable canne à
sucre : je contins ma joie, et voulant procurer aussi à mon fils le plaisir

de cette découverte, je lui criai de couper aussi un de ces gros roseaux pour sa défense, ce qu'il fit à l'instant sans se douter de rien ; mais comme, au lieu de s'en servir pour s'appuyer, il s'amusait à frapper de

la canne à droite, à gauche, et à faire avec le moulinet, il se dégagea par les deux extrémités une si grande quantité de jus qu'il en eut bientôt les mains toutes poissées. Le jeune homme s'arrêta, examina ce sirop qui ruisselait de toutes les fentes de la canne, il le goûta, et comprenant tout de suite l'importance de sa découverte, il s'écria en sautant tout joyeux : Papa ! papa ! la canne à sucre ! oh ! goûtez-en, papa ! c'est excellent !.... Oh ! que maman et mes frères seront contents quand je leur rapporterai cela ! Il se mit aussitôt à casser les tiges des cannes et à en aspirer le jus si avidement que ce doux nectar lui découlait du menton.

Je le grondai un peu de sa gloutonnerie : on ne doit jamais lâcher la bride à sa sensualité, et même dans les plaisirs permis, il faut savoir se modérer.

— Oh papa ! j'avais si soif ! et puis c'est si bon !

— Tu t'excuses à la manière des ivrognes ; ils boivent immodérément sous prétexte qu'ils ont toujours soif, et qu'ils trouvent le vin bon ; c'est ainsi qu'ils perdent la raison et finissent par ruiner leur santé et leur bourse.

— Du moins, je puis couper une provision de ces cannes pour les rapporter à la maison.

— Sans doute, mais n'en prends pas plus que tu n'en peux porter, et ne fais pas un dégât inutile des biens que Dieu nous donne.

J'eus beau faire, le jeune homme, consultant plus sa gourmandise que ses forces, en coupa une douzaine plus grosses, les réunit en faisceau, et quoiqu'il les eût dépouillées de leurs feuilles, ce fût encore un fardeau assez lourd à porter ; mais Frédéric n'en voulut pas convenir. Nous atteignîmes enfin le bois de palmiers, sous l'ombre desquels nous nous assîmes pour faire notre repas du midi. Tandis que nous étions

occupés de ce soin, une troupe de singes d'une assez grande espèce,
effrayés par notre apparition et l'aboiement de notre chien, s'élança du
pied des palmiers avec une telle rapidité que nous cûmes à peine le
temps d'entrevoir ces animaux ; mais arrivés au faîte, ils se mirent à
nous faire mille grimaces les plus risibles du monde, accompagnées de
cris perçants. Ce bruyant accueil ne m'intimida point, et j'espérais même
faire tourner la malice naturelle de ces singes à notre profit, quand Frédéric, toujours ardent lorsqu'il s'agissait de chasser quelque proie, arma
son fusil, et j'eus à peine le temps de l'empêcher de faire feu en lui retenant le bras. Que veux-tu faire? lui dis-je, et quelle utilité y a-t-il de
troubler ces pauvres bêtes ? — Ah ! mon papa, les singes sont des animaux malfaisants et malicieux surtout ; regardez comme ceux-ci font des
gestes méchants, ils nous mettraient en pièces s'ils le pouvaient !

— Je n'en doute pas, mon fils ; car nous sommes venus les troubler
dans leur domaine, mais est-ce une raison suffisante pour leur ôter la
vie ? Souviens-toi, mon enfant, que tant qu'un animal ne nous nuit pas,
ou que sa mort ne peut nous être d'aucune utilité, nous n'avons pas le
droit de le tuer, et encore moins celui de le tourmenter, pour nous
amuser ou satisfaire un vain désir de vengeance.

— Eh bien, je l'aurais tué comme une autre pièce de gibier.

— Quant à cela, grand merci ! je ne pense pas que ta mère eût été
fort réjouie d'apprêter cette victuaille ! et d'ailleurs, je pense que les
singes nous seront plus utiles vivants que morts ; tu vas voir ! mais gare
la tête ! car si je ne me trompe, il va nous tomber de ces arbres une grêle
de cocos qui vaudra mieux que ta chasse !

En effet, je pris des pierres et les lançai de toute ma force dans la
direction des singes, car je pouvais atteindre à peine à la moitié des
palmiers, sur lesquels ils étaient juchés. Leur naturel imitateur les porta
à me rendre la pareille, et saisissant les noix de cocos qui se trouvaient
à leur portée, ils nous en jetèrent une telle quantité, que la terre en fut
bientôt couverte. Quand la troupe grimacière eut épuisé ses munitions
et dépouillé les premiers arbres, elle s'enfuit dans l'épaisseur de la forêt.
Frédéric, émerveillé de mon stratagème, et de l'effet qu'il avait produit,
riait de tout son cœur en voyant les grimaces et les gambades de nos
fuyards. Dès que nous pûmes aborder le terrain, sans craindre d'être
assommés, nous fîmes notre récolte et nous nous établîmes dans un endroit hors de la portée de nos plaisants ennemis, pour achever notre
dîner. Grâce à ce supplément, ce dernier fut délicieux : avant de briser
nos cocos, nous en bûmes le lait à travers les petits trous que je perçai

avec une vrille ; mais si ce jus, qui ressemble plutôt à du petit-lait assez fade, qu'à du lait et surtout du lait d'amande, ne remplit pas l'idée que nous en avaient donnée les descriptions d'Ernest, nous fûmes d'autant mieux régalés de l'espèce de crème qui se trouve dans la noix de coco encore verte, et qui en tapisse les parois ; nous versâmes sur cette crème du sirop de canne à sucre, et nous fîmes ainsi un repas délicieux. Maître Turc, qui ne pouvait guère goûter à ces friandises, eut pour sa part le reste du homard que nous avions emporté, et un morceau de biscuit, un peu dur, mais qui apaisa pourtant un peu sa faim.

La journée s'avançait, il n'eût pas été prudent de nous aventurer plus loin, nous songeâmes alors à revenir sur nos pas. Je choisis, parmi les cocos intacts, ceux qui étaient encore pourvus de leur queue, je les liai ensemble, et m'en chargeai ; Frédéric prit le faisceau de cannes à sucre sur l'épaule, et tous deux ainsi chargés des fruits de notre voyage, nous reprîmes le chemin de l'habitation.

Au bout d'une demi - heure de marche, Frédéric commença à se plaindre de la pesanteur de son fardeau ; tantôt il le mettait sur une épaule, puis sur l'autre ; tantôt il le prenait sous le bras, puis il s'arrêtait tout-à-coup, et avec de gros soupirs : Non !

s'écria-t-il enfin comme accablé, je n'aurais jamais cru qu'une douzaine
de cannes à sucre fût si lourde à porter ! et sans le désir que j'ai de voir
ma mère et mes frères goûter aussi de ce jus délicieux, je crois que je
laisserais là mon paquet....

— Patience et courage, cher fils ! lui dis-je ; pense au panier de pain
que portait Ésope : c'était d'abord le fardeau le plus lourd, et il devint
le plus léger à la fin du voyage ; le tien s'allègera de même, car nous
sucerons plus d'une de tes cannes durant le chemin qui nous reste à
faire ; d'ailleurs, il y a un moyen de les porter plus commodément que
tu ne le fais, c'est de placer ce fardeau en croix avec ton fusil sur ton
dos, il sera tout à la fois moins lourd et moins embarrassant. Tu vois
qu'avec un peu d'imagination et de réflexion, surtout, on porte remède
à bien des inconvénients.

Il y avait quelque temps que nous marchions, quand Frédéric, me
voyant aspirer le jus de ma canne à sucre, voulut en faire autant ; mais
il suçait en vain, rien ne sortait parce qu'il avait négligé de faire, comme
moi, un petit trou au-dessus du premier anneau ; à force de chercher
la cause de ce phénomène, il la trouva enfin, et il eut bientôt comme
moi quelques gorgées d'un suc cordial et rafraîchissant.

— Mais, papa, si nous y allons de ce train là, me dit-il lorsqu'ayant
achevé d'épuiser mon bâton je lui en demandais un autre, nous pourrons bien n'en pas rapporter beaucoup à la maison.

— N'en aie point de regret, mon ami, car les cannes coupées et
transportées par l'ardeur du soleil ne se conserveraient pas long-temps ;
ce jus si doux finirait par s'aigrir. Pourvu que nous puissions en faire
goûter quelques morceaux, dans leur bonté, à nos amis de là-bas, cela
doit nous suffire ; nous retrouverons toujours bien le champ qui les
produit.

— Eh bien ! si le sucre nous manque, j'ai du moins fait une bonne
provision de lait de coco, dans ma gourde de fer-blanc, cela les régalera
joliment, n'est-ce pas ?

— Cette précaution est bien aimable de ta part, mais je suis fâché
de te dire, mon pauvre ami, que tu ne leur porteras peut-être que du
vinaigre au lieu de lait doux ; car le jus de coco, hors de son enveloppe
naturelle, s'altère promptement.

— Oh ! voilà qui serait bien contrariant ! Il prit aussitôt le flacon de
fer-blanc qu'il portait en bandoulière ; mais au moment où il voulait en
examiner le contenu, le bouchon sauta avec explosion, et la liqueur partit
en moussant comme du vin de Champagne ; Frédéric le goûta : Oh !

papa ! buvez-en ! c'est délicieux ! bien loin de ressembler à du vinaigre ; on dirait plutôt du vin doux ; il pique un peu la langue, mais très-agréablement.

— C'est le premier degré de la fermentation ; il en arrive de même, quand on délaie du miel dans l'eau, pour en faire de l'hydromel ; après un second degré, la liqueur s'éclaircit et prend quelque ressemblance avec le vin ; si par la chaleur on obtient un troisième degré de fermentation, ce vin ou cette liqueur devient du vinaigre ; enfin celui-ci, surtout lorsqu'il n'est pas soigné, subit une dernière fermentation qui est la corruption. Par une chaleur telle que celle que nous éprouvons aujourd'hui, ces différents degrés de fermentation se suivent rapidement, et il se pourrait même qu'au lieu de vinaigre tu n'apportasses à ta mère qu'une eau trouble et puante, c'est pourquoi nous pouvons boire maintenant de cette liqueur ce qu'il faut pour nous restaurer : allons, ajoutai-je en prenant le flacon, à ta santé, cher fils, et à celle de tous ceux que nous aimons. Nous bûmes chacun quelques gorgées de ce breuvage vraiment délicieux, et bien fortifiés par ce nouveau cordial, nous nous remîmes en route.

Nous ne tardâmes pas à retrouver l'endroit où nous avions disposé dans le sable nos ustensiles de ménage : ils étaient parfaitement secs, et par conséquent faciles à emporter, je me chargeai de ce soin. Comme nous traversions le petit bois où nous avions déjeûné le matin, voilà que notre dogue s'élança en avant et tomba avec fureur sur une troupe de

singes qui, ne s'étant point aperçus de notre arrivée, se divertissaient
sur le gazon; à la vue de Turc, tous se dispersèrent, excepté une vieille
guenon moins agile que les autres, qui fut saisie et mise en pièces par
le dogue affamé, avant que nous pussions nous y opposer. Un jeune
singe que cette pauvre mère portait sur son dos, ce qui sans doute l'avait
empêchée de fuir aussi vite que le reste de la troupe, s'était blotti sous
l'herbe et regardait, en grinçant des dents, cet horrible spectacle. Frédéric avait couru en jetant tout ce qui l'embarrassait, et s'était baissé
pour tâcher de sauver la pauvre mère; le jeune singe sortit de sa cachette, lui grimpa sur le dos, et s'accrocha à sa tête frisée avec une telle
force, que les cris, les secousses et tous les efforts du jeune garçon ne
lui purent faire lâcher prise.

— Voilà un trait du génie-singe, dis-je alors en riant de l'embarras
où se trouvait mon fils et en l'aidant à se défaire de l'animal effarouché;
ce petit singe, ayant perdu sa mère, semble t'adopter pour son père

nourricier, car ce pauvre orphelin n'est guère en état de pourvoir à lui-
même. Cependant que ferons-nous de toi, pauvre petit! dis-je en le
caressant et le tenant dans mes bras comme un petit enfant : nous sommes
si pauvres, et nous avons déjà plus de bouches pour manger, que de bras
pour travailler.

— Oh! papa, dit Frédéric, je vous en prie, laissez-le-moi et per-
mettez-moi de l'élever; j'en aurai bien soin, et peut-être que son
instinct nous aidera un jour à découvrir quelques bons fruits.

J'y consentis, nous nous éloignâmes en laissant Turc achever son
repas, car le peu de nourriture que nous avions pu lui donner n'avait
point apaisé son appétit vorace. Le petit singe, assez calmé par nos caresses, reprit sa place sur l'épaule de Frédéric, et je me chargeai du

paquet de cannes. Nous marchions depuis un quart-d'heure, quand
Turc nous rejoignit en courant, il avait encore la gueule teinte de sang;
sa présence rendit au petit singe toutes ses terreurs : quittant l'épaule
de Frédéric, il se réfugia dans ses bras en cachant sa petite tête dans ses
vêtements. La fatigue que mon fils éprouva bientôt à le porter de la sorte
lui suggéra l'idée de charger Turc de ce soin. Puisque tu as privé ce petit
de sa mère, lui dit-il, il faut que tu la remplaces, pour cela du moins;
aussitôt il attacha le petit singe sur le dos du chien, de manière pourtant
à lui laisser la liberté de ses mouvements, et, passant une corde autour
du cou du dogue, il en prit le bout de peur qu'il ne s'écartât et qu'il
n'arrivât malheur à son petit favori : d'abord, le cavalier et sa monture
firent quelques difficultés pour voyager ainsi de compagnie; mais quelques menaces et surtout des caresses réussirent à les calmer, et bientôt
même le petit singe, tout en faisant force grimaces, parut se trouver
très-bien de cette nouvelle façon d'aller.

L'invention me parut bien imaginée, et nous continuâmes notre route
en riant beaucoup des contorsions comiques de notre petit compagnon,
et de l'air grave avec lequel notre brave dogue le portait sur son dos,
en suivant pas à pas mon fils qui le tenait en laisse. Nous voilà justement
comme des gens conduisant à la foire des animaux savants, disais-je; te
figures-tu les cris de joie, les exclamations de nos petits quand ils nous
verront arriver ainsi accompagnés!

— Avec cela que frère Rudly va trouver ici un parfait modèle à grimaces, lui qui les fait déjà si bien, car c'est le plus grand grimacier....

— Eh! mon cher enfant, sois donc moins attentif aux petits défauts de
tes frères! ne les relève pas ainsi à tous propos, imite en cela la bonté de ta
mère qui, pour entretenir la paix entre vous, tâche au contraire de les
dissimuler à chacun de vous. Je n'aime pas à voir se développer en toi
cette disposition à la moquerie, prends-y garde, mon fils! un mot piquant,
dit souvent par légèreté, laisse quelquefois une impression ineffaçable.

Mon fils convint de la vérité de ma remarque, et promit d'y avoir
égard. Nous parlâmes ensuite des singes, de leurs mœurs et de l'utilité
des animaux en général; je m'appliquai à rectifier, dans l'esprit de mon
fils, plusieurs erreurs que l'habitude de mal raisonner, et surtout sa précipitation à juger sans réflexion, lui avaient fait admettre. Cette conversation, en nous faisant paraître la route moins longue, nous amena à
parler des animaux que nous avions laissés sur le bâtiment, et de l'espoir
que nous conservions de pouvoir les amener à terre. Frédéric regrettait
beaucoup que les chevaux, qu'on avait embarqués avec nous, n'eussent

pu supporter la traversée ; en effet, ils avaient péri peu de temps avant notre catastrophe.

— Malheureusement, disait-il, il ne reste plus qu'un âne, et que ferons-nous jamais d'un âne !

— Ne te presse point tant de déprécier ce patient et modeste animal ; si nous réussissons à l'amener à terre, tu verras quels services il saura nous rendre ! Et comme celui dont tu parles est d'une forte race, autant qu'il m'en souvienne, peut-être qu'avec de bons soins et l'influence du climat il pourra même nous tenir lieu de cheval.

Cependant, à force de marcher, nous étions parvenus, presque sans nous en douter, au bord du ruisseau que nous avions traversé le matin, et qui nous séparait encore de nos amis. Billy la Danoise signala la première notre arrivée par un long aboiement, Turc le Breton y répondit par un même compliment, mais exprimé de telle force que son petit cavalier, saisi d'un effroi soudain, s'élança de toute la longueur de sa corde, et se réfugia dans les bras de Frédéric qu'il regardait déjà comme son protecteur. Une fois que le chien se sentit affranchi de son fardeau, il partit comme un trait en avant, traversa le ruisseau, de l'autre côté duquel nous vîmes alors nos bien-aimés accourir l'un après l'autre, et qui de loin nous témoignaient leur joie de notre retour. Nous côtoyâmes la rive jusqu'à l'endroit où les rochers formaient comme un pont naturel, et bientôt nous nous trouvâmes réunis aux chers objets de notre tendresse.

A peine les enfants nous eurent-ils embrassés qu'ils se mirent à sauter autour de nous en criant : Un singe, un petit singe ! Oh ! qu'il est gentil ! Où l'avez-vous trouvé ? Comment l'avez-vous pris ? Qu'est-ce qu'on lui donnera à manger ? Mais que veux-tu faire de ces gros roseaux, Frédéric ? et qu'est-ce que ces grosses boules enveloppées d'étoupes, que porte papa ? C'était un conflit de questions, de réponses, de cris de joie, d'exclamations ; nous ne savions auquel entendre. Quand ce joyeux tumulte fut un peu apaisé, je pris la parole : Nous voilà revenus sains et saufs, mes chers amis, Dieu a béni notre voyage, et nous vous rapportons toutes sortes de bonnes choses ; mais le but principal de notre course est manqué ! nous n'avons pas aperçu la moindre trace de nos compagnons d'infortune, ni celle d'aucune créature humaine....

— Si telle est la volonté de Dieu, dit ma pieuse femme, sachons nous y conformer, et remercions-le du moins de nous avoir enfin réunis, sans qu'il soit arrivé malheur à aucun de nous ! Combien j'ai prié et soupiré pendant cette absence, et qu'elle m'a paru longue ! enfin vous voilà !

Racontez-nous en marchant ce qui vous est arrivé, mais débarrassez-vous d'abord de vos fardeaux; nous avons eu le temps de nous reposer, et quoique nous ne soyons pourtant pas restés oisifs, comme vous le verrez, du reste, nous n'avons presque pas quitté la place de toute la journée, si ce n'est les enfants qui ont bien un peu rôdé de côté et d'autre.

Chacun aussitôt s'empressa autour de nous; Rudly prit mon fusil, Ernest le paquet de noix de cocos, Fritz les vases de courges, et ma femme se chargea de ma carnassière. Frédéric distribua ses cannes à sucre entre ses frères, sans d'abord les avertir de la valeur de ce roseau, et comme il voulait replacer le petit singe sur le dos du robuste Turc, il pria Ernest de vouloir bien prendre son fusil; le petit paresseux trouva ce surcroît de charge un peu pénible, mais il n'en témoigna aucune humeur; seulement, comme sa mère s'aperçut bientôt qu'il soupirait et changeait à tout moment son fardeau d'une épaule sur l'autre, elle en eut pitié, et elle lui prit la charge de cocos, qui du reste n'était pas très-pesante.

Mon fils aîné s'en étant aperçu : Si Ernest savait, dit-il, ce que contiennent ces bourres de filasse, comme dit Fritz, il aurait plié sous le poids plutôt que de les abandonner ; ce sont de véritables noix de cocos. Ernest, tes chères noix de cocos !

— Comment! comment! des noix de cocos, s'écria le jeune naturaliste, en revenant sur ses pas. Donnez! donnez. maman! je les porterai, et le fusil aussi.

— Non, non, dit la mère, je n'aime pas à t'entendre gémir et soupirer, comme tu le faisais tout à l'heure.

— Eh bien, je n'ai qu'à jeter ce lourd bâton, qui n'est peut-être bon à rien, et prendre le fusil à la main....

— Si tu fais cela tu t'en repentiras encore davantage, mon pauvre ami! reprit Frédéric ; car, puisqu'il faut te le dire, ce gros bâton, qui n'est peut-être bon à rien, est une canne à sucre.... Venez tous, je vais vous apprendre à en extraire le sirop, ce qui n'est pas facile, quand on ne connaît pas le secret.

— Oh! des cannes à sucre! s'écria toute la petite troupe, et chacun s'approcha de Frédéric, qui leur montra le moyen d'en tirer le précieux jus, et ma femme fut également charmée de cette découverte ; mais de toutes les choses utiles que nous avions rapportées, rien ne lui fit plus de plaisir que les plats et la soupière de calebasse, car la vaisselle était un objet de première nécessité, qui nous manquait totalement.

Nous arrivâmes à notre établissement, où nous vîmes avec un certain plaisir les apprêts d'un excellent repas; d'un côté du foyer grillaient des poissons enfilés dans une brochette de bois, posée sur deux petites fourches, aussi de bois et plantées en terre; en face était une oie, qui, disposée de même, rôtissait lentement, et la graisse qui en découlait était recueillie dans de grandes coquilles de moules rangées par terre; entre

ces deux objets, c'est-à-dire au milieu de la flamme, s'élevait la marmite, d'où s'échappait en bouillant l'odeur d'un excellent potage; enfin, à quelque distance du foyer, une des tonnes que j'avais amenées la veille avec tant de peine au rivage, était entr'ouverte et laissait voir dans ses flancs de superbes fromages de Hollande, lesquels, enveloppés de plomb, n'avaient point souffert de l'eau de la mer.

— Il paraît qu'en effet vous n'êtes pas restés à rien faire pendant notre absence, dis-je enchanté de ces préparations fort réjouissantes pour nos estomacs; seulement, je suis fâché, dis-je à ma femme, que tu aies déjà tué une de nos oies, car je voudrais les laisser se multiplier, afin de nous créer une ressource pour l'avenir.

— Rassure-toi, mon ami! notre rôti, loin d'être pris sur notre future basse-cour, est un produit de la chasse de ton fils Ernest; il donne à cet animal un nom assez étrange, mais il m'a assuré qu'il était bon à manger.

— Mon père, dit alors Ernest, enchanté de l'occasion d'étaler un peu sa science, je crois que cet oiseau est ce qu'on appelle le booby, ou peut-être le pingouin, qu'on appelle aussi manchot; cet oiseau est fort stupide, dit-on, et c'est vrai, car celui-ci s'est laissé approcher de si près, que je l'ai abattu d'un coup de bâton.

— Et quelle était la structure de son bec et la conformation de ses pattes ?

— Oh ! c'est un palmipède, car ses quatre doigts étaient, comme ceux des oies et des canards, réunis par une membrane ; il n'avait que deux bouts d'ailes sans plumes, et qui, pendant de chaque côté de son corps, lui donnaient l'air si bête, que vous en auriez ri, mon papa ; le bec était long, étroit, robuste et un peu courbé en avant : d'après ces caractères, son port, et surtout sa bêtise, je pense que c'est bien l'un ou l'autre de ces oiseaux stupides, dont parle mon dictionnaire d'histoire naturelle.

— Tu vois, mon fils, de quelle utilité il est de suivre un système dans l'étude de la nature, puisqu'à l'aide de quelques caractères généraux on peut reconnaître les genres et les espèces.

J'allais pousser plus loin cette discussion, quand la ménagère nous appela pour nous mettre à table, c'est-à-dire que chacun de nous choisit une place commode pour s'asseoir. On avait ouvert les cocos, dont le lait servit d'abord à apaiser la faim du pauvre petit singe, qui ne voulait rien manger de ce qu'on lui présentait. Les enfants eurent l'idée de tremper le bout de leur mouchoir dans ce lait, et de le faire sucer au petit animal, qui s'en trouva d'abord fort bien, et finit par boire tout seul. Cependant, comme notre vaisselle ne suffisait point pour la diversité de nos mets, j'imaginai de scier quelques noix de cocos par la moitié, et les ayant débarrassées de leur moelle encore tendre, nous nous vîmes tous pourvus d'une espèce d'écuelle fort propre, dans laquelle ma bonne femme servit à chacun sa portion de soupe, et ce fut un vrai plaisir pour elle de nous voir tous une cuiller d'écorce de courge en main, manger enfin plus proprement et plus commodément que nous ne l'avions pu faire jusqu'alors.

Quoique les poissons fussent un peu desséchés, et que la chair du pingouin, malgré sa graisse appétissante, fût assez fade, nous fîmes honneur au repas, pendant lequel on nous raconta la manière ingénieuse dont Rudly et le petit Fritz avaient pêché les poissons au bord de la baie ; comment ma bonne et courageuse femme, à la sueur de son front, était venue à bout de défoncer la tonne au fromage, qui allait nous fournir un excellent dessert. Ce mot de dessert rappela à Frédéric son vin de Champagne, et tout joyeux il présenta son flacon de fer-blanc à sa mère, afin que celle-ci goûtât la douce et piquante liqueur qu'il contenait ; mais, ainsi que je l'avais bien prévu, le vin de coco était devenu d'excellent vinaigre : nous l'employâmes à rehausser le goût un peu fade de notre oie grasse, ce qui le mit si bien en crédit auprès de notre bonne ménagère, qu'elle lui accorda sans hésiter la préférence sur le meilleur vin mousseux.

Notre repas terminé, et le soleil étant près de se coucher, nous songeâmes à en faire autant ; nos poules s'étaient déjà retirées sur le toit de la tente, les oies et les canards avaient disparu entre les joncs et les roseaux de la baie, tout annonçait l'heure du repos. Après avoir fait notre prière du soir en commun, nous nous glissâmes sous notre léger abri, où ma bonne femme avait eu l'attention d'ajouter une nouvelle provision de mousse à nos lits, que nous trouvâmes ainsi plus douillets que la veille. Chacun s'étendit dans son coin ; le petit singe, dont Frédéric et Rudly se partageaient le soin, se blottit entre ses deux amis, ceux-ci le couvrirent avec de la mousse de peur du froid de la nuit. J'entrai le dernier sous la tente que je fermai derrière moi, et heureux de me retrouver ainsi rapproché de tous les miens, je ne tardai pas à tomber dans un profond sommeil.

Je jouissais depuis peu de temps de ses douceurs, quand l'aboiement vif et prolongé de nos chiens placés en dehors de la tente, et préposés à notre garde, m'éveilla tout-à-coup. Nos volailles s'agitaient avec inquiétude sur le faîte de la tente. Je compris qu'il y avait là un ennemi, je me levai, ma femme et Frédéric en firent autant, nous saisîmes chacun un fusil, que nous avions placé par précaution à un endroit précis. Nous sortîmes de la tente ; ma courageuse femme, qui portait également un fusil, devait charger les nôtres à mesure ; car elle se défiait un peu de la justesse de son coup d'œil pour tirer.

A la clarté de la lune, nous aperçûmes alors un terrible combat : une douzaine de chacals étaient aux prises avec nos deux chiens ; ceux-ci avaient déjà abattu trois ou quatre de leurs ennemis, et tenaient le reste

de la troupe en respect, en faisant de rapides évolutions; mais ces fidèles animaux étaient près d'être accablés par le nombre quand nous vînmes à leur secours : deux coups de feu bien dirigés atteignirent un de ces nocturnes maraudeurs, et mirent le reste en fuite; celui que Frédéric avait ajusté était tombé sur la place, mais ceux qui n'avaient été que blessés se trouvèrent des jambes pour se sauver avec les autres; nos chiens arrêtèrent deux des fuyards, et après la victoire, ils les dévorèrent en vrais dogues qu'ils étaient, sans se soucier si ce gibier était ou non de leur parenté. Cette alarme n'ayant pas d'autre suite, nous prîmes le chemin de nos lits; mais Frédéric voulut auparavant relever son chacal, et le mettre à l'abri des chiens, afin de pouvoir faire admirer le lendemain à ses frères les exploits de la nuit; il le traîna donc derrière la tente avec assez de peine, car cet animal était presque de la taille d'un gros chien.

Rien n'étant venu de nouveau troubler notre repos, nous achevâmes paisiblement le reste de la nuit, jusqu'à ce que le coq matinal m'ayant éveillé par son cri joyeux, ma femme et moi, pendant que le reste de la famille dormait encore, nous tînmes conseil sur l'emploi du nouveau jour qui commençait à luire.

Ah ! chère Élisabeth ! disais-je à ma femme, je vois tant de choses à faire, que je ne sais par où commencer ! En effet, un voyage au navire échoué me semblait indispensable, si nous ne voulions pas laisser périr de faim le bétail que nous y avions jusqu'alors conservé; je pouvais aussi rapporter une foule de choses utiles dans notre situation; et d'un autre côté, j'avais tant à faire à terre; car, avant toutes choses, il fallait songer à nous établir une demeure plus solide, et où nous puissions être plus en sécurité que sous un simple abri de toile, tel qu'était notre tente.

— Avec de la patience, de l'ordre et de la persévérance, on vient à bout de tout ! me dit ma femme, et quelle que soit l'inquiétude que j'éprouverai à vous voir entreprendre cette course au navire, j'en sais trop l'importance et l'utilité pour m'y opposer; faisons-en donc aujourd'hui notre unique et principale affaire, le reste se fera plus tard : à chaque jour suffit son mal, c'est notre Seigneur, le meilleur ami de l'humanité, qui a dit cette parole.

Il fut donc convenu que ma femme et les plus jeunes enfants resteraient à terre, tandis que Frédéric, le plus fort et le plus adroit de mes fils, m'accompagnerait dans cette expédition. Je me levai aussitôt et j'éveillai tout mon monde.

— Allons, allons, debout, enfants, le jour paraît, et nous avons bien à faire !

Toutes ces petites mines, encore à moitié endormies, se montrèrent hors de leurs nids de mousse. Frédéric répondit le premier à l'appel, en un instant il fut hors de la tente, et courut aussitôt à son chacal. Le froid de la nuit avait roidi l'animal, et Frédéric le plaça sur ses quatre pieds, à l'entrée de la tente, pour voir ce que les petits diraient en l'a-percevant; mais les chiens n'eurent pas plutôt vu leur ennemi debout, qu'ils accoururent en aboyant avec fureur, tellement que Frédéric eut un instant la crainte qu'ils ne le missent en pièces; heureusement qu'il parvint à les calmer par des caresses, et non par de mauvais traite-ments, comme il avait fait la veille : Frédéric s'était souvenu de ma leçon, ce que je remarquai avec plaisir.

Au bruit que faisaient les chiens, tous les enfants sortirent de la tente, et jusqu'au petit singe perché sur l'épaule de Rudly; mais à peine ce petit animal eut-il entrevu le chacal, qu'il rebroussa chemin subite-ment, et alla se cacher au fond de la mousse, si bien qu'on ne lui voyait plus que le petit bout du museau. Chacun s'émerveillait de savoir d'où venait cet animal étrange qu'Ernest prit pour un renard, Rudly pour un loup, et Fritz pour un chien jaune. — Je vous dis, répéta Ernest d'un ton un peu doctoral, que c'est un renard doré.

— Oh! pour cela, monsieur le docteur, vous ne savez ce que vous dites, s'écria Frédéric d'un ton moqueur; comment, vous qui avez si bien reconnu l'agouti, vous ne reconnaissez pas le chacal?

— Mais c'est que d'après les caractères,... continua Ernest en exa-minant l'animal, je crois être certain de ce que je dis.

— Ah! ah! monsieur croit être certain!... d'après les caractères.... ah! ah! et pourquoi n'est-ce pas aussi un loup doré?

— Mon Dieu, Frédéric, que tu es peu aimable! dit Ernest les larmes aux yeux, on peut se tromper; d'ailleurs, tu ne saurais peut-être pas le nom de cet animal, si papa ne te l'avait pas dit.

— Allons, allons, la paix, dis-je à mon tour; toi, Ernest, tu es toujours prêt à te fâcher des plaisanteries de tes frères, ce qui prouve quelquefois beaucoup de vanité et peu d'esprit. Et toi, Frédéric, tu pousses quelquefois trop loin la raillerie, ton bon cœur devrait t'avertir, ou plutôt tu devrais mieux l'écouter. Au surplus, enfants, je vais vous mettre tous d'accord, car le chacal tient de la nature du loup, du renard et du chien; on peut donc le prendre pour un de ces trois animaux, sans que cela soit tiré à conséquence.

Cette décision termina la discussion; les deux frères firent la paix, et après que nous eûmes fait tous ensemble la prière du matin, chacun alla à ses affaires ; toutefois, il se passa peu de temps sans que les enfants ne demandassent à déjeûner. Nous n'avions pas d'autres provisions, comme on sait, qu'un tonneau de biscuits, et force fut à mes gamins de s'en contenter, quoique ce pain fût bien sec et bien dur surtout : les uns essayèrent de manger du fromage avec, les autres de le tremper dans de l'eau ; pour Ernest, qui ne faisait jamais comme tout le monde, il s'en alla rôder autour d'une des tonnes que nous avions repêchées, et qui n'avait pas encore été ouverte. Tout-à-coup, je le vois revenir à moi, et d'un air tout joyeux, il me dit : Oh ! papa, si nous avions du beurre sur notre biscuit sec, il glisserait bien mieux.

— Sans doute, mais quand on n'en a pas, il faut s'en passer.

— Mais, mon papa, ne peut-on pas défoncer ce tonneau ?

— Que veux-tu dire ? quel tonneau ?

— Eh ! ce gros tonneau là-bas ; il en est plein, je suis sûr, car il est sorti par une fente quelque chose de gras qui m'a paru comme du beurre.

— Oh ! que béni soit ton instinct gourmand ! m'écriai-je ; si tu as deviné juste, tu auras la première tartine pour récompense.

Nous courûmes tous au tonneau, et je constatai en effet la précieuse trouvaille du petit garçon : Frédéric, toujours fort pour les moyens expéditifs, voulait faire sauter les premiers cercles et lever le fond ; mais, sur l'observation de ma femme, que c'était nous exposer à perdre en peu de temps toute la provision, car la chaleur croissante de la journée suffirait pour la faire fondre, je fis un trou dans le tonneau avec une grosse tarière, de manière à pouvoir y introduire une petite pelle de bois et en retirer le beurre dont nous avions besoin à l'instant. Nous eûmes bientôt une tasse de coco toute pleine d'un beurre de Hollande, salé et délicieux, dont nous fîmes des tartines à tout notre monde. A la vérité, le biscuit ne demeura pas moins dur, mais ayant eu l'idée de le présenter au feu et frotté de beurre, il fut plus mangeable et même d'un goût fort agréable. Pendant ce temps, nos chiens demeuraient tranquillement couchés auprès de nous, leur repas nocturne semblait leur tenir lieu de déjeûner ; mais je ne tardai pas à m'apercevoir que ce repos venait d'une autre cause. les pauvres bêtes n'avaient pas soutenu le furieux combat de la nuit sans en porter des marques sanglantes ; les chacals leur avaient fait de profondes blessures, autour du cou surtout : ma femme imagina de faire tremper du beurre dans de l'eau fraîche afin d'en ôter tout le sel, et de frotter ces pauvres blessés avec ce mélange rafraîchissant ; ce remède si simple produisit le meilleur effet du monde, nos chiens commencèrent bientôt à se lécher mutuellement là où ils ne pouvaient atteindre avec leur langue, et en peu de jours de ce traitement, leurs plaies furent entièrement cicatrisées. Ernest remarqua fort judicieusement à cette occasion qu'il serait bon que nos chiens fussent armés de colliers à pointes, pour les défendre contre les animaux sauvages. Je leur en ferai chacun un, dit Rudly qui ne doutait jamais de rien.

— C'est ce que nous verrons, reprit en souriant la mère qui connaissait le petit fanfaron, pourvu que tu saches mettre à exécution ce que tu auras inventé, car tout le génie du monde est perdu sans cela.

J'appris alors à mes enfants l'expédition que Frédéric et moi nous avions projetée, et pour laquelle mon fils se disposait déjà, car nous ne devions pas tarder à partir. Je recommandai aux plus jeunes de ne point quitter leur mère pendant mon absence, et de prier Dieu pour qu'il bénît notre entreprise; je convins aussi avec ma femme de quelques signaux pour nous communiquer mutuellement de nos nouvelles. Un morceau de toile à voile, placé au bout d'une longue perche plantée sur le rivage, devait flotter pendant notre absence, pour nous faire connaître que tout était tranquille au logis; cette même perche abattue et trois coups de feu tirés en même temps seraient le signal du retour. Ma femme, rassurée par ces précautions, nous vit partir sans trop de peine, et même elle promit de ne pas trop s'inquiéter si l'ouvrage que nous allions trouver sur le bâtiment nous empêchait de revenir le jour même.

Nous ne prîmes avec nous que nos armes et quelques munitions, parce que nous devions trouver des vivres sur le navire; toutefois, Fré-

déric, qui voulait faire boire du lait de chèvre à son petit singe, le prit
avec lui. Le moment du départ étant arrivé, nous nous embrassâmes
tous en silence, et, le cœur ému, nous nous éloignâmes du rivage.
Lorsque nous fûmes parvenus à peu près au milieu de la baie, un fort
courant provenant des eaux du ruisseau qui se précipitaient dans la mer
me parut propre à nous rapprocher du navire et à ménager ainsi nos
forces. Quel que fût mon peu d'habileté dans l'art nautique, je parvins
pourtant à faire entrer notre embarcation dans ce courant, qui nous
porta presque sans fatigue aux trois quarts de notre route ; nous en
fîmes le reste à grands coups de rames, et nous parvînmes à gagner le
flanc du navire échoué ; nous y attachâmes solidement notre bateau, et
nous entrâmes dans l'intérieur par la grande ouverture dont j'ai parlé.

Le premier soin de Frédéric, en abordant, fut de courir aux animaux
qui étaient rassemblés sur le pont, et de leur porter de la nourriture ;
ces pauvres bêtes abandonnées semblaient nous saluer par leurs cris
divers, leurs bêlements, leurs mugissements ; c'était moins le besoin de
nourriture que le désir de voir des hommes qui leur faisait ainsi manifester
leur joie, car leurs crèches étaient encore pourvues de fourrage. Frédéric
plaça le petit singe auprès d'une chèvre, et il suça ce lait inaccoutumé

avec force grimaces, qui nous divertirent beaucoup. Après avoir donné
aux bestiaux tous les soins nécessaires, nous prîmes aussi quelques
rafraîchissements, pour vaquer ensuite avec plus de force et de courage
à nos travaux.

— Par où allons-nous commencer? dis-je à Frédéric, lorsque nous
eûmes terminé notre léger repas.

— Mon père, je suis d'avis que nous nous occupions de placer un
mât et une voile à notre bateau.

7

— Voilà une singulière fantaisie ! et à quoi bon nous donner cette peine ?

— Ah ! c'est qu'en venant ici j'ai senti un vent assez vif, qui me soufflait au visage ; nous avancions, parce que le courant nous portait en avant ; mais au retour, il n'en sera pas de même, le bateau que nous allons charger sera bien autrement lourd, et il me semble qu'il serait bon de profiter du vent pour épargner nos forces et arriver plus vite au rivage.

Je trouvai l'idée du jeune homme fort bien conçue, et je me mis aussitôt en devoir de l'exécuter. J'allai dans le magasin choisir une forte perche pour servir de mât, une voile triangulaire, que je trouvai tout attachée à sa vergue, et un moufle, assemblage de poulies qui se place au haut du mât, et au moyen desquelles on fait monter ou descendre la voile à l'aide de petits câbles ; munis de toutes ces choses, nous dressâmes notre mât au centre de notre bateau, en le faisant entrer de force dans une espèce de plancher percé, que Frédéric avait préalablement établi sur l'une des cuves, et qui occupait toute la largeur du bâtiment ; ce plancher, que nous eûmes soin d'assujettir avec de grands clous, tant sur le bord des cuves voisines que sur les flancs du bateau, formait comme un petit pont à notre navire ; enfin deux cordes, fixées d'un bout à la vergue et de l'autre aux deux extrémités du bateau, permettaient de faire manœuvrer la voile à volonté, sans être obligé de tourner le bâtiment.

Mon fils me pria alors de ne pas oublier de décorer la pointe du mât d'une petite flamme rouge, en guise de pavillon, afin, dit-il, que notre construction ait une meilleure apparence ; cette vanité puérile, qui perce souvent au milieu de la plus profonde misère, me fit sourire tristement, car elle me révélait un des traits caractéristiques de la race humaine. Cependant je cédai au désir de mon fils, et même je finis par m'amuser comme lui à voir la petite banderolle se dérouler gracieusement aux vents.

La plus grande partie du jour s'était écoulée dans ces travaux, et quel que fût mon désir de retourner près des miens avant la nuit, je vis que cela me serait impossible, et qu'il fallait nous résoudre à passer la nuit à bord. Frédéric avait dirigé le télescope sur le rivage : tout y paraissait en ordre ; nous fîmes alors les signaux dont nous étions convenus pour prévenir le reste de la famille de notre détermination : la réponse que nous reçûmes nous fit connaître que nous étions compris, et que tout était tranquille.

Rassurés sur ce point, nous employâmes le reste de la journée à débarrasser notre bateau des pierres que nous y avions mises pour le lester, et à en remplacer le poids par toutes sortes de choses utiles. La poudre et le plomb, qui devaient servir à notre défense et à nous procurer notre subsistance, furent les premiers objets de notre attention; les clous, les marteaux et les outils de toute espèce, dont le navire était abondamment fourni, parce que son chargement était destiné à l'établissement d'une colonie dans les forêts d'Amérique, furent recueillis avec soin; mais il fallait faire un choix rigoureux au milieu de tant de richesses, car notre bateau n'aurait pu porter tout ce que nous aurions voulu emporter. Cependant, je ne négligeai point cette fois les couteaux, fourchettes, cuillers et autres ustensiles de ménage, dont nous avions déjà senti la privation; je trouvai dans la chambre du capitaine quelques couverts d'argent et d'autres pièces d'argenterie, des assiettes et des plats d'étain, et une petite caisse garnie de flacons de bons vins; tout cela fut embarqué. Nous prîmes aussi, dans la cuisine, des grils, des chaudrons, des poêles, des pots, etc. Je fis un choix parmi les provisions de bouche destinées à la table des officiers, tablettes de bouillon, jambons de Westphalie, saucissons, sans oublier quelques sachets de légumes secs et de grains.

Sur l'observation de Frédéric, que nos lits de mousse étaient passablement durs, à moins d'être renouvelés tous les jours, je plaçai dans notre chargement un certain nombre de hamacs, et plusieurs couvertures de laine qui pourraient toujours nous servir à plus d'un usage. Frédéric, qui croyait n'avoir jamais assez d'armes, m'apporta encore deux ou trois fusils et toute une brassée de sabres, d'épées et de couteaux de chasse, à l'aide desquels nous aurions pu nous défendre contre une horde entière de sauvages. Enfin, pour en finir, je remplis la dernière cuve d'un petit baril de soufre, tout ce que je trouvai sous ma main de cordes et de ficelles, et un gros rouleau de toile à voile. Je destinais le soufre à préparer des allumettes à ma femme.

Notre petit bâtiment était chargé à pleins bords, et j'eusse peut-être été forcé de l'alléger, si le temps n'eût pas été aussi calme et la mer aussi paisible.

Cependant la nuit était arrivée : un grand feu, allumé par les nôtres sur le rivage, nous assura de la continuation de leur bien-être; nous répondîmes en allumant quatre grosses lanternes sur le navire, ce qui signifiait qu'il en était de même pour nous. Et deux coups de feu nous apprirent que notre signal était reconnu.

Après une prière bien tendre et bien fervente pour nos chers délaissés, et non sans inquiétude pour eux, nous allâmes chercher un peu de repos, dans nos cuves, à la vérité, et sous le seul abri de notre voile, car il eût été trop imprudent, vu l'état de délabrement où était le navire, de nous risquer à y passer la nuit ; une forte lame pouvait le dégager d'entre les rochers, et achever de le briser en quelques instants, tandis que, dans notre légère embarcation, dont il m'était facile de couper à l'instant l'amarre, nous pouvions, à l'aide de nos agrès, espérer regagner le rivage.

Le jour commençait, et la côte était encore à peine visible, quand, réveillé par mes inquiétudes, je me rendis sur le pont du navire où se trouvait placé le télescope. Je dirigeai le tube sur la tente qui renfermait ma chère famille, cherchant à deviner s'il ne lui était rien arrivé de fâcheux, depuis la veille ; Frédéric m'apporta un déjeûner fortifiant, composé de biscuit, de vin et de jambon ; nous nous assîmes, de manière à regarder de temps en temps du côté du rivage ; peu de temps après, je vis à ma grande joie la tente s'entr'ouvrir, et ma femme en sortir, et regarder attentivement vers la mer.

Nous élevâmes aussitôt un pavillon blanc, préparé pour cela à l'avance ; on y répondit en agitant trois fois celui du rivage. Ce signal ôta subitement le poids douloureux qui oppressait mon cœur ; car il m'annonçait que la nuit s'était passée sans accidents pour tout ce qui m'était cher sur cette rive.

— Allons, Frédéric, dis-je tout joyeux à mon fils, maintenant que je suis rassuré sur le compte de nos amis, je ne suis plus si pressé de partir, comme j'en avais l'envie tout à l'heure, et je pense à ces pauvres animaux, que nous allons encore une fois abandonner sur ces débris, où, d'un moment à l'autre, ils sont exposés à périr ; cherchons donc un moyen pour en sauver du moins quelques-uns !

— Si nous faisions un radeau, on les attacherait dessus avec des cordes....

— Mon enfant, songe donc à la difficulté de l'entreprise. Nous y avons déjà renoncé une fois ; et puis, quand il nous serait possible de faire un radeau, comment y faire tenir une vache, une truie, un âne, des chèvres ? non ! cherchons un autre moyen.

— Eh bien ! jetons tout bonnement le cochon à la mer ; son gros ventre et sa graisse le soutiendront sur l'eau, et avec une corde nous le traînerons à la remorque.

— C'est bien pour le cochon, mais le reste du bétail n'en pourra faire autant, et je t'avoue que je regretterais fort l'âne, et surtout la vache.

— Mais ne pourrions-nous faire pour eux ce que nous avons fait pour nous? attachons-leur sur les flancs des machines à nager; nous avons ici une quantité de pièces de liége qui nous serviront merveilleusement.

L'expédient me parut excellent, et nous le mîmes tout de suite à exécution. Un gros mouton servit à notre première expérience : nous lui passâmes sous le ventre une large pièce de liége que nous assujettîmes solidement avec des cordes, puis nous le jetâmes à l'eau; l'animal épouvanté alla d'abord au fond, et nous le crûmes perdu, mais bientôt, montant à la surface, il commença à agiter les jambes et à nager, que c'était plaisir de le voir. Au bout de quelque temps, ses membres étant fatigués, il s'arrêta; mais le liége le soutenant, il se laissa aller tranquillement au mouvement des vagues.

Cet essai me combla de joie : non-seulement j'étais sûr d'emmener les moutons et les chèvres; je venais de trouver également le moyen de me rendre maître du reste du bétail. Nous passâmes environ deux heures à munir tous ces animaux de leurs appareils natatoires; quant à ceux de la vache et de l'âne, il fallait qu'ils fussent d'une autre forme, et surtout d'une autre dimension; un simple morceau de liége n'eût pas suffi. Nous prîmes pour chacun deux tonnes vides et bien bouchées, que nous liâmes l'une à l'autre, en laissant un espace entre deux, au moyen d'une bande de forte toile; nous suspendîmes cet appareil comme une espèce de bât sur le dos de nos deux bêtes, en ayant soin toutefois de l'attacher par dessous le ventre avec de bonnes sangles, ainsi que par le poitrail, de manière à ce qu'il ne pût se déranger. Il fallut ensuite disposer le bord du navire de manière à pouvoir lancer facilement notre troupeau à la mer : heureusement que les flots, qui battaient depuis quelques jours cette partie déjà fort endommagée, nous avaient préparé la voie. Quand cela fut terminé, nous amenâmes l'âne sur le bord, nous le plaçâmes un peu de côté, et d'un coup nous le fîmes tomber à l'eau : le pauvre baudet enfonça d'abord, mais ses deux tonneaux l'ayant ramené aussitôt à flot, il releva fièrement la tête et se mit à nager bravement comme avait fait le mouton; la vache, les moutons et les chèvres subirent le même sort et s'acquittèrent aussi bien de leur tâche que maître Aliboron. Le cochon seul nous donna plus de peine que tous les autres, tant il était rétif et difficile à gouverner; aussi, une fois à la mer, il se démena de telle sorte qu'il s'éloigna de ses compagnons d'infortune, et qu'il arriva au rivage bien avant tout le reste de la troupe.

Aussitôt que nous eûmes terminé cette opération, nous descendîmes dans notre embarcation et nous quittâmes le navire : j'avais eu la précaution d'attacher à la tête de chacune de nos bêtes une corde assez longue et terminée par ce qu'on appelle une bouée : c'est un morceau de bois ou de liége qui sert à faire flotter l'extrémité d'une corde. Il nous fut facile par ce moyen de ramener autour de nous le troupeau à la nage ; nous fixâmes toutes ces cordes aux flancs et à l'arrière de notre bateau, et, comme nous avions tendu la voile, le vent que Frédéric avait très-judicieusement signalé la veille ne tarda pas à la gonfler et à nous pousser doucement vers la côte.

Fiers et heureux du résultat de nos travaux, nous voguions gaiement au gré des flots, entourés de notre troupeau flottant, dont la bonne contenance et l'allure régulière dépassaient toutes nos espérances, nous étions

assis au pied de notre mât, où nous prenions une espèce de repas à la hâte : Frédéric jouait avec son petit singe, et moi, toujours occupé des miens, je tenais ma lunette braquée sur le rivage, car depuis quelque temps j'avais cessé de les apercevoir. Tout-à-coup, je fus arraché à ma rêverie par un cri terrible de Frédéric : Mon père ! nous sommes perdus ! un monstrueux poisson s'avance vers nous ! Quoique le courageux enfant eût pâli en prononçant ces mots, il avait déjà saisi son fusil : Comment perdu ? m'écriai-je à mon tour, pas encore, j'espère ; mets-toi en défense ! et voyons ce qui va arriver. En même temps, je dirigeai mon arme chargée de quelques balles sur le point que me désignait mon fils, et nous nous tînmes prêts tous deux à recevoir l'ennemi. C'était en effet un énorme requin qui s'avançait vers nous entre deux eaux, et qui, avec la rapidité de l'éclair, s'élança tout-à-coup vers la brebis flottante qui se trouvait la plus avancée : dans ce moment Frédéric fit feu, et avec un tel bonheur, que le monstre reçut toute la charge dans la tête, et trouva bon de prendre le large. De temps en temps son ventre blanc et luisant reparaissait à la surface des flots, et une longue trace de sang témoignait qu'il avait reçu son compte.

— Je crois que le compère en a assez, me dit Frédéric, les yeux étincelants et tout joyeux de son exploit.

— Et nous sommes d'autant plus redevables à ton adresse, cher fils, que cet animal ne se laisse ordinairement pas effrayer, et qu'il faut souvent bien des coups de feu pour l'abattre. Nous rechargeâmes nos armes, pour être prêts à tout événement ; mais, soit que le courant eût entraîné le requin dans la haute mer, soit qu'il se fût plongé dans ses profondeurs, nous ne le revîmes plus. Je me remis au gouvernail, et, portés par un vent favorable, nous ne tardâmes pas à aborder heureusement au rivage. J'avais dirigé mon embarcation de manière à ce que nos bestiaux pussent prendre terre facilement, et après avoir détaché les liens qui les tenaient au bateau, je leur donnai la liberté de gagner eux-mêmes le rivage.

Cependant le soir approchait, et nos amis ne paraissaient point ; cette absence commençait à m'inquiéter, lorsque de joyeuses clameurs se firent entendre, et la vue de mes jeunes enfants accourant à notre rencontre, suivis de leur mère, dissipa subitement mon anxiété.

Après que la première explosion de la joie fut un peu apaisée, et que nous eûmes répondu à toutes les questions, nous nous mîmes en devoir de débarrasser nos pauvres animaux de l'appareil dont ils étaient affublés ; ma femme était émerveillée de cette invention.

— Je me suis bien creusé la tête, disait-elle, pour trouver le moyen de ramener le bétail, et je n'aurais jamais imaginé celui-là.

— Il faut en décerner l'honneur à qui de droit, répondis-je ; j'avoue que c'est à Frédéric que l'idée première en est venue.

Ma femme embrassa son fils en silence, mais on voyait combien son cœur maternel jouissait du succès de son premier-né !

Ernest et les autres coururent au bateau dont ils admirèrent le mât, la voile et surtout le pavillon. Nous procédâmes ensuite au débarquement de toutes nos richesses. Rudly, auquel un travail régulier ne convenait que médiocrement, nous quitta bientôt, et courant au bétail, il acheva de délivrer les pauvres bêtes de leurs entraves. Il rit beaucoup en voyant l'âne, encore tout triste de l'étrange harnachement dont il était affublé ; mais les petites mains du jeune garçon ne pouvaient détacher les courroies qui le sanglaient ; toutefois il ne s'en inquiéta guère : il sauta sur le dos du baudet, et à force de l'animer de la voix, de la main, et des talons surtout, il parvint à mettre l'animal pacifique au grand trot et à l'amener vers nous. Je ne pouvais m'empêcher de rire en voyant le baudet parader ainsi, avec son équipage de natation, et comme je n'approuvais pas cet exercice un peu intempestif, je m'approchai pour faire descendre le petit garçon de sa pauvre monture. Mais je fus assez surpris de voir mon Rudly, entouré d'une ceinture de peau recouverte d'un poil jaune et touffu, et dans laquelle était placée une paire de pistolets.

— Eh bon Dieu ! où as-tu donc trouvé cette parure digne d'un Caraïbe ou d'un contrebandier ? lui dis-je.

— Dans ma propre fabrique, dit-il d'un air fort content de lui. Ce n'est pas tout.... Regardez nos chiens !

Je vis alors que nos dogues avaient chacun un collier de la même peau, lequel collier, hérissé de grands clous, avait un air de défense formidable.

— Voilà qui est bien, mon garçon, si toutefois tu as imaginé la chose et l'as toi-même exécutée.

— C'est moi-même ; seulement maman m'a un peu aidé pour la couture.

— Mais où avez-vous pris cette peau ? où avez-vous eu du fil, des aiguilles ?

— Le chacal de Frédéric a fourni l'étoffe, dit alors ma femme ; quant au fil, aux aiguilles, vous savez qu'une bonne femme de ménage n'en est jamais dénuée. Vous autres hommes, vous ne pensez qu'aux grandes choses ; nous songeons aux petites, et celles-ci nous aident dans mille occasions embarrassantes. Voilà pourquoi j'ai mis une foule de choses dans ce sac, que vous appelez le sac enchanté, et qui, j'espère, vous sera encore plus d'une fois utile.

Frédéric avait vu avec une sorte de dépit que Rudly, en son absence, s'était permis de découper en lanières la belle peau de son chacal. Il déguisa le mieux qu'il put son mécontentement ; mais il perçait dans le ton d'aigreur avec lequel il se plaignit de la mauvaise odeur qu'exhalait la ceinture dont son frère était paré. Il se bouchait le nez, et disait à Rudly : Retire-toi, je te prie, vilain écorcheur ! tu m'empestes !

— Qu'appelles-tu écorcheur ? c'est plutôt ton chacal que tu sens ; tu l'as laissé au soleil.

— En effet, Frédéric, dis-je en prenant part à la discussion que je voulais empêcher de s'animer, tu aurais dû songer à cela avant de partir ; il faut le jeter à l'eau, car ce serait pour nous un voisinage fort désagréable.

— Que celui qui l'a si bien écorché se charge de ce soin, dit-il encore d'un petit air piqué.

— Voilà qui est bien raisonnable et bien digne de mon fils aîné, lui dis-je à demi-voix, car je voulais lui laisser l'honneur de revenir de lui-même. Il me comprit. Allons! allons! dit-il avec un aimable enjouement, il est bien certain que c'est Rudly qui nous empeste dans ce moment; mais qu'il ôte sa parure de Caraïbe, pendant qu'il sera dans notre compagnie, et moi, sans rancune, je l'aiderai à traîner à la mer le cadavre de mon pauvre chacal.

Cette décision mit fin à la discussion, et fut pour moi l'occasion de serrer à la dérobée la main de mon fils, pour lui faire voir que j'étais content de l'empire qu'il commençait à obtenir sur lui.

Cependant nous nous étions rapprochés de la tente, et comme je n'apercevais aucun préparatif pour le souper, je dis à Frédéric d'aller nous chercher un jambon de Mayence qui trempait encore dans la saumure. Cet ordre fit rire tout le monde; mais en voyant bientôt Frédéric revenir chargé d'un superbe jambon de Westphalie, ce furent, de la part des enfants, des cris de joie à n'en plus finir.

— Voilà qui est fort bien, mes enfants, dit alors ma femme; la vue du jambon vous fait venir l'eau à la bouche; mais, avant qu'il soit cuit à point, vous pourriez bien mâcher à vide jusqu'à demain matin. J'ai ici quelques douzaines d'œufs que nous avons rapportés de notre excursion de ce matin, et si, comme Ernest me l'assure, ce sont des œufs de tortue, je puis vous en faire une bonne omelette; car, Dieu merci, maintenant nous ne manquons pas de beurre.

— Comment, des œufs de tortue! m'écriai-je.

— Oui, mon papa, ou du moins ils en ont tous les caractères; ce sont des boules blanches, dont la coque est comme du parchemin mouillé; nous les avons trouvés dans le sable au bord de la mer.

— Mais, c'est un trésor! et comment avez-vous fait cette découverte?

— Ah! reprit ma femme, cela se lie à l'histoire de notre journée, et nous vous la conterons plus tard.

— Eh bien! fais-nous donc ton omelette; tu nous conteras ton histoire au dessert. Quant au jambon, je puis t'assurer que la manière dont il a été fumé en a tellement attendri la chair, qu'on peut le manger crû, en le coupant par tranches très-minces; cependant je ne doute pas qu'il ne soit encore meilleur, lorsque tu nous l'auras fait cuire. Maintenant, et en attendant que le souper soit prêt, dis-je à mon fils, achevons de transporter ici le chargement de notre barque.

Tout mon monde m'accompagna au rivage; à l'aide de tous ces petits bras, la besogne fut bientôt terminée. Nous réunîmes également tous nos animaux, dont quelques-uns portaient encore leur machine à nager ; nous les débarrassâmes de leurs liens, et nous revînmes enfin au foyer où la ménagère nous appelait pour manger la plus superbe omelette que l'on pût voir. Le couvert fut servi sur le fond du tonneau à beurre : la table était abondamment fournie d'assiettes, de verres, de cuillers, de fourchettes, de couteaux ; et outre l'excellente omelette d'œufs de tortue, ma femme nous avait servi des tranches de jambon sautées dans la poêle ; ce plat de surcroît, avec du biscuit frais, du beurre salé et du fromage de Hollande, nous composa un repas délicieux, qu'un petit verre de vin des Canaries, provenant de la cassette du capitaine, rendit plus complet encore.

Pendant ce temps, les chiens, les poules, les pigeons, les brebis, les chèvres et enfin toutes nos bêtes, rassemblés autour de nous, semblaient nous regarder avec une curiosité toute particulière ; les oies et les canards seuls ne parurent point se soucier de notre société : ils se trouvaient mieux dans l'aliment humide, où ils trouvaient une quantité de vermisseaux et de petits crabes dont ils étaient extrêmement friands.

A la fin du souper, et après avoir raconté nos propres aventures, je sommai ma femme de tenir sa promesse, et elle nous fit en ces termes le récit de ce qui s'était passé pendant mon absence.

SOMMAIRE DU CHAPITRE 2.

u feins d'éprouver beaucoup d'impatience d'entendre ma narration, me dit en souriant ma bonne Élisabeth, et voilà une demi-heure que je veux la commencer sans que vous m'en laissiez la liberté ; mais n'importe, plus l'eau met de temps à s'amasser, plus long-temps elle coule, dit le proverbe, aussi je ne te ferai grâce de rien.

Je t'épargnerai pourtant le récit de notre première journée, elle se passa d'une manière fort triste par les pensées soucieuses que me coûtait votre absence, et fort monotone par la crainte que j'avais de m'éloigner du lieu d'où je pouvais apercevoir vos signaux : enfin, cette journée ne fut remarquable que par l'exécution d'un projet conçu par Rudly ; c'était de faire des colliers de défense à nos chiens. Je m'étais assise auprès de la tente, le seul endroit où l'on trouvât un peu d'ombre sur cette plage brûlante, lorsque j'aperçus, à peu de distance de là, Rudly fort occupé auprès du chacal que Frédéric avait tué la veille. A l'aide de son couteau, qu'il aiguisait de temps en temps contre le rocher, il coupait la peau de l'animal en larges bandes, et les nettoyait de son mieux. Pendant ce temps, Ernest, les bras croisés sur le dos, le regardait faire ; mais à l'air moqueur avec lequel il examinait son frère, en lui disant que le métier d'écorcheur qu'il s'était choisi là était fort dégoûtant, je prévis qu'une querelle allait commencer ; je m'avançai aussitôt pour l'empêcher : je

blâmai M. Ernest d'une délicatesse que notre position actuelle rendait
fort déplacée ; et je louai Rudly d'avoir entrepris une besogne qui n'avait
rien de bien attrayant, pour concourir à l'utilité générale.

Mon approbation enflamma le zèle et l'imagination de l'apprenti corroyeur : quand il eut coupé ses bandelettes, il alla chercher une quantité
suffisante de clous à larges têtes, il en traversa la peau, étendit par-dessus
une bande de toile de même largeur et formée de trois doubles, afin que
les têtes des clous ne pussent blesser le cou des chiens, puis il vint à moi
en me priant de vouloir bien coudre ensemble la peau et la toile, car le
maniement d'une aiguille est une chose dont les garçons se tirent ordinairement fort mal ; j'y consentis, quoique ce fût une besogne peu
agréable que celle de coudre cette peau fraîchement écorchée, et dont
l'odeur, entre nous, est insupportable, quoique Rudly n'en veuille pas
convenir.

Quand les colliers furent terminés, il fallut faire une ceinture ; mais
sur l'observation fort judicieuse d'Ernest, que cette peau en se séchant
se raccourcirait et rendrait la forme de ces objets défectueuse, Rudly,
écoutant cette fois les conseils de son frère, attacha sa ceinture et ses
colliers avec des clous sur une planche, et les exposant au soleil, avant
la fin du jour ils étaient secs et en état d'être portés, sauf leur mauvaise
odeur, qu'ils garderont, je crois, encore long-temps.

Le reste de la journée s'écoula sans autre événement ; vers le soir vos
signaux m'ayant tranquillisée sur votre sort, je me retirai avec mes enfants sous la tente, dont nos deux fidèles chiens gardaient l'entrée. La
nuit fut paisible, mais les réflexions suggérées par notre position m'éveil-
lèrent de grand matin. Mes enfants avaient beaucoup souffert la veille de
la chaleur, et je sentais qu'il nous serait impossible de demeurer plus
long-temps dans ce lieu exposé de tous côtés aux rayons dévorants du
soleil. Le désir de trouver un autre emplacement s'empara de mon âme,
en même temps que la pensée des dangers que vous étiez allés braver
pour nous procurer quelque bien-être me remplit de courage et m'inspira
la résolution de faire de mon côté tout ce que je pourrais pour contribuer
au bien général. Je repassais dans mon esprit tout ce que vous m'aviez
raconté de cette belle et fraîche contrée que vous aviez visitée deux jours
auparavant, et je ne doutai pas que la Providence ne nous y réservât
quelque abri aussi sûr et plus habitable que cette côte nue et sablon-
neuse.

Dès que le jour parut, je courus au rivage, pour vous faire les signaux
convenus ; je recueillis les vôtres avec une joie que vous pouvez com-

prendre, et comme vous me donniez à entendre que vous ne reviendriez guère avant le soir, je me disposai à faire la petite excursion projetée. Après le déjeûner, je fis part de mon plan à mes enfants, qui l'accueillirent avec joie, et chacun se pourvut des choses nécessaires au voyage : les deux aînés prirent chacun un fusil, un couteau de chasse, et une gibecière fournie de vivres et de munitions ; je pris également un sac de chasse rempli de provisions, le bidon à eau, et pour arme une petite hache à main. Je fermai les crochets de la tente, et après avoir jeté un dernier regard sur la mer, nous nous mîmes courageusement en route, accompagnés de nos deux chiens, et laissant le reste à la garde de Dieu. Nos pas se tournèrent naturellement du côté du ruisseau ; Turc, qui vous avait suivis dans votre expédition, parut reconnaître son chemin, et vouloir nous servir de guide. En le suivant, nous arrivâmes bientôt à

l'endroit où vous aviez traversé le ruisseau, qu'à notre tour nous passâmes heureusement, quoique non sans peine.

Parvenus sur l'autre bord, nous prîmes notre chemin, un peu à l'aventure. En me voyant ainsi seule dans ce désert, et n'ayant pour défense, mon petit Fritz et moi, que deux jeunes garçons de onze et de treize ans, redoutables seulement parce qu'ils étaient en état de faire usage des armes à feu, je remerciai Dieu, et le bénis surtout en mon cœur, cher ami, de ce que, dès l'enfance, tu avais exercé tes enfants au maniement des armes, quoique souvent je t'eusse blâmé en secret de ce que je regardais comme une complaisance qui pouvait avoir des suites funestes pour nos enfants, tandis que c'était de ta part une sorte de prévision, en même temps qu'un moyen de leur inspirer du courage et de la prudence.

Lorsque nous eûmes gravi la hauteur, mes yeux furent charmés de l'aspect de cette fraîche et riante contrée, et pour la première fois depuis notre naufrage, mon cœur se rouvrit à une joie mêlée d'espérance. Je remarquai surtout un agréable petit bois à peu de distance, et je résolus de diriger notre marche de ce côté; mais il fallait pour cela traverser des herbes si hautes, qu'elles s'élevaient jusque par-dessus la tête de mes enfants, et rendaient notre marche pénible et presque impossible. Cela fit que nous continuâmes notre chemin à gauche, où nous ne tardâmes pas à retrouver vos traces; nous les suivîmes jusqu'à ce que, nous trouvant en ligne droite avec le petit bois en question, nous quittâmes le sentier que vous aviez frayé, et nous nous dirigeâmes de ce côté.

Nous marchions de nouveau, à travers de hautes herbes, quand tout-à-coup un bruissement étrange se fit entendre, et, au même instant, un oiseau d'une prodigieuse grandeur s'élança du milieu des herbes et nous causa une surprise mêlée d'effroi. Mes deux garçons saisirent leurs fusils; mais avant qu'ils eussent pu l'ajuster, l'oiseau était bien loin.

— Voilà qui est fâcheux! dit Ernest; si j'avais eu seulement le temps d'armer mon fusil, je l'aurais certainement abattu.

— Cela n'est pas aussi certain que tu l'affirmes, lui dis-je; au surplus, pourquoi t'es-tu laissé prendre au dépourvu? Un bon chasseur doit toujours être sur ses gardes.

— Laissez faire, reprit Rudly en disposant son arme, si pareil gibier se présente, je lui dirai un mot en passant; mais voyons un peu l'endroit d'où est parti celui-ci, peut-être y a-t-il son nid, et nous verrons du moins quelle était son espèce.

— Pour moi, je crois que c'était un aigle, dit le petit Fritz, car il était prodigieusement gros.

— Comme si tous les gros oiseaux étaient des aigles!

— Et puis, ajouta Ernest, les aigles ne font pas leurs nids dans les herbes, mais dans les rochers. Je croirais plutôt que celui-ci était une

outarde, à en juger par sa couleur grise et par quelques brins de plumes
que j'ai aperçus comme deux moustaches près du bec. Quel dommage
que nous n'ayons pu l'abattre !

En disant cela, tous deux s'avancèrent dans les hautes herbes ; mais
voilà qu'au même instant, un autre oiseau semblable au premier, quoique
plus gros encore, partit presqu'à leurs pieds, et fut hors de leur portée
avant que mes deux chasseurs eussent armé et soulevé leurs fusils. Je ne
pus m'empêcher de rire, en voyant l'air de confusion avec lequel ils
suivaient du regard l'oiseau dans les airs. Vous avez perdu là un beau
rôti, messieurs, leur dis-je ; et pourtant vous étiez bien avertis. N'importe, voyons le nid, peut-être que les petits y seront encore ; mais
notre chasse devait être complètement infructueuse, car en approchant
de l'endroit d'où les deux oiseaux s'étaient envolés, nous trouvâmes bien
une sorte de gros nid assez mal fait et composé d'herbes sèches ; mais il
était vide, et des coquilles d'œufs à l'entour nous firent juger que les
petits, éclos depuis peu, s'étaient sauvés dans l'épaisseur des herbes.

— Tu vois bien, Fritz, dit alors maître Ernest, que ce n'était pas
un aigle ; car nou-seulement ils ne nichent point à terre, mais leurs
petits ne peuvent pas courir ainsi au sortir de l'œuf, et c'est ce que
font ceux des gallinacées, c'est-à-dire du genre des poules. tels que les
cailles, les perdrix, les dindons, les paons, les pintades, etc. Quant à
ceux-ci, d'après la couleur gris-foncé de leur plumage, la bande d'un
brun rouge qui borde leurs ailes, et surtout quelques brins de plumes
en forme de moustaches, que j'ai observés au coin du bec du dernier
qui s'est envolé, je crois pouvoir assurer que ce sont des outardes.

— Mon cher ami, lui dis-je, tu aurais peut-être mieux fait d'employer l'excellence de tes yeux à viser l'oiseau, plutôt qu'à regarder la
couleur de ses plumes et les moustaches de son bec ; mais, d'un autre
côté, la pauvre nichée eût été bien malheureuse, si ton adresse l'eût
privée de son père ou de sa mère. Laissons pour le moment vos tentatives de chasse et continuons notre voyage. En parlant ainsi, nous atteignîmes un petit bois vers lequel nous nous dirigions ; une quantité d'oiseaux inconnus chantaient et voltigeaient joyeusement autour de nous,
sans paraître trop effrayés de notre présence : mes enfants auraient voulu
essayer contre eux leur adresse ; mais je le permis d'autant moins, que
cela n'eût été pour nous d'aucune utilité, et que d'ailleurs l'élévation
des arbres sur lesquels ils perchaient rendait difficile de les atteindre.

Ce qui, de loin, nous avait paru un petit bois n'était qu'un groupe
de douze ou quatorze gros arbres. mais d'une force et d'une élévation

telles que je n'en ai jamais vu de semblables ; ce qu'il y avait de plus singulier, c'est que ces arbres-géants paraissaient croître plutôt en l'air que sur terre : le tronc est soulevé de terre par d'énormes racines qui forment tout autour comme autant d'arcs-boutants ; une principale racine pivotante, plus mince que le tronc, mais forte et noueuse, soutient le centre de cette espèce d'édifice et en assure la solidité.

Rudly grimpa sur l'une de ces racines, et ayant mesuré avec une ficelle la grosseur du tronc à l'endroit d'où partent les racines, nous trouvâmes une longueur de trente-quatre pieds, et pour faire le tour de l'espace que comprennent ces racines, là où elles entrent en terre, j'ai fait quarante pas ; quant à la hauteur depuis les racines jusqu'aux premières branches qui s'étendent horizontalement à une grande distance, elle me parut être au moins de quarante à cinquante pieds. Le feuillage de ces arbres ressemble à celui de nos noyers, il est épais et donne beaucoup d'ombre, aussi le terrain qu'ils abritent est couvert d'une herbe fraîche et touffue ; point de buissons ni d'épines ne gâtent la beauté de ce tapis de verdure, et tout se réunit au contraire pour faire de ce lieu un asile plein d'agréments.

Nous nous y arrêtâmes pour nous reposer et faire notre repas de midi, le sac aux provisions fut ouvert, un petit ruisseau clair qui coule près de là nous fournit une boisson fraîche, et nous passâmes là une couple d'heures à nous reposer. Je ne pouvais me rassasier de la beauté de cette retraite, et en pensant aux nombreux ennemis qui pouvaient nous assaillir dans la contrée déserte où nous nous trouvions arrêtés, il me semblait que si nous pouvions trouver le moyen de nous établir une demeure dans les branches de ces beaux arbres, nous y serions à l'abri de toute espèce d'accidents, et comme en même temps rien ne me faisait présumer que je pusse trouver quelque chose de mieux et qui réunît plus d'avantages que ce lieu charmant, je résolus de borner là mon excursion ; seulement, au lieu de reprendre le même chemin pour regagner ce que nous appelions le logis, je décidai que nous longerions le bord de la mer pour voir si elle n'aurait pas rejeté sur le sable quelques débris du navire dont nous pussions faire notre profit.

Nous tournâmes nos pas de ce côté, mais nous y trouvâmes peu de choses à sauver, parce que la plus grande partie des objets échoués consistaient en caisses, ballots, tonneaux, dont le poids dépassait nos forces ; cependant nous tâchâmes, autant qu'il nous fut possible, de pousser ces divers effets du côté de la terre, afin que la marée qui les avait apportés jusque-là ne les pût entraîner de nouveau. Pendant que nous étions occupés, mes enfants et moi, à ce rude travail, je remarquai que notre chienne Billy fouillait avec ardeur, du museau et des pattes, dans le sable du rivage et avalait avidement ce qu'elle y avait déterré. Ernest y courut, et, écartant les chiens, il s'écria : Maman, bonne trouvaille ! voici des œufs de tortue ; aidez-moi à les sauver de la voracité de Billy. qui ne nous en laissera pas un. Je doutais un peu des assertions de notre jeune savant : toutefois, je m'empressai de venir à son secours, nous eûmes quelque peine à éloigner la chienne, et nous recueillîmes à peu près deux douzaines de ces œufs encore intacts, nous abandonnâmes ceux qui étaient brisés à Billy pour prix de sa découverte.

Quand nous eûmes placé avec précaution les œufs dans nos sacs de chasse, nos regards s'étant tournés vers la mer, nous découvrîmes une voile qui cinglait rapidement vers la côte ; un mélange d'inquiétude et

de surprise me saisit, car je ne pouvais encore distinguer le bâtiment qui la portait. Ernest prétendit que c'était vous, Rudly assura que c'é- taient les gens de l'équipage qui revenaient dans la chaloupe, et mon petit Fritz, toujours un peu peureux, se cacha dans mes bras, en disant que c'étaient peut-être des antropophages qui venaient pour nous manger. Cependant, la barque approchant, les assertions d'Ernest se réalisèrent ; nous courûmes bien vite jusqu'au ruisseau, que nous traversâmes en sautant de pierre en pierre, et nous arrivâmes enfin à l'endroit où vous veniez d'aborder.

Voilà, mon cher ami, le détail circonstancié de notre voyage de découvertes, et maintenant, si tu veux me faire un grand plaisir, c'est de consentir à nous aller établir dès demain sous l'ombre de mes super- bes arbres.

— Comment, dis-je alors en souriant un peu, voilà tout ce que tu as trouvé pour assurer notre future sécurité, un arbre de soixante pieds de haut sur lequel il faudra nous percher comme des poules sur le juchoir; si toutefois encore nous trouvons le moyen de parvenir jusque-là, ce que je n'imagine pas, à moins d'avoir un ballon.

— Oh! ne te moque pas, je te prie! mon idée n'est point inexécutable : n'as-tu pas vu dans notre pays, à Zoffingue, je crois, un énorme tilleul sur lequel on a établi une salle de danse, et à laquelle on parvient par un escalier en bois? ne pourrions-nous, de même, placer au faîte de l'un des moins élevés de ces arbres notre chambre à coucher ; du moins je ne craindrais plus la visite nocturne des chacals, et autres visiteurs nocturnes plus terribles encore ; quant au moyen d'exécuter mon idée, c'est à vous autres hommes à le trouver, et vous en viendrez à bout si vous le voulez fortement.

— Eh bien! dis-je, nous verrons ce que nous pourrons faire pour te contenter à cet égard ; mais, dans tous les cas, d'après la description que tu me fais de ces arbres singuliers, nous pourrions toujours nous établir une demeure commode entre ces racines, qui me paraissent devoir faire la charpente d'une retraite plus comfortable que la tente de toile qui nous a abrités jusqu'ici ; nous irons demain matin examiner cela.

Cette promesse ramena la sérénité sur le visage de ma femme, et notre repas finit aussi gaiement qu'il avait commencé.

— Sais-tu, chère Élisabeth, dis-je à ma femme, le lendemain en nous éveillant de bonne heure, que ton projet de changer de résidence présente, sous plus d'un rapport, de grandes difficultés! et avant de l'exécuter raisonnons-en un peu. D'abord, il me semblerait sage de rester dans le lieu où la Providence nous a placés, et où nous trouvons à la fois le moyen de pourvoir à nos besoins, en raison de tout ce que nous pouvons encore tirer du navire, et sécurité, protégés que nous sommes du côté de la terre, tant par cette chaîne de rochers qui nous entoure, que par le ruisseau qui en descend jusqu'à la mer.

— Je t'arrête ici, me dit ma femme, cette barrière n'a pas empêché les chacals de venir jusqu'ici ; et qui nous dit que les tigres et autres bêtes féroces ne trouveront pas également le même chemin? Quant à ce que tu prétends tirer encore du navire, je t'avoue que, vu la quantité de choses que nous avons déjà, je voudrais que la mer emportât le reste de ce bâtiment ; car, tant qu'il restera là, je serai pour vous dans des angoisses continuelles ; et puis tu ne sais pas tout ce qu'on souffre ici de la chaleur : pendant que Frédéric et toi vous errez dans des bois ombreux, que vous cueillez de bons fruits, vous ne pouvez imaginer le supplice que nous éprouvons ici en plein soleil ; réfléchis, mon ami, à tous ces inconvénients, et tu te rendras à mes raisons, j'en suis sûre.

Je gardai le silence quelque temps ; car, si l'éloquence de ma femme ne m'avait pas entièrement ramené à son avis, du moins, je ne pouvais m'empêcher de trouver qu'il y avait du vrai dans ses objections. — Eh bien, repris-je, puisque ce changement est un besoin pour toi, nous le tenterons, et, pour tout concilier, nous établirons un domicile sous l'ombre de tes arbres-géants, et en même temps nous conserverons cette place pour nous servir de magasin et de lieu de défense en cas d'invasion ; je pourrai même, avec le temps, faire sauter, à l'aide de la poudre, quelques rochers pour fermer de ce côté plus complètement le passage, de manière à ce qu'un chat ne puisse pénétrer ici sans notre permission ; mais avant toutes choses il faut nous occuper de faire un pont sur le ruisseau, si nous voulons sortir d'ici avec armes et bagages.

— Ah bien ! s'écria ma pauvre femme d'un ton chagrin, il se passera du temps avant que nous puissions nous établir dans ma charmante retraite ; construire un pont ? y penses-tu ? et pourquoi pas nous charger d'abord du nécessaire et traverser le ruisseau à gué, comme nous l'avons déjà fait ? l'âne et la vache porteront le reste sur leurs dos.

— C'est ce qu'ils feront également et d'une manière plus commode ; mais pour cela il faut leur arranger des espèces de selles ou de bâts propres à porter : eh bien ! pendant que tu disposeras ces choses, mes fils et moi nous aurons presque terminé notre pont ; celui-ci, une fois construit, nous servira toujours ; d'ailleurs le ruisseau, qui n'est qu'un torrent, peut se gonfler et rendre le passage impossible ou fort dangereux, nous courons le risque de perdre nos animaux, et nous-mêmes serons-nous toujours aussi adroits ou aussi heureux que nous l'avons été jusqu'à présent pour traverser ces eaux vagabondes seulement sur des pierres ?

Ma femme se rendit à mes raisons : Allons, dit-elle avec résignation, à la volonté de Dieu ! mais il faut vous mettre à l'œuvre tout de suite, car nous n'avons pas de temps à perdre. Nous éveillâmes les enfants, auxquels nous fîmes part de nos projets ; l'idée de changer de demeure et d'aller s'établir sous les ombrages des beaux arbres les remplit de joie, mais celle de bâtir préalablement un pont pour se rendre dans ce qu'ils appelaient la terre promise ne leur fut pas aussi agréable, car ils prévoyaient déjà pour eux de grands et pénibles travaux.

Pendant que ma femme, qui s'était mise à traire la vache et les chèvres, nous préparait une bonne soupe au lait pour notre déjeûner, je m'occupai avec mes fils à lester notre bateau, car je voulais retourner au navire chercher les poutres et les planches nécessaires à la construction de mon pont : bientôt la ménagère nous appela pour prendre ce champêtre repas qui rappelait si bien à mes enfants ceux de la patrie, et aussitôt qu'il fut terminé je m'embarquai avec Frédéric et Ernest, que

je m'adjoignis comme second rameur, car je prévoyais que le poids de ces bois de construction que nous allions chercher rendrait la marche du petit bâtiment plus lente et plus pénible. Ernest était ravi de la faveur que je lui accordais; il prit la rame et la mania avec autant de courage que d'adresse ; nous parvînmes ainsi à gagner le lit du ruisseau dont le courant nous porta rapidement au large ; arrivés en vue d'un petit îlot qui se trouvait sur notre route, nous aperçûmes une prodigieuse quantité de mouettes et d'autres oiseaux marins voltiger et s'abattre sur ce point avec des cris assourdissants. Curieux de connaître la cause de ce rassemblement, je ramai de toutes mes forces pour sortir du courant : lorsque je fus parvenu à me mettre dans la direction de l'île, je tendis la voile, et à l'aide d'un vent gaillard je ne tardai pas à m'en approcher.

— Je crois, papa, me dit Ernest, que quelque proie attire ici ces oiseaux.

En effet, en mettant pied à terre, nous vîmes sur le sable et encore à demi dans l'eau le cadavre d'un poisson monstrueux tout couvert de ces grands oiseaux, occupés à le dépecer avec une telle avidité que nos cris et même un coup de fusil tiré à poudre à travers la troupe ailée ne put lui faire lâcher prise. Ce poisson était le requin que Frédéric avait si habilement atteint la veille, et que nous reconnûmes à trois grands trous encore pleins de sang dont il avait la tête percée.

Si nous pouvions écarter ces voraces compagnons, dis-je à mes fils, nous couperions des bandes de sa peau qui est fort dure et fort grenue; nous pourrions au besoin nous en faire des limes. Ernest aussitôt tira la baguette de fer de son fusil, et frappant courageusement à droite, à gauche, à travers la troupe affamée, m'ouvrit un passage; une fois maîtres du champ de bataille, nous empêchâmes bien les oiseaux de s'approcher, nous enlevâmes à la hâte quelques morceaux de la peau du monstre, et nous la portâmes dans notre barque; ce ne fut pas le seul avantage que nous procura cette descente, car en examinant le rivage de cet îlot, qui n'était qu'une espèce de banc de sable, nous remarquâmes qu'il était couvert de pièces de bois, de toutes formes et de toutes grandeurs, que les flots y avaient apportés, et qui provenaient sans doute de quelques navires naufragés; cette découverte précieuse nous dispensait d'aller jusqu'au bâtiment : nous choisîmes, parmi ces débris de mâtures, ceux qui me parurent le plus propres à nos projets; puis, à l'aide d'un cric et de deux leviers que nous avions apportés, nous les dégageâmes du sable et nous les poussâmes à l'eau pour les faire flotter; j'unis d'abord les poutres ensemble par des cordes, puis, avec l'aide de mes deux compagnons, j'étendis dessus des planches que je fixai avec de fortes chevilles : je formai de la sorte un radeau que j'attachai à l'arrière de notre bateau, et nous remîmes à la voile.

Pour rendre la traversée du retour moins pénible, je cherchai à reprendre le vent qui soufflait à la côte, et après quelques manœuvres, assez habiles pour des marins aussi peu expérimentés que nous l'étions, nous vîmes avec joie notre voile se gonfler, s'arrondir, et notre embarcation s'avancer majestueusement au rivage; pendant ce trajet, Frédéric, suivant l'ordre que je lui en avais donné, s'occupait à clouer les bandes de peau de requin au mât et sur le petit pont, pour la faire sécher par le soleil; Ernest, toujours curieux de tout ce qui tenait à l'histoire naturelle, examinait avec attention quelques-uns des oiseaux qu'il avait abattus si vaillamment à coups de baguette de fusil, et comme il avait fini par en reconnaître très-judicieusement les genres et l'espèce, il nous apprenait quelques particularités assez intéressantes sur la stupidité des mouettes, et autres oiseaux marins, qui ne vivent que de poissons morts et de charognes; aussi leur chair en contracte-t-elle un goût si détes-

table qu'il est impossible de la manger. Des mouettes, la conversation passa aux lanières de peau, que Frédéric s'efforçait d'étendre, et qui se recoquillaient malgré tous ses soins; mais comme je lui dis qu'en cet état cette peau nous fournirait d'excellentes râpes utiles pour différents usages, Ernest, à cette occasion, fit une remarque que je ne dois pas oublier de mentionner.

— Il est fort heureux, dit-il, après quelque temps de réflexion et comme je venais de parler des mœurs cruelles du requin qu'on pourrait aussi appeler le loup de mer; il est fort heureux que le Bon-Dieu ait placé la gueule du requin sous son museau et non au bout.

— Et pourquoi cela? demandai-je.

— Eh parce que, agile et glouton comme il est, il eût suffi pour dépeupler les mers, s'il n'était pas obligé de se retourner sur le dos pour saisir sa proie; du moins quelque chose peut lui échapper.

— Bravo! mon jeune philosophe! j'approuve ta remarque, et si nous ne sommes pas dans les secrets du Créateur, de semblables conjectures sont toujours un utile exercice pour notre esprit.

Nous gagnâmes enfin heureusement la petite baie, je baissai la voile, et, après avoir attaché le bateau à sa place ordinaire, nous descendîmes sur la rive que nous avions quittée quatre heures auparavant. Personne des nôtres n'était là pour nous recevoir, mais cette absence ne me troubla point comme la première fois; nos voix réunies poussèrent un joyeux hoé! auquel il fut bientôt répondu, et nous vîmes accourir ma femme et ses deux petits compagnons. Le petit Fritz portait sur l'épaule un filet à pêcher emmanché d'un bâton ; Rudly avait à la main un mouchoir noué par les coins et rempli de quelque chose dont nous ne pouvions deviner la nature ; en approchant de nous, le jeune garçon le secoua un peu, et nous en vîmes sortir une quantité de belles écrevisses d'eau douce ; ma femme en avait également plein son mouchoir.

— Mais qui a donc découvert ce nouveau trésor ? m'écriai-je tout surpris.

— C'est moi, papa ! dit Fritz en sautant tout joyeux.

— Oui, s'écria Rudly, mais c'est moi qui ai été chercher le filet, que j'avais apporté du navire, avec des lignes, vous savez, papa ; et je suis entré dans l'eau jusqu'aux genoux, pour les prendre, ces belles écrevisses ; Fritz en cherchant des petits cailloux, sur le bord du ruisseau, en avait vu nager autour du corps du chacal, que nous avions jeté à l'eau hier, il en était tout couvert, et nous en aurions pris bien davantage si nous n'avions pas entendu votre voix.

— En voilà bien assez pour aujourd'hui, mes enfants, il faut même, comme font les pêcheurs prudents, rejeter à l'eau toutes les petites, nous les retrouverons plus tard. Dieu soit béni de cette nouvelle ressource qu'il offre à nos besoins : jouissons-en, mais n'en abusons pas !

Après avoir trié les petites écrevisses qui furent rendues à leur élément naturel, ma femme prit ce qui restait, et nous quitta pour aller préparer notre dîner. Pendant ce temps, nous nous occupâmes d'amener à terre les bois de construction nécessaires à celle de notre pont. Rudly, pendant notre absence, avait cherché quel serait l'endroit le plus convenable, et me l'ayant désigné, je trouvai qu'en effet c'était le point qui offrait le plus d'avantages ; mais il y avait loin de là à celui où notre radeau était amarré. Nous n'avions rien de ce qu'il fallait pour le transport, et il était inutile de penser à l'effectuer par nos seuls moyens. Je pensai alors à la simplicité des attelages des Lapons, qui font traîner leurs traîneaux par des rennes ; j'attachai une longue corde par les deux bouts aux cornes de la vache, car toute la force de ces animaux est dans la tête, et ces deux cordes réunies vinrent s'attacher à la pièce de bois que je voulais faire transporter. Pour l'âne je passai une espèce de licou de corde au bas du cou de l'animal, et deux autres cordes également réunies furent fixées au fardeau qu'il devait traîner. L'expédient réussit à merveille ; en quelques voyages les matériaux furent amenés sur place. Il s'agissait alors de connaître la largeur du ruisseau, afin de choisir parmi nos poutres celles qui seraient de longueur pour le traverser. Ernest nous proposa un moyen fort simple, c'était d'attacher une pierre à une ficelle,

de la lancer sur l'autre rive, et de mesurer la ficelle après avoir ramené
la pierre à nous. L'exécution était facile, nous l'essayâmes sur-le-champ,
et nous trouvâmes de cette manière que la distance d'un bord à l'autre
était de dix-huit pieds, et, comme il me parut nécessaire que le pont
s'appuyât au moins de trois pieds sur chaque rive, nous choisîmes parmi
nos solives celle qui avait vingt-quatre pieds et plus ; il restait à savoir
comment nous parviendrions à faire passer par-dessus les bords escarpés
du ruisseau des masses de bois aussi pesantes que des poutres de vingt-
cinq à trente pieds de long. Nous perdîmes beaucoup de temps à en
chercher le moyen, et, comme ma femme venait de nous avertir que le
dîner était prêt, nous nous rendîmes à la cuisine en plein vent, où un
excellent potage au riz au lait, un superbe plat d'écrevisses dressées en
buisson et toutes fumantes nous attendaient. Mais, avant de nous mettre
à table, ma femme me montra la besogne qui l'avait occupée pendant
toute la matinée, c'était deux sacs de charges qu'elle avait fabriqués en
toile à voile, pour notre âne et notre vache, et qu'elle avait cousus avec
de la ficelle. J'eus lieu alors d'admirer sa patience, car, comme elle
n'avait ni carrelets ni aiguilles assez fortes pour ce genre de couture,
elle s'était servie d'un clou dont elle perçait la toile ; et avec une incroyable persévérance, elle enfilait la ficelle dans chaque trou formé
par le clou, tant il est vrai que, pour un être intelligent, il n'est rien
d'impossible.

Notre repas fut court, car nous voulions avancer notre besogne avant
la fin de la journée ; tout en mangeant, nous cherchions encore le moyen
de placer nos poutres, je crus enfin l'avoir trouvé.

Il y avait sur le bord du ruisseau un tronc d'arbre ; je plaçai, toujours avec l'aide du cric, une de nos poutres le long de la rive et de
manière à ce que l'une des extrémités touchât la base de ce tronc d'arbre,
auquel je la fixai par une corde assez lâche. J'attachai une autre corde
assez longue pour traverser deux fois le ruisseau, j'en pris le bout, et
emportant avec moi le moufle de notre bateau, je traversai le courant
sur les pierres dont il était semé. Parvenu avec ma charge sur l'autre
bord, j'attachai à un arbre le moufle par le crochet qui sert à le suspendre, je passai ma corde dans les poulies, et la ramenai ainsi sur la
rive, où étaient mes jeunes architectes, fort ébahis de mon opération
dont ils ne comprenaient point encore le but. Je fis alors approcher l'âne
et la vache, je les attelai à mon câble, et les faisant marcher dans le sens
opposé au ruisseau, ils tendirent la corde qui, glissant dans les poulies
du moufle, ébranla bientôt la poutre, la fit tourner doucement autour

du tronc d'arbre qui devait la maintenir, et l'attira en travers du ruisseau sur lequel elle se trouva enfin placée.

La première poutre étant posée, notre besogne fut plus facile; nous
en établîmes quatre de la même manière; mes enfants, qui n'avaient pu
résister au plaisir de passer lestement sur ce pont encore périlleux, en
arrangèrent les bases d'un côté, tandis que je le faisais de l'autre; nous
plaçâmes ensuite des planches en travers, les unes près des autres,
seulement je ne les fixai point aux solives, afin de pouvoir dans
l'occasion détruire promptement ce pont, et empêcher le passage du
ruisseau, s'il en était besoin pour nous défendre contre quelque attaque
imprévue.

Le travail de la journée avait épuisé nos forces; nous revînmes à la
tente, et après avoir soupé et remercié le ciel des nouvelles faveurs qu'il
nous avait accordées, nous allâmes chercher sur nos lits de mousse un
repos dont nous avions grand besoin.

Mon premier soin, le lendemain, fut de réunir mes enfants autour de
moi et de leur tracer la conduite à tenir dans la situation présente : Nous
allons habiter une contrée qui offre peut-être plus d'agréments que celle-
ci, mais aussi moins de sécurité; nous n'en connaissons encore que
quelques ressources et non tous les dangers : que chacun donc soit prudent et se tienne sur ses gardes, et surtout qu'aucun de vous, messieurs,
durant la route, ne s'écarte de nous et ne reste en arrière. Mes fils me
promirent de faire la plus grande attention à mes avis et m'assurèrent de
leur obéissance.

Après la prière du matin et le déjeûner terminé, nous fîmes les
apprêts du départ : on rassembla les bestiaux; la vache et l'âne furent
chargés du gros bagage, tous deux portaient sur le dos un grand sac,
en forme de sacoche, c'est-à-dire fermés de tous côtés et ouverts seulement au milieu, sur la longueur, ce qui permettait d'y placer une quantité de choses sans craindre qu'il en tombât rien. Nous ne pouvions
emporter cette fois que le strict nécessaire : nos ustensiles de cuisine,
les provisions de bouche, telles que biscuits, beurre, fromage, sans
oublier les tablettes de bouillon, quelques munitions outre nos armes
ordinaires, enfin nos hamacs et nos couvertures de laine.

Le chargement était presque terminé, quand ma femme, accourant, son
fameux sac sous le bras, réclama une place pour lui : Ce n'est pas le
tout, dit-elle, il faut que tu trouves le moyen d'emmener nos poules,
car c'en est fait des pauvres bêtes si nous les laissons ici seulement une
nuit à la merci des chacals; de plus, il faut que tu places notre petit

Fritz sur l'âne, car cet enfant ne pourrait faire la route à pied, ou du moins retarderait trop notre marche.

Je trouvai moyen d'établir le petit garçon sur le dos du baudet entre les ballots, et le sac, auquel nous avions donné le surnom d'*enchanté*, lui servit de dossier. Quant à la volaille, le désir de ma femme à cet égard me parut difficile à remplir; les poules étaient dispersées dans les environs, et pas une ne voulait se laisser attraper par mes petits garçons, qui couraient après de tous côtés sans pouvoir en saisir une seule.

— C'est bon! c'est bon! dit ma femme, ne vous échauffez pas à courir, messieurs, je les aurai bientôt, moi!

— Ah! c'est ce que nous verrons! vous serez bien fine et bien adroite, ma mère, si vous en venez à bout! s'écrièrent les jeunes gens.

— Oui dà? eh bien, vous allez voir, en effet, mes enfants, si celui qui a recours à son intelligence ne l'emporte pas plus sûrement que celui qui se confie aveuglément à ses forces ou à son agilité.

A ces mots, fouillant dans son *sac enchanté*, elle en retira quelques poignées de grains, elle se mit à appeler les poules en faisant le geste d'éparpiller ces grenailles; bientôt, non-seulement les poules, mais les

pigeons accoururent à la voix de la ménagère, et se mirent à la suivre jusqu'à la hutte, où ayant jeté le reste, toute la volaille s'y précipita, et ma femme ayant fermé brusquement l'entrée de la tente, la gent emplumée se trouva prisonnière en un instant.

Les enfants rirent beaucoup de l'expédient et avouèrent que leur mère était plus avisée qu'eux. Rudly fut chargé de se glisser sous la tente, comme le renard dans le poulailler, de saisir les captifs l'un après l'autre et de nous les passer; nous leur liâmes les pattes et nous les plaçâmes tant bien que mal dans un panier sur le dos de la vache, en ayant le soin de couvrir le panier, afin que l'obscurité réduisît au silence le bruyant caquetage de la troupe courroucée. Nous entassâmes ensuite dans l'intérieur de la tente tous les objets que nous ne pouvions emporter pour le moment, nous en fermâmes l'entrée, et après avoir roulé tout autour ce que nous avions de tonnes et de caisses, nous abandonnâmes le reste de notre avoir à la garde de Dieu.

Enfin nous nous mîmes en marche, tous armés, et chacun portant sur le dos un sac aux provisions. La mère et Frédéric étaient en tête. La

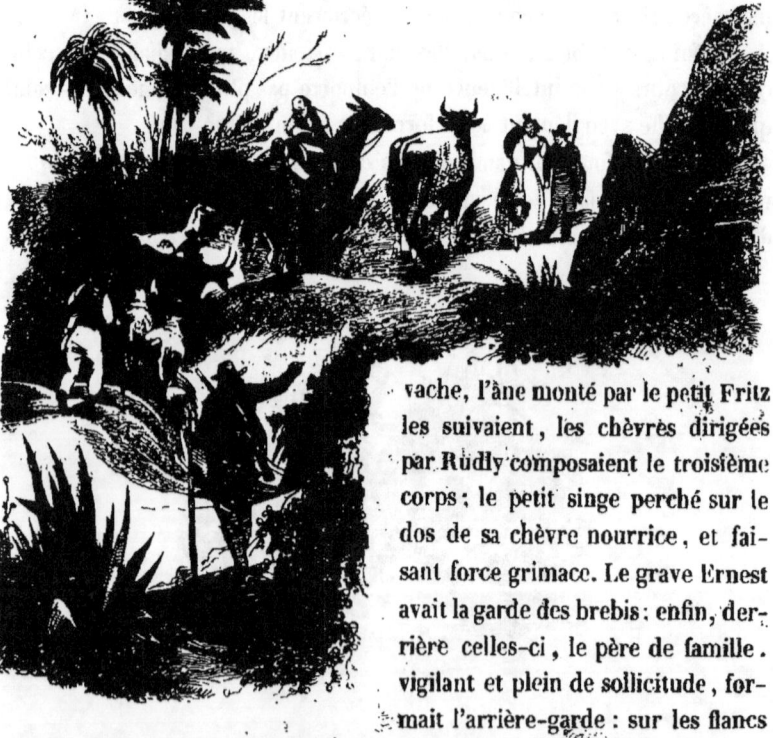

vache, l'âne monté par le petit Fritz les suivaient, les chèvres dirigées par Rudly composaient le troisième corps ; le petit singe perché sur le dos de sa chèvre nourrice, et faisant force grimace. Le grave Ernest avait la garde des brebis : enfin, derrière celles-ci, le père de famille, vigilant et plein de sollicitude, formait l'arrière-garde : sur les flancs nos deux chiens, comme d'actifs aides-de-camp, allaient incessamment de la tête à la queue de la colonne.

La caravane s'avançait lentement, mais en bon ordre, et avec quelque chose de tout-à-fait patriarcal. Nous voilà, dis-je à Ernest, voyageant à travers le désert, comme faisaient jadis nos pères, et comme le font encore aujourd'hui les Arabes, les Tartares et autres peuples nomades, qui changent continuellement de demeures, suivis de leurs nombreux troupeaux. Ils ont pour faire rapidement ces sortes de migrations de beaux et bons chevaux, de robustes chameaux, et non pas, comme nous, seulement une pauvre vache étique et un âne efflanqué ; pour ma part, je souhaiterais fort que ce voyage fût le dernier de ce genre.

— Je l'espère, mon ami, dit avec douceur ma femme, qui crut sentir un peu de reproche dans ces derniers mots. Je l'espère, et j'ose même croire que nous nous trouverons si bien dans le lieu où je vous conduis, que je consens à subir vos reproches pour tout ce que ce voyage aura de pénible, si toutefois vous ne me remerciez pas vous-même de vous l'avoir fait entreprendre.

— Nous n'en doutons nullement, chère amie, me hâtai-je de répondre ; d'ailleurs, nous te suivons avec plaisir, et le bien dont nous jouirons là-bas aura pour nous un double prix, puisque c'est à toi que nous le devrons.

En causant de la sorte, nous arrivâmes au pont, et là notre cortége s'augmenta d'un nouvel individu qui n'avait pas voulu jusque-là en faire partie. Le porc, toujours rétif et indocile, et que nous avions été obligés d'abandonner, nous voyant tous partir, s'était mis à courir après nous : il nous rejoignit comme le bétail défilait lentement sur le pont, il se mêla à la troupe, quoique ses grognements continuels témoignassent assez qu'il n'était pas content du voyage.

Lorsque nous fûmes de l'autre côté du ruisseau, un incident imprévu se présenta. L'herbe fraîche et épaisse qui couvrait le sol donna tellement dans l'œil à nos bestiaux, que tous se jetèrent de côté et d'autre pour s'en régaler ; le désordre se mit dans les rangs, et nous aurions eu bien de la peine à rassembler toutes ces bêtes gourmandes, sans nos excellents chiens qui se mirent à les houspiller et à les ranger de telle sorte, que bientôt grâce à eux l'ordre se rétablit et nous pûmes continuer notre marche. Mais, de peur d'un semblable événement, j'ordonnai à l'avant-garde de se diriger à gauche et de côtoyer le bord de la mer où il n'était pas à craindre pour nos bêtes une semblable tentation. A peine avions-nous gagné un terrain plus dégagé, que voilà nos chiens qui se jettent de nouveau avec des aboiements furieux dans les grandes herbes d'où nous venions de sortir. On eût dit qu'ils attaquaient quelque bête féroce : Frédéric arma aussitôt son fusil, Ernest se rapprocha de sa mère tout en préparant son arme : Rudly, toujours étourdi, courut du côté d'où partait le bruit sans seulement retourner son fusil ; tandis que moi, l'arme baissée et le doigt sur la détente, je m'avançais avec précaution dans la même direction en recommandant à tout mon monde la prudence et le sang-froid. Mais Rudly, emporté par son ardeur, s'était précipité dans les

hautes herbes, il en ressortit presqu'au même instant en criant : O papa,
un porc-épic énorme, monstrueux ! des dards longs comme mon bras.
Venez, venez vite !

J'arrivai, et je vis en effet nos dogues, fort occupés autour d'un porc-
épic dont la taille n'avait rien de monstrueux, mais qui, avec un bruit

terrible, se roulait comme une boule, et dressait ses dards par un mouvement si rapide et si vigoureux, que les deux braves assaillants, le
museau en sang, ne savaient comment saisir leur ennemi.

Rudly, voyant cela, tira de sa ceinture de peau de chacal un pistolet,
l'arma, et le déchargea presqu'à bout portant sur la tête de l'animal qui
fut tué du coup. Je blâmai la vivacité de Rudly, car il pouvait, dans sa
précipitation, blesser l'un de nous ou même tuer un des chiens ; mais
l'ardeur de sa victoire transportait de telle sorte le jeune garçon, qu'il
écouta légèrement mes reproches ; il voulait absolument emporter le
porc-épic ; aidé de son frère, il lui noua son mouchoir autour du cou,
et se mit à le traîner du côté où sa mère était restée, auprès de son plus
jeune fils, et assez inquiète de l'issue de l'événement.

— Voyez, chère maman ! s'écria-t-il de loin, le terrible animal, c'est
moi qui l'ai tué d'un coup de pistolet ! Il faut que nous l'emportions,
car papa dit que c'est un excellent manger....

Ma femme, tout en félicitant son fils de son exploit, n'accueillit que
médiocrement la proposition. Pour Ernest, il se mit à examiner l'animal
avec curiosité, et fit la remarque qu'il avait des dents incisives, et les
oreilles et les pieds dans la forme de ceux de l'homme.

— Je voudrais que tu eusses vu, continua Rudly d'un air un peu
fanfaron, comme il hérissait ses dards contre les chiens ! mais alors je

m'avançai, et paff! d'un seul coup de pistolet je l'ai étendu raide mort!
Oh! c'est que c'est une terrible bête quand on l'attaque!

— Mais pas si terrible pourtant, dit Frédéric un peu jaloux du coup
de son frère, quoiqu'il n'en témoignât rien, pas si terrible puisque tu
as osé t'en approcher! il est vrai que nous la tenions en respect, mon
père et moi, et que sans ton empressement....

— Il n'en est pas moins vrai que c'est moi qui l'ai tuée, reprit Rudly
avec feu, et avant toi! ajouta-t-il d'un air moqueur. J'arrêtai la discussion qui aurait pu devenir dangereuse, et je rappelai encore une fois mes
fils à l'union qui devait exister entre des frères. Vous travaillez tous pour
le bien général, n'est-ce pas, mes amis, qu'importe donc qui de vous a
été le plus adroit ou le plus heureux dans cette rencontre? Cependant,
avant d'aller plus loin, occupons-nous à délivrer nos pauvres chiens des
dards qu'ils ont gagnés à cette attaque, où ils n'ont pas été les moins
courageux, quoiqu'ils ne s'en vantent pas....

En effet, ces braves animaux avaient le museau garni d'une quantité
de ces piquants, qui, en raison de leur peu d'adhérence à la peau du
porc-épic, s'en étaient détachés dans le combat; ce qui jadis avait fait
dire aux anciens que cet animal était tout à la fois le carquois, l'arc et la
flèche. Pendant cette petite opération, qui demandait une certaine adresse,
je donnai à mes fils quelques détails curieux sur l'histoire des porcs-
épics, et rectifiai surtout leurs idées à l'égard du préjugé populaire qui
attribuait à cet animal la faculté de lancer lui-même ses dards contre les
chiens et les chasseurs qui l'attaquaient.

— Il est bien étrange, ajoutai-je, que l'histoire naturelle, où la vérité est toujours palpable, soit, de toutes les connaissances humaines,
celle que l'homme ait le plus défigurée à force de l'embarrasser de circonstances merveilleuses, comme si la nature n'était pas assez belle par
elle-même, et qu'elle eût encore besoin des secours de l'imagination des
hommes pour paraître ce qu'elle est : grande, magnifique et toujours
admirable.

Sur les instances de Rudly, il fut décidé que le porc-épic ferait partie
du bagage. Je couchai avec soin tous les piquants de l'animal, je l'enveloppai d'herbes, puis je le plaçai, bien empaqueté d'une forte toile,
sur la croupe de notre baudet, après avoir pris la précaution de l'attacher solidement, et nous continuâmes notre route. Frédéric, le fusil
penché et le doigt placé sur la détente, marchait en avant, dans l'espérance de découvrir quelque gibier qu'il pourrait tirer à lui tout seul.

Nous arrivâmes enfin sous les arbres, terme de notre voyage; ils dépassaient en grosseur et en largeur tout ce que j'avais imaginé. Quels arbres ! s'écriait Ernest, ce sont de vrais géants ; mais de quel genre sont-ils ? sont-ce des mangliers, ou des....

— Bah ! dit Rudly, qui prononçait toujours sur toutes choses en étourdi ; il suffit de regarder la feuille pour voir que ce sont des noyers

— Tu pourrais te tromper étrangement, dis-je alors, car je crois que ces arbres prodigieux, par leur port et l'exhaussement extraordinaire de leurs racines, doivent appartenir au genre des figuiers, et peut-

être même que ceux-ci sont de l'espèce de celui qu'on appelle le figuier des Antilles, et connu aux Indes sous le nom de figuier des Banians. Mais quels qu'ils soient, chère Élisabeth, dis-je à ma femme, qui paraissait jouir de ma surprise mêlée d'admiration, quels qu'ils soient, il faut convenir que la découverte de ces arbres et l'idée d'y établir notre demeure te fait honneur ; nous pourrons préalablement nous loger dans la partie inférieure, c'est-à-dire entre ces racines, qui semblent des charpentes toutes prêtes à former notre cabane ; mais, si nous parvenons jamais à nous percher au faîte, nous y serons parfaitement à l'abri des bêtes féroces, et je défierais même aux ours de nos montagnes de gravir ce tronc immense et dépouillé de tout point d'appui.

Nous commençâmes alors à déballer notre bagage, et afin que nos bestiaux ne tentassent point de s'écarter, nous prîmes la précaution de lier les jambes de devant à chacun d'eux, le cochon excepté, car, suivant sa coutume, il était intraitable, il fallut le laisser aller à sa volonté. Nous laissâmes aux poules et aux pigeons la liberté de s'établir où bon leur semblerait. Tandis que nous étions occupés de ce soin, nous fûmes un peu effrayés d'entendre un coup de fusil partir à quelque distance derrière nous, mais ce trouble cessa bientôt en entendant la voix de Frédéric, qui, s'étant de nouveau enfoncé dans le bois, en ressortit en criant : Touché! je l'ai touché! D'un saut il fut près de nous. Papa, voyez, quel magnifique chat-tigre j'ai abattu!

— Bravo! monsieur le capitaine des chasses, lui criai-je, tu viens de faire un acte de chevalerie en faveur des poules et des pigeons de notre colonie ; dès cette nuit, ce gentil camarade nous eût épargné la peine d'en mettre désormais un seul à la broche. Tu feras bien d'avoir l'œil à ce qu'aucun de ses pareils ne vienne rôder dans les environs, car ce sont les ennemis les plus acharnés de toute espèce de volailles.

Ernest ne manqua pas de faire de la science à propos de cette nouvelle proie, et tout en le badinant un peu sur cette érudition dont il aimait à faire parade, nous convînmes qu'au lieu du nom de chat-tigre que Frédéric avait donné à l'animal qu'il venait de tuer, celui de margai convenait beaucoup mieux et sous tous les rapports. Tout ce que je demande maintenant, dit alors le jeune chasseur, c'est que Rudly ne vienne pas me gâter la belle peau de ma bête comme il a fait de celle de mon chacal ; car, voyez, papa, comme ces bandes et ces taches brunes font un bel effet sur le fond de cette fourrure jaune d'or! Il serait bien dommage, n'est-ce pas? Je veux m'en faire une ceinture dans laquelle je placerai mes pistolets et mon couteau de chasse.

J'approuvai ce projet, et comme la chair de cet animal ne pouvait nous servir, je pensai que ce serait un excellent repas pour nos chiens, à la nourriture desquels il fallait aussi songer. En conséquence, j'indiquai à mon fils comment il devait s'y prendre pour dépouiller le margai de sa peau sans endommager celle-ci, et il fit tout de suite la distribution à nos dogues. Rudly, qui voulait aussi tirer partie de son porc-épic, me pria de l'aider à écorcher ce dernier, parce qu'il comptait en faire de formidables défenses de cou à nos chiens, lorsque les colliers de ceux-ci seraient usés. Quand ces deux opérations furent terminées, je coupai le porc-épic en morceaux : l'un d'eux fut mis dans la marmite que ma femme avait déjà disposée pour nous faire la soupe, l'autre fut salé et mis au frais pour le lendemain. Un petit ruisseau roulait ses eaux vives à quelque distance de notre arbre, nous allâmes y chercher des pierres pour construire notre foyer ; nous rassemblâmes des branches sèches pour l'alimenter, et nous laissâmes la bonne mère s'occuper du soin de notre dîner. En attendant, je m'amusai à faire des espèces d'aiguilles avec les dards les plus fins du porc-épic; c'était un cadeau que je voulais faire à ma femme, car il nous fallait bientôt avoir recours à elle pour coudre les courroies nécessaires à nos harnais. Je pris un grand clou, et en ayant enveloppé la tête dans un chiffon mouillé, je présentai la pointe au feu, où je la laissai jusqu'à ce qu'elle fût rouge; je m'en servis alors pour percer, sans crainte de les éclater, les dards de porc-épic, et faire ainsi des aiguilles de diverses grosseurs, propres à enfiler de la ficelle, il est vrai, mais qui n'en furent pas moins bien reçues par ma femme, dont elles abrégeraient considérablement les travaux.

Toujours occupés de notre demeure aérienne, je conçus l'idée de faire une échelle de corde; car, outre que nous n'avions pas le moyen d'en faire une autre, il fallait préalablement attacher aux premières branches la corde qui servirait à faire monter cette échelle. J'exerçai donc mes enfants à lancer des pierres auxquelles était attachée une longue ficelle; mais ces branches étaient à près de trente pieds d'élévation; et aucun de nos projectiles ne parvenant jusque-là, il fallut avoir recours à un autre expédient. Toutefois, ma femme nous ayant avertis que le dîner était prêt, je remis la chose à plus tard. Le porc-épic, bouilli, avait fait une excellente soupe, et nous en trouvâmes la chair d'un fort bon goût quoiqu'un peu dure; ma femme pourtant ne put se résoudre à en manger, et elle se contenta d'une tranche de jambon et d'un morceau de fromage de Hollande.

Aussitôt que notre repas fut terminé, je m'occupai à préparer notre gîte pour la nuit : je suspendis nos hamacs sous la voûte que formaient les racines de notre arbre géant, et ayant recouvert le tout à l'extérieur, par notre grande pièce de toile à voile, j'eus bientôt pour ma famille un abri contre la rosée de la nuit et les piqûres des insectes.

Quand cette opération fut terminée, et pendant que, de son côté, ma laborieuse femme s'occupait à faire des harnais pour l'âne et la vache, que je voulais employer, le lendemain, à charrier les solives et les planches nécessaires pour la confection de notre demeure aérienne, je me rendis, avec Frédéric et Ernest, sur le bord de la mer, pour examiner les matériaux qui s'y trouvaient, et surtout pour y chercher ceux de l'échelle de corde que je voulais faire. Un grand nombre de débris couvraient le rivage, mais la plupart étaient peu propres à ce que je me proposais, ou auraient demandé d'être façonnés pour le devenir, et mon projet eût peut-être avorté, si Ernest ne m'eût fait remarquer un gros amas de bambous, que le sable et la vase recouvraient en partie. C'était justement ce qu'il me fallait ; je retirai ces bambous du sable, je les nettoyai des feuilles qui les garnissaient encore, après quoi je les coupai en cannes d'environ cinq pieds de long ; j'en fis trois faisceaux, afin de pouvoir facilement les rapporter à notre établissement. Je cherchai ensuite des touffes de roseaux où je pusse trouver quelques tiges creuses et légères pour me fabriquer des flèches, car tout cela entrait dans le plan que j'avais imaginé pour gravir sur l'arbre géant.

Nous nous dirigeâmes aussitôt vers un gros buisson, qui me parut convenable à mes vues ; suivant notre coutume nous étions armés, et nous nous avancions avec précaution vers ce fourré, dans la crainte qu'il ne recélât quelque reptile ou autre animal dangereux. Notre chienne marchait devant nous ; mais quand nous fûmes à portée du buisson, Billy s'y élança avec sa fureur ordinaire, et en fit partir une troupe de beaux flamants, qui battant des ailes à grand bruit s'éleva dans les airs. Frédéric toujours prompt, et cette fois sur ses gardes, tira son coup à travers l'escadron ailé, et fut assez heureux pour abattre deux de ces oiseaux. L'un d'eux demeura sur place, mais l'autre, seulement légèrement blessé à l'aile, se mit à fuir sur ses longues jambes avec une incroyable rapidité. Frédéric courut retirer celui qui était mort, avec tant de précipitation qu'il pensa s'enfoncer dans le marécage. Averti par son exemple, je fis un détour pour tâcher d'attraper le blessé, mais je n'y fusse peut-être pas parvenu, sans le secours de Billy, qui, coupant la retraite au fugitif, le saisit adroitement par une aile, et me donna

c. Lenorier.   Pirard

ainsi le moyen de m'en emparer. Je l'apportai à mes fils, dont la joie ne peut se décrire, en voyant ce bel oiseau encore en vie.

— Est-il fort blessé? disaient-ils, ne pourrait-on le panser? Oh! si nous pouvions l'apprivoiser! s'il voulait s'accommoder avec nos poules! et mille autres exclamations auxquelles je répondais de mon mieux.

— Quel beau plumage! s'écriait Ernest, quelles vives et brillantes couleurs; c'est étrange! continua le petit observateur, cet oiseau a les pieds palmés comme ceux de l'oie et de longues jambes comme la cigogne. Aussi il court sur terre aussi vite qu'il nage sur les eaux.

— Tu pourrais ajouter qu'il vole également bien dans les airs, car ses ailes sont fortes et vigoureuses; il y a plus d'un genre d'oiseaux qui réunissent ces divers avantages.

— Mais, demanda Frédéric, est-ce que tous les flamants ont comme ceux-ci le corps couleur de rose, et les ailes incarnates? Il me semble en avoir vu de gris et de blanchâtres dans la troupe à travers laquelle j'ai tiré.

— Oh! reprit Ernest, qui se trouvait là dans son centre, ceux que tu as vus sont les jeunes, ils ne prennent leurs belles couleurs qu'à mesure qu'ils vieillissent.

— En ce cas, dit encore Frédéric, celui que j'ai tué ne nous fera pas un merveilleux rôti; car, à la beauté de son plumage, il doit être pas mal vieux. Cependant emportons-le toujours pour le faire voir à notre mère.

Charmés de cette double capture, mes enfants s'occupèrent, l'un à lier son gibier par les pattes pour pouvoir le porter commodément sur son dos, et l'autre à arranger le blessé avec son mouchoir de manière à ce que l'oiseau souffrît le moins possible; pendant ce temps je cueillis quelques pointes de roseaux, je choisis celles qui avaient déjà fleuri, parce que je savais que c'était de celles-là que les sauvages de l'Amérique faisaient leurs flèches. J'en coupai aussi deux ou trois tiges dans toute leur hauteur, pour m'aider à mesurer par un procédé géométrique celle de notre arbre. Je chargeai Ernest de porter les roseaux, je pris le flamant blessé, et mon Frédéric, outre son gibier, voulut aussi porter deux des paquets de bambous que nous avions laissés sur le rivage. Chargés de la sorte, nous revînmes auprès des nôtres, et nous fûmes accueillis comme de coutume par des cris de joie, mais cette fois mêlés d'exclamations de surprise.

— Oh! qu'est-ce que tu apportes-là, Frédéric? quel magnifique oiseau! comment l'appelle-t-on? est-il méchant? oh! il est blessé! comment le guérir! Et cent discours semblables. Toutefois, notre ménagère ne semblait pas partager l'enthousiasme général, et elle fit l'observation

que tant de bêtes à nourrir au logis nécessiteraient une bien grande
quantité de provisions ; mais je la rassurai, en lui disant que le nouvel
hôte ne lui causerait aucune dépense, attendu que l'oiseau, ne se nourrissant que de petits poissons et d'insectes, il trouverait lui-même sa
nourriture sur le bord du ruisseau, où j'avais l'intention de l'établir.
Cette décision calma les inquiétudes de ma femme et ramena la joie sur
tous les jeunes fronts ; j'examinai alors la blessure du pauvre flamant :
c'était une simple meurtrissure à l'aile droite, un peu écorchée pourtant
par les dents de notre chienne, mais que je ne désespérai pas de voir
bientôt guérie. Je pansai la blessure avec un mélange de beurre et de
vin, je soutins l'aile par une bandelette, ensuite j'attachai à la patte de
l'oiseau une ficelle que je fixai à une grosse pierre, et assez longue pour
permettre au blessé de se promener et d'aller jusqu'au ruisseau : ce traitement eut de bons résultats, car au bout de quelques jours la plaie
était guérie, et l'oiseau, touché des soins et des caresses dont il se sentait
l'objet, ne tarda pas à s'apprivoiser.

Cependant mes fils, ayant lié l'un au bout de l'autre les grands roseaux
que nous avions apportés, croyaient pouvoir s'en servir de cette manière pour mesurer la hauteur de l'arbre ; ils vinrent m'annoncer en
riant qu'il en faudrait encore dix fois autant avant d'atteindre aux premières branches : — Je n'en doute pas, messieurs, leur dis-je ; mais il
y a un moyen bien plus simple pour connaître cette hauteur que celui que
vous supposez, et c'est celui par lequel on mesure l'élévation des plus
hautes montagnes ; la géométrie nous l'apprend, et vous allez me le voir
employer.

Aussitôt, je disposai avec deux cannes plantées en terre et des ficelles
qui partaient du tronc de l'arbre et passant sur les cannes allaient aboutir
à des piquets fort bas ; je disposai, dis-je, un triangle dont je fis ensuite
le calcul géométrique, et ayant trouvé d'un angle à l'autre une distance
de trente pieds, je déclarai à mes jeunes gens, fort occupés de mon
opération, que la hauteur de notre future habitation serait de trente
pieds au-dessus du sol. Ce résultat leur parut merveilleux et leur inspira
un grand goût pour la géométrie : j'en avais fait une étude approfondie
dans ma jeunesse, et je me trouvais fort heureux de posséder encore
quelques notions assez sûres de cette science utile pour me tirer de
beaucoup d'embarras dans ma situation nouvelle.

Une fois certain de la hauteur, je dis à Frédéric d'aller mesurer ce
que nous avions de cordes ; aux petits, de remettre en pelote la ficelle,
dont je ne tarderais pas à avoir besoin. Je m'assis ensuite sur le gazon,

et prenant un fort bambou que je courbai en arc à l'aide d'une cordelette,
je disposai également quelques flèches, mais sans pointe, avec les roseaux
que j'avais cueillis à cet effet, je garnis ces dernières de plumes de flamant, afin de rendre leur vol plus rapide et plus sûr; et bientôt je me
vis possesseur d'une arme sauvage d'une assez belle apparence. Mes
enfants, en revenant près de moi et voyant mon arc, se mirent à faire
mille gambades. Oh! un arc! un arc! et des flèches encore! Oh! papa,
laissez-moi tirer; non, moi, papa, criaient-ils tous ensemble.

— Patience, mes amis! patience! je réclame la priorité de mon invention; ainsi je tirerai le premier, ne vous en déplaise! car vous pensez
bien que je n'ai pas voulu faire de ceci un simple jouet, mais un instrument utile à nos projets. — Élisabeth, continuai-je en m'adressant à

ma femme, ne pourrais-tu me procurer une pelote de gros fil, bien fort?

— Qui sait si mon sac enchanté n'est pas en état de nous fournir cela!
Voyons, mon sac, dit-elle, montre-toi digne de ton surnom; nous avons
besoin d'une pelote de fil très-fort.... Elle le secoua un peu, et, plongeant le bras jusqu'au fond, elle en retira aussitôt l'objet demandé. —
Voyez, continua-t-elle en riant, si mon sac n'est pas vraiment merveilleux!

— Ah! voilà un beau mystère, dit Ernest, chère maman; vous en
tirez, de votre sac, ce que vous y avez mis!

— Sans doute, mon cher enfant. reprit la mère, il n'y a rien là que
de fort naturel; mais y avoir mis d'avance ce qui pouvait être utile dans
l'occasion, c'est là le mystère; les résultats de la prévoyance passent
quelquefois pour merveilleux, surtout aux yeux des étourdis, qui ne
voient pas plus loin que leur nez.

Pendant ce temps j'avais dévidé le peloton de fil, et attaché le bout de ce dernier à l'extrémité d'une de mes flèches; je posai celle-ci sur la corde de l'arc, et la dirigeant vers une des branches principales du grand arbre, je tendis la corde; la flèche, entraînant avec elle le fil, passa par-dessus cette branche, y demeura suspendue au moyen du fil, et redescendit néanmoins jusqu'à terre, par l'effet de son poids. Charmé du résultat de mon invention, je me hâtai de procéder à la confection de mon échelle. Frédéric arrivait, traînant derrière lui deux énormes rouleaux de corde forte, il les avait mesurées, et elles portaient à peu près chacune quarante pieds de longueur. C'était juste la dimension que je désirais. Je les fis étendre à terre parallèlement à la distance d'un pied entre elles; Frédéric divisa avec la hache les bambous que nous avions apportés, en morceaux de deux pieds, pour servir d'échelons. Ernest me les présentait; je les fixai à distances égales par des nœuds que j'eus soin de faire aux deux cordes qui devaient servir de montant à mon échelle. Aussitôt qu'ils étaient passés dans les nœuds, Rudly les arrêtait avec un grand clou pour les empêcher d'en sortir; de cette manière, notre échelle fut achevée en peu de temps. Je fis ensuite monter une ficelle à l'aide du fil resté sur l'arbre; puis, au moyen de la ficelle, une cordelette assez forte pour pouvoir à son tour faire monter l'échelle, que nous y attachâmes. Quand cette dernière fut enfin parvenue à la branche sur laquelle elle devait s'appuyer, je fixai à l'une des grosses racines la corde qui avait servi à la faire monter jusque-là; puis, j'attachai également la première marche de l'échelle à la base, pour en empêcher le balancement et en rendre l'ascension plus sûre. Ces précautions étaient à peine prises, que tous mes enfants voulaient grimper à l'envi l'un de l'autre : toutefois, je ne permis qu'à Rudly, comme le plus leste et le plus léger, de tenter l'aventure. L'audacieux petit garçon, que des exercices gymnastiques avaient rendu très-souple et très-adroit, monta comme un chat, d'échelons en échelons, et arriva sain et sauf au haut de l'arbre. L'échelle ayant été ainsi éprouvée, Frédéric y monta à son tour, il emporta avec lui un sac de chasse contenant un marteau et des clous, pour fixer solidement le haut de l'échelle sur la branche; il s'acquitta si bien de cet emploi, que je n'hésitai pas moi-même à le suivre dans cette haute région. Les branches de l'arbre en cet endroit étaient si fortes et si serrées, que non-seulement nous pûmes nous y tenir assez facilement; mais je prévis dès-lors que des poutres ne seraient pas nécessaires pour établir le plancher de notre demeure, et qu'il suffirait de quelques planches placées sur ces branches. lorsqu'elles auraient été égalisées. Armé de ma hache. je commençai ce

travail préparatoire, et comme mes fils gênaient un peu mes mouvements.
je les engageai à descendre. J'avais crié à ma femme d'attacher une forte
poulie à la corde lâche qui pendait encore à côté de l'échelle ; je tirai à
moi cette poulie que je fixai à une des plus grosses branches supérieures,
afin de pouvoir le lendemain faire monter plus facilement les planches et
autres matériaux dont nous aurions besoin. Ce travail, que j'achevai au
clair de lune, fut le dernier de ma journée ; je redescendis vers les
miens, harassé de fatigue, mais le cœur plein des plus douces espérances.
En arrivant à terre, je fus d'abord singulièrement troublé en ne voyant
ni Frédéric ni Rudly, qui avaient dû descendre avant moi : quand tout-à-
coup deux voix pures et harmonieuses se firent entendre au faîte de
l'arbre que je venais de quitter : c'étaient celles de mes deux fils qui
chantaient un cantique du soir, comme pour sanctifier ainsi notre future
demeure. Au lieu de descendre, ils avaient grimpé de branches en branches jusqu'au faîte ; là, frappés de la beauté du spectacle qui s'offrait à
leurs regards, leur première pensée avait été d'entonner un hymne au Seigneur. Je rappelai mes chers petits musiciens que je n'eus pas le courage de
gronder, et nous fîmes aussitôt nos dispositions pour la soirée : elles consistaient en feux que je devais entretenir toute la nuit, afin d'éloigner de
nous les bêtes féroces, s'il s'en trouvait dans le voisinage. Ma femme me
montra alors l'ouvrage qui l'avait occupée pendant une partie de la
journée ; grâce aux aiguilles de porc-épic, elle était parvenue à faire un
harnais complet pour nos deux bêtes de trait : je lui donnai dès-lors
l'assurance que le lendemain nous pourrions nous établir dans notre
nouveau domicile. Ernest, qui n'était pas pour les travaux qui demandent
beaucoup de force, était resté près de sa mère, et aidé du petit Fritz, il
avait suppléé celle-ci dans les soins de la cuisine ; devant le feu. sur
deux fourches en bois, rôtissait un morceau de porc-épic bien gras, dont
le fumet était délicieux, tandis qu'un autre bouillait dans la marmite ;
une grande toile étendue sur le gazon servait de nappe ; le jambon, un
quartier de fromage, du beurre, et du biscuit, toujours un peu sec il
est vrai, y figuraient avec honneur. En un mot. le souper nous attendait.
Aussitôt que nous eûmes dressé les petits bûchers à l'entour de notre
établissement, que nos bestiaux rassemblés eurent été remisés sous la
voûte de racines où nous devions nous-mêmes passer la nuit ; que les
pigeons et les poules se furent nichés et perchés sur les branches voisines, et qu'enfin, libres de tout soin, nous n'eûmes plus qu'à penser à
nous, nous nous mîmes à table, et la fatigue, l'appétit, autant que la
bonté des mets, nous firent faire un excellent repas. animé par la plus

vive gaîté. La lune dans son plein nous éclairait d'une manière splendide ;
mais peu à peu le joyeux babil se ralentit, des bâillements réitérés se
firent entendre ; je prononçai la prière du soir, et j'envoyai tout le
monde se coucher. Avant d'en faire autant, j'allumai un des bûchers, je
fis la ronde autour de notre habitation, et je ne rentrai que lorsque je
me fus assuré que rien ne menaçait, du moins pour l'instant, la sûreté
de ma famille. Au moment de monter dans mon hamac, j'entendis des
exclamations d'impatience sortir de tous les autres ; mes petits garçons,
qui s'étaient si fort réjouis de coucher dans un hamac, trouvaient la
chose détestable, et regrettaient déjà leurs lits de mousse et d'herbe
sèche, sur lesquels ils pouvaient du moins s'étendre à l'aise. Je leur
indiquai la manière de s'établir dans cette sorte de lit ; c'est-à-dire, de
s'y placer diagonalement, ou d'un angle à l'autre. Enveloppez – vous
bien dans vos couvertures et demeurez le plus tranquilles que vous
pourrez ; d'ailleurs, ajoutai-je, là où le matelot de toutes les nations
sait dormir, un brave petit garçon suisse doit en pouvoir faire autant.
Après quelques essais et quelques soupirs étouffés, tout redevint tranquille, et bientôt toutes les respirations paisibles, régulières, m'apprirent
que mon petit monde était endormi.

Durant la première moitié de la nuit, je ne fus pas sans inquiétudes ;
le moindre bruit, le vent agitant le feuillage, le murmure lointain des
vagues, tout était pour moi autant de sujets de terreur. Quand je voyais
que l'un de nos bûchers était près de s'éteindre, je courais en allumer
un autre ; mais, grâce à Dieu, toutes mes craintes furent vaines, et vers
le matin le sommeil s'empara de moi avec tant de puissance que, loin
d'éveiller moi-même mes enfants le matin, ce furent eux qui vinrent
gaîment m'avertir que le jour avait paru.

Ma femme s'occupait déjà de ses soins ordinaires, comme de traire la
vache, les chèvres, et de donner à tous la nourriture ; elle nous fit ensuite
déjeûner, après quoi, appelant à son aide Ernest et Rudly, elle plaça sur
le dos de l'âne et de la vache les harnais qu'elle leur avait faits la veille,
et tous partirent pour chercher sur le bord de la mer les planches et
autres pièces de bois dont j'avais besoin pour notre construction.

Pendant ce temps je montai sur l'arbre avec Frédéric, et nous continuâmes le travail commencé la veille ; la hache et la scie nous débar-
rassèrent de toutes les branches inutiles, nous en réservâmes quelques-
unes, à peu près à six pieds au-dessus de celles qui devaient servir de
base à notre plancher, pour suspendre nos hamacs, d'autres enfin plus
haut, et qui devaient supporter la toile à voile, dont je voulais former

provisoirement notre toit. Ce travail fut long et pénible ; ma femme nous avait amené au pied de l'arbre un grand nombre de planches et de légères solives, débris de quelque navire brisé par la tempête. Il fallut les monter jusqu'aux branches, j'y parvins au moyen de la poulie que j'avais placée la veille ; ma femme les attachait à la corde en bas, et Frédéric et moi, nous les hissions en haut, quoiqu'avec beaucoup de peine ; nous les rangions ensuite les unes près des autres, de manière à établir un plancher uni et solide. Peu à peu notre édifice commença à prendre figure : il s'appuyait contre le tronc immense du figuier ; la toile à voile jetée sur les branches supérieures, et retombant à droite et à gauche, en fermait les côtés ; tandis que la façade, demeurée ouverte, laissait passage à l'air frais de la mer, que l'on apercevait de ce point élevé.

Ces divers travaux nous occupèrent une grande partie de la journée ; et telle était notre ardeur au travail, que nous nous contentâmes de manger un morceau froid, sans prendre le temps de faire un repas en règle. J'avais établi sur les côtés et le devant de notre domicile aérien une espèce de balustrade à hauteur d'appui, et afin de prévenir tout accident, je clouai la toile qui faisait le toit et les parties latérales sur le bord de cette balustrade ; cela fait, nous hissâmes, toujours au moyen de la poulie, les hamacs, les couvertures et autres objets nécessaires, nous les suspendîmes aux branches réservées pour cet effet, et après avoir débarrassé le plancher des feuilles et des copeaux dont il était encore couvert, nous descendîmes, mon fils et moi, en déclarant au reste de la famille que la nouvelle habitation était prête à les recevoir. Il nous restait encore quelques heures de jour, et ayant trouvé au pied de l'arbre quelques planches, reste de celles qui nous avaient servi, je

ne pus résister au désir d'en faire une table et deux bancs pour prendre nos repas d'une manière plus commode ; quelques piquets plantés en terre, et des planches assez grossièrement ajustées et clouées sur ces piquets, en firent tous les frais ; néanmoins, ce surcroît de travail épuisa mes forces ; je m'assis sur un des bancs, et essuyant la sueur qui couvrait mon front, je dis à ma femme : En vérité, j'ai travaillé aujourd'hui comme un forçat ; aussi je veux me reposer demain toute la journée.

— Tu le pourras, d'autant mieux, mon ami, que tu le dois. Car, d'après le calcul des jours écoulés depuis notre naufrage, je crois que demain serait le second dimanche que nous passerions, tout absorbés dans les soins pénibles de la vie, sans en consacrer la moindre partie au Seigneur.

— Je pense comme toi, chère Élisabeth, aussi je te promets que celui-ci ne s'écoulera pas de même ; cependant je crois que, dans la position terrible où nous nous trouvions, notre premier devoir était d'assurer l'existence de notre famille. Pendant ces pénibles travaux nos cœurs n'ont pas cessé de s'élever vers le ciel ; maintenant que, grâce à sa bonté, nous sommes en sûreté, et que pour quelque temps nous avons nos vivres et notre couvert assurés, nous ne serions plus excusables si nous négligions de rendre au Seigneur nos devoirs plus solennellement que par notre prière ordinaire, le jour qui lui est consacré. Mais n'en parlons point d'avance à nos enfants ! ce sera une agréable surprise à leur faire demain matin, que de leur donner un jour de repos et de récréations, auquel ils ne s'attendent point.

Mais voyons, maintenant que je t'ai fait une table, que vas-tu nous donner à manger ? je t'annonce que je me sens un furieux appétit.

— Eh bien, appelle les enfants ! je vais vous servir à souper. Tout notre petit peuple fut bientôt rassemblé autour de la table, sur laquelle ma femme posa un grand plat de terre, duquel elle tira, à l'aide d'une longue fourchette, une volaille en daube, d'une mine des plus appétissantes ; c'était le flamant que Frédéric avait tué la veille : Ernest, qui est de fort bon conseil pour les choses de cuisine, nous dit ma femme, m'a prévenue que cet oiseau, étant déjà vieux, pourrait être dur et qu'il serait meilleur bouilli que rôti, et vous allez en juger.

Nous rîmes beaucoup des gastronomiques dispositions de maître Ernest, tout en applaudissant au résultat ; le flamant cuit et fort bien assaisonné nous parut excellent, et nous n'en laissâmes pas le plus petit morceau.

Pendant que nous étions ainsi occupés à savourer notre flamant, son camarade, déjà tout apprivoisé, vint gravement, accompagné de nos poules, becqueter à nos pieds les miettes de notre table; nous l'avions débarrassé de ses liens, et il ne paraissait pas le moins du monde disposé à nous quitter. Le petit singe avait également perdu toute sa sauvagerie, et ses espiègleries nous amusaient extrêmement; il était le favori de toute la famille, et il n'y avait rien de si drôle que de le voir sauter de l'épaule de l'un sur celle de l'autre, et recevoir de chacun quelques petits morceaux, qu'il mangeait de ses deux mains avec une grâce infinie. Il n'y eut pas jusqu'à notre grosse truie, que nous avions perdue de vue depuis deux jours, pendant lesquels elle avait erré dans les bois à sa fantaisie, qui ne vînt aussi se joindre à l'assemblée, et par de joyeux grognements semblât témoigner le plaisir qu'elle avait à nous retrouver. Ma femme l'accueillit avec une distinction toute particulière, et pour l'engager à revenir ainsi chaque soir au logis, elle lui donna tout le reste du laitage, qui n'avait pas été consommé dans la journée. Car, ajouta-t-elle, tant que nous n'aurons pas quelque ustensile pour battre le beurre et faire des fromages, il vaut mieux employer ainsi le superflu de notre lait; puisque nous n'avons ni laiterie, ni cave, pour le conserver, la chaleur de ce climat le gâterait tout de suite.

— Tu as bien raison, chère femme, lui dis-je; aussi je te promets qu'au premier voyage que nous ferons au navire échoué, je n'oublierai pas de t'apporter tout ce qu'il te faudra pour cela.

— Ah! mon Dieu! reprit-elle avec un soupir et le cœur encore tout navré, je ne serai tranquille que lorsque la mer aura achevé de l'engloutir; vous ne pouvez imaginer quelles angoisses j'éprouve pendant que vous allez ainsi affronter mille périls dans votre maudit bateau de cuves!

Je la rassurai de mon mieux, et lui fis comprendre que ce serait presque manquer à la Providence que de négliger de sauver, par une prudence trop exagérée, des objets précieux qu'elle semblait avoir miraculeusement conservés pour notre utilité et nos besoins. Elle en convint, car si sa tendresse pour moi et pour nos enfants lui inspirait quelque alarme à ce sujet, elle avait trop de jugement pour ne pas se rendre à des considérations si raisonnables.

Le souper étant achevé, nos animaux placés sous leur toit de racines, je fis allumer un feu qui devait brûler toute la nuit, afin d'écarter les bêtes sauvages; et nous procédâmes à notre ascension sur l'arbre où se trouvait maintenant notre demeure. Mes trois fils eurent bientôt atteint le haut de l'échelle, et comme celle-ci était fixée par la base à l'une des grosses racines de notre arbre, ma femme, qui monta après eux, fit le trajet plus lentement mais sans accident. Je ne devais pas jouir du même avantage, car voulant relever notre escalier aérien à plusieurs pieds au-dessus du sol lorsque nous serions en haut, je fus obligé de le détacher du bas et de grimper après ces cordes mouvantes, avec d'autant plus de difficulté que je portais mon plus jeune fils sur mon dos, ce qui gênait un peu la liberté de mes mouvements. Cependant j'arrivai enfin à la balustrade où commençait notre appartement, et après avoir déposé mon fardeau, je retirai à moi, au moyen de la poulie, une partie de l'échelle que j'accrochai à une forte branche disposée à cet effet : de cette manière, nous nous retranchâmes dans notre demeure comme ces anciens châtelains qui pouvaient s'éloigner du reste du monde, en faisant lever le pont-levis de leur castel. Quoique nous dussions nous croire là en parfaite sécurité, j'armai pourtant nos fusils ; afin que, si l'ennemi se présentait en bas, je pusse venir au secours de nos braves chiens demeurés au pied de l'arbre, et commis à la garde de notre bétail, et foudroyer de là tout ce qui viendrait les attaquer. Cette dernière précaution prise, et après avoir adressé en commun notre prière à Dieu, nous nous établîmes enfin dans nos hamacs où nous ne tardâmes pas à goûter les douceurs d'un sommeil paisible et exempt de toute inquiétude.

Au matin, tout le monde se réveilla gai, dispos et plein d'un nouveau courage. — Qu'allons-nous faire aujourd'hui, mon papa ? s'écrièrent mes fils.

— Rien, mes enfants, rien du tout.

— Oh! papa, vous voulez rire !

— Non, mes amis, je ne plaisante point ; nous nous reposerons aujourd'hui, parce que ce jour est celui du Seigneur, et que nous voulons le célébrer comme il convient.

— Comment ! c'est aujourd'hui dimanche ? Ah ! quel plaisir ! nous nous amuserons toute la journée : papa, vous me prêterez votre arc, dit l'un ; j'en veux faire un et des flèches aussi, dit l'autre ; nous courrons, nous nous promènerons tout à notre aise. Ah ! quel bonheur ! s'écrièrent-ils tous ensemble.

— Ce n'est pas tout-à-fait de cela qu'il s'agit, repris-je : le dimanche est le jour consacré au Seigneur ; pendant cette journée nous devons, autant que possible, détourner nos cœurs des vanités de la terre et le porter vers Dieu, le remercier, l'adorer, en un mot le servir.

— Mais comment le pourrons-nous, demanda Rudly, puisque nous n'avons ici ni prêtre ni église ?

— Oh! pour ce qui est de cela, dit Ernest, je pense que l'on peut bénir Dieu et le prier aussi bien sous la voûte du ciel que sous celle d'un

temple ; et quant aux sermons, papa, qui en faisait de si beaux en
Europe, pourra bien nous en faire ici.

— Et les beaux cantiques que nous a appris notre mère, dit à son tour
Frédéric, ne pouvons-nous les chanter comme nous les chantions chez
nous à l'église ? en seront-ils moins agréables au Seigneur pour être
chantés sans l'accompagnement de l'orgue ?

— Oui, mes enfants, Dieu étant partout, bénir sa bonté, le louer
dans ses œuvres, se soumettre à sa sainte volonté, et en effectuer de bon
cœur tous les actes, c'est le servir. Nous célébrerons ce jour comme
notre position nous le permet et comme il convient à votre âge et à vos
jeunes intelligences. Les sermons ou instructions religieuses que j'ai com-
posés ne sont pas assez présents à ma mémoire pour que je puisse vous
en réciter aucune ; mais je tâcherai d'y suppléer par un apologue qui,
en éclairant votre esprit, touchera, j'espère, votre cœur et y entretiendra
les précieuses semences des vertus chrétiennes que votre mère et moi
nous avons semées dans vos cœurs, et que nous désirons y voir fructifier
comme le principe et la garantie de votre bonheur en ce monde et en
l'autre. Mais chaque chose a son temps, ajoutai-je pour tempérer l'impatiente curiosité qu'avait fait naître l'annonce d'un apologue parmi mon
jeune auditoire ; nous allons d'abord adresser à Dieu notre prière de
chaque jour, nous vaquerons ensuite aux soins que réclament de nous
nos animaux, nous déjeûnerons ensuite, et après je vous réunirai autour
de moi sur cette belle pelouse ombragée qui entoure notre demeure,
et nous commencerons par un cantique la célébration de cette sainte
journée.

Je descendis de l'arbre le premier ; après avoir laissé retomber
l'échelle de toute sa longueur, j'en fixai le dernier échelon, et toute ma
famille ne tarda pas à me suivre. Les premiers instants de la journée
furent employés comme je l'avais décidé ; mes enfants et leur mère
s'assirent sur le gazon, je me plaçai sur une petite éminence en face
d'eux, et je commençai, après m'être recueilli pendant quelques instants,
une petite histoire allégorique dans laquelle je tâchai de développer
quelques-unes des importantes vérités qui servent de base à la morale
religieuse du chrétien.

— Mes enfants, dis-je, il était une fois un grand roi dont le royaume
s'appelait *le pays de la Réalité* ou *du Jour*, parce qu'on y voyait
régner constamment la lumière et une perpétuelle activité. Sur la fron-
tière la plus éloignée et tout-à-fait vers le nord glacial, il y avait une
autre contrée également régie par le sceptre du grand roi, et dont nul

autre que celui-ci ne connaissait l'immense étendue ; depuis les temps les plus reculés, ce monarque en conservait le plan dans ses archives ;

cet autre royaume s'appelait le royaume *de Possibilité* ou *de la Nuit*, parce que là tout était sombre et inactif.

Dans la partie la plus fertile et la plus agréable de l'empire de *Réalité*, le grand roi avait une magnifique résidence nommée Himmelburg ou *Bourg-Céleste*, où il demeurait et tenait sa cour, la plus somptueuse qui se puisse imaginer ; des millions de serviteurs exécutaient ses volontés, et des milliards d'autres se tenaient prêts à recevoir ses ordres. Les uns étaient vêtus d'une étoffe plus brillante que l'argent, plus blanche que la neige, parce que le blanc, couleur de la lumière, était celle du roi ; les autres étaient couverts d'armures étincelantes, une épée flamboyante à la main ou serrée dans un fourreau d'or. Chacun d'eux, sur un seul signe de leur maître, volait accomplir ses commandements, avec la rapidité de la foudre traversant les nuées. Tous ces serviteurs fidèles, vigilants, intrépides, et pleins de zèle pour le service du roi, étaient tellement unis entre eux, et la faveur de leur maître les remplissait d'un tel contentement, qu'on ne pouvait imaginer un bonheur plus grand que celui d'être admis dans leurs rangs et d'être digne de leur bienfaisante amitié. Il se trouvait en outre, dans la résidence, un grand nombre de bourgeois d'une moindre élévation, qui tous bons, riches et heureux, jouissaient non-seulement des bienfaits quotidiens du monarque, mais avaient encore l'inappréciable bonheur de le voir tous les jours, et d'en être traités comme ses propres enfants.

Le grand roi possédait encore, non loin des frontières de son empire de *Réalité*, une île considérable, et encore déserte, et qu'il désirait peupler et faire cultiver, pour être, pendant un court espace de temps. le séjour de ceux de ses sujets qui devaient être peu à peu admis aux droits de citoyens, dans sa résidence royale. faveur qu'il voulait concéder au plus grand nombre possible.

Cette île se nommait Erdheim ou *Demeure Terrestre ;* celui qui, par sa bonne conduite dans ce séjour d'épreuve, et par son application à l'amélioration du pays, se serait montré digne d'une récompense. serait admis au *Bourg-Céleste,* pour prendre part à la félicité de ses heureux habitants.

Pour atteindre ce but, le grand roi fit équiper une flotte destinée à transporter les colons. de leur séjour habituel, dans cette île ; et en les tirant des sombres et froides régions du royaume de la nuit, il les appela ainsi à jouir de la lumière et de la vie active. avantages dont ils avaient été privés jusqu'alors. On comprend que tous les pauvres gens arrivaient là joyeux et contents. L'île à cultiver était non-seulement belle et fertile, mais encore tous ceux qui y abordaient y trouvaient préparé à l'avance tout ce qui pouvait leur être nécessaire pour passer agréablement le temps qu'ils devaient y résider ; de plus, chacun avait la certitude de voir ses travaux et sa soumission aux ordres du grand roi récompensés par son admission au rang de citoyen de sa splendide résidence de Himmelburg.

Au moment de l'embarquement, le monarque bienveillant parut lui-même, et parla ainsi aux planteurs :

— Mes enfants, je vous ai tirés du royaume de la nuit, de l'inaction et de l'insensibilité, pour vous rendre heureux par le sentiment, l'activité, la vie ; votre bonheur dépendra en grande partie de vous-mêmes ; il vous suffira pour cela de le vouloir fortement. N'oubliez jamais que je suis votre roi, votre père, et observez fidèlement mes commandements dans la culture du pays dont je vous confie l'exploitation. Chacun recevra à son arrivée à Erdheim la portion de terrain qu'il devra cultiver ; mes ordres ultérieurs sur votre conduite s'y trouveront tracés, et il se trouvera là des hommes sages et instruits qui vous feront connaître mes décrets, et vous en donneront l'explication. Je veux aussi, afin que vous puissiez acquérir de vous-mêmes les lumières nécessaires à l'interpréta-

13

tion de ces décrets ; je veux, dis-je, que chaque père de famille ait dans sa maison une copie de mes lois, pour la lire journellement avec les siens, et en conserver le souvenir présent à l'esprit de tous. De plus, le premier jour de la semaine sera consacré à mon service; c'est-à-dire que ce jour là, dans chaque établissement, tout le monde, parents et enfants, maîtres et serviteurs, se rassembleront dans un lieu particulier, où l'on vous lira et expliquera mes commandements, et où vous réfléchirez sur les devoirs qui vous sont ordonnés ainsi que sur les moyens d'arriver à la récompense qui vous est destinée. C'est ainsi qu'il sera facile à chacun de s'instruire de la manière la plus avantageuse de faire valoir le terrain qu'il a reçu en partage, comment il faut le planter, le cultiver, et surtout en arracher les ronces et l'ivraie qui pourraient étouffer les bonnes semences. Toutes ces demandes, si elles sont faites avec un cœur sincère et une grande envie de réussir, passeront sous mes yeux, et j'y répondrai toujours, lorsque je les trouverai raisonnables et conformes au but qui vous est proposé.

Si votre cœur vous dit que les bienfaits multipliés dont vous jouirez méritent de la reconnaissance ; si, pour me la témoigner d'une manière plus vive, vous quittez ce jour-là tout autre soin pour ne vous occuper que de l'expression de vos sentiments pour moi, cela me sera agréable, et j'aurai soin que le jour que vous destinerez ainsi à mon service, loin d'être préjudiciable à vos intérêts, vous soit utile par le repos que vous donnerez à votre corps et à votre esprit, lesquels seront ensuite plus propres à reprendre leurs travaux accoutumés. Je veux également que les animaux que je vous ai donnés pour aides se reposent ce jour-là de leur fatigue, et que les fauves des champs et des plaines jouissent en paix sans craindre les poursuites du chasseur.

Celui qui pendant son séjour à Erdheim aura obéi le plus complètement à mes ordonnances, qui aura rempli tous ses devoirs d'un cœur content et joyeux, qui aura maintenu sa plantation dans le meilleur ordre et la plus grande valeur, obtiendra de moi la plus riche de toutes les récompenses, car je le rappellerai près de moi, dans ma superbe résidence, où il jouira à jamais du titre et des prérogatives des citoyens d'Himmelsburg. Mais celui qui n'aura pas voulu travailler ; le négligent, le mauvais sujet qui n'aura fait que troubler les autres dans leurs utiles travaux, celui-là sera envoyé aux galères, ou, suivant ses actions, condamné pour toujours aux travaux des mines, dans les entrailles de la terre. De temps à autre, j'enverrai des frégates à Erdheim, qui viendront prendre tantôt sur un point, tantôt sur un autre, et toujours à l'improviste, quelques colons pour les récompenser ou les punir. Toutefois, il ne sera permis à personne de se glisser de son propre mouvement sur les frégates, et de quitter Erdheim sans mon ordre exprès; quiconque le tenterait en serait sévèrement puni. Comme j'ai la plus parfaite connaissance de tout ce qui se passe dans l'île, et qu'un merveilleux miroir, placé dans le centre de mon palais, me montre de la manière la plus exacte la conduite de chacun, nul ne pourra me tromper, et tous seront jugés suivant leurs œuvres.

Tous les colons furent satisfaits du discours du grand roi, et parurent empressés de se mettre à la besogne.

On leva l'ancre, et tous s'avancèrent, pleins de joie et d'espérance, vers le lieu de leur destination. Dans le trajet les passagers furent attaqués d'une espèce de mal de mer, propre à ces parages; ce n'était pas, comme dans nos climats, des convulsions douloureuses des entrailles et de l'estomac; c'était un sommeil profond, une sorte d'engourdissement, dont l'effet fut d'affaiblir tellement leur mémoire, qu'en arrivant à Erdheim, pas une âme ne se rappelait son précédent état, ni ses relations avec le grand roi, ni rien de tout ce qui y avait rapport.

Heureusement que le monarque avait pourvu d'avance à cet événement : une foule de ses royaux serviteurs se présenta au débarquement des colons; chacun d'eux s'empara d'un de ces derniers, le conduisit dans une demeure particulière, et s'appliqua dès-lors à répéter chaque jour au colon dont il avait pris la conduite tout ce que le grand roi avait dit avant le départ, de quoi chacun fut bien content. Après quelque temps accordé aux colons pour se remettre des fatigues du voyage, et les forces leur étant revenues, on désigna à chacun la portion de terrain qu'il avait à cultiver, on leur remit des semences de plantes utiles, et des rameaux d'arbres à bons fruits pour les enter sur les sauvageons que produisait l'île, et on laissa ensuite à chacun la liberté d'agir et de mettre à profit ce qui lui avait été confié.

Mais qu'arriva-t-il? Au bout de quelque temps, la plupart des colons, au lieu de suivre les instructions qu'ils avaient reçues pour leur exploitation, instructions que leur répétaient journellement les bons serviteurs du roi, qui demeuraient secrètement attachés à leur personne; la plupart des colons, dis-je, n'en voulurent faire qu'à leur tête. L'un, au lieu de faire porter à son terrain de belles moissons, le plantait en jardins anglais, propres, agréables, mais qui n'étaient d'aucun rapport. Un autre, au lieu des précieux arbres à fruits dont il avait reçu des bourgeons, cultivait les plus misérables espèces, et avait la hardiesse de donner le

nom d'orange, de poire ou d'ananas, au fruit âpre et amer qu'il en reti-
rait. Un troisième, il est vrai, semait souvent de bon grain ; mais comme

il n'avait jamais voulu s'apprendre à distinguer l'ivraie du froment, il
arrachait celui-ci avant sa maturité, ét sa moisson ne se composait que
de mauvais grain. Un grand nombre d'autres laissaient leur terrain en
friche et inculte, parce qu'ils avaient perdu leurs semences et leurs
plants, ou laissé passer le temps convenable de les employer; les uns
par négligence ou légèreté, les autres par une lâche paresse qu'ils ne
cherchaient point à vaincre; plusieurs n'avaient pas voulu comprendre
les ordres du grand roi, et d'autres cherchaient par toutes sortes de
subtilités ou de prétextes à les éluder ou à en corrompre le sens.

Un bien petit nombre enfin travaillèrent avec courage, et s'en tinrent
aux instructions qu'ils avaient reçues. Ceux-là parvinrent pourtant à
mettre leur terrain en bon état; et outre la joie d'avoir bien employé
leur temps d'exil, leur espérance d'être enfin admis à Himmelsburg s'en
accrut, et les consola dans leurs travaux.

Le malheur des autres vint de ce qu'ils ne voulaient pas croire à ce
que le grand roi leur avait fait dire par ses envoyés, et que la plupart,
soit légèreté d'esprit, soit insouciance, avaien' peu d'estime pour ses
commandements; à la vérité, les chefs de famille avaient chez eux
une copie des volontés du grand roi, mais ils la lisaient peu. Les uns
disaient que ces lois, faites seulement pour les temps passés, ne valaient
plus rien pour l'état actuel du pays. Les autres prétendaient y découvrir
des contradictions inexplicables et se gardaient bien d'en chercher les
éclaircissements près des sages qui auraient pu les leur donner. Ceux-là
déclaraient alors que ces lois étaient supposées ou falsifiées ; qu'ils étaient
en droit de s'en écarter autant qu'il leur plairait. Quelques-uns poussèrent
l'audace et l'esprit de rébellion jusqu'à soutenir que la croyance à un
souverain maître était une chimère ; que, si le grand roi existait, il se

montrerait quelquefois à ses sujets. D'autres disaient : Oui, le grand roi existe ; mais il est si grand, si puissant, si heureux, qu'il n'a pas besoin de nos services ; et de quel intérêt peut être pour lui une pauvre et misérable petite colonie telle que la nôtre ? Quelques-uns assuraient surtout que le miroir magique était une fable, que le grand roi n'avait ni galères, ni mines souterraines, qu'il était trop bon pour punir, et que tout le monde entrerait à la fin à Himmelsburg. Par suite de cette disposition des esprits, le jour de la semaine consacrée au grand roi fut observé avec beaucoup de négligence, beaucoup de colons se dispensaient d'aller à l'assemblée générale, par paresse ou par ennui. Nous savons par cœur les ordonnances du roi, disaient-ils, à quoi bon entendre toujours répéter la même chose ? Un grand nombre s'en exemptaient d'une manière encore plus coupable en alléguant des travaux qui les retenaient à la maison ; mais la presque totalité pensait que le jour du repos n'était destiné qu'à la joie, aux plaisirs, et que la meilleure manière de servir le grand roi était de jouir de ses bienfaits dans toute leur plénitude. Ceux des colons qui célébraient encore ce jour suivant sa destination étaient peu nombreux, et même, parmi ceux-ci, la plupart étaient inattentifs ou distraits, et bien peu écoutaient religieusement et mettaient à profit les instructions qui leur étaient données de la part de leur souverain maître.

Cependant le grand roi, fidèle à son plan, en suivait immuablement la marche ; de temps à autre, quelques frégates portant le nom de quelques maladies apparaissaient sur les côtes de l'île d'Erdheim ; ces frégates étaient suivies d'un gros vaisseau de ligne nommé le *Grab* *, sur lequel l'amiral *Tod* ** faisait flotter son terrible pavillon : ce dernier était tranché de vert et de noir, et il montrait aux colons, suivant la disposition où ceux-ci se trouvaient, ou la couleur de l'espérance, ou celle d'un sombre désespoir.

Cette flotte arrivait toujours à l'improviste, et son apparition ne faisait nul plaisir à la plupart des habitants d'Erdheim. L'amiral envoyait aussitôt chercher ceux qu'il avait ordre d'emmener. Bien des colons, qui n'en avaient guère envie, furent subitement saisis et embarqués sur le sombre navire ; d'autres, qui s'étaient depuis long-temps préparés à ce voyage, qui avaient tout disposé pour le faire, et dont le terrain et les récoltes se trouvaient dans le meilleur état, partirent également ; mais du moins ce fut avec une résignation mêlée de joie et d'espérance, tandis

---

* Le tombeau. — ** La mort.

que les autres le firent de si mauvaise grâce et si fort à contre-cœur,
qu'il fallut employer la force pour les contraindre ; mais toute résistance
était inutile : une fois le navire chargé, il s'éloigna, et l'amiral Tod ne
tarda pas à rentrer dans le port de Himmelsburg. Ce fut alors que le
grand roi, qui s'y trouvait présent, reçut les arrivants et répartit avec
une sévère justice les récompenses et les punitions qui leur avaient été
promises à tous et à chacun selon ses œuvres. Toutes les excuses que
les colons négligents alléguèrent alors pour leur justification furent inutiles ; on les envoya travailler aux galères et aux mines, tandis que ceux
dont la conduite avait été conforme aux vues du grand roi pendant leur
séjour à Erdheim, entrèrent alors avec lui dans la resplendissante cité
d'Himmelsburg, où ils jouirent de toutes les félicités qui sont le partage
de ses heureux habitants.

J'ai fini mon apologue, mes chers enfants, ajoutai-je : puissiez-vous
en avoir pénétré le sens, et vous en être appliqué à chacun la morale.

Ma femme me remercia d'un signe de tête, et mes enfants, qui
m'avaient écouté fort attentivement, commencèrent à faire leurs réflexions sur ce sujet.

— Il faut convenir, mon père, que si la bonté du roi était grande,
l'ingratitude des colons ne l'était pas moins, dit Frédéric.

— En même temps, reprit Ernest, que ceux-ci étaient d'une bêtise
extrême : comment ne songeaient-ils pas qu'en se conduisant ainsi ils
couraient à leur perte, tandis qu'avec un peu de peine ils pouvaient
arriver à un sort si brillant et si heureux ?

— C'est pourquoi, s'écria Rudly avec sa vivacité ordinaire, le grand
roi fit bien de les envoyer aux galères, ils l'avaient bien mérité !

— Pour moi, dit le petit Fritz, j'aurais bien voulu voir cette belle
ville de lumière, et ces beaux soldats couverts de cuirasses d'or et d'épées
flamboyantes !... cela devait être bien beau !...

— Eh bien, mon enfant, repris-je, c'est ce qui t'arrivera un jour,
si tu continues à être bon et sage.

Je développai ensuite mon apologue, et j'en appliquai la morale plus
directement à chacun de mes fils : Toi, mon Frédéric, pense quelquefois
à ces planteurs de fruits sauvages, qu'ils veulent faire passer pour des
fruits doux et savoureux : ce sont les gens fiers de quelques vertus naturelles, qui tiennent à leur caractère, et qu'il est facile d'exercer, par
exemple telles que la force, le courage, l'agilité, et les mettent avec
orgueil au-dessus des qualités plus essentielles, obtenues, par ceux qui
les possèdent, au prix du travail et de la patience.

Toi, mon Ernest, pense aux cultivateurs de jardins anglais et de jolis arbres sans fruits : ce sont ceux qui s'adonnent entièrement à l'étude de sciences infructueuses pour le bien d'autrui, et regardent en pitié la vie active et l'amélioration de nos mœurs : ce sont aussi ceux qui ne pensent qu'aux jouissances de la vie, et ne veulent rien faire d'utile. Toi, mon étourdi Rudly, souviens-toi que ceux qui laissent leur terrain inculte, ou qui n'apprennent pas à distinguer l'ivraie du froment, ne recueillent que des moissons stériles : ce sont les étourdis, les négligents, ceux qui ne veulent ni étudier, ni réfléchir, ni s'appliquer à discerner le bien et le mal, à faire l'un, à éviter l'autre ; qui jettent au vent tout ce qu'on leur enseigne, l'oublient le lendemain, et mettent de côté les bons sentiments pour laisser germer les mauvais. Mais, nous tous, prenons pour modèles, dans cet apologue, les bons travailleurs : quelque peine qu'il nous en coûte, cultivons notre âme, c'est le terrain que Dieu nous a donné à exploiter, faisons-y germer les semences célestes de bonté, de justice, de modération, dont les fruits sont les actions vertueuses, afin que, lorsque, tôt ou tard, la mort viendra nous surprendre, nous passions sur le sombre navire de l'amiral Tod, sans désespoir, et qu'arrivés aux pieds de notre souverain maître, nous entendions sa voix rémunératrice nous adresser ces consolantes paroles : Venez, mes bons et fidèles serviteurs, vous m'avez été fidèles pendant un peu de temps, je vous le serai pendant l'éternité : venez maintenant, entrez dans la joie de votre Seigneur !

Cette petite allocution causa une profonde impression sur tout mon auditoire ; nous chantâmes ensuite, ma femme et moi, quelques versets du psaume 119. Et mes enfants, qui les savaient également par cœur, unissant à la nôtre leurs voix jeunes et pures, nous terminâmes ainsi cette solennité religieuse, par laquelle nous avions cherché à célébrer de notre mieux le saint jour du dimanche.

Toute la journée en ressentit l'heureuse influence : mes enfants, tout en se livrant à quelques délassements innocents, parurent ne point perdre de vue les réflexions salutaires du matin ; la douceur, la retenue chez les uns, un empressement aimable, la complaisance chez les autres, quelque chose de tendre et de sérieux chez tous, me donnèrent l'heureuse et consolante certitude que mes paroles n'avaient point été perdues.

J'avais abandonné aux enfants l'arc et les flèches que je m'étais fabriqués lors de la confection de mon échelle, et Ernest, qui préférait cette arme au fusil, s'en était servi fort adroitement pour abattre quelques douzaines d'oiseaux du genre des ramiers, qui venaient en foule sur

l'arbre qui nous servait de demeure ; cet arbre, que nous avions fini par
reconnaître pour un figuier des Banians, portait dans ses rameaux une
grande quantité de fruits bons à manger, quoique d'un goût assez fade,
et dont la maturité prochaine attirait ces oiseaux, qu'on nomme ortolans
dans les Antilles, à cause de leur grande délicatesse.

Les exploits de maître Ernest mirent l'exercice de l'arc en faveur :
Rudly, et même le petit Fritz, me prièrent de leur en faire à chacun un
pareil. Je cédai d'autant plus volontiers à leur désir, que je n'étais pas
fâché de voir tous mes enfants s'exercer au tir de l'arc. Cette arme, qui
fut celle de nos pères et celle de tous les peuples avant l'invention de la
poudre à canon, pouvait, pour nous, suppléer à cette dernière, qui tôt
ou tard finirait par nous manquer, et il était prudent de prévoir cela. Je
leur fis donc deux arcs et deux carquois pour placer leurs flèches ; je fis
ces carquois d'un morceau d'écorce mince et flexible, que je roulai
comme un tuyau, j'y mis un fond d'écorce, et y ayant attaché une courroie pour le suspendre, j'en armai mes deux petits garçons fort joyeux
de ce nouvel équipement.

Frédéric s'était occupé de préparer la peau du chat-tigre qu'il avait
tué quelques jours auparavant. Il comptait s'en faire une ceinture pour
porter ses pistolets ; mais la mauvaise odeur qu'exhalait encore celle de
Rudly engagea Frédéric à donner plus de soins à la préparation de sa
fourrure. En effet, d'après mes indications, il employa pour cela de fréquents lavages et un mélange de cendre et de beurre, qui, en assouplis-
sant la peau, la rendit propre à l'usage auquel il la destinait.

Ces soins divers nous occupèrent une partie de la matinée du jour qui
suivit notre premier dimanche, et la bonne mère nous appela pour dîner ;

les ortolans tués par Ernest, des œufs de nos poules, qui avaient niché dans des tas d'herbe sèche que ma femme avait disposés pour cela; enfin, quelques tranches de jambon passées à la poêle firent tous les frais de ce repas substantiel et délicat. Comme la journée était déjà trop avancée pour rien entreprendre d'important, nous prolongeâmes le repas, et tout en causant de nos futurs projets pour l'amélioration de notre établissement, je fis à mes enfants une proposition qui les réjouit extrêmement : ce fut celle de donner des noms à tous les points principaux du pays que nous habitions. Quant au pays lui-même, nous ne lui en donnerons point, ajoutai-je ; car, qui sait si quelque navigateur ne l'a pas déjà baptisé d'un nom, et peut-être figure-t-il déjà sur la carte, sous l'invocation de quelque saint ou sous le patronage de quelque personnage célèbre ; toutefois nous nommerons les différents lieux où nous ferons quelque établissement, ou qui nous paraîtront remarquables, afin qu'à l'avenir nous puissions nous entendre facilement en en parlant, et par une douce illusion nous pourrons croire quelquefois que nous vivons dans une contrée habitée.

Ah ! la bonne, la charmante idée ! s'écrièrent les enfants. Mais, papa, dit Rudly, il faut chercher des noms bien difficiles et bien étranges, comme *Zanguebar, Coromandel, Monomotapa,* des mots à écorcher la bouche de ceux qui viendront un jour dans notre île.

— Voilà une belle invention ! repris-je, et dont nous aurons à souffrir les premiers, si les noms que tu inventes doivent écorcher la bouche de ceux qui les prononceront ! Non, contentons-nous de donner aux lieux qui nous entourent un nom qui les désigne clairement, et prenons pour cela de bons mots allemands : la langue de notre chère patrie est assez belle pour que nous ne cherchions point ailleurs ceux que doivent désormais porter les différentes parties de notre séjour actuel.

— Eh bien ! soit, s'écria l'étourdi ; mais par où commencerons-nous ?

— D'abord par la baie où nous prîmes terre ; voyons, quel nom lui donnerons-nous ? Chacun émettait son avis, et j'aimais à retrouver dans les propositions plus ou moins enfantines de mes fils quelque trait de leur caractère ; ma femme proposa aussi le sien.

— Il me semble, dit-elle, qu'en reconnaissance de ce que Dieu nous a sauvés à cette place on devrait l'appeler la *Baie du salut.*

Cette appellation réunit tous les suffrages ; nous continuâmes à désigner, par quelque circonstance naturelle ou fortuite, les différents points déjà connus. Ainsi la hauteur d'où nous avions en vain cherché les tracès de nos compagnons reçut le nom du *Promontoire de l'espoir trompé;* le ruisseau fut appelé la *Rivière du chacal,* parce que le cadavre de cet animal nous y avait fait découvrir l'une de nos plus précieuses ressources, les écrevisses d'eau douce. Le pont reçut le nom de *Pont de famille,* en mémoire du concours que tous avaient apporté à sa construction; nous eûmes aussi le *Marais du flamant;* la *Plaine du porc-épic,* par allusion aux événements qui nous avaient fait remarquer ces endroits; mais le point le plus difficile à nommer fut notre dernier établissement, le château aérien de l'arbre géant : l'un voulait l'appeler *Baumschloss* (château d'arbres), l'autre proposait *Feigenbourg* (bourg aux figues); Frédéric désirait qu'il portât le nom superbe d'*Adlerhorst* (nid d'aigle); mais Ernest s'opposa à cette dénomination, en observant fort judicieusement que les aigles ne nichaient point sur les arbres.

— Je vais vous accorder, dis-je à mon tour, en le nommant *Falkenhorst* (nid de faucons); vous êtes une jeune nichée d'oiseaux pillards, mais de noble race pourtant, susceptibles d'instruction, d'obéissance, doués de courage et de vivacité comme les faucons; et maître Ernest même n'aura rien à objecter contre cette dénomination, car souvent les faucons nichent sur le faîte des grands chênes.

Mon avis prévalut. Il nous restait encore à nommer l'endroit de notre première habitation au bord de la mer, et nous l'appelâmes *Zeltheim* (demeure sous la tente).

Ce fut ainsi que, tout en causant, nous posâmes les fondements de la géographie de notre nouvelle patrie. Après le repas, mes deux fils, Frédéric et Rudly, retournèrent à leurs travaux de corroyeurs : l'un, pour achever la ceinture et les fontes de pistolets qu'il voulait se faire avec la fourrure du margai, l'autre pour apprêter la peau hérissée du porc-épic et en faire une espèce de cuirasse de défense à notre dogue : le bon et patient animal se laissa fort complaisamment affubler de cet attirail guerrier, avec lequel il aurait pu, ce me semble, affronter un tigre ou une hyène. Billy ne trouva pas autant de plaisir que son camarade à ce costume, car toutes les fois que le vaillant dogue s'approchait d'elle, les dards dont il était tout hérissé la piquaient cruellement, elle poussait d'horribles hurlements, et ne savait comment se mettre à l'abri des dangereuses approches de son compagnon. Rudly termina ses travaux en se faisant avec la peau de la tête du porc-épic une sorte de calotte aussi étrange et aussi formidable que la cuirasse du pauvre Turc.

Cependant le soleil baissait, la chaleur commençait à s'apaiser, tout invitait à la promenade : je proposai à ma famille d'y consacrer le reste

du jour déjà trop avancé pour entreprendre quelques grands travaux. Les avis se partagèrent d'abord sur la direction à prendre; mais comme

nos provisions baissaient il fut convenu que nous irions à Zeltheim, où se trouvait notre magasin, pour les renouveler, et que nous prendrions un chemin différent pour nous y rendre, afin de varier la promenade. Cette décision enchanta tout le monde : mon fils aîné avait besoin de poudre, ma femme manquait de beurre, car le corroyage des peaux en avait beaucoup consommé; Ernest voulait tâcher de ramener de Zeltheim une couple d'oies et de canards pour les établir dans le ruisseau; il n'y avait pas jusqu'au petit Fritz qui n'eût aussi un projet, il s'était muni du petit filet et comptait bien pêcher quelques douzaines d'écrevisses dans la Rivière du chacal; Rudly seul n'avait point de projet, mais il se réjouissait de tous ceux de ses frères, et, coiffé de son étrange bonnet hérissé, il se pavanait devant eux de la façon la plus divertissante.

Nous nous mîmes en marche, Frédéric paré de sa ceinture de peau de margaï; Ernest un paquet de cordes sur l'épaule, Rudly avec son ornement de tête qui lui donnait l'air d'un caraïbe; tous armés d'un fusil, et Fritz seulement d'un arc et d'un carquois rempli de flèches; pour ma femme, elle s'était chargée d'un grand pot vide et d'un sac dans lequel elle comptait rapporter ses provisions. Turc et Billy ouvraient la marche : le premier gravement, car son formidable accoutrement tempérait quelque peu son agilité naturelle; sa compagne, qui n'avait point oublié ses piqûres, se tenait à une distance respectueuse. Maître *Knips*, c'était le nom que mes enfants avaient donné au petit singe, en raison de sa petite taille et de ses manières burlesques; maître Knips, dis-je, fut un

peu déconcerté en voyant le dos de Turc couvert d'une quantité de
dards : il s'en consola pourtant en sautant lestement sur le dos de Billy,
car il lui fallait absolument une monture. Il n'y eut pas jusqu'au beau
flamant qui ne voulût aussi nous suivre ; mais après avoir quelque temps
cheminé près de mes fils, dégoûté sans doute de leurs espiègleries, il les
quitta et vint se placer sous la protection de ma femme, bien sûr de n'être
pas tourmenté pendant le voyage.

La route que nous prîmes en remontant le ruisseau était des plus
agréables ; de grands arbres l'ombrageaient, un sol uni et couvert d'une
herbe courte et touffue rendait la marche facile, et nous songions moins
à aller en avant qu'à nous promener. Mes fils s'étaient dispersés de côté
et d'autre suivant leurs caprices ; mais, quand nous fûmes hors du bois,
la contrée me paraissant un peu découverte, j'allais rappeler mes enfants,
quand je les vis accourir vers nous, et Ernest le premier en tête : Papa,
me cria celui-ci, et hors d'haleine et la joie dans les yeux, papa, quelle
trouvaille ! et il me montrait une tige garnie de feuilles et de fleurs et à
laquelle pendaient de petites baies rondes et d'un vert clair. Des pommes
de terre ! m'écriai-je, car la fleur, la feuille et ces petits fruits, que je
reconnus pour ceux de cette précieuse plante, ne me laissaient aucun
doute ; ô mes enfants, Dieu soit béni ! nous ne manquerons plus de
nourriture dans ce désert, puisque sa bonté y a fait croître la pomme de
terre. Tu viens, cher enfant, d'assurer le salut de la colonie ; mais où
as-tu découvert ce trésor ?

— Là bas, derrière le bois, toute la plaine en est couverte. Nous y
courûmes tous avec l'impatience qu'on peut concevoir. Nous trouvâmes,
en effet, un champ immense de pommes de terre ; les unes déjà mûres,
les autres encore en fleurs ; et celles-ci, malgré leur humble apparence,
nous parurent plus belles que toutes les roses de la Perse. Il faut convenir, mon cher Ernest ! m'écriai-je ravi, que tu as fait là une heureuse
découverte !

— C'était bien difficile ! dit Rudly avec dépit, il n'y avait qu'à venir
de ce côté pour la faire, et si j'y fusse venu....

— Ne cherche point à diminuer le mérite de ton frère, dit la mère,
car, quand tu aurais passé tout à travers de ce champ, il n'est pas sûr
que tu eusses reconnu les pommes de terre ; tu n'es qu'un étourdi, Rudly,
tandis qu'Ernest, réfléchi, observe, compare, et ce qu'il découvre est
rarement dû au hasard.

— Eh bien, si je ne les ai pas découvertes le premier, c'est moi qui
le premier les déracinerai, s'écria Rudly en riant aussitôt. Il se mit à

fouiller la terre à deux mains, avec une ardeur qui fut bientôt imitée par nous tous; le petit singe même se mit de la partie, et l'on voyait qu'il n'était pas novice à cette besogne, car en un moment le petit animal eut retiré une grande quantité des plus belles pommes de terre et des plus mûres. Nous en remplîmes tous nos gibecières et nous continuâmes notre route vers Zeltheim.

La découverte que nous venions de faire était pour nous d'un prix inestimable, elle assurait notre subsistance à l'avenir, et devait remplacer le pain, dont nous étions menacés d'être privés, quand notre provision de biscuit serait épuisée. Mes enfants, disais-je, ce nouveau bienfait de la Providence me rappelle un passage de l'Écriture, bien applicable à notre situation. « Ils étaient errants par le désert, dit le psalmiste. Ils » ne trouvaient aucun lieu habité, ils étaient affamés et altérés, et leur » âme leur défaillait; alors, dans leur détresse, ils ont crié vers l'Éternel, » et le Seigneur les a rassasiés. Il les a conduits dans le droit chemin. » Louez donc le Seigneur et le bénissez dans toutes ses œuvres! »

— Oh! oui, remercions Dieu de tout notre cœur, ajouta ma femme, pour cette nouvelle bénédiction. Tous les enfants firent chorus, et même le petit Fritz, qui, se réjouissant fort de manger des pommes de terre à son souper, voulait qu'on fît une prière particulière au bon Dieu pour cette circonstance. Mon fils aîné lui représenta, avec beaucoup de douceur et de raison, que cela n'était pas nécessaire, que Dieu tenait moins à la prière des lèvres qu'à celle du cœur, et que celle-ci consistait surtout à aimer le Seigneur, et à obéir encore plus fidèlement à ses commandements.

— C'est très-bien parlé, mon cher Frédéric, dis-je à mon tour, les bienfaits doivent réveiller notre amour, et l'amour conduit à l'obéissance, car comment voudrait-on affecter ce qu'on aime?

Ces entretiens nous avaient conduits jusqu'au rocher d'où notre petit ruisseau s'échappait en cascade, et avec un doux murmure. Nous retrouvâmes les grandes herbes que nous traversâmes difficilement, et nous parvînmes, ayant les rochers à notre gauche, et la mer à notre droite, un peu dans l'éloignement, à un endroit dont l'aspect était enchanteur.

Le mur de rocher offrait l'apparence d'une magnifique serre-chaude d'Europe dont on aurait ôté les montants, si ce n'est qu'au lieu de gradins, et de pots et de caisses, toutes les saillies étaient couvertes des plantes les plus rares et les plus variées, ou s'échappaient en profusion des anfractuosités du rocher. C'était la végétation du Nouveau-Monde

dans toute sa richesse : on voyait confondues dans un agréable mélange, les plantes grasses aux tiges épineuses, et les fleurs les plus
délicates; la figue d'Inde aux larges palettes, l'aloès chargé de giran-
doles de fleurs blanches, le cactus, élevant ses tiges droites, comme

des cierges garnis de fleu-
rons couleur pourpre, les
jasmins blancs et jaunes,
les vanilles aux touffes odorantes, jetant à travers les
grands végétaux leurs festons
élégants ; plus loin, la
serpentine laissait tomber le
long des rochers ses longues
cordes souples et portant
des houppes d'un rose vif.
Mais ce qui nous réjouit le
plus, ce fut de trouver là
en abondance le roi des
fruits, le précieux ananas.
Nous en mangeâmes plu-
sieurs avec un plaisir infini,
car nous ne connaissions
encore ce fruit que par ses
descriptions, et il nous parut, en effet, délicieux, tant
par son parfum que par son
agréable acidité. Ma femme,
toujours attentive au bien-
être de ses enfants, leur recommanda de ne point manger avec tant
d'avidité de ce fruit, de peur que sa crudité ne les rendît malades.
Mais il était bien difficile d'arrêter mes petits gourmands, qui, ayant
dressé maître Knips à cette récolte, se faisaient apporter par lui les
ananas les plus gros et les plus mûrs sans courir le risque de se blesser
avec les dards des arbustes épineux dont ils étaient entourés.

Pendant qu'ils étaient ainsi occupés, j'avais fait une autre découverte :
parmi les tiges épineuses des cactus et des aloès, je remarquai une
grande plante, dont les larges feuilles se terminaient en pointe, et qu'à son
port ainsi qu'à d'autres indices je reconnus pour être le karatas, plante
précieuse dont les feuilles fournissent du fil, la tige de l'amadou, et qui,

broyée et jetée dans l'eau, sert d'appât au poisson, l'engourdit de manière à ce qu'on peut le prendre à la main. Mes enfants, m'écriai-je, voici qui vaut mieux encore que vos ananas! regardez cette belle plante! voyez quelles belles fleurs rouges? ses feuilles ressemblent à celles de l'ananas, mais combien elle lui est préférable par son utilité!

— Papa, quand elle portera du fruit, nous l'examinerons! s'écrièrent les petits gloutons, tout entiers au plaisir de manger leurs ananas, pour le moment nous ne connaissons rien de meilleur que celui-ci.

— Ah! petits gourmands! vous voilà bien comme le commun des hommes, vous ne savez juger les choses que sur les apparences; je vais vous convaincre par vos yeux de l'utilité de cette plante. Dis-moi, Ernest, comment allumerais-tu du feu si tu n'avais pas de fusil?

— Oh! je ferais comme les sauvages, je frotterais deux morceaux de bois l'un contre l'autre, jusqu'à ce qu'ils s'allumassent.

— Moyen un peu long, et dont tu n'as pas encore essayé l'efficacité; de plus, il faut pour cela certaine qualité de bois qui ne se trouve pas partout, au lieu qu'avec ma plante que vous méprisez tant, j'aurai du feu en un moment; vous allez voir.

Je rompis alors une des fortes tiges du karatas, elle était creuse. J'en ôtai la moelle, et ayant frappé au-dessus deux cailloux ensemble, il en jaillit des étincelles, et la paille prit feu à l'instant même. Mes fils furent émerveillés; je leur dis ensuite les autres propriétés de cette plante, et ma femme surtout apprit avec grand plaisir qu'on pourrait en tirer du fil.

— Quel bonheur pour nous, mon cher ami, me dit-elle toute ravie, que tu sois aussi instruit, et que tu aies lu avec attention! Dans notre ignorance nous aurions tous passé à côté de ce trésor sans en soupçonner la valeur.

— Vous aviez bien raison, mon père, le karatas l'emporte de beaucoup sur l'ananas; mais à quoi peuvent servir, je vous prie, toutes ces autres plantes armées de longs dards et d'aiguilles, si ce n'est à estropier les gens?

— Tu juges encore en étourdi, mon cher Frédéric, chacun de ces végétaux a son utilité: les uns renferment des sucs ou des résines dont la médecine fait un usage journalier, les autres servent aux arts et à l'industrie. Le nopal ou raquette, par exemple, est un arbuste des plus intéressants. Il croît partout dans les terrains les plus arides, il sert de clôture aux champs, aux habitations; son fruit, qui est une espèce de figue, est, dit-on, très-sain et très-rafraîchissant.

A peine avais-je prononcé ces derniers mots, que Rudly, entraîné par la gourmandise, courut aussitôt pour cueillir les figues dont je venais de faire l'éloge; mais l'imprudent ne remarqua point qu'elles étaient, ainsi que toute la plante, couvertes de milliers de petites épines plus fines que les plus fines aiguilles, qui lui piquèrent cruellement les doigts. Il revint à moi en pleurant, frappant du pied, secouant ses pauvres mains; on se moqua un peu de sa précipitation gourmande, et, quand je l'eus délivré de ces petits dards, je lui appris à ouvrir ce fruit avec les précautions convenables; à l'aide de mon couteau je fendis la peau de la figue, et de la pointe, en tenant le fruit fiché sur une petite baguette, j'écartai l'enveloppe épineuse, et le contenu succulent, et d'une couleur vermeille, se trouva excellent. Chacun aussitôt se mit à en préparer d'autres de la même manière, et ce fut un nouveau régal pour ma petite troupe. Pendant ce temps, je vis Ernest qui examinait une de ces figues avec une attention toute particulière. — Oh! mon papa, quelle chose singulière! voyez donc ces petits insectes rouges dont ce fruit est couvert: j'ai beau le secouer, je ne puis les faire tomber: ne serait-ce pas la cochenille? — En effet, je reconnus le précieux insecte dont j'expliquai à mes fils la nature et l'emploi. C'est avec cet insecte, leur dis-je, que se fait la belle et riche couleur appelée *l'écarlate*, on la recueille en Amérique, et les Européens la paient au poids de l'or.

Nos enfants, rendus attentifs par tout ce qui précède, me firent encore une foule de questions sur toutes les plantes que nous rencontrions; il n'en était pas une dont ils ne voulussent connaître l'utilité ou les propriétés. — Mes chers amis! leur dis-je, il n'y a que Dieu qui sache dans quel but il a créé tant de choses qui nous semblent bonnes, mauvaises ou inutiles. Ce que nous en avons pu découvrir par l'expérience et l'étude n'en est encore qu'une bien faible partie: mais il est raisonnable de croire que rien n'est tombé des mains du Créateur sans raison suffisante, et qu'il n'a donné l'être ni à une plante, ni à un animal, sans lui assigner en même temps une fonction nécessaire dans l'ordre admirable de la création.

Tout en discourant ainsi sur les merveilles de la nature et sur la nécessité d'augmenter ses connaissances par l'observation et la réflexion, nous arrivâmes au ruisseau du chacal; nous le traversâmes en nous aidant des larges pierres dont il était parsemé, parce que notre pont était beaucoup plus loin, et nous arrivâmes à Zeltheim. Tout s'y trouvait dans le même ordre, et chacun s'occupa aussitôt de faire ses provisions. Frédéric courut aux munitions; je défonçai le tonneau de beurre, ma femme et le petit Fritz en emplirent le seau de fer-blanc; Ernest et Rudly étaient allés dans la baie pour tâcher d'attraper les oies et les canards, mais ces volatiles, abandonnés à eux-mêmes, étant devenus un peu sauvages, les petits garçons auraient eu grand'peine à s'en emparer, si Ernést n'eût imaginé un piége pour y parvenir : il coupa de petits morceaux de fromage qu'il attacha à de longues ficelles, dont son frère et lui tenaient l'autre bout, et jeta cet appât sur l'eau ; aussitôt que les oisons et les canards virent le fromage, ils se jetèrent dessus et avalèrent gloutonnement le morceau et la ficelle qui le retenait : les deux garçons la tirèrent

alors à eux, et amenèrent ainsi à bord les oisons rebelles, qui furent aussitôt liés par les pattes et mis hors d'état de s'enfuir. Je ne pus m'empêcher de trouver l'invention fort divertissante, quoiqu'il fallût user de précaution pour retirer la ficelle de l'œsophage de ces gloutons : on la coupa tout près du bec ; de cette manière on ne risqua point de les incommoder. Nous fîmes également une nouvelle provision de sel, et comme nos sacoches contenaient déjà des pommes de terre, on plaça la plus lourde sur le dos de Turc, que l'on débarrassa de son armure : nous attachâmes les deux oies et les deux canards, malgré leurs cris, sur nos gibecières ; je me chargeai en outre du seau plein de beurre, trop pesant pour ma femme ; et, après avoir remis toutes choses en place et avoir fermé l'entrée de notre tente, nous nous remîmes en marche dans un équipage encore plus burlesque que la dernière fois. Les oiseaux aquatiques, arrachés à leurs nids de roseaux, faisaient de bruyants et discordants adieux à la baie de Zeltheim ; la voix grave de nos dogues y répondait, et nos éclats de rire s'y mêlaient de temps en temps : tout cela formait un joyeux tumulte qui dura tout le long de la route, et nous fit trouver nos fardeaux moins pesants. Nous reprîmes le chemin de

Falkenhorst par le Pont de famille, et nous ne tardâmes pas à arriver au gîte.

Ma femme alluma aussitôt du feu, et prépara les pommes de terre pour notre souper ; ensuite, elle alla traire la vache et les chèvres : pendant ce temps, j'avais mis les volatiles en liberté, et les avais établis sur les bords de notre ruisseau, après avoir pris la précaution de leur couper les grandes plumes des ailes pour les empêcher de s'envoler. Bientôt on rassembla sur la table tout ce que nous avions d'ustensiles de table ; un grand plat de pommes de terre fut servi tout fumant, une terrine de lait, du beurre salé et du fromage, firent les frais de ce repas, que la fatigue et la bonne humeur nous firent trouver délicieux.

Nous fîmes ensuite la prière du soir, dans laquelle nous n'oubliâmes point de remercier Dieu pour les nouveaux bienfaits que nous tenions de sa bonté, et nous allâmes chercher dans notre tente de feuillage le repos de la nuit.

CHAPITRE 3

SOMMAIRE DU CHAPITRE 3.

'avais remarqué la veille, sur les bords de la mer, des pièces
de bois courbées, débris de quelque chaloupe qui me semblaient propres à la construction d'un traîneau que je voulais
faire, pour amener de Zeltheim à Falkenhorst nos tonnes.
nos caisses de provisions qu'à l'aide de nos faibles bras, ni même avec le
secours de notre âne, on n'aurait pu y transporter. Dès le matin je me levai
sans bruit, et ayant éveillé Ernest que je voulais emmener avec moi,
d'abord pour accoutumer cet enfant naturellement un peu paresseux à
vaincre le sommeil, ensuite parce que Frédéric me semblait plus propre
à défendre la famille pendant mon absence, nous descendîmes tout doucement de l'arbre ; et, laissant tous les autres encore plongés dans le sommeil,
nous détachâmes le baudet de son ratelier, et nous nous mîmes gaîment en
route. Nous arrivâmes en peu de temps au bord de la mer, but de notre
expédition matinale. Je n'eus pas de peine à trouver parmi les débris
amoncelés sur le sable ceux qui étaient propres à mon projet ; nous les
liâmes ensemble avec des cordes dont nous nous étions munis pour cela, et
nous attelâmes notre âne à ce fardeau, que le brave animal se mit à traîner
avec beaucoup de complaisance. Pour compléter le chargement, nous
plaçâmes au milieu une caisse que nous avions trouvée échouée sur le
sable, et nous reprîmes le chemin de Falkenhorst, mon fils conduisant
le baudet par la bride, et moi aidant à la marche en soulevant avec un
levier le train de bois quand il se rencontrait quelques pierres ou quelque
accident de terrain.

En arrivant au logis, ma femme me fit quelques reproches sur mon départ clandestin ; mais, en voyant le résultat de notre voyage, et l'espoir surtout d'avoir bientôt un traîneau qui lui apporterait tout ce dont manquait encore notre nouvel établissement, elle s'apaisa : j'ouvris alors la caisse que nous avions trouvée ; elle ne contenait rien que des habits de matelots et quelque peu de linge tout pénétré d'eau de mer ; mais ces objets firent grand plaisir à ma femme, qui prévoyait l'instant où nous aurions besoin de renouveler nos vêtements.

Pendant mon absence, mes deux fils, Frédéric et Rudly, avaient fait la chasse aux ortolans ; mais, moins adroits ou moins heureux que leur frère, ils n'avaient pas abattu trois ou quatre douzaines d'oiseaux, et ils avaient consommé une quantité considérable de poudre ; je leur fis à ce sujet l'observation qu'une telle prodigalité était fort imprudente dans notre situation, puisque nous ne pourrions renouveler ces munitions, qui devaient servir plus encore à notre défense qu'à nous procurer du gibier. Pour y suppléer, je leur appris à faire des collets et d'autres lacs pour prendre les oiseaux au piége, et les fils que nous avions tirés la veille de notre nouvelle conquête, le karatas, nous servirent merveilleusement à cet usage. Chacun se mit aussitôt en besogne, et tandis que ma femme et les deux plus jeunes de mes fils étaient occupés à cette besogne, je m'occupai, avec les deux autres, de la construction de mon traîneau. Nous interrompîmes ces divers travaux pour prendre notre repas, lequel se composait des oiseaux tués le matin, d'une bonne soupe au lait, et d'un fromage blanc que ma femme nous avait préparé, ce qui fut un grand régal pour la famille.

Après le dîner, Rudly étant monté sur notre arbre pour y placer les lacets qu'il venait de confectionner, en redescendit peu de temps après et m'apporta l'heureuse nouvelle que les pigeons, qui semblaient avoir adopté cet arbre pour colombier, commençaient à établir des nids sur les branches, et que certainement ils allaient faire des petits. — Je n'ai pas voulu y tendre mes collets, ajouta Rudly, parce que les pauvres colombes pourraient bien venir s'y prendre ; si vous voulez, papa, nous tirerons quelques coups de fusil là-haut pour en éloigner les autres oiseaux, et nous tendrons nos filets ailleurs. J'approuvai les réflexions de Rudly, en ajoutant que pourtant, même pour écarter les ennemis de ses pigeons, il ne faudrait pas prodiguer la poudre.

— Mais, papa, dit alors le petit Fritz, est-ce que vous ne feriez pas bien d'en semer tout un champ, comme celui des pommes de terre, alors vous ne craindriez plus d'en manquer.

Cette naïveté fut accueillie par de grands éclats de rire, qui déconcertèrent un peu le pauvre petit, qui croyait avoir trouvé un excellent moyen de nous tirer d'embarras.

— Tu ne sais donc pas, petit ! dit Ernest, que la poudre n'est pas une graine, et qu'elle ne se sème point !

— Comment veux-tu qu'il le sache, lui dis-je ; mais toi-même, pourrais-tu dire ce que c'est que la poudre ?

— Je sais qu'elle se fabrique : comment, je ne puis le dire positivement ; je pense que c'est un composé de charbon, parce qu'elle est noire, et de soufre, parce qu'en brûlant elle en a l'odeur.

— Ajoûte du salpêtre, qui en est la base : ce dernier, combiné avec du charbon réduit en poudre, s'enflamme facilement et dégage d'une manière extraordinaire et rapide l'air qu'il contenait ; le soufre, qui sert à lier le tout, concourt également à cet effet. Cette solution me conduisit à expliquer à mes fils, tant bien que mal, la théorie de la combustion, ou du moins à leur en donner des notions assez simples pour être comprises par eux.

A la fin de cette journée, mon traîneau fut terminé : deux pièces de bois courbées et liées entre elles par trois traverses suffirent à sa construction ; la partie antérieure présentait comme des espèces de cornes, et celle de derrière, également relevée, devait empêcher de rouler les tonnes et autres objets qu'on placerait sur le traîneau ; j'attachai des cordes à ces deux bois, pour servir de trait à la vache et à l'âne que je me proposais d'y atteler.

Quand je quittai mon travail, je retrouvai tout mon monde occupé à plumer une quantité d'ortolans pris aux lacets dans la journée : je blâmai d'abord une telle prodigalité ; mais ma femme me calma en me disant qu'elle préparait ces oiseaux pour les conserver, d'après mes indications, dans du beurre, quand ils auraient subi une première cuisson.

Et maintenant, ajouta-t-elle, que, grâce à toi, nous avons un moyen de transport, il faut que vous alliez me chercher le reste de notre tonne de beurre au magasin. Ernest m'a dit que l'ortolan était un oiseau de passage, il faut donc profiter du moment où les ortolans abondent pour en faire une provision que nous trouverons plus tard avec plaisir.

Il n'y avait rien à répliquer, et il fut résolu que le lendemain de bonne heure nous irions à Zeltheim. En attendant nous fîmes un souper délicieux, dont ces gras oiseaux firent les frais, et après avoir établi, autant que possible, l'ordre et l'arrangement autour de nous, nous allâmes nous livrer au repos.

Au point du jour, nous étions debout et prêts à partir ; Ernest fut encore mon compagnon, et Frédéric demeura pour protéger le reste de la famille. Au moment du départ, mon fils aîné nous donna à chacun une ceinture en peau de margay, contenant, outre le couteau de chasse, un couvert complet et un anneau pour y passer une petite hache ; je trouvai la chose fort ingénieusement imaginée, et nous reçûmes le présent avec un plaisir qui parut payer Frédéric de sa peine. Enfin, nous attelâmes la vache et l'âne au traîneau, nous prîmes chacun une tige flexible de bambou en guise de fouet, nous commandâmes à Billy de nous suivre, Turc devant rester au logis, et nous partîmes pour notre expédition.

Nous prîmes cette fois par le bord de la mer, où notre traîneau pouvait glisser plus facilement sur le sable que dans les hautes herbes, et nous arrivâmes en peu de temps au Pont de famille, et de là à Zeltheim. Après avoir dételé nos bêtes, nous procédâmes au chargement du traîneau. Nous y plaçâmes la tonne de beurre, devenue moins lourde par les profondes excavations qu'on y avait déjà faites ; la provision de fromage et de biscuit, tout le reste de nos outils, de la poudre, du plomb, et la cotte d'armes de peau de hérisson que nous y avions laissée ; enfin nous entassâmes sur notre traîneau tout ce qui nous parut être de quelque utilité.

Pendant que cette besogne nous occupait tous deux, nos bêtes de trait s'étaient écartées, et, guidées par l'instinct, elles avaient quitté le lieu aride où nous nous trouvions ; l'âne et la vache avaient passé le Pont de famille, pour aller pâturer à l'aise dans l'herbe touffue qui tapissait l'autre côté du ruisseau : j'envoyai Ernest et Billy à leur poursuite ; en attendant, je cherchai sur le bord de la baie une place commode pour me baigner ; je ne tardai pas à trouver un endroit où, les eaux s'avançant entre les rochers, ces derniers formaient comme autant de cabinets de

bain ; j'attendis que mon fils eût ramené les fugitifs, et en le voyant
reparaître, je lui criai de loin de les attacher à un pieu auprès de la
tente et de venir me joindre ; au lieu de cela, je le vis accourir tout
joyeux vers moi. — Mais, mon enfant, lui dis je, tes bêtes vont re
tourner dans le pré ; si tu ne les attaches, comment les rattraperons-
nous ?

— Oh ! je les en défie bien ! me répondit-il, j'ai ôté les premières
planches du pont ; de cette façon, elles ne pourront plus s'écarter.

Je louai fort l'invention qui nous mettait en sécurité à leur sujet, et
qui nous permettait de prendre notre bain tout à notre aise. Ernest en
sortit le premier : je lui avais dit de prendre les sacoches de notre âne
et d'aller les remplir de sel, dont je voulais aussi rapporter une bonne
provision ; en effet, il se rendit au rocher, au pied duquel il en avait
déjà ramassé. Il y avait quelque temps qu'il s'était éloigné, et j'achevais
de m'habiller, quand j'entendis la voix de mon fils qui m'appelait à son
aide : Papa, venez vite ! un poisson énorme, je n'en suis plus maître, il
va briser ma ligne !... Je courus de ce côté, et trouvai mon fils qui,
après avoir rempli ses sacoches de sel, avait jeté sa ligne à l'extrémité de
la pointe de terre qui s'avançait dans les eaux du ruisseau ; le pauvre
garçon, couché à plat ventre, les bras tendus, retenait de toutes ses
forces un gros poisson pris à l'hameçon, et dont les violentes secousses
menaçaient d'entraîner le pêcheur dans le courant. Je pris aussitôt la
ligne d'une main ferme, et ayant un peu relâché le poisson pour l'amener plus sûrement à moi, je le tirai vers une plage d'eau, où une fois
entré il ne put plus ressortir : c'était un saumon d'au moins quinze
livres. Nous le tuâmes d'un coup de hache sur la tête. Voilà une excellente chose à rapporter à notre ménagère, dis-je, tout enchanté de cette
capture, et je te sais bien bon gré, mon cher fils, d'avoir songé à prendre
ta ligne. Ernest, encouragé par cet éloge, me raconta alors comment
cette idée lui était venue, la dernière fois, en voyant cet endroit four-
miller de poisson, et me montra ensuite une douzaine de petits poissons
qu'il avait pris avant que le saumon mordît à l'hameçon. Pour rapporter
notre pêche en bon état à Falkenhorst, je vidai tous ces poissons et les
frottai de sel, car la chaleur était très-grande. Nous plaçâmes le tout
dans une caisse sur notre traîneau ; et après avoir attelé nos animaux,
bien reposés, nous reprîmes la route de Falkenhorst.

À moitié chemin à peu près, et en côtoyant les grandes herbes, Billy
nous quitta, et ses aboiements firent partir, à quelque distance de nous,
un animal singulier qui semblait plutôt sauter que courir ; quelque

promptitude que j'eusse mise à armer mon fusil, l'allure irrégulière de
la bête déconcerta la justesse de mon œil ; je fis feu et manquai mon
coup. Ernest, qui avait eu le temps de se préparer, visa à son tour,
et fut plus heureux que moi, car il abattit l'animal au moment où celui-ci
allait s'enfoncer de nouveau dans les grandes herbes. Nous courûmes
avec empressement sur la place, et nous trouvâmes là un gibier d'une
étrange structure. C'était un animal de la grosseur d'une brebis, il avait
la tête et la fourrure d'un rat, des oreilles plus grandes que celles du
lièvre, une poche sous le ventre comme la sarigue, la queue grosse,
ronde et forte comme celle du tigre ; les jambes de devant, armées
d'ongles très-forts, étaient courtes, et comme si elles n'eussent pas acquis
tout leur développement ; enfin celles de derrière comme des échasses,
et de la plus singulière conformation. Nous ne pûmes d'abord deviner
à quel genre appartenait cet animal ; mais Ernest, tout fier de son heureuse adresse, songeait alors moins à la science qu'au plaisir d'avoir
abattu ce beau gibier. Oh ! que je suis content ! quelle belle chasse !
comme mes frères vont être étonnés ! que va dire maman ! et mille
autres exclamations témoignaient de sa joie. Pourtant nous procédâmes
ensuite méthodiquement pour reconnaître l'animal, nous examinâmes la
forme de ses dents, celle de ses pattes. Il tient par les premières à la
famille des rongeurs, à celle des sauteurs par les dernières, et, par la
poche qu'il a sous le ventre, à celle des sarigues, ajoutait Ernest. Ce
mot sauteur me mit sur la voie : Ce doit être, dis-je alors, cet animal
de la Nouvelle-Hollande, appelé le kanguroo ; il n'est pas étonnant que

nous ne puissions le classer au premier aspect, car il est peu connu encore : mais il faut que celui-ci soit d'une espèce bien plus grande que

celle dont parle le capitaine Cook, que ce célèbre navigateur n'a rencontrée qu'à la Nouvelle-Hollande.

— Va pour le kanguroo ! s'écria Ernest ; mais, papa, il faut prendre
garde de gâter la peau, nous en tirerons une belle fourrure pour mettre
sous les pieds de maman.

En conséquence, nous liâmes notre bête par les quatre pattes, et
ayant passé un bâton à travers, nous la portâmes, avec beaucoup de peine
il est vrai, jusque sur notre traîneau, après avoir pris la précaution de
vider l'animal, et d'en saler l'intérieur, pour le conserver intact jusqu'à
notre arrivée ; ce surcroît à la charge du traîneau ne parut pas d'abord
du goût de notre attelage, mais quelques poignées d'herbe fraîche et
parsemée de sel lui ayant rendu un peu de courage, il se mit en marche
avec tant d'ardeur que nous arrivâmes en peu de temps à Falkenhorst.

Ma femme avait employé le temps de notre absence à laver le linge et
les habits de ses enfants, et elle avait trouvé pour les remplacer les vêtements de matelots dont était remplie la caisse que je lui avais apportée
quelques jours auparavant, et quoique ces habits ne fussent guère en
rapport avec l'âge et la taille de ses fils, cependant elle avait préféré les
voir s'affubler d'une manière un peu ridicule, à l'inconvénient de les
laisser aller tout nus. Nous fûmes accueillis à notre arrivée par des cris
de joie auxquels nous répondîmes par de grands éclats de rire. La vue
de nos petits bambins ainsi accoutrés nous parut grotesque ; quand nous
en connûmes la raison, nos ris cessèrent, et nous commençâmes à étaler
toutes les richesses que nous rapportions de notre excursion. Le beurre,
les provisions, et surtout le poisson enchantèrent ma femme : la vue
de l'animal étrange attirait l'admiration de tous. Cependant un peu de
jalousie semblait percer dans les compliments que Frédéric faisait à Ernest
sur son adresse ; toutefois il fut assez maître de lui pour n'en rien laisser
paraître à d'autres yeux moins clairvoyants que ceux d'un père ; il
félicita Ernest d'assez bonne grâce, mais il ne put s'empêcher de me
demander la faveur de m'accompagner à son tour lors de ma première
expédition.

— De tout mon cœur, lui dis-je, cher fils, quand ce ne serait que
pour te récompenser d'avoir su vaincre un mauvais sentiment vis-à-vis
de ton frère ! J'ai tout vu ! et je te tiens compte de tes efforts. Cependant
je dois te faire observer qu'en te laissant ici, pour protéger ta mère et
tes jeunes frères, je te donne une marque de confiance qui t'honore ;
un noble cœur trouve dans l'accomplissement de son devoir la joie la
plus pure, et il sait lui sacrifier tous ses penchants. Je te loue donc, mon

cher Frédéric, d'avoir su résister à ton entraînement pour la chasse,
et d'être resté fidèlement au poste où je t'avais placé ; demain tu viendras
avec moi, mais notre expédition sera plus importante, car, ajoutai-je
plus bas parce que je ne voulais pas que ma femme m'entendît, je médite
une course au vaisseau, et j'ai besoin de toi pour cela.

Cette promesse ramena la sérénité sur le front de Frédéric ; nous
procédâmes ensuite à l'arrangement de tout ce que nous avions apporté,
nous replaçâmes nos bêtes dans leurs étables, on leur distribua du sel
et de l'herbe fraîche, ce qui fut pour toutes un grand régal ; ma femme
prépara une partie du poisson pour notre dîner, le reste fut salé et mis
en réserve. Après le dîner je m'occupai à dépouiller le kanguroo ; mais
cette besogne ne put être achevée le jour même. Je suspendis l'animal au
frais et remis au lendemain pour en préparer les chairs au moyen du sel
et de la fumée. Le soir arriva ; un excellent souper composé de pommes
de terre, de poissons et d'ortolans cuits dans leur graisse, nous réunit
autour de la grande table, et, après avoir rendu grâce à Dieu pour les
bienfaits que nous en avions encore reçus dans cette journée, nous
remontâmes tous le cœur joyeux dans notre lit de verdure, où nous ne
tardâmes pas à goûter un doux et profond sommeil.

Au premier chant du coq je quittai mon hamac, et avant d'éveiller les
enfants, je descendis un peu inquiet en songeant que le kanguroo attaché
à une branche d'arbre pourrait bien donner à nos chiens l'envie d'en
goûter avant nous. Je ne m'étais point trompé : en approchant, le grognement de nos deux camarades me fit connaître qu'ils étaient déjà à la
besogne : en effet, ils étaient parvenus en sautant à saisir la tête de l'animal, et ils la dévoraient à belles dents.

— Ah ! ah ! impudents maraudeurs, je vais vous apprendre, dis-je en
m'approchant armé d'un jonc pliant, à respecter ce qui ne vous a pas
été dévolu. Je leur appliquai quelques coups sur le dos, et mes deux
gloutons, quittant avec regret leur proie, s'enfuirent en poussant des
hurlements affreux, et se cachèrent dans le coin le plus obscur de notre
étable.

Tout ce bruit éveilla ma femme, qui descendit aussitôt, fort alarmée ;
quand elle sut de quoi il s'agissait, elle se tranquillisa, et ne put discon-
venir que j'avais eu raison de châtier ces gourmands ; mais, toujours
bonne et pleine de compassion, je la vis se glisser du côté où les pauvres
chiens s'étaient réfugiés, et leur donner quelques reliefs du souper en
guise de consolation.

Cependant je m'étais mis à dépouiller le kanguroo de sa belle peau, en prenant toutes les précautions possibles pour ne point la gâter. Cette besogne longue et difficile me conduisit jusqu'à l'heure du déjeûner ; mes enfants s'étaient levés, les uns et les autres s'employaient à différents offices autour de leur mère, qui bientôt nous appela tous pour le repas du matin. Je demandai la permission d'aller me laver et changer de vêtements, car l'opération que je venais de faire m'avait couvert de sang, et je faisais peur à voir.

Nous déjeûnâmes ensuite ; j'annonçai la nouvelle expédition que nous allions tenter, et dis à Frédéric de tout préparer pour le départ ; ma pauvre femme en vit les apprêts avec tristesse ; mais elle se résigna, comme de coutume, à ce qu'elle ne pouvait empêcher.

Au moment de partir, je remarquai qu'Ernest et Rudly s'étaient éloignés depuis quelque temps ; je les appelai, et je commençais à m'alarmer de cette absence, quand la mère, en me disant que sans doute ils étaient allés chercher des pommes de terre dont la provision commençait à manquer, calma mes inquiétudes. Cependant je la chargeai de faire une réprimande à ses fils lorsqu'ils seraient de retour, car ils ne devaient point s'éloigner ainsi de nous sans nous en avertir.

Après de tendres adieux, et avoir engagé ma pieuse Élisabeth à mettre toute sa confiance en Dieu qui nous avait protégés jusqu'alors avec tant de bonté, nous prîmes, Frédéric et moi, le chemin de Zeltheim sans autres bagages que nos armes sans lesquelles nous ne marchions jamais. Nous avions déjà quitté le bois et nous approchions du Ruisseau du chacal, quand, à notre grande surprise, nous vîmes sortir d'un fourré et accourir vers nous, avec de grands cris de joie, maître Ernest et maître Rudly : ils nous avouèrent que, lorsqu'ils avaient entendu parler du projet d'aller au navire, ils s'étaient écartés à dessein de nous rejoindre et de nous accompagner dans cette expédition dont ils se promettaient le plus grand plaisir.

Je reçus mes petits drôles d'un air assez sévère, et je n'accueillis point du tout leur espoir. — Si vous m'eussiez fait cette demande à Falkenhorst, leur dis-je, peut-être aurais-je permis à l'un de vous de nous suivre ; maintenant cela est impossible, car votre mère est seule, et, si elle ne vous voyait pas revenir d'ici à peu de temps, jugez combien elle aurait d'inquiétude à votre sujet ! Vous avez agi comme des étourdis, il faut en subir la peine : vous allez retourner au plus vite à Falkenhorst, et vous avouerez votre escapade à votre mère ; vous lui direz en même temps que, vu la besogne que nous aurons là-bas, il est probable que nous ne reviendrons pas aujourd'hui ; mais qu'elle n'ait aucune inquié-

tude à notre sujet, parce que j'ai pris toutes les précautions convenables
pour cela.

Mes deux gamins écoutaient cet arrêt la tête basse et d'un air assez
confus. Afin que votre voyage si loin du logis ne soit pas inutile,
ajoutai-je, vous allez prendre un détour, et revenir par la plaine aux
pommes de terre ; vous en remplirez vos sacs, et les porterez au logis,
mais ne vous amusez pas trop long-temps. Songez que votre mère
s'alarme facilement ! soyez là avant midi. Ils me le promirent, et le cœur
un peu gros ils se disposaient à nous quitter, lorsque je dis à Frédéric
de donner à Ernest sa montre d'argent, afin qu'ils ne laissassent pas
s'écouler le temps sans s'en apercevoir, et je promis à Frédéric de lui
en donner une d'or quand nous serions sur le navire, car je savais qu'il
y en avait une caisse pleine. Cet arrangement et la joie de posséder une
montre consola un peu mes petits garçons ; ils s'éloignèrent en me promettant d'être dociles à mes recommandations. Nous nous rendîmes aussitôt à l'endroit où notre bateau de cuves était amarré, nous y entrâmes,
et, après l'avoir détaché du rivage, nous le poussâmes à l'aide de longues
perches jusque dans le courant du ruisseau, qui, vu sa violence, nous
porta rapidement presque sous le ventre du navire échoué.

Mon premier soin, après avoir attaché notre embarcation, fut de m'occuper à établir un autre moyen de transport que celui de mon bateau,
devenu insuffisant pour tout ce que je voulais emporter cette fois, qui,
selon toute vraisemblance, devait être la dernière. Frédéric ouvrit un avis,
auquel je me rangeai : il me rappela que les sauvages construisaient des
espèces de radeaux très-solides, en liant seulement des troncs d'arbres
sur des peaux façonnées en forme d'outres et gonflées d'air, lesquelles
soutenaient ainsi les plus lourds fardeaux à la surface de l'eau. Nous
n'avions point d'outres, il est vrai, mais une grande quantité de tonnes
vides, qui, par conséquent, pleines d'air, devaient nous en tenir lieu.
Nous nous mîmes aussitôt à l'œuvre : les tonnes, au nombre de douze,
bien bouchées, furent jetées à l'eau, entre le corps du bâtiment et notre
bateau ; de longues planches furent posées sur ces tonneaux flottants, et
que nous avions préalablement réunis l'un à l'autre par des cordes et
quelques pièces de bois ; nous élevâmes tout autour un bord en planches
d'environ deux pieds, et nous obtînmes ainsi un radeau solide et capable
de transporter toutes sortes d'objets.

La journée toute entière s'était écoulée à ce travail, et nous l'avions
à peine interrompu pour manger à la hâte un morceau de viande froide
dont notre ménagère avait garni nos sacs de chasse. Épuisés de fatigue,

dès que la nuit fut venue, nous nous retirâmes dans la chambre du capitaine, non sans avoir visité tout le navire et nous être assurés qu'aucun péril imminent ne nous menaçait pour cette nuit; nous la passâmes délicieusement, couchés sur des matelas élastiques, dont nos incommodes hamacs nous avaient fait perdre le souvenir.

Au point du jour, après avoir remercié la Providence, qui avait daigné protéger notre sommeil et réparer nos forces, nous nous levâmes pleins d'ardeur, et nous nous mîmes à charger notre radeau.

Nous commençâmes à emporter tout ce qui était dans la chambre que nous avions habitée. Je pensais que ma femme serait bien contente de retrouver ainsi les objets qui nous avaient appartenu; nous visitâmes tous les recoins du navire, détachant, à l'aide du marteau et des tenailles, tout ce qui pouvait s'enlever; meubles, coffres, jusqu'aux fenêtres, aux portes : tout fut de bonne prise, parce que tout cela pouvait un jour nous devenir utile. Quoique les gens du navire eussent emporté avec eux ce qu'ils avaient de plus précieux, nous trouvâmes encore de grandes richesses, des caisses de bijouterie, des sacs pleins de pièces d'or et d'argent, et nous étions d'abord tentés de nous en emparer; mais des objets d'un intérêt plus réel l'emportèrent. Je permis seulement à Frédéric de prendre parmi les bijoux quelques montres, tant pour remplacer la sienne que pour en faire présent en temps et lieu à mes autres enfants. Les caisses du charpentier, celles de l'armurier, remplies de tous les outils imaginables, nous parurent bien préférables à ces brillantes bagatelles, à ces stériles richesses; je préférai surtout une petite caisse contenant des plants enracinés et soigneusement emballés dans de la mousse, de nos arbres fruitiers d'Europe, que l'on portait aux colonies. Je reconnus avec joie, parmi les précieux arbrisseaux, des poiriers, des pommiers, des orangers, des amandiers, des pêchers, des pruniers, des châtaigniers; enfin quelques ceps de vigne; nous les transportâmes sur le radeau ainsi que plusieurs sacs de grains, tels que maïs, avoine, pois, lentilles, plusieurs machines, car le chargement du navire ayant été destiné à des colons, il s'y trouvait une foule de choses qui nous devenaient précieuses; ainsi une pierre à aiguiser, tout l'attirail d'un forgeron, une charrue et des instruments aratoires; du plomb, du fer, du cuivre, en quantité. Nous ajoutâmes à toutes ces richesses un grand filet à pêcher, la boussole du bâtiment avec sa boîte, un harpon avec deux dévidoirs garnis de leurs cordes, et dont on se sert pour la pêche de la baleine; ils se trouvaient avec le filet : Frédéric me demanda de prendre ce harpon et d'attacher l'un des dévidoirs à l'avant de notre bateau de cuves, afin d'être en mesure de harponner un requin s'il s'en présentait encore un sur notre route.

Il y avait encore bien des choses à prendre sur le bâtiment, mais nos deux embarcations commençaient à en avoir assez, et il eût été imprudent de les charger davantage. Avant de partir, nous attachâmes solidement le radeau au bateau de cuves, nous déployâmes la voile, et, disant adieu au pauvre navire dépouillé, nous commençâmes à ramer péniblement vers la côte.

Le vent ne tarda pas à s'élever, et en gonflant notre voile il allégea notre travail ; toutefois nous avancions lentement, la masse flottante que nous traînions à la remorque retardait notre marche ; depuis un moment, Frédéric, penché en avant, regardait avec attention un corps étrange qui semblait flotter à la surface de l'eau : il me cria de dériver un peu de côté, afin qu'il pût s'assurer de ce que c'était. J'effectuai, au moyen du gouvernail, le mouvement qu'il désirait ; mais dans l'instant j'entendis siffler la corde du dévidoir, et notre bateau reçut une forte secousse, suivie d'une plus forte encore.

— Au nom du ciel ! m'écriai-je, que fais-tu donc ? nous allons sombrer !...

— Je l'ai touchée ! je la tiens ! cria à son tour le jeune homme, elle ne nous échappera pas !...

— Mais qu'est-ce donc ?

— Une tortue, mon père, une énorme tortue, je lui ai jeté le harpon, et avec tant de bonheur que je la tiens par le cou.

En effet, je vis briller au loin le manche du harpon, et la tortue blessée fuir rapidement en nous entraînant à sa suite, au moyen de la corde attachée au bateau. J'abattis aussitôt la voile, et courus à l'avant pour couper cette corde d'un coup de hache, et laisser aller la tortue où elle voudrait ; mais Frédéric me conjura de n'en rien faire, en m'assurant qu'il n'y avait nul danger, et que lui-même couperait la corde s'il en était besoin. J'y consentis quoiqu'avec peine : je voyais notre embarcation entraînée rapidement par l'animal auquel la douleur prêtait de nouvelles forces ; mais comme nous allions ainsi à la côte, je m'appliquai alors, au moyen du gouvernail, à bien tenir mon bateau en droite ligne, afin qu'une secousse de côté ne m'exposât pas à le voir chavirer, et je me résignai.

Au bout de quelques minutes, notre conductrice changea de direction, et parut vouloir gagner la haute mer, ce n'était pas notre compte : j'étendis alors la voile, et comme le vent soufflait à la côte, cela augmenta la résistance. La tortue reprit sa première route et se dirigea de nouveau vers la terre ; remorqués par elle, nous franchîmes tout d'un trait le courant ; remontant un peu à gauche, vous allâmes aborder dans les environs de Falkenhorst sur un bas-fond, où fort heureusement nous ne trouvâmes aucun écueil ; la tortue, fatiguée de nager, s'était arrêtée sur la rive, je sautai aussitôt hors du bateau et courus, la hache à la main, pour terminer les angoisses de la pauvre bête, qui nous avait si miracu-

leusement amenés à bon port. Je coupai la corde, et comme la tortue se débattait encore avec grande fureur, je lui coupai la tête et les pieds, et nous en fûmes maîtres.

Frédéric poussa des cris de joie et annonça notre arrivée par un coup de fusil ; à ces joyeux signaux, nos gens accoururent, fort surpris de nous voir aborder de ce côté, et émerveillés non-seulement de toutes les richesses que nous rapportions, mais surtout de la manière dont la tortue nous avait fait faire ce voyage. Mon premier soin, après avoir reçu toutes les félicitations de la famille, fut d'envoyer chercher notre traîneau afin de transporter tout de suite une partie de notre chargement ; ma femme partit dans cette intention, accompagnée de nos deux petits, pour atteler elle-même la vache et l'âne, et comme la marée descendante commençait à laisser notre embarcation à sec sur le sable, j'en profitai pour la fixer solidement au rivage ; à l'aide du cric et des leviers, nous tirâmes du radeau deux masses de plomb qui nous servirent d'ancres et retinrent ainsi, au moyen de gros câbles, non-seulement le bateau, mais le radeau lui-même.

Aussitôt que le traîneau fut arrivé, nous y chargeâmes d'abord à

17

grand'peine la tortue, qui pesait bien trois cents livres, ensuite quelques autres objets tels que des matelas, de petites caisses, etc.; nous accompagnâmes joyeusement ce premier convoi à Falkenhorst : chemin faisant, les enfants nous firent mille questions sur ce que nous rapportions, mais surtout sur ces caisses de bijouterie que nous avions laissées sur le navire, car Frédéric en avait déjà jasé; quand nous eûmes déclaré que nous avions préféré des choses d'une utilité plus réelle à ces dangereuses frivolités, Rudly témoigna pourtant le regret que Frédéric n'eût pas pris pour lui quelques-unes de ces belles tabatières d'or et d'argent pour mettre des graines dont il voulait faire une collection. Le petit Fritz ajouta : Au moins tu aurais bien dû me rapporter un peu d'argent, dont il y avait tant de sacs, pour acheter des pains d'épices et du croquet, quand viendra le temps de la foire! Tout le monde se moqua du petit garçon qui se mit à rire lui-même de la naïveté qui venait de lui échapper.

Arrivés au lieu de notre établissement, je m'occupai aussitôt à détacher la tortue de son écaille, pour profiter de son excellente chair; nous la renversâmes sur le dos, et l'inclinant un peu de côté, je tranchai à grands coups de hache les cartilages qui réunissent l'écaille supérieure à la partie inférieure : la première se nomme *carapace*, l'autre s'appelle *plastron*. Je coupai de l'animal ce qu'il nous fallait pour notre dîner, et je dis à ma femme de faire cuire cette viande qui n'avait besoin, pour tout assaisonnement, que d'un peu de sel.

Ma femme, qui éprouvait un peu de répugnance pour tous les mets nouveaux dont nous étions obligés de nous nourrir, voulait ôter la graisse verdâtre et transparente qui pendait autour.

— Garde-toi bien de le faire! m'écriai-je, tu ôterais toute la bonté de notre rôti; lorsque tu en auras goûté, tu te convaincras que cette graisse est tout ce qu'il y a de plus délicat. J'achevai ensuite de dépouiller la tortue, je couvris de sel le reste de la chair, et je donnai les pieds, la tête et la queue aux chiens, pour qui ce fut grand régal. Maintenant, dis-je à mes fils, que ferons-nous de l'écaille?

— Oh! papa, s'écria Rudly, donnez-la moi! j'en ferai une jolie petite nacelle que je ferai voguer sur le ruisseau. Oh! cela sera charmant!

— Si elle m'appartenait, dit Ernest, je m'en ferais un bouclier de défense dans le cas d'attaque de la part des sauvages.

— Et moi une belle petite maison, dit à son tour le petit Fritz.

— Vous oubliez, mes amis, dit Frédéric avec douceur, que la dépouille de l'animal appartient à celui qui l'a tué.

— Elle t'appartient, en effet, mon fils; mais qu'en veux-tu faire?

— J'en ferai un bassin, mon père, je l'établirai ici tout près du ruisseau, afin que ma mère y puisse toujours et commodément trouver de
l'eau propre.

— Bien imaginé, mon ami! tu as pensé au bien général et non à ton
plaisir particulier; eh bien, nous établirons ce bassin aussitôt que
nous aurons trouvé de la terre glaise pour le bien mastiquer au bord
du ruisseau.

— Papa, c'est tout trouvé! dit Rudly, j'ai fait cette découverte pendant votre absence.

— Et moi aussi! papa, j'ai fait une découverte, mais plus intéressante, dit Ernest, où du moins je le crois... j'ai trouvé des racines qui
ressemblent à des raves : toute la plante a plutôt l'air d'un arbrisseau
que d'une herbe; du reste, je n'ai point osé goûter à ces racines fort
appétissantes, quoique notre porc s'en accommodât fort bien.

— Tu as agi très-prudemment, mon enfant, car il y a des plantes
qui, sans être vénéneuses pour le porc, seraient du moins malfaisantes
pour l'homme; mais voyons ta trouvaille. Il m'apporta une douzaine de
grosses racines de la forme et de la couleur des betteraves. Oh! mes
enfants, m'écriai-je, si ma science n'est point ici en défaut, je crois que
voici, en effet, une découverte qui sera pour nous d'une haute importance, et qui, avec celle de la pomme de terre, nous préservera à jamais
de la famine. Cette racine, mon cher Ernest, est celle du manioc dont
on fait, aux Indes, une préparation appelée cassave. Employé tel qu'il
sort de la terre, le manioc serait un poison des plus violents; mais, lorsqu'il est dépouillé par la pression du suc vénéneux qu'il contient, il
fournit une nourriture aussi agréable que substantielle; nous en juge-
rons plus tard, maintenant occupons-nous d'emmagasiner nos provisions.

Nous retournâmes avec notre traîneau sur le bord de la mer, afin d'en
ramener un second chargement avant la fin de la journée, et, pendant ce
temps, ma femme s'occupa de notre souper. En chemin, mon fils aîné,
encore occupé de la proie qu'il avait si habilement attrapée le matin, me
demanda quelques détails sur la tortue et les mœurs de ce singulier
animal : je lui dis qu'autant que j'en pouvais juger, celle que nous avions
en notre possession ne fournissait pas l'écaille transparente dont on fait
des boîtes, des éventails, des manches de canifs, etc., et qu'ainsi il
n'était point dommage d'employer la carapace de notre bête à en faire
l'usage que nous nous proposions; que ce produit précieux dont l'industrie tirait parti était dû à une espèce de tortue appelée carret, dont

on ne mangeait point la chair; que cette écaille, divisée en pièces de
formes régulières sur toute la carapace, s'obtenait par le moyen du feu
ou de l'eau chaude à l'aide desquels on détachait ces écailles, qui prenaient, par diverses préparations, un si beau poli et des couleurs si
agréables.

Arrivés au radeau, nous plaçâmes sur notre traîneau les caisses trouvées sur le bâtiment et contenant nos propres effets, des caisses d'outils,
ensuite des roues de voitures, et enfin un petit moulin à bras qui me
parut d'une utilité immédiate depuis la découverte, présumée du moins,
du manioc. Le chargement terminé, nous revînmes au logis; là un
souper excellent nous attendait. Nous nous mîmes tous à table; la chair
de tortue rôtie et arrosée de sa graisse nous parut un mets délicieux,
et des pommes de terre toutes chaudes nous tinrent lieu de pain. A la fin
du repas, ma femme me dit en souriant : Mon pauvre ami; voilà des
journées bien pleines de fatigues pour toi; il faut que je te donne quelque
chose pour ranimer tes forces. Elle se leva et alla chercher, dans un coin
obscur et au frais, une bouteille et des petits-verres, elle remplit ces
derniers d'un vin couleur d'ambre, dont elle nous fit goûter à chacun.
C'était du vin de Malaga des plus exquis; c'était une découverte qu'elle
avait faite la veille en se promenant sur la grève : elle remarqua un petit
tonneau fort propre et bien bouché; aidée de ses deux fils elle parvint à
le rouler jusqu'au pied de notre *château* aérien, où elle l'avait placé et
couvert de feuillage pour le conserver frais.

Le précieux nectar ranima, en effet, si bien nos forces, qu'avant
d'aller nous coucher nous voulûmes transporter dans notre demeure
aérienne les matelas que nous avions apportés, nous les hissâmes à l'aide
de la poulie; ma femme, qui était montée la première, les arrangea dans
nos hamacs, où, après avoir rendu grâce à Dieu, suivant notre coutume
de tous les jours, nous ne tardâmes pas à trouver un doux et bienfaisant
sommeil.

Je m'éveillai avant le jour, et tandis que toute ma famille dormait
encore, je me levai et descendis sans bruit; mon intention était d'aller
au bord de la mer, un peu inquiet de l'état où les flots auraient mis nos
deux embarcations pendant la nuit. Je trouvai au bas de l'échelle tous
nos animaux éveillés; les dogues sautaient joyeusement autour de moi,
les coqs chantaient et battaient des ailes, quelques chèvres broutaient
déjà l'herbe couverte de rosée; pour notre âne, le seul dont j'eusse
besoin dans ce moment, il était encore plongé dans les douceurs du sommeil, et il ne parut que médiocrement flatté de la préférence que je lui

donnai en l'éveillant, pour faire avec moi la promenade matinale que je projetais; toutefois, malgré ses répugnances, je l'attelai au traîneau, et

suivi des deux chiens, je m'acheminai vers la côte. Je vis avec plaisir, en arrivant, que mes deux embarcations n'avaient souffert aucun dommage, ni de la violence des vagues, ni de celle de la marée : les masses de plomb auxquelles je les avais amarrées avaient suffi pour les retenir sur le rivage. Je me mis sans tarder à charger mon traîneau, modérément pourtant, afin de ne pas accabler notre honnête grison, et pouvoir revenir plus vite à Falkenhorst. Je me dépêchai tellement à ma besogne et maître baudet trotta avec tant d'ardeur, que nous arrivâmes au logis vers l'heure du déjeûner. Mais quelle fut ma surprise de ne voir aucun apprêt et de n'entendre aucun bruit ! Je grimpai à l'arbre avec quelque inquiétude, et trouvai tout mon monde encore endormi; au bruit que je fis en entrant sous la tente aérienne, ma femme s'éveilla, et toute honteuse de s'être levée si tard : Il faut, me dit-elle, qu'il y ait un charme magique caché dans les matelas que tu nous as rapportés hier, car je n'ai jamais dormi aussi profondément, et tu vois qu'ils ont produit le même effet sur nos jeunes gens, qui d'ordinaire s'éveillent avec le jour. En effet, ceux-ci bâillaient, étendaient les bras, et ne pouvaient ouvrir les yeux.

— Allons ! allons, mes enfants, m'écriai-je, dégourdissez-vous, la paresse est un ennemi avec lequel il ne faut pas capituler, plus on lui cède et plus fortement il vous étreint de ses liens. De braves garçons doivent s'éveiller au premier appel, et sauter aussitôt à bas du lit.

Frédéric fut le premier debout, et Ernest le dernier, suivant ses habi-

tudes paresseuses ; je lui en fis quelques reproches, et l'engageai à vaincre
cette fâcheuse disposition qui nuirait autant à la vigueur de son corps
qu'à l'énergie de son esprit.

Quand tout le monde fut descendu, nous fîmes la prière en commun,
et, après un déjeûner frugal et pris un peu à la hâte, nous partîmes tous
pour retourner à la côte, et continuer le déchargement de notre radeau.
Nous effectuâmes deux transports de suite ; mais, comme je m'aperçus
que la marée commençait à monter, je renvoyai ma femme et deux de
ses fils au logis, avec notre équipage, et je gardai près de moi Frédéric
et Rudly, qui en témoigna un extrême désir, pour attendre dans notre
bateau de cuves que la mer nous mît tout-à-fait à flots ; car je voulais
conduire cette embarcation à la place ordinaire, dans la Baie du salut.
Nous ne tardâmes pas à nous sentir soulevés par les vagues ; mais au lieu
de nous porter vers le point désigné, je me laissai engager, par la beauté
du temps et la tranquillité de la mer, à faire encore une petite course
au navire échoué. Nous y parvînmes en peu de temps ; toutefois la journée
était trop avancée pour faire un chargement considérable, nous ne pûmes
que prendre à la hâte les objets faciles à emporter. Mes fils parcouraient
tout le bâtiment. Rudly arriva en roulant à grand bruit une brouette
qui nous servirait merveilleusement, dit-il, pour amener les pommes
de terre à Falkenhorst. Mais Frédéric m'apporta bien une autre nouvelle : il venait de découvrir dans un entre-pont une belle pinasse, espèce
de bateau dont la proue est carrée, démontée et munie de tout son attirail, et ayant deux petits canons pour l'armer. A cette annonce, je quittai
tout pour aller m'en assurer moi-même ; en effet, je vis un amas de
pièces de bois numérotées, placées avec ordre sur la quille, déjà construite, du petit bâtiment, rien n'y manquait. Je sentais de quelle importance il serait pour nous d'avoir une telle embarcation en notre possession ;
mais comment y parvenir ? comment non-seulement remonter toute cette
machine, ce qui demanderait un travail prodigieux et de plusieurs jours ;
mais comment la lancer à la mer ? Le souvenir des travaux excessifs que
nous avait coûtés notre pauvre barque de cuves acheva de me faire
renoncer, du moins pour le moment, à cette entreprise. Je revins à notre
chargement, il se composait de quelques ustensiles de ménage et d'autres
objets utiles, tels qu'une grande chaudière en cuivre, des plateaux de
fer, quelques râpes à tabac, deux pierres à aiguiser, un baril de poudre,
un autre de pierre à fusil ; et on imagine bien que Rudly n'oublia point
sa brouette ; j'en avais trouvé deux autres que nous prîmes également,
et munis de tout ce butin, nous remîmes bien vite à la voile pour n'être

pas surpris par le vent de terre, qui s'élevait chaque soir, et qui eût mis obstacle à notre prompt retour.

Tandis que nous approchions tranquillement du rivage, nous fûmes assez surpris de voir une troupe de petites créatures rangées en file au bord de l'eau, et qui semblaient nous regarder avec curiosité, elles étaient vêtues de noir, avec de longues vestes d'un blanc sale; leurs bras pendaient avec négligence à leurs côtés; ou, de temps en temps, elles les étendaient d'une manière presque tendre et comme si elles eussent voulu nous embrasser fraternellement.

— Je crois, dis-je en riant, que nous sommes dans le pays des pygmées; ils nous auront enfin découverts, et ils viennent maintenant à notre rencontre pour nous souhaiter la bien-venue.

— Non, papa, dit Rudly, ce sont des Lilliputiens, quoique ceux-ci me semblent pourtant un peu plus grands que ceux dont j'ai lu l'histoire.

— Comme si le roman de Gulliver n'était pas un conte! dit Frédéric d'un air moqueur.

— Eh bien! ce sont des pygmées, puisque papa le dit.

— L'un n'est pas plus vrai que l'autre, dis-je à mon tour; tous ces récits de peuples excessivement petits ne sont que des inventions des anciens navigateurs, qui auront probablement pris des troupes de singes pour de petits hommes, ou qui auront voulu les faire passer pour tels, afin de pouvoir raconter quelque chose de merveilleux.

— Il est vraisemblable, reprit Frédéric, qu'il en est de même de nos pygmées, papa, car je commence à voir qu'ils ont des becs d'oiseaux, et que leurs bras, qu'ils tendent si amoureusement, sont des espèces d'ailes un peu courtes il est vrai.

— Et tu as raison, mon fils, ce sont des pingouins ou manchots, oiseaux du genre de bohobi, qu'Ernest nous a signalé naguères; le pingouin est excellent nageur, mais incapable de voler, et sur la terre dépourvu de tout moyen d'échapper au danger.

En parlant ainsi, je dirigeais ma barque vers le bord, doucement et sans bruit, pour ne pas effaroucher ces oiseaux; mais à peine avais-je atteint une place convenable, que voilà mon Rudly qui s'élance du haut de la cuve en pataugeant dans l'eau jusqu'aux genoux; il s'approche des pingouins tout ébahis, et, muni d'un bâton, il en frappe à droite et à gauche les pauvres et stupides oiseaux. Il en abat une demi-douzaine, et les autres, stupéfaits de cet accueil disgracieux, se jettent à l'eau et disparaissent en un moment à nos regards. Je grondai un peu Rudly de sa précipitation à se jeter à l'eau, au risque de se noyer pour si peu de chose, car la chair du pingouin, quoique couverte de graisse, est peu agréable à manger. Pendant que nous attachions notre barque, quelques-uns de ces oiseaux, qui n'étaient qu'étourdis, se relevèrent et commençaient à marcher gravement sur le sable, pour regagner la mer ; nous nous y opposâmes, il nous fut facile de nous en emparer, nous leur liâmes les jambes avec de longues herbes, et, après avoir rempli nos trois brouettes des objets que nous pouvions emporter, sans oublier les plaques de tôles et les râpes, nous chargeâmes encore par dessus la chasse de Rudly, et nous reprîmes le chemin de Falkenhorst.

En approchant de notre résidence, je vis avec plaisir que nos braves chiens de garde avertissaient de l'approche de quelqu'un par de longs hurlements. Mais aussitôt qu'ils aperçurent quels étaient ces étrangers, dont ils avaient signalé l'arrivée, leur joie bruyante se manifesta par des sauts, des bonds, des caresses sans fin ; tout le monde accourut à notre rencontre. Ce que nous apportions fut l'objet d'un curieux et joyeux examen : on rit un peu de mes râpes à tabac, mais comme j'avais mon projet en tête, je les laissai rire ; et quant aux pingouins vivants, comme je désirais les joindre à notre basse-cour, je dis à mes enfants de les attacher adroitement par une patte, un à un, à une de nos oies ou à un de nos canards, quoique les uns et les autres ne fussent pas très-charmés de ce voisinage ; et il leur fallut un peu de temps pour s'accoutumer ensemble.

Ma femme me montra une bonne provision de pommes de terre, qu'elle avait été arracher pendant mon absence, ainsi qu'une quantité de racines, que la veille j'avais annoncé devoir être du manioc ; la bonne mère, aidée de ses deux enfants, avait recueilli tout cela, et je louai l'activité des uns et des autres.

Nous soupâmes ensuite, et nous causâmes de tout ce que nous avions encore laissé dans le bâtiment, et entre autres choses de la pinasse que nous avions été forcés d'abandonner. Ma femme partagea peu nos regrets à cet égard, car elle voyait toujours avec répugnance nos courses maritimes ; cependant elle convint que, si nous étions pourvus d'un petit bâtiment solide comme celui dont nous lui faisions la description, elle prendrait moins d'inquiétude.

Comme la journée était fort avancée, nous fîmes nos préparatifs du soir ; mais avant de nous livrer au repos je dis à mes fils : Éveillez-vous demain de bon matin, messieurs, car je veux vous apprendre un nouveau métier.

— Oh! lequel, papa? s'écrièrent-ils tous, quel métier?

— Vous le saurez demain, allez vous coucher.

La nuit fut paisible, et aux premières lueurs du jour, la curiosité chassa du lit mes petits garçons, et même le nonchalant Ernest, dont la paresse était passée en proverbe parmi nous. Papa, le métier! s'écrièrent-ils dès qu'ils me virent éveillé. Le nouveau métier? vous l'allez connaître, mes enfants, descendons, je vais vous l'apprendre.

Nous fûmes bientôt en bas, et quand nous eûmes fait tous nos petits préparatifs, je dis à mes fils qui me suivaient avec une impatience visible: Messieurs, le nouveau métier que je veux vous montrer est celui de boulanger.

Ils demeurèrent fort étonnés.

— Comment? boulanger, demanda ma femme, à qui je n'avais rien confié de mes projets, eh! mon pauvre ami! où est ton four pour cuire ton pain, le moulin pour moudre ton blé? Où est ton blé d'abord?

— Tout cela se trouvera, répondis-je, sois tranquille; pour le moment, prépare-moi seulement deux moyens sacs en toile à voile, et repose-toi sur moi du reste.

Elle obéit; mais avant de se mettre à coudre, je la vis mettre la marmite au feu et la remplir de pommes de terre, ce qui me parut signifier qu'elle n'avait pas grande foi dans mes assurances. Pendant ce temps j'avais fait apporter les racines de manioc qui avaient été préalablement bien lavées et bien nettoyées. Je fis étendre à terre une grande toile, et distribuant à chacun de mes jeunes gens une râpe à tabac que j'avais également fait laver, et un petit tas de racines, je me mis en besogne, et, à mon commandement, tous se mirent à râper ces racines en appuyant la râpe sur la toile; en peu d'instants ils eurent devant eux une espèce de sciure blanche et humide, qui, à la vérité, n'avait rien d'appétissant; mais le travail plaisait aux jeunes garçons, et ils s'en divertissaient à qui mieux mieux.

— Voilà de fameuse recoupe, s'écriait Ernest en éclatant de rire; si l'on fait jamais du pain avec cette râpure, il sera bon!

— Voilà la première fois que j'entends dire qu'on ait tenté de faire du pain avec des navets, disait Rudly du même ton.

— Toujours, cela ne sent pas bon! ajoutait le petit Fritz, qui râpait pourtant avec ardeur.

— Riez bien, messieurs! leur dis-je, faites des quolibets, vous jugerez après; ce qui m'étonne, c'est que toi, Ernest, tu sembles oublier que le manioc est une des substances alimentaires les plus précieuses,

18

puisqu'elle fait la base de la nourriture d'une partie de l'Amérique, où grand nombre d'Européens même la préfèrent au pain ordinaire. Mais, poursuivons notre besogne.

Quand toutes les racines furent râpées, j'en remplis les deux sacs que ma femme avait cousus, et j'en foulai le contenu le plus qu'il me fut possible ; aussi le suc du manioc commença à percer de toutes parts. Mais il fallait un moyen plus énergique pour extraire ce suc qui est un poison violent : je fis choisir parmi nos pièces de bois une poutre de chêne dont je taillai l'extrémité à coups de hache, de manière à la faire entrer sous une des racines de notre grand arbre ; préalablement je plaçai à la base de cette racine un lit de petites bûchettes espacées entre elles ; nous posâmes dessus, en travers, un de nos sacs plein de manioc, nous remîmes d'autres bûchettes en sens contraire, puis nous rabattîmes par dessus le tout la pièce de bois dont un des bouts était engagé dans la racine de l'arbre ; à force de bras nous forçâmes l'autre extrémité à s'abaisser vers la terre, et, quand elle fut parvenue à un certain point, nous y suspendîmes tout ce que nous pûmes trouver de plus lourd, tel qu'une enclume, des masses de plomb, etc.; l'effet de cette sorte de levier ou plutôt de presse fut si puissant qu'en peu d'instants nous vîmes le suc jaillir de tous les pores de la toile et ruisseler de tous côtés. Quand je jugeai la pression suffisante, je fis débarrasser le sac du levier, et, l'ayant ouvert, j'en tirai une poignée de manioc encore humide qui ressemblait à de grosse farine de maïs. — Voilà qui est bien, dis-je, enchanté du résultat de mon opération ; maintenant que nous avons la farine, étendez-la sur une toile propre, pour la faire bien sécher ; nous en ferons bientôt du pain qui n'aura peut-être pas tout-à-fait la forme et le goût de celui du froment, mais du moins des galettes qui auront bien leur mérite ; je vais m'occuper du four. J'avais fait allumer plusieurs feux, je plaçai sur ces foyers les feuilles de tôle que j'avais apportées la veille du navire : quand elles furent échauffées, je fis étendre dessus la cassave (c'est le nom qu'on donne à la farine de manioc), pour en achever la dessiccation ; elle se forma en masses assez compactes que nous retournâmes afin de les sécher également des deux côtés.

Ma femme, mes enfants étaient émerveillés ; les uns et les autres voulaient tout de suite goûter de ces gâteaux qui leur paraissaient assez appétissants ; j'eus quelque peine à leur faire comprendre que ce n'était là, en quelque sorte, que la farine, et qu'il fallait une autre préparation pour la rendre mangeable. D'ailleurs, ajoutai-je, comme des trois espèces de manioc il y en a une qui est plus vénéneuse que les autres, et que d'ailleurs je ne suis pas tout-à-fait sûr de la préparation de celui-ci, il est bon d'en faire faire l'essai à nos volailles et à notre singe, car il ne faut pas risquer de nous empoisonner, ou du moins de nous rendre malades. En conséquence, j'émiettai quelques morceaux de cassave que je présentai à deux de nos poules et à maître Knips : celui-ci le croqua lestement, et les poules n'en laissèrent pas une miette. Cette expérience me rassura ; cependant, je voulus en attendre l'effet, et, suspendant quelques instants nos travaux de boulangerie, nous déjeûnâmes avec les pommes de terre que ma femme avait eu la précaution de faire cuire. Pendant le repas, le manioc et ses diverses préparations furent naturellement l'objet de la conversation : j'appris à ma femme que l'on pouvait tirer un excellent empois du suc extrait des racines ; mais cette découverte n'avait guère d'intérêt pour elle, maintenant que, vêtue comme nous d'un habit de matelot, elle n'avait plus ni bonnets ni collerettes à empeser. Nous parlâmes aussi des poisons, et en expliquant à mes fils leurs différentes natures, je tâchai de les mettre en garde contre un des plus violents, le fruit du mancenillier, qui devait croître quelque part sur la côte où nous étions ; je leur en fis la description, et leur renouvelant la défense de manger aucun fruit inconnu sans me l'avoir montré, tous me le promirent, et je leur fis sentir combien il était important de tenir les promesses sur lesquelles se fondait toute ma sécurité à leur égard.

Au sortir de table, nous allâmes visiter nos volailles : Rudly siffla maître Knips, qui, à ce signal, descendit en trois bonds d'un grand arbre où il dévastait sans doute quelque nid : la gaîté, la vivacité du petit animal, aussi bien que les paisibles gloussements de nos poules achevèrent de nous convaincre que notre cassave avait, en effet, perdu toute qualité malfaisante. Je voulus alors donner à mes enfants le plaisir de faire des gâteaux et d'en manger : on ralluma les feux, on fit chauffer les plaques ; pendant ce temps, je fis briser les pains de cassave, et délayer la farine avec un peu de lait : chacun se mit à l'œuvre, et, distribuant à tous une écuelle de coco pleine de cette espèce de pâte liquide, j'engageai tout mon monde à m'imiter ; à l'aide d'une cuiller, je coulai une certaine quantité de bouillie sur une plaque chaude ; quand la pâte, en se boursoufflant, me fit juger qu'elle était cuite d'un côté, je la retournai avec une fourchette comme une crêpe, et en quelques instants nous eûmes une quantité de jolis croquets d'un jaune doré, et dont le goût exquis égalait la bonne mine : ce fut un régal délicieux pour toute la famille, et il fut décidé que désormais nous nous appliquerions à la culture du manioc, puisqu'il pouvait nous procurer une si délicate et si excellente nourriture.

Le lendemain, je me décidai de nouveau à retourner au navire; l'idée de la pinasse ne me sortait pas de l'esprit, et le désir de m'en rendre maître ne me laissait nul repos. J'eus beaucoup de peine à obtenir de ma femme, pour qui ces voyages étaient toujours un sujet d'inquiétude, d'emmener cette fois mes trois fils, car j'avais besoin de beaucoup de bras. Je promis de revenir le soir même, et enfin nous partîmes avec des provisions de bouche de toutes espèces pour passer la journée. Mes jeunes gens étaient enchantés de l'expédition, et Ernest surtout, qui n'avait encore été d'aucun voyage, se promettait un grand plaisir de celui-ci. Nous ne tardâmes pas à arriver au vaisseau naufragé; nous commençâmes à charger sur notre barque tout ce qui nous parut bon à prendre, mais la grande affaire, la chose principale était la pinasse. Elle était placée dans un magasin tout-à-fait dans le flanc du navire et sous la chambre des officiers. Mais comment la tirer de là? Quoique toutes les pièces en fussent démontées, nos faibles bras n'eussent pu les transporter pour la reconstruire ailleurs, et comment surtout la lancer à la mer? Je me frottais le front avec la plus grande anxiété, sans pouvoir trouver un moyen de sortir d'embarras, et pourtant je ne pouvais renoncer à mon projet: mes fils, avec cette présomptueuse hardiesse de leur âge, me dirent enfin: Commençons toujours par élargir l'espace autour, en abattant cet enclos de planches qui nous gênerait pour travailler, reconstruisons la machine, puisqu'il ne s'agit que de replacer les pièces et de les assujettir avec des chevilles, nous trouverons peut-être plus tard le moyen de la faire sortir d'ici. Dans toute autre circonstance, j'aurais peut-être démontré à mes enfants la folie de ce projet; mais j'avais moi-même une vague espérance de réussite qui me poussait à tout tenter, et je m'écriai: A l'œuvre donc! et que Dieu nous soit en aide! Aussitôt la hache, la scie, les tenailles firent leur office. Nous travaillâmes avec ardeur toute la journée, et vers le soir toutes les parois étaient abattues, nous avions un libre espace autour de nous, et ce premier succès nous encouragea à continuer l'entreprise: cependant il fallait songer au retour, nous nous remîmes en mer, mais bien résolus à revenir le lendemain, et tous les jours, jusqu'à ce que nous soyions venus à bout de notre entreprise.

En débarquant dans la Baie du salut, nous trouvâmes mon excellente femme avec le petit Fritz, qui nous attendaient sur la rive; Élisabeth me dit qu'elle avait quitté Falkenhorst et s'était établie à Zeltheim, où elle resterait tout le temps que durerait notre entreprise, afin d'être plus à la portée les uns des autres, et de nous épargner une course fatigante soir et matin.

Cette bonté prévoyante de ma femme me toucha, car je savais combien elle tenait aux beaux ombrages de Falkenhorst. Je la remerciai tendrement, et en récompense nous étalâmes devant elle tout ce que nous rapportions de notre course : c'étaient deux barils de beurre salé, trois tonnes de farine, quelques sacs de graines, du riz et toutes sortes d'ustensiles utiles, dont nous remplîmes notre magasin, et qui firent grand plaisir à notre ménagère.

Une semaine s'écoula de la sorte, c'est-à-dire que nous passions toute la journée sur le navire, occupés de la construction de notre bâtiment : et, comme nous étions exacts à revenir chaque soir au coucher du soleil, ma femme s'accoutuma peu à peu à ces voyages qui lui avaient d'abord causé tant de chagrins. Le soir nous fîmes un bon repas, animé du récit de ce qui nous était arrivé aux uns et aux autres dans la journée, et la joie de nous trouver réunis nous délassait de nos fatigues.

A force de travailler, de placer des mortaises, d'enfoncer des chevilles, notre œuvre avançait pourtant, la pinasse prenait figure. Sa construction était élégante et légère, et on pouvait juger à la vue qu'elle serait bon voilier, car sa quille était presque plate comme celle d'un brigantin. Nous l'avions calfeutrée avec soin, c'est-à-dire bouché tous les joints avec de l'étoupe trempée dans du goudron fondu. Il y avait au centre un mât mobile, et tout ce qu'il fallait pour le garnir d'une voilure ; enfin, nous avions même songé au superflu, car nous avions placé sur l'arrière deux petits canons avec leurs munitions.

La jolie embarcation était toujours immobile sur son chantier, nous l'admirions sans cesse, nous tournions tout autour comme de vrais enfants, mais le moyen de la tirer de là ne se trouvait point ; les difficultés pour lui ouvrir une issue à travers ce tissu de poutres, de planches revêtues par dehors de feuilles de cuivre, qui formait le flanc du navire, me

semblaient toujours insurmontables, sans pourtant refroidir mon ardeur.
Tout-à-coup, par l'excès même de mon désespoir, une idée hardie, mais
dangereuse, et qui pouvait tout perdre aussi bien que tout gagner, se
présenta à mon esprit; et sans la communiquer à mes enfants, auxquels
je voulais éviter le chagrin d'une non-réussite, si elle avait lieu, je la mis
aussitôt à exécution.

Il y avait, sur le bâtiment échoué, un vieux mortier en fonte; je le
remplis de poudre, et le fermai hermétiquement au moyen d'une planche
en chêne, à laquelle j'avais préalablement attaché de forts crochets, de
manière à pouvoir fixer cette planche aux poignées du mortier. J'avais
aussi ménagé sur un des côtés, et en dessous de ce couvercle, une rainure propre à y introduire le bout d'une corde soufrée, et dont la longueur était telle que, suivant mon calcul, il faudrait bien deux heures
pour que le feu mis à l'autre extrémité parvînt jusqu'au mortier. Je
calfeutrai avec du goudron le tour de la planche: j'entourai le tout de
chaînes de fer, pour obtenir plus de solidité à la machine, et j'allai la
suspendre à la paroi du navire qui avoisinait la pinasse. Quand tout fut
disposé ainsi, je donnai le signal du départ à mes fils, qui, toujours
occupés à charger quelque chose dans le bateau, n'avaient point vu ces
préparatifs; je demeurai un peu en arrière pour mettre le feu à la mèche,
et je rejoignis mes enfants en recommandant à Dieu, dans mon cœur,
le succès de mon entreprise.

Mon premier soin, en arrivant au rivage, fut de débarrasser en toute
hâte le bateau de sa charge, parce que mon intention était de retourner
au navire dès que l'explosion m'en aurait donné le signal. Au plus fort
de notre besogne, une violente détonation se fit entendre sur la mer;
ma femme et mes enfants tressaillirent, et d'effroi laissèrent tomber tout
ce qu'ils tenaient.

— Qu'est-ce que cela, mon papa? dirent les petits.

— C'est peut-être le signal de détresse d'un bâtiment en danger,
s'écria Frédéric, allons à leur secours?

— Non. dit ma femme, je crois plutôt que ce bruit, qui vient du
côté du vaisseau naufragé, est celui d'une explosion; vous y avez fait du
feu, et quelque baril de poudre aura sauté!

— Tu pourrais avoir raison, dis-je à ma femme, il faut aller nous en
éclaircir sur-le-champ: qui veut être de la partie?

Pour toute réponse, mes trois fils sautèrent dans la barque, et, après
avoir promis à la mère, toujours un peu inquiète, de revenir immédiatement, nous partîmes. Jamais nous ne fîmes ce trajet d'une manière si

rapide, la curiosité animait mes jeunes rameurs, et moi-même j'éprouvais une grande impatience de connaître le résultat de l'opération. En approchant du navire, je me tranquillisai en ne voyant sortir de ses flancs ni flamme ni fumée, et même sa position n'était point changée. Au lieu d'aborder à l'endroit ordinaire, nous tournâmes l'avant du navire, et nous nous dirigeâmes vers la partie opposée ; la mer était couverte d'innombrables débris, le flanc du bâtiment était abattu ; et la pinasse, intacte et seulement un peu penchée sur son chantier, m'apparut à travers l'immense ouverture que le pétard avait pratiquée en faisant explosion. A cette vue, je m'écriai avec un transport qui n'étonna pas peu mes fils, que ce spectacle de destruction avait consternés : Victoire ! victoire ! elle est à nous la belle pinasse, ma ruse a réussi, il nous sera maintenant facile de la mettre à flot.

— Ah ! je commence à comprendre, dit alors Frédéric, c'est papa qui lui-même a fait sauter le corps du navire pour dégager ainsi notre jolie frégate. Mais comment avez-vous pu disposer cela si juste ?

— Je vous conterai tout cela, mes amis, dis-je en attachant notre barque à une poutre du bâtiment, assurons-nous d'abord qu'il n'est point resté de feu dans tous ces débris.

Aussitôt nous grimpâmes à travers les flancs déchirés du pauvre navire, j'en visitai avec soin tous les recoins, et, à ma grande joie, je ne découvris de feu nulle part ; mais comment décrire celle de mes jeunes gens, en voyant la pinasse complètement dégagée de ses entourages ! c'était des cris d'admiration, une foule de questions surtout. Je leur expliquai le procédé dont je m'étais servi pour obtenir ce résultat : en effet, le mortier, en sautant, avait été frapper la paroi, et sa masse ainsi que les chaînes qui le chargeaient avaient fait, tout à la fois, l'office du boulet et de la hache. Planches, poutres, madriers, tout avait été brisé, et la pinasse, mise ainsi à découvert, se trouvait à la distance de quelques pieds du niveau de la mer. Il nous fut facile d'en débarrasser les approches, et, comme j'avais eu la précaution d'établir notre construction sur des rouleaux, nous procédâmes, pour la lancer à l'eau, comme nous avions fait pour notre bateau de cuves : à l'aide du cric et des leviers, nous fîmes glisser peu à peu le léger bâtiment, dépourvu encore de ses agrès ; un câble très-solide, attaché à ses flancs, fut disposé de manière à l'empêcher de s'éloigner du navire, et bientôt nos efforts réunis le poussèrent à la mer, où, se soutenant sur sa quille, il commença à se balancer avec grâce. Il était trop tard pour pouvoir en faire davantage ce jour-là : je me contentai de bien assurer notre conquête contre l'impétuosité des vagues, et nous retournâmes sur-le-champ à la côte, afin de ne pas prolonger les inquiétudes de notre bonne mère ; toutefois, dans le trajet nous convînmes de ne pas parler à cette dernière de notre heureuse aventure, afin de lui donner le plaisir de la surprise, de nous voir arriver à Zeltheim, dans notre beau petit navire ; en effet, nous lui dîmes en arrivant que le feu avait pris à un baril de poudre, mais qu'il n'avait pas causé d'autre dommage que de nous ouvrir une autre issue pour achever de vider le bâtiment de tout ce qu'il contenait encore. A ce récit, ma bonne femme soupira, et je crois que dans son cœur elle souhaitait au fin fond de la mer cette carcasse qui nous faisait faire tant de courses périlleuses.

Il nous fallut encore bien des journées d'un travail opiniâtre pour achever d'appareiller notre pinasse ; enfin, quand elle fut pourvue de ses mâts, de voiles et de cordages, nous la chargeâmes d'une foule de choses que notre faible barque de cuves n'aurait jamais pu tenir.

Nous mîmes à la voile ; le vent était favorable, et notre joli bâtiment commença à glisser sur les ondes avec la rapidité d'un oiseau de mer. Mes fils étaient au comble de la joie, ils me conjurèrent de leur permettre de tirer deux coups de canon à l'approche de la côte, afin de saluer leur mère de ce joyeux et belliqueux signal ; ils avaient si bien gardé le secret, et travaillé avec tant de courage, que je ne pus leur refuser cette petite satisfaction. Aussitôt Frédéric, qui s'était érigé en capitaine de frégate, aida ses frères à charger les deux pièces dont nous avions muni notre navire ; et quand nous fûmes en vue du rivage, Ernest et Rudly, mèche allumée en main, attentifs au commandement de leur frère, mirent chacun le feu à leur pièce, et l'écho des rochers, répétant au loin l'imposante détonation, fit accourir ma femme et mon petit Fritz, l'un et l'autre un peu effrayés de cette apparition ; mais aux joyeuses clameurs que nous poussâmes tous ensemble en les apercevant, ils reconnurent nos voix, et ma femme nous salua de la main en signe de bienveillance ; pour Fritz, il était stupéfait d'admiration à la vue de ce beau petit navire.

Lorsqu'enfin nous eûmes atteint le rocher qui nous servait de quai, et où notre bâtiment trouvait encore assez d'eau pour être à flot, ma femme et mon fils vinrent à notre rencontre. Méchants ! nous dit la première, quelle frayeur vous nous avez causée avec votre artillerie ! j'ai cru que cette fois la carcasse du vaisseau sautait toute entière ; mais vous voilà sains et saufs ! le ciel en soit béni ! — Pendant ce temps, Frédéric avait jeté une planche du bâtiment au rivage, et ma femme n'hésita pas à venir le visiter, elle admira tout, loua beaucoup notre courage et notre persévérance.

— Vous avez, certes, bien travaillé, mes amis, dit-elle, mais pourtant ne vous imaginez pas que pendant votre absence Fritz et moi nous soyons demeurés oisifs, et si nous ne pouvons annoncer nos œuvres d'une manière aussi éclatante que vous l'avez fait tout-à-l'heure, quelques bons plats de légumes, qui arriveront sans bruit en temps et lieu, auront bien aussi leur mérite. Voulez-vous voir tout de suite ce que nous avons fait?

L'invitation était trop gracieuse et notre curiosité trop vivement excitée pour remettre le plaisir qu'elle nous promettait : nous quittâmes le navire que j'amarrai solidement au rivage, et nous suivîmes la bonne mère, qui nous conduisit vers les rochers d'où se précipitait le Ruisseau du chacal, et nous fit voir là un superbe potager, tout divisé par planches et par compartiments. Je ne revenais pas de ma surprise.

— Voilà mon ouvrage, dit ma femme, ou plutôt notre ouvrage, ajouta-t-elle, avec une sorte d'orgueil en embrassant le petit Fritz, car ce cher enfant a presque autant travaillé que moi : cette terre, qui n'est qu'un amas de feuilles décomposées, est fort légère, et j'ai eu peu de peine à la travailler. J'ai planté là des pommes de terre, ici des racines de manioc, plus loin des pois, des fèves et des lentilles ; de ce côté, tu vois une suite de planches où j'ai semé des salades, des radis, des choux, et toutes sortes de légumes d'Europe. Voici une partie que j'ai réservée pour y mettre des cannes à sucre ; j'y ai déjà transplanté des ananas, et semé des graines de melon, qui y viendront parfaitement. Enfin, autour de toutes mes planches, j'ai mis en terre des grains de maïs, dont les hautes tiges touffues protégeront mes jeunes plants contre l'ardeur du soleil.

J'étais vraiment émerveillé, je ne pouvais concevoir qu'une femme et un enfant de l'âge de mon Fritz eussent pu effectuer en si peu de temps une telle entreprise, et surtout de la discrétion que l'un et l'autre avaient montrée dans cette occasion.

— Je t'avouerai franchement, me dit ma femme, qu'en commençant cette besogne je ne croyais pas la terminer si heureusement ; c'est pourquoi je n'en voulus pas parler ; plus tard j'eus l'idée de vous causer une agréable surprise, et quant au secret que nous avons si bien gardé, Fritz et moi, il n'y a pas là grand mérite : vos courses continuelles au navire, le silence que vous gardiez sur vos occupations, tout me faisait présumer de votre part quelque mystère ; nous voulûmes prendre notre revanche, et vous attraper à notre tour : avons-nous bien réussi?

— Ah! parfaitement! dis-je en l'embrassant ainsi que mon aimable
petit Fritz, dont les yeux brillaient de joie et de malice pendant que sa
mère nous donnait ces explications. Après avoir encore donné de nou-

veaux éloges à ses utiles travaux, nous retournâmes près de notre embarcation; chemin faisant, ma femme, tout occupée d'horticulture, me
rappela les plants d'arbres fruitiers que nous avions rapportés du navire.
— Je les ai mis en terre préalablement, me dit-elle, et les ayant couverts
avec soin, je les arrose tous les jours pour conserver leur fraîcheur; mais
il faut se hâter de les planter avec le soin convenable, si tu ne veux pas
que cela soit perdu. Je lui promis de m'en occuper dès le lendemain
même, et d'établir ma pépinière auprès de son potager.

Nous nous occupâmes ensuite de débarrasser notre navire de sa cargaison; nous chargeâmes notre traîneau de tout ce qui pouvait nous
servir à Falkenhorst, et, après avoir rangé tout le reste sous notre tente,
fixé notre pinasse au rivage au moyen d'une ancre et d'un câble qui
l'attachait à un pieux très-fort, nous prîmes la route de notre résidence
des bois, où il nous tardait d'arriver : ma femme, pour fuir les ardeurs de
la plaine brûlante de Zeltheim, et nous tous pour nous reposer de nos
fatigues.

Notre séjour à Zeltheim et nos courses continuelles au vaisseau ne
nous avaient point empêchés de célébrer le saint jour du dimanche; le
jour de notre retour à Falkenhorst fut marqué par une solennité semblable : une nouvelle parabole et toujours appropriée à notre situation,
la lecture de la Bible, ce livre consolateur, compléta pour ce jour là nos
exercices religieux. J'aimais à voir se développer dans l'âme de mes

enfants le sentiment d'une pieuse reconnaissance envers Dieu, et d'en
lire la naïve expression sur leur front et dans leurs regards, plus sérieux
ce jour-là que de coutume. Cependant, après le dîner, je sentis la nécessité de les distraire un peu, et, comme il était dans mes principes de leur
rendre agréable ce qu'ils devaient aimer, je donnai à ma jeune famille la
permission de se livrer à ses jeux ordinaires : pour donner quelque utilité
à ces amusements, je rappelai à mes fils les exercices de gymnastique
auxquels ils avaient pris tant de plaisir le premier dimanche; j'avais à
cœur de développer en eux tout ce que la nature y avait déposé de
vigueur et d'énergie; la force et l'agilité étaient des qualités trop nécessaires dans notre situation pour que je négligeasse de les leur faire
acquérir. Cette fois j'ajoutai à l'exercice de l'arc celui de la course, du
saut, de la lutte et de la grimpade aux arbres, soit en escaladant le tronc
de ces derniers, soit au moyen d'une corde, comme le font les matelots
pour grimper aux mâts. Quand tous ces jeux, dans lesquels mes enfants
déployèrent plus ou moins d'adresse, furent épuisés, je leur en appris
un nouveau et inconnu encore pour tous : c'était l'exercice du *lasso*,
arme puissante à l'aide de laquelle les peuples de l'Amérique méri-
dionale vont à la chasse aux tigres. Je me fis apporter pour cela deux
balles de plomb du plus gros calibre, je les perçai d'un poinçon, et, ayant
pris une cordelette d'une toise de longueur, je fixai ces balles à chaque
extrémité. — Voici, messieurs, dis-je à mes enfants qui regardaient
avec curiosité, voici une arme bien simple et qui pourra un jour vous
être fort utile : c'est une espèce de fronde, comme vous voyez, mais
dont le poids, au lieu de frapper le but vers lequel on l'envoie, retourne
sur lui-même et enlace ainsi d'une manière inextricable l'objet qu'il a
saisi. Je leur contai à cette occasion comment les Mexicains surtout se
servaient de ce lacs pour prendre les chevaux sauvages; mais, comme
nos jeunes gens paraissaient un peu douter des merveilleux effets du
lasso, j'en fis moi-même l'essai. Il y avait à une certaine distance un
arbuste qu'on me désigna pour but; je lançai une des balles de la main
droite, tandis que ma gauche retenait l'autre, et soit hasard, soit adresse,
la balle frôla le tronc, et, retournant subitement sur elle-même, forma
comme un nœud coulant que j'eus soin de serrer encore en tendant la
corde dont je tenais l'extrémité au moyen de l'autre balle. Vous voyez,
dis-je en approchant de l'arbre, en ramenant à moi peu à peu la corde,
que, si cet arbre eût été le cou d'un tigre, je m'en serais facilement rendu
maître. Cette expérience mit l'exercice du lasso en faveur : Frédéric y
déploya bientôt une grande habileté, et j'invitai mes autres fils à l'ac-

quérir; car cette arme pouvait nous être une ressource et suppléer un jour à notre artillerie quand nos munitions seraient épuisées.

Le lendemain la mer étant fort agitée, ce que nous apercevions aisément du sommet de notre château aérien, nous ne fûmes pas tentés de retourner au bâtiment, que nous avions maintenant en rade, et nous passâmes la journée à effectuer diverses améliorations dans notre établissement. Ma femme me fit voir tout ce qu'elle avait fait pendant mon absence : c'était d'abord un baril rempli d'ortolans à demi cuits et confits dans le beurre, pour nos provisions d'hiver, puis des pains de farine de manioc qu'elle avait fait sécher avec soin ; elle me fit aussi remarquer des pigeons qui nichaient dans les branches du figuier, et au-dessus desquels elle avait établi un petit auvent pour les tenir à l'abri ; enfin elle appela mon attention sur nos plants d'Europe, qu'elle avait conservés au frais. Je cherchai aussitôt un emplacement propre à établir ma pépinière, et aidé de mes fils, nous en disposâmes le terrain, et nous y plantâmes nos jeunes arbres.

La journée s'écoula toute entière dans ce travail ; mais, comme nous n'avions eu, ce jour-là, que des pommes de terre, des gâteaux de manioc et du lait pour toute nourriture, il fut décidé que le lendemain nous irions à la chasse pour remonter notre garde-manger par quelques pièces de gibier ; en effet, les premières lueurs du jour nous trouvèrent debout, car cette fois tout le monde, et même ma femme, voulut m'accompagner. Elle ne connaissait point le pays, et elle se promettait quelque plaisir de cette promenade. Après la prière, le déjeûner, et avoir pourvu aux besoins de nos animaux, mes fils et moi nous prîmes nos armes, j'attelai l'âne au traîneau, afin de rapporter commodément les produits de notre chasse : nous prîmes avec nous quelques provisions, et nous quittâmes Falkenhorst : Turc, fièrement paré de sa cotte de porc-épic, marchait en tête ; mes trois aînés, armés de légers fusils, venaient ensuite ; la bonne mère conduisant l'âne, et le petit Fritz, formaient le corps central ; moi, à quelque distance, je fermais le cortège, que maître Knips, monté sur le dos de la patiente Billy, rendait des plus grotesque.

Nous suivîmes d'abord le Marais des flamants ; ma femme ne pouvait se lasser d'admirer la beauté de la végétation et l'élévation des arbres qui croissaient dans cet endroit. Cependant Frédéric, à qui ce lieu semblait propre à quelque aventure de chasse, s'était éloigné de nous, et, au moment où nous nous y attendions le moins, un coup de fusil retentit soudain à nos oreilles, et nous voyons en même temps un oiseau énorme tomber à quelques pas de nous au milieu des hautes herbes ; j'y courus, précédé de nos deux chiens, et je trouvai là mon fils fort embarrassé pour s'emparer de son gibier, qui, bien qu'étendu à terre et blessé à l'aile, se défendait avec fureur à grands coups de pieds et de bec. Je m'approchai avec précaution en jetant mon mouchoir sur la tête de l'oiseau rebelle, je parvins ainsi en l'étourdissant à me rendre maître de lui. Il était blessé à l'aile, je les lui liai toutes deux avec une corde, ainsi que les pattes, et nous portâmes en triomphe cette belle proie jusqu'au traîneau, où le reste de la famille nous attendait.

— Ah ! le superbe oiseau ! s'écrièrent ma femme et mes petits, en nous voyant revenir ainsi chargés, car l'oiseau pesait au moins trente livres.

— C'est au moins un aigle, dit Rudly avec admiration.

— Mon père, demanda Ernest qui l'examinait curieusement, ne serait-ce pas une oie-outarde ?

— Bon ! une oie ! s'écria Frédéric avec mépris : où sont donc, je te prie, les membranes qui distinguent, selon toi, les *palmipèdes?*

— Ne te moque point, Frédéric, ton frère a raison, c'est bien une outarde ; elle n'a pas les pieds membraneux, il est vrai ; on l'appelle aussi poule-outarde, quoiqu'elle n'ait pas l'ergot qui caractérise les gallinacés. Mais la langue des chasseurs a précédé celle des naturalistes.

— Ah! s'écria Rudly tout joyeux, c'est bien un de ces gros oiseaux que nous avons fait lever ici une fois et que nous n'avons pu abattre, ni Ernest, ni moi; t'en souviens-tu, maman?

— En effet, dit la mère en examinant l'oiseau, je crois bien que c'est un de ceux-là; mais, continua-t-elle avec compassion, peut-être la pauvre bête a-t-elle ses petits dans ces joncs, je serais d'avis qu'on lui rendît la liberté.

— Sois tranquille, repris-je à mon tour, les petits sauront bien pourvoir eux-mêmes à leurs besoins; d'ailleurs je veux apprivoiser cette bête : ce sera, quand elle sera guérie, une bonne addition à notre basse-cour, et dans tous les cas, elle nous fera un excellent rôti.

L'outarde, après que je lui eus pansé l'aile tant bien que mal, fut placée sur le traîneau, et nous continuâmes notre route; nous arrivâmes bientôt au Bois des singes, c'est le nom que nous avions donné aux palmiers où les singes nous avaient si bien assaillis à coups de noix de cocos. Frédéric raconta, en riant encore, cette scène comique à sa mère et à ses jeunes frères. Pour Ernest, il était allé en avant et s'était arrêté devant un de ces palmiers, dont le tronc était chargé des plus beaux fruits du monde. Il soupirait, en disant : Il n'y a pas moyen de grimper à ces arbres! messieurs les singes, venez donc nous cueillir de ces belles noix! Mais les singes ne paraissaient point, et mon petit gourmand paraissait fort désappointé.

Je l'avais suivi : C'est bien dommage! n'est-ce pas? lui dis-je, en riant un peu de son embarras.

— Ah! que sait-on, répondit-il, les yeux toujours attachés sur les cocos, peut-être qu'il en tombera de mûrs!... A peine avait-il prononcé ces mots, que voilà une des plus grosses noix qui se détache et tombe presque sur le nez du petit garçon.

— Ah! ah! voilà qui est comme dans les contes de fées, dit-il en sautant en arrière, à peine le souhait formé, qu'il est accompli.

— Peut-être que le génie de cet arbre va nous apparaître sous la forme d'un singe, et il pourrait bien nous bombarder, si nous restions ici plus long-temps, dis-je en ramassant les noix, éloignons-nous. Cependant, comme nous n'aperçûmes rien dans les branches, et que pas un souffle ne les agitait, nous perdîmes bientôt cette inquiétude, sans pouvoir deviner la cause de la chute de ce fruit, lequel, étant plutôt vert que mûr, ne pouvait être tombé de lui-même.

Tandis que nous examinions et l'arbre et les fruits, le reste des nôtres arriva; ce fut alors que la chose nous parut inexplicable, car, au moment même, quatre nouveaux cocos, autant qu'il nous arrivait de convives, se détachèrent successivement et vinrent rouler à nos pieds, sans que l'arbre ni les palmiers éprouvassent la moindre secousse. Allons, il n'en faut point douter, dis-je à ces enfants, à qui nous venions de faire part de l'événement, il y a là quelque magicien invisible qui s'amuse à nos dépens.

Pendant ce temps, Frédéric avait tourné autour de l'arbre, et tout-à-coup il s'écria :

— Ah! ah! voilà le magicien, du moins il est assez laid pour être regardé comme tel; venez voir, papa! une horrible tête, large, ronde et grande comme mon chapeau, avec deux terribles pinces qu'elle tend en avant, elle descend du tronc du palmier.

A l'instant, le petit Fritz se réfugia derrière sa mère; maître Ernest, peu rassuré, regardait avec inquiétude autour de lui; Rudly seul leva d'un air menaçant la crosse de son fusil en guise de massue, et tous, pleins de curiosité, nous attendîmes l'apparition du monstre dont Frédéric venait de nous faire la description. Nous vîmes, en effet, paraître un crabe énorme, qui s'avança sans paraître redouter notre présence. Le courageux Rudly lui asséna en passant un coup qui devait l'assommer, mais il le manqua : la bête, peu effrayée de l'attaque, et ouvrant ses formidables pinces, marcha droit à son agresseur, qui, saisi d'effroi, se mit à fuir en criant. Ses frères alors se moquèrent de lui; le petit bonhomme s'arrêta, et, le courage lui étant revenu, il ôta lestement sa veste, laissa approcher le crabe, et lui jetant brusquement le vêtement sur le dos, paralysa ainsi ses mouvements. Le stratagème était bon, mais il fallait en profiter pour se rendre maître de l'animal qui se débattait sous la veste, et menaçait de s'en débarrasser ou de l'emporter; je m'approchai, et d'un coup du dos de ma hache je l'assommai.

— Oh! quelle affreuse bête! s'écria Rudly en retirant sa veste, j'en ai eu moins de peur que d'horreur; mais, papa, qu'est-ce que c'est donc que ce monstre-là?

— C'est ce qu'on appelle un cancre ou crabe de terre, et je pense que celui-ci doit être le crabe à coco : c'est à lui que nous devons la belle récolte que nous venons de faire; cet animal, quoique pourvu de fortes tenailles, comme vous le voyez, ne pourrait briser les fruits dont il est très-friant, c'est pourquoi il les coupe sur l'arbre un peu verts; quand ils sont tombés, il descend pour les manger, en introduisant l'une de ses pinces par ces petits trous qui sont à la queue du coco; il en retire fort adroitement la moelle; souvent aussi, par l'effet de la chute, ces fruits se brisent, et l'animal alors s'en régale à son aise. Au surplus, mon cher ami, je te félicite de ton courage et de ta présence d'esprit : l'idée de jeter ta veste sur l'ennemi était excellente ; car tu avais affaire à un drôle assez hardi et assez rusé ; mais tu vois par là que la prudence et la réflexion donnent à l'homme la victoire sur les bêtes les plus redoutables.

La laideur de l'animal, la terreur et la bravoure de Rudly, nous occupèrent quelque temps ; nous plaçâmes notre nouvelle proie sur le traîneau, et nous nous remîmes en route. Peu à peu le bois s'épaissit, et souvent il nous fallut employer la hache pour ouvrir un passage à notre âne et au traîneau, à travers les lianes et les broussailles entrelacées. La chaleur devenait extrême, et nous n'avancions que lentement, quand Ernest, toujours occupé de ses observations, et qui nous suivait à quelque distance, s'écria : Halte ! une nouvelle et importante découverte ! Le cortége s'arrêta, et nous courûmes près d'Ernest, qui nous montra, parmi les lianes que nous venions de couper pour nous frayer le chemin, des tiges d'où sortait une eau claire et fraîche, comme celle d'une source ; c'était, en effet, cette plante précieuse appelée la liane rouge ou la liane à eau, qui, en Amérique, fournit aux chasseurs une ressource si précieuse contre la soif. Ernest était transporté de joie ; il prit une tasse de coco, la remplit de cette eau, qui coulait des tiges coupées comme d'autant de fontaines, et courut la porter à sa mère, à qui j'assurai qu'elle pouvait boire sans crainte. Nous mourions tous de soif, et ce secours nous venait bien à propos.

— Voyez, mes amis, leur dis-je, tandis que tous s'empressaient de couper ces merveilleuses lianes, et de s'ouvrir à chacun une source vive, voyez combien Dieu est bon ! ces lianes croissent ordinairement dans des lieux secs et privés d'eau. Eh bien ! il en a enfermé dans ces plantes, afin que les hommes qui traversent ces déserts pussent se désaltérer ; remercions-le de ce nouveau bienfait, mais en même temps rendons grâces à l'esprit investigateur de notre cher Ernest, car sans lui nous passions à côté de ce bien sans nous en apercevoir.

Rafraîchis par cette boisson, et nos forces étant revenues, nous nous mîmes en marche avec plus d'ardeur, car je voulais conduire ma troupe au bois des calebasses, et faire là notre première halte. Nous ne tardâmes pas à y arriver ; ces arbres, avec leurs fruits singuliers et placés sur le tronc, furent, pour ma femme et mes plus jeunes fils, de nouveaux sujets d'étonnement. Frédéric leur raconta tout ce que je lui avais appris naguères sur la manière de façonner les courges, et l'usage qu'en faisaient les sauvages de l'Amérique, ainsi que les nègres qui n'ont presque pas d'autre vaisselle ; et, joignant l'exemple au précepte, il se mit très-complaisamment à tailler quelques courges pour faire à sa mère quelques ustensiles dont elle parut avoir envie, tels que des corbeilles pour mettre ses œufs, et une large cuiller à écrémer le lait ; en conséquence, nous nous assîmes sous ces beaux arbres, tant pour participer nous-mêmes à la besogne, que pour faire notre repas du midi, car la faim commençait à se faire sentir. Nous avions apporté avec nous des provisions qui furent étalées sur l'herbe, et nous expédiâmes gaîment notre déjeûner. Rudly aurait bien voulu qu'on allumât du feu, et qu'on fît cuire et bouillir son crabe, à la manière des sauvages, dans une courge vide dont on aurait chauffé le contenu avec des cailloux rougis ; mais les apprêts que cette opération aurait demandés, l'incertitude que le crabe fût très-bon, cuit de cette manière, et plus que tout cela le manque d'eau pour effectuer ce projet, nous y firent renoncer.

Cependant Ernest, qui ne se souciait pas beaucoup de travailler aux écuelles, s'était éloigné de nous et rôdait dans les bois ; tout-à-coup nous le vîmes revenir avec les marques d'une grande terreur, en criant : Papa, papa, un sanglier, un sanglier énorme ! A cette annonce, Frédéric saisit son fusil ; je pris également le mien, et tous deux nous courûmes du côté qu'Ernest nous indiquait ; nos chiens nous avaient déjà précédés. Bientôt leurs aboiements, mêlés à de sourds grognements, nous donnèrent à penser qu'ils attaquaient la proie, et l'espoir d'un gibier de cette importance nous souriait déjà ; mais quel fut notre désappointement, en approchant, de voir nos dogues tenir, il est vrai, par les deux oreilles un gros animal velu, mais de reconnaître dans ce prétendu sanglier notre grosse truie, que son humeur indocile et sauvage nous avait contraints de laisser aller dans les bois pour y vivre à sa guise ! Après le premier moment de surprise, nous ne pûmes retenir un violent éclat de rire, qui, au lieu du bruit grave des fusils, fît retentir la forêt. Nous débarrassâmes notre pauvre truie de ses deux assaillants, et lui laissâmes la liberté de manger une espèce de fruit dont le gazon était couvert dans cet endroit, et qui y avait sans doute attiré l'animal glouton ; car à peine fut-il délivré que nous le vîmes se jeter sur ces fruits, et les avaler avec avidité ; j'en ramassai un : c'était une espèce de pomme, couronnée comme la nèfle, et dont l'odeur agréable et la couleur d'un jaune d'abricot étaient tout-à-fait appétissants ; je l'ouvris, la chair me parut fine et pleine de jus, mais je n'y goûtai point, quoique ce fruit me parût ce qu'on appelle en Amérique des goyaves : le goût de notre truie pour ce fruit ne me

rassurait pas assez ; toutefois, nous en ramassâmes une bonne quantité,
et j'en cueillis même une branche toute chargée, à l'arbre qui les produisait, et nous revînmes ainsi chargés près des nôtres. Maître Knips
n'eut pas plutôt aperçu les fruits, qu'il se jeta dessus et en croqua tout
de suite ; cette épreuve me satisfit et m'ôta toutes craintes, nous en
mangeâmes tous pour notre dessert ; ce fruit fut trouvé excellent, ma
femme surtout fut charmée quand je lui dis qu'on en faisait des confitures très-délicates. Remarquez bien ce bois, me dit-elle, car voilà
vraiment une des plus jolies trouvailles que vous ayez pu faire.

— Avec tout cela , mon père, dit alors Frédéric, nous n'avons pas
encore grand gibier, la journée s'avance, nous marchons lentement : je
serais d'avis que maman nous attendît ici avec les petits, et que nous
allassions un peu à la découverte.

Je consentis à la proposition ; Rudly seulement voulut nous accompagner. Ernest resta avec sa mère, qui nous recommanda de ne pas
trop nous écarter, et surtout de ne pas rester trop long-temps.

Nous partîmes, et nous nous enfonçâmes dans des bois entremêlés de
rochers qui étaient à notre droite : tout-à-coup Rudly, qui nous précédait, s'arrêta et s'écria avec l'accent d'une vive terreur : O papa ! un
crocodile ! je vois un crocodile !

— Es-tu fou ? un crocodile dans un endroit où il n'y a pas une goutte
d'eau ?

— Papa, je le vois, continua le pauvre garçon les yeux toujours fixés
sur le même point ; il est là, sur un rocher, étendu au soleil ! il dort,
car il ne fait aucun mouvement. C'est bien un crocodile ! voyez plutôt !...

Nous approchâmes avec précaution ; mais, ayant suivi la direction du
doigt de l'enfant, je ne tardai pas à me rassurer en voyant, au lieu d'un
crocodile, un superbe lézard de l'espèce appelée yguane, animal tout-à-

fait inoffensif et dont les œufs et la chair sont un excellent manger : celui-ci
avait près de cinq pieds de long, il dormait en effet étendu sur un éclat

de rocher ; Frédéric, à la vue du monstre, car cet animal était fort laid, avait armé son fusil, je l'arrêtai : Attends, lui dis-je, ton coup se perdrait sur ces dures écailles, je connais une autre manière de nous rendre maître de ce gaillard-là.

Je coupai alors un bâton assez fort et une baguette légère ; j'attachai au premier une cordelette avec un nœud coulant dont je tins l'extrémité dans ma main droite, tandis que de la gauche je tenais la baguette pour toute arme, et m'avançai doucement, sans faire le moindre bruit, vers le dormeur. Aussitôt que je fus à sa portée, je me mis à siffler un air gai et doux, d'abord faiblement, et ensuite plus fort, jusqu'à ce qu'enfin l'animal s'éveilla : il ouvrit les yeux et parut écouter avec un plaisir toujours croissant cette mélodie inattendue : bientôt même il tomba dans une sorte de léthargie délicieuse pendant laquelle je parvins à lui passer mon nœud coulant autour de son cou ; alors, toujours continuant mes chants, je lui donnai une secousse qui fit tomber l'animal du rocher, je lui mis le pied sur le dos, et, à l'aide de mes fils, je m'en rendis maître. Frédéric voulait lui tirer un coup de fusil dans la gueule ; car l'animal, alors éveillé, se défendait avec vigueur : il donna un si terrible coup de queue au pauvre Rudly, que celui-ci en fut renversé. Toutefois, voulant pousser jusqu'au bout mon entreprise, je dis à Frédéric de retirer son fusil, et tandis que l'yguane, victime de son amour pour la musique, tournait vers moi sa gueule armée de petites dents fort aiguës, je lui enfonçai dans les naseaux la baguette que j'avais à la main ; quelques gouttes de sang en jaillirent, et au moment même l'animal mourut sans donner le moindre signe de douleur.

Mes fils, émerveillés de ce résultat, me demandèrent si j'avais inventé ce nouveau moyen de charmer et de vaincre les dragons et les serpents : je leur dis que ce moyen était celui qu'on employait le plus fréquemment en Amérique pour se rendre maître de ce reptile, mais que je ne savais pas si bien réussir.

Il fallut alors songer à emporter notre gibier, car c'en était un et des plus délicats. Je me décidai à prendre la bête sur mon dos, par les pattes de devant, tandis que mes fils porteraient le bout de la queue ; ainsi chargés, nous reprîmes le chemin du bois des calebassiers, non sans rire beaucoup du singulier aspect que je devais avoir affublé de la sorte.

En approchant du lieu où nous avions laissé nos bagages, nous trouvâmes ma femme un peu inquiète de la prolongation de notre absence, et, en nous voyant arriver à pas lents et sans faire les hourras d'usage,

elle éprouva une sorte de terreur qu'il ne fût arrivé malheur à l'un de
nous. Notre approche, et surtout nos éclats de rire la rassurèrent ; mais
il n'en fut pas de même du pauvre petit Fritz, qui fut prêt à jeter les
hauts cris, en voyant le monstrueux gibier que nous rapportions ; on se
moqua un peu du petit poltron, et la manière dont nous avions tué
cette bête réjouit fort toute la compagnie. Cependant la journée s'avançait, et ma femme fit la proposition de retourner au logis, de peur d'être
surpris en route par la nuit. Comme le traîneau était déjà fort chargé,
et que l'âne ne pouvait le tirer que très-lentement, à cause de l'inégalité
du terrain, nous résolûmes de laisser ici notre voiture, et de charger
seulement notre baudet de l'yguane, du crabe, et d'une sacoche pleine
de ces pommes douces, que j'appelai goyaves. Pour notre outarde,

comme ma femme avait fort habilement pansé son aile malade, nous lui
attachâmes une corde à la patte, et la pauvre bête, affriandée par quelques miettes de gâteau de manioc, que ma femme lui donnait de temps
en temps, consentit à nous suivre. La route nous parut moins longue
au retour, nous arrivâmes à Falkenhorst avant le coucher du soleil, et
nous eûmes ainsi le temps de préparer pour notre souper un morceau
de notre yguane, qui fut trouvé excellent. Le cancre de maître Rudly
eut moins de faveur, il était coriace et sans goût ; enfin, nous donnâmes
la nourriture du soir à nos animaux : je fis autour de l'habitation ma
ronde habituelle, et la nuit était déjà venue quand nous prîmes notre
élan vers notre berceau de feuillage, pour aller goûter sur nos matelas
le repos dont nous avions besoin.

J'avais envie de tenter une excursion, mais seulement accompagné de
mon fils aîné, pour savoir jusqu'où s'étendaient les limites du pays où
nous nous trouvions, si nous étions jetés sur une île, ou sur la pointe
de quelque continent. Pour colorer cette nouvelle absence aux yeux de
ma bonne femme, qui s'affligeait toujours quand l'un de nous s'éloi-

gnait, je pris pour prétexte le traîneau, que nous avions laissé la veille dans les bois et qu'il fallait aller chercher, j'emmenai l'âne, l'un de nos chiens; et mon fils ét moi bien armés, avec un sac plein de provisions sur le dos, nous quittâmes Falkenhorst après le déjeuner.

En traversant un bois de chênes verts de l'espèce de ceux dont les glands sont doux et bons à manger, nous trouvâmes là notre truie fort occupée à se régaler de cette nourriture tout-à-fait à son goût, et je vis avec plaisir que le service que nous lui avions rendu la veille en la délivrant de l'attaque des dogues, l'avait fort apprivoisée ; elle fit à notre approche de petits grognements, mais elle ne s'enfuit point. Plus loin nous rencontrâmes des oiseaux d'une grande beauté ; Frédéric en abattit quelques-uns, parmi lesquels je reconnus le grand geai bleu de la Virginie et des perroquets de diverses espèces ; pendant que nous étions occupés à les examiner, un bruit étrange, pareil à celui d'un tambour mouillé qui se mêlerait à celui d'une scie qu'on aiguise, se fit entendre à peu de distance : l'idée que ce pouvait être une horde de sauvages dont nous entendions la musique guerrière, nous fit par prudence entrer dans le fourré pour nous y tenir à l'abri. Nous y étions à peine, que nous découvrîmes la cause de ce bruit ; sur un tronc d'arbre desséché et

étendu dans une petite clairière, était un bel oiseau d'un noir vert et
lustré, avec de larges bandes blanches aux ailes et à la queue, qui se
pavanait, faisait la roue, battait des ailes, enfin, faisait mille contorsions
les plus étranges devant une vingtaine de poules de son espèce, qui
semblaient en admiration devant lui. Je reconnus aussitôt le coq à fraise
du Canada, ainsi nommé du beau collier de plumes qu'il agite et gonfle
à volonté. Ces accents aigus et pressés, ces mouvements rapides et
toute cette pantomime avaient pour but de rassembler autour de lui
toutes les femelles des environs ; mais le coup de fusil de mon éternel
chasseur vint troubler l'oiseau coquet au milieu de son triomphe ; les
poules ses compagnes prirent la fuite en poussant des cris aigus, et le
malheureux coq tomba blessé à mort.

Je grondai mon fils de cette ardeur inconsidérée, qui le portait à tuer
ainsi tout ce qu'il rencontrait. Pourquoi cette rage de détruire sans cesse
et sans utilité ? lui disais-je. Sans doute, la chasse nous est permise contre
les animaux malfaisants, ou pour nous procurer de la nourriture ; mais
détruire pour détruire, voilà ce que je ne conçois, ni ne pardonne point !...
Frédéric sourit d'un air un peu embarrassé, il avait senti la vérité de
mon reproche. Cependant comme la chose était faite, je crus qu'il valait
mieux, après tout, en tirer parti, et je l'envoyai ramasser son gibier.

— En effet, dit-il en le rapportant, c'est un superbe animal, qui
aurait bien figuré dans notre basse-cour, si je ne me fusse pas tant
pressé....

Nous plaçâmes notre gibier sur l'âne et nous continuâmes notre route.
Parvenus au bois des calebasses, nous retrouvâmes notre traîneau et
tout ce qui le chargeait ; nous fûmes d'avis de le laisser là provisoirement, de tenter l'excursion au-delà de la paroi de rochers, et de pénétrer dans la partie du pays que nous n'avions point encore visitée. Mais
nous emmenâmes avec nous maître baudet pour porter nos provisions
de bouche, et rapporter le gibier ou autres objets, dont nous ne pourrions nous charger ; quand nous eûmes trouvé un passage à travers les
rochers, nous entrâmes dans une contrée riante où nous trouvâmes la
même végétation de l'autre côté. Partout des arbres gigantesques et des
herbes d'une hauteur prodigieuse ; nous n'avancions qu'avec peine et
avec précaution, regardant à droite, à gauche, pour ne rien laisser échapper d'utile à recueillir, ou pour nous tenir en garde contre tout danger.
Turc marchait le premier, l'oreille tendue, le nez au vent. Le baudet
venait après, d'un pas grave et nonchalant, et nous, le fusil sous le
bras, nous suivions ces fidèles et paisibles animaux. Nous rencontrions

de temps à autre des champs de pommes de terre ou de manioc, parmi
les tiges desquels nous vîmes jouer des troupes d'agoutis, comme celui
que Frédéric avait tué le premier jour de notre établissement à Falkenhorst ; toutefois nous dédaignâmes ce gibier qui ne nous avait pas
paru excellent. Chemin faisant, nous rencontrâmes une nouvelle espèce
d'arbuste, qui attira mon attention : ses branches étaient chargées en
profusion de petites baies blanches de la grosseur d'un pois, et couvertes
d'une matière onctueuse ; je reconnus, en pressant ces graines entre
mes doigts, que cet enduit était de la véritable cire, en un mot le
myrica-cerifera, dont on tire une cire propre à faire des bougies. Je me
félicitai fort de la découverte, et, avant d'aller plus loin, nous nous
mîmes à recueillir ces graines, dont nous remplîmes un sac, car je
savais combien ma femme apprécierait cette nouvelle trouvaille, elle qui
chaque jour déplorait la nécessité où nous étions de nous coucher comme
les poules, c'est-à-dire aussitôt que le soleil descendait sous l'horizon.
C'était une conquête précieuse, et nous ne regrettâmes pas le temps que
nous prit cette récolte.

En continuant ainsi notre marche à travers les bois, mille objets intéressants ou curieux frappèrent notre vue, et nous faisaient oublier nos
fatigues : c'était tantôt des fleurs d'une merveilleuse beauté ; d'autres
fois, des papillons aux couleurs non moins éclatantes que celles des
fleurs, des oiseaux de toutes les formes et de tous les plumages. Frédéric,
ayant entendu crier des petits dans leur nid, grimpa sur l'arbre où il
était, et fut assez adroit pour s'emparer d'un jeune perroquet qui allait
prendre sa volée. Il l'enveloppa soigneusement de son mouchoir, et,
heureux de sa capture, il le mit dans son sein, en disant qu'il voulait
l'élever et lui apprendre à parler. Un peu plus loin, nous vîmes d'autres
oiseaux qui vivaient en société et s'étaient établis dans une multitude de
nids sous un abri commun, et auquel, sans doute, tous avaient travaillé,
car cette espèce de toit était un composé de pailles, de tiges sèches, de
mousse et de terre gâchée, qui le rendait impénétrable à la pluie comme
aux rayons du soleil. Nous demeurâmes quelque temps à admirer cette nouvelle merveille, et il nous fallut penser sérieusement que nous n'avions point
de temps à perdre, pour nous arracher à un spectacle aussi intéressant
que celui de cette colonie emplumée. Cela nous conduisit à parler de
tout ce que l'histoire naturelle rapporte des animaux vivant en société :
nous rappelâmes successivement les travaux ingénieux des castors et des
marmottes, ceux non moins merveilleux des abeilles, des frélons et des
fourmis, et je n'oubliai point de mentionner ce que les voyageurs ra-

content de ces belles et grandes fourmillières d'Amérique, dont les remparts sont maçonnés avec tant d'art et de solidité qu'on les emploie quelquefois en guise de four, dont ils ont la forme, et où l'on fait cuire le pain en perfection.

Pendant ces récits, que mon fils écoutait avec un vif intérêt, nous étions parvenus sous des arbres, dont le port et le feuillage nous étaient tout-à-fait inconnus; ils avaient quarante à soixante pieds d'élévation, leur écorce était crevassée, et il en sortait de petites boules d'une gomme épaisse. Frédéric en détacha une avec assez de peine, parce que cette gomme s'était durcie à l'air; mais, ayant voulu l'amollir dans ses mains, elle résista, l'action de la chaleur ne fit que l'étendre; mon fils voulut la rompre, elle céda, s'étendit; mais, en lâchant une des parties, le tout reprit sa première forme.

Tout surpris, mais charmé de sa découverte, Frédéric accourut à moi en criant : J'ai trouvé la gomme élastique.

— Serait-il vrai! dis-je avec empressement; en ce cas, tu as fait là une découverte bien précieuse pour nous.

Mon fils crut que je voulais rire. A quoi peut nous servir la gomme élastique, nous n'avons rien à dessiner, point de crayon à effacer?

Je lui appris les divers emplois de cette gomme, et qu'elle ne servait pas seulement au dessinateur, mais peut remplacer le plus excellent tissu, en ce qu'elle est imperméable, et j'ajoutai que nous pourrions nous en fabriquer d'excellentes chaussures. Cette idée intéressa extrêmement mon fils, et il fallut tout de suite lui expliquer comment on pouvait arriver à ce résultat.

Le caoutchouc, lui dis-je, est le suc laiteux qui se dégage d'un arbre appelé hévé, on le recueille dans des vases où l'on a soin de l'agiter pour ne pas le laisser figer; dans cet état, on en couvre de petites bouteilles de verre extrêmement mince, que l'on fait ensuite sécher à la fumée, ce qui donne à la gomme élastique cette couleur noire que nous voyons à celle qu'on trouve dans le commerce. Quand cet enduit est bien sec, on brise la bouteille et on en fait sortir les morceaux par le goulot. C'est aussi le procédé que nous pourrons employer pour nous confectionner des bottes et des souliers. Nous remplirons de sable un de nos bas, et nous étendrons sur cette forme autant de couches de caoutchouc qu'il en faudra pour former un cuir solide; après quoi, nous viderons le sable, et nous aurons, si je ne me trompe, des chaussures parfaites.

L'espoir d'avoir bientôt des bottes, qui garantiraient de l'atteinte des ronces et des épines, rendit une nouvelle ardeur à nos jambes. Nous avançâmes encore quelque temps à travers une forêt sans fin, où se trouvaient réunis des arbres de mille espèces; de petits singes qui se jouaient sur des cocotiers nous fournirent des noix fraîches, dont nous nous régalâmes avec délices, et dont nous fîmes une petite provision. Parmi les palmiers qui les produisaient, j'en remarquai plusieurs d'un port moins élevé, et dont les feuilles couvertes d'une poussière blanche me firent présumer que ces arbres étaient de véritables sagoutiers; je m'en assurai en frappant de ma hache le tronc de ces arbres qui avait été déraciné par le vent, et je trouvai à l'intérieur une moelle blanche, farineuse, qui était bien en effet le sagou qu'on apporte des Indes en Europe. Ravis de cette découverte, qui pour nous était, comme tout ce qui tenait à la subsistance, si importante, mon fils et moi nous nous mîmes à enlever l'écorce de ce tronc à grands coups de hache, et nous retirâmes de l'intérieur à peu près vingt-cinq livres de cette moelle précieuse. Ce travail nous prit plus d'une heure, la faim et la soif commençaient à se faire sentir; et comme, d'ailleurs, la journée s'avançait, je jugeai qu'il ne serait pas prudent de pousser plus loin nos investigations ce jour-là. Nous descendîmes vers la mer, et étant montés sur le rocher appelé le Cap de l'espoir trompé, nous ne découvrîmes rien de nouveau: c'était partout la même végétation, riche et vigoureuse, les mêmes sites, la même solitude, et aucune trace d'être humain ne s'y révélait. Nous nous décidâmes alors à revenir sur nos pas, pour regagner le bois des calebassiers, où nous avions laissé nos provisions; arrivés là, nous prîmes notre repas, et, quand nous fûmes bien reposés, nous plaçâmes sur le traîneau toutes nos richesses, et, y ayant attelé maître baudet, nous reprîmes le chemin de Falkenhorst.

Ma femme témoigna beaucoup de joie de notre retour, et accueillit avec grande faveur la nouvelle farine que nous lui rapportions. Le joli perroquet vert et rouge, dont Frédéric avait fait la capture, l'histoire des oiseaux vivant en société, celle du coq à fraise, et surtout celle du caoutchouc, qui devait nous donner à tous des chaussures imperméables, tout cela fut l'objet de l'entretien pendant le souper, qui ne tarda pas à être servi. Ma femme donna une attention toute particulière aux baies à cire, dont nous avions rapporté un grand sac, et elle se réjouissait à l'idée d'avoir enfin de la lumière le soir, et de n'être plus obligée à s'aller coucher, comme nous étions obligés de le faire, aussitôt que le jour finissait.

CHAPITRE
4

SOMMAIRE DU CHAPITRE 4.

e jour suivant, ma femme et mes enfants ne me laissèrent point de repos que je n'eusse entrepris la fabrication des bougies ; c'était pour moi un métier tout nouveau que celui de cirier : je me rappelais bien avoir vu fabriquer des chandelles, je tâchai donc de réunir tous mes souvenirs, et je me mis à l'œuvre.

Je fis éplucher avec soin les baies, que les enfants jetaient à mesure dans une grande chaudière, sous laquelle j'allumai un feu doux ; la chaleur de l'eau fondit la cire qui entourait ces petites baies, qui, elles-mêmes, étant devenues pesantes, tombèrent au fond de la chaudière tandis qu'une belle cire verte s'éleva à la surface de l'eau ; j'enlevai avec une cuiller plate cette cire, et à mesure qu'elle se formait je la déposais dans un grand pot de grès placé à côté de moi ; quand ce pot fut presque plein, je pris des mains de ma femme des mèches qu'elle m'avait préparées en fil de toile à voile, ces mèches étaient passées quatre par quatre dans un petit bâton ; je les trempai dans ma cire liquide, puis je les plaçai sur deux branches d'arbre pour les faire sécher. Je réitérai cette opération autant de fois qu'il fut nécessaire pour amener nos bougies à une grosseur raisonnable ; je les portai ensuite auprès de la fontaine dans un endroit frais, afin d'achever de les durcir, et dès le soir même nous en fîmes l'essai ; ma femme était ravie de cette invention, et quoique nos bougies fussent un peu inégales et que leur lumière ne fût pas très-pure, c'en était assez pour nous rappeler l'Europe et ses usages, c'était assez surtout pour prolonger nos journées de plusieurs heures qui jusqu'alors avaient été perdues.

Ce premier succès nous engagea à tenter une autre fabrication : ma femme regrettait beaucoup de voir chaque jour se perdre la crème qu'elle pouvait recueillir du lait de notre vache et de nos chèvres ; elle avait bien essayé d'en faire du beurre en battant cette crème dans un vase ; mais, soit qu'elle eût manqué de patience, soit que la chaleur du climat en fût la cause, elle n'avait pu y réussir. Il lui fallait nécessairement une

baratte, et comme je ne me sentais pas assez habile pour essayer d'en
construire une, j'imaginai d'y suppléer par un procédé assez simple et
que je me rappelai avoir lu quelque part et employé par les Hottentots.
Ces peuples font leur beurre en enfermant dans une peau de bouc cousue
en forme de sac une certaine quantité de crème qu'ils agitent à tour
de bras par un mouvement régulier. Je substituai à la peau de bouc une
grande courge vide et coupée en deux parties, je l'emplis de crème aux
trois quarts, je la fermai hermétiquement, et ayant attaché à quatre
piquets les quatre coins d'une toile à voile, je plaçai au centre la courge
pleine de crème, et je donnai à mes deux fils le soin d'agiter cette toile
par un mouvement lent, mais régulier, comme un enfant qu'on berce ; cet
exercice les amusa beaucoup, mais, ce qui leur plut davantage, c'est
qu'au bout d'une heure, ayant ouvert la machine, nous trouvâmes au
lieu de crème une motte de beurre parfait, que ma femme employa ce
jour même à la satisfaction de tous les convives. Je ne réussis pas aussi
bien dans une autre tentative : je voulus essayer de faire une voiture pour
suppléer à notre traîneau qui ne pouvait pas nous servir dans toutes
sortes de terrains ; mais, bien que deux roues que j'avais apportées du
navire eussent dû rendre cette opération moins difficile, je ne réussis
qu'à faire une machine fort lourde et sans grâce ; pourtant, toute informe qu'elle était, cette charrette nous fut fort utile pour ramener nos
récoltes.

Tandis que je m'occupais ainsi de l'amélioration de notre mobilier, ma
femme et mes fils n'étaient pas oisifs, ils entreprenaient mille embellissements ; ils avaient retiré de la pépinière, où je les avais placés provisoirement, nos arbres d'Europe, et les avaient disposés avec beaucoup
d'intelligence dans les sites où ils devaient le mieux réussir. Je partageais
avec mes enfants ce que ces travaux avaient de plus pénible, et je les
aidais de mes conseils : par exemple, la vigne fut plantée, d'après mes
avis, au pied des racines de notre gros arbre ; et les châtaigniers, les
noyers et les cerisiers s'alignèrent sur deux rangs dans la direction du
Pont de famille à Falkenhorst : c'était une avenue ombragée que nous
nous ménagions pour aller à Zeltheim ; nous établîmes une chaussée
solide entre ces arbres, de manière à pouvoir y passer dans tous les
temps, et comme nos brouettes ne suffisaient pas pour ce travail, je
parvins à faire un petit tombereau que l'âne se chargea de traîner. Dès
lors nos travaux se dirigèrent vers Zeltheim, notre première demeure,
et qui pouvait devenir pour nous un lieu de refuge en cas de danger. La
nature l'avait peu favorisé, nous y suppléâmes en y plantant tous ceux

de nos arbres auxquels une grande chaleur était nécessaire ; tels que les citronniers, les pistachiers, les pamplemousses, espèces d'oranger dont le fruit est aussi gros que la tête d'un enfant ; l'amandier, le mûrier, le

figuier d'Inde avec ses longues épines y trouvaient leur place : enfin nous changeâmes l'aspect de ce lieu désolé, et, au bout de quelque temps, nos plantations ayant bien réussi, nous vîmes succéder à une plage de sable brûlante et aride un bosquet d'arbres couverts de fruits et de fleurs. Cependant, comme Zeltheim était pour nous moins un lieu de plaisance qu'une retraite en cas de besoin, c'était là que se trouvaient nos armes, nos munitions et nos provisions de toutes sortes ; non contents d'y faire ces embellissements, nous en fîmes une espèce de place forte, nous l'entourâmes d'une haie formée de plantes fortes et épineuses, de manière à en interdire l'entrée aux animaux sauvages, mais même à pouvoir soutenir un siége contre une troupe de sauvages, s'il s'en trouvait dans cette contrée. Nous fortifiâmes également notre pont, dont les planches mobiles pouvaient, en se retirant, intercepter tout passage, et une petite éminence qui se trouvait dans l'intérieur reçut sur sa plate-forme les deux petits canons de la pinasse.

L'exécution de tous les travaux, dont je donne ici l'ensemble, nous demanda plus de trois mois ; et chaque dimanche, car rien n'interrompait nos exercices religieux, je rendais grâce à Dieu en voyant la santé de mes fils, loin d'être altérée par de si grandes fatigues, se fortifier au contraire, et leurs forces se développer chaque jour davantage. Tout allait bien dans notre petite colonie, nous avions une nourriture abondante et assurée ; un seul besoin commençait pourtant à se faire sentir, c'était celui de nouveaux vêtements ; notre linge et nos habits, quoique bien entretenus par ma laborieuse femme, étaient dans un état de délabrement vraiment inquiétant, et nous n'avions encore trouvé aucun moyen de les renouveler. Je savais bien que le vaisseau naufragé, où nous avions déjà pris tant de choses, contenait encore des caisses de

linge, des ballots de drap, d'autres choses fort utiles du même genre;
mais la multiplicité de nos travaux m'avait empêché jusqu'alors d'y faire
un nouveau voyage. Le désir de savoir en quel état était ce pauvre navire, autant que le besoin réel où nous étions, me détermina à mettre
en mer la pinasse, et à tenter une course que j'annonçai à ma femme
comme devant être la dernière.

Nous trouvâmes la carcasse toujours engagée dans les écueils, à peu
près telle que nous l'avions laissée, les vents et la mer en avaient seulement arraché quelques planches que le flot n'avait pas tardé à pousser
au rivage.

Nous parcourûmes tout l'intérieur, il s'y trouvait beaucoup de choses
fort utiles que nous transportâmes sur notre embarcation ; les ballots de
toile et de drap ne furent pas oubliés, non plus que plusieurs tonnes
de goudron; tout ce qui se put détacher, comme portes, fenêtres, tables,
bancs et autres meubles, fut de bonne prise ; il nous fallut même faire
plusieurs voyages dans la journée pour emporter tout ce butin, nous
rendre maîtres des débris du navire. Enfin, après avoir dévalisé toute
cette pauvre carcasse, j'imaginai un dernier moyen pour nous rendre
maîtres de ses débris, c'était de la faire sauter, espérant que les vents
et les flots nous apporteraient partiellement au rivage toutes ces planches
et bois de construction, dont nous ne pouvions nous emparer. Les préparatifs de cette opération furent bientôt faits : nous roulâmes une tonne
de poudre au fond de la cale, je disposai une mèche soufrée qui devait
durer plusieurs heures, après quoi nous nous éloignâmes avec promptitude; le courant et la voile nous ramenèrent heureusement à la Baie du
salut, où toutes nos richesses étaient provisoirement déposées, nos forces
étaient épuisées par les travaux excessifs de cette journée. Je proposai à
ma femme de nous faire souper sur la plate-forme, d'où l'on apercevait
encore la carcasse du navire, elle y consentit; nous nous mîmes gaîment
à table, attendant avec impatience le moment où se ferait l'explosion.
Le soir arriva, et l'obscurité commençait à peine, que nous vîmes s'élever au-dessus des flots une large colonne de feu, dont la lueur éclaira
subitement la mer et tous les environs. Une détonation formidable se fit
entendre; c'était le dernier cri du navire s'abîmant dans les flots, et le
dernier lien qui nous unissait à l'Europe venait de se rompre!... Cette
idée remplit nos cœurs d'une tristesse soudaine, et, au lieu des cris
de joie sur lesquels j'avais compté, je n'entendis autour de moi que des
gémissements, je ne pus moi-même me défendre de verser des larmes;
nous sentions alors combien est puissant dans le cœur de l'homme ce

sentiment qu'on appelle l'amour de la patrie, qui le rattache aux lieux où il est né et où il a passé son enfance. Nous rentrâmes à Zeltheim dans un morne silence, il nous semblait à tous qu'en perdant le vaisseau nous venions de perdre un vieil ami.

Le repos de la nuit, cependant, dissipa un peu ces tristes impressions; nous nous levâmes avec le jour, et nous nous hâtâmes de courir au rivage : la mer était couverte de débris; avec un peu de travail, il nous fut facile de les recueillir : nous trouvâmes, entre autres choses, de grandes chaudières en cuivre qui avaient été destinées à une raffinerie, nous nous en servîmes pour en faire des magasins à poudre, en les renversant par dessus les tonnes qui contenaient cette dangereuse, mais précieuse denrée. Une place à l'abri sous les rochers fut choisie pour arsenal, de telle sorte qu'une explosion, lors même qu'elle aurait eu lieu, ne nous présentait aucun danger. Tandis que nous étions ainsi occupés, ma femme, qui avait pris part à tous nos travaux, étant allée se reposer au bord de la mare, découvrit là que deux de nos cannes et une oie avaient couvé dans les roseaux, et conduisaient déjà à l'eau une jolie famille emplumée. Nous nous réjouîmes fort de cette agréable surprise, et canc-

tons et oisons furent salués par nous avec cette joie que nous causait l'espoir de les voir figurer bientôt comme un excellent rôti sur notre table : c'était à qui leur jetterait des miettes de biscuit pour les appri-voiser. Mais ces soins domestiques nous rappelèrent si vivement nos hôtes domestiques de Falkenhorst et toutes les douceurs de ce champ-pêtre séjour, que nous résolûmes d'ajourner pour quelque temps le reste des travaux de Zeltheim, et de retourner dès le lendemain à notre châ-teau aérien.

En approchant de Falkenhorst, nous trouvâmes la plupart de nos

jeunes arbres courbés par le vent, et je me promis d'aller dès le lendemain couper des bambous de l'autre côté du Promontoire de l'espoir
trompé, pour en faire des piquets contre la violence des vents, et assurer
ainsi ces jeunes plants trop faibles encore. La journée se passa dans des
soins divers ; mais quand, le jour suivant, j'annonçai mon projet, tout
le monde voulut être de l'expédition : les récits que nous avions faits des
merveilles de cette contrée, encore inconnue pour le reste de la famille,
avaient vivement piqué la curiosité générale ; ma femme et ses fils trouvaient mille prétextes pour ne pas me laisser partir seul avec Frédéric :
nos poules étaient prêtes à couver, il fallait aller à la recherche des œufs
de gélinottes ; les bougies étaient à leur fin, il était urgent de renouveler
la provision de cire ; Rudly voulait aller cueillir des goyaves, et le petit
Fritz désirait manger des cannes à sucre. Je consentis donc à ce que le
voyage se fît en famille : l'âne et la vache furent attelés à la charrette,
nous prîmes avec nous des provisions et une grande toile pour nous
servir de tente, car je prévoyais que nous ferions une absence de plusieurs jours. Le temps était superbe, et toute la caravane se mit en
marche en chantant.

Je la conduisis d'abord à travers les champs de manioc et de pommes
de terre, et le bois de goyaves dont mes fils se régalèrent amplement ;
notre charrette roulait péniblement sur le terrain inégal, quoique nous
en eussions graissé l'essieu avec du saindoux dont nous avions trouvé
une barrique dans le navire, mais la hache et la patience nous faisaient
triompher des obstacles. Nous parvînmes enfin à la grande colonie des
oiseaux, qui fut pour mes enfants un objet d'admiration, et pour Ernest
l'occasion de faire preuve de savoir, car il nous apprit que les habitants
de ce nid immense étaient, suivant le système de Linnée, des *loxia
gregoria*, et, suivant celui d'un autre naturaliste, des *loxia socia* ;
il nous fit admirer la prévoyance de ces oiseaux qui, se nourrissant
principalement des baies molles de l'arbre à cire, ont établi leur domicile
dans un lieu qui en était tout rempli ; en effet, tout en nous amusant
des récits d'Ernest et des jeux de ces oiseaux rentrant et sortant continuellement de leur cité commune, nous pûmes faire notre récolte de
cire sur les buissons voisins ; nous en remplîmes deux sacs, ainsi qu'un
autre de pommes de goyaves dont ma femme se proposait de nous faire
d'excellentes confitures. Nous passâmes ensuite auprès de l'arbre au
caoutchouc ; j'eus soin de faire quelques entailles à l'écorce et de placer
au-dessous des moitiés de calebasses pour recueillir le suc laiteux qui
s'en échapperait : car je comptais tirer parti de ce suc, et il me tardait

de nous faire à tous des chaussures imperméables. Nous trouvâmes ensuite le bois de palmiers, et après nous être un peu dirigés à gauche,
nous entrâmes dans une plaine la plus fertile et la plus délicieuse qu'on
pût imaginer : nous avions d'un côté le champ de cannes à sucre surmonté d'un bois de palmiers; de l'autre, celui des bambous; devant
nous le Promontoire de l'espoir trompé, et enfin la mer immense qui
servait de perspective à ce magnifique tableau.

Il fut unanimement décidé que nous ferions de ce lieu ravissant le
centre de nos excursions, et il s'en fallut de peu que nous n'en vinssions
à l'idée d'y établir notre demeure et de renoncer ainsi à Falkenhorst;
mais, comme nous n'aurions pu y trouver la sécurité dont nous jouissions
dans ce dernier établissement, nous renonçâmes bientôt à ce projet
inspiré par la beauté de ce petit coin de terre.

Nous dételâmes nos bêtes et nous nous arrangeâmes pour passer la
nuit et peut-être plus d'un jour dans ce vallon; nous prîmes un léger
repas, après quoi chacun se sépara : les uns pour aller aux cannes à
sucre, les autres pour couper les bambous, dépouiller les uns et les
autres, en faire des faisceaux et les charger sur notre charrette. Ce travail excita l'appétit de mes jeunes gens, et, comme le dîner n'était pas
encore prêt, ils s'en dédommagèrent en suçant des cannes à sucre et en
allant à la recherche des noix de coco, dont tous les arbres étaient
chargés : malheureusement, il ne se trouvait là ni singe malicieux ni
cancre aussi habile pour leur faire cette récolte; ils essayèrent de grimper
aux troncs, mais, parvenus à une certaine hauteur, ils sentirent leurs
bras se fatiguer, et ils glissèrent jusqu'à terre un peu confus de ce petit
échec. Je vins alors à leur secours en leur donnant des morceaux de peau
de requin dont j'avais eu soin de me munir avant de partir; ils s'entourèrent
les jambes de cette peau rude, et leur ayant montré à s'aider d'une
corde à nœud coulant passée autour du tronc de l'arbre, ce moyen, que
les nègres emploient, réussit à merveille, et mes petits grimpeurs arrivèrent assez facilement au sommet des palmiers. Ils se servirent alors
de la hachette qu'ils portaient à la ceinture, et firent tomber sur la terre
une grêle des plus belles noix. Nous les ouvrîmes, et notre dîner se
trouva pourvu d'un dessert parfait; Frédéric et Rudly, les seuls qui
eussent grimpé aux palmiers, tout fiers de leur prouesse, reprochaient
ironiquement à Ernest sa paresse; car le docteur avait passé tout ce
temps à regarder ses frères, et, occupé de quelque idée particulière, il
ne parut pas s'apercevoir qu'il était l'objet de leurs plaisanteries. Tout-
à-coup il se leva gravement, et ayant encore jeté un regard sur le som-

met de quelques palmiers, il prit une tasse de coco et un petit vase de
fer-blanc à anse, et s'avançant gravement vers nous : — Madame et
messieurs ! dit-il avec un air sérieux comique, j'avoue que l'action de
grimper est pénible et désagréable ; mais, puisqu'elle procure, comme
il paraît, tant d'honneur à ceux qui s'y exercent, il faut que je tente
aussi l'aventure, et que je voie si je ne pourrais pas aussi faire quelque
chose de glorieux et en même temps d'agréable à la compagnie.

A ces mots, il nous salua, et, entourant ses jambes de la peau de
requin, il s'approcha d'un palmier qu'il avait long-temps examiné, et je
fus étonné de l'agilité singulière et de la vigueur avec laquelle il se mit
à grimper. Ses frères se mirent à rire en lui voyant escalader un arbre
où il n'y avait point de fruits, et ils eurent la malice de ne l'en avertir
que quand il fut en haut. Ernest, sans répondre, s'établit au milieu des
palmes, et tirant alors sa hachette, il en frappa le sommet de l'arbre, et
nous vîmes tomber à nos pieds un rouleau de feuilles jaunes et tendres
que je reconnus à l'instant pour le chou-palmiste, manger délicat et
dont on fait grand cas en Amérique. Le reste de la famille, moins avancé
qu'Ernest en histoire naturelle, n'accueillit qu'avec de nouvelles plaisanteries l'envoi de notre docteur.

— Le méchant garçon, cria sa mère, le dépit de ne point trouver de
noix lui fait mutiler ce pauvre arbre.

— Rassurez-vous, dit le tranquille Ernest, ce chou vaut bien son
prix, et je ne veux jamais descendre si ce que je vous rapporterai ne
l'emporte pas sur tous les cocos du monde !

— Ernest a parfaitement raison, dis-je alors, il vient de faire preuve
ici du fruit qu'il a tiré de ses lectures, et il aurait plus de droit à votre
admiration qu'à vos sarcasmes. Défiez-vous, mes enfants, de cet esprit
de rivalité dénigrante qui tend à se développer en vous, et qui vous fait
juger à la légère les choses que vous ne connaissez point ; on devient
facilement injuste en agissant ainsi, et, qui plus est, ingrat.

Cependant notre petit héros ne descendait point de son arbre, il s'était
même assis fort commodément et demeurait là immobile. Que diable
fais-tu donc là-haut ! lui criai-je, est-ce que tu veux remplacer le chou
que tu viens de nous envoyer ?

— Non, non, répondit-il en riant, je veux seulement vous apporter
de quoi l'assaisonner, c'est-à-dire un vin excellent dont vous me direz
des nouvelles, mais cela coule plus lentement que je ne voudrais.

Ce furent de nouveaux rires et de nouvelles marques d'incrédulité parmi
le jeune auditoire ; mais ils ne tardèrent pas à cesser, quand Ernest des-

cendit, et d'une main prenant sa tasse de coco, y versa de l'autre une liqueur rose et limpide dont son flacon était à moitié rempli. Puis, d'un air gracieux, il me présenta la coupe en m'invitant à y goûter. C'était, en effet, du vin de palmier, aussi agréable à boire que le vin de Champagne, et qui restaure les forces quand il est pris modérément.

Chacun goûta de la douce liqueur, et mille compliments furent alors adressés à Ernest, que le suffrage universel et les caresses de sa mère dédommagèrent amplement des railleries dont il avait été l'objet.

Cependant, le soleil descendait rapidement vers l'horizon, nous songeâmes à établir définitivement notre tente pour la nuit. Tandis que nous étions occupés à ce travail, notre âne, qui paissait fort tranquillement à quelque distance, parut tout-à-coup agité d'une émotion extraordinaire, ses oreilles se dressèrent; il leva le nez au vent, et, poussant un effroyable hi han ! il partit en lançant des ruades à droite et à gauche, s'enfonça dans la forêt de bambous, et disparut bientôt à nos regards.

Surpris d'une telle incartade, nous lançâmes nos chiens après le fugitif, et nous-mêmes suivîmes sa trace, mais nous la perdîmes bientôt ;

les chiens ne furent pas plus heureux que nous, et, après de longues recherches et une battue infructueuse, nous fûmes obligés de revenir sans lui.

Cet événement me causait quelque souci : d'abord, la perte de notre âne était pour nous une chose fâcheuse, et ensuite je pouvais croire que ce subit vertigo du pauvre animal avait été occasionné par l'approche de quelque bête féroce. Pour prévenir cette dernière circonstance, je fis préparer un grand feu devant notre tente; mais, comme nous n'aurions pas eu assez de bois sec pour l'entretenir toute la nuit, j'imaginai d'y suppléer par des tiges de cannes à sucre, que je liai en forme de torches, et que je plantai en terre, de chaque côté de notre demeure. pour nous servir de flambeaux pendant la nuit, et écarter ainsi les animaux sauvages. Lorsque nous eûmes soupé, nous nous retirâmes sous la tente ; la nuit était fraîche, et la chaleur du feu qui y pénétrait nous fit plaisir : nous nous jetâmes tout habillés sur des lits de mousse que mes enfants avaient amassés. Nos armes étaient près de nous, et, comme nous étions tous assez fatigués, le sommeil ne tarda pas à venir ; cependant. je sus y résister, je veillai une partie de la nuit. Quand notre bûcher fut consumé, j'allumai les flambeaux de cannes ; bientôt, rassuré par la clarté vive et brillante qu'ils répandaient autour de nous, je m'endormis jusqu'au jour, et rien ne vint troubler notre repos.

Le matin nous trouva tous très-bien portants : nous remerciâmes Dieu de la protection qu'il nous avait accordée, et nous songeâmes avec tristesse à notre pauvre baudet ; car j'avais pensé que la lueur de nos feux aurait ramené le fugitif pendant la nuit : cet espoir étant déçu, je résolus d'aller à sa recherche, et de franchir, s'il le fallait, la lisière épaisse de bambous qui s'étendait devant nous, et par où il avait disparu. Cet animal était pour nous d'une trop grande utilité pour ne pas tenter tous les moyens de le retrouver.

Comme nous devions emmener les deux chiens dans cette expédition, je décidai que mes deux fils aînés demeureraient à la garde de leur mère et de leur jeune frère, et j'annonçai à Rudly qu'il m'accompagnerait. Cette préférence le combla de joie ; nous partîmes aussitôt. bien armés, et un sac de provisions sur le dos.

Au bout d'une heure de marche et de recherches infructueuses dans les roseaux, nous arrivâmes dans une grande plaine, et sur le sable nous reconnûmes la trace du sabot de notre fugitif. Nous suivîmes avec attention cette indication ; mais les espérances qu'elle avait fait naître s'évanouirent bientôt, car aux traces de l'âne s'en mêlèrent d'autres. que nous jugeâmes être celles d'un animal plus fort ; mais celles-ci disparurent comme celles du baudet. Des buissons et deux ou trois ruisseaux assez larges achevèrent de nous les faire perdre entièrement.

Nous marchions donc au hasard, portant de tous côtés nos regards sur la plaine immense qui se déroulait devant nous. C'était partout le même calme, la même solitude, les oiseaux étaient les seuls êtres vivants qui se laissaient apercevoir. Nous rencontrâmes une rivière assez profonde, et que nous remontâmes pour y trouver un endroit guéable ; elle sortait d'une chaîne de rochers, à travers lesquels nous fûmes assez heu-

reux pour trouver un passage qui nous conduisit dans une contrée enchantée, entrecoupée de ruisseaux, de bosquets et de frais pâturages, et
que traversait aussi une large rivière. Là nous retrouvâmes les traces de
notre fugitif, mêlées, il est vrai, avec celles d'autres animaux, et dans
l'éloignement nous aperçûmes comme un troupeau de quadrupèdes dont
nous ne pûmes distinguer l'espèce, mais qui me parurent de la taille
des chevaux. Dans l'espérance que notre âne pourrait s'être mêlé parmi
eux, nous dirigeâmes nos pas de ce côté : pour abréger le chemin, nous
voulûmes traverser un bouquet de bambous, dont la tige, grosse comme
la cuisse d'un homme, avait plus de trente pieds de haut : je fus charmé
de la découverte, car je savais tout le parti qu'on peut tirer de ce précieux végétal dont les Indiens font des tonneaux, des mâts de navire,
des charpentes aussi légères que solides. Toutefois, ce détour pensa nous
être bien funeste, car, en sortant de cette forêt de roseaux, nous nous
trouvâmes inopinément en face d'un troupeau de buffles sauvages, peu
nombreux il est vrai, mais d'un aspect formidable. A cet aspect, je fus
saisi d'un tel effroi, que, sans songer seulement à mettre mon fusil en
garde, je demeurai comme pétrifié. Heureusement que nos chiens étaient
restés un peu en arrière, car notre présence ne parut point troubler ces
terribles animaux, qui, fixant sur nous leurs grands yeux, semblaient
montrer plus d'étonnement que de colère : nous étions probablement les
premiers hommes qu'ils eussent jamais vus.

J'entrevoyais déjà la possibilité de nous échapper en nous retirant sans
bruit ; du moins, j'avais eu le temps de revenir de ma première frayeur
et d'armer mon fusil, quand nos dogues, qui nous cherchaient, débusquèrent des roseaux par un autre côté. Nous fîmes tous nos efforts pour
les retenir ; à la vue des buffles, ils s'élancèrent en avant comme des
furieux : il n'y avait plus à reculer, le combat était engagé. Le troupeau
tout entier se leva en poussant d'horribles mugissements, les chefs s'avancèrent en battant du pied la terre, ou la labourant à coups de cornes.
Nos braves chiens ne se laissèrent point intimider : ils marchèrent droit
à l'ennemi, et, selon leur manière habituelle d'attaquer, ils se jetèrent
sur un jeune buffle qui se trouvait en avant des autres, et le saisirent
vigoureusement par les oreilles : l'animal se mit à beugler d'une manière effroyable en faisant des efforts inouïs pour se débarrasser ; sa mère
accourut à son secours, et derrière elle tout le troupeau. Dans ce moment, j'en frémis encore ! je donnai le signal à mon brave Rudly qui,
le fusil en arrêt, faisait à mes côtés une admirable contenance : nous
tirâmes en même temps sur la horde furieuse ; ces deux coups de feu

firent sur nos ennemis l'effet de la foudre, ils s'arrêtèrent d'abord tout court, puis, avant que la fumée fût dissipée, ils prirent la fuite avec une incroyable rapidité, ils traversèrent la rivière à la nage, et, courant toujours, en quelques instants ils furent hors de notre vue. Cependant nos dogues n'avaient pas lâché prise, et la mère de l'animal captif, abattue par les balles que nous lui avions adressées, se roulait en mugissant auprès de son buffletin; la terre, le gazon volait sous ses coups. Mais, toute blessée qu'elle était, nos chiens pouvaient être victimes de sa furie: je m'approchai, et un coup de pistolet, dirigé sur la tête entre les deux cornes du terrible animal, termina ses souffrances avec sa vie.

Nous commençâmes à respirer: nous avions vu la mort de près, et une mort horrible. Je louai mon fils du sang-froid qu'il avait montré dans cette occasion; en effet, au lieu de s'abandonner à des cris et des pleurs qui auraient achevé de me faire perdre la tête, Rudly avait bravement tiré son coup de fusil sans se laisser dominer par la terreur. Je l'exhortai à toujours agir de même dans les dangers où la présence d'esprit est la chose indispensable. Mais nous n'avions pas le temps de discourir longuement sur ce sujet: nos deux dogues luttaient toujours avec le jeune buffle, et je craignais que, fatigués à la fin, ils ne vinssent à lâcher prise; toutefois je ne savais comment leur porter secours, car la fureur de l'animal semblait augmenter au lieu de décroître, il lançait des coups de pied qui rendaient son approche dangereuse, et pourtant je ne voulais pas le tuer, dans l'espoir que, si nous pouvions le dompter, il pourrait remplacer notre âne, que nous n'étions plus tentés d'aller chercher plus loin. Rudly eut alors l'heureuse idée de se servir de sa fronde à balles qu'il portait toujours avec lui; il s'éloigna un peu du buffle, et lança si adroitement son lacs, qu'il en lia étroitement les deux jambes de derrière de l'animal, et réussit ainsi à le faire tomber; je m'approchai alors, j'écartai les chiens, et remplaçai la cordelette par un lien plus solide, après quoi j'en fis autant pour les jambes de devant. Le pauvre buffle était vaincu, Rudly criait déjà victoire et se réjouissait de présenter ce nouveau captif à sa mère et à ses frères; toutefois ce n'était pas chose facile à effectuer, et j'en cherchais le moyen, quand je me souvins d'un procédé que les Italiens emploient, dit-on, pour dompter les taureaux sauvages; je résolus de l'essayer, bien qu'il fût un peu cruel, mais la nécessité nous y obligeait.

J'attachai d'abord au pied d'un arbre la corde qui tenait les jambes du buffletin, de manière à empêcher celui-ci de remuer; je rappelai les deux chiens, et leur faisant reprendre les oreilles de l'animal, qu'ils

avaient eu tant de peine à lâcher, je rendis ainsi sa tête immobile. Alors je tirai mon couteau, qui était bien pointu et tranchant, j'en traversai les naseaux du pauvre petit buffle, et fis glisser, dans l'ouverture, une corde qui devait me servir de frein pour gouverner l'animal ; l'opération réussit, et quand le sang eut cessé de couler de la plaie, ce qui demanda assez de temps, je pris la corde dont j'avais réuni les deux bouts : le jeune buffle, complètement soumis, me suivit sans résistance.

Pendant ce temps, j'avais dépecé la mère aussi bien qu'il me fut possible, privé que j'étais des ustensiles nécessaires pour cette besogne ; je coupai la langue et les meilleurs morceaux des cuisses, je couvris le tout d'une forte couche de sel, car nous en avions pris une provision avec nous, puis nous abandonnâmes le reste à nos dogues. Ils se jetèrent dessus avec une incroyable avidité ; toutefois, les vautours et autres oiseaux de proie ne les laissèrent pas long-temps jouir seuls de ce régal ; nous vîmes de tous les points du ciel accourir des nuées de ces brigands ailés : quand une troupe s'était rassasiée, une autre succédait ; nous remarquâmes, parmi ces oiseaux voraces, le vautour royal, remarquable par un beau collier de plumes duveteuses, et le *calao*, appelé aussi

l'oiseau-rhinocéros, à cause de l'excroissance osseuse qu'il porte sur son bec. Il nous eût été facile d'en abattre quelques-uns, tandis qu'assis à l'ombre des bambous, nous nous reposions de nos fatigues en regardant nos dogues prendre leur curée, et quelquefois livrer bataille aux pillards qui voulaient en avoir une trop grosse part ; mais cela n'était d'aucun intérêt pour nous, et je préférai employer notre temps à couper, à l'aide d'une petite scie dont je m'étais muni, quelques tiges des roseaux géants qui croissaient autour de nous. Nous ne choisîmes pas cette fois les plus gros, et dont on pouvait faire d'excellents vases, en les coupant d'un nœud à l'autre, nous nous contentâmes d'en prendre un faisceau des plus petits, qui, étant creux, devaient nous servir de moules pour couler nos bougies. Enfin, nos forces étant un peu réparées par le repos et la nourriture, nous songeâmes à nous remettre en route : le buffletin, intimidé par les chiens et maîtrisé surtout par la corde qui lui traversait les naseaux, ne se montra pas trop rétif, et nous partîmes non sans regretter encore notre pauvre âne. Nous retrouvâmes le passage étroit des rochers ; en le traversant, nous aperçûmes un gros chacal qui sortait d'une grotte, où il avait son repaire ; nos chiens s'en rendirent maître, c'était une femelle. Rudly voulut pénétrer dans son nid, pour voir s'il y avait des petits ; mais, comme je craignais que le mâle n'y fût caché, je tirai d'abord un coup de pistolet dans la cavité. Mon fils s'y fourra alors, Turc et Billy l'y suivirent, et ce fut avec peine que, de toute la nichée, Rudly put sauver un seul petit : nos dogues acharnés à cette proie étranglèrent tous les autres. Celui-ci était gros comme un petit chat, son poil était couleur d'or, et il était si joli que Rudly me demanda en grâce la permission de le garder pour l'élever ; je rendis le jeune garçon bien heureux en lui accordant sa demande. Par la même occasion, je fis aussi une découverte intéressante : pendant que nous nous étions arrêtés pour le chacal, j'avais attaché le buffletin à un petit arbre, que je reconnus pour le palmier-nain épineux ; cet arbre, qui se multiplie extrêmement vite, fournit une des meilleures clôtures, et je projetai d'en venir chercher de jeunes plants pour renforcer celle de Zeltheim.

Il était presque nuit quand nous arrivâmes au gîte, où les nôtres nous attendaient avec impatience ; à la vue du jeune taureau que nous ramenions, ce fut une suite de questions sans fin : nous racontâmes notre aventure ; et Rudly, toujours un peu fanfaron, aurait bien voulu s'en adjuger tout l'honneur. Je rabattis un peu son caquet, tout en rendant justice au courage et à la présence d'esprit qu'il avait montrés ce jour-là. Enfin ces récits nous menèrent si loin que l'heure du souper était arrivée, sans que j'eusse eu le temps de m'informer de ce qui s'était passé pendant mon absence.

Ma femme et ses jeunes compagnons n'étaient pas demeurés oisifs pendant que nous étions occupés d'autres soins. Les uns avaient ramassé des branches sèches pour entretenir le foyer, les autres avaient disposé des flambeaux de cannes à sucre pour la nuit ; Frédéric, même, ayant découvert dans les environs un palmier à sagou, l'avait abattu avec l'aide d'Ernest, dans le dessein d'en extraire la précieuse farine ; mais la force leur manquait pour cette opération, ils attendirent mon retour pour l'effectuer.

Mais pendant qu'ils étaient ainsi éloignés, une troupe de singes s'était glissée dans la hutte et y avait mis tout au pillage ; ces maraudeurs avaient bu ou renversé le lait trait du matin, éparpillé les pommes de terre, dérobé ou gâté toutes nos provisions, et, dans leurs courses continuelles, ils avaient si bien accommodé la palissade dont j'avais entouré notre habitation, que, lorsque nos pauvres gens y revinrent, ils en eurent pour une heure à réparer tout ce dégât. Frédéric avait fait aussi une chasse superbe. Il était parvenu à surprendre dans les rochers et à saisir un oiseau de proie déjà couvert de plumes, quoique très-jeune encore, et qu'Ernest avait déclaré être un aigle du Malabar, opinion que je confirmai. Je conseillai à Frédéric d'en prendre soin, et de tâcher de l'élever, parce qu'on pouvait dresser cet oiseau à la chasse au vol, comme le faucon. Ma femme murmura un peu de cette décision. Je ne sais, dit-elle, où vous prendrez de la nourriture pour tous les mangeurs que vous nous amenez chaque jour, sans compter tout le soin que tout cela me donne ! J'ai bien assez à faire sans encore ce surcroît de tracas.

Cette dernière observation était juste, et j'y fis droit en déclarant formellement qu'à l'avenir quiconque apporterait un nouvel hôte à la colonie devrait se charger exclusivement de son entretien, et qu'à la première négligence la liberté serait rendue aux captifs, dont les maîtres se seraient montrés peu soigneux. Après cette décision qui tranquillisa un peu ma femme, je fis préparer un feu de bois vert à la fumée duquel j'exposai, à l'aide de fourches de bois, les pièces de chair de buffle que nous avions rapportées de notre expédition, et nous les laissâmes se fumer ainsi une partie de la nuit ; ma femme en avait aussi fait rôtir un des meilleurs morceaux pour notre souper. Le repas fut gai, on discourut beaucoup sur les aventures de la journée ; enfin, après avoir distribué de la nourriture à nos animaux, et pris les précautions nécessaires pour passer la nuit avec sécurité, nous entrâmes sous notre tente, où les matelas de bon foin que nous avait préparés notre ménagère nous procurèrent le repos dont nous avions tous besoin.

Frédéric, qui avait eu la précaution de couvrir les yeux de son oiseau pour le rendre paisible, le plaça sur une branche près de lui, et attaché solidement par la patte.

Pour le petit chacal de Rudly, auquel on avait fait boire un peu de lait, il se pelotonna comme un chat dans le sein de son jeune maître, et les deux hôtes, d'un naturel si farouche, passèrent la nuit tranquillement.

Au point du jour, nous nous levâmes tous frais et dispos, et après un déjeûner assez léger, je me disposais à donner le signal du départ, quand ma femme et mes fils me firent quelques observations.

— Crois-tu donc, me dit la première, que nous nous soyons donné la peine d'abattre le palmier à sagou, pour l'abandonner ainsi sans en tirer parti! et quand ce ne serait pas pour la farine qu'il contient, j'ai imaginé que si vous pouvez parvenir à fendre cet arbre dans sa longueur, cela nous ferait deux excellentes rigoles pour amener à Zeltheim l'eau du Ruisseau des chacals : que dis-tu de cette idée?

— Je dis qu'elle est bonne, certainement, mais que l'exécution n'en est pas faite; cependant nous allons la tenter.

Nous prîmes aussitôt tout ce que nous avions apporté d'outils, et nous nous rendîmes sur le lieu où gisait le palmier abattu la veille; je commençai à en scier les deux extrémités, puis, à l'aide de la hache, des coins et du maillet, nous parvînmes, non sans beaucoup de peine, à faire sur le tronc une fente longitudinale; nous retournâmes l'arbre pour en faire autant de l'autre côté, et après quatre heures du plus rude travail, nous parvînmes à obtenir la séparation complète de l'écorce : il nous fut alors facile de retirer la moelle farineuse que nous enlevâmes par grands morceaux, attendu que cette farine est toute remplie de fibres et de filaments, et tient ensemble; il n'était pas possible d'en faire usage immédiatement, quelque désir qu'en eût ma femme, parce qu'il aurait fallu faire subir à cette fécule une préparation pour laquelle nous manquions des ustensiles nécessaires. Nous la plaçâmes dans le fond de notre charrette, enveloppée d'une toile pour la tenir propre, et nous nous vîmes encore une fois pourvus d'une nourriture saine, substantielle et capable de suppléer à toutes les autres, si le dénuement de celles-ci se faisait jamais sentir.

Le reste du jour fut employé à rassembler nos richesses, à les charger sur notre charrette : le buffle salé et fumé, les noix de coco, les cannes à sucre, les pommes goyaves, enfin les baies à cire composaient notre cargaison, sans compter les animaux que nous ramenions, au nombre desquels le jeune buffle, qui se trouvait bien du voisinage de la vache, n'était pas le moins intéressant. Cependant, quelle que fût notre impatience de rentrer à Falkenhorst, nous remîmes notre départ au jour suivant, et nous passâmes encore cette nuit sous la tente du bois : mais

le lendemain toute la caravane se mit en marche aux premiers rayons du
soleil ; le jeune buffle, attelé à la charrette à côté de la vache, sa nourrice, remplaçait notre âne et faisait alors son apprentissage de bête de
trait. Ce secours, du reste, nous était fort nécessaire, car notre chargement était assez considérable : nous avions été obligés de renoncer à
emporter, du moins pour cette fois, les deux rigoles de palmier ; nous
en avions pris une seulement que nous eûmes l'idée de suspendre à
l'essieu, par dessous la charrette, afin d'en diminuer un peu le poids :
mais cette grande longueur rendant le passage difficile dans les endroits
boisés, nous fûmes contraints de prendre un chemin plus direct pour
regagner Falkenhorst et d'abandonner ainsi le projet que nous avions
d'aller à la recherche des œufs de gélinottes ; je m'écartai seulement avec
Ernest pour aller recueillir le suc de caoutchouc dans les vases disposés
pour le recevoir ; il y en avait peu, mais assez pourtant pour tenter un
premier essai de fabrication.

Comme je rejoignais ma troupe, nous entendîmes tout-à-coup nos
chiens pousser d'horribles hurlements : ils étaient en avant avec Rudly
et Frédéric, et j'eus un moment la terreur qu'un tigre ou un animal
féroce n'eût attaqué notre avant-garde ; je fis faire halte, et courant, le
fusil armé et prêt à faire feu, j'aperçus alors Rudly qui, s'étant jeté à
plat ventre, soit par crainte, soit pour mieux voir à travers le taillis, se
releva en éclatant de rire, et se retournant vers moi : C'est encore notre
grosse truie, s'écria-t-il, il est dit que la maudite bête nous fera toujours
de ces farces-là...

En effet, au milieu des aboiements désespérés de nos dogues, des
grognements d'inquiétude et de colère se faisaient entendre et achevèrent
de me rassurer ; je rappelai les chiens, et m'étant approché, je découvris
dans les broussailles notre digne truie, non point livrée à une triste solitude, mais entourée de huit à dix petits cochons de lait qui commençaient
déjà à imiter sur tous les tons les accents mélodieux de leur mère,
celle-ci en nous voyant cessa de crier, et nous fit de petits grognements
d'amitié qui prouvaient qu'elle nous reconnaissait ; en revanche de ce bon
accueil, nous lui donnâmes tout ce qui nous restait de pommes de terre,
de glands doux et de biscuit, car c'était un heureux événement pour
nous, que la naissance de cette petite famille. Il fut résolu qu'on laisserait la truie nourrir ses petits encore quelque temps, puis qu'on lui en
enlèverait deux, qui seraient nourris au logis ; qu'on laisserait les autres
courir dans les bois, où ils pourraient se multiplier et nous faire par la
suite d'excellent gibier.

Notre arrivée à Falkenhorst fut pour tous un moment de bonheur. Nos animaux domestiques vinrent à nous, et nous témoignèrent de la manière la plus bruyante la joie qu'ils avaient de nous revoir. Ceux que nous amenions furent attachés, en attendant que l'habitude les eût rendus sociables comme les autres. L'aigle de Frédéric le fut également; mais mon fils, après l'avoir attaché, par une petite chaînette de fer, à une branche de figuier, où se trouvait déjà le perroquet, eut l'imprudence de lui découvrir les yeux, qu'il avait eus cachés jusqu'alors. L'aspect de la lumière fit sur l'oiseau farouche un effet qui nous causa presque de l'effroi; car nous le vîmes s'emporter soudain, et lancer à droite, à gauche, des coups de griffes et de bec avec une telle fureur, que le pauvre petit perroquet, qui se trouvait à sa portée, fut saisi par lui et mis en pièces, avant que nous eussions pu le secourir.

A cette vue, Frédéric poussa des cris de désespoir, il maltraita l'oiseau, et voulait même le tuer, quand Ernest s'approcha et lui demanda grâce pour le coupable : Donne-moi ce drôle, lui dit-il, je saurai bien le mâter et le rendre doux et docile comme un petit chien.

— Non, certes, je ne te le donnerai pas; c'est moi qui l'ai pris, et je veux le garder, reprit Frédéric; mais tu pourrais bien me dire comment tu comptes le dompter.

— Oh! puisque tu veux garder ton oiseau, moi je garde mon secret!

— Oh! que tu es peu complaisant, Ernest!

Je fus obligé d'intervenir. Pourquoi, dis-je à Frédéric, veux-tu que ton frère te cède son secret pour rien, et qu'il tienne moins à ce qui est le fruit de ses lectures ou de ses réflexions, que tu ne tiens toi-même aux produits de la chasse? encore, si tu lui offrais quelque chose en échange de son secret, qui me paraît, du reste, fort merveilleux, cela ne serait-il pas juste?

— Vous avez raison, papa, dit alors Frédéric calmé. Eh bien, Ernest, je te donnerai mon petit singe, si tu veux m'enseigner le moyen de maîtriser le fier animal que je veux garder en dépit de tout; car vois-tu, l'aigle, c'est un animal héroïque...

— Soit, reprit Ernest, mais, comme je ne me sens pas de goût pour être un héros, je n'insiste pas pour avoir l'oiseau héroïque, j'aime mieux être un savant, et j'écrirai tes hauts faits si jamais tu entreprends quelque aventure avec ton aigle.

— Allons, allons, mauvais railleur! dis-nous ton secret.

— Le moyen est simple, je ne sais pourtant s'il réussira, mais j'ai lu que les Caraïbes se rendent maîtres des plus gros oiseaux en leur faisant respirer la fumée du tabac.

Frédéric commençait déjà à rire d'un air d'incrédulité; mais Ernest ayant été chercher une pipe et du tabac que nous avions trouvés sur le navire, revint bientôt, et se mit gravement à fumer au-dessous de la branche sur laquelle l'oiseau captif continuait à se débattre avec fureur. A mesure que les légers tourbillons de fumée montaient, l'aigle perdait de sa violence; Ernest redoubla, il fit tourner la fumée autour de la tête de l'animal, qui peu à peu s'apaisa, et, jetant sur nous des regards fixes et presque hébétés, finit par demeurer immobile et comme dans un état complet d'ivresse. Frédéric lui remit sans peine le bandeau sur les yeux, il remercia son frère du service qu'il venait de lui rendre, et pour l'en récompenser, il courut lui chercher son singe, qui dès ce moment devint la propriété d'Ernest.

Le jour suivant nous partîmes de grand matin, pour aller redresser nos arbres, dans les diverses plantations où nous les avions établis, et les munir de tuteurs. Nous chargeâmes nos pieux de bambous sur le traîneau, ainsi que des bêches et tout ce qu'il fallait pour cette opération, et notre vache y fut attelée: le buffletin demeura à l'écurie; je voulais que la plaie de ses naseaux fût bien cicatrisée, avant de lui imposer aucun travail. Nous lui donnâmes une poignée de sel, ce qui nous mit si bien dans ses bonnes grâces, que la pauvre bête déjà à demi apprivoisée voulait absolument nous suivre.

Nos travaux commencèrent par l'allée qui conduisait de Falkenhorst au l'ont de famille. Tous nos arbres étaient couchés par terre, par le vent: nous les relevâmes doucement; à l'aide d'une pince de fer, je fis au pied de chacun un trou dans lequel un de mes fils enfonçait un piquet à coups de maillet, et nous passions à un autre tandis qu'Ernest et Rudly atta chaient l'arbre à son soutien, au moyen de longues tiges d'herbes sèches qui avaient la souplesse et la solidité de l'osier.

En travaillant ainsi, et la nature de nos occupations y donnant lieu, mes fils me firent une foule de questions que j'accueillis avec le plus grand plaisir; elles avaient surtout rapport à l'éducation des arbres.

— Sont-ce des arbres greffés, ou des sauvageons dont nous nous occupons-là? me demanda Frédéric.

— Des sauvageons! dit Rudly en éclatant de rire, ne vas-tu pas nous faire croire qu'il y a des arbres sauvages, et des arbres apprivoisés!

— Tu as voulu dire une chose spirituelle, mon cher Rudly, et tu n'as dit qu'une sottise, dis-je alors; sans doute il n'y a pas d'arbres dont les branches se baissent complaisamment à la voix de l'homme, mais il y a des arbres sauvages, et d'autres qui ne le sont pas; pour obtenir ceux-ci on emploie un moyen qu'on appelle la greffe, c'est-à-dire l'in- sertion d'un petit rameau, ou seulement d'un bouton, d'un arbre à bon fruit sur celui qui n'en portait que d'âpres ou d'acides; je vous appren- drai plus tard à mettre ce procédé en pratique, ce qui est très-amusant, car de cette manière, non-seulement on se procure toute sorte de fruits, mais encore on en varie ou change les espèces; par exemple, il faut observer pour règle générale, que les arbres qu'on unit ainsi soient de même nature; ainsi, on ne grefferait pas des pommes sur un cerisier, parce que l'un de ces fruits est à pépins et l'autre à noyaux. Par la même raison, des cerises réussiront parfaitement greffées sur un prunier, des poires sur un cognassier, des pêches sur un abricotier, etc.

Ces explications, que j'abrège beaucoup, intéressèrent vivement mes petits jardiniers. Mais, me demanda encore le judicieux Ernest, comment a-t-on pu avoir l'idée de la première greffe, si, comme vous nous l'avez dit, papa, tous les arbres qui produisent de bons fruits ont été soumis à cette éducation préalable? où l'homme aura-t-il trouvé les rameaux de bons fruits propres à insérer dans l'écorce des sauvageons?

— Ta question est juste; cependant il est inexact de dire que tous les arbres aient besoin d'être greffés pour produire de bons fruits, cela n'ar- rive guère que pour les arbres de l'Europe, dont le climat, moins favorable que celui des autres parties de la terre, ne produit pas natu- rellement de bons fruits; tandis que dans les autres contrées où la main de l'homme n'a jamais passé, nous trouvons des forêts d'arbres à fruits, tels que les cocos, les goyaves, les oranges, etc., qui ne doivent qu'à la seule nature leur saveur et leurs parfums.

— Mais, dit encore notre petit docteur, est-ce qu'on connaît l'origine de tous nos fruits d'Europe?

— A peu près: ainsi tous nos fruits à brou ou à coquilles, tels que la noix, l'amande et la châtaigne, sont originaires de l'Orient; la pêche vient de la Perse; l'orange, l'abricot, d'Arménie; la cerise, qui n'était pas connue en Europe, soixante ans avant Jésus-Christ, fut rapportée du Pont-Euxin par Lucullus; les olives viennent de la Palestine. Les premiers oliviers furent plantés sur le Mont-Olympe, et de là ils se répandirent dans le reste de l'Europe; les figues sont originaires de la Lydie; les prunes que vous aimez tant, à l'exception de quelques espèces qui viennent naturellement dans nos forêts, sont dues à la Syrie, et la ville de Damas a donné son nom à une de ces espèces. La poire est un fruit de la Grèce, les anciens l'appelaient le fruit du Péloponèse; le mûrier est dû à l'Asie, et le cognassier sort, dit-on, de la ville de Cydon dans l'île de Crète. On prétend également que la pomme, nommée par les Romains épirotique et assyrique, est un fruit naturel à ces contrées; mais moi je crois que ce fruit est du nord et a toujours dû y habiter avec d'autres du même genre qui peuplent nos forêts, et que l'art n'a pas encore améliorés. Je pense même que l'Europe n'a pas été complètement oubliée par le Créateur dans le partage qu'il a fait des fruits à toute la terre, et que si la plupart de ces derniers portent des noms qui feraient croire à une origine étrangère, ces qualifications servent plutôt à désigner des espèces que le fruit lui-même.

Tout en causant et répondant de mon mieux à mes jeunes horticulteurs dont les questions se multipliaient souvent jusqu'à m'embarrasser, notre besogne avançait. Après avoir relevé tous les jeunes arbres de l'avenue, nous allâmes en faire autant à la pépinière du sud-est, où se trouvaient les arbustes précieux qui demandaient cette exposition, et il était près de midi quand notre travail fut terminé. Nous revînmes à Falkenhorst avec un prodigieux appétit: notre bonne ménagère nous servit un excellent dîner, composé de bœuf fumé, et de chou palmiste, accommodé au beurre frais, ce qui fut pour nous un délicieux régal.

Des travaux domestiques occupèrent le reste de la journée. Vers le soir, je m'arrêtai à un projet qui depuis quelque temps me roulait dans l'esprit, mais dont l'exécution présentait de grandes difficultés: c'était de substituer à l'échelle de corde, que ma femme n'abordait jamais sans éprouver un peu d'effroi, un escalier fixe et solide. A la vérité, nous ne montions dans notre château aérien que pour nous coucher, mais le mauvais temps pouvait bientôt nous forcer à y résider tout-à-fait; il faudrait alors monter et descendre plus souvent, et l'échelle flottante pouvait donner lieu à tant d'accidents! toutefois, la hauteur de l'édifice aérien était telle, que tout ce que nous avions de poutres et de mâts, débris de notre navire, n'aurait pu, en les ajustant, atteindre jusqu'au faîte, quand même nos faibles bras eussent été capables d'effectuer ce rude travail. Cependant, en regardant l'arbre et son tronc monstrueux, je me disais cent fois le jour : S'il est impossible d'y monter par dehors, n'y aurait-il pas moyen d'y parvenir par dedans?

— Ne m'as-tu pas dit qu'un essaim d'abeilles s'était logé dans le tronc de notre arbre? demandai-je à ma femme; car j'avais fait part de mon projet, et chacun ouvrait un avis sur cette grande opération.

— Oui, papa, s'écria le petit Fritz, et de méchantes abeilles encore! car elles m'ont piqué l'autre jour, et si bien, que j'en ai eu le visage tout enflé; oh! ce sont de vilaines bêtes!...

— Tu ne dis pas, reprit sa mère, que si elles t'ont maltraité de la sorte, c'est parce que, tout en te balançant sur l'échelle, tu t'es avisé de fourrer un bâton dans le trou d'où elles sortaient.

— Oui, maman, mais c'est que je voulais voir si ce trou était bien profond.

— Voilà le moyen tout trouvé! m'écriai-je : l'arbre a commencé à se creuser assez pour loger un essaim; pas de doute que cette maladie qui attaque le cœur des arbres ne se soit peut-être prolongée bien loin. Il faut nous en assurer; ensuite, nous agrandirons ce tuyau intérieur, et nous y placerons un escalier dont je conçois déjà l'idée. A l'œuvre! mes enfants! à l'œuvre! Mais, avant que j'eusse pu donner mes ordres, voilà tous mes jeunes étourdis qui grimpent comme des écureuils : les uns, sur le dôme de racines d'où s'élève le tronc de l'arbre, les autres à divers degrés de l'échelle de corde, et se mettent à frapper à coups de marteau et de bâton l'immense figuier, à différentes hauteurs, pour en sonder la cavité. Cette tentative, faite trop précipitamment, pensa avoir des suites funestes pour l'un des assaillants; c'était Rüdly, qui, se trouvant justement en face de l'ouverture par où entraient et sortaient les abeilles, reçut dans la figure un vol de ces insectes, lesquels, effrayés des coups violents qui ébranlaient peut-être leur palais de cire, commencèrent à sortir avec un bourdonnement terrible. Il fallut quitter prise; le pauvre garçon eut en un moment le visage et les mains horriblement piqués:

ses frères, quoique placés plus bas, furent également maltraités : c'étaient
des cris, des pleurs, des trépignements. Ma femme se hâta de frotter le

visage et les mains des petits malheureux, avec de la terre mouillée, ce
qui calme assez bien la douleur. Cet événement interrompit les travaux
de sondage, et, pendant que mes pauvres ouvriers étaient ainsi mis hors
d'état d'agir, je m'occupai de construire une grande ruche, pour loger
ces belliqueuses ennemies, ainsi que du moyen de leur faire abandonner
leur retraite sans courir le risque d'être aveuglés par elles. Je pris la
portion cylindrique d'une grande courge vide, que je scellai sur une
planche avec de la terre glaise, en y ménageant par le bas un petit
trou, pour servir d'entrée aux abeilles ; une moitié de calebasse devait
servir de couvercle à cette ruche ; je plaçai la planche sur une branche
latérale de notre établissement aérien, et je l'y fixai solidement ; mais,
comme les abeilles étaient encore effarouchées, il n'y avait pas moyen de

faire rien de plus avant la nuit : j'espérais qu'elles finiraient par rentrer dans leur domicile, et que la fraîcheur, en les étourdissant, concourrait encore à la réussite de mon projet.

Une heure avant le jour, je me levai et j'eveillai mes fils pour m'aider à la translation des abeilles dans le nouveau local que je leur avais préparé. Les farouches insectes avaient fini par rentrer dans leur trou pendant la nuit. Je n'avais ni masque, ni rien de l'attirail dont se servent ceux qui soignent les abeilles, pour se mettre à l'abri de leurs piqûres, j'y suppléai par un peu d'industrie. Je commençai par boucher avec de la terre glaise l'ouverture de l'arbre, en n'y laissant que de quoi passer l'extrémité de ma pipe. J'allumai celle-ci, et, la tête couverte d'une toile, je me mis à fumer, en dirigeant la vapeur enivrante du tabac dans le trou réservé, de manière à endormir complètement le petit peuple dont je voulais me rendre maître. D'abord nous entendîmes un fort bourdonnement dans l'intérieur, c'était comme le bruit d'un orage lointain ; ce murmure cessa peu à peu, et le calme le plus profond lui succéda. Les abeilles, engourdies par la fumée du tabac, ne pouvaient plus se défendre. Je pratiquai alors, aidé de Frédéric, une ouverture dans l'arbre au-dessous du nid, je recommençai la fumigation avec un tampon de tabac, de peur que le bruit et le grand air n'eussent réveillé les abeilles ; mais il n'y avait rien à craindre de ce côté : les pauvres insectes, tous enivrés, s'étaient rassemblés en grosses grappes sur les parois de leur demeure, et nous n'eûmes qu'à les prendre doucement, dans de grandes écuelles de courges, et à les porter à diverses reprises dans la ruche préparée pour eux en haut de l'arbre. Nous examinâmes ensuite les richesses que nous avions conquises, et nous fûmes émerveillés à la vue de la quantité de cire et de miel contenue dans ce réduit.

Quand nous en eûmes enlevé tous les habitants, auxquels pourtant nous laissâmes les rayons encore imparfaits, et d'autres remplis pour les attacher à leur nouvelle demeure, nous recueillîmes le reste dont nous remplîmes tout ce que nous avions de vases, tant la récolte était abondante ; un tonneau bien propre, placé au pied de notre arbre, la reçut, et quand cette besogne fut terminée, nous le roulâmes dans l'endroit le plus frais de notre établissement, avec la précaution de le couvrir de toile, de planches, de feuillage, de peur que les abeilles, attirées par l'odeur de ce miel, ne vinssent en foule reprendre leur bien. Par la même raison nous remîmes à la nuit suivante à séparer le miel de la cire, mais nous en gardâmes ce qu'il fallait pour nous régaler dans la journée, car ce miel était vraiment délicieux.

Pour empêcher le retour des abeilles à leur ancien nid, je plaçai du tabac allumé dans l'intérieur de l'arbre, j'en bouchai toutes les ouvertures, excepté celle du haut, c'est-à-dire à la naissance des branches, et je ne tardai pas à voir la fumée s'exhaler par cette dernière, ce qui me prouva que cet arbre, semblable au saule d'Europe, était entièrement creux et ne se soutenait que par son écorce, fort épaisse à la vérité. Quant aux abeilles transportées sous le feuillage de notre demeure aérienne, leur engourdissement ne dura que quelques heures; sans doute elles furent un peu dépaysées et surtout fort contrariées du désordre qui régnait dans leur ruche, et toute la journée il y eut beaucoup d'allées et de venues autour de la nouvelle demeure, mais ce tumulte ne dura pas long-temps; bientôt le doux bourdonnement se fit entendre, il annonça le retour de l'ordre et de la paix dans la sage république.

J'avais décidé que nous remettrions au jour suivant la grande affaire de l'escalier, nous en disposâmes les matériaux pendant la journée; mais, comme nous devions passer une partie de la nuit à la préparation de notre miel, nous nous reposâmes pendant quelques heures, afin d'être plus tard en état de faire cette besogne. En effet, dès que le soleil fut couché et que la fraîcheur du soir eut fait rentrer les abeilles dans leur nouveau domicile, nous descendîmes de notre chambre à coucher.

Nous retirâmes du tonneau les rayons de miel, et après les avoir brisés pour hâter l'écoulement de leur contenu, nous les laissâmes égoutter pendant quelque temps, puis nous prîmes tous ces débris encore emmiellés, et les ayant placés dans un sac de toile assez claire, je les mis sous une presse du genre de celle que j'avais employée pour le manioc; le miel qui en sortit était moins beau que le premier, que nous avions coulé dans un petit baril très-propre, mais il était encore fort bon : le résidu était la cire : j'aurais pu la conserver en masse, mais, de peur de nous attirer des légions d'insectes en la gardant ainsi, je préférai la faire fondre tout de suite; car je devais incessamment m'occuper à faire de nouvelle bougie, et cette cire m'aiderait merveilleusement à donner à mes flambeaux la fermeté qui leur manquait jusqu'à présent.

A la moitié de la nuit, tous nos travaux étaient terminés; nous pûmes en donner le reste au sommeil, mais, dès que le soleil parut sur l'horizon, nous nous levâmes, mon fils aîné et moi, car l'idée du grand travail que nous allions entreprendre nous occupait fortement l'esprit. A dire vrai, cette entreprise me semblait presque au-dessus de nos forces, mais je savais que l'intelligence, la patience et la persévérance triomphent de bien des obstacles. Nous étions bien pourvus de ces deux dernières qualités, et d'ailleurs je n'étais pas fâché de trouver des occasions de développer dans mes fils ces conditions essentielles du succès de toute entreprise.

Après avoir tenu conseil avec mes jeunes compagnons, car Rudly et même Ernest n'avaient pas tardé à se joindre à nous, nous commençâmes par couper à la base de l'arbre une porte de la même dimension que celle de la cabine du navire, et que nous avions prise avec toute sa ferrure; une fois l'écorce coupée, il nous fut facile de creuser l'intérieur de ce tronc gigantesque, car il n'était rempli que d'un amas de bois pourri que nous enlevâmes à la pelle; après avoir bien nettoyé l'espace, nous plaçâmes au milieu un arbre d'environ dix pieds, pour servir d'axe à mon escalier; nous avions préparé la veille, avec les douves de grandes futailles, une grande quantité de planches qui devaient en former les marches. A l'aide du ciseau et du maillet, nous fîmes des entailles dans le contour de l'arbre et d'autres au tronc du pilier du centre, qui correspondaient à celles du tour; je plaçai ces marches que j'assujettis par de grands clous, et m'élevai de la sorte successivement, et toujours en tournant, jusqu'à ce que je fusse parvenu au haut du pilier. Arrivés là, nous emboîtâmes sur celui-ci une pièce de bois de même hauteur disposée d'avance pour cet effet, et autour duquel vinrent se ranger les marches qui faisaient la continuation de l'escalier. Nous réitérâmes cette opération jusqu'à quatre fois, ce qui nous amena enfin au faîte de l'arbre. L'issue de notre escalier aboutissait justement sur la plate-forme de notre demeure aérienne; j'en déblayai l'entrée à coups de hache, deux cordes furent attachées en haut, l'une descendit le long de l'axe de l'escalier, et l'autre suivant le contour intérieur de l'arbre, fixée à la paroi, de distance en distance, de manière à rendre la descente aussi sûre que facile; j'oubliais de dire que tout en façonnant mon escalier, c'est-à-dire, à mesure que je m'élevais, je pratiquai sur divers points des ouvertures auxquelles nous adaptâmes des châssis de vitres, ce qui, tout en éclairant ce passage tortueux, en faisait un lieu d'observation qui pouvait un jour nous être d'une grande utilité.

La construction de cet escalier solide et commode, dont je ne donne ici qu'une description fort abrégée, nous demanda plus d'un mois de travail, sans pourtant nous y consacrer tellement que nous ne pussions nous livrer à quelques distractions. D'ailleurs, nous étions maîtres de notre temps, nous n'avions personne à satisfaire, nulle volonté étrangère à contenter; c'eût donc été de notre part une folie que de travailler comme des forçats sans prendre un peu de relâche; durant cet intervalle nous avions donc entrepris et terminé divers travaux de moindre importance, et plusieurs événements étaient venus aussi faire diversion à notre vie habituelle : d'abord, Billy avait mis bas six petits chiens que nous reconnûmes pour les plus jolis danois du monde ; mes enfants auraient bien voulu les garder, mais je ne jugeai pas à propos d'élever toute cette famille : je décidai qu'on en laisserait deux à la mère, un mâle et une femelle, et que le reste serait noyé. Comme il y avait encore peu de jours que Rudly avait son petit chacal, il eut l'idée de glisser ce dernier dans le nid de la chienne, qui accueillit le petit étranger de fort bonne grâce et partagea son lait entre lui et ses autres enfants. Nos chèvres nous donnèrent aussi vers le même temps deux chevreaux, et les brebis des agneaux, et nous vîmes avec une véritable joie cette augmentation de notre troupeau ; mais de peur qu'il ne prît à ces utiles animaux la fantaisie de nous quitter comme avait fait notre âne, nous suspendîmes à leurs cous de petites clochettes que nous avions trouvées sur le navire échoué, et qui devaient au besoin nous mettre sur la trace des fuyards.

L'éducation du jeune buffle avait été aussi une de nos principales occupations au milieu des travaux de construction. A travers l'incision que je lui avais faite au nez, j'avais passé un petit bâton aux deux extrémités duquel j'attachai deux courroies, ce qui lui faisait un mords à la manière des Hottentots et à l'aide duquel je le gouvernais à ma fantaisie ; néanmoins ce ne fut pas sans peine que l'animal rétif se prêta à nos diverses manœuvres. Ce ne fut que lorsque Frédéric l'eut dompté comme monture que nous parvînmes à lui faire porter quelques fardeaux ; c'était encore là un des triomphes les plus glorieux de la patience sur des difficultés qui paraissaient d'abord devoir être insurmontables ; non-seulement on amena le jeune buffle à porter les sacoches de l'âne et d'autres far-

deaux, mais Rudly. Ernest, et jusqu'au petit Fritz, tous voulurent
imiter Frédéric, et prendre, en domptant le buffletin, des leçons d'équitation qui valaient bien celles du manége ; mes enfants eussent pu
désormais aborder sans crainte le cheval le plus fougueux, car il l'eût
toujours été moins que le jeune buffle qu'ils avaient fini par dompter.

Frédéric n'avait pas non plus négligé le soin de son aigle. L'oiseau
royal, dont l'éducation faisait de sensibles progrès, commençait déjà très-
bien à fondre sur le gibier mort que son jeune maître plaçait à sa vue,
tantôt entre les cornes de notre jeune buffle ou celles d'un chevreau,
tantôt sur le dos de notre grande outarde, ou sur celui du flamant,
pour accoutumer l'oiseau à fondre en chasse sur les animaux, comme
sur une proie. L'aigle ainsi dressé obéissait à la voix et au coup de sifflet
de son maître, mais celui-ci n'osait encore l'abandonner à vol libre, de
peur que le caractère sauvage de l'oiseau ne l'emportât et le privât ainsi
de sa conquête.

Ernest, atteint également de la fièvre d'instruction qui nous avait pris
à tous, s'était chargé de l'éducation du petit singe ; maître Knips était
vif et spirituel, mais il apportait aux leçons la plus mauvaise volonté
qu'on puisse imaginer. Ernest avait entrepris d'apprendre à son élève à
porter sur le dos une petite hotte, dans laquelle il le forçait à déposer
diverses choses et à les vider ensuite ; c'était un compagnon de travail que
se ménageait notre jeune paresseux : toutefois, comme la patience et le
phlegme du maître l'emportaient sur la pétulance et l'étourderie du
disciple, l'éducation triompha, et Knips, qui d'abord entrait en fureur à
la vue de la petite hotte, en devint tellement épris qu'on ne pouvait
presque plus la lui ôter.

Pour Rudly, il avait eu moins de succès dans ses tentatives d'éducation, et bien qu'il eût donné à son jeune chacal le nom de *chasseur*,
la bête carnassière ne chassait encore que pour elle, ou si elle rapportait
quelque chose à son maître, ce n'était guère que la peau de l'animal
qu'elle venait de dévorer.

Pendant ce temps je n'étais pas demeuré oisif, j'avais perfectionné la
fabrication de la bougie au moyen de la cire d'abeille mêlée à celle des
baies de mirica, et des moules de bambou dont Rudly avait eu la première idée ; je parvins même à donner à mes bougies la rondeur et le
poli de celles d'Europe, en les roulant, étant encore un peu molles,
entre deux planches bien unies. Les mèches me causèrent, il est vrai,
de grands embarras ; ma femme ne voulait pas que j'employasse à cet
usage le peu de linge de coton qui nous restait : j'avais imaginé de

substituer à cette matière une espèce de bois résineux que je divisais en fragments, comme des allumettes; mais ce bois se carbonisait en brûlant, et rendait la lumière de nos flambeaux terne et désagréable. Ma femme vint alors à mon secours, elle songea au karatas, dont non-seulement la moelle, mais le fil pouvait remplacer le coton à mèche; elle en prépara elle-même quelques poignées qu'elle fit sécher et qu'elle disposa avec soin : j'en fis l'essai et le succès fut complet.

Je mis aussi en œuvre le caoutchouc, dont nous avions découvert plusieurs arbres. Une paire de bas, que je remplis de sable bien sec, fut le moule que je pris pour me faire des bottes. Je le couvris à plusieurs reprises du suc élastique; quand le tout fut bien sec, je vidai le sable, je clouai sous le pied de fortes semelles en peau de buffle, et pour les rendre plus durables, après avoir rabattu à coups de marteau les pointes des petits clous qui servaient à les attacher, je coulai sur ces semelles deux ou trois couches de gomme très-épaisse, ce qui acheva de perfectionner cette chaussure qui, du reste, m'allait aussi bien que si un des plus habiles cordonniers m'en eût pris la mesure. Mes fils furent si charmés de cette réussite, qu'ils me prièrent de leur faire également des bottes sans coutures; je m'en occupai, et, au bout de quelques jours, je vis toute ma petite famille chaussée d'une manière aussi solide que légère.

Tous ces divers travaux, auxquels nous ne donnions les uns et les autres que quelques heures par jour, marchaient de front avec ceux de notre construction; nous fîmes aussi une chose qui fut bien agréable à ma femme : c'était l'arrangement définitif de notre fontaine. Nous disposâmes auprès du ruisseau un bâtardeau pour élever l'eau de manière à l'amener, au moyen de nos rigoles de palmier, dans la grande écaille de tortue, qui, placée près de notre demeure, devait servir d'auge à laver, ou plutôt de réservoir, car nous exhaussâmes cette coquille sur des pierres bien liées avec de la terre glaise. Le trou que le harpon de Frédéric y avait fait servit à l'écoulement du superflu du bassin : un bout de canne, adapté à ce trou, forma le goulot d'une fontaine d'eau vive sous laquelle on plaça un seau, et de la sorte nous eûmes toujours près de nous de l'eau pure, ce qui nous avait manqué jusqu'à présent.

Ainsi tout prenait autour de nous un air de civilisation; nos moyens d'aisance se multipliaient, et nous pouvions reporter souvent nos regards de cette terre à Dieu, dont la miséricorde s'était étendue sur nous, et qui, non content de nous avoir arrachés à la mort qu'avaient sans doute rencontrée nos compagnons d'infortune, nous avait préparé sur cette côte déserte l'abondance et toutes les commodités de la vie.

Un matin que nous étions occupés à donner à notre escalier les derniers soins, c'est-à-dire à remplir l'intervalle des marches par de petites planches posées debout, de manière à faire d'une sorte d'échelle tournante un véritable escalier, nous fûmes tout-à-coup surpris d'entendre dans l'éloignement des sons étranges, aigus, prolongés, comme le rugissement de quelque bête féroce, mais en même temps mêlé d'une sorte de hennissement, si singulier que je ne pouvais assigner à quel animal il pouvait appartenir. Nos dogues dressèrent les oreilles et parurent se préparer au combat. Je rassemblai aussitôt toute ma famille que je fis monter dans l'appartement aérien ; nous prîmes tous nos fusils, et après avoir fermé la porte en bas de notre escalier, nous nous mîmes aux fenêtres, et nous regardâmes avec inquiétude de tous côtés ; mais rien ne paraissait, seulement les rugissements augmentaient de force, et avec eux l'agitation de nos chiens que nous avions armés de leurs colliers de porc-épic et laissés en dehors à la garde de notre bétail.

Rudly pensait que c'était un lion, et le belliqueux enfant se réjouissait presque de l'aventure qui le mettrait à même de combattre ce terrible animal ; Frédéric se moqua un peu de son frère et assura que ces cris sauvages ne ressemblaient pas à la voix du lion, et que c'était plutôt ceux d'une troupe de chacals qui venaient pour venger sur nous la mort de leurs frères ; Ernest était persuadé que ce devait être plutôt le cri de la hyène, aussi horrible, dit-on, que l'animal lui-même ; pour le pauvre Fritz, il n'émettait aucune opinion, mais il se cachait tout tremblant dans les bras de sa mère qui, debout sur le balcon supérieur, regardait avec inquiétude dans la campagne, tandis que ses lèvres un peu pâlies par l'effroi murmuraient quelques prières.

Pendant que nous étions tous ainsi dans une attente mêlée d'angoisses, l'étrange hurlement se fit entendre de nouveau, mais cette fois plus près de nous ; Frédéric, qui s'était penché en dehors de la fenêtre, poussa alors un violent éclat de rire, il avait découvert le terrible ennemi. — Eh ! le voilà ! s'écria-t-il, le voilà ce lion, cette hyène, voilà cette troupe de chacals affamés !... C'est notre âne, oui notre âne vraiment qui revient à nous et chante mélodieusement à sa manière la chanson du retour !

En effet, un nouveau hi han lentement et majestueusement prolongé nous fit reconnaître la voix éclatante de notre brave grison : il ne tarda pas à paraître lui-même à travers les arbres ; mais, à notre grande surprise, il n'était pas seul : un animal de son espèce, mais plus beau, plus grand et de forme plus élégante, trottait à ses côtés ; en examinant celui-ci, je reconnus en lui, avec un extrême plaisir, l'onagre ou l'âne sauvage ;

c'était pour nous une capture importante à faire, et bien que les naturalistes aient assuré qu'il était impossible d'apprivoiser ce bel animal, nous
résolûmes de le tenter et de tout faire pour nous emparer de celui-ci.

Je recommandai d'abord à tout mon monde de faire silence, et nous
descendîmes, Frédéric et moi, pour aviser au moyen de faire cette conquête. Mon fils me proposait d'employer sa fronde à balles pour arrêter
l'animal par les jambes, mais je craignais qu'en cas de non-réussite l'o-
nagre effarouché ne prît la fuite et ne reparût jamais ; je préférai donc
un autre moyen : je pris une corde dont j'attachai un bout à une des racines de notre arbre, tandis qu'à l'autre je fis un nœud coulant ; cela fait,
je fendis un morceau de bambou aux deux tiers, de manière à former une
espèce de pincette propre à pincer le nez de l'animal, si nous parvenions
à l'approcher. Pendant ce temps, le baudet et son compagnon s'étaient
avancés ; le premier, reconnaissant les lieux, paraissait en faire les honneurs à son nouvel ami, et tous deux broutaient l'herbe épaisse qui couvrait le sol ombragé.

Munis du nœud coulant et des pincettes, nous nous avançâmes tout
doucement vers eux ; moi en me cachant derrière les arbres, et Frédéric,
qui portait le lacs, aussi loin que la corde, dont l'extrémité était attachée
à l'arbre, pouvait le permettre : à la vue de Frédéric, qui marchait le
premier, l'onagre releva la tête et recula plutôt de surprise que d'effroi ;
c'était sans doute la première figure d'homme qu'il rencontrait, et comme
Frédéric demeurait immobile, l'animal se remit tranquillement à paître ;
l'âne, à qui mon fils présenta une poignée de grains où il avait mêlé du
sel, s'approcha aussitôt, car il reconnaissait son ancien maître ; son sau-

vage compagnon le suivit sans défiance : dès qu'il fut à portée, Frédéric lui jeta adroitement le nœud coulant par-dessus la tête, et l'animal fut pris, car en voulant, d'un bond prodigieux, prendre la fuite, il ne fit que serrer davantage le nœud qui le retenait ; l'étreinte même fut si forte, en raison de la secousse qu'il s'était donnée, que la pauvre bête tomba à terre la langue pendante et à demi suffoquée ; j'accourus aussitôt, je desserrai le nœud autour du cou de l'onagre, et lui pris le nez avec les branches de ma pincette dont je rapprochai les deux bouts par une corde, afin que l'animal ne pût s'en débarrasser. La douleur que lui causa cette pression le dompta assez pour que nous pussions l'approcher sans trop de danger ; nous lui liâmes alors les jambes comme le font les maréchaux lorsqu'ils veulent ferrer un cheval vicieux. Je coupai le nœud coulant que je remplaçai préalablement par le licou de notre âne, et, après avoir solidement attaché notre captif par de nouvelles cordes aux racines des arbres près desquels nous nous trouvions, nous le laissâmes un peu reprendre ses sens.

Cependant tous les miens étaient accourus quand ils nous avaient vus maîtres de l'animal ; chacun admirait sa vigueur, la beauté de ses formes, qui tenaient beaucoup plus de celles du cheval que de celles de l'âne, et l'on faisait déjà mille projets sur l'emploi de ce nouveau coursier ; mais il fallait, non-seulement le dresser, mais le maîtriser assez pour pouvoir seulement en approcher, car le sauvage animal entrait en fureur dès qu'il apercevait l'un de nous. Comme les cordes qui le retenaient à droite et à gauche étaient solides, je lui avais rendu, peut-être un peu prématurément, la liberté de ses jambes ; il en profitait pour faire des bonds, des ruades continuelles, et même, malgré l'entrave douloureuse qu'il portait sur le nez, il grinçait des dents, et avec des regards flamboyants il cherchait à mordre tout ce qui se trouvait à sa portée. Nous résolûmes de le laisser à lui-même, après avoir toutefois attaché notre âne près de lui, afin que la vue d'un animal de son espèce le consolât un peu dans sa disgrâce ; en effet, le lendemain, en lui apportant de la nourriture, je le trouvai un peu mâté par la captivité, l'abstinence et surtout la fatigue, car au moyen de cordes disposées sous le ventre de l'animal, auquel nous avions passé une espèce de sangle, il était forcé de se tenir debout, et ne pouvait dormir. Satisfait de ce premier résultat, je continuai avec une patience que, certes, je n'aurais pas eue en Europe, à soigner notre nouveau commensal, et au bout d'un mois il était assez dompté pour commencer son éducation. Celle-ci fut longue et difficile : je l'amenai d'abord à souffrir qu'on lui plaçât des fardeaux sur le dos ; toutefois je ne pouvais modérer sa fougue sauvage, le contraindre à l'obéissance nécessaire à d'autres projets; je voulais en faire une bête de monture, pour moi et mes fils, mais je n'osais encore me confier à lui sans entraves, et je ne savais comment y réussir, quand je me rappelai la manière dont en Amérique on dompte les chevaux sauvages; et je résolus de l'employer. Malgré les bonds et les ruades du fougueux animal, je m'élançai sur son dos, et saisissant une de ses longues oreilles, je la lui mordis jusqu'au sang. Cette épreuve eut un succès merveilleux, l'animal s'apaisa tout-à-coup et demeura presque immobile sous moi ; j'avais trouvé le secret de sa force et le moyen de le dompter; dès-lors, nous en devînmes complètement maîtres, mes enfants le montèrent les uns après les autres : ils lui donnèrent le nom de *Leichtfuss*, c'est-à-dire pied léger, et jamais animal ne mérita mieux ce nom. Pour surcroît de précaution, j'eus soin de laisser encore long-temps des entraves aux jambes de devant de notre nouveau coursier, et pour remplacer le mords, que le fier onagre n'avait jamais voulu souffrir, je lui mis un cavesson au moyen duquel sa tête fut maîtrisée, tandis qu'une baguette dont on lui touchait l'une ou l'autre oreille, servait à le diriger à droite ou à gauche à volonté.

Pendant que nous étions occupés de ces soins, la basse-cour s'était accrue, et trois couvées successives nous avaient donné une quarantaine de petits poulets, qui, piaulant, becquetant et grattant la terre à qui mieux mieux, faisaient la joie et l'orgueil de notre ménagère ; elle avait un soin extrême de tout ce petit peuple emplumé, et le préférait bien à tous nos animaux favoris, tels que le chacal, l'aigle, le singe, l'onagre, qui ne savaient, disait-elle, que manger, et, à l'exception du buffle, qui se rendait utile en portant quelques fardeaux, ne seraient jamais bons à rien.

Ses volailles, au contraire, coûtaient peu à nourrir et nous préparaient des œufs et d'excellents rôtis pour la saison des pluies, l'hiver de ces climats où nous allions entrer, et pendant laquelle nous ne pourrions aller à la chasse.

Ces réflexions de ma femme me firent songer qu'en effet l'approche de la mauvaise saison ne nous permettait plus de différer un travail essentiel au bien-être de nos animaux domestiques; c'était de leur faire un abri, pour les préserver pendant ces temps de pluies continuelles. Les racines de notre arbre servirent de charpente à cette construction; des cannes de bambous, fendues et placées l'une près de l'autre circulairement en guise de lattage, en firent le toit, de la mousse et de la terre glaise remplirent les interstices, et une couche de goudron étendu sur ce toit à l'extérieur le rendit si solide, que nous en fîmes comme une plate-

forme ornée d'une balustrade, et sur laquelle, en sortant de notre escalier, on pouvait se promener. Au moyen de quelques planches, nous
fîmes dans l'intérieur quelques séparations, et bientôt nous eûmes une
série de petits enclos, où nous plaçâmes tous nos animaux, ainsi que nos
provisions; étables, poulailler, laiterie, fournil, grenier à foin, tout s'y
trouvait réuni; il nous resta encore un assez grand espace, dont nous
fîmes notre magasin aux vivres. Le soin de remplir ce magasin nous occupa après sa construction, et nous ne passions pas de jour sans y transporter quelque chose d'utile.

Un soir que nous revenions de la récolte des pommes de terre, je m'a-
visai d'envoyer en avant ma femme et les deux petits avec la voiture que
traînaient la vache, l'âne et le buffle, et de faire une petite excursion jusqu'au bois des glands, afin d'en ramasser quelques boisseaux; Frédéric
montait l'onagre, Ernest était suivi de son singe, et moi je portais un sac
de toile, que je comptais bien remplir de glands. Arrivés là, nous attachâmes *Pied-Léger* à un arbre, et nous nous mîmes tous trois à ramasser les glands, dont la terre était couverte; pendant que nous étions
ainsi occupés, des cris étranges, accompagnés d'un bruit d'ailes, se firent
entendre dans un fourré à quelque distance; Ernest y courut, et bientôt
nous appela : Accourez ! disait-il, maître Knips a fait une découverte, un
superbe nid de gelinottes du Canada... les œufs y sont... je tiens le père
et la mère... Venez vite !

En deux sauts, Frédéric fut près de son frère, il s'empara des deux
superbes oiseaux qui se débattaient, en poussant des cris pitoyables, et
bientôt il reparut suivi d'Ernest, qui portait entre ses bras un gros nid,
formé de longues herbes entrelacées, et tout rempli d'œufs.

C'était, en effet, une précieuse trouvaille qu'avait faite là maître
Knips, que son instinct gourmand avait bien servi dans cette occasion;
nous liâmes les pattes à la poule-geline et à son superbe mâle, que je

reconnus tout de suite pour un coq à fraise pareil à celui que Frédéric avait tué si précipitamment, quelque temps auparavant. Nous mîmes les œufs dans le chapeau d'Ernest; mais celui-ci ne voulut pas jeter le nid, composé d'une herbe souple et luisante, dont il croissait une quantité dans les environs. Je veux porter ces herbes au petit Fritz, dit-il; leur forme est singulière, on dirait de petits sabres. Dans le moment, je fis peu d'attention à ce que disait Ernest, tout occupé de notre capture; d'ailleurs la nuit approchait, et il fallait nous hâter de regagner notre gîte. Nous chargeâmes notre sac à moitié plein sur l'onagre, Frédéric s'élança sur son dos, et partit en avant en le dirigeant au moyen d'une poignée de ces longues feuilles dont j'ai parlé et qui ressemblaient à celle du glayeul. Ernest prit les deux volailles, et moi je me réservai le soin de porter les œufs, que j'eus attention de bien couvrir, car, comme ils étaient fort chauds, je ne désespérai pas pouvoir les rendre à la mère, en arrivant à Falkenhorst, et par là enrichir encore notre basse-cour d'une nouvelle famille. Mon attente ne fut pas trompée; aussitôt notre retour au logis, je remis la couvée à ma femme, qui sut si bien soigner la pauvre mère encore effarouchée, qu'en peu de temps elle nous donna quinze petits individus qui s'accoutumèrent fort bien avec les autres.

Cependant le hasard nous avait favorisés encore plus que nous ne pensions dans cette circonstance : les longues herbes plates, rapportées par Ernest à son frère, pour lui servir de jouets, étaient si souples et si flexibles, que l'enfant eut l'idée de les couper en lanière, et d'en tresser un fouet. En examinant les feuilles à mon tour, je découvris que le tissu était une multitude de fibres longues, soyeuses et très-fortes, et je ne tardai pas à reconnaître, dans ce prétendu glayeul, le véritable phormion-tenax, ou lin vivace de la Nouvelle-Zélande : c'était pour nous une découverte extrêmement importante, et ma femme, à qui je la communiquai, en fut au comble de la joie. Apportez-moi de ces feuilles, s'écria-t-elle, apportez-m'en tout ce que vous en trouverez! Je sais le moyen d'apprêter le chanvre et le lin; quand nous aurons réduit celui-ci en filasse, tu me feras un rouet ou tout au moins un fuseau, et dans mes soirées je vous filerai de quoi vous faire, l'année prochaine, des chemises, des bas, des pantalons et des blouses de bonne toile.

La promptitude avec laquelle ma laborieuse compagne envisageait déjà les résultats possibles de notre découverte, me fit sourire; toutefois mes jeunes gens, disposés à accueillir vivement tout ce que souhaitait leur mère, montèrent aussitôt leurs coursiers, Frédéric sur l'onagre et Rudly

sur le buffle, et revinrent deux heures après, portant chacun en croupe
une énorme botte de lin vivace, qu'ils déposèrent aux pieds de leur mère.
Celle-ci quitta tout pour s'en occuper aussitôt : elle le fit transporter au
Marais des flamants pour lui faire subir une première opération, qu'on
appelle le rouissage, et qui consiste à faire tremper pendant quelques
jours le lin ou le chanvre lié en paquet, dans une eau peu profonde,
pour en détacher toute la partie végétale ; lorsque celle-ci est entièrement
décomposée, on retire les paquets, on les fait sécher au soleil, et il ne
reste plus qu'à briser les tiges, lorsqu'elles sont bien sèches, et à réunir
en poignée la filasse qui les couvre.

De toutes ces opérations, nous n'eûmes que le temps de faire celle du
rouissage et du séchage de notre lin, et nous renvoyâmes aux temps
pluvieux qui s'avançaient rapidement, tout ce que demandait le reste de
la préparation. Je promis à ma femme une machine à teiller, des peignes
à carder, des fuseaux, des bobines et même un métier à tisser, quoique
ce fût une entreprise bien hasardeuse pour moi ; mais j'avais déjà
exécuté tant de choses, en apparence aussi difficiles, que j'espérai encore
réussir à celle-là.

Nous continuâmes à amasser des provisions, tant pour nous que pour
nos animaux. La charrette amenait sans cesse des sacs de glands doux,
de manioc, de pommes de terre : du bois, du fourrage, des fruits, des
cannes à sucre ; enfin, tout ce que nous croyions pouvoir nous être utile
pendant la mauvaise saison, dont nous ne savions pas quelle serait la
durée ; nous profitâmes aussi des derniers jours, pour confier à la terre
tout le blé et les autres graines d'Europe qui nous restaient, afin que les
pluies en développassent les germes, et nous préparassent ainsi une récolte abondante.

Mais il nous fallut enfin cesser tous nos travaux : des vents impétueux
grondaient dans la profondeur des bois, la mer mugissait, et des montagnes
de nuages ne tardèrent pas à s'amonceler de toutes parts ; bientôt ils cre-
vèrent sur nos têtes, et des torrents d'une pluie épaisse commencèrent à
tomber du ciel, jour et nuit, sans la moindre interruption ; les ruisseaux
se gonflèrent, et leurs eaux, en se réunissant, formèrent autour de nous
comme un lac immense. Heureusement que le terrain où nous avions
établi notre résidence était plus élevé que le reste du vallon, les eaux
n'approchèrent pas tout-à-fait de nous, mais elles formèrent une enceinte
à la distance de deux cents pas de notre arbre, qui, avec le peu de terrain qui l'entourait, faisait comme une île au milieu de l'inondation générale. Une profonde tristesse s'empara de ma famille, à la vue de cette

immense quantité d'eau qui menaçait de s'accroître encore ; bientôt il
nous fallut quitter notre château aérien, la pluie y pénétrait de toutes
parts, et les affreuses rafales de l'ouragan menaçaient à tous moments
d'emporter notre domicile avec tous ceux qui l'habitaient. Le déménage-
ment fut résolu, et nous descendîmes sous la voûte formée par les racines de notre arbre, où nous avions logé nos animaux. L'espace était
étroit, vu la quantité d'ustensiles et de provisions que nous y avions déjà
entassée ; le voisinage des animaux, l'odeur du fumier qui parvenait jusqu'à nous, mais surtout la fumée dont nous étions accablés dans cet antre
sans issue, tout nous en aurait rendu le séjour insupportable, si je n'eusse
pris le parti de construire avec deux morceaux d'écorce d'arbre, enduite
de terre glaise en dedans, un tuyau pour conduire la fumée au dehors ;
je resserrai l'espace que nous avions d'abord accordé à nos bêtes, ne pensant point que nous aurions jamais besoin de le leur disputer ; je mis dehors ceux de nos animaux qui, habitants du pays, pouvaient en supporter
plus facilement les intempéries ; ainsi je donnai une sorte de demi-liberté
au buffle et à l'onagre, auxquels pourtant je conservai les entraves aux
pieds, pour les empêcher de s'éloigner de notre résidence ; l'ombrage de
notre arbre qui s'étendait assez au loin pouvait leur servir d'abri.

Moyennant ces arrangements, nous nous trouvâmes plus à l'aise, et
comme j'avais établi une communication, de notre hutte inférieure, à
l'escalier qui s'appuyait sur son centre, nous utilisâmes cet escalier pour
placer une foule de choses sur ses marches comme sur autant de rayons.
Ma femme même en avait adopté la partie basse, où elle se plaisait à travailler près d'une des fenêtres qui l'éclairait. Du reste, nous faisions le
moins de feu possible, d'abord, parce que heureusement il ne faisait pas
froid, et ensuite, parce que nous avions beaucoup de provisions qui ne
demandaient pas une longue cuisson. Nous avions du laitage en abondance, de la viande et du poisson fumé ; enfin nos ortolans, conservés
dans du beurre, nous étaient d'un grand secours ; mais ma femme, en
bonne ménagère, avait le soin de ne nous les servir qu'en manière de
régal.

Les soins de nos animaux nous occupaient une partie de la matinée,
nous faisions ensuite de la farine de manioc, dont nous cuisions les gâteaux sur nos plaques de fer. Malgré la porte vitrée dont nous avions
fermé notre hutte, l'obscurité perpétuelle du ciel et notre position sous
un arbre aussi vaste et aussi épais que le nôtre, faisaient venir la nuit de
bonne heure ; alors un flambeau de cire verte, planté dans un pied de
bois fixé à la table commune, éclairait la famille réunie : la bonne mère

26

travaillait à l'aiguille, elle raccommodait nos hardes ; j'écrivais mon journal dont Ernest recopiait les feuilles, tandis que Frédéric et Rudly apprenaient à lire et à écrire au petit Fritz, ou s'amusaient à dessiner les animaux et les plantes qui les avaient le plus frappés. Nous lisions ensuite un chapitre de la Bible, et, après le souper, une prière de reconnaissance au Seigneur terminait nos journées.

Telle était à peu près notre existence triste et monotone. Nous étions loin d'avoir connu dans toute son extension l'hiver de ces contrées, et en présence de ces pluies continuelles nous regrettions avec une tristesse de cœur infinie, qui n'était peut-être que le regret de notre cher pays, la glace et la neige de nos montagnes.

Cependant nous fîmes quelques travaux utiles pendant cette longue réclusion : je fis une machine pour teiller le lin. C'était une espèce de large couteau de bois, dont la lame, assujettie par un bout à la table, se levait et retombait alternativement sur les brins placés au-dessous en travers, les brisait et réduisait toute la poignée en grosse filasse. J'imaginai aussi des cardes pour séparer la partie ligneuse de cette dernière et la rendre propre à être filée. C'était deux plaques d'un bois dur que je perçai de trous, très-rapprochés, légèrement inclinés d'un côté pour empêcher la machine de se détériorer par l'exercice. Je coulai sur le dos de mes cardes une forte couche de goudron mêlée de sable, ce qui rendit le tout solide et facile à manier. Toutefois nous ne pûmes faire usage de ces nouveaux produits de notre industrie ; le lin, que nous avions été obligés de rentrer à la hâte, n'était pas assez sec, et nous fûmes obligés de remettre cette besogne ainsi que la filature à notre sortie de la hutte enfumée qui nous servait de retraite. Les désagréments que nous éprouvions nous firent prendre la résolution de nous construire pour l'hiver suivant une demeure plus saine et plus commode. Frédéric nous cita l'exemple de Robinson Crusoé, qui s'était creusé dans le rocher une habitation où il pouvait braver toutes les intempéries des saisons, et l'idée d'en faire autant à notre établissement de Zeltheim nous vint tout naturellement à l'esprit. A la vérité, ce serait une entreprise longue et difficile ; mais de quoi, disions-nous, ne vient-on pas à bout avec du temps, de la patience et de la persévérance. Ce projet, et les moyens à employer pour l'effectuer furent dès-lors l'aliment de nos conversations. Tandis que notre imagination était ainsi occupée de l'avenir, nous oubliions les ennuis du présent, ou du moins nous parvenions à nous en distraire, et c'était beaucoup

CHAPITRE
5.

SOMMAIRE DU CHAPITRE 5.

Il serait difficile d'exprimer les transports de joie dont nous fûmes saisis, lorsqu'après tant de longues et tristes semaines nous vîmes enfin le ciel s'éclaircir, le soleil dissiper les derniers nuages de l'hiver et répandre sa clarté féconde sur toute la nature; les vents s'étaient apaisés, les eaux s'écoulèrent, et peu de jours suffirent pour couvrir d'une tendre verdure les lieux qu'elles avaient inondés si longtemps.

Nous sortîmes enfin de notre retraite : nos yeux ne pouvaient se rassasier de la vue de la campagne rajeunie; notre poitrine se dilatait et respirait avec délice l'air pur et frais qui nous environnait; nous oubliâmes toutes nos souffrances, et le cœur plein de joie et d'espérance, comme les enfants de Noé au sortir de l'arche, nous entonnâmes une hymne de reconnaissance au Seigneur.

Toutes nos plantations et nos semailles étaient en pleine prospérité : celles-ci commençaient à sortir de terre, et les arbres se couvraient déjà de feuilles et de fleurs, une prodigieuse quantité de plantes de toutes espèces couvraient le sol, l'air était embaumé des plus charmantes odeurs, les oiseaux chanteurs avaient repris leurs concerts, les autres, brillant des couleurs les plus vives, poussaient leurs divers cris, et tous s'occupaient à faire leurs nids : c'était le printemps dans toute sa gloire. Notre premier soin fut de débarrasser notre château aérien des feuilles flétries que les vents y avaient amassées, la douceur de la température nous permettait de l'habiter de nouveau, et comme il n'avait pas été trop endommagé, au moyen de quelques petites réparations, nous pûmes nous y installer au bout de quelques jours.

Quand nous eûmes rétabli une espèce d'ordre dans toute notre habitation, ma femme témoigna le désir que je m'occupasse de la préparation du lin : je lui avais fait, pendant nos jours de réclusion, une quenouille, des fuseaux et même un dévidoir, et elle brûlait de mettre tout cela à l'épreuve ; pour avancer la besogne, je fis sécher au feu les paquets de lin vivace, encore un peu trop humides, et l'opération du teillage fut prompte et parfaite ; mes cardes firent aussi fort bien leur office, aussi je ne tardai pas à présenter à ma femme de belles poignées d'une filasse douce et fine dont elle chargea à l'instant la quenouille en roseau que je lui avais préparée ; le fuseau commença à rouler entre ses doigts, se couvrit bientôt d'un fort beau fil très-solide qui remplit toutes les espérances que nous avions conçues. Ma femme, à qui cette occupation rappelait celles de sa jeunesse, était enchantée ; elle s'y adonna avec tant d'ardeur que, de crainte de perdre un moment, elle allait et venait, sa quenouille au côté et son fuseau à la main ; elle s'était adjoint le petit Fritz pour l'aider dans ce travail, et tandis qu'elle filait, l'enfant dévidait le fil en écheveaux.

Pendant qu'elle était ainsi occupée, nous parcourions, mes fils et moi, nos divers établissements, tant pour les visiter que pour y réparer les désordres causés par les pluies ; les champs de manioc, de pommes de terre, ceux de blé et de maïs, le potager de ma femme et nos plantations d'arbres fruitiers étaient dans le meilleur état possible. Il n'en était pas de même de notre pauvre Zeltheim : la tente avait été renversée, les piquets arrachés, la toile mise en lambeaux, et une partie de nos provisions gâtée par la pluie ; la pinasse seule n'avait point souffert, mais notre bateau de cuves avait sans doute été mis en pièces, car nous n'en retrouvâmes pas vestiges ; la perte la plus importante était celle de deux tonnes de poudre qui, ayant été moins bien abritées que les autres, avaient été pénétrées par la pluie, et ne pouvaient plus servir : cela nous fit sentir plus vivement encore la nécessité de nous assurer pour l'avenir d'un abri plus convenable qu'une tente de toile ou un toit de feuillages.

Après avoir réparé autant que possible le désordre sur ce point, nous tînmes conseil, mes fils et moi, sur les moyens d'effectuer le projet de Frédéric, car il tenait toujours à l'idée de creuser une partie du rocher pour nous y ménager une retraite, à l'imitation de celle de Robinson, son modèle. Je ne m'aveuglais pas sur les difficultés de ce projet : les rochers dont la petite plaine de Zeltheim était entourée présentaient comme un mur uni, sans la moindre crevasse ; et d'un autre côté, la dureté du roc, du moins à l'œil, me laissait peu d'espoir de succès ; cependant, comme il fallait du moins tenter de nous faire une espèce de cave, pour loger le reste de notre poudre, je me déterminai, et je choisis, dans la partie la plus perpendiculaire du rocher, le point où devaient commencer nos travaux : c'était un emplacement préférable à celui de notre tente. la vue s'étendait sur la Baie du salut, et embrassait les deux rives du Ruisseau des chacals. avec son pont pittoresque. Je traçai avec du charbon la dimension de l'entrée que je voulais donner à cette caverne, puis mes fils et moi nous saisîmes le ciseau, le pic et les lourds marteaux du mineur, et nous nous mîmes à tailler la pierre avec courage.

Les premiers coups produisirent peu d'effet ; le roc semblait inattaquable ; les rayons du soleil avaient tellement durci sa surface, que l'eau ruisselait de nos fronts pendant ce rude travail ; toutefois, le courage de mes jeunes ouvriers ne se ralentit point ; chaque soir nous quittions la besogne que nous n'avions avancée que de quelques pouces, et chaque matin nous y revenions avec une nouvelle ardeur. Enfin, au bout de cinq ou six jours, la superficie du rocher étant enlevée, nous sentîmes la pierre s'amollir peu à peu sous nos coups, bientôt ce ne fut plus qu'un calcaire, et enfin une sorte de limon sablonneux que l'on pouvait couper à la bêche ; dès-lors le travail devint plus facile et nous commençâmes à bien espérer du succès.

Pendant quelques jours, nous continuâmes ainsi, et nous étions parvenus à peu près à sept pieds de profondeur, quand un matin, Rudly qui frappait le fond de notre antre avec un levier de fer, taillé en angle, et qu'on appelle pince en terme de mineur, s'écria tout-à-coup : —

— Papa ! papa ! j'ai percé, j'ai percé !...

J'étais alors monté sur une échelle, et je donnais un peu plus d'élévation à l'extérieur de l'entrée de la caverne, et sans me déranger de mon travail, je demandai en riant au jeune garçon, s'il voyait à travers la montagne ? Frédéric, qui conduisait les décombres au dehors, dans sa brouette. accourut aux cris joyeux de son frère, qui répétait incessamment : J'ai percé, j'ai percé la montagne. Il m'appela à son tour, en m'assurant que la pince de fer était entrée dans un creux assez vaste pour qu'on pût la faire mouvoir de tous côtés. La chose me parut si extraordinaire que je descendis sur-le-champ ; en entrant sous la voûte, je trouvai la chose comme il me l'avait dite ; non-seulement le levier entrait facilement, mais une perche d'une grande longueur y pénétra également, ce qui me fit juger qu'il y avait, derrière ce qui nous restait à creuser, un espace considérable. Nous nous mîmes tout de suite à agrandir l'ouverture ; en peu de temps elle fut assez grande pour qu'un de mes enfants eût pu s'y introduire. et tous voulaient le tenter ; mais je m'y opposai fortement.

car en m'approchant de l'ouverture pour examiner, s'il était possible, le
fond de la caverne, je sentis une bouffée d'air méphitique qui s'en dégageait, ce qui me causa une sorte de vertige.

— Éloignez-vous, mes enfants! m'écriai-je plein d'effroi en me retirant moi-même, ce lieu est mortel, l'air qu'on y respire vous tuerait!

Je leur expliquai alors que l'air était soumis à certaines conditions
pour être respirable, et d'abord à celle d'un continuel renouvellement.
L'air long-temps comprimé, ajoutai-je, n'est plus qu'un gaz délétère,
qui ferait périr immédiatement le malheureux qui le respirerait. Il y a
plusieurs manières de reconnaître cet air vicié, et de se mettre à l'abri de
ses funestes effets : le plus simple comme le plus sûr est celui du feu,
qui, consumant les parties malfaisantes de l'air, lui rend son élasticité.
Aussitôt, nous allumâmes du foin dont nous jetâmes des poignées en-
flammées dans l'ouverture ; mais il s'éteignit aussitôt, ce qui prouvait
combien la caverne était remplie de miasmes dangereux. J'imaginai alors
un moyen plus énergique.

Nous avions rapporté du navire naufragé une caisse de pièces d'artifice, destinées à des signaux de marine ; je suspendis dans l'intérieur,
par une corde, une quantité de grenades et de fusées, auxquelles je mis
le feu au moyen d'une mèche soufrée qui allait du dehors au dedans.
Nous nous éloignâmes par précaution ; peu de minutes après, une
détonation se fit entendre, et un nuage épais sortit de la caverne ; nous
recommençâmes l'opération tant qu'il nous resta des pièces d'artifice,
quand tout fut consommé, et que je jugeai la caverne purgée de ces
vapeurs pestilentielles, je renouvelai l'épreuve du foin enflammé, laquelle eut un plein succès ; car ce foin, en brûlant dans cet antre
comme à l'air libre, nous assurait que tout gaz méphitique s'en était
exhalé. Toutefois, avant de nous hasarder à pénétrer dans cette profondeur, il y avait encore des précautions à prendre, et quelle que fût notre
impatience d'en connaître la nature et l'étendue, je déclarai qu'il fallait
en achever complétement l'ouverture : nous reprîmes, Frédéric et moi,
la pelle et la pioche, et pendant ce temps, Rudly, qui montait fort lestement son buffle, fut envoyé à Falkenhorst, tant pour annoncer la merveilleuse découverte qui allait si bien abréger nos travaux, que pour rapporter tout ce qu'il trouverait de flambeaux et de bougies, afin de pouvoir
explorer la caverne lorsque nous y ferions notre entrée.

Rudly, enchanté du message, partit comme un trait, sur son gros
coursier, qu'à bon droit il avait nommé l'Orage ; il fut plus long-temps
que je ne m'y attendais, car en son absence nous avions eu le temps de

faire à la caverne une ouverture assez large pour y passer facilement;
enfin nous entendîmes bientôt les planches du pont retentir sous les pas
pesants et rapides du jeune buffle. Mon fils arrivait d'un air triomphant,

il était suivi de la charrette, dans laquelle arrivait tranquillement ma
femme, accompagnée du petit Fritz, sous la conduite du prudent Ernest,
qui dirigeait l'attelage accoutumé. L'éloquence du petit courrier avait déterminé la bonne mère à quitter ses travaux, et Ernest, dont la curiosité
fut vivement excitée par le récit de son frère, avait attelé l'âne et la vache
à la charrette, pour arriver plus tôt.

La vue de nos travaux leur causa une grande admiration, et chacun
était impatient de pénétrer dans la caverne, dont à l'extérieur on ne pouvait deviner toute la profondeur. Nous allumâmes aussitôt nos flambeaux
que je distribuai à tout mon monde; une bougie éteinte, un briquet
trouvèrent place dans la poche de chacun; munis, en outre, à tout événement, de nos armes, nous entrâmes enfin dans l'intérieur. Je marchais
en tête, et je sondais le terrain avec un bâton, de peur de rencontrer
quelque flaque d'eau ou quelque cavité où nos pieds eussent pu s'engager;
mes fils me suivaient, la mère fermait la marche en tenant Fritz par la
main, qui n'avançait qu'avec crainte; nos dogues même paraissaient in-
timidés, et, au lieu de courir à droite et à gauche, ils se tenaient prudemment à nos côtés. L'attente et la curiosité nous faisaient garder le silence;
mais à peine eûmes-nous fait vingt pas dans la caverne, que la lueur de
nos flambeaux en ayant frappé la voûte et les parois, nous poussâmes
tous ensemble un cri de surprise et d'admiration : tout resplendissait autour de nous! nous étions dans une grotte de diamant! En effet, qu'on
se figure une vaste enceinte toute formée d'un cristal éblouissant; des
colonnes de même matière s'élevaient de distance en distance comme

pour soutenir la voûte du superbe édifice, celle-ci était ornée elle-même
d'un nombre prodigieux de cristaux dont les facettes multipliaient à l'infini la lumière de nos flambeaux : on eût dit une salle royale richement
éclairée, ou une cathédrale gothique illuminée pour la messe de minuit.
C'était un merveilleux palais, tel qu'on en voit la description dans les
Contes des Fées, et notre petit Fritz n'était pas éloigné de croire qu'en
effet quelque bonne fée habitait ce brillant séjour.

Quand nous fûmes un peu revenus de notre première surprise, nous
avançâmes avec plus d'assurance. La grotte était spacieuse, le sol en était
uni et couvert d'un sable fin et sec. La forme des stalactites qui la tapissaient me fit penser que ces cristallisations pourraient bien être de la nature de celles du sel lorsqu'il se forme en banc dans les entrailles de la
terre ; je m'approchai, je goûtai un de ces angles cristallisés, et je m'assurai que les brillantes décorations de notre nouveau palais étaient du
sel gemme, c'est-à-dire le meilleur et le plus pur de tous.

Cette découverte valait presque celle de la grotte elle-même. Désormais, nous n'aurions plus besoin d'aller ramasser bien loin, à grand'
peine, cette précieuse denrée si nécessaire pour nous et nos animaux :
nous n'avions plus qu'à la ramasser à la pelle, sans être même obligés de
la purifier comme celui que nous recueillions le long des côtes. Cette
découverte mit le comble à notre joie, nous ne pouvions nous lasser de
parcourir ce brillant séjour et d'en admirer les beautés. Quelques blocs de
sel gisaient çà et là sur le sol, et paraissaient être tombés de la voûte ; de
peur que d'autres ne vinssent à s'en détacher inopinément, je fis charger
les armes, et nous étant placés à l'entrée de la grotte, nous tirâmes six
coups de fusil dans l'intérieur, afin de provoquer par l'explosion la chute
des fragments qui auraient à tomber ; de plus, nous frappâmes avec de
longues fourches les angles qui nous parurent douteux, et après cette
double épreuve, nous demeurâmes assurés de la solidité de notre magnifique demeure.

Il s'agissait maintenant de nous y établir et de la disposer de la manière
la plus convenable ; ce fut, en retournant à Falkenhorst, la matière iné-
puisable de notre entretien : chacun faisait son plan ou donnait ses idées ;
je recueillis les avis, et le lendemain je retournai suivi de mes fils pour
les mettre en partie à exécution.

Nous commençâmes par arrêter d'une manière précise les contours de
l'entrée de notre grotte, à laquelle nous adaptâmes la porte de l'escalier
de Falkenhorst : ce dernier lieu, ne devant plus être pour nous qu'une
habitation temporaire, n'avait plus besoin de fermetures solides, et d'ail-

leurs je me proposais de fermer le bas de notre escalier par une porte
en écorces, afin d'en dérober plus sûrement l'entrée aux sauvages, s'il
en venait jamais dans ce canton. Nous partageâmes ensuite le terrain en
deux parties ; la portion de droite fut destinée à notre habitation ; dans
celle de gauche, devaient se trouver la cuisine, la chambre de travail et les
écuries, la partie de fond fut réservée pour la cave et les magasins : toutefois, il fallait donner de l'air et de la lumière à notre nouvelle demeure.
Il nous fallut bien des jours d'un rude travail pour percer des ouvertures
sur la façade du rocher et y placer les fenêtres que j'avais rapportées du
navire ; la division des chambres, une cheminée qu'il fallut construire
dans la cuisine, avec un tuyau pour conduire la fumée au dehors, le
transport de tous nos effets, le placement de toutes ces choses, enfin tous
les embarras d'un emménagement, où il nous fallait être à la fois ouvriers
et ordonnateurs, nous prirent une partie de l'été ; mais le souvenir des
grandes pluies et l'idée de pouvoir désormais passer la mauvaise saison
d'une manière commode et agréable, nous donnaient du courage, et nous
faisaient oublier nos fatigues.

Nous passions presque tout notre temps à Zeltheim, devenu le centre
de nos opérations et où nous apportions toutes nos provisions : outre les
jardins et les plantations dont il était entouré, nous y trouvions diverses
ressources : ainsi la baie aux canards, la chasse aux tortues, qui abondaient sur cette côte où elles venaient déposer leurs œufs, enfin les écrevisses du ruisseau, les homards, les crabes, les moules et la pêche de
toutes sortes de poissons, dont fourmillaient ces parages, fournissaient
notre table de mets variés et excellents. Un matin, que nous nous trouvions réunis au bord de la mer, un spectacle singulier frappa nos regards : les eaux, sur une étendue assez considérable, étaient agitées d'un
mouvement extraordinaire, on eût dit qu'elles étaient en ébullition ; une
nuée d'oiseaux marins volaient à la surface en poussant mille cris assourdissants : les uns plongeaient dans ces eaux agitées, puis s'envolaient dans
les airs, où, poursuivis par leurs compagnons, ils formaient mille cercles
et mille évolutions, tellement que nous ne savions si c'était l'image de
jeux paisibles ou celle d'une guerre meurtrière ; cependant, le phénomène marin prenait, de moment en moment, un plus merveilleux aspect ;
toute la surface éclairée par les rayons du soleil levant parut couverte de
petites flammes brillantes et animées, qui paraissaient et disparaissaient
tour à tour. Tout-à-coup, la masse entière quitta la haute mer et s'avança
vers le rivage en se dirigeant dans la Baie du salut, où nous courûmes
pleins de surprise et de curiosité. Chacun expliquait le phénomène à sa

manière : Frédéric pensait que ce pouvait être un volcan sous-marin qui allait faire explosion ; la présence des oiseaux de mer faisait croire à Ernest qu'il y avait là quelque monstre gigantesque, tel qu'un cachalot, une baleine peut-être, et que les oiseaux étaient occupés à recueillir les petits poissons que l'animal soulevait sur son dos, dans ses divers mouvements. Les plus jeunes, toujours amis du merveilleux, voyaient là quelque être surnaturel, comme une syrène ou un homme-marin, dont ils avaient entendu raconter souvent de merveilleuses histoires.

— Si vous voulez que je vous le dise, ce n'est rien de tout cela, dis-je à mon tour ; mais tout simplement un banc de harengs qui descendent tous les ans des mers du Nord.

Cette explication, que l'événement ne tarda pas à justifier, donna lieu à une foule de questions auxquelles je satisfis de mon mieux.

On appelle un banc de harengs une immense quantité de ces poissons qui marchent en colonne si serrée qu'on dirait quelquefois un banc de sable au milieu de la mer ; ce banc couvre souvent plusieurs lieues carrées à plusieurs toises de profondeur, et, en se répandant sur la surface de l'Océan, s'en va porter sur les côtes des ressources que la nature leur avait refusées. Ces peuplades errantes sont toujours suivies de gros poissons, tels que les esturgeons, les marsouins, les dorades, etc., qui en font une grande consommation : les oiseaux voraces se réunissent aux monstres marins, et tandis que ceux-ci les poursuivent sous les flots, ceux-là les harcèlent à fleur d'eau. Les harengs voyagent ainsi entre deux genres d'ennemis acharnés auxquels il faut joindre l'homme, entre les mains duquel ils ne tardent pas à tomber en grande partie après avoir échappé à leurs autres persécuteurs. Avec tant de chance d'anéantissement, il semble que la race du hareng dût être bientôt épuisée ; mais la Providence, qui veille à tout, a soin de conserver les espèces ; et l'étonnement cesse quand on sait qu'une seule femelle pond chaque année cinquante à soixante mille œufs. Il y a encore un autre poisson destiné par la nature à la nourriture des hommes, c'est la morue, qui contient plus de trois millions d'œufs.

Pendant ces explications, la troupe brillante, car les écailles de tous ces poissons luisaient à la surface de l'eau avec un merveilleux éclat, entra dans la baie ; mes fils et ma femme, que nous avions appelés, étaient dans l'admiration à la vue de cette quantité de poissons si prodigieuse qu'ils semblaient les uns sur les autres.

— Ce n'est pas le tout d'admirer, leur dis-je, la Providence nous envoie ces richesses, il faut bien vite les recueillir.

Aussitôt j'envoyai chercher les ustensiles nécessaires, et j'organisai la
pêche. Frédéric et Rudly entrèrent dans l'eau, et telle était l'épaisseur
du banc. qu'ils prenaient les poissons avec des paniers comme on puise
de l'eau avec un seau ; ils nous les jetaient ensuite sur le sable : ma
femme et Ernest, chacun munis d'un couteau, leur ouvraient le ventre,
en nettoyaient l'intérieur et les frottaient de sel dont nous avions apporté
une provision ; je les rangeais ensuite dans de petits tonneaux que nous
avions en réserve ; je plaçais alternativement un lit de harengs, puis un lit
de sel ; et quand le baril était plein, l'âne, conduit par mon petit Fritz,
le transportait au magasin. Ce travail nous occupa plusieurs jours, au
bout desquels nous nous trouvâmes une douzaine de barils d'excellente
salaison à ajouter à nos provisions d'hiver.

Cependant les débris de tous les poissons, que nous avions rejetés à la
mer pour ne pas infecter l'air, attirèrent dans la baie une quantité de
chiens de mer ; nous en tuâmes une douzaine dont je gardai soigneusement la peau et la graisse : celle-ci sert à faire une huile à brûler excellente, ce qui devait un peu suppléer à nos bougies ; quant à la chair,
après en avoir régalé nos chiens, je jetai le reste aux écrevisses de la Rivière des chacals ; je fis aussi pour celles-ci et pour les petits poissons
que mes fils pêchaient en s'amusant, une espèce de réservoir avec deux
grandes caisses percées d'une quantité de trous afin que l'eau y pénétrât
de toutes parts ; de cette manière, quand nous étions pressés de manger
du poisson frais ou des écrevisses, nous n'avions qu'à les prendre dans ces
caisses, où tout cela vivait comme au fond de l'eau.

Nos travaux d'installation se poursuivaient, mais la besogne allait lentement, parce que nous en étions souvent distraits par des soins divers.
En examinant plus attentivement le roc de la caverne, j'avais remarqué
que le cristal de sel dont elle était revêtue avait pour base un spath gyp-
seux dont j'espérais tirer de grands avantages pour nos constructions ; en
effet, une quantité de fragments de ce spath se trouvait en dehors, sous
la saillie du rocher où j'avais primitivement établi notre magasin à poudre :
j'en apportai quelques morceaux au foyer de notre cuisine, où je les fis
chauffer jusqu'à ce qu'ils devinssent rouges. Quand cette pierre fut refroidie, elle devint tendre et friable ; je la réduisis facilement en une
poudre blanche et fine : cette poudre, dont mes fils ne comprenaient ni
la nature ni l'utilité, était d'excellent plâtre.

Cette découverte était extrêmement précieuse pour nous ; aussi j'engageai mes enfants à préparer chaque jour, autant qu'ils le pourraient,
de cette matière. En attendant que je pusse l'employer d'une manière

plus utile, je m'en servis pour en sceller mes barils de harengs, et empêcher ainsi le contact de l'air : une couche assez épaisse de ce plâtre délayé dans l'eau fit l'affaire ; toutefois, je ne fis cette opération que sur la moitié de mes tonnes, le contenu des autres fut destiné à faire des harengs saurs que ma femme aimait beaucoup. Pour cela je fis une petite hutte à la manière des pêcheurs hollandais, j'y suspendis les harengs enfilés dans des baguettes, j'allumai en dessous un feu de branches vertes, de mousse et de feuilles, qui devaient produire en brûlant une épaisse fumée ; je fermai soigneusement toutes les issues de la hutte, et j'obtins ainsi une belle provision de harengs pecs d'un jaune brillant, et aussi appétissants que ceux des pêcheurs hollandais les plus habiles.

Un mois après le passage des harengs, nous eûmes la visite d'autres poissons. Ce fut Rudly qui les découvrit à l'entrée de la Rivière des chacals, où ces poissons paraissaient s'être arrêtés pour déposer leurs œufs entre les pierres dont son cours était semé. Rudly était tenté de les prendre pour de petites baleines, tant ces poissons lui paraissaient énormes. Ce n'étaient pas des baleines, mais une troupe nombreuse d'esturgeons, de

saumons, de grosses truites et d'autres poissons. — Eh bien ! s'écriait le petit garçon charmé d'avoir eu à signaler le premier cette découverte, j'espère que voilà des gaillards qui valent bien vos petits harengs !...

— D'accord ; mais nous ne prendrons pas ceux-ci avec des paniers, comme les autres, dis-je un peu embarrassé.

— Bah ! si vous voulez m'aider, papa, reprit Rudly qui ne doutait jamais de rien, nous en viendrons bientôt à bout, et nous deux encore ! vous allez voir...

En disant cela il courut à la grotte, où nous étions déjà à moitié établis ; il en rapporta son arc, ses flèches, un rouleau de corde grosse comme le petit doigt et deux vessies de chiens de mer toutes gonflées ; il attacha le bout de la corde à une flèche dont l'extrémité était pourvue d'un fer d'hameçon ; il attacha l'autre bout à une grosse pierre du rivage, fixa la vessie au milieu, puis, saisissant son arc, il le tendit, et, visant le plus gros des saumons, il l'atteignit dans le flanc. Le poisson blessé s'enfonça d'abord sous les eaux, entraînant avec lui la flèche, la corde et la vessie qui nous indiquait sa trace ; mais, retenu par la pierre, il ne put aller bien loin : — A présent tirez la corde, papa ! tirez ferme, dit l'enfant tout joyeux ; il faudra bien que le drôle vienne à nous !

Ce n'était pas chose facile, car le saumon se débattait avec une force extraordinaire ; toutefois, comme il perdait beaucoup de sang, il s'affaiblit bientôt, et nous parvînmes enfin à le tirer sur la rive où nous l'achevâmes.

Mes autres fils étaient accourus aux cris de joie de leur frère. On félicita le jeune pêcheur de son invention, et, comme il était à craindre que le reste de la troupe nautique, effarouchée de cette attaque, ne s'éloignât pour ne plus revenir, nous résolûmes de tout quitter pour continuer la pêche. Chacun y employa ses armes : Frédéric lança son harpon et amena sur le sable, au moyen du dévidoire, les plus gros saumons : Ernest, muni d'une bonne ligne, s'adonnait à la poursuite de la truite ; pour moi, armé, comme Neptune, d'un trident de fer, je parvins à saisir entre les pierres sur lesquelles je m'étais placé, deux ou trois de ces poissons monstrueux. La grande difficulté était de tirer notre proie hors de l'eau : Frédéric, qui avait harponné un esturgeon d'au moins huit pieds, ne pouvait venir à bout de l'amener sur la rive ; il résistait à tous nos efforts réunis, lorsque ma femme, qui était accourue, eut l'idée d'aller chercher notre buffle. Nous l'attelâmes à la corde, et, par ce moyen, nous pûmes nous rendre maîtres de cette immense capture.

Ce fut ensuite une grande besogne que d'ouvrir et de nettoyer tous ces poissons, et d'en préparer les chairs ; nous en salâmes une partie, l'autre fut séchée comme les harengs ; ma femme, toujours industrieuse, eut l'idée d'en préparer un baril dans de l'huile à la manière du thon. L'esturgeon, dont la chair ressemble à celle du veau, était une femelle, elle avait une masse d'œufs, qui pesait plus de quarante livres ; on voulait les abandonner, comme tous les intestins de ces poissons, aux écrevisses, mais je m'y opposai, je savais que les Russes préparent un mets très-délicat avec les œufs de l'esturgeon : c'est ce qu'ils appellent caviar. Je fis nettoyer avec soin ces œufs de toutes les peaux et fibres qui les entouraient, je les fis laver dans de l'eau de mer, et après les avoir légèrement saupoudrés de sel, je les fis entasser dans des vases de courge percés de petits trous, afin que toute l'eau s'en écoulât; on plaça des poids sur la surface pour les comprimer davantage, et au bout de quelques jours, nous obtînmes ainsi une douzaine de pains d'un rouge brun, que nous portâmes au séchoir avec le poisson, et qui furent encore une ressource pour l'hiver.

J'eus l'idée aussi d'utiliser la peau visqueuse, les nageoires et le reste des entrailles de l'esturgeon, et d'en faire ce qu'on appelle de la colle de poisson. Une grande chaudière remplie d'eau et placée sur le feu reçut tous ces débris, et lorsque, par l'évaporation, ce mélange eut acquis une consistance assez épaisse, nous la passâmes à une toile claire, nous en obtînmes une substance semblable à la colle forte, et si transparente que je songeai à en faire des vitres; pour cela, je l'étendis par couches minces sur une table de marbre, débris du mobilier du vaisseau; au fur à mesure que l'une de ces couches se durcissait en séchant, je l'enlevais et j'en coulais une autre, ce qui me fournit quinze ou vingt plaques de gomme, très-blanches, très-solides, et tout-à-fait propres à l'usage auquel je les destinais.

Cependant, les cultures de Zeltheim étaient en plein rapport, et commençaient à nous donner une quantité de légumes divers et d'un goût excellent; ce qu'il y avait surtout de fort agréable, c'est que, par l'effet de la vigueur du sol, ces végétaux, qui ne paraissaient point reconnaître ici les saisons, nous donnaient leurs produits presque sans interruption : les petits pois, les fèves vertes et toutes sortes d'herbes potagères se succédèrent pendant presque tout l'été; les maïs, qui entouraient ces planches, avaient des épis longs de plus d'un pied; les concombres, les melons, surpassèrent notre attente; la canne à sucre et l'ananas avaient également bien réussi; quant aux pommes de terre, au manioc, aux ignames ou patates douces, il y en avait des champs entiers, et nous n'avions que la peine de les recueillir. Cet heureux état de prospérité nous donna l'espoir qu'il en serait de même pour nos plantations lointaines, et nous résolûmes de les visiter.

Un matin donc, nous partîmes tous ensemble pour Falkenhorst; dans la plaine qui précédait ce lieu et où ma femme avait semé tout ce qu'elle avait de grains d'Europe, nous y trouvâmes la plupart des céréales en parfaite maturité, et les autres encore vertes : il y avait de l'orge, du froment, de l'avoine, des pois, des vesces, des lentilles, des fèves de toutes espèces; nous coupâmes et réunîmes en gerbes tout ce qui nous parut mûr, nous réservant de surveiller la maturité des autres, car il y avait là une quantité de moissonneurs qui paraissaient plus pressés que nous de goûter à ces productions nouvelles, je veux dire des oiseaux de

toutes espèces, depuis l'outarde jusqu'aux cailles, et aux divers établissements que les uns et les autres avaient faits dans nos champs, nous pouvions présumer qu'ils n'y laisseraient pas grand'chose.

Pour commencer à les débusquer un peu de ce lieu où ils avaient élu
domicile, les talents de nos animaux privés furent mis en réquisition ;
en effet, l'aigle, que Frédéric avait dressé comme un faucon à la chasse,
alla chercher presque dans les nues une superbe poule outarde, et l'apporta aux pieds de son jeune maître, tandis que le chacal de Rudly, qui
valait un chien d'arrêt pour la ruse et l'adresse, nous fit prendre une
douzaine de cailles grasses comme de petites pelotes de graisse, qui nous
fournirent un excellent repas. Cette première excursion dans nos possessions nouvelles fut encore signalée par une jolie invention de ma femme :
elle nous fit une boisson composée d'épis de maïs verts, écrasés dans de
l'eau, et mêlés avec du jus de cannes à sucre ; il en résulta un breuvage
rafraîchissant, substantiel, et qui avait l'apparence et la douceur du lait.

Nous passâmes le reste du jour à Falkenhorst, à mettre cette demeure
d'été en ordre, à battre et à égréner nos céréales, afin d'en conserver la
précieuse semence pour une autre année, enfin à tout disposer pour une
petite excursion, que nous nous proposions de faire le lendemain dans
les environs. La difficulté de nourrir et loger auprès de nous nos animaux
domestiques, pendant la mauvaise saison, m'avait fait songer au moyen
de les acclimater, de telle sorte que nous pussions être débarrassés d'une
partie de ces soins, et je résolus d'en fonder une colonie, dans un lieu
d'où ils ne pussent s'échapper, en même temps qu'ils y trouveraient la
subsistance nécessaire à leur entretien. Le jour suivant, nous fîmes nos
dispositions ; en conséquence, ma femme choisit dans le poulailler une
douzaine de volailles, je pris dans l'étable quatre jeunes porcs, deux paires
de brebis, deux chèvres ; ces animaux furent placés sur la charrette, où
se trouvaient déjà des provisions de toute espèce, des vivres, les outils et
les ustensiles dont nous pouvions avoir besoin ; nous y attelâmes à la fois
le buffle, la vache et l'âne, et nous partîmes pour cette nouvelle expédition.

Frédéric, monté sur l'onagre, marchait en avant afin de reconnaître le
terrain, et de ne pas nous engager dans quelque passage trop difficile.
Nous avions pris une direction toute différente, pour nous rendre dans
la partie du terrain qui s'étendait depuis Falkenhorst jusqu'au Promontoire de l'espoir trompé ; nous eûmes à lutter contre les hautes herbes,
les bois entrelacés de fortes lianes, mais la hache nous ouvrait un passage
à travers tous ces obstacles. Nous parvînmes enfin, au sortir d'un petit
bois, dans une plaine couverte d'arbrisseaux du plus singulier aspect du

monde, car, non-seulement leurs rameaux, mais tout le sol qui les entourait, était couvert de flocons blancs pressés, on eût dit qu'il venait de
neiger. Le petit Fritz y fut trompé le premier. Oh ! de la neige ! de la
neige ! s'écria-t-il en frappant dans ses mains avec une joie enfantine ;
maman ! descends-moi de la charrette, je veux faire des pelotes de
neige !...

Nous rîmes beaucoup de l'erreur de l'enfant, car, malgré l'apparence,
la chaleur qu'il faisait en ce moment ne nous permettait pas de croire
que ce que nous voyions là fût en effet de la neige. Frédéric frappa l'o-
reille de l'onagre qui partit comme un trait ; bientôt il me rapporta une
branche toute chargée de ce blanc duvet, et, à ma grande joie, je reconnus le coton. C'était pour nous une découverte d'un prix inestimable.
et déjà ma femme énumérait avec ravissement tout ce qu'elle allait nous
procurer d'avantages, quand je lui aurais fourni les nouveaux ustensiles
pour filer, carder et tisser ce coton ; nous en recueillîmes aussitôt une
grande quantité, nous en remplîmes trois sacs, en nous réservant plus
tard d'éplucher cette bourre merveilleuse, des graines dont elle était
mêlée, et que plus tard nous nous proposions de semer dans les environs
de Zeltheim, afin de posséder cette plante utile dans notre voisinage. La
récolte terminée, nous poussâmes plus loin notre excursion.

Après avoir traversé le champ des cotonniers, nous atteignîmes le
sommet d'une colline peu élevée, dont la vue s'étendait sur un véritable
paradis terrestre ; des arbres de toutes espèces couronnaient les flancs de
la colline, un frais ruisseau coulait à travers la plaine et contribuait
ainsi à la beauté du site et à sa fécondité.

Le bois que nous venions de traverser formait un abri contre les vents
du nord, et l'herbe épaisse dont la plaine était tapissée pouvait assurer
la subsistance de nos bestiaux ; ce fut donc là que je résolus d'établir
notre nouvelle métairie, et ma décision obtint l'assentiment général.

Nous commençâmes à dresser la tente, à construire un foyer avec des
pierres, et à préparer notre repas ; quand nous eûmes ainsi pourvu à
notre habitation temporaire, je m'occupai, avec Frédéric, à chercher
un emplacement convenable pour nos projets ; je trouvai, en effet, un
groupe de beaux arbres, assez distants les uns des autres pour m'offrir
naturellement les piliers dont j'avais besoin pour appuyer ma construction : nous transportâmes là tous nos outils ; mais, comme la journée était
assez avancée, nous remîmes au lendemain à commencer la besogne.
Nous revînmes sous la tente, où ma femme et mes jeunes fils s'étaient
occupés à éplucher le coton recueilli de ces graines, et nous avaient

préparé pour chacun un bon oreiller qui , après le souper , nous procura sous la tente un sommeil doux et paisible.

Les arbres que j'avais choisis pour établir ma construction étaient disposés de la manière la plus favorable ; ils formaient un carré long dont le grand côté regardait la mer. Je pratiquai dans ces arbres de profondes mortaises à dix pieds du sol environ ; j'en fis d'autres au-dessus à une même distance , et j'y introduisis transversalement de fortes perches qui formèrent une charpente sinon élégante, du moins solide ; et j'étendis par dessus l'édifice un toit rustique en écorce d'arbre. Nous enlevions l'écorce des troncs qui nous avoisinaient , et après l'avoir fait sécher au soleil en la chargeant de pierres pour l'empêcher de se tourner en rouleau, nous attachions ensemble les divers lambeaux en nous servant d'épines d'acacias , attendu que les clous de fer nous étaient trop précieux pour les prodiguer ainsi ; ce toit rappelait assez bien l'aspect de ces cottes de mailles que portaient les guerriers romains. Ce travail nous fit faire plusieurs découvertes : la première fut celle du térébinthe et de l'arbre à mastic, et de cette espèce d'acacias à fortes épines propres à remplacer les clous.

L'instinct de nos chèvres nous fit ensuite découvrir , parmi les morceaux d'écorce que nous avions employés, celle du cannellier ; cette dernière découverte avait peu d'importance , mais la térébenthine et le mastic étaient pour nous deux objets précieux dont j'espérais tirer le plus grand parti, pour les substituer au goudron qui nous manquait totalement. J'eus de longues explications à donner, et sur l'origine et sur l'emploi de ces diverses substances. Je répondis de mon mieux aux questions de mes petits garçons, et je les félicitai en outre du louable désir qu'ils manifestaient souvent d'étendre le cercle de leurs connaissances.

Cependant l'achèvement de la métairie nous occupait depuis plusieurs

jours. Nous tressâmes les parois avec des lianes entrelacées de branches
flexibles, pour en soutenir le tissu. Cette fermeture ne monta guère qu'à
six pieds du sol ; le reste de l'espace jusqu'au toit fut rempli par une
sorte de treillage léger qui devait laisser pénétrer l'air et le jour à
l'intérieur. La porte fut placée à la façade du côté de la mer. Quant à la
disposition intérieure, elle consista simplement en une série de compartiments proportionnés à la quantité des hôtes qu'ils devaient recevoir.
Nous y ménageâmes un réduit pour nous recevoir dans les visites que
nous rendrions aux nouveaux colons. Nous avions bien le projet d'enduire de terre glaise et de plâtre les parois inférieures de la hutte, mais
ces travaux d'achèvement furent renvoyés à un autre temps ; il nous
suffisait, pour le moment, que nos bêtes trouvassent l'abri dont elles
avaient besoin. Ce qu'il fallait obtenir d'abord, c'était qu'elles s'accoutu-
massent à s'y retirer le soir en rentrant du pâturage. Nous eûmes soin
pour cela de laisser en quantité assez grande, dans leur râtelier, la
nourriture qu'ils affectionnaient le plus : nous y mêlâmes du sel, pour
les allécher encore, et nous nous proposâmes de répéter plusieurs fois
le même moyen.

Nous travaillions tous avec ardeur ; mais la besogne était lente, par
suite de notre inexpérience, et les provisions que nous avions apportées
étaient à peu près épuisées. Je ne voulais pas cependant retourner à
Falkenhorst avant d'avoir complètement terminé l'établissement nouveau,
et je résolus d'envoyer de compagnie Frédéric et Rudly, y chercher de
quoi prolonger notre séjour, et en même temps y renouveler la nourriture
des bestiaux que nous y avions laissés. Mes deux braves coureurs partirent, chacun sur sa monture favorite, emmenant en outre le baudet
paresseux que Frédéric tenait en laisse, tandis que Rudly, de son fouet,
lui caressait les oreilles.

Pendant leur absence, nous voulûmes, Ernest et moi, tenter une petite
excursion pour découvrir quelques palmiers ou quelques touffes de
pommes de terre.

Nous remontâmes pendant quelque temps le cours du ruisseau, il nous
conduisit à un grand marais au bout duquel nous découvrîmes un lac
où s'ébattaient une foule d'oiseaux de toutes grosseurs. Le marais était
bordé d'une herbe haute et touffue, et qui portait de longs épis ; je
m'approchai et je reconnus le riz : celui-ci, quoique de petite espèce,
paraissait être d'une bonne qualité. Quant au lac, il faut être Suisse, il
faut avoir vu dès son enfance cette surface unie, ces eaux tranquilles,
pour comprendre tout ce que nous dûmes éprouver de bonheur à nous

arrêter sur les bords de celui-ci. C'était la Suisse, c'était pour nous l'image de cette terre chérie, mais l'illusion dura peu : le rivage, avec sa végétation puissante et ses arbres, nous rappela bientôt que nous n'étions plus en Europe, et qu'entre la terre de notre patrie et nous il y avait maintenant l'Océan.

Ernest tira plusieurs oiseaux, et il le fit avec une adresse et un bonheur dont je fus surpris. Pendant ce temps maître Knips avait fait une découverte assez intéressante : le friand avait flairé de loin l'odeur de la fraise ananas, et au moment où nous y pensions le moins, il sauta lestement à bas de Billy, son coursier ordinaire, et courut se régaler de ce fruit délicieux ; nous profitâmes de l'exemple pour en faire autant, surtout Ernest qui aimait ce fruit avec passion. Cependant il songea bientôt aux absents, et la hotte de Knips fut remplie de fraises, qu'il eut commission de remporter à la métairie. Par précaution, nous les couvrîmes de feuilles et de branches sèches, car la gloutonnerie connue du dépositaire aurait bien pu alléger le fardeau en route. Nous côtoyâmes tranquillement le lac, dont les rives changeaient d'aspect à chaque pas. C'était l'une des plus riantes et des plus fertiles parties que nous ayons encore vues dans cette contrée. Des oiseaux de toutes sortes y abondaient : mais ceux qui nous surprirent le plus furent deux cygnes noirs qui se miraient majestueusement dans l'eau : leurs plumes étaient luisantes et parfaitement noires, excepté celles de l'extrémité des ailes, qui étaient blanches. Du reste, ces oiseaux ressemblaient exactement à ceux d'Europe : c'était la même démarche, les mêmes mouvements lents et gracieux. Ernest aurait volontiers donné contre eux une nouvelle preuve de son adresse ; je l'en empêchai, car je me serais reproché de troubler sans motif la paix douce et profonde qui régnait parmi tous ces êtres inoffensifs.

Mais Billy, qui n'avait probablement pas pour les belles scènes de la nature la même admiration que nous, partit soudain comme un trait, et s'élança sur un animal qui nageait doucement à fleur d'eau et qu'elle nous rapporta. C'était une bête de la forme la plus singulière : elle ressemblait à la loutre ; ses quatre pieds étaient pourvus de membranes comme ceux des oiseaux aquatiques ; elle avait la queue longue, revêtue de poil, et, comme l'écureuil, elle la portait redressée en l'air. Sa tête très-petite, ses yeux et ses oreilles presque cachés, et un long bec de canard placé au bout du museau, terminaient cet ensemble bizarre. Toute notre science de naturalistes échoua devant cet étrange animal. Ernest le savant ne lui trouva aucun nom ; je cherchais en vain à me rappeler mon Buffon ; il fallut renoncer à mes souvenirs, et presque persuadés que l'animal que nous avions devant nous était encore inconnu aux hommes, nous lui donnâmes hardiment un nom, et ce fut celui de *schnabelthier* (bête à bec). Je commandai à Ernest de la prendre, car je voulais la conserver et l'empailler comme une chose rare.

— Ce sera, dit le petit savant, la première pièce de notre musée.

— Précisément, lui répondis-je ; et quand l'établissement sera définitivement constitué, nous t'en nommerons le conservateur.

Cependant je m'aperçus que notre absence se prolongeait, et je ne voulus pas donner à ma femme de plus longues inquiétudes. Nous nous remîmes en route, et nous prîmes pour revenir le chemin le plus direct : nous trouvâmes la bonne mère, qu'un rien alarmait, déjà un peu inquiète ; nos deux messagers revinrent presque en même temps de Falkenhorst, et un repas joyeux nous réunit tous. Chacun raconta ses prouesses. Ernest disserta sur nos découvertes, et il mit tant de pompe dans ses descriptions, que je fus obligé de promettre à Frédéric de l'emmener une autre fois. J'appris avec plaisir que tout était en bon état à Falkenhorst, et que mes petits garçons avaient eu la bonne idée de laisser à nos animaux des provisions pour dix jours. Cette prévoyance nous permettait de prolonger notre absence, et de donner à l'habitation que nous venions de fonder tous les soins qu'elle réclamait. Nous y restâmes encore quatre jours, pendant lesquels je consolidai les cloisons, tandis que ma femme et ses fils disposaient, dans la portion que nous nous étions réservée, des matelas de coton destinés à nous recevoir dans nos visites à la métairie. Enfin le moment du départ arriva, je donnai le signal ; la charrette fut chargée de tout ce que nous devions emporter ; nous nous mîmes en marche. Nos animaux voulaient nous suivre, et il fallut, pour les en empêcher, que Frédéric, monté sur l'onagre, soutînt notre retraite, et les maintînt autour de la métairie jusqu'à ce qu'ils nous eussent perdus de vue.

Nous n'étions pas encore décidés à rentrer à Falkenhorst, nous prîmes donc un autre chemin en nous dirigeant vers le Bois des singes que nous avions aperçu de loin : ces malins animaux nous accueillirent de pommes de pin ; mais deux ou trois coups de fusil à mitraille nous délivrèrent de leurs attaques. Fritz ramassa un de ces fruits nouveaux qu'ils nous avaient lancés, et je reconnus la pomme du pin à pignons doux, dont l'amande, bonne à manger, donne une huile excellente. Nous fîmes une provision de ce fruit et nous continuâmes à marcher en avant. Arrivés à peu de distance du Cap de l'espoir trompé, nous fîmes halte, et nous délibérâmes pour savoir si nous devions franchir la colline qui s'élevait à droite du cap. Le conseil opina pour l'affirmative. En conséquence nous nous mîmes en marche.

Parvenus au sommet, nous fûmes bien payés de la fatigue que nous venions de nous imposer. La vue s'étendait sur une campagne fertile et riante, de prés, de lin, et partout, des prés, des ruisseaux, des arbres en fleurs, des oiseaux qui gazouillaient dans les buissons : je m'écriai avec admiration : O mes enfants! c'est ici l'Arcadie! Nous plantâmes de nouveau la tente de voyage, et nous ne voulûmes pas quitter ce lieu enchanteur sans y laisser une nouvelle hutte, car nous pensions faire aussi de notre nouvelle Arcadie un but habituel de promenades. La construction de la métairie nous avait servi d'apprentissage; nous réussîmes cette fois avec beaucoup moins de peine et bien plus vite. Nous étions fiers et heureux de laisser sur divers points de l'île des traces de notre passage : c'était comme autant de conquêtes de l'homme sur la nature, de la civilisation sur le désert.

La construction nouvelle reçut le nom de *Prospect-Hill;* en bon allemand, je voulais l'appeler tout simplement *Schattenbourg* (Bourg ombragé); mais le nom anglais, qui était de maître Ernest, l'emporta sur le mien, et *Prospect-Hill* fut adopté.

Cependant, le but que je m'étais proposé en commençant cette expédition était celui de trouver un arbre susceptible de nous fournir une pirogue, pour remplacer notre bateau de cuves; ce but n'était point atteint : nous avions presque oublié ce projet au milieu de nos constructions de métairies. Nous y revînmes enfin; et, après avoir inspecté tous les arbres du voisinage, je m'arrêtai à une espèce de chêne dont l'écorce était beaucoup plus lisse que celle des chênes d'Europe, et ne ressemblait pas mal à celle du liége. Le tronc avait au moins cinq pieds de diamètre, et il me sembla que sa dépouille, si je pouvais l'obtenir, répondrait parfaitement à mon intention. Je traçai au pied, avec la scie, un cercle qui coupa l'écorce jusqu'à l'aubier; Frédéric, au moyen d'une échelle de vingt pieds que nous portions partout avec nous, et que nous avions fabriquée nous-mêmes, monta sur les premières branches de l'arbre, et il répéta, au-dessous de celles-ci, à peu près à dix-huit pieds du sol, l'opération que j'avais faite en bas. Quand son incision fut terminée, il en pratiqua une autre en descendant longitudinalement, et nous enlevâmes dans ce sens une large bande d'écorce; puis, avec des coins que j'enfonçai à coups de marteau, je travaillai à détacher l'enveloppe. Nous fîmes appel à tout ce que nous avions d'adresse et d'industrie : poulies, maillets, tenailles, tout fut mis en usage. La première portion s'enleva assez bien ; mais plus nous avancions, plus l'œuvre devenait difficile. Nous en vînmes pourtant à bout, et nous vîmes bientôt le tronc à nu et sa dépouille tomber doucement sur l'herbe. Je me mis en devoir aussitôt de façonner cette enveloppe, tandis que la sève la rendait encore souple et flexible. Mes fils s'imaginaient qu'il suffisait de clouer tout bonnement deux planches à chaque bout du rouleau : mais nous n'eussions obtenu par là qu'une auge lourde, sans grâce et sans agilité. Je voulais que la construction que nous avions entreprise ne figurât pas trop mal à côté de la belle pinasse, et cette idée, bien plus que les considérations de commodité que je pus faire valoir, détermina mes fils à attendre et à me donner le temps d'achever convenablement notre ouvrage. Je commençai par couper à chaque bout du rouleau d'écorce un morceau en triangle de quatre à cinq pieds; puis, ramenant l'une sur l'autre les deux parties échancrées, je les réunis avec des chevilles, et terminai ainsi par deux pointes l'avant et l'arrière de la nacelle. Cette opération avait ouvert outre mesure les parois du milieu : j'y remédiai en passant autour de fortes cordes qui les ramenèrent et rendirent ainsi au bateau la profondeur dont il avait besoin. J'exposai ensuite au soleil ma frêle construction, afin qu'elle gardât, en séchant, la direction et la forme que je venais de lui donner.

Cependant, je manquais de plusieurs instruments nécessaires pour mettre la dernière main à mon travail : Rudly et Frédéric furent de

nouveau dépêchés à Zeltheim avec commission de ramener le traîneau,
afin de pouvoir emmener notre nacelle. On sait que ce traîneau était
maintenant monté sur quatre roues, ce qui le rendait bien plus facile à
diriger. J'eus aussi le bonheur de trouver dans les environs une espèce
de bois tortueux, très-dur et dont les courbes naturelles me parurent
propres à me fournir les côtes dont je voulais consolider les flancs de
ma pirogue. Nous trouvâmes également un arbre résineux duquel découlait une sorte de poix facile à manier et qui se durcissait très-vite au
soleil. Ma femme et Fritz en recueillirent une quantité suffisante pour
goudronner la nacelle. Il était presque nuit quand mes deux messagers
revinrent de Zeltheim. Un joyeux repas nous réunit autour d'un feu
pétillant qui tempérait la fraîcheur du soir, et nous remîmes au lendemain la reprise des travaux.

A l'aube du jour, nous étions debout. La nacelle, le goudron, les pièces
de bois, les courbes furent chargés sur la claie, et le patient baudet s'ébranla
et se mit tout doucement en marche après nous. Nous le chargeâmes encore d'un assez grand nombre de pieds d'arbres que nous arrachâmes
pour les replanter à Zeltheim, et qui se placèrent commodément dans
la nacelle. Nous nous arrêtâmes en route, à l'espace qui se trouve entre
la grande rivière et les rochers, et là encore nous laissâmes une nouvelle trace de notre passage : ce fut un enclos destiné à nous servir de
fortification et à recevoir une colonie de porcs que nous étions bien aises
de parquer dans un endroit fermé pour mettre nos plantations en garde
contre leurs visites. Des palmiers nains et à longs piquants, des figuiers
d'Inde à fortes épines firent les frais des remparts. Un fossé profond,
pratiqué tout autour, acheva de garantir l'enceinte. Ces travaux nous
demandèrent quatre jours. Nous choisîmes dans un marais de bambou
une tige haute et forte dont nous voulions faire un mât à la pirogue, et
nous nous remîmes en marche pour gagner Zeltheim, où je devais mettre
la dernière main à notre embarcation nouvelle. Nous laissâmes à notre
dernière construction le nom d'*Ermitage:* pour justifier ce nom, nous
plaçâmes en face de la cascade une petite cabane d'écorce pour nous
reposer.

Nous nous arrêtâmes seulement deux heures à Falkenhorst, pour dîner,
et donner à la volaille les soins qu'elle réclamait, puis nous nous remîmes
en route pour Zeltheim.

A peine eûmes-nous pris quelques heures de repos, que nos premiers
soins furent pour la nacelle, et il y eut dans le travail tant de zèle et tant
d'ardeur, qu'elle fut bientôt terminée et en état d'être mise à l'eau. C'était

une embarcation à la fois élégante et solide; nous l'avions doublée partout de côtes de bois qui s'appuyaient sur une quille solide : elle était également pourvue d'anneaux de cuir destinés à recevoir les rames et les câbles du mât. Des bancs de rameurs avaient été cloués en travers, et, au milieu, le mât de bambou s'élevait majestueusement avec sa voile triangulaire. J'attachai à l'arrière un gouvernail qui se manœuvrait avec une manivelle : au lieu de lest, j'étendis dans le fond une couche de pierres plates, que je recouvris d'un plancher solide et si bien joint, que l'on pouvait s'y coucher à sec. Mais ce qui fit le plus honneur à mon génie inventif, c'est l'idée qui me vint d'attacher tout autour de la nacelle des vessies de chiens de mer, gonflées d'air, et qui devaient assurer l'embarcation contre tout événement. La poix, le goudron, les étoupes, rien n'avait été épargné. Notre flotte était désormais au complet; nous pouvions à loisir tenir la haute mer, tenter des excursions lointaines avec la pinasse; et la pirogue légère nous donnait tous les moyens de courir la côte, et de pourvoir facilement à notre subsistance.

J'ai omis de dire qu'après la saison des pluies, notre vache avait mis bas un joli petit taureau. Je lui avais percé les narines comme au buffle, afin de l'élever plus facilement, et dès qu'il fut sevré, je commençai à le former à sa destination future, en l'accoutumant à porter la sangle et la selle de toile qui avaient servi au buffle son père.

— Que ferons-nous de notre taureau? me dit un jour Frédéric. Mon avis, à moi, serait d'en faire un taureau de combat, à l'exemple de ceux des Hottentots.

Le mot de combat effraya ma femme, et, se rappelant ce qu'elle avait lu des combats de taureaux qui se donnent en Espagne : Quoi! dit-elle, vous voudriez dresser cette pauvre bête à ces jeux féroces, où le sang ruisselle pour amuser une population oisive et à demi barbare?

— Tranquillise-toi, lui répondis-je; il ne s'agit ici ni de piccadores, ni de tournois sanglants, comme ceux qui se donnent à Madrid et à Tolède. Le taureau de combat des Hottentots, et dont parle Frédéric, est un animal utile, une sauve-garde dans le danger, et je crois en effet que nous ne saurions donner à celui-ci une destination meilleure.

Les Hottentots, continuai-je, habitent un pays qui est le séjour d'une grande quantité de bêtes sauvages; divisés en tribus, ils vivent presque exclusivement du produit de leurs troupeaux qui parquent en plein air, et sont, par conséquent, sans cesse exposés à la voracité des tigres, des lions, des panthères, etc. C'est pour parer à ce danger qu'ils dressent des taureaux combattants. Dès que le taureau ainsi élevé a senti par son instinct l'approche du péril, il en avertit les vaches qui se pressent soudain les unes contre les autres; il les fait alors ranger en cercle, les veaux sont mis au milieu, et le troupeau tout entier offre à l'agresseur une enceinte de têtes cornues, tandis que le taureau combattant, seul en avant, attend l'attaque pour y faire tête. S'il est bien dressé, il va droit à l'ennemi, et de ses longues cornes il lui perce le flanc; mais si l'ennemi est un de ceux qui ne reculent jamais, comme le lion, le taureau doit se dévouer et donner bravement sa vie pour laisser au troupeau le temps de fuir.

Cette explication réconcilia ma femme avec la destination que nous voulions donner à notre taureau, et nous fûmes tous d'accord d'en faire un combattant dont la bravoure devait non-seulement protéger nos animaux domestiques, mais encore s'étendre jusqu'à nous au besoin.

Il ne s'agissait plus que de savoir à qui cette éducation serait confiée : chacun de nous avait son animal favori, qu'il protégeait et auquel il donnait ses soins. Le petit Fritz seul commençait à se trouver libre, car les deux dogues que nous lui avions donnés avaient grandi plus vite que lui, et il ne lui restait plus rien à faire. Néanmoins, je regardai comme utile de donner à l'activité du petit garçon des motifs stimulants qui l'empêchassent de s'abattre.

— Qu'en dis-tu? lui dis-je tout-à-coup, petit Fritz? c'est toi que j'ai envie de donner pour instituteur à notre taureau.

A ces mots, ses jolis yeux bleus brillèrent d'un vif éclat. — J'accepte, papa! Ne m'avez-vous pas raconté qu'un homme très-fort et qui s'appelait, je crois, Milon, avait commencé à porter un petit veau tous les jours, et qu'il était devenu si fort par cet exercice répété, que ce veau, devenu taureau, Milon le pouvait soulever encore. D'ailleurs, ajouta l'enfant tout réjoui, si je suis petit je n'en saurai pas moins me faire obéir de mon élève : je le traiterai, je le soignerai si bien qu'il m'aimera. Il marchera à ma voix comme l'onagre à celle d'Ernest ; j'en ferai mon cheval, et je galoperai dessus comme Rudly sur son gros buffle.

Il fut ainsi convenu que le taureau serait abandonné à la direction de Fritz. Nous lui demandâmes quel nom il voulait lui donner ; il choisit celui de *Broumm*, par analogie aux puissants mugissements de l'animal. Rudly profita de la circonstance pour faire donner une sanction officielle au nom de *Sturm* (l'Orage), qu'il donnait depuis quelque temps à son buffle.

— Comme ce sera bien ! nous disait-il en fanfaron ; quand j'arriverai au grand galop, on dira : Voici Rudly monté sur l'Orage !

— Ce sera, reprit Ernest en souriant, comme dans les chants d'Ossian, où les ombres gigantesques des héros descendent dans des chars de nuages.

Fritz commença immédiatement l'éducation de son nouvel élève ; il s'y prit si bien, il lui prodigua tant de soins et d'égards, que l'animal reconnaissant s'attacha beaucoup à lui et le suivait partout.

Nous avions encore deux mois à passer jusqu'aux pluies d'hiver ; nous les consacrâmes exclusivement à rendre de plus en plus habitable la caverne de sel. Les planches du vaisseau nous fournissaient des cloisons dont nous avions besoin pour séparer les divers compartiments de notre habitation. Nous faisions aussi de longues et larges nattes de jonc que nous recouvrions de plâtre des deux côtés. Nous étendions cet enduit avec une adresse qui nous étonnait nous-mêmes ; nous étions parvenus, au moyen de petites planchettes, à le glacer presque aussi bien que de vrais plâtriers. Il nous rendit surtout service dans la séparation que nous voulions établir entre nos animaux et nous, car il interceptait beaucoup mieux que les planches les émanations fétides qui s'exhalaient de l'étable.

L'intérieur de la grotte prenait ainsi, de jour en jour, un aspect plus confortable : j'avais imaginé de fabriquer, en mêlant à de la colle de poisson du poil de nos chèvres et quelques poignées de laine de brebis, une sorte de feutre épais qui nous servait de tapis de pied, et devait nous défendre de l'humidité que je pouvais craindre durant la saison des pluies. Cette fois l'hiver ne nous effrayait plus, nous l'attendions en paix, et mes fils quelquefois, dans leur impatience d'enfants, l'accusaient presque de lenteur, tant il leur tardait de nous trouver définitivement en possession de notre palais resplendissant.

Un matin que j'étais éveillé avant ma jeune famille, je me mis à évaluer le temps qui s'était écoulé depuis notre entrée dans l'île. Je supputai les dates avec la plus grande exactitude, et je trouvai que nous touchions précisément à l'anniversaire de ce grand événement. Il devait y avoir un an, le lendemain même, que la main de Dieu s'était étendue sur nous et nous avait arrachés au naufrage. Je me sentis l'âme pénétrée d'un nouveau sentiment de reconnaissance, et je résolus de célébrer cet heureux anniversaire avec toute la pompe que nous permettait notre situation.

Je me levai, et, comme je n'étais pas encore fixé sur l'ordre de la solennité que je projetais, je n'en parlai point à la famille ; le déjeûner se passa comme à l'ordinaire ; la journée fut consacrée à divers travaux d'intérieur qui avaient pour but d'établir autour de nous l'ordre et la propreté ; et le soir seulement, après le souper que j'avais avancé d'une demi-heure, j'annonçai, du ton le plus majestueux, la fête du lendemain. — Soyez prêts, dis-je à mes fils, à célébrer dignement l'anniversaire de demain. C'est celui du salut ; que chacun de vous ait soin de se parer comme il convient à ce grand jour.

Ces derniers mots, joints à l'annonce d'une fête, furent pour mes fils un sujet de surprise et de joie. Leur mère n'était guère moins étonnée qu'eux d'apprendre que notre séjour dans l'île datait déjà d'un an. — C'est le propre du travail, leur dis-je, d'abréger ainsi le temps ; les jours ont des ailes de plomb pour l'homme oisif, et ils s'envolent avec la rapidité de l'aigle pour celui qui travaille.

On discuta quelque peu sur l'expression que j'avais employée, *l'anniversaire du salut;* mais les observations et les objections métaphysiques le cédèrent bientôt au désir de connaître comment j'étais parvenu à savoir que nous étions dans l'île depuis un an.

— Très-simplement, dis-je à mes fils. Quand nous échouâmes, nous étions à la fin de janvier : notre calendrier avait encore onze mois à courir, je l'ai suivi religieusement jusqu'à la fin, et voici quatre semaines qu'il nous manque. Si mes souvenirs me servent bien, et si les rapprochements que je puis faire sont exacts, il y aura demain un an que nous avons abordé. Mais ma mémoire, qui se reporte bien au-delà de quatre semaines, n'embrassera pas aussi facilement un temps plus long : mon calendrier va me manquer réellement, et puisqu'il paraît, ajoutai-je en riant, que mon libraire de Zurich s'obstine à ne pas m'en envoyer cette année, tâchons d'y suppléer, en nous faisant nous-mêmes l'almanach dont nous avons besoin.

— Eh bien, dit alors Ernest, faisons un almanach à la Robinson, avec un morceau de bois auquel on fait tous les jours un cran.

— Précisément ; mais cela ne suffit pas encore, et tes crans ne représenteront absolument rien, si tu ne sais pas combien il faut de jours pour faire un mois, et dans quel ordre les saisons se succèdent et se divisent.

Mon petit savant me fit aussitôt, et du ton doctoral qu'on lui connaît, une leçon en règle sur la division du temps. — Les mois, dit-il, ont les uns 30 jours et les autres 31 ; février seul n'en a que 28 ou 29. L'année a 365 jours, le jour 24 heures, et l'heure 60 minutes qui se divisent à leur tour chacune en 60 secondes.

— C'est bien, lui dis-je alors, pour l'usage commun ; mais pour toi, docteur, l'année a-t-elle bien 365 jours ?

— Non, reprit-il, elle a 365 jours 5 heures 48 minutes 45 secondes.

— Eh bien ! que fais-tu donc de ces heures, de ces minutes, de ces secondes ?

— Je les laisse de côté, et tous les quatre ans elles me donnent un jour de plus, que j'ajoute à l'année, qui prend alors le nom de bissextile.

— A merveille ! mais il me semble que, nonobstant ta science, nous aurons bien encore quelque peine à nous orienter ici. Qui nous dira quand viendront les années bissextiles ? Qui nous dira surtout quels seront ceux des mois auxquels il faudra imputer 30 jours ou 31 jours ? Ne courons-nous pas le risque, sur nos calendriers de bois, de confondre d'une manière étrange le temps et les saisons ?

— Nullement, mon père : nous avons, pour distinguer les mois et fixer leur durée, un calendrier vivant qui ne nous quitte pas, et il nous suffira, pour nous orienter d'une manière certaine, de bien connaître le point d'où nous partirons.

Le petit savant, qui brillait surtout quand il s'agissait de faire preuve d'intelligence, étendit en même temps au milieu de nous son poing fermé, et se mit à nous démontrer, en suivant les os et les cavités qui se succèdent à la naissance des doigts, l'ordre dans lequel les mois de trente et ceux de trente-un alternent ensemble. Ses frères étaient émerveillés de sa science ; je le félicitai d'avoir su retenir une chose puérile en apparence, et qui pourtant devenait utile dans l'occasion.

On jasa encore pendant quelque temps d'autres choses, enfin je donnai le signal de la retraite. Mes petits bons hommes étaient depuis long-temps déjà étendus sur leurs matelas, que je les entendais encore se demander en quoi consisteraient les fêtes du lendemain.

Ce lendemain désiré arriva, et le jour commençait à peine à poindre, qu'un coup de canon retentit dans les rochers. J'en fus effrayé, et je me levai aussitôt pour aller savoir de mes fils s'ils ne l'avaient point entendu comme moi. Je les trouvai tranquilles en apparence sur leurs matelas ; même Rudly ronflait de toutes ses forces, mais il lui fut impossible de jouer long-temps le rôle de dormeur ; aussi il m'avait à peine aperçu, qu'il s'écria : Eh bien ! il a résonné celui-là ! — Je compris : mais loin de partager l'enthousiasme de mes étourdis, je fronçai le sourcil, et leur reprochai avec sévérité cette nouvelle prodigalité d'un objet si précieux pour nous, la poudre à canon. Ils me demandèrent pardon, et comme je ne voulais pas qu'aucun nuage vînt troubler la journée de fête que j'avais préparée, j'oubliai facilement cette espièglerie.

On se leva, et l'on s'habilla. La toilette fut courte, c'était celle de tous les jours, mais une plus grande propreté y présida. Après la prière habituelle, on procéda au déjeûner. Ma femme s'excusa d'avoir été prise, disait-elle, à l'improviste, et elle me reprocha de ne l'avoir pas prévenue assez tôt de la fête pour lui permettre de nous traiter convenablement. Je la raillai un peu de cette idée qu'elle avait d'ailleurs apportée de notre bonne Suisse, qu'un peu de richesse dans le repas est l'accessoire indispensable d'un jour de fête ; cependant nous fîmes honneur à celui qu'elle nous avait préparé, après quoi nous commençâmes la célébration de l'anniversaire.

Mes enfants, dis-je à la jeune famille, un an s'est écoulé depuis notre entrée sur cette terre, c'est le moment de jeter un coup-d'œil en arrière sur ce que nous y avons fait. — Je pris en même temps les feuilles du journal que j'avais soin d'écrire tous les jours, et je les parcourus à haute voix, en m'arrêtant surtout aux circonstances les plus importantes de notre séjour. Quand j'eus fini, j'engageai mon jeune auditoire à se tourner en esprit vers le Seigneur, et à le remercier de nouveau de cet ensemble de grâces et de bénédictions dont il nous avait comblés. J'ouvris le livre des psaumes ; les saintes paraboles du roi prophète nous aidèrent à élever notre âme, et fortifièrent en nous ces sentiments de reconnaissance que nous éprouvions déjà à un si haut degré. C'était un spectacle intéressant, que de voir agenouillés sur le rivage de la mer ces quatre enfants dont la voix naïve et pure remerciait Dieu qui les avait sauvés. Il y avait là une pensée grave et sérieuse qui s'étendit jusque sur l'entretien qui suivit la prière, et qui en fit presque une conférence philosophique, assurément bien au-dessus de l'ordre habituel des idées d'aussi jeunes enfants. Frédéric et Rudly, dans cet entretien, révélèrent souvent la bonté de leur cœur ; mais Ernest m'étonnait par la subtilité de ses réponses, l'à-propos et la vérité des objections qu'il me faisait. Je fus le premier à changer la nature de la conversation ; j'éloignai insensiblement tout ce qu'elle avait de grave et de sévère, et je finis par annoncer à mes fils que ce jour serait incomplet s'il ne se terminait pas par les exercices qui signalaient toutes nos fêtes.

— Vous vous exercez depuis un an, leur dis-je, à la lutte, à la course, à la fronde, à l'équitation ; le temps est venu où tous vos efforts doivent être couronnés : vous allez combattre aujourd'hui devant votre mère et moi, et la couronne sera donnée au vainqueur. Allons, champions ! ajoutai-je encore en prenant un ton emphatique, champions, la barrière est ouverte ; entrez en lice : et vous, trompettes, sonnez l'heure du combat ! m'écriai-je, en me tournant du côté où les oies et les canards barbottaient dans la petite baie ! A cette apostrophe faite avec un sérieux comique, la troupe entière de ces oiseaux nazillards, effrayée peut-être de mon geste et de l'accent de ma voix, poussa une sauvage et bruyante clameur, qui parut à mes jeunes gens un excellent à-propos, et à laquelle ils répondirent par de grands éclats de rire.

J'organisai les combats divers qui devaient se succéder. Voici l'ordre que j'établis : le tir au fusil et au pistolet, la fronde, la course, l'équitation et la natation. Je disposai immédiatement ce qui était nécessaire pour le tir, c'est-à-dire un but : ce fut un morceau de bois, grossièrement taillé, et auquel nous donnâmes le nom de kangourou, parce que les bâtons qui le supportaient pouvaient à la rigueur figurer des jambes ; nous plaçâmes à l'endroit que nous appelions sa tête, deux petits morceaux de cuir en guise d'oreilles. Rudly aurait mieux aimé que le but du tir figurât un sauvage ; Frédéric trouvait aussi cela plus guerrier ; mais je me hâtai de réprimer ces velléités de gloire militaire, en répétant à mes fils ce que je leur avais déjà plus d'une fois démontré : que la guerre contre les hommes est un fléau, et qu'il devait nous suffire d'être habiles à celle des animaux, tant pour notre sûreté personnelle qu'afin de pourvoir à notre existence. Rudly fit merveille : soit adresse, soit hasard, il coupa net une des oreilles du prétendu kangourou ; Frédéric le toucha à la tête, et Ernest au milieu du corps. Les trois coups étaient tous dignes d'éloges. Nous passâmes à une autre épreuve. Elle consistait à tirer à petit plomb dans un morceau d'écorce que je lançais en l'air de toute ma force. Ernest eut l'avantage : son morceau était criblé ; Frédéric tira bien aussi, mais Rudly ne toucha pas même. Nous répétâmes les mêmes exercices au pistolet, en rapprochant les distances, et j'eus encore une fois à m'applaudir de l'adresse de mes petits garçons ; ils avaient fait de rapides progrès depuis un an.

La fronde succéda au tir : Frédéric eut tous les honneurs de cet exercice, qui ne demande pas moins de force que d'adresse. Après vint celui
de l'arc, dans lequel tous et même le petit Fritz se distinguèrent. La
course vint ensuite ; je donnai pour carrière la distance du Pont de
famille à Falkenhorst. Celui qui arrivera le premier, dis-je aux concur-
rents qui se tenaient debout devant moi, me rapportera, comme preuve
de sa victoire, mon couteau que j'ai laissé sur la table, entre les racines
du figuier. Je donnai en même temps le signal par trois coups frappés
dans ma main. Mes trois fils partirent, Rudly et Frédéric avec toute
l'impétuosité dont ils étaient susceptibles, Ernest, au contraire, assez
lentement d'abord, les coudes serrés contre le corps, mais augmentant
graduellement de vitesse. J'augurai bien de cette tactique, et je reconnus
là, encore une fois, le petit garçon prudent, habile, et qui ne faisait
jamais rien sans y avoir réfléchi. Mes coureurs furent environ un quart
d'heure absents. Rudly revint le premier ; mais il était monté sur son
buffle, et l'onagre et l'âne le suivaient.

— Eh bien ! lui dis-je, est-ce ainsi que tu cours ? c'étaient tes jambes
et non celles de ton buffle que je voulais exercer.

— Bah ! s'écria-t-il en sautant à bas de sa monture, je n'y serais
jamais parvenu ; j'ai mieux aimé quitter le combat ; et, comme après la
course doit venir l'équitation, j'ai profité du voisinage de Falkenhorst
pour en ramener nos coursiers.

Frédéric, qui le suivait de près, arriva tout essoufflé et le front couvert de sueur ; mais il n'avait pas le couteau, et ce fut Ernest qui me
le remit.

— Comment se fait-il, lui dis-je alors, que tu sois le vainqueur, et
que Frédéric t'ait devancé en revenant ?

— La chose est simple, me répondit Ernest ; en allant, mon frère,
qui était parti comme un trait, n'a pas pu tenir long-temps : il a été
obligé de s'arrêter pour souffler, tandis que je continuais à courir, et
j'arrivai ainsi le premier au but. En revenant, Frédéric a tiré parti de la
leçon : il a su modérer son ardeur, il a, comme moi, tenu les coudes
au corps, il s'est appliqué à respirer la bouche fermée, et dès-lors la
victoire n'a plus été qu'une question de jambes et de force. Or, Frédéric a seize ans et je n'en ai que treize ; voilà pourquoi il est revenu
avant moi.

Je les louai tous les deux du raisonnement dont ils avaient fait preuve,
et Ernest fut proclamé vainqueur.

Cependant, maître Rudly, toujours monté sur son buffle, demandait à

grands cris que l'équitation commençât enfin , tant il avait hâte de réparer l'échec fait à sa réputation. — En selle, disait-il , en selle, messieurs ; et nous allons voir qui de nous s'entend le mieux à diriger un
coursier ; nous allons voir si vous êtes aussi habiles à vous tenir à cheval
qu'à exercer vos jambes.

Je me hâtai de répondre au désir du petit fanfaron ; Frédéric monta
l'onagre, et Ernest prit l'âne : ils firent tous deux des prodiges d'adresse :
mais Rudly les effaçait l'un et l'autre. J'étais effrayé moi-même de voir
avec quelle audace ce frêle enfant s'abandonnait à l'animal vigoureux qui
l'emportait. L'arrêter, le lancer, le faire tourner n'était pour lui qu'un
jeu ; un vieil écuyer ne manœuvre pas avec plus d'aisance un cheval
rompu au manége. Souvent même dans son ardeur, et quand l'animal
était au galop, le jeune garçon se levait, se dressait sur son dos et se
tenait les bras étendus comme font les voltigeurs en France , mais j'in-
terdis expressément cette sorte de prouesse inutile et dangereuse. A
l'instant où je déclarais la lutte terminée et comme je me disposais à
réhabiliter le pauvre Rudly en proclamant son triomphe , nous vîmes, à
notre grand étonnement, le petit Fritz s'élancer dans l'arène, monté sur
son jeune taureau Vaillant, qui n'était encore qu'un veau de trois ou
quatre mois ; ma femme lui avait fait une selle de peau de kangourou,
avec des étriers mesurés à ses petites jambes ; il tenait de la main droite
une badine en guise de cravache, et de la gauche il ramenait à lui les

guides de sa monture : c'étaient tout bonnement deux ficelles fortes qui
aboutissaient à l'anneau de fer que j'avais passé dans le nez de l'animal en
guise de mors, afin de pouvoir le gouverner.

Messieurs, nous dit le jeune cavalier en saluant d'un air gracieux, je n'ai pas pu concourir avec vous tant qu'il s'est agi du tir au fusil, de la course ou de la fronde : cependant voulez-vous bien permettre au petit Milon de Crotone de faire devant vous un essai de ses talents en fait d'équitation !...

L'assemblée applaudit de bon cœur à cette harangue enfantine, et le cavalier commença immédiatement à manœuvrer sa monture. Il était d'un sang-froid et d'une hardiesse bien au-dessus de son âge; mais ce que je ne pouvais me lasser d'admirer, c'était la docilité de l'animal. Ma femme m'avoua alors que, pendant nos courses, elle avait ainsi aidé son petit Benjamin à dresser l'animal que nous lui avions confié; aussi ne voyait-elle pas sans un sentiment d'orgueil bien permis le succès de son élève chéri. Fritz fut unanimement proclamé un excellent cavalier.

Après l'équitation, l'arc et la natation nous occupèrent quelque temps. On grimpa aussi aux arbres, et quand nous eûmes parcouru tout le cercle de nos exercices, je distribuai à chacun la part d'éloges qu'il avait conquise; j'annonçai que les prix allaient être distribués, et que les couronnes allaient ombrager le front des vainqueurs.

On se hâta de revenir à la grotte, illuminée de tout ce que nous avions de flambeaux : sur une espèce d'estrade était placé un siége entouré de verdure et de fleurs; ma femme, comme la reine de la fête, s'y installa majestueusement, et je commençai à appeler les lauréats : la bonne mère se prêtait avec délices à cette innocente plaisanterie, elle tenait dans ses mains les palmes et les couronnes, et elle distribua les unes et les autres à ses fils en donnant à chacun un tendre baiser.

Frédéric, vainqueur au tir et à la natation, reçut un superbe fusil anglais et un couteau de chasse qu'il désirait depuis long-temps.

Ernest eut pour prix de la course une superbe montre d'or semblable à celle de son frère.

Rudly, le cavalier, obtint une magnifique paire d'éperons en acier et une cravache de baleine.

Petit Fritz reçut une paire d'étriers et une boîte à couleurs couverte en maroquin, à titre d'encouragement, pour l'habileté qu'il avait développée dans l'éducation de son taureau.

Quand cette distribution fut terminée, je me levai, et me tournant vers ma femme, je lui présentai un jôli nécessaire anglais dans lequel se trouvaient réunis tous ces petits meubles qui font le bonheur d'une femme laborieuse, un dé à coudre, des ciseaux, des aiguilles, etc.

— Reçois, lui dis-je, reçois aussi un prix, ô mon excellente compa-

gne! car ta patience et ton zèle depuis un an, et les services que tu rends
tous les jours à la colonie en auraient bien mérité un, si le tendre dévouement que tu as pour tous les tiens ne trouvait pas déjà en lui-même
sa plus douce récompense.

La journée finit comme elle avait commencé, c'est-à-dire par des
chants et des transports de joie ; nous étions tous contents, tous heureux :
nous jouissions tous de cette félicité pure et sans égale que donne une vie
exempte de reproches, l'amour du travail et la paix de l'âme qui se
repose dans le Seigneur.

Nous nous rappelâmes fort à point l'heureux parti que nous avions
tiré, l'année précédente, de la chasse aux merles et aux ortolans qui
étaient venus à peu près à pareille époque s'abattre comme une nuée
épaisse sur l'arbre de Falkenhorst. Nous résolûmes de quitter l'habitation du rocher où nous étions à peu près fixés définitivement depuis
quelque temps, pour renouveler, s'il y avait lieu, la chasse si productive
à laquelle nous avions dû l'une de nos plus précieuses et de nos plus
délicates provisions d'hiver. Mes petits intrépides se disposaient à partir,
animés des plus belliqueuses intentions. Frédéric le tireur, Rudly qui
marchait déjà sur ses traces, se réjouissaient des beaux coups qui se
préparaient pour eux ; mais je ne partageais pas tout-à-fait leur enthousiasme : je me rappelais avec effroi la quantité prodigieuse de poudre qui
s'était consommée l'année précédente, et j'étais bien résolu à rendre la
chose plus économique. Je me rappelai avoir lu, dans un livre de voyages, que les habitants des îles de Pelew prenaient aux gluaux des oiseaux
bien plus gros et bien plus forts que les ortolans, et j'eus l'idée de composer, avec de la gomme élastique et de l'huile, une sorte de glu qui
devait épargner considérablement nos munitions de guerre.

La provision de caoutchouc que nous avions faite à notre dernier
voyage était épuisée ; elle avait servi à nous donner des chaussures imperméables, et il fallait, avant de rien entreprendre, la renouveler entièrement. J'envoyai Frédéric et Rudly au bois à caoutchouc. Ils devaient
trouver au pied des arbres une provision toute prête de cette gomme
précieuse, car nous avions eu soin de pratiquer dans l'écorce des arbres
de larges incisions, et de placer au-dessous des calebasses destinées à
recevoir la liqueur qui s'en dégageait ; et comme l'expérience nous avait
appris que le soleil durcit promptement la gomme de caoutchouc, nous
avions disposé autour de nos incisions, des branches chargées de feuilles
destinées à protéger la gomme contre les rayons du soleil.

Nos deux messagers étaient déjà hors de la portée de notre vue, quand ma femme s'écria soudain en se tournant du côté où ils étaient partis : — Étourdie, j'aurais dû donner à nos enfants une calebasse dans laquelle ils pussent rapporter leur récolte, ce qu'ils ne pourront faire avec les vases plats qu'ils vont trouver remplis. J'aurais dû aller voir si mes gourdes n'étaient point mûres.

Je tranquillisai ma bonne femme sur sa sollicitude, en l'assurant que les petits drôles sauraient bien se tirer d'affaire ; puis revenant au mot qu'elle avait prononcé en finissant : — Qu'entends-tu, lui dis-je, par ce mot, *mes gourdes ?*

Elle m'apprit alors qu'il s'appliquait à une superbe plantation de gourdes, dont elle avait trouvé des pépins parmi nos graines d'Europe, et qu'elle avait mises en terre dans le potager de la Rivière du chacal. Elle m'y conduisit ; nous trouvâmes, en effet, parmi beaucoup d'autres plantes, une quantité assez grande de gourdes façonnées en bouteilles, et telles que les paysans en portent quelquefois aux champs. Les unes étaient mûres, d'autres se formaient déjà ; d'autres enfin étaient à peine en fleur. Nous fîmes un choix parmi celles que leur état de maturité et leur forme devaient nous rendre plus utiles, et nous commençâmes à les vider. Nous en fîmes des bouteilles, des plats, des soucoupes, nous servant alternativement de la scie et du couteau. Mais Ernest, mon aide et mon compagnon, avait peu de goût pour cette sorte de travail, et il ne put s'empêcher de témoigner sa joie, quand il m'entendit déclarer que nous avions confectionné assez d'ustensiles. Il jeta son couteau et courut à son fusil, se disposant à envoyer aux ortolans et aux geais du figuier une décharge de grenaille. Je l'arrêtai, craignant que cette ardeur intempestive n'éloignât pour long-temps les paisibles oiseaux contre lesquels j'avais projeté une guerre moins bruyante.

Cependant nos deux messagers avaient eu le loisir de recueillir le caoutchouc qui devait emplir les calebasses, car le soleil baissait déjà, et notre fabrication d'ustensiles nous avait tenus occupés une grande partie du jour. Ernest regardait du côté où ses frères étaient partis, et il ne tarda pas à les apercevoir dans le lointain : ils revenaient au grand galop, l'un monté sur l'onagre et l'autre sur le buffle.

— Eh bien! leur dis-je, avez-vous fait de bonnes affaires ?

— Ah oui! de bonnes affaires, me répondit Frédéric d'un ton singulier. Cependant ils mirent pied à terre et nous montrèrent ce qu'ils rapportaient : c'était d'abord un pied d'anis que Rudly avait placé dans la sacoche de son buffle ; une racine enveloppée de feuilles et qu'ils appelaient racine de singes ; deux calebasses pleines de caoutchouc, une autre à demi pleine de térébenthine, un sac plein de baies à cire ; et enfin une grue que l'aigle de Frédéric était allé chercher dans les nuages. Mais,

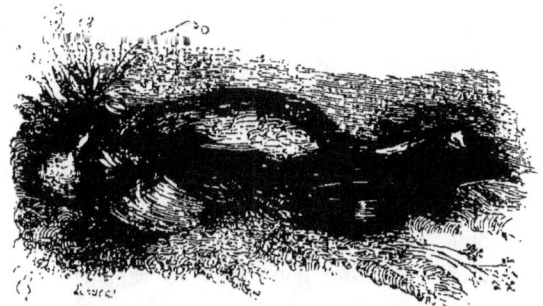

tout en étalant ces trésors, leurs discours étaient sans suite, et je fus obligé de les engager à mettre un peu d'ordre dans leur récit.

Rudly raconta comment il avait fait la conquête du pied d'anis et de la calebasse de térébenthine : de ces deux objets, l'un était aû moins superflu dans notre position, mais l'autre pouvait devenir pour nous d'une grande utilité ; la résine pouvait remplacer l'huile avec avantage dans la composition des gluaux que je me disposais à établir sur le figuier ; et comme je m'informais de la racine qu'ils m'avaient présentée sous le nom de racine de singes, Frédéric prit la parole.

— Je ne sais de quelle importance peut être pour nous cette racine, dit-il ; mais ce que je puis affirmer, c'est qu'elle est d'un goût très-agréable, et que le manioc n'approche ni de son parfum ni de sa saveur. Nous l'avons trouvée à peu de distance de la métairie, et c'est à une compagnie de singes qui s'en régalaient que nous en devons la découverte ; vous auriez tous bien ri, si vous eussiez vu ces hideux et méchants animaux occupés à l'arracher de la terre : ils emploient pour cela un procédé que les laboureurs d'Europe ne connaissent pas, sans doute, mais qu'il serait assez original de leur voir mettre en pratique pour arracher leurs navets ou leurs carottes ; ils les arrachent en faisant la culbute.

— Comment, la culbute ? nous écriâmes-nous tous à la fois ; mais voilà qui est merveilleux.

— Oui, la culbute, répéta Frédéric, et voici comment ils s'y prennent. Chaque singe, après avoir avec ses griffes écarté tant soit peu la terre autour de la racine qu'il convoite, saisit la tête de celle-ci avec ses dents, puis il se renverse violemment en arrière sans lâcher prise, et il répète l'exercice jusqu'à ce que ses efforts réitérés aient fait sortir de la terre la précieuse racine.

Nous nous arrêtâmes quelque temps à considérer les grimaces et les contorsions étranges de ces vilains animaux ; mais curieux de juger par nous-mêmes des mérites d'une production dont ils paraissaient si avides, nous résolûmes de les disperser et de les forcer à nous abandonner la place. Un coup de fusil à mitraille aurait sûrement fait fuir toute la cohorte ; mais je me rappelai les instructions de mon père, et nous nous contentâmes de nous lancer au galop au travers des gourmands qui furent bientôt mis en fuite. Nous goûtâmes alors cette racine : elle nous parut délicieuse, et nous en prîmes quelques morceaux, que j'enveloppai soigneusement dans des feuilles pour vous les rapporter, et apprendre de vous si elle ne doit point porter d'autre nom que celui de racine de singes. Frédéric s'arrêta.

J'examinai de nouveau la racine, et, après l'avoir goûtée, je déclarai gravement à mes fils que leur découverte était presqu'un trésor, et que tout me portait à croire qu'elle n'était autre chose que le ginseng, plante sacrée en Chine, dont la croyance populaire fait une sorte de panacée universelle, et que l'empereur seul a le droit de récolter. On met des sentinelles dans les lieux où elle croît, ajoutai-je encore, mais cela n'empêche pas les Américains d'en faire entrer en Chine une quantité prodigieuse en contrebande.

— Bénis soient les singes, dit alors Ernest, puisqu'ils ont bien voulu mettre en notre possession ce précieux trésor des mandarins.

— Bénis-les tant que tu voudras, reprit Frédéric avec une expression chagrine, quant à moi je les maudis. Après avoir ramassé les racines que nous avons apportées, continua-t-il, nous nous dirigeâmes vers les arbres à gomme : les calebasses étaient pleines : nous les vidâmes dans d'autres plus faciles à porter, et comme le soleil était encore très-haut, nous voulûmes aller voir à la métairie dans quel ordre les nouveaux colons y vivaient. Mais imaginez quel fut notre saisissement en voyant la métairie renversée, les parois de la hutte arrachées et les planches jetées çà et là ! Les poules étaient étranglées, les chèvres et les moutons erraient avec effroi ; partout la destruction et la dévastation : notre bel établissement avait été saccagé et renversé de fond en comble par une foule d'animaux acharnés, impitoyables, et ces ennemis c'étaient les singes. Oh ! combien je me repentis alors de n'avoir fait que disperser ces pervers en courant sur eux, et de n'avoir pas puni par quelques victimes les ravages de cette méchante et hideuse engeance ! Nous rassemblâmes du mieux qu'il nous fut possible nos pauvres bêtes dispersées dans les environs et qui accoururent à notre voix ; nous réparâmes tant bien que

mal les brèches de la clôture, mais au lieu de nous reposer et de prendre
notre repas sous ce cher abri dont la dévastation nous fendait le cœur,
nous tournâmes du côté du Lac des cygnes ; c'est là que mon aigle alla
chercher jusque dans les nuages l'oiseau que voici. Nous songeâmes ensuite à revenir, heureux de la découverte de nos racines et de toutes les
richesses que nous avions conquises, mais navrés de douleur en songeant
à la destruction de notre métairie, et au chagrin que vous éprouveriez
en apprenant cet événement.

Frédéric cessa de parler. La nouvelle qu'il venait de nous apprendre
nous avait tous attristés. Je compris dès-lors qu'il fallait à cette maudite
engeance un exemple qu'elle comprît, et que si nous ne savions nous
faire craindre d'elle, il nous serait impossible de rien conserver dans
l'île. Je consolai mes fils en leur disant que dans peu nous réparerions
ce désordre, et que, pour prévenir le retour d'un ennemi semblable,
j'organiserais une chasse aux singes, où leur adresse pourrait se signaler.

On soupa ; la racine de ginseng fit son entrée ; elle fut jugée excellente,
mais comme sa nature aromatique me la faisait considérer plutôt comme
un remède que comme un aliment, j'en défendis l'usage trop fré-
quent, en même temps que j'engageai ma femme à en placer quelques
pieds parmi nos plantes de luxe. Cependant la fâcheuse impression
qu'avait produite la malice des singes se dissipa peu à peu, et nous nous
séparâmes après la prière du soir, en décidant que le premier ouvrage
du lendemain serait l'emploi du caoutchouc et la confection des gluaux.
C'était une chose nouvelle ; mes fils étaient trop enfants, c'est-à-dire
trop amis de la nouveauté, pour ne pas aller au-devant de celle-ci de
toute la force de leurs désirs.

CHAPITRE
6.

SOMMAIRE DU CHAPITRE 6.

e lendemain matin , quand nous eûmes vaqué
aux occupations habituelles de chaque jour ,
à la prière , au déjeûner, aux soins à donner
aux bêtes, ma jeune famille me rappela mes promesses de la veille ; elle
était impatiente de voir les gluaux en activité , et elle se promettait merveille de cette chasse nouvelle. Je me mis aussitôt en devoir de confectionner la glu ; je pris pour cela une certaine quantité de caoutchouc liquide
que je mêlai à de la térébenthine , et je plaçai le tout sur le feu. Pendant
que le mélange s'opérait, et que la glu s'épaississait , mes enfants étaient
allés cueillir dans les buissons de petites baguettes dont j'avais besoin.
Ils m'en apportèrent une grande quantité , et nous commençâmes aussitôt l'opération ; elle consistait à tremper simplement dans la glu chacun
de ces petits bâtons , et à les placer sur les branches chargées de figues,
lesquelles attiraient un nombre infini d'ortolans , de bec-figues, de
merles, etc. Je m'aperçus alors que l'année précédente nous n'avions
songé à la chasse qu'à l'arrière-saison , car cette fois les oiseaux étaient
si pressés et si nombreux qu'un aveugle, en tirant dans l'arbre, n'aurait
pas manqué d'en abattre en quantité. Cette abondance de gibier me suggéra bientôt une autre idée , et il me sembla que , si les ortolans étaient

aussi nombreux pendant le jour, ils ne le seraient pas moins la nuit, et je résolus de tenter, à l'imitation des Américains de la Virginie, une chasse aux flambeaux, persuadé qu'elle serait encore plus expéditive et plus abondante que celle aux gluaux.

Cependant mes petits garçons, qui travaillaient à confectionner des gluaux, s'étaient eux-mêmes pris à leurs piéges. Les mains, les habits, la figure, tout était couvert de glu, et de telle sorte qu'il eût été impossible de les toucher sans se prendre à eux. Ils en étaient tout consternés, et la bonne ménagère encore plus; car elle avait peu de linge à leur donner. Je la rassurai en lui disant qu'un peu de cendres et d'eau suffirait pour réparer tout ce désordre et faire disparaître les taches qui l'alarmaient. Quant aux enfants, je les raillai un peu de leur maladresse. — Je savais bien, leur dis-je, que ma glu pouvait attraper des oiseaux plus gros que des ortolans; mais je n'aurais jamais pensé qu'elle pût prendre de petits maladroits.

Ils se défendaient de leur mieux, mais assez mal; et je leur appris alors à éviter l'inconvénient de s'engluer les doigts en plongeant un paquet de six à huit baguettes, à l'aide d'une espèce de pincette, dans la glu, au lieu de les y tremper une à une. Ils le firent, et l'opération réussit à merveille. Quand la provision me parut suffisante, j'envoyai Rudly et Frédéric placer dans les branches de figuier le plus de gluaux qu'ils purent, et nous ne tardâmes pas à voir tomber à nos pieds les malheureux ortolans englués des pattes et des ailes, et encore attachés au bâton perfide sur lequel ils s'étaient abattus. La chasse prit petit à petit une telle extension que Fritz, Ernest et leur mère ne suffisaient pas à ramasser le gibier et à le tuer, tandis que les deux grimpeurs allaient renouveler sur l'arbre les appâts qui en étaient tombés avec les oiseaux : un même gluau pouvait servir trois ou quatre fois. Mais quelque abondante que fût la chasse, je prévis bientôt que ses produits ne seraient jamais en rapport avec la fatigue qu'elle exigeait, car il n'y avait pas moins de soixante à soixante-dix pieds du sol aux branches où Frédéric et Rudly allaient renouveler les gluaux. Je songeai très-sérieusement à mon projet de chasser aux flambeaux, et je fis pour cela les préparatifs dans lesquels la térébenthine devait entrer comme un puissant auxiliaire.

Pendant que j'y étais occupé, Rudly m'apporta un oiseau de formes très-gracieuses, beaucoup plus gros que les ortolans, et qui s'était pris comme eux à l'appât. — Qu'il est joli! disait mon petit chasseur; est-ce qu'il faut aussi le tuer? Tenez, mon père, il est presque apprivoisé, on dirait qu'il me regarde comme une connaissance.

— Je le crois bien, reprit alors Ernest qui s'était approché, et qui de son coup-d'œil observateur avait déjà reconnu l'oiseau, je le crois bien ; c'est un de nos pigeons d'Europe : c'est un des petits de ceux qui ont niché l'année dernière dans les branches de l'arbre.

Je pris l'oiseau des mains de Rudly, et je reconnus avec un vrai plaisir qu'Ernest avait raison. Je frottai avec des cendres les endroits de ses pattes et de ses plumes qui avaient touché la glu, et je le plaçai sous une cage à poule, songeant déjà au moyen d'ajouter à nos propriétés un colombier de pigeons domestiques. Nous en prîmes encore d'autres, et quand vint la nuit, nous avions en notre possession deux belles paires de ramiers. Frédéric fut d'avis qu'on leur disposât une habitation dans le rocher où nous allions loger ; je goûtai son idée, et je me promis de travailler à la réaliser aussitôt que nous serions débarrassés de la besogne qui nous occupait.

Cependant, toute heureuse qu'avait été la chasse, nous n'étions pas encore parvenus à emplir une seule tonne. — J'ai un moyen plus expéditif et moins pénible, dis-je à mes fils ; ayez soin seulement, avant l'obscurité, de découvrir quels sont les arbres où les ortolans paraissaient percher de préférence pendant la nuit. L'écorce de deux ou trois figuiers, toute salie des excréments de ces oiseaux, ne nous laissa aucun doute à cet égard ; nous soupâmes, et après quelques instants de repos, je commençai mes préparatifs. Ils étaient fort simples, et ne consistaient guère qu'en trois ou quatre longues cannes de bambous, deux sacs et des flambeaux de résine et de cannes à sucre. Frédéric, mon grand-veneur, me regardait avec une sorte d'incrédulité ironique ; il ne comprenait pas qu'avec ces étranges instruments je pusse en effet réaliser les prodiges que j'annonçais.

Nous partîmes, et la nuit, qui succède subitement au jour dans ces latitudes, ne tarda pas à venir ; elle était extrêmement obscure. Arrivés au pied des arbres que nous avions choisis, je fis allumer les flambeaux ; mais à peine la lueur s'était-elle répandue autour de nous, qu'une nuée d'ortolans tomba des arbres et se mit à voltiger comme éperdus autour de la flamme vacillante. — Eh bien ! messieurs, dis-je alors à mes fils, mon stratagème, comme vous voyez, n'était donc pas si mal imaginé. Voici le moment de commencer : je vous ai amené le gibier sous la main : veuillez seulement étendre le bras et vous en rendre maîtres. — Je les armai en même temps chacun d'une canne de bambou, et je leur donnai l'exemple en frappant à droite et à gauche sur les ortolans. Ceux-ci tombèrent drus et serrés comme la pluie, et nous en eûmes bientôt rempli

deux grands sacs. Nos flambeaux duraient encore, nous nous en servîmes pour regagner Falkenhorst; et comme les sacs étaient trop pesants
pour être portés par aucun de nous, nous les plaçâmes en croix sur des
bâtons et les emportâmes ainsi plus commodément. L'obscurité de la
nuit, les flambeaux qui nous éclairaient, ces fardeaux portés à deux,
donnaient à notre marche un caractère étrange et mystérieux : nous res-
semblions assez à un convoi funèbre, tel qu'on en voit quelquefois la
description dans les romans.

Nous arrivâmes heureusement à Falkenhorst, et nous voulûmes, avant
d'aller dormir, faire l'inspection de notre gibier, afin de terminer les
souffrances de beaucoup de pauvres oiseaux que le bâton n'avait qu'étourdis. Le lendemain, il fallut plumer, nettoyer et préparer cette provision :
tout le monde mit la main à l'œuvre, et nous eûmes pour tout un jour
de cette besogne nécessaire, mais peu agréable. Nous remplîmes deux
tonnes d'ortolans à demi rôtis et dûment enveloppés de beurre.

Je n'avais point oublié, au milieu de ces travaux culinaires, l'expédition que je méditais contre les singes, et je la fixai irrévocablement au
jour suivant. Nous nous levâmes de bonne heure : ma femme nous donna
des provisions pour deux jours, et nous partîmes. Frédéric montait
l'onagre, j'avais pris l'âne, Rudly et Ernest étaient assis de compagnie
sur le dos du buffle que nous avions en outre chargé de nos provisions,
de la tente de campagne et de tout ce dont nous pouvions avoir besoin.
Trois de nos chiens étaient de la partie. Nous avions nos armes, mais ce
n'était pas dans l'intention de nous en servir; la résine et le caoutchouc
devaient faire tous les frais de l'expédition : aussi avais-je eu soin d'en
emplir un grand sac en peau, fait en forme d'outre, et plus commode à
transporter que toute espèce de vase.

J'avais annoncé à mes fils que la guerre à laquelle je les conduisais
serait une guerre à mort, et que j'étais bien déterminé à en finir avec
cette vilaine et malfaisante engeance. — Voilà pourquoi, leur dis-je, j'ai
voulu que Fritz et votre mère demeurassent à Falkenhorst pour leur
épargner un spectacle pénible. — L'idée de mort, que j'avais ainsi mise
en avant, fit impression sur la jeune imagination de mes enfants, et ce
ne fut pas sans quelque plaisir que j'entendis les objections qu'elle leur
suggérait; mais je n'en persistai pas moins dans mon projet, et je
m'efforçai de rectifier leurs idées à cet égard. — Voici, leur disais-je,
toute la question : il y a entre les singes et nous un différend à mort;
s'ils ne succombent pas, nous succomberons : c'est une affaire de conservation. Sans doute l'effusion du sang, le meurtre sans nécessité sont

horribles; mais il est des circonstances où ils deviennent excusables et permis. — J'appelai à mon aide une foule d'arguments et de comparaisons; mais je n'ose pas me vanter que ma logique ait produit de grands effets sur l'esprit naturellement bon et compatissant de mes petits garçons. Je ne les convainquis pas, mais je réussis du moins à leur faire comprendre quelque chose de la loi impérieuse de la nécessité.

Tout en discutant, nous arrivâmes au bord du lac. Je choisis un lieu qui me parut favorable pour camper, et nous descendîmes de nos montures. La tente fut aussitôt dressée, nous mîmes à nos bêtes des entraves aux jambes pour les empêcher de s'écarter, nous attachâmes nos chiens, et nous nous mîmes en quête de l'ennemi. La métairie était déserte, ou du moins ses ruines étaient abandonnées. La vue du désordre qui y régnait, les cloisons renversées, toute ma construction détruite, me brisèrent le cœur, et ne firent que me confirmer dans la pensée de sévérité dans laquelle j'étais venu. Frédéric partit en éclaireur, et ne tarda pas à venir nous annoncer qu'il avait découvert la horde pillarde à quelque distance, jouant tranquillement et s'ébattant à la lisière du petit bois. Nous commençâmes immédiatement l'exécution du projet que j'avais conçu. Nous plantâmes autour de la métairie et à distances inégales de petits pieux que nous eûmes soin d'assujettir assez mal en terre : nous disposâmes entre eux des lianes longues et flexibles; de place en place nous posâmes des noix de coco ouvertes, de petites courges pleines de riz cuit, ou de maïs, des fruits et même du vin de palmier, dont je savais par expérience que les singes étaient très-amateurs, et nous eûmes soin de bien enduire de glu de caoutchouc ces divers appâts, les pieux, les lianes, les noix de cocos et les courges. Nous en étendîmes sur le toit de la hutte, le long des arbres, au pied desquels j'avais planté des branches d'acacias, et sur les épines de ceux-ci des pommes de pin et toutes sortes de fruits, si bien qu'il était impossible de s'aventurer dans l'espèce de labyrinthe que nous venions de construire sans emporter un pieu, impossible de toucher à l'un de ces vases pleins de riz ou de vin de palmier sans y rester collé. Mes fils me demandèrent la permission de placer aussi quelques gluaux sur les arbres voisins; j'y consentis, et quand le piége me parut suffisamment bien établi, nous nous retirâmes sous la tente pour donner à l'ennemi le loisir d'approcher. La journée se passa sans que rien parût. Je commençais à craindre que les rusés animaux ne nous eussent aperçus et ne se doutassent de quelque chose. A la nuit, nous nous couchâmes après avoir fait honneur aux provisions froides que nous avions apportées : rien ne vint troubler notre sommeil.

Le lendemain nous étions éveillés de bonne heure; mais les singes l'avaient été avant nous, et la première chose qui frappa nos regards fut la compagnie tout entière qui s'avançait dans le lointain, se dirigeant sur la hutte. Rien n'était plus plaisant que la marche de cette armée hideuse : les uns marchaient à quatre pattes, les autres se tenaient droits et s'avançaient majestueusement comme des hommes : les plus jeunes sautaient sur les arbres et faisaient mille grimaces comiques. Nous restâmes en repos, de peur de les effrayer et de les faire fuir, et nous ne tardâmes pas à les voir s'engager dans le labyrinthe que nous avions disposé la veille. Ce que j'avais prévu arriva, et en moins de rien toute la troupe ne faisait plus qu'un seul bloc; ils étaient tous unis les uns aux autres par les lianes engluées, les pieux et les calebasses qui s'étaient fortement attachés à leur poil. C'était un spectacle étrange et vraiment burlesque, que les efforts qu'ils faisaient pour se débarrasser de ces liens incommodes; mais tous les efforts étaient inutiles, et ce ne fut bientôt plus de toute part qu'un cri de fureur et de rage : jamais je n'avais vu grimaces plus hideuses, contorsions plus horribles. Ceux que leur avidité avait conduits vers les calebasses de riz ou de vin de palmier avaient sur la figure ces vases renversés et solidement collés : d'autres traînaient au dos des pieux dont le battement les contrariait extrêmement. Enfin, quand je crus le désordre complet, nous lâchâmes nos chiens; ils se jetèrent comme des furieux sur la horde qu'ils déchirèrent à belles dents; nous intervînmes aussi à grands coups de bâton. Les malheureux singes poussaient des cris lamentables, se roulaient à nos pieds comme s'ils eussent voulu implorer notre pitié; mais j'avais commandé qu'on fût inexorable, et nous ne nous reposâmes que quand l'extermination fut complète. Nos bâtons étaient teints de sang : c'était l'aspect hideux d'un champ de bataille après le combat. Mes fils eurent horreur de ce que nous venions de faire, et ils l'exprimèrent d'une manière énergique que j'étais loin de blâmer. — Plus de semblables exécutions, me disaient-ils, quelque nécessaires qu'elles soient d'ailleurs; les singes ressemblent trop à des hommes; leurs cris, leurs gestes suppliants, tout cela est trop affreux à voir ou à entendre. — Nous creusâmes une fosse à trois pieds de profondeur, et nous y déposâmes les cadavres. Je crus prudent d'entourer la place d'une palissade, pour en écarter nos animaux domestiques. Nous avions besoin de repos; nous en prîmes quelque peu, et je m'efforçai par diverses conversations de détourner les pensées sinistres que cette sanglante exécution avait fait naître dans l'esprit de mes fils. Nous cherchâmes ensuite à réparer le désordre de la métairie, nous réumîmes à peu près les animaux égarés, et, après avoir ramené l'ordre autant que nous pouvions le faire en quelques heures, nous levâmes la tente et nous nous mîmes en route pour retourner vers ma femme. Nous fîmes avant de partir une nouvelle conquête, ce fut celle de deux beaux oiseaux plus gros que le pigeon ordinaire, et que je reconnus pour des pigeons des Moluques; leur plumage offrait un agréable mélange de bleu, de vert, de jaune, de pourpre et de violet. Cette capture était due à Frédéric, qui avait placé une petite coupe de riz toute engluée sur un palmier, pendant que nous étions occupés à construire le piége où toute la tribu des singes avait péri : ces oiseaux s'y étaient pris. La certitude que nous pourrions ainsi les nourrir fit qu'après avoir enlevé la glu qui embarrassait leurs ailes, nous leur liâmes les pattes et nous les emportâmes avec nous pour être admis dans le nouveau colombier que nous nous proposions d'établir à Zeltheim.

Nous nous hâtâmes de venir à Falkenhorst, où nous fûmes bien reçus des nôtres. Ma femme prisa surtout la nouvelle conquête que nous avions faite, et elle approuva fort mon projet de colombier : en conséquence, la voiture fut immédiatement chargée de provisions et de tout ce qui pouvait nous être nécessaire pour passer quelques jours en campagne, et nous prîmes le chemin de Zeltheim. A peine arrivés, je choisis dans la

partie de rocher contiguë à notre grotte l'emplacement de notre colombier; comme la pierre après les premiers pieds était tendre, nous eûmes bientôt pratiqué dans le roc, et à une hauteur de dix pieds environ, un enfoncement assez considérable pour réunir vingt paires de pigeons. Deux perches, appuyées sur toute la profondeur et qui saillaient en dehors, reçurent un plancher et formèrent une petite plate-forme protégée par un petit toit en avant; une porte, percée d'un trou pour laisser passer la lumière, fermait ce réduit, et l'échelle de corde suspendue à l'une des perches nous permettait d'y monter pour en soigner les doux habitants. Il nous fallut plusieurs semaines d'un travail opiniâtre pour terminer cette construction, assurer les planches, enduire tout autour l'intérieur d'une couche de plâtre pour prévenir l'humidité, dresser un perchoir, disposer des cases; il nous fallut, en un mot, faire un nouvel appel à ce secret qui nous avait déjà fait vaincre tant d'obstacles, surmonter tant de difficultés : la patience et le courage. Mes petits ouvriers avaient compris l'efficacité de ces deux grands moyens, et ils apportaient à nos travaux une persévérance et une ardeur bien au-dessus de leur âge.

— Bien, voilà l'édifice, dis-je à Frédéric, mais les habitants ? Il faut maintenant faire appel à tout ce que nous avons d'intelligence pour trouver le moyen de forcer nos pigeons, tant étrangers que privés, à habiter dans le nouveau logement que nous leur avons préparé; il faut nonseulement qu'ils y demeurent, mais encore qu'ils y amènent leurs compagnes avec eux.

— Il me semble, mon père, qu'à moins de quelque sorcellerie, cela n'est guère facile.

— Sorcellerie, non; car, tout difficile que cela te paraisse, je vais le tenter; et j'espère bien réussir avec l'assistance que tu me prêteras.

— Ah! je suis prêt, commandez; je suis impatient de connaître le moyen que vous emploierez pour cela.

— C'est à un marchand de pigeons que je dois le secret que nous allons tenter de mettre en pratique. Je ne t'en garantis pas le succès, car je ne l'ai jamais essayé; mais il consiste à parfumer d'anis le colombier nouveau : les pigeons, dit-on, sont si avides de l'odeur de cette plante, qu'ils reviennent d'eux-mêmes pour la respirer tous les soirs, et ils s'habituent ainsi à leur nouvelle demeure. On fait, avec de l'argile, du sel et de l'anis, une masse solide que l'on place au milieu du colombier; ils s'en approchent pour la becqueter, leurs ailes s'y frottent, et c'est de cette manière qu'ils changent insensiblement leur vie des champs pour celle du pigeonnier.

— Rien de plus facile, reprit Frédéric, et le hasard nous sert ici à souhait.

La plante d'anis que Rudly a rapportée va faire notre affaire : nous écraserons sur une pierre les graines dont elle est chargée, et si nous n'obtenons pas ainsi l'huile aussi pure que par les procédés chimiques et la distillation, elle n'en sera ni moins bonne, ni moins odorante.

— Je le pense comme toi, lui répondis-je, et je me félicite fort, à présent, d'avoir permis à Rudly de remettre en terre une plante dont la découverte n'était d'abord à mes yeux que d'une très-médiocre valeur.

Nous procédâmes aussitôt à la confection de notre huile d'anis, j'en frottai la porte du colombier, les bâtons du perchoir, et tous les endroits que les pigeons pouvaient toucher des ailes ou des pattes. Je pétris une espèce de pain d'anis, de sel et d'argile, je soumis pendant quelque temps cette masse à l'action d'un feu doux, pour mieux la pénétrer de l'odeur aromatique de cette plante, et, après l'avoir placée au milieu du colombier, nous y fîmes entrer les pigeons que nous avions retenus captifs dans des paniers de jonc pendant les travaux de construction. Nous les enfermâmes et les laissâmes ainsi deux jours avec de la nourriture, pour leur donner le temps de savourer à loisir l'odeur de l'anis.

Quand nos petits garçons, qui pendant ce temps avaient été occupés dans le potager avec leur mère, revinrent, nous leur annonçâmes solennellement que les pigeons avaient pris possession de leur domicile. Ce fut alors à qui grimperait à l'échelle pour voir les nouveaux habitants; les deux vitraux en colle de poisson que j'avais placés aux ouvertures de la porte furent envahis par les curieux, et je remarquai avec plaisir qu'au lieu de s'effaroucher des nouveaux objets qui les entouraient, les prisonniers semblaient au contraire s'en accommoder fort bien : ils becquetaient tranquillement le pain d'anis, et, quand j'entrai auprès d'eux, ils m'accueillirent comme s'ils eussent été tout-à-fait privés.

Deux jours se passèrent de la sorte : j'étais curieux de connaître moi-même quelle devait être la vertu de ma sorcellerie.

J'éveillai Frédéric de bonne heure le matin du troisième jour, et je lui commandai de frotter de nouveau d'huile d'anis les montants de la porte en forme de trappe, et la corde qui, passée dans une poulie, servait à l'enlever. Il le fit, et nous allâmes, sans rien dire de notre préparation, réveiller la famille qui dormait encore. J'annonçai que ce jour devait être celui de la liberté pour les prisonniers du colombier, et tout mon monde ne tarda pas à se trouver debout. On se rangea des deux côtés de la porte; je donnai à Rudly la commission de tenir la corde, et je me mis, en tâchant bien de garder mon sérieux, à décrire avec une baguette des cercles magiques, et à murmurer des paroles sans suite qui avaient l'air d'être une conjuration merveilleuse. Quand j'eus fini, je commandai à Rudly de tirer la corde qu'il tenait : les prisonniers sortirent d'abord timidement leurs têtes, s'avancèrent sur la plate-forme, puis tout-à-coup ils s'élevèrent à une telle hauteur au-dessus de nous, que ma femme et ses fils, dont les yeux les suivaient dans les nues, les crurent tout-à-fait perdus pour nous. Mais, comme si ces oiseaux n'eussent voulu s'élever ainsi que pour embrasser d'un coup-d'œil la vaste étendue de terre et de mer qui se déroulait au-dessous d'eux, ils descendirent aussitôt, et revinrent tranquillement s'abattre à l'entrée du colombier qu'ils venaient de quitter.

Cet incident, que je n'avais pas prévu, servit à merveille ma sorcellerie; j'en profitai, et je me hâtai de dire, du ton le plus sérieux : — Je le savais bien; quoiqu'ils fussent aussi haut dans les nuages, ils n'étaient point perdus.

— Comment pouviez-vous savoir cela, mon père? dit Ernest.

— Parce que mes charmes les ont attachés au colombier. Telle fut ma réponse.

— Des charmes! s'écria Rudly; êtes-vous donc sorcier, mon père?

— Nigaud! reprit Ernest; est-ce qu'il y a des sorciers?

— Oui, oui, dit alors Frédéric, et maître Ernest le savant en verra bien d'autres encore qui démentiront sa science.

Dans ce moment, les pigeons, qui becquetaient tranquillement à nos pieds, attirèrent notre attention. Les deux étrangers quittèrent tout-à-coup leurs frères d'Europe, et reprirent le chemin de Falkenhorst avec une telle rapidité, que nous ne tardâmes pas à les perdre de vue.

— Adieu, messieurs! leur cria Rudly en ôtant son chapeau et en faisant mille singeries; adieu, bon voyage!

Ma femme et Fritz commençaient déjà à se lamenter sur la perte de ces deux jolis oiseaux. Moi, cependant, je faisais bonne contenance; et comme si je me fusse adressé à quelque esprit aérien, je murmurai à demi-voix, en me tournant du côté des pigeons, les paroles suivantes :
— Allez, petits, allez loin; bien! je vous donne jusqu'à demain; mais n'oubliez pas de revenir, et surtout de ramener vos camarades....

Je me tournai ensuite vers ma jeune famille, toute stupéfaite de cette allocution et qui ne savait plus si elle devait prendre mes paroles au sérieux. — Voici, dis-je alors, qui est fini maintenant pour les étrangers; voyons ce que nous ferons de nos compatriotes.

Ceux-ci ne paraissaient pas vouloir suivre leurs frères dans leur course lointaine. Contents de voltiger autour de nous, de becqueter la terre, ils étaient déjà complètement apprivoisés : ils avaient retrouvé le colombier d'Europe avec son abri, et ils s'y réfugiaient volontiers.

— Ceux-là, du moins, dit Rudly, ne sont pas si bêtes ; ils préfèrent un bon toit et une nourriture assurée au vent et à la pluie que les autres sont allés chercher.

— Attends, attends, reprit encore une fois Frédéric avec assurance ; n'as-tu pas entendu mon père qui parlait à son esprit familier qui nous les ramènera ?

— Esprit familier ! répondit Ernest en levant les épaules ; va donc conter à d'autres tes balivernes.

— Pas si vite, ajoutai-je à mon tour ; c'est à l'œuvre qu'il faut juger des moyens en fait de magie, et j'augure, moi, que mon moyen pourrait bien encore être couronné d'un plein succès.

Nous passâmes le reste de la journée dans les environs du colombier, nous entretenant de la sorcellerie et des pigeons qu'elle devait ramener. Nous levions souvent les yeux au ciel, nous regardions vers Falkenhorst, mais rien ne paraissait. Le soir vint, même solitude, et les pigeons européens couchèrent seuls dans le colombier. Nous soupâmes gaîment, et nous allâmes attendre sur nos matelas de coton l'arrivée de ce lendemain qui devait apporter avec lui ma défaite ou mon triomphe.

Nous reprîmes avec le jour nos occupations habituelles. J'étais déjà un peu inquiet du retour de mes fugitifs ; mes fils étaient curieux de voir l'issue de l'affaire ; nous attendions tous le soir avec impatience, quand, vers midi à peu près, nous vîmes accourir Rudly qui nous criait tout joyeux, en frappant dans ses mains : — Il est revenu ! il est revenu ! il est vraiment revenu !

— Qui ! qui donc ? lui demanda-t-on.

— Le pigeon bleu, répondit-il, le pigeon bleu, le beau pigeon bleu, venez vite le voir.

— Bah ! reprit l'incrédule Ernest ; mauvaise plaisanterie ! ce n'est pas la peine de courir bien fort pour trouver le colombier vide.

— Qui sait ? répondis-je au savant ; je compte sur ma science, moi ; et le retour du second pigeon bleu ne m'étonnerait pas plus que celui du premier.

Frédéric demanda à Rudly si le beau pigeon n'avait point aussi ramené sa femelle ; mais notre étourdi n'était pas d'un caractère à en savoir autant d'un premier coup, et il ne s'était pas donné la peine de regarder. Nous partîmes aussitôt, et, au lieu du pigeon bleu seulement, nous trouvâmes avec lui, sur un des perchoirs extérieurs du colombier, sa femelle,

qu'il engageait de la manière la plus plaisante à s'aventurer dans l'intérieur. Il y introduisait sa tête, puis il revenait becqueter sa compagne ;
et il fit tant, en un mot, qu'il la décida, et nous vîmes avec la plus
grande satisfaction celle-ci entrer après lui et s'installer dans le pigeonnier.

Mes jeunes gens étaient tous d'avis de fermer la trappe, afin de nous
assurer désormais la possession de nos prisonniers ; je les en empêchai, attendu qu'il nous faudrait toujours l'ouvrir plus tard. Et puis,
ajoutai-je, les deux autres que nous attendons pour ce soir, comment
entreront-ils, si nous leur fermons la porte au nez ?

— Je commence à croire, me dit enfin ma femme, qu'il y a dans
tout ceci quelque chose d'extraordinaire, et si tu n'y as pas mis un peu
d'enchantement, je ne sais comment comprendre....

— Hasard ! et pur hasard que tout cela ! interrompit Ernest.

— Hasard ! lui répondis-je alors en riant ; c'est bien pour une fois ;
mais si l'autre pigeon nous revient ce soir avec sa compagne, croiras-tu
que ce soit encore le hasard ?

— Alors je me trouverai bien embarrassé ; mais il n'est pas probable
que le même phénomène se représente deux fois dans une même
journée.

Pendant que nous parlions ainsi, Frédéric nous interrompit tout-à-
coup : ses yeux d'aigle venaient d'apercevoir la seconde paire que nous
attendions. — Les voici ! les voici ! s'écria-t-il ; et, en effet, nous ne

tardâmes pas à voir s'abattre à nos pieds l'autre pigeon et sa compagne.
La joie qui accueillit leur retour fut si bruyante que je fus obligé de
lui imposer silence : si je n'eusse imposé silence à la troupe folâtre, ces
vives démonstrations auraient effrayé si bien nos deux pigeons, que ja-

mais odeur d'anis ne nous les eût ramenés. Mes petits garçons se turent, et les nouveau - venus entrèrent avec les mêmes cérémonies que les précédents.

— Eh bien! demandai-je alors à Ernest, qu'en dis-tu maintenant, mon petit docteur? voilà la seconde paire rentrée comme la première.

— Je ne sais plus que dire, me répondit-il tout sérieux; cela me paraît extraordinaire; mais quant à la sorcellerie et à la magie, je n'y crois pas davantage.

— Je vois avec plaisir que tu n'es pas crédule; mais s'il nous revenait encore aujourd'hui une troisième paire de pigeons des Moluques, appellerais-tu encore cela du bonheur, du hasard?

Ernest ne répondait rien, mais son silence était loin d'avoir le caractère de la conviction. Nous retournâmes à nos occupations, laissant Fritz et sa mère chargés de pourvoir au dîner. Nous travaillions à peine depuis deux heures, quand nous vîmes arriver vers nous le petit aide-marmiton. Il avait pris cette fois l'air grave et le maintien composé.

— Très-illustres seigneurs, nous dit-il d'une voix solennelle en s'approchant de nous, j'ai l'honneur de vous inviter, de la part de notre bonne mère, à venir voir un nouveau prince des pigeons, qui vient avec son épouse chérie pour prendre possession du palais magnifique que vous lui avez préparé.

— A merveille! soyez le bien venu, monsieur le messager, lui répondîmes-nous avec empressement. Bonne nouvelle! bonne nouvelle!

Nous nous hâtâmes de courir au colombier où ma femme, nous avertissant de faire silence, nous montra du doigt deux superbes oiseaux, auxquels ceux qui étaient dans l'intérieur semblaient faire les instances les plus pressantes pour les engager à partager leur nouvelle demeure.

— Je me rends, dit enfin Ernest; ma science et ma petite intelligence n'y comprennent plus rien; mais dans tout ceci il n'y a point de sorcellerie. Je vous en prie, mon père, expliquez-nous comment vous avez fait.

Le petit Fritz, qui nous avait entendus prononcer plusieurs fois les mots de magie et de sorcellerie, me pria de les lui expliquer, et de lui apprendre s'ils ne s'appliquaient point à une seule et même chose.

— A peu près, lui répondis-je. Le premier de ces deux mots ne diffère du second que par son origine étrangère : il appartient à la Perse, où les sages et les savants portaient le nom commun de *mages;* mais comme, aux yeux du peuple ignorant, la science peut souvent avoir l'air d'être surnaturelle par les effets qu'elle produit, on s'est habitué à con-

fondre les deux mots, et la sorcellerie s'est appelée magie. Du reste, il
n'y a dans l'une et dans l'autre qu'un même principe : c'est une connaissance plus ou moins profonde de certains secrets de la nature, que
le vulgaire ignore, et qu'on peut faire servir au bien comme au mal : de
là ce qu'on appelle la bonne et la mauvaise magie.

Fritz demanda alors si la lanterne magique était de la bonne ou de la
mauvaise magie. Je le rassurai en riant, et, après quelques questions
sur la magie et les sorciers en général, maître Ernest, qui ne perdait
jamais rien de vue, me reprit fort adroitement et en sous-œuvre :

— Puisque, me dit-il, vous nous avez dit que la sorcellerie consistait
simplement dans l'emploi de certains moyens naturels inconnus du vulgaire, dites-nous maintenant quels sont ceux qui ont servi à appuyer
votre sorcellerie à propos de nos pigeons.

Je ne voulus pas prolonger davantage l'embarras de mon petit docteur, et je lui expliquai en détail tout ce que nous avions fait, Frédéric
et moi. Rudly rit de bon cœur en apprenant que sa plante d'anis avait été
le charme qui les avait tous si fort occupés. Je louai en même temps

Ernest des preuves de bon raisonnement qu'il nous avait données ; et
j'invitai Rudly l'étourdi à imiter son
frère en cela, et à ne plus accueillir,
aussi facilement qu'il avait coutume
de le faire, la première idée qu'on
émettait devant lui.

Les jours qui suivirent furent con-
sacrés à perfectionner autant qu'il
nous fut possible notre colombier, et
nous vîmes avec joie que les nouveaux habitants y étaient définitivement installés, ils s'occupaient déjà
de s'y construire des nids. Je remarquai, parmi les herbes qu'ils recueillaient pour cela, une sorte de longue
mousse grise, que j'avais déjà remarquée sur les troncs des vieux
arbres d'où elle pendait comme de
grandes toisons. Je reconnus dans cette plante celle dont on se sert dans
l'Inde, en guise de crin, pour faire des matelas. Les Espagnols en font
aussi des cordes si légères, qu'un bout de quinze à vingt pieds, attaché

au haut d'une vergue, y flotte au vent comme le pavillon d'un mât. Je fis part de cette découverte à la bonne mère, et l'on conçoit sans peine qu'elle fut bien accueillie, car pour une ménagère c'était une richesse de plus; et son imagination, toujours prompte à courir, ne tarda pas à y voir du fil, de la toile, et tous ces trésors d'intérieur qu'une mère de famille sait seule apprécier à leur valeur.

Nous rencontrions de temps en temps des noix de muscade dans le fumier du colombier, c'étaient les pigeons des Moluques qui nous apportaient ces précieux aromates. Nous les lavions, et, quoiqu'elles fussent dépouillées de leur enveloppe filandreuse, nous les confiions à la terre, sans fonder pourtant trop d'espoir sur la réussite de la plantation.

Nous fûmes encore occupés pendant quinze jours, soit à nos pigeons, soit à d'autres soins d'intérieur que réclamait notre habitation. Les trois paires de pigeons indigènes s'habituaient de plus en plus au colombier, et ils ne tardèrent pas à être aussi bien apprivoisés que nos pigeons européens. Ceux-ci se multipliaient dans une telle proportion, les couvées se suivaient de si près et elles étaient si abondantes, que nous fûmes obligés d'y mettre ordre; car nos beaux pigeons bleus auraient été infailliblement mis dehors par cette nombreuse population. Nous réduisîmes donc à cinq paires le nombre de nos pigeons d'Europe; et comme l'accroissement ne venait pas seulement de la multiplication naturelle de la famille, mais encore des migrations fréquentes qui avaient lieu de Falkenhorst à la grotte de sel, nous tendîmes un piége aux émigrants, en dressant des gluaux autour du colombier tous les matins avant de l'ouvrir. Ce procédé, assez meurtrier pour les volatiles qui en étaient victimes, pourvut pendant quelque temps notre cuisine de provisions non moins abondantes que délicates, et donna quelque relâche à l'aigle de Frédéric.

Une aventure, dont maître Rudly fut le héros, vint dans le même temps apporter un peu de distraction à la monotonie de notre existence, que nous partagions entre les constructions nouvelles et l'approvisionnement de notre habitation d'hiver. Rudly était un jour parti seul pour une expédition dont il ne nous avait donné ni le but ni le motif; mais son absence ne fut pas longue, car nous le vîmes peu de temps après revenir couvert, des pieds à la tête, d'une boue noire et épaisse, et traînant après lui un paquet de joncs d'Espagne également souillés de vase. Le pauvre garçon avait les larmes aux yeux, et sa marche irrégulière laissait voir qu'il avait perdu un de ses souliers.

A cet aspect tragi-comique nous partîmes tous d'un éclat de rire; la mère seule ne partagea point la gaîté générale, et même elle reçut d'une manière assez froide le petit garçon.

— En vérité, lui dit-elle, il faudrait aller loin dans le monde pour trouver ton pareil. Crois-tu donc que nous ayons à ton service une garde-robe complète, pour t'en aller ainsi perdre tes habits? Comme te voilà fait!

— Ah! ah! ah! ajouta Frédéric en riant aux éclats, c'est comme un canard de Barbarie!...

— Du tout, reprit Ernest; c'est le dieu Neptune qui sort de son humide empire avec tous ses attributs mythologiques.

— Riez, messieurs, répondit Rudly un peu fâché, riez; en attendant, je n'en ai pas moins manqué d'y périr.

Ces mots me rendirent attentif; je reprochai à ses deux frères l'inhumanité avec laquelle ils le raillaient. Ce ne sont pas là, leur dis-je, des sentiments de frères. Puis j'engageai le triste héros de l'aventure à nous raconter ce qui lui était arrivé.

— Où as-tu pu, lui demandai-je, t'arranger de la sorte?

— Dans le Marais au flamant.

— Mais, au nom du ciel, qu'allais-tu chercher par là?

— Hélas? me répondit en soupirant le pauvre garçon, je voulais y cueillir des joncs d'Espagne pour faire des paniers à nos pigeons, ou d'autres ouvrages de même nature.

— Ton intention était louable, et il y aurait une double injustice à ne t'en remercier que par des sarcasmes. Ce n'est pas ta faute si ton entreprise n'a pas aussi bien réussi que tu le désirais.

— Oh! non, elle n'a pas réussi comme je le désirais; et, sans deux bottes de roseaux, je crois bien que j'y aurais laissé la vie. Je voulais, pour tresser mes paniers, des roseaux minces, flexibles. Ceux du bord étant tous beaucoup trop gros, j'avançai dans l'intérieur du marais, sautant de mottes en mottes, jusqu'à ce que j'arrivasse à un endroit où le sol n'était plus qu'une boue humide et noire. Mes pieds s'y enfoncèrent d'abord et j'y fis peu d'attention, mais bientôt j'en eus jusqu'aux genoux, et insensiblement je me sentis descendre; j'étais déjà plongé dans la bourbe jusqu'à la poitrine, appelant de toutes mes forces quelqu'un à mon aide; mais personne ne m'entendait.

— Je le crois bien, dit Frédéric; le bruit du vent et des flots devait couvrir ta voix, mon pauvre Rudly, car tu penses bien que si nous t'avions entendu, nous serions tous accourus.

— Mais, reprit le narrateur, si les hommes me manquèrent alors, j'eus un compagnon qui ne me fit pas défaut; mon chacal entendit ma voix, et s'élançant au travers du marais, il vint à moi et se mit à faire retentir l'air de ses hurlements et de ses aboiements répétés.

— Mais comment, dit Ernest, ne te jetais-tu pas à la nage, toi qui l'emportes si bien sur nous tous pour la natation dans nos exercices?

— Joli conseil, en vérité! je voudrais bien te voir nager dans un marais, entre une forêt de roseaux et une ceinture de boue qui t'enveloppe jusque sous les bras. Au surplus, voici comment j'en sortis : quand je vis que ma voix se perdait en vain dans l'air, et que les hurlements de mon chacal mêlés à mes cris ne produisaient rien, je songeai à me tirer moi-même d'embarras, car je me sentais descendre à chaque minute davantage, et il n'y avait pas de temps à perdre. Je tirai mon couteau de ma poche, et je me mis à couper autour de moi deux paquets de roseaux que je me plaçai sous les bras et dont je me servis en guise d'appui. Je m'y reposai de toute ma force, et, en agissant tour à tour de la poitrine, des bras et des jambes, je parvins à me dégager à peu près de la prison humide où j'allais étouffer. Cependant mon chacal était sur le bord, toujours hurlant comme s'il eût voulu me porter secours. J'imaginai un moyen d'utiliser sa bonne volonté; je l'attirai à moi, je me cramponnai alors fortement après lui, et ce brave compagnon se servit si bien de ses pattes qu'il me tira jusqu'à la terre ferme.

— Dieu soit loué, mon pauvre enfant, dis-je alors, puisque tu nous es rendu! mais tu as couru un grand danger, et tu peux bien, en effet, remercier ton chacal, de même que nous devons rendre hommage à la présence d'esprit dont tu as fait preuve dans cette circonstance difficile.

— Qui sait? reprit Frédéric, peut-être n'aurions-nous pas imaginé ce moyen-là.

— Pour moi, ajouta Ernest, je ne sais vraiment pas ce que j'aurais fait.

— Ah! ton esprit inventif t'aurait fourni quelque moyen, repartit Rudly, seulement il aurait fallu que ta prudence ne fût pas trop lente à prendre parti, car la décision aurait bien pu arriver trop tard. Ah! il n'est rien tel que la nécessité; c'est le meilleur maître.

— Mais, dit la mère, vous oubliez ici encore une chose, que la nécessité enseigne, c'est la prière; car sans la volonté de Dieu, que seraient nos déterminations et toutes nos tentatives?

— Oh! oui, ma bonne mère, répondit Rudly, et dans mon danger, aussi, j'ai bien récité toutes les prières que je savais. Je me suis rappelé le jour du naufrage, je me suis souvenu que Dieu nous avait alors secourus parce que nous nous étions tournés vers lui; j'ai pensé qu'il aurait aussi pitié de moi dans ma détresse, et je me suis mis alors à le prier.

— Bien! mon fils, dis-je à Rudly, le Seigneur t'a entendu en effet; car, si tu as trouvé ton salut, c'est lui qui l'a voulu; c'est lui qui a donné la force à tes bras, qui t'a inspiré la pensée heureuse qui t'a sauvé; c'est lui enfin qui a fait que ton chacal est arrivé à ta voix. Gloire donc et honneur à Dieu! remercions-le tous des lèvres et du cœur.

Pendant ce temps, la mère s'était empressée de laver et nettoyer le pauvre aventurier : sa défroque toute entière passa au Ruisseau du chacal, où elle laissa une longue trace noire. Nous lavâmes aussi ses joncs, et quand ces premiers soins furent accomplis, on songea à l'emploi que nous en pourrions faire. Ils étaient trop forts et trop durs pour être employés et tressés dans leur grosseur; il fut convenu qu'on les fendrait en lames longues et minces, et que nous ferions sur eux notre apprentissage dans l'art du vannier. Mes fils n'y entendaient pas grand'chose, et leur inexpérience devenait souvent entre eux un sujet de querelles dans lesquelles j'étais toujours obligé d'intervenir. Je ne perdis aucune occasion de les rappeler à l'union et de leur faire voir que là seulement était la force en général, et pour nous en particulier le succès de la colonie que nous fondions. Comme ils avaient tous le cœur excellent, ils écoutaient volontiers mes paroles; mais le naturel l'emportait souvent, et les querelles recommençaient à la première occasion.

Je profitai des roseaux de Rudly pour commencer la construction d'une machine que ma femme réclamait de moi depuis long-temps, c'était un métier à tisser. Deux roseaux fendus dans leur longueur, et que je rajustai ensuite avec de la ficelle afin qu'ils séchassent dans cette position sans se contourner, me donnèrent les quatre barres dont j'avais besoin pour la partie qu'on appelle *les peignes*. Je chargeai ensuite mes fils de me tailler un assez grand nombre de petits morceaux de bois dont je voulais faire les dents du peigne ; et quand j'eus ces premiers matériaux de ma construction, je les plaçai en lieu sûr sans rien dire à personne de la destination que je leur avais réservée, car je tenais à ce que mon métier fût une surprise pour ma femme. Les plaisanteries qui tombèrent sur mes petits bâtons, qu'on appelait plaisamment des *cure-dents*, me trouvèrent insensible, et je gardai mon secret.

— Que veux-tu donc faire, me demandait ma femme avec curiosité, de cette fabrication de petits bâtons ?

— C'est une fantaisie, lui répondis-je en riant : je vais te faire un superbe instrument de musique à la manière des Hottentots : un *gom-gom*. Laisse-moi seulement le loisir de l'achever, et tu m'en remercieras ; tu seras la première à danser en cadence aux sons mélodieux qui en sortiront.

— Danser ! en vérité, j'ai bien autre chose à faire ; la danse et la musique, je t'assure, ne m'occuperont guère tant que nous serons sur cette côte.

— Si vous faites réellement un *gom-gom*, me dit alors Ernest, nos petits bâtons vous sont alors inutiles ; car le *gom-gom* se fait simplement avec des cordes tendues sur une moitié de courge, et l'on s'en sert en promenant sur ces cordes un tuyau de plume.

— Bel instrument, ma foi ! reprit Rudly ; bon à faire fuir les chiens et les chats !

— Quoi qu'il en soit, la description que je t'en donne n'en est pas moins exacte, car j'en ai vu un, et le son qu'il rendait ressemblait bien en effet à cette syllabe monotone : *gom-gom*.

Cependant ma femme revenait à la charge ; et tout ce que je pus faire, ce fut de lui répéter encore que, quand mon instrument serait terminé, je ne doutais pas qu'elle ne fût la première à s'en réjouir, et qu'elle s'y mettrait certainement des pieds et des mains pour le faire aller en mesure.

Vers le même temps, l'onagre nous donna un joli petit ânon de son espèce. Il fut accueilli avec plaisir ; car ce n'était pas seulement une bête de somme de plus ajoutée à nos animaux utiles, mais encore un animal de luxe qui devait paraître un jour avec distinction dans nos cavalcades. Je lui donnai le nom significatif de *Rasch*, qui veut dire *rapide* ; car je le destinais surtout à l'équitation, et nous vîmes avec plaisir que ses formes, en se développant, répondaient parfaitement à notre désir.

L'approche des pluies et le souvenir de la peine que nous avions eue pour réunir chaque soir ceux de nos animaux que nous laissions errer dans la campagne, nous fit imaginer un moyen de rendre ce service moins pénible ; ce fut de les accoutumer à revenir au gîte en sonnant tous les soirs d'une espèce de trompe faite d'une conque marine, à laquelle j'avais placé un petit morceau de bois taillé en bec de flûte ; nous eûmes soin d'accompagner les premiers essais de cet instrument d'une distribution de nourriture et de sel, ce qui nous assura le succès de notre invention. Les porcs seuls se montrèrent rétifs et témoignèrent qu'ils aimaient mieux leur liberté : nous les abandonnâmes volontiers, car, au premier besoin, une course de nos chiens pouvait nous les ramener.

Parmi les embellissements et les améliorations dont nous avions entouré notre habitation d'hiver, il manquait encore un réservoir destiné à l'eau propre que nous étions obligés d'aller puiser jusqu'à la Rivière du chacal. Le trajet eût été trop long à parcourir tous les jours pendant les pluies ; je cherchai à parer à cet inconvénient avant le retour de l'hiver. Je conçus l'idée d'amener jusqu'à notre porte un filet d'eau de ce ruisseau, et d'établir ainsi une fontaine d'eau vive, comme nous l'avions fait à Falkenhorst. Des cannes de bambous, emboîtées les unes dans les autres, nous servirent de canaux ; nous les appuyâmes simplement sur des fourches, et un tonneau défoncé remplit l'office du bassin. Nous nous proposions, quand le temps le permettrait, de donner à cette construction l'élégance et la perfection qui lui manquaient. Mais telle qu'elle était, elle répondait à notre désir, et ma bonne femme m'assura qu'elle en était aussi contente que si cette fontaine rustique eût été du plus beau marbre, entourée de chevaux marins, de dauphins ou de naïades jetant l'eau par la bouche et les narines.

La saison des pluies approchait, et nous avions grande hâte pour ne point nous laisser surprendre par elle : il s'agissait maintenant de rentrer nos récoltes : les grains, les fruits de toutes sortes qui entouraient notre habitation, les pommes de terre, le riz, les goyaves, les glands doux, les pommes de pin, l'anis, le manioc, l'ananas, dont mes fils étaient toujours très-friands, rien ne fut oublié. Nous recommençâmes nos semailles comme l'année précédente, espérant que les graines d'Europe, que nous allions ainsi confier à la terre nouvellement remuée se développeraient plus vite et plus facilement à cause de l'humidité de la saison.

Ma femme nous fit des sacs de toile que nous emplissions ; puis nos patientes bêtes de somme les rapportaient aux magasins, où nous entassions dans des tonneaux les produits de la récolte. Ces translations ne s'opéraient pas sans peine, non plus que la moisson, car le blé, que nous avions mis en terre à diverses époques, n'étant pas également mûr, nous étions obligés de faire un choix souvent difficile parmi les épis. Je résolus dès-lors d'entreprendre pour l'année prochaine une culture en règle dans un champ préparé à cet effet : nous avions maintenant une paire de buffles pour le labourage; il ne nous manquait plus qu'un double joug pour notre attelage, et je me proposai de m'en occuper pendant notre réclusion d'hiver. Nous devions ainsi devenir laboureurs, comme nous étions devenus successivement charrons, charpentiers, vanniers, constructeurs et habiles dans toutes les professions dont la nécessité, ce grand maître des hommes en fait d'art et d'industrie, nous avait fait faire l'apprentissage.

Cependant les pluies avaient déjà commencé : nous recevions de temps en temps de larges ondées qui nous faisaient hâter nos derniers travaux. Peu à peu l'horizon se chargea de nuages épais, des vents terribles soufflèrent de la côte, la mer s'enfla, et nous eûmes pendant quinze à vingt jours le spectacle le plus majestueux, mais aussi le plus effrayant dont l'homme puisse se faire une idée. La nature entière était bouleversée; les grands arbres se courbaient avec des mugissements horribles. les éclairs, le tonnerre se mêlaient aux vents et à la pluie; c'était, en un mot, une sorte de concert de toutes les voix de la nature, concert sublime, où la foudre servait de basse, où les sifflements aigus de l'ouragan remplaçaient très-bien des instruments aux notes claires et sonores.

Nous nous rappelions les préludes du dernier hiver; mais soit que nos souvenirs nous servissent mal, soit que le danger présent se montre toujours beaucoup plus terrible que celui qui n'est plus, il nous semblait que la nature n'avait point éprouvé l'année précédente une commotion aussi violente. Néanmoins les vents se calmèrent un peu, et la pluie, au lieu de s'épandre par torrents, commença à tomber avec la désespérante uniformité qu'elle devait conserver pendant douze longues semaines. Les premiers moments de notre réclusion furent tristes; mais comme c'était une nécessité à subir, nous nous soumîmes, et nous commençâmes aussi gaîment qu'il nous fut possible les dispositions intérieures de notre demeure souterraine.

Nous n'avions pris avec nous qu'une partie de nos bêtes : la vache à cause de son lait, l'âne à cause de son poulain, et *Pied-Léger* avec l'*Orage*, parce que nous les destinions à nous servir dans les excursions qui pourraient nous devenir nécessaires. Le peu d'emplacement que nous avions abandonné à l'écurie ne nous avait permis d'emmener ni nos moutons ni nos chèvres. Nous les avions laissés à Falkenhorst, où ils trouvaient un abri contre les injures de l'air et une provision abondante de fourrage. D'ailleurs, un de mes cavaliers allait tous les jours, malgré la pluie et le vent, leur porter quelques poignées de sel et voir si rien ne leur manquait. Il va sans dire que les chiens, le chacal, le singe et l'aigle nous avaient suivis, et les gentillesses de cette espèce de ménagerie domestique abrégeaient heureusement les longues soirées qu'il nous fallut passer sous la voûte de la grotte.

Nous donnâmes nos premiers soins à une foule de travaux que nous n'avions pas pu prévoir, et qui cependant se trouvaient être de première nécessité. C'était la prise de possession définitive, et nous eûmes beaucoup à faire pour que l'habitation répondît à nos besoins. On sait que les appartements étaient tous sur la même ligne : mais le sol qui leur servait de parquet n'avait pas été nivelé avec une grande précision, et nous fûmes obligés d'abord de faire disparaître les aspérités qui s'y élevaient, et d'en combler les cavités pour ne pas risquer à chaque pas de nous rompre le cou. La fontaine que j'avais établie répondait mal aux nécessités du ménage, et il fallut transporter dans la cuisine le bassin qui se trouvait d'abord en dehors de la grotte. Nous fabriquâmes des bancs et des tables, nous parâmes en un mot à toutes les exigences de notre position, à tout ce qui pouvait nous rendre supportable l'habitation d'hiver pendant le si long séjour qui nous y attendait. Mais il restait encore un inconvénient auquel nous n'avions point songé : c'était celui du jour. La grotte n'avait que quatre ouvertures en comptant la porte, une dans la cuisine, une autre au-dessus de la chambre de travail, et enfin la dernière dans notre chambre à coucher. Les appartements de nos fils et tout le fond de l'habitation étaient constamment plongés dans l'obscurité la plus profonde. Nous avions bien pratiqué dans les cloisons intermédiaires des ouvertures que nous fermions avec des châssis à jour ou des toiles minces; mais le jour qui pénétrait par la porte et par les fenêtres était si faible, qu'il n'en parvenait rien au fond de la grotte. Il nous aurait encore fallu deux ou trois fenêtres; mais il n'était pas possible de penser à ce travail avant le retour de la belle saison. Voici, en attendant, ce que j'imaginai pour éclairer le fond de notre demeure.

J'avais conservé un gros bambou, de ceux qui m'avaient servi à faire les canaux de notre fontaine. Ce bambou se trouvait être par hasard de la hauteur exacte de notre voûte; je le dressai et l'enfonçai en terre d'en-

viron un pied : je l'entourai d'étais pour le rendre solide, et je fis ensuite appel à l'adresse et à l'agilité de Rudly. Je lui mis en main une

poulie et un marteau, je lui passai autour du corps une corde assez
mince, et je l'invitai à grimper au nouveau mât que je venais d'élever ;
il fut en haut en moins d'une minute, et là, d'après les instructions que
je lui donnai, il enfonça dans une fente du rocher la poulie qu'il avait
avec lui : il jeta la corde sur la roulette, puis il se laissa glisser à terre
sur le matelas que j'avais eu soin de disposer au pied du mât en cas
d'accident. Je suspendis à la corde une grosse lanterne que nous avions
rapportée du vaisseau ; Fritz et ma femme furent officiellement chargés
de l'entretenir de combustible, et grâce aux mille facettes de cristal qui
tapissaient la grotte, notre demeure se trouva aussi bien éclairée que si
le soleil y eût pénétré.

La lumière était un bienfait immense pour nous ; nos travaux d'organisation en reçurent une activité nouvelle. Ernest et Fritz se chargèrent
de ranger la bibliothèque, et de disposer sur des rayons les divers ouvrages que nous avions sauvés du naufrage. Rudly aida sa mère dans
l'arrangement de la cuisine, et je pris Frédéric avec moi pour mettre la
chambre de travail en état ; il fallait pour cette opération plus de force
que n'en avait aucun de ses jeunes frères.

Nous y établîmes d'abord, à côté de la fenêtre, un superbe tour anglais
muni de tous ses outils, et que j'avais trouvé dans la chambre du capi-

taine de notre navire. Je m'étais amusé jadis à tourner, et je me promettais de mettre à profit mes petites connaissances dans ce genre de travail. Nous construisîmes aussi une forge; les enclumes furent dressées sur des billots, et tous les outils du charron et du tonnelier furent honorablement disposés sur des planches, ou à des râteliers que j'avais à dessein attachés le long du mur. Les clous, les vis, les tenailles, les marteaux, tout eut sa place, tout prit dans notre atelier improvisé une apparence d'ordre dont je me sentais tout fier. Je m'applaudissais bien sincèrement alors d'avoir eu dans ma jeunesse quelque goût pour les arts mécaniques; je devais à ce goût au moins cet avantage que, si je ne savais pas me servir habilement de tous les instruments que j'avais devant moi, aucun ne m'était étranger.

Peu à peu la grotte prit un air d'ordre plus complet, et nous pûmes dès-lors sans trop d'ennui y attendre que le soleil nous eût rendu la liberté; nous y avions notre chambre de travail, une salle à manger, et la bibliothèque où nous pouvions à loisir nous reposer par les jouissances de l'esprit des fatigues que nous avions prises à nos essais industriels. Les caisses que nous avions rapportées du vaisseau contenaient un assez grand nombre de livres, tant à l'usage du capitaine qu'à celui des officiers à qui ils avaient appartenu. Outre des Bibles et des livres de prières, nous y trouvâmes plusieurs ouvrages sur la marine; des voyages, des traités d'histoire naturelle, de botanique, de zoologie. Quelques-uns étaient enrichis de gravures, ce qui en faisait pour nous un vrai trésor. Un soir, en les feuilletant, nous y reconnûmes la racine de singes, que Frédéric et Rudly avaient découverte dans une excursion, et que j'avais soupçonnée être le ginseng des Chinois; c'était bien en effet cette précieuse racine. Nous avions aussi des cartes, plusieurs instruments de mathématiques et d'astronomie, un globe terrestre portatif, d'invention anglaise, et qui s'enflait comme un ballon; mais le genre d'ouvrages qui dominait, c'étaient des dictionnaires et des grammaires de toutes les nations; c'est ordinairement là le fonds de toutes les bibliothèques de vaisseau.

Nous savions tous un peu de français, car cette langue est presque autant que l'allemand celle de la Suisse. Frédéric et Ernest avaient commencé à Zurich à apprendre l'anglais. Je m'étais moi-même occupé assez activement dans cette langue pour être en état de les diriger. Je les engageai à ne point négliger ces premières connaissances, car l'anglais est aujourd'hui la langue des mers, et l'on rencontrerait peu d'équipages où personne ne l'entendît ou ne le parlât. Rudly, qui ne savait encore rien, opta pour l'espagnol et l'italien; la pompe et la mélodie de ces deux langues allaient bien à son caractère un peu emphatique. Quant à moi, je tournai mes études vers le malais : l'inspection de nos cartes et de la position de notre île me faisait croire tous les jours de plus en plus que les premiers hommes à qui nous aurions affaire pourraient bien être de la nation malaise.

Il fut convenu que nous cultiverions en commun le français et l'allemand, que j'enseignerais l'anglais à ma femme et au petit Fritz en même temps qu'à Frédéric, et que les autres étudieraient pour leur compte. Notre salle d'étude ne ressemblait pas mal à une sorte de petite Babel. quand, pour apporter quelque diversion à l'étude silencieuse et méditative, nous nous mettions à réciter à haute voix des extraits de nos livres favoris. Cet exercice, tout étrange qu'il puisse paraître, n'était cependant pas sans avantage ; il provoquait des questions et des explications, qui avaient toujours pour résultat d'apprendre à toute la famille un mot, une phrase d'une langue étrangère qu'elle aurait ignorés sans cela. Ernest primait entre nous tous : mémoire, intelligence, persévérance dans le travail, il y avait chez cet enfant tout ce qui constitue les éléments du succès. Non content d'étudier l'anglais, il continuait le latin, dont sa passion pour l'histoire naturelle lui faisait d'ailleurs une nécessité; et l'ardeur qu'il y apportait était si grande que nous étions souvent obligés de l'arracher à ses livres pour le contraindre de se livrer à quelque exercice corporel nécessaire à sa santé.

Je n'ai rien dit encore de mille petites richesses que nous trouvâmes dans les caisses du vaisseau, et que nous avions prises sans même y faire attention. Nous avions aussi des meubles, des glaces, plusieurs jolies commodes, des tables-bureaux où se trouvait tout ce qu'il fallait pour écrire; même une superbe pendule avec un carillon qui eût sonné chaque heure, si j'avais pu la mettre en état; toutefois elle figurait très-bien sur une console de marbre dans notre salon, et de jour en jour notre demeure se meublait et se décorait si bien, que nos enfants ne savaient plus quel nom lui donner ; les uns voulaient l'appeler le Palais féerie, les autres la Grotte resplendissante : il y eut, à cette occasion, une discussion assez longue et assez animée, dont la conclusion fut que son nom serait simplement *Felsenheim* (habitation du rocher).

Cependant le temps s'écoulait assez vite au milieu des mille petits travaux que nous nous étions créés, et il y avait déjà plus de deux mois que la saison des pluies durait, que je n'avais pas encore trouvé le temps de faire un joug pour nos buffles, ni une nouvelle paire de cardes fines que ma femme réclamait tous les jours, et dont elle avait besoin pour mettre en œuvre le coton.

La fin du mois d'août fut marquée par un redoublement de mauvais temps. La pluie, les vents, le tonnerre, les éclairs redoublèrent avec une nouvelle furie ; l'Océan fut bouleversé jusque dans ses plus profonds abîmes, et, sous notre voûte de sel, il nous semblait souvent sentir aussi de sourdes commotions. Combien nous nous trouvions heureux alors de l'habitation solide que nous nous étions faite ! Que serions-nous devenus dans le palais aérien de Falkenhorst ? Notre tente n'aurait jamais résisté à l'impétuosité des éléments.

Enfin le temps s'éclaircit peu à peu. Les nuages se dissipèrent, la pluie cessa, le vent ne souffla plus avec autant de violence, et nous pûmes nous aventurer hors de la grotte pour voir du moins si le monde était encore assis sur ses bases.

Nous trouvâmes, comme l'année précédente, la nature qui renaissait au milieu de tous les signes encore récents de destruction et de ruine. Nous parcourûmes gaîment la ceinture de rochers qui s'étendait le long de la côte ; et, comme nous avions besoin de liberté et d'exercice, nous prenions plaisir à escalader les pics les plus hauts, et à promener nos regards sur la plaine qui se déroulait devant nous. Frédéric, toujours intrépide, et dont l'œil aurait presque rivalisé avec celui de son aigle, étant parvenu sur la cime des rochers, aperçut au loin sur le petit îlot de la Baie du flamant, un point noir dont il était impossible de préciser la nature et la forme ; il le prit pour une galère échouée. Ernest, qui monta après lui, opina pour un lion marin de la famille de ceux dont parle l'amiral Anson dans son Voyage. Sur leur rapport, je proposai d'aller jusque-là pour nous assurer de la vérité. Nous nous rendîmes aussitôt au bord de la mer ; la pirogue fut débarrassée de l'eau de pluie qu'elle contenait ; nous la gréâmes de notre mieux, et nous partîmes tous, excepté Fritz et notre bonne ménagère, dont l'humeur peu aventureuse ne sympathisait point avec celle qui nous portait à entreprendre cette excursion.

A mesure que nous avancions, les conjectures se succédaient plus rapidement. Quand enfin nos yeux purent découvrir et reconnaître ce qui faisait l'objet de notre attention, quelle fut notre surprise en voyant une énorme baleine échouée sur le sable, et qui nous présentait le flanc ! dans l'ignorance où j'étais si elle était bien morte ou simplement endormie, je crus prudent de n'approcher qu'avec précaution, et de nous mettre en garde, avec notre frêle embarcation, contre les mouvements

de l'animal : nous tournâmes, en conséquence, le petit îlot sur lequel
elle était étendue, et nous prîmes terre du côté opposé. L'îlot n'était
guère qu'un banc de sable qui s'élevait quelque peu au-dessus des flots ;
mais la végétation y avait une force et une richesse extraordinaires : il
n'y croissait point d'arbres ; les vents et les vagues s'y opposaient sans
doute. Il pouvait avoir un demi-quart de lieue : mais avec un peu de
travail, on aurait pu le doubler d'étendue aux dépens de la mer. Il était
couvert d'oiseaux marins de toute espèce, dont nous trouvâmes les nids,
les œufs en abondance ; mes enfants firent une provision de ces derniers,
afin, dirent-ils, de ne pas rentrer les mains vides auprès de leur mère.

Nous pouvions suivre deux chemins différents pour arriver à la baleine : l'un direct, en grimpant sur les pointes de rochers qui le rendaient extrêmement pénible, et l'autre plus long, mais sans peine ni
fatigue. Je pris le premier, et je commandai à mes fils de suivre l'autre ;
j'étais curieux d'examiner de là cette île à laquelle il ne manquait que
des arbres pour être charmante. De cette élévation, j'apercevais toute la
côte, depuis Zeltheim jusqu'à Falkenhorst ; ce spectacle me fit presque
oublier la baleine, et quand je descendis du côté où se trouvaient mes
enfants, ceux-ci en avaient fait autant, ils accoururent vers moi avec les
plus vives démonstrations de joie, apportant dans leurs chapeaux des
coquillages et des coraux qu'ils avaient recueillis en route.

— Ah ! papa, me crièrent-ils, voyez donc quelle belle et riche provision de coquilles et de coraux nous avons trouvée ; qui a donc pu apporter
là toutes ces merveilles ?

— C'est la mer, leur répondis-je, la mer ébranlée jusque dans ses
abîmes ; et il me paraît peu étonnant qu'elle ait rejeté sur le sable des
coquilles et des coraux légers, quand elle y apporte des monstres de la
taille de celui que nous avons là-bas devant nous.

— Ah! oui, reprit Frédéric, il est énorme, et il est vraiment étrange
que nous nous amusions à toutes ces bagatelles, au lieu d'aller examiner
notre baleine. Pour mon compte, je n'aurais jamais cru qu'elle fût aussi
grosse.

— L'examiner! ajouta Ernest en riant; il ne nous faudra du moins
ni loupe ni lunette : quant à moi, je t'abandonne bien volontiers cette
masse informe qui n'a rien de gracieux, pour ces charmants coquillages. Voyez, papa, quelles formes heureuses! quelles brillantes et vives
couleurs !

Il s'éleva ici une petite dispute semi-savante, scène comique entre
Ernest et son frère, sur le beau absolu. Chacun défendait sa cause avec la
plus vive ardeur, mais Frédéric n'était pas de force à lutter contre son
frère. Il y avait dans les paroles de son adversaire plus que de l'admiration pour les merveilles de la nature ; c'était déjà l'amour du savant qui
a passé de longues veilles, une loupe à la main, à découvrir une fibre, à
déterminer un anneau sur le dos d'un insecte.

Je terminai la dispute et mis mes deux enfants d'accord, en leur disant que, dans l'œuvre immense de la création, tout était également
beau, également admirable, depuis le ciron imperceptible à l'œil, jusqu'à la baleine et à l'éléphant dont les formes lourdes et sans grâces ne
participent en rien à l'organisation délicate que nous admirons dans le
moucheron et dans l'insecte. — Chaque chose est belle, leur dis-je,
pourvu qu'elle soit dans la place que le Créateur lui a assignée, et il faut
prendre garde de mesurer la somme d'admiration que nous accordons à
certains objets, au crédit dont ils jouissent dans nos pensées, par exemple,
où leur rareté fait souvent tout leur mérite.

J'engageai ensuite mes fils à réunir les coraux et les coquillages qu'ils
avaient ramassés, et je donnai le signal du départ. Je m'étais préalablement assuré que la baleine était bien privée de vie, et que nous n'avions
rien à redouter de son approche. — Nous reviendrons, dis-je, dans
l'après-midi, et nous apporterons avec nous les outils nécessaires pour
attaquer la proie énorme que l'Océan a pris soin de déposer pour nous
sur le sable, et nous tâcherons ensuite de tirer parti de sa dépouille.

Cependant je remarquai qu'Ernest ne nous suivait qu'à regret vers
notre embarcation. Je lui en demandai la cause, et il me déclara qu'il
s'estimerait heureux si je voulais l'abandonner seul dans l'îlot, où il vi-
vrait comme un autre Robinson. Cette pensée me fit sourire, et je me
hâtai de l'éloigner de l'esprit de mon fils. Pauvre fou! lui dis-je, ne
sais-tu donc pas que la vie de Robinson n'est belle que dans les livres,

et que ton romantique projet porte avec lui mille obstacles ? Tu ne serais pas long-temps dans ta solitude sans t'en repentir ; l'ennui, les maladies viendraient bien vite, et le pauvre ermite se trouverait un beau matin mort sur la côte comme la baleine que nous y laissons. Remercie Dieu de ne t'avoir point séparé de nous dans notre naufrage : l'homme est fait pour la société de ses semblables, il a besoin d'eux et de leur assistance. Nous sommes six dans notre île ; tu sais combien nous avons de peine à nous procurer souvent les choses indispensables à notre bien-être : que serait-ce, si tu étais seul ? que pourraient tes faibles bras contre des obstacles que nos forces réunies ne parviennent pas toujours à surmonter ?

Le nouveau Robinson se rendit à mes raisons, et nous reprîmes la mer. Mes petits rameurs trouvèrent que les flots opposaient à leurs efforts une trop grande résistance, et ils se prirent à se lamenter d'une manière pitoyable sur le dur métier auquel ils étaient condamnés.

— Vous devriez bien, me dirent-ils, cher papa, aviser au moyen de nous rendre l'état de rameur un peu moins pénible.

— Vous me supposez, répondis-je, plus de puissance que je n'en ai ; mais si vous pouviez me procurer seulement une roue de fer d'un pied de diamètre, j'essaierais. ne fût-ce que pour vous plaire, mes enfants.

— Une roue de fer ? reprit Frédéric aussitôt, il y en a deux dans nos ferrailles ; je crois qu'elles viennent d'un tourne-broche, et je vous les procurerai facilement, pourvu que ma mère ne s'en soit point déjà emparée.

Je ne voulus pas m'engager davantage ; et sans rien promettre précisément, ni rien refuser, j'engageai mes rameurs à redoubler de bras et à lutter vaillamment contre les flots, jusqu'à ce que les pirogues eussent appris à glisser d'elles-mêmes sur la surface des vagues.

Quelques instants après, la conversation se reporta sur le corail, et Rudly me demanda quel usage on faisait de cette production de la nature.

— Autrefois, lui répondis-je, le corail jouissait en Europe d'un grand crédit; on l'employait dans les parures des femmes ; mais il n'est plus guère de mode que parmi les sauvages. Toutefois, quand les Européens en rencontrent quelque belle branche, ils la déposent avec honneur dans leurs musées ; c'est ce que nous ferons pour celles-ci, qui trouveront naturellement place dans notre bibliothèque, comme étant un des produits curieux de la nature.

Frédéric voulut savoir alors à quel règne appartenait le corail; car, me dit-il, j'ai lu que c'était une espèce de ver.

— Ce que tu as lu est vrai, lui répondis-je; de même que toute espèce de coquillage se forme de la matière visqueuse de l'individu qui l'habite, le corail se forme de la bave d'un limaçon très-petit, qui vit dans l'eau, mais dont l'existence est si frêle, qu'il ne peut subsister qu'en familles nombreuses.

C LEVERCIER.

Je racontai alors à mes fils les phénomènes de l'existence des polypes ; je leur appris aussi comment on pêchait le corail, et tout en jasant nous arrivâmes au rivage, où la bonne mère nous attendait. Elle admira les richesses que nous rapportions, tout en faisant l'observation qu'elles ne seraient pas d'une grande utilité dans le ménage ; mais quand j'annonçai mon projet de retourner le soir à l'îlot pour y dépecer la baleine, dont je me proposais de tirer une bonne provision d'huile, ma laborieuse compagne me déclara qu'elle voulait partager les périls de l'expédition. Je fus enchanté de cette résolution, et nous nous hâtâmes de charger l'embarcation des provisions nécessaires pour deux jours, car je me défiais de l'Océan. Il pouvait nous retenir prisonniers dans l'île plus long-temps que nous ne nous le proposions, et il était bon de se prémunir contre l'événement.

Aussitôt après le dîner, dont nous avions eu soin d'avancer l'heure, je me mis en quête de trouver des tonneaux pour serrer la graisse de baleine que nous allions recueillir. Je ne voulais pas prendre pour cela les tonnes vides que nous pouvions avoir à Falkenhorst et à Felsenheim, car je savais que l'odeur infecte qu'elles en conserveraient ne manquerait pas de les perdre. Ma femme me fit rappeler fort à propos que nous avions encore quatre cuves de notre bateau, qui pouvaient remplir mon but. Je me hâtai de les attacher à l'arrière de la pirogue, et après avoir armé nos fils de couteaux, de haches, de scies, et de tous les instruments tranchants dont nous devions avoir besoin, nous levâmes l'ancre et nous nous dirigeâmes sur l'îlot où la baleine était échouée. La mer était calme, et nous parvînmes jusque-là sans trop de peine, malgré la pesanteur de l'embarcation, qui se trouvait chargée au grand complet.

Mon premier soin fut de mettre en sûreté la pirogue et les cuves, et de les abriter contre la violence des vagues. Ma femme et le petit Fritz, qui se trouvaient pour la première fois en présence du monstre, en furent presque effrayés. Le petit garçon surtout ne pouvait pas se lasser de promener ses yeux sur cette masse énorme qui gisait sur le rivage. Notre baleine ressemblait parfaitement à celle du Groënland ; elle avait le dos d'un noir vert, le ventre jaunâtre, des nageoires noires, et la queue de même couleur. Je voulus la mesurer, et je trouvai qu'elle pouvait avoir soixante à soixante-dix pieds de long sur trente à quarante d'épaisseur, ce qui n'était que la taille ordinaire à laquelle parviennent les baleines de cette espèce. Mes enfants s'étonnèrent surtout des proportions de sa tête ; elle formait un tiers de tout l'animal ; sa bouche était immense, et ses mâchoires, qui n'avaient pas moins de dix à douze pieds, étaient garnies d'une espèce de barbe formée de ces longs appendices flexibles que l'on appelle fanons, et dont les Européens font un objet de commerce. Ces fanons devaient être pour nous une nouvelle richesse, et je me promis bien de ne pas les négliger. Une chose qui frappa Frédéric, c'était la petitesse de l'œil du monstre, qui n'était pas plus grand, en effet, que celui d'un bœuf, et l'ouverture qui communiquait de sa bouche immense à son gosier était à peine du diamètre de mon bras.

— Si cet animal est vorace, dit mon fils en riant, il ne doit pas du moins engloutir de bien gros morceaux à la fois.

— Tu as raison, lui répondis-je, et la baleine ne doit, en effet, son énorme corpulence qu'à un petit poisson qui se trouve dans les mers des Pôles, et dont elle est très-friande. Seulement, au lieu d'en avaler un seul, elle en engloutit à tous ses repas une quantité prodigieuse. Elle absorbe en même temps une large provision d'eau de mer qu'elle rejette par deux trous qui sont placés au-dessus de ses narines ; c'est à cette faculté qu'elle doit le nom de poisson souffleur ; elle le partage avec quelques autres monstres marins de sa taille et de même voracité qu'elle.

Ernest, en considérant l'étroit gosier de la baleine, s'étonnait comment Jonas avait pu y trouver passage. Je fis observer à mes fils qu'à cet égard, il y aurait erreur à vouloir prendre toujours dans le sens étroit de la lettre les livres saints, et que sous le nom général de la baleine, ils avaient évidemment désigné quelque autre monstre marin de la même force, mais dont l'organisation intérieure rendait possible le prodige dont parle l'Écriture sainte.

— Mais, ajoutai-je aussitôt, ajournons à un autre moment les conjectures et les dissertations savantes. A l'ouvrage! messieurs! et hâtousnous, si nous voulons tirer parti de notre rencontre avant que la nuit ne nous surprenne.

Frédéric et Rudly s'emparèrent de la tête de la baleine, et travaillant de concert de la hache et de la scie, ils se mirent à couper les fanous que Fritz et sa mère portèrent à leur tour dans la pirogue. Nous retirâmes près de 200 de ces tiges de diverses forces. Pendant ce temps-là, Ernest et moi nous avancions à grands coups de hache dans le lard épais de plusieurs pieds qui couvrait les flancs de l'animal. Nous étions en nage, car ce n'était rien moins que des murs de graisse de trois à quatre pieds d'épaisseur à percer.

Mais nous ne fûmes pas long-temps seuls à dépecer notre proie. Il nous vint du ciel une multitude de brigands ailés, dans l'intention de s'associer à nos travaux. D'abord ils ne firent que voltiger au-dessus de nos têtes; puis, leur nombre croissant petit à petit, ils approchèrent, et vinrent enlever de nos mains et jusque sous le tranchant de nos haches, des lambeaux de lard qu'ils emportaient au loin. Ces oiseaux nous tentaient peu; mais ma femme, en bonne ménagère, ayant fait la remarque que le duvet dont ils paraissent pourvus pourrait être d'une grande utilité, nous en abattîmes quelques-uns qui furent immédiatement déposés dans le bateau.

J'avais entrepris d'enlever sur le dos de l'animal une longue et large bande de peau que je destinais à faire un harnais à l'âne et aux deux buffles. J'y réussis assez bien, quoique ce fût une rude besogne; car je n'avais pas soupçonné que le cuir de baleine fût aussi épais et aussi dur à couper. Je me serais volontiers emparé d'une partie des intestins ainsi que des tendons de la queue; mais la journée s'avançait, il fallait songer à la retraite. Les tonnes trouvèrent place dans la pirogue, et nous cinglâmes vers la côte avec la cargaison de nouvelle espèce que nous venions de conquérir. C'était pour nous une richesse précieuse, mais d'un transport assez peu agréable, car cette boucherie dont nous étions entourés n'avait rien de flatteur pour l'œil ni pour l'odorat. Arrivés au rivage, nous y débarquâmes notre cargaison que l'âne, la vache, le buffle et l'onagre transportèrent immédiatement à l'habitation.

Le lendemain matin, nous étions de nouveau dans la pirogue, mais cette fois Fritz et la mère ne devaient point faire partie de l'expédition : les travaux que je projetais les auraient vraisemblablement peu récréés : je voulais pénétrer dans l'intérieur de la baleine et chercher à tirer parti de ses énormes et solides intestins. Nous partîmes donc seuls : un vent frais nous porta assez vite à l'îlot, que nous trouvâmes occupé par une nuée de mouettes et d'autres oiseaux de mer qui s'étaient abattus sur la baleine, et qui, au mépris de la toile dont nous avions eu soin de recouvrir les parties entamées, y trouvaient un déjeûner copieux. Il nous fallut recourir à la mousqueterie pour écarter ces pillards.

Nous eûmes soin, avant de nous mettre à l'œuvre, de nous dépouiller de nos vestes et de nos chemises ; puis, en vrais bouchers, nous ouvrîmes le ventre de l'animal ; je choisis parmi les intestins ceux qui pouvaient me convenir : je les fis couper en morceaux de six à douze pieds de longueur, et retourner de manière à mettre l'intérieur à l'air pour les bien nettoyer, et lorsqu'ils furent lavés à l'eau de mer et frottés de sable, nous les plaçâmes dans le bateau.

— Ah ! disait Ernest en les préparant, ma mère pourrait nous faire, avec ces boyaux, de superbes saucissons !

— En effet, reprit Rudly, que cette idée réjouissait beaucoup, cela ferait de fameux ronds à couper ! Et il s'efforçait d'enfler un morceau de boyau qui n'avait pas moins d'un pied et demi de diamètre.

Nous abandonnâmes aux oiseaux voraces les restes des intestins, et après avoir renouvelé notre provision de graisse, nous remîmes à la voile ; le soleil commençait à baisser et nous forçait à quitter notre proie pour retourner au rivage.

En faisant préparer, comme nous venions de faire, les intestins de la baleine, j'avais eu la pensée de m'en servir en guise d'outre, pour y conserver l'huile que nous devions tirer du lard. Mes petits garçons trouvèrent l'invention merveilleuse et voulurent savoir qui m'en avait fourni l'idée.

— L'auteur de cette idée, leur dis-je, est la nécessité, ce grand moteur de l'industrie humaine ; c'est elle qui a enseigné aux peuplades malheureuses qui vivent sur des côtes où le bois ne croît pas, à y suppléer par quelque moyen. C'est le besoin qui a appris aux Samoïèdes et aux Esquimaux à convertir les boyaux d'une baleine en tonne et en réservoir qu'ils n'auraient pas pu construire; c'est encore lui qui leur a montré à trouver dans la dépouille de ce seul animal une foule de trésors que les richesses de nos climats plus favorisés ne nous permettent pas d'apprécier.

Les boyaux de baleine et la préparation que nous leur avions fait subir furent le thème de notre conversation pendant toute la traversée, et ils servirent ainsi à nous distraire. Je ferai grâce au lecteur de cet entretien, qui pouvait trouver son à-propos dans les circonstances où nous étions placés, mes fils et moi, surtout après l'opération que nous venions d'accomplir, mais qui serait vraisemblablement assez peu du goût de ceux qui parcourront un jour ce journal.

Nous parlâmes aussi des divers usages auxquels on emploie les intestins des animaux dont on tire depuis les cordes à violon, qui servent à faire danser les jeunes filles, jusqu'aux globes aérostatiques à l'aide desquels les hommes s'élèvent dans les airs; l'enveloppe des ballons se fait en baudruche ou peau de boyau. Ernest, qui était presque aussi bon physicien que naturaliste, expliqua assez bien à ses frères le phénomène de l'ascension aérostatique.

— Les ballons, leur dit-il, ne se maintiennent et ne s'élèvent en l'air que parce qu'ils sont plus légers que le volume d'air atmosphérique qu'ils déplacent.

— Comment, lui demandai-je, sont-ils plus légers?

— Parce que l'air qu'ils contiennent et dont ils sont gonflés est lui-même plus léger. C'est le phénomène des vessies pleines d'air ordinaire, qui se maintiennent à la surface de l'eau parce que l'air ordinaire est plus léger que l'eau.

— Comment obtient-on cet air plus léger?

— Par la chaleur, qui, dilatant les molécules atmosphériques, fait ainsi qu'il en tient une quantité moindre dans un même espace. Mais comme ce procédé est difficile à mettre en pratique, on y supplée par le gaz hydrogène.

— Papa, me dit Rudly, ne pourriez-vous pas me faire un petit ballon avec un morceau de ces gros boyaux? J'aimerais à m'en aller à cheval sur une outre gonflée de gaz, et à traverser les forêts et les fleuves en volant dans l'espace, comme le docteur Faust à cheval sur son manteau.

Je fis observer à mon petit aéronaute qu'il n'y avait à son projet qu'un simple inconvénient; c'est que, quand une fois il aurait enfourché son coursier aérien, fût-il gonflé d'hydrogène, loin de l'enlever en l'air, il resterait immobile sous lui, attendu que son poids, ajouté à celui du

gaz, romprait infailliblement l'équilibre, et qu'au lieu d'un simple
boyau, il ne faudrait rien moins, pour enlever un petit garçon de
soixante livres, y compris sa petite cervelle, qu'un ballon de quatre-
vingts pieds de diamètre. — Au surplus, ajoutai-je, que cela ne t'afflige
pas. car la science aérostatique ne sera à l'homme que d'un bien faible
secours, tant qu'il n'aura pas trouvé le moyen de se diriger dans l'air.

En causant ainsi, nous arrivâmes au rivage où la bonne mère nous
attendait ; mais elle nous y reçut assez mal : l'état vraiment pitoyable et
repoussant de nos costumes la mit presque en colère ; c'était pour elle
un surcroît de besogne que la réparation et le nettoyage de nos habits.
Je la calmai de mon mieux en lui promettant merveilles des richesses
que nous rapportions. Nous fîmes une ablution complète, puis nous
prîmes d'autre linge et d'autres vêtements que ma prévoyante femme
nous avait apportés, et nous nous rendîmes tous ensemble à Felsenheim.

CHAPITRE 7.

L e jour commençait à peine à paraître, que nous étions sur pied ; nous plaçâmes sur le traîneau, comme sur une espèce d'estrade, les quatre tonnes pleines de graisse, et une pression, que nous rendîmes aussi forte qu'il nous fut possible, en fit sortir la partie de l'huile la plus fine et la plus pure. Nous en emplîmes quelques-unes de nos outres, que j'avais eu soin d'exposer au soleil pour les faire sécher. Le reste fut mis dans une chaudière, et un feu doux le fondit et le réduisit en liquide. Une grande cuiller de fer, que nous avions sauvée du naufrage, et qui était primitivement destinée au service de la sucrerie, nous donna le moyen de transporter l'huile dans les tonnes et dans les outres. Nous nous étions établis pour cette opération assez loin de Felsenheim, afin de ne pas empester par l'odeur fétide du lard fondu notre habitation ordinaire.

Quand la provision nous parut suffisante, nous nous débarrassâmes des cretons de lard en les jetant dans la Rivière du chacal, où nos oies et nos canards les allèrent chercher et parurent en faire un repas délicieux. Nous jetâmes de même les oiseaux de mer que nous avions rapportés, et que la bonne ménagère avait eu soin de dépouiller de leur duvet ; la chair des mouettes était un mets trop commun pour nous. Les écrevisses furent moins difficiles, et nous profitâmes de l'avidité même avec laquelle elles se jetèrent sur cette nouvelle proie pour renouveler notre parc épuisé.

Pendant que nous étions occupés à placer notre provision d'huile, ma femme me fit une proposition à laquelle je donnai mon approbation, c'était d'établir une nouvelle colonie dans l'îlot de la baleine ; j'avais en effet trouvé cette petite langue de terre si riche, si fraîche et le terrain si fertile, que c'eût été dommage de n'en tirer aucun parti. Si tu veux m'en croire, continua ma femme, nous en ferons une colonie de volailles ; là, du moins, nos poules n'auront rien à craindre ni des singes, ni des chacals, ces deux grands destructeurs des poulaillers. Quant aux oiseaux de mer, ils nous céderont la place bien facilement, aussitôt que nous aurons fait mine de vouloir nous établir à côté d'eux.

Je goûtai fort le projet de ma femme, et la jeune famille l'accueillit si bien qu'elle voulait sans plus tarder se remettre en mer et en aller commencer l'exécution. Il était trop tard ; j'arrêtai cette ardeur, et pour la calmer, j'annonçai que je voulais auparavant donner suite aux promesses que j'avais faites au sujet de la pirogue, et construire la machine qui la rendrait moins pénible à gouverner.

— Ah ! cria Rudly, la pirogue va marcher seule sur les flots ! quel bonheur !

— Marcher seule ! pas si vite. Tout ce que je pourrai faire, si toutefois je réussis, ce sera d'épargner à tes bras un peu de peine, et de procurer en même temps à l'embarcation un peu plus de vitesse.

Je me mis immédiatement à l'œuvre. Toutes mes ressources consistaient en une roue de tournebroche et un axe dentelé sur lequel elle s'engrenait. Ce que je construisis avec de tels éléments n'était un chef-d'œuvre ni d'invention ni d'exécution ; mais ce fut dû moins une machine qui fonctionna dans le sens que j'avais désiré. Une manivelle attachée à la roue mettait la machine en mouvement, deux morceaux de baleine larges et plats, posés en croix et fixés à chaque extrémité de l'axe de fer, figuraient assez bien les roues d'un bateau à vapeur. Quand on tournait la manivelle, les ailes de baleine venaient frapper en cadence la surface de l'eau, et la pirogue marchait. Sa vitesse était en raison directe du mouvement de rotation qui était imprimé à la manivelle de la roue. Elle faisait à peu près de quinze à vingt tours par minute.

Je n'essaierai pas de décrire la joie et les transports qui éclatèrent parmi mes enfants, quand ils virent la pirogue s'ébranler et glisser sur l'eau : ils battaient des mains, ils sautaient de joie, tandis que nous en faisions l'essai, Frédéric et moi, en parcourant dans tous les sens la Baie du salut. J'étais étonné moi-même de la rapidité de notre course. Nous fûmes à peine revenus à terre, que tout le monde était dans la barque, et qu'on voulait, sans désemparer, tenter une excursion à l'îlot de la baleine. Je m'y opposai pour le moment, et je promis que le lendemain nous ferions en pleine mer un essai solennel de la machine, et que nous nous rendrions par eau à la métairie de Prospect-Hill, pour savoir en quel état se trouvaient nos colonies d'animaux européens.

Ma proposition fut bien accueillie; on s'occupa immédiatement des dispositions nécessaires pour ce voyage, on prépara des armes et des provisions, et j'avançai l'heure de la retraite, afin que le lendemain l'on pût partir plus tôt.

Aux premiers rayons du jour, tout le monde était prêt. Ma compagne même voulut être de l'expédition. Nous disposâmes tout dans l'habitation, en raison de l'absence que nous allions faire; ma femme n'oublia pas la partie des vivres, et elle plaça comme une pièce d'honneur, dans une double enveloppe de feuilles fraîches, un morceau de langue de baleine que nous avions mis à part lors de la dissection de l'animal, et qui avait été cuit et épicé sur la recommandation du docteur Ernest, comme étant un morceau des plus délicats.

Nous quittâmes gaîment la côte, et le courant de la Rivière du chacal nous porta tranquillement en pleine mer. La brise était bonne, et tout nous promettait une navigation heureuse. Nous aperçûmes bientôt l'Ile du requin, le banc de sable où la carcasse de la baleine était encore, et la machine fonctionna si bien que nous nous trouvâmes en assez peu de temps à la hauteur de Prospect-Hill. J'avais eu soin de me tenir toujours à quelque distance de la côte, pour être sûr de la profondeur de l'eau nécessaire à notre embarcation. Cette distance était assez grande pour nous permettre d'embrasser dans son ensemble le tableau magique qui se déroulait autour de nous : d'un côté, c'était Falkenhorst avec ses arbres géants; au fond, une ceinture de rochers qui se confondaient avec le ciel; et si nos yeux s'abaissaient plus près de nous, ils tombaient sur l'îlot de la baleine, dont la verdure faisait heureusement diversion à la majestueuse et sublime uniformité de l'Océan. Nos cœurs étaient pleins de reconnaissance et d'admiration, et il nous était impossible de ne pas reporter notre pensée vers le Seigneur.

Nous arrivâmes en face du Bois des singes. J'abordai dans une anse de facile accès, et nous sautâmes à terre pour renouveler notre provision de cocos. Ce ne fut pas sans un sentiment de plaisir bien vif que nous entendîmes tout-à-coup le chant des coqs percer à travers les bois et nous annoncer ainsi le voisinage de la métairie. Cet accueil nous rappelait trop bien notre patrie, où souvent ce chant ami annonce au voyageur l'hospitalité d'une chaumière qu'il n'avait point aperçue derrière les grands

arbres qui la cachent. Ce rapprochement avait à la fois quelque chose de
doux et de triste ; je me hâtai de détourner par ma conversation les pensées auxquelles il devait naturellement donner lieu. Nous nous remîmes

en mer, non sans avoir arraché sur le rivage de la baie quelques plants
de mangliers que je voulais planter sur les bords de l'îlot pour les défendre contre l'empiètement des flots ; plus nous avancions vers Prospect-
Hill, et plus le chant et les bêlements de nos animaux domestiques
devenaient bruyants. Enfin nous abordâmes et nous nous dirigeâmes
vers la métairie. Tout y était en ordre ; la seule chose dont nous fûmes
étonnés, ce fut la sauvagerie des moutons et des chèvres, qui se mirent
à fuir à notre approche. Mes petits garçons coururent après ; mais comme
les dames à longue barbe, plus agiles qu'eux, leur échappaient sans
cesse, ils tirèrent de leurs poches les frondes à balles qui ne les quit-
taient plus, et ils les lancèrent si bien que nous eûmes bientôt en notre
possession trois ou quatre des fugitives. On leur distribua une ration de
pommes de terre et de sel dont elles parurent très-satisfaites, et, en
échange, elles nous donnèrent plusieurs jattes d'un lait délicieux.

Ma femme voulait également s'emparer de quelques paires de poulets :
une poignée de riz et d'avoine réunit bientôt la basse-cour autour d'elle.
Elle fit son choix, et les prisonniers furent déposés dans le bateau, les
pattes et les ailes solidement liées.

Nous dînâmes à Prospect-Hill. Les viandes froides que nous avions
apportées firent les frais du repas ; mais la langue de la baleine fut unanimement jugée un morceau détestable, et bon tout au plus pour de
grossiers matelots ; nous l'abandonnâmes au chacal de Rudly, le seul de
nos animaux domestiques qui nous eût suivis. Il en fit un dîner délicieux,
à en juger par son avidité, tandis que nous nous efforcions de nous dé-

arrasser, par quelques bonnes tasses de lait, du goût d'huile rance que ce mets nous avait laissé dans la bouche.

J'abandonnai à ma femme le soin de diriger seule les préparatifs du départ, et je m'en allai avec Frédéric cueillir deux paquets de cannes à sucre : je choisis aussi quelques boutures de ce précieux roseau que je voulais planter dans l'îlot.

Nous levâmes l'ancre, ou plutôt nous déliâmes la corde qui nous amarrait, et nous cinglâmes dans la direction du Cap de l'espoir trompé que je voulais doubler; mais cette fois encore le cap justifia son nom, et un banc de sable qui s'étendait fort loin arrêta soudain notre expédition. Nous nous trouvâmes même fort heureux que le reflux vînt à point pour nous reporter en pleine mer et nous empêcher de nous perdre sur ce bas-fond. Je déployai ma voile dans toute son étendue, nous fîmes redoubler de vitesse aux rames mécaniques, et grâce à un petit vent frais qui soufflait de la côte, nous arrivâmes assez vite à la hauteur de l'îlot de la baleine.

Cette traversée fut signalée par un spectacle encore nouveau pour nous : il nous semblait apercevoir dans le lointain et à la surface des flots comme un amas de grosses roches. Peu à peu la masse parut se diviser en deux, et à mesure que nous approchions, des cris et des hurlements plus distincts nous donnèrent la certitude que ce que nous avions pris pour des écueils étaient deux troupes de monstres marins qui se livraient bataille : nous les voyions manœuvrer, s'agiter, se provoquer entre eux, s'entre-choquer, puis se déchirer mutuellement. Nous étions muets d'épouvante, et je n'ai pas besoin de dire que nous fîmes appel à toutes nos forces pour ne pas laisser à ces dangereux voisins le temps de nous apercevoir et de venir se mesurer avec nous, au cas où l'idée leur en prendrait.

En abordant à la petite île, mon premier soin fut d'y planter les arbustes que nous avions apportés de Prospect-Hill; mais mes petits compagnons, sur l'assistance desquels j'avais compté, ne jugèrent pas que la plantation fût chose assez importante pour eux, et ils me laissèrent avec mes arbres pour aller à la recherche des coquillages. Ma bonne femme y suppléa, et nous nous mîmes tous les deux à l'œuvre. Nous avions à peine commencé que nous vîmes Rudly accourir vers nous tout essoufflé : Papa, s'écria-t-il, venez, venez, je viens de découvrir un prodige, un squelette de mammouth !

Je ne pus m'empêcher de rire, et je répondis au petit bonhomme que son mammouth devait être tout simplement la carcasse de la baleine.

— Non ! non ! répliqua-t-il, ce ne sont certes pas des arêtes de poisson, mais bel et bien des os ; et puis, la mer a déjà emporté la carcasse de la baleine, tandis que mon mammouth est bien plus avancé sur le sable.

Rudly faisait tant d'instances, que je consentis à le suivre. Mais une autre merveille devait nous arrêter en route.

— Accourez ! accourez ! par ici ! me criait Frédéric à quelque distance, en agitant son bras pour hâter mon arrivée ; venez vite : une tortue monstrueuse que nous ne sommes plus maîtres d'arrêter !

Je m'armai aussitôt de deux avirons solides, et j'accourus. Je trouvai, en effet, Ernest aux prises avec une énorme tortue qu'il retenait par un pied de derrière, et qui, malgré ses efforts, n'était plus qu'à quelques pas de la mer où elle allait nous échapper. J'arrivai encore à temps ; je donnai à Frédéric l'un de mes avirons, et nous fîmes si bien l'un et l'autre, que nous parvînmes à retourner l'énorme animal et à le mettre sur son dos. C'était une proie quasi-prodigieuse ; elle pesait au moins cinq cents livres, et n'avait pas moins de huit pieds et demi de long. Je ne savais pas encore au juste quel parti nous en pourrions tirer ; mais la position dans laquelle nous l'avions mise nous donnait tout le loisir de la réflexion.

Cependant Rudly ne démordait pas de sa découverte, et il nous fallut à toutes forces aller reconnaître le prétendu squelette de mammouth.

Je n'eus pas de peine à faire voir au pauvre garçon que son mammouth était exactement la même chose que notre baleine ; mais il est vrai que celle-ci était entièrement disséquée, et que les oiseaux de proie n'y avaient pas laissé le plus petit morceau de chair ou de peau sur ses os : c'est ce qui avait causé l'erreur du jeune garçon ; je lui montrai nos pas encore empreints dans le sable, et quelques morceaux de fanons que nous avions négligé de ramasser.

— Mais, lui dis-je, où t'es-tu donc imaginé d'aller rêver à un squelette de mammouth?

— Ah! quant à cela, l'idée n'est pas de moi, me répondit-il; elle vient de M. le professeur Ernest, c'est lui qui m'a fait croire au mammouth.

— Ainsi, sans observation, tu acceptes ce que l'on veut bien te dire, tu ne songes pas même à t'enquérir si l'on a voulu se moquer de toi.

— Mais, papa, je pouvais bien croire que c'étaient les flots de la mer qui avaient apporté là cette carcasse.

— Précisément, c'est là qu'est la sottise, et il ne t'aurait pas fallu une grande dose de bon sens pour t'apercevoir qu'il n'était guère possible qu'en moins d'un jour la mer emportât le squelette de la baleine, pour remettre précisément à la place celui d'un mammouth.

— C'est vrai, je n'y ai pas pensé.

— Alors, pour ta peine, tu vas me dire tout ce que tu sais du mammouth.

— On ne connaît de cet animal que des ossements pétrifiés et d'une dimension énorme que l'on trouve en terre dans les régions du nord.

— Diable! mais te voilà presque devenu un savant : je m'aperçois qu'avant de te faire donner dans le panneau, M. le professeur Ernest a pris soin du moins de te donner une bonne leçon.

J'ajoutai quelques mots sur l'existence de cet animal encore problématique, et qui, selon toutes les apparences, n'est qu'une variété perdue de la famille des éléphants. Mais la crédulité de Rudly lui valut quelques sarcasmes de la part de ses frères.

— Ah! le bon enfant! s'écria Ernest; il a gobé la pilule d'une manière vraiment amusante! il a pris pour le squelette d'un animal antédiluvien la carcasse de la baleine que nous avons dépouillée hier.

— Dam! reprit Rudly, qui faisait encore bonne contenance malgré les plaisanteries, je ne suis pas un savant, moi, et je m'imaginais que les poissons avaient des arêtes et non des os, et certes ce ne sont pas là des arêtes.

— Non, sans doute, dis-je alors, tu n'es pas un savant, et c'est un malheur, car tu aurais su que la baleine, aussi bien que tous les poissons de son espèce, ont des os véritables. Les oiseaux, les hommes, et tous les êtres vivants en ont aussi; seulement, la structure et la composition de ces os varient selon leurs destinations diverses. Les os des poissons sont formés d'une sorte de matière huileuse plus légère que l'eau, et qui les aide à se maintenir en équilibre dans l'élément où ils doivent vivre. Les oiseaux ont des os pour ainsi dire gonflés d'air et appropriés à leurs courses dans les régions supérieures : quant aux animaux terrestres, leurs os sont plus solides, comme étant destinés à servir d'appui à la masse entière du corps.

— Ne pourrions-nous pas, me dit alors Frédéric, en considérant le squelette de la baleine, tirer de cette montagne d'ossements, comme dit un de nos poètes, quelque utilité?

— Je ne vois pas au juste, lui répondis-je, à quoi ils pourraient nous servir : cependant les Hollandais en font des poteaux pour les clôtures des champs et des chaises rustiques, qui sont, dit-on, d'un fort bel effet ; et nous pourrions bien, quand nous en aurons le temps un jour, essayer d'en faire pour notre musée une chaire d'histoire naturelle : mais rien ne presse, et il n'y a pas de mal à ce que le soleil et les vents achèvent de sécher et de blanchir cette immense carcasse, dont les débris n'en seront que plus convenables aux divers usages auxquels nous les emploierons.

Tout en discourant, nous revînmes à notre plantation : je m'aperçus qu'il était trop tard pour espérer de l'achever avant la nuit. Nous remîmes en terre les racines des arbustes qui nous restaient encore, et nous renvoyâmes aux jours suivants la fin de cette opération importante. La tortue-monstre devait nous donner assez d'occupation jusqu'à notre départ. Nous fîmes d'abord avancer le bateau en face de l'endroit où elle était renversée sur son dos. Mais la question était toujours de savoir comment nous viendrions à bout de la transporter ; nous nous tenions tous en silence autour d'elle.

— Parbleu ! messieurs, dis-je à mes fils en me frappant le front, nous sommes embarrassés pour bien peu de chose : au lieu d'emporter ce monstre, prions-le de vouloir bien lui-même nous reconduire à Felsenheim. Une tortue est un excellent attelage sur la mer ; Frédéric et moi nous pouvons encore nous en souvenir.

Mon idée fit fortune, et tout le monde sauta de joie. Je commençai par aller à la pirogue ; nous vidâmes la tonne d'eau douce que nous avions apportée, puis, après avoir remis la tortue sur ses pieds, nous lui attachâmes la tonne vide sur le dos pour empêcher l'animal de s'enfoncer dans l'eau et de nous entraîner à sa suite ; une corde passée dans un trou que nous pratiquâmes dans l'écaille supérieure et fixée par son extrémité à l'avant de la pirogue, fut tout l'attelage, et sans perdre de temps nous sautâmes tous dans l'embarcation, au moment où l'animal amphibie rentrait dans la mer.

Je me plaçai à l'avant de la pirogue, armé d'une hache, et prêt à trancher la corde au premier danger. Nous n'eûmes pas besoin d'en venir à cet expédient, et la course s'accomplit avec autant de rapidité que de bonheur ; un aviron que je tenais me servait de fouet, et un coup bien appliqué, quand l'attelage semblait vouloir dévier, le ramenait dans la ligne. Nos fils étaient heureux de ce nouvel équipage, et maître Ernest, le savant, nous comparaît au dieu Neptune, glissant sur les ondes dans un char traîné par des dauphins ou des chevaux marins.

Nous abordâmes heureusement à Felsenheim, et notre premier soin, en amarrant la pirogue, fut d'amarrer la tortue elle-même, et de remplacer la tonne vide par des cordes solides qui nous répondissent d'elle.

Mais, comme nous ne pouvions pas la garder long-temps de cette façon, son procès fut fait dès le lendemain matin, et son énorme carapace fut destinée à fournir un bassin à la fontaine que nous avions établie dans l'intérieur de la grotte. Ce ne fut pas sans peine que nous parvînmes à en détacher les chairs et à la soumettre à toutes les préparations qu'elle réclamait, pour remplir l'usage auquel nous la destinions. Du reste, c'était un superbe morceau ; elle avait au moins six pieds de long sur trois de large. Nous dépeçâmes l'animal de manière à tirer le meilleur parti de son immense dépouille. C'était un trésor qui devait pendant long-temps nous donner les soupes les plus grasses et les plus succulentes. La chair était tendre et ressemblait assez pour le goût à celle du veau.

Nous fîmes appel à tous nos souvenirs d'histoire naturelle, et nous fûmes d'avis, M. le professeur et moi, que notre tortue devait être la tortue géante, ou autrement tortue verte, la plus grosse de toutes.

Nous avions eu tant de peine à récolter nos grains avant les dernières pluies, que nous avions résolu, au lieu de les confier à la terre sans ordre et au hasard, de préparer un champ qui pût les recevoir tous en même temps, afin qu'ils mûrissent ensemble. Mais comme nos bêtes de somme n'étaient pas encore assez bien habituées au joug pour que nous entreprissions sans inconvénient les travaux préparatoires du labour, je fus obligé de les remettre à un autre moment.

Je m'occupai en attendant de construire à ma femme un métier à tisser. La décadence effrayante de nos vêtements donnait à cette machine un prix immense. Ce ne fut pas sans peine que je parvins à la mettre en état de fonctionner, encore n'était-elle ni gracieuse ni parfaite : mais il

pouvait du moins en sortir un morceau de toile : c'était tout ce dont
nous avions besoin. Combien je m'applaudis alors d'avoir dans mon enfance visité souvent les ateliers de nos tisserands , et surpris ainsi quelques-uns de ces secrets de fabrication sans lesquels je ne serais jamais

parvenu à mon but! Dans le dénûment où nous étions de farine de froment pour faire la colle que les tisserands emploient pour enduire les fils
de tissage et les empêcher de s'entremêler , j'imaginai d'y substituer la
colle de poisson, et je crois pouvoir dire, sans orgueil, que mon procédé
vaut mieux que celui des tisserands ; car la colle de poisson conserve une
humidité que la colle ordinaire n'a point, et l'on peut, en l'employant,
tisser aussi bien dans un endroit élevé et sain, que dans les caves où les
tisserands, de temps immémorial , se croient obligés de s'enfermer.

J'ai déjà dit comment de cette colle j'avais fait des carreaux de vitres,
peu propres il est vrai à garnir des fenêtres exposées à la pluie, mais
excellents pour les nôtres, qui, en raison de leur profonde embrasure,
étaient à l'abri de toute humidité extérieure.

Ces deux premiers succès m'encouragèrent, et je résolus de tenter
une nouvelle entreprise, ou, pour parler poétiquement, d'ajouter un
troisième fleuron à ma couronne industrielle. Mes petits cavaliers me
tourmentaient depuis long-temps pour avoir des selles et des étriers :
nos bêtes de somme avaient besoin de jougs et de colliers. Je me mis
à l'œuvre, et je me fis bourrelier-sellier, comme je venais d'être verrier.
Les peaux de kangourous et de chiens de mer fournirent le cuir qui
m'était indispensable , et je convertis en bourre le crin végétal que nos
pigeons des Moluques nous avaient fait connaître. Mais, comme à la
longue cette mousse aurait pu s'aplatir et devenir dure sous le cavalier ,
je donnai commission à mes fils de la friser en la tordant en corde à plusieurs brins au moyen d'une manivelle; on la laissa pendant quelque

temps dans cet état pour lui faire prendre le pli convenu, puis on la détordit, et nous en obtînmes ainsi une espèce de crin frisé et aussi élastique que celui du cheval. Nous eûmes en peu de temps des selles, des étriers, des sangles, des brides, des courroies de toute espèce, des colliers et des jougs mesurés sur la force de chacun des animaux à qui ces divers objets étaient destinés.

Cependant le buffle et le taureau, qui devaient avoir la plus belle part dans ces ornements, s'en montraient assez peu jaloux, et sans les anneaux de fer qu'ils portaient au nez, et dont nous nous servions pour les guider, nous ne serions jamais parvenus, je pense, à leur faire prendre le collier ou à supporter un joug. Nous y réussîmes cependant ; mais au lieu de les atteler par les cornes, comme on a coutume de le faire en Allemagne et en France, j'adoptai la méthode des Italiens qui leur placent le joug sur le cou. En effet, il me sembla que c'était moins du front que des épaules que les bœufs peuvent tirer, et nos labours se firent assez heureusement pour me faire croire que je ne m'étais point trompé.

Ces travaux n'étaient pas encore entièrement terminés, quand nous reçûmes, comme l'année précédente, la visite d'un banc de harengs. Nous nous étions trop bien trouvés, pendant la saison des pluies, de la pêche abondante que nous avions faite, pour la laisser cette année.

Les harengs furent suivis des chiens de mer que nous accueillîmes aussi bien : leurs vessies et leurs peaux nous étaient devenues trop précieuses depuis que nous avions appris à en tirer parti, pour que nous les négligeassions. Nous en tuâmes de vingt à vingt-quatre de différente grosseur : la peau, la graisse, tout fut mis à profit ; il n'y eut que la chair dure et pesante que nous abandonnâmes aux écrevisses du Ruisseau du chacal.

Cependant cette série de travaux sédentaires ne satisfaisait pas l'humeur aventureuse de mes jeunes gens, et ils me demandaient avec instance de leur permettre une chasse en campagne. Je l'ajournai encore, et la remis après un autre ouvrage que je méditais depuis long-temps, et dont nous sentions tous les jours de plus en plus le besoin. Je veux parler de la fabrication de corbeilles et de paniers qui devenaient indispensables à notre bonne ménagère pour recueillir des graines, des fruits, des racines, et les rapporter commodément à l'habitation. Nos premiers essais furent au-dessous du médiocre, et nous n'obtînmes d'abord que de grossiers mannequins tous propres seulement à mettre des pommes de terre, mais nous nous perfectionnâmes peu à peu, et quand nous nous jugeâmes assez habiles, nous employâmes les joncs d'Espagne qui avaient coûté si cher à notre pauvre Rudly ; nous en fîmes des corbeilles à anses, et des paniers qui répondaient assez bien à notre attente. C'étaient des meubles précieux pour nous : peut-être n'avaient-ils pas toute la grâce et toute la finesse que des mains plus habiles auraient pu leur donner, mais ils étaient solides et légers ; ces deux conditions étaient les premières pour nous.

Mes fils avaient fait une sorte de corbeille pour mettre des racines de manioc ; en vrais espiègles, ils y mirent le petit Fritz, et Rudly et Ernest, ayant passé deux bambous par les deux anses de la corbeille, se mirent à courir, emportant avec eux le petit garçon qui criait de toutes ses forces : les espiègles ne s'arrêtèrent qu'au Pont de famille.

Frédéric, qui les regardait faire, se retourna vers moi en disant : Cela me donne une idée, papa ! si, pendant que nous sommes en train, nous pouvions faire une litière de roseaux pour notre bonne mère, peut-être cela l'engagerait-il à partager plus souvent nos excursions lointaines.

— En effet, repris-je, une litière serait un moyen de voyager au moins aussi commode que le dos de notre grison, et plus doucement que dans la charrette.

Tous mes enfants accueillirent cette idée avec des transports de joie. Mais ma femme nous fit observer en riant qu'elle aurait probablement assez mauvaise grâce, assise dans un panier, au milieu de nos caravanes. Je la tranquillisai en lui promettant de donner à la litière une autre forme que celle de nos corbeilles.

— Nous t'en ferons, lui dis-je, un palanquin à la manière des Persans ou des colons d'Amérique.

— Merci, reprit immédiatement maître Ernest. Un palanquin suppose nécessairement des esclaves pour le porter, et alors gare à nos épaules !

— Soyez en paix, mes enfants, répondit la bonne mère ; je ne vous prendrai jamais pour mes esclaves, et si je consens à m'embarquer un jour dans la machine que vous projetez, ce ne sera que quand vous aurez trouvé le moyen de la faire porter par des épaules plus larges et plus fortes que les vôtres.

— En vérité, dit Rudly, nous sommes embarrassés pour bien peu de chose : n'avons-nous pas le buffle et le taureau ? Maître Orage, mon serviteur, fera tout ce qu'on exigera de lui, et je vous réponds d'avance de sa bonne volonté.

Je goûtai assez cette idée, et j'en fis compliment à notre étourdi,

qui n'avait pas coutume d'en rencontrer toujours d'aussi justes ni d'aussi
applicables.

On s'occupa aussitôt de réaliser le projet de palanquin. On amena les
deux animaux. Rudly et le petit Fritz, qui les gouvernaient d'habitude
et dont ils entendaient très-bien la voix, furent chargés de leur faire
comprendre autant qu'ils le pourraient ce qu'on attendait d'eux. Les patientes bêtes se prêtèrent volontiers à la cérémonie : on remplaça leurs
harnais ordinaires par un système de cordes et de courroies destinées à
suspendre à leurs flancs, aussi bien que possible, deux brancards, lesquels supportaient entre eux un grand panier oblong, où se plaça d'abord
Ernest pour en faire l'essai, et qui fut immédiatement décoré du nom

de palanquin. Rudly monta sur l'Orage, qui était attelé en tête, petit
Fritz sur Broum qui supportait l'autre partie, et à leur commandement
les deux porteurs se mirent en marche. Les premiers pas se firent assez
bien : le panier, doucement balancé, ressemblait presque à une voiture
de luxe suspendue sur des ressorts en acier. Mais ce n'était pas précisément une partie de plaisir et une promenade en carrosse que maître Rudly
avait voulu procurer à son frère ; c'était un mauvais tour qu'il avait eu
intention de lui jouer. Aussi, à un signal convenu entre Fritz et lui, les
deux malins cavaliers fouettèrent leurs montures ; celles-ci se mirent au
galop, et alors commença pour le pauvre Ernest une espèce de supplice
aussi nouveau que grotesque, qui consistait à le faire danser sur la claie
à chaque saut des deux porteurs. La plaisanterie était violente, mais elle
était sans danger ; aussi nous fut-il impossible de faire rien autre chose
que de rire en voyant le flegmatique Ernest ainsi ballotté.

— Holà! holà! criait-il aux conducteurs ; holà! arrêtez!

Ceux-ci faisaient la sourde oreille, et le pauvre patient fut obligé d'endurer le supplice pendant tout le temps qu'il fallut pour traverser au galop l'espace qui nous séparait de la Rivière du chacal. On conçoit facilement et sa colère et les reproches qu'il fit à ses frères, en sautant sur le sable, et la querelle aurait peut-être été plus loin si je ne fusse intervenu à temps. Mais ce ne fut qu'un nuage dont la paix domestique ne fut point troublée; je réprimandai Rudly, et cette satisfaction suffit si bien au pacifique Ernest, que je le vis un instant après aider son frère à dételer le buffle, et le conduire avec lui à l'écurie. Il vint même chercher une poignée de sel pour régaler l'animal, instrument innocent de la mystification dont on l'avait fait la victime. Nous les laissâmes pour retourner à notre fabrication de paniers. Mais nous avions à peine recommencé à travailler, que Frédéric, dont l'œil perçant faisait toutes les découvertes lointaines, se leva tout-à-coup, et comme effrayé par un nuage de poussière qui s'élevait de l'autre côté de la rivière dans l'avenue de Falkenhorst : Il doit y avoir là, dit-il, quelque animal d'une taille et d'une force peu ordinaire, à en juger par la poussière qu'il soulève. Au surplus, il marche visiblement dans notre direction.

— Je ne saurais imaginer ce que ce peut être, lui répondis-je, car nos gros animaux sont paisiblement à l'écurie où ils se reposent de la tentative du palanquin.

— Ce sont tout bonnement, reprit ma femme, deux ou trois moutons, ou peut-être encore notre truie qui recommence ses fredaines en se vautrant dans le sable.

— Non, non, répliqua vivement Frédéric, c'est quelque chose d'extraordinaire, j'aperçois des mouvements. L'animal se roule et se déroule alternativement pour avancer. Je vois les anneaux qu'il forme; tenez, le voici qui se dresse; on dirait un mât qui s'élève dans la poussière. Il avance, il s'arrête, il marche, mais je ne distingue ni pieds ni jambes.

Ma femme était effrayée de la description que lui donnait son fils. Je courus chercher une lunette d'approche que nous avions sauvée du vaisseau, et je dirigeai ensuite mes regards du côté où s'élevait la poussière.

— Je le vois clairement, dit encore Frédéric, c'est un animal dont le corps est verdâtre. Qu'en pensez-vous, mon père?

— Que nous devons tous, et sans perdre de temps, faire retraite et nous retrancher dans notre grotte, après en avoir bien clos les ouvertures.

— Mais que croyez-vous donc?

— Que c'est un serpent. Bien plus, j'en suis sûr.

— Eh bien! alors, à la bataille! je ne serai pas le dernier à lui dire un mot, notre artillerie va nous servir.

— Je l'espère aussi; mais ce ne sera pas en champ clos, comme tu sembles y compter. Le serpent est un ennemi trop bien défendu par sa structure pour que nous puissions lutter avec lui autrement qu'après nous être mis en sûreté.

Frédéric parut peu satisfait de ma prudence. Nous nous hâtâmes néanmoins de gagner l'intérieur de la grotte, afin de nous y préparer à bien recevoir l'ennemi. C'était un boa, je ne pouvais plus en douter; il s'avançait si vite qu'il était déjà trop tard pour songer à enlever les planches du pont, et mettre ainsi la Rivière du chacal entre lui et nous. Nous suivions tous ses mouvements, nous le voyions avec effroi dérouler le long du rivage ses énormes anneaux. De temps en temps, la partie antérieure du reptile s'élevait au-dessus du sol de quinze à vingt pieds, sa tête se tournait lentement à droite, à gauche, comme pour examiner les lieux ou chercher une proie; une langue à triple dard jaillissait vivement de ses mâchoires entr'ouvertes. Il passa le pont et se dirigea directement vers la grotte. Nous avions barricadé de notre mieux la porte et toutes les ouvertures, et nous nous tenions retirés dans le colombier, dans lequel nous avions pratiqué une issue intérieure et qui nous fut très-utile dans cette circonstance. Le doigt sur la détente de nos fusils, dont nous avions passé le canon à travers le treillis qui fermait le colombier, nous demeurions attentifs aux mouvements de l'ennemi; le silence le plus profond régnait parmi nous : c'était le silence de la terreur.

Cependant le boa en avançant sentit instinctivement le voisinage de l'homme, et nous pûmes remarquer dans sa démarche une sorte d'hésitation. Il se traîna encore quelque temps, et soit par hasard, soit qu'il commençât à redouter quelque chose du lieu où il remarquait peut-être du changement, il vint s'étendre droit au-devant de notre grotte, à trente

pas environ de l'ouverture. Il y était à peine qu'Ernest, plus par peur
que par un sentiment d'ardeur belliqueuse, pressa la détente de son
fusil, et donna aussitôt, avant qu'il en fût temps, un faux signal. Rudly
et Fritz l'imitèrent; ma femme elle-même, à qui le danger avait donné
un courage au-dessus de son sexe, et qui s'était armée comme nous,
tira également son coup.

Le monstre se releva; mais soit qu'aucun des coups n'eût porté, soit
que l'enveloppe d'écaille dont il était armé eût été impénétrable à la balle,
il ne nous parut pas qu'il eût reçu aucune blessure. Frédéric et moi
nous tirâmes alors, mais sans être plus heureux, car nous vîmes le serpent se replier et glisser avec une rapidité incroyable vers le marais des
canards, où il disparut dans les roseaux.

Une exclamation générale accompagna cette disparition. C'était un
poids énorme dont nous nous sentions déchargés; la présence du
monstre nous oppressait. Nous recommençâmes à parler : tout le monde
voulait alors avoir bien tiré; mais ce qui était sûr, c'est que, si nous
avions tous été adroits, l'ennemi avait encore été plus habile ou plus fort
que nous, car il était sorti du combat sans blessure. Nous nous trouvâmes
tous d'accord sur ses immenses proportions; mais il n'en fut pas de même
des couleurs de sa robe; chacun brodait là-dessus au gré de son imagination. Je laissai mes enfants suivre leur dissertation pour ramener toutes
mes pensées sur la difficulté de notre position. Le voisinage du boa me
jetait dans la plus grande inquiétude, car je ne prévoyais nul moyen de
nous en rendre maîtres, et nos forces réunies étaient bien faibles contre
celles d'un tel ennemi. Je donnai en attendant, comme une consigne ex-
presse, l'ordre à toute la famille de rester dans la grotte, et je défendis
d'ouvrir la porte sans ma permission préalable.

La peur de notre terrible voisin nous tint pendant trois jours assiégés
dans notre retraite : ce furent trois longs jours d'alarmes et d'angoisses,
durant lesquels je ne souffris pas la moindre infraction à la règle que
j'avais établie : le service intérieur de la grotte était la seule considération qui pût me faire relâcher quelquefois de ma sévérité, et encore
nous bornions-nous alors à quelques pas en avant de l'ouverture, ou jusqu'au réservoir de la fontaine.

Le monstre ne donnait plus aucun signe de sa présence, et nous
aurions pu croire qu'il avait disparu, soit en traversant le marais des
canards, soit au moyen de quelque passage inaperçu dans le rocher, si
l'inquiétude et l'agitation qui régnaient toujours parmi nos volailles aquatiques ne nous eussent assurés de sa présence. Nous les voyions tous les

soirs, à l'approche de la nuit, prendre leur volée du côté du rivage, et se diriger, en poussant des cris aigus, vers l'Ile du requin, où ils allaient chercher un asile plus sûr que celui de l'étang.

Cependant mon embarras croissait tous les jours davantage, et l'immobilité de l'ennemi ne faisait que rendre notre position plus triste encore, en nous laissant tout le loisir de l'envisager. Nous étions trop faibles pour nous mettre en campagne et marcher droit au marais des canards. Une telle expédition nous aurait coûté la vie de l'un ou de plusieurs des nôtres. Nos dogues étaient aussi impuissants que nous, et c'eût été sacrifier inutilement nos bêtes de somme, que de les exposer seulement un instant. D'un autre côté, les provisions diminuaient sensiblement, car la saison n'était pas encore assez avancée pour que nous eussions pu rentrer nos richesses d'hiver. En un mot, nous étions dans la position la plus déplorable, quand le ciel vint à notre aide. L'instrument dont il se servit pour nous sauver fut notre pauvre vieux grison; et cette bonne et patiente bête devint l'holocauste de notre salut.

Tout le foin que nous avions momentanément en réserve pour nos bestiaux diminuait d'une manière effrayante; il fallait nourrir la vache, car elle contribuait à assurer notre subsistance, il fallait prendre un parti à l'égard des autres animaux; en conséquence je résolus de leur donner la liberté, et de les laisser pourvoir eux-mêmes à leur nourriture. Quelque inconvénient qu'il pût y avoir à prendre cette mesure, il était toujours moindre que celui de nous voir tous mourir de faim, enfermés dans la grotte. Il me sembla que l'autre côté de la rivière leur offrirait, avec les moyens de se nourrir, une sûreté assez grande, tant que le boa resterait enseveli dans les roseaux. Je ne voulus pas prendre pour cette migration le chemin ordinaire du Pont de famille, je craignais d'éveiller l'ennemi. Je pensai à l'endroit où nous avions traversé pour la première fois la rivière, et je décidai que le passage s'y effectuerait encore. Nous devions attacher l'un à l'autre tous nos animaux : Frédéric, le plus hardi et le plus brave de nos compagnons, devait mener la tête, monté sur l'onagre, tandis que je dirigerais la marche et que je prendrais garde à ce qu'elle s'effectuât en bon ordre. J'avais recommandé à mon fils, au premier signe que l'ennemi donnerait de sa présence, de fuir à toute bride vers Falkenhorst. Quant à nos animaux, je laissais à la Providence le soin de veiller sur eux et de les sauver. Pour moi, je me proposais de me poster sur une roche qui dominait la Baie aux canards, pour tâcher d'y découvrir le boa, et, en cas d'attaque de sa part, me retirer dans la grotte, où une décharge bien dirigée nous débarrasserait de lui.

Je fis donc d'abord charger toutes les armes ; mes plus jeunes fils furent placés en vedettes dans le colombier, avec ordre d'observer les mouvements de l'ennemi, et pendant ce temps nous commençâmes, Frédéric et moi, à disposer nos bêtes dans l'ordre que j'ai dit ci-dessus ; mais un peu de malentendu dans cette opération vint faire échouer tous mes plans. Ma femme, qui se tenait à la porte, n'attendit pas le signal, et elle ouvrit avant que tous les animaux fussent attachés ; l'âne, à qui trois jours de repos et de bonne nourriture avaient rendu une force et une énergie bien au-dessus de son âge, fut si heureux de voir un rayon de jour pénétrer dans l'obscurité de la grotte, qu'il s'élança aussitôt, partit comme un trait, et fut dans la campagne avant que nous ayons eu le temps de le retenir. C'était un spectacle comique que de voir les gambades qu'il faisait. Frédéric, qui était monté sur son onagre, voulait courir après lui pour le ramener ; mais, comme l'âne avait pris la direction du marais, j'arrêtai mon fils, et nous nous contentâmes de rappeler le grison par tous les moyens de persuasion possible. Nous l'appelâmes par son nom, nous essayâmes de la corne dont nous nous servions pour donner au bétail le signal des repas ; mais tout fut inutile : le baudet indocile ne songeait qu'à jouir de sa liberté ; et comme s'il eût été poussé par quelque fatalité, il avançait toujours en gambadant vers le Marais des canards. Mais quel frisson parcourut tous nos membres en voyant tout-à-coup l'horrible serpent sortir des roseaux ! il éleva sa tête à huit à dix pieds environ au-dessus du sol, brandit sa langue à double dard, puis il s'alongea soudain dans la direction de l'âne. Le pauvre grison comprit alors sa faute : il se mit à fuir et à braire, mais ni ses hi ! han ! ni ses jambes ne purent rien contre le terrible ennemi ; en moins de rien il fut saisi, enlacé, et comme écrasé dans les anneaux énormes dont le monstre l'entoura.

Ma femme et mes fils poussèrent tous ensemble un cri d'effroi, et nous nous retirâmes en hâte dans la grotte, d'où nous pûmes voir l'horrible combat qui s'engageait entre l'âne et le boa. Mes enfants voulaient faire feu et délivrer, disaient-ils, par une décharge bien entendue, le baudet notre serviteur. Je les en empêchai.

— Que ferez-vous, leur dis-je, avec votre mousqueterie? Le boa est trop occupé de sa proie pour se laisser effrayer et l'abandonner ; d'un autre côté, si vous êtes assez adroits pour le blesser, qui vous répond que vous ne deviendrez pas alors les victimes de sa fureur? La perte de notre âne est un malheur sans doute ; mais elle nous sauvera d'un plus grand, je l'espère. Restons ici, où nous sommes en sûreté, et l'ennemi ne tardera pas à tomber en nos mains, sans force et sans défense.

Attendons seulement qu'il ait englouti dans son estomac la proie qu'il étouffe maintenant.

— Mais, dit alors Rudly, nous avons sans doute long-temps à attendre, car ce vilain serpent ne va pas avaler tout d'un coup notre pauvre baudet ; ce sera horrible de le voir déchirer.

— Non, le serpent ne déchire pas sa proie, les dents dont il est armé ne servent qu'à la saisir, et quand il l'a étreinte, il l'avale d'un seul morceau.

— Comment, demanda alors le petit Fritz d'une voix éteinte par la terreur, un serpent peut-il avaler sa proie d'un seul morceau ? Celui-ci est-il venimeux ?

— Non, lui répondis-je, le boa n'est pas venimeux ; mais il n'en est pas moins terrible. Il est doué d'une force étonnante, et quand il s'est rendu maître d'un animal, quelle que soit la force de celui-ci, il l'écrase, il broie ensemble les os et la chair, et il ensevelit tout dans son ventre.

— C'est impossible, répliqua Rudly ; jamais ce boa ne parviendra à briser les os de notre âne, et à l'engloutir dans son gosier ; car il est plus gros que lui.

— Impossible ! ajouta alors Frédéric ; regarde, tiens, le monstre est déjà en besogne ; ne vois-tu pas comme il écrase et torture notre pauvre serviteur ? ne vois-tu pas comme il le façonne à la dimension de son gosier pour l'y faire passer, comme nous ferions d'une bouchée de pain.

En effet, le boa procédait avec une hideuse ardeur aux apprêts de son repas. Ma femme, effrayée, ne voulut pas assister plus long-temps à cette

scène douloureuse, elle se retira au fond de la grotte avec le petit Fritz, qu'elle craignait d'habituer trop tôt à l'image du carnage. Je fus content de cette précaution, car le spectacle devenait de plus en plus horrible, et c'est à peine si je pouvais le supporter moi-même. L'âne était mort, nous avions entendu ses derniers hi! han! à demi étouffés par les étreintes du boa, et nous pouvions entendre distinctement le craquement de ses os. Le monstre, pour se donner plus de force, avait enroulé sa queue autour d'un quartier de roc qui donnait à ses étreintes la force du levier, et nous le voyions pétrir comme une pâte molle et souple cette masse de chair devenue informe, et dans laquelle il n'était plus possible de reconnaître qu'une seule partie, c'était la tête, toute dégouttante de sang et hideuse de blessures.

Quand le monstre jugea sa préparation suffisante, il se disposa à jouir, pour ainsi dire, de sa victoire, et à engloutir la proie qu'il s'était apprêtée. Il plaça devant lui la masse informe qu'il venait de triturer, puis, s'étendant par terre de toute la longueur de son corps, il donna à ses mâchoires une distension énorme, et après avoir arrosé d'une bave visqueuse son hideux repas, il commença à l'avaler. Il saisit l'âne par les pieds de derrière, puis petit à petit, à force d'efforts, nous vîmes les restes de notre pauvre grison s'ensevelir successivement dans l'œsophage du serpent. Celui-ci s'arrêtait de temps en temps, et on eût dit, à le voir, qu'il y avait pour lui dans cette action au moins autant de travail que de plaisir; mais la bave qu'il répandait à flots, et dont il couvrait sa proie, venait rendre l'opération plus facile. Néanmoins nous remarquions que, plus elle avançait, plus l'animal perdait de ses forces et de son énergie; si bien que, quand il arriva à la tête de l'âne qu'il avait oublié de broyer comme le reste, il se trouva irrésistiblement arrêté, et se laissa tomber dans un état complet de torpeur.

Cette opération avait été fort longue, car elle avait commencé à sept heures du matin, et à midi elle était à peine terminée; quand je vis l'animal dans cet état d'immobilité complète :

— En avant, mes enfants! en avant à présent! dis-je alors à mes fils; nous pouvons, si nous voulons, nous rendre maîtres du géant.

Je sortis de la grotte aussitôt, mon fusil tout prêt à partir. Frédéric me suivit de près : Rudly aussi; mais Ernest, naturellement plus timide, restait en arrière. Je crus prudent de ne pas faire semblant de m'en apercevoir, car il pouvait y avoir du danger à forcer cet enfant à approcher plus près qu'il ne voulait d'un ennemi dont l'aspect était encore formidable. Fritz et sa mère restèrent dans la grotte.

En approchant, je reconnus que mes conjectures sur la nature de l'animal ne m'avaient point trompé, et que c'était bien en effet le serpent géant ou le boa des naturalistes. Il releva la tête de mon côté, et après m'avoir lancé un regard de colère impuissante, il la laissa retomber.

Nous nous arrêtâmes à vingt pas environ, et nous tirâmes ensemble, Frédéric et moi ; nos deux coups portèrent dans le crâne de l'animal, mais il n'était pas encore mort, et ses yeux s'allumaient comme d'un dernier sentiment de rage. Deux coups de pistolet, tirés de plus près, vinrent l'achever ; nous vîmes soudain les anneaux de sa queue se dérouler sur le sable, et il s'étendit devant nous comme une poutre énorme. Cependant Rudly voulut aussi sa part de la victoire, et s'approchant du monstre, il lui tira dans le corps et à bout portant un coup de pistolet. Cette décharge produisit dans le corps du serpent une sorte de commotion galvanique : sa queue se redressa et vint frapper le pauvre garçon qu'elle jeta par terre, et qui en fut heureusement quitte pour la peur.

Nous entonnâmes aussitôt un chant de victoire ; et nous le fîmes avec tant d'ardeur, qu'Ernest, Fritz et leur mère furent bientôt auprès de nous.

— Quel bruit vous faites ! me dit-elle encore toute saisie de terreur, on dirait une bande de sauvages après un combat à mort...

— C'était bien, en effet, un combat à mort, répliquai-je, et certes nous pouvons bien nous réjouir après une victoire comme celle-ci ; elle nous sauve d'un assez grand danger, ce me semble. Mais ce n'est pas à nous qu'elle appartient, c'est à Dieu qu'il faut en reporter l'honneur, c'est à lui que nous devons encore une fois la vie.

— Pour moi, dit Frédéric, je dois avouer que depuis trois jours je me suis trouvé dans de singulières pensées de crainte et d'angoisse. Enfin nous respirons ; mais nous devons bien quelque peu de reconnaissance à notre pauvre grison ; il s'est dévoué pour nous comme autrefois Curtius pour le salut du peuple romain.

— Ainsi, reprit Ernest, les choses que l'on prise le moins dans le monde deviennent souvent les plus utiles.

— Pauvre cher âne ! ajouta le petit Fritz d'un air triste et d'une voix plaintive, nous n'irons plus à cheval avec lui...

— C'est vrai, mon enfant ! reprit sa mère, nous devons le regretter comme un bon et utile serviteur ; mais si notre salut ne devait s'acheter qu'au prix de l'un de nos animaux, remercions le ciel d'avoir bien voulu choisir notre âne, car c'était celui dont nous pouvions nous passer le mieux : il était déjà vieux, et il est probable qu'avant peu de temps nous aurions été obligés de nous en défaire. Le dragon n'a fait qu'avancer sa mort de quelques mois ; mais sa fin n'en a pas été moins horrible.

Fritz remarqua l'expression nouvelle que sa mère venait d'employer pour désigner le boa.

— Maman, dit-il, vient d'appeler ce monstre un dragon : est-ce un dragon comme ceux qui vivaient autrefois en Suisse ?

— Voilà, répondis-je, une belle remarque pour une petite tête. Les dragons, dont parlent les chroniques et les vieilles chansons nationales de nos montagnes, n'ont jamais existé que dans l'imagination des poètes qui les ont chantés. Leurs ailes sont une fable, et elles s'expliquent tout naturellement par la vitesse dont le boa, que nous avons ici devant nous, vient tout à l'heure encore de nous donner des preuves.

— Mais, reprit encore le petit Fritz, mange-t-on les serpents ? Dans ce cas, nous aurions là une belle provision de chair pour une semaine.

— Oh ! fi ! répondit toute la famille unanimement avec l'expression du dégoût.

— Je crois qu'il vaut mieux songer à l'empailler, dit Frédéric.

— Oui, ajouta Rudly, c'est cela, et nous le mettrons devant la porte de la grotte, afin qu'il en éloigne toutes les bêtes dangereuses qui voudraient en approcher.

— Mais il pourrait bien en éloigner aussi nos animaux domestiques, reprit encore l'aîné. Sa place est dans notre bibliothèque, où il figurera très-bien à côté des branches de corail et des coquillages curieux que nous avons rassemblés.

— Dis donc encore, continua Ernest en riant, et du ginseng, l'herbe sacrée des Chinois.

Je reprochai au savant l'espèce de dédain avec lequel il semblait traiter notre musée naissant, et tandis que je m'évertuais à prouver que les plus riches et les plus belles collections avaient dû commencer comme la nôtre, la mère me rappela à la question qu'avait soulevée le petit Fritz, en demandant si l'on pouvait manger la chair de serpent.

— Le boa, lui dis-je, n'est pas venimeux, et, quand même il le serait, il n'y aurait encore aucun danger à s'en nourrir. On mange le serpent à sonnettes qui est le plus venimeux de tous les reptiles, et les sauvages ne font nulle difficulté de se nourrir des animaux qu'ils ont tués avec des flèches empoisonnées.

— C'est égal, reprit la mère, je n'aurais jamais ce courage-là.

— Préjugé ! et je t'assure, moi, que je n'hésiterais guère à manger une tranche de boa, si c'était la seule nourriture que j'eusse, bien que pourtant je préférasse de beaucoup à ce mets de sauvage une nourriture un peu plus en harmonie avec nos habitudes.

L'occasion était excellente pour faire à mes fils une leçon d'histoire naturelle sur les serpents, et je répondais avec grand plaisir à toutes les questions qu'ils m'adressaient à cet égard. Je leur racontai comment des cochons, abandonnés un jour sur la côte d'une île de l'Amérique du Nord, tellement infestée de serpents à sonnettes qu'on n'osait en approcher, l'en avait complètement débarrassée.

Ernest voulut savoir s'il était vrai que ce serpent jouît de la faculté qu'on lui prête de charmer les oiseaux qui volent au-dessus de lui et de les tuer de son souffle.

— Des hommes très-graves, lui répondis-je, ont paru partager cette opinion ; mais il est probable que tout le charme du serpent à sonnettes consiste à frapper de terreur les oiseaux qui s'élèvent au-dessus de lui, et que, dans sa prétendue fas-cination, son haleine ne joue aucun rôle. D'ailleurs, ajoutai-je, on trouve en Afrique un oiseau qu'on appelle l'*Oiseau secrétaire*, à cause d'une plume qu'il porte à l'oreille, comme font certains écrivains, et qui fait des serpents une assez grande consommation pour démentir le pouvoir de fascination qu'on distribue gratuitement à ceux-ci.

J'expliquai ensuite à mes petits auditeurs la disposition du poison que portent avec eux les serpents venimeux.

— Ce sont, leur dis-je, deux petites vessies suspendues à la mâchoire supérieure, et auxquelles correspondent deux dents inférieures, longues et pointues, qui ont la faculté de rester enfouies dans les gencives ou d'en sortir au gré de l'animal : quand il veut mordre ou seulement saisir, il ne s'en sert point ; mais quand il veut blesser à mort, il les dresse, leurs pointes percent les vessies empoisonnées ; le venin se répand alors dans une espèce de rainure qui se trouve au milieu de la dent, et il passe de là dans la blessure que vient ouvrir cette même dent sur la proie du reptile.

Je parlai encore du serpent à lunettes, que les jongleurs indiens dressent à la danse, et dont ils font un grand sujet d'admiration pour les populations ignorantes auxquelles ils s'adressent. Je déroulai, en un mot, tout ce que j'avais de science sur les serpents gros ou petits, dangereux ou peu nuisibles. Cette leçon, dont le plus grand mérite était dans la présence du boa, fut bien accueillie par mes petits garçons ; mais comme elle n'aurait vraisemblablement pas le même attrait pour mes jeunes lecteurs, qui n'ont sans doute jamais rencontré de boa que dans les ménageries ambulantes, je laisserai la leçon de côté pour reprendre l'histoire de nos aventures.

Après les trois jours d'angoisses que nous venions de passer enfermés dans la grotte, nous goûtions le plaisir de respirer librement ; c'était une seconde délivrance, presqu'aussi importante que celle du naufrage. On ne sent jamais si bien le bonheur de vivre, qu'après un danger auquel on pouvait succomber.

Cependant il fallait songer à en finir avec le boa. J'envoyai Frédéric et Rudly à la grotte, avec la commission d'en ramener les deux buffles. Je restai seul avec Ernest et le petit Fritz, pour garder le boa et le défendre contre les oiseaux de proie qui commençaient déjà à le menacer, car je voulais conserver la robe brillante dont il était revêtu.

Quand nous fûmes seuls, je reprochai doucement à Ernest la timidité qu'il avait montrée dans l'attaque du serpent, et pour punition je lui infligeai en riant l'obligation de faire une épitaphe pour notre pauvre baudet. La punition était presque un plaisir pour le docteur ; car c'était lui qui tournait les compliments du nouvel an et les madrigaux de tous les anniversaires de famille.

Il se mit à l'œuvre, et après être resté environ dix minutes la tête appuyée sur sa main, il se releva, et d'un air moitié timide, moitié satisfait, il me récita les vers suivants :

Ici repose un âne laborieux serviteur,
Lequel, pour avoir été une seule fois désobéissant,

S'est vu dévoré par un horrible serpent.
Une famille, père, mère et quatre garçons
Naufragés sur cette côte déserte,
Firent pour le sauver d'une mort cruelle
De vains efforts : il mourut victime de son imprudence,
Et pleuré de ses amis, dont sa mort assurait la vie.

— A merveille ! lui dis-je en riant ; voilà huit vers dont quatre surtout ont autant de pieds que les vers à mille pattes, mais n'importe : comme ce sont probablement les meilleurs vers qui se soient jamais faits dans cette île, ils figureront très-bien sur le mausolée du grison.

Je tirai en même temps de ma poche un gros crayon rouge, et je traçai, sur la surface raboteuse du rocher, les vers assez mal polis que me dictait mon petit poète avec une sorte de modestie.

J'avais à peine fini, que Frédéric et son frère revinrent avec les buffles. L'épitaphe du baudet fit le sujet naturel de la conversation ; mais elle fut jugée si peu poétique, on accabla l'auteur de tant de sarcasmes, que le pauvre Ernest ne put mieux faire que d'abandonner son œuvre et d'en rire avec les autres.

Nous nous mîmes au travail. Nous attelâmes à la tête de l'âne qui sortait encore de la gueule du serpent, le buffle et le taureau, et tandis que nous retenions le boa par la queue, ils parvinrent à tirer de son estomac les restes défigurés de notre infortuné grison. Nous lui creusâmes une fosse, et nous accumulâmes sur lui des quartiers de roc qui devaient lui tenir lieu de monument.

Le buffle et son compagnon furent ensuite attelés à la queue du boa, et nous leur fîmes prendre la route de la grotte devant laquelle ils amenèrent le monstre, dont nous soutenions la tête avec une corde, pour l'empêcher de traîner par terre.

— Comment allons-nous faire à présent, se demandèrent mes fils en arrivant, pour tirer de sa peau cette bête énorme ?

— Cherchez, leur répondis-je ; vos jeunes têtes n'inventeront jamais rien, tant qu'elles compteront ainsi sur l'assistance complaisante d'un tiers qui viendra les tirer d'embarras.

— Je me souviens, dit Frédéric, d'avoir lu dans les voyages du capitaine Stedmann, qu'un nègre ayant tué un bôa dont ce capitaine voulait conserver la peau, s'y prit d'une manière assez ingénieuse pour le dépouiller : il lui passa autour de la tête une corde solide qu'il jeta par-dessus une branche d'arbre ; puis il hissa la tête du serpent jusqu'à la hauteur de la branche ; grimpant alors après l'arbre, il suivit la branche jusqu'au serpent, tint celui-ci étroitement embrassé de son bras gauche, et après lui avoir enfoncé dans le gosier un couteau bien aiguisé qu'il tenait dans la main droite, il se laissa glisser le long de l'animal sans lâcher le couteau, et il pratiqua ainsi dans toute sa peau une incision profonde qui devait faciliter beaucoup le dépouillement.

— A merveille ! s'écrièrent tous mes petits garçons à la fois. Mais il y a ici une difficulté ; c'est que pas un de nous ne sera aussi lourd que le nègre : alors, adieu l'incision.

— Il y a un moyen bien plus simple que tout cela, s'écria alors Ernest. c'est celui que j'ai vu souvent employer à la cuisine pour dépouiller les anguilles, et l'expérience que nous venons de faire avec nos buffles pour retirer notre pauvre âne des flancs du serpent nous servira ici à merveille. Il ne s'agit pour cela que de couper la peau tout près de la tête,

d'en détacher assez long tout autour, pour y passer des cordes, auxquelles on attèlera nos buffles, et, après avoir attaché solidement la tête du serpent par un câble au pied d'un arbre, on fera marcher doucement dans le sens opposé les buffles, qui de cette manière tireront la peau de l'animal et le dépouilleront jusqu'à la queue.

— Ah bien ! dit Rudly ; cela ne sera pas si amusant que le procédé du nègre ; j'aurais été content, moi, de glisser le long du serpent.

— En fait d'utilité, repris-je alors, on peut laisser l'amusement, et je trouve qu'en effet, l'idée d'Ernest est plus simple et d'une plus facile exécution : allons, messieurs ! à l'œuvre ! vous n'avez pas besoin de moi pour cette opération, et je vous laisserai tout l'honneur de l'invention et de l'exécution.

Quant à la préparation de cette peau dont vous voulez faire l'ornement de votre cabinet d'histoire naturelle, rien de plus facile : vous disséquerez de votre mieux le crâne de l'animal ; vous laverez ensuite la peau avec du sable, de l'eau salée et des cendres ; vous l'exposerez au soleil pour la faire sécher, puis vous la recoudrez de haut en bas, vous l'emplirez de foin, de coton, de toutes sortes de matières sèches et légères, et votre œuvre, je vous assure, sera de nature à vous faire honneur.

Frédéric m'assura qu'il concevait fort bien l'opération que je venais d'indiquer, mais il me témoigna en même temps les craintes qu'il éprouvait de ne pas réussir. Je l'encourageai, je lui représentai que si l'homme se laissait toujours arrêter par les difficultés, il n'entreprendrait jamais rien. Enfin ils se mirent à l'œuvre, et mes jeunes gens y apportèrent vraiment beaucoup d'adresse et d'intelligence. La peau fut séchée, préparée comme je l'avais indiqué, et je ne pus pas voir, sans en rire de bon cœur, l'étrange manière dont ils s'y prirent pour l'empailler. Après l'avoir soigneusement nettoyée intérieurement, ils la hissèrent à l'aide d'une corde aux branches d'un arbre par le même moyen que j'avais employé naguère pour suspendre notre échelle de corde, et Rudly, dans son costume de nageur, se laissa glisser jusqu'au fond de la peau pour y entasser le foin, le coton et la mousse que ses frères lui tendaient d'en haut avec de longues fourches. Il foulait en sautant cette bourre élastique, et quand la peau fut emplie jusqu'au haut, nous le vîmes élever la tête au dehors, et il nous cria : A moi le chef-d'œuvre ! c'est moi qui ai empaillé le grand boa !

Quand ce travail, qui dura toute une journée, fut terminé, il fallut songer à la place que nous destinions au monstre désormais impuissant à nuire. Nous réparâmes autant que possible les trous que nos balles avaient laissés dans sa tête ; la cochenille que nous trouvions sur les figues d'Inde nous aida à donner à sa langue et à ses mâchoires la teinte de sang que la mort leur avait ôtée ; puis nous l'élevâmes sur une sorte de croix en bois, où il prit la position la plus pittoresque, enlaçant de ses anneaux le pied de la croix, et dressant au-dessus sa gueule entr'ouverte comme s'il eût encore voulu menacer. Nos chiens aboyèrent de toutes leurs forces en le voyant, et nos animaux effrayés reculèrent comme si le boa eût encore été en vie. Ainsi disposé, il fut solennellement installé dans la bibliothèque, où il prit rang parmi les merveilles qui commençaient notre musée. Mes fils inscrivirent en même temps au-dessus de la porte cette légende à double sens : LES ANES N'ENTRENT PAS ICI. Nous laissâmes de côté l'allusion, et il fut convenu que l'inscription signifierait désormais que la bibliothèque étant le sanctuaire de la science et de l'étude, elle était naturellement interdite à la paresse et à l'ignorance.

Nous n'avions plus rien à redouter du voisinage du boa ; mais je craignais qu'il n'eût laissé derrière lui soit son mâle (car c'était une femelle), soit des œufs ou des petits qui pourraient au premier jour renouveler toutes nos terreurs, et contre lesquels nous pourrions bien ne pas être aussi heureux. Je résolus, en conséquence, de faire des perquisitions, l'une dans le Marais des canards, l'autre dans la direction de Falkenhorst, en suivant le passage des rochers, le seul par où je supposais qu'un animal de la force du boa eût pu s'introduire dans la partie de l'île que nous habitions.

Nous commençâmes par le Marais des canards ; mais, au moment de partir, Ernest et Rudly me témoignèrent, sans détours, qu'ils aimeraient mieux rester à la grotte que de partager la gloire de l'excursion.

— Je frissonne encore, disait Rudly, quand je pense au coup de queue que m'a donné ce vilain monstre ; je me serais joliment pris à pleurer, si j'avais osé.

Je ne crus pas devoir tenir compte de cette peur d'enfant, qui pouvait être d'un funeste exemple pour l'avenir, et je rappelai à mes deux fils que la pusillanimité est un sentiment indigne de l'homme.

— Quand on a triomphé d'un danger réel, leur dis-je, on ne doit pas reculer ainsi devant celui qui n'existe que dans l'imagination ; ce serait peu d'avoir tué le serpent que vous venez d'empailler, si nous devions être surpris demain par un autre de la même taille, ou si dans quelques semaines nous devions voir surgir, des roseaux du marais, toute une couvée de ces petits monstres. Celui-là n'a rien fait qui s'arrête au milieu de l'ouvrage.

Nous partîmes alors dans notre équipage de chasse : nous emportions, outre nos armes, des planches et des vessies de chiens de mer qui devaient nous aider à nous soutenir sur l'eau s'il fallait nous y jeter. Les planches étaient destinées à assurer notre marche dans le marais, et en les plaçant les unes devant les autres, nous faire une espèce de plancher sur le sol mouvant que nous allions fouler. En effet, elles nous furent d'un grand secours, et nous pûmes explorer à loisir le marais dans toute son étendue. Nous reconnûmes facilement les traces du boa : les roseaux étaient courbés partout où il avait passé, et de profondes empreintes, dessinées en spirales sur la vase humide, indiquaient les endroits où il avait reposé ses larges anneaux. Mais nous ne découvrîmes rien qui pût nous faire croire à l'existence d'un compagnon de cette énorme bête : nous ne rencontrâmes ni œufs, ni petits, nous trouvâmes seulement une sorte de nid fait de roseaux desséchés; mais rien n'indiquait encore qu'il dût appartenir au boa. Parvenus au bout du marais, nous fîmes une découverte assez intéressante : c'était celle d'une grotte nouvelle qui s'ouvrait dans le rocher, et d'où sortait un petit ruisseau dont les eaux limpides allaient se perdre dans les roseaux du marais.

Cette grotte était tapissée de stalactites qui s'élevaient tantôt en colonnes larges et puissantes, comme pour soutenir les voûtes, et qui se dessinaient quelquefois en étranges et bizarres figures. Nous restâmes quelque temps en admiration devant cette nouvelle merveille de la nature, et en pénétrant de quelques pas dans l'intérieur, je remarquai que le sol sur lequel nous marchions était formé d'une terre extrêmement fine et blanche, et je reconnus avec joie, après l'avoir examinée, que c'était la terre à foulon. J'en ramassai quelques poignées que je plaçai avec empressement dans mon mouchoir.

— Voici, dis-je à mes fils, qui me regardaient faire avec étonnement, voici une découverte qui sera bien venue de notre ménagère; si nous continuons, comme par le passé, à lui rapporter des habits sales et souillés, nous lui rapporterons aussi de quoi les lessiver, car voici du savon.

— Je croyais, dit alors Ernest, que le savon était un produit de l'industrie humaine, et qu'on ne le trouvait pas ainsi à l'état naturel dans la terre.

— Tu as raison : le savon, tel qu'on l'emploie ordinairement en Europe, se compose d'un certain sel dont on est obligé de corriger l'âcreté par l'addition de matières grasses qui, en atténuant leur action, les rendent plus faciles à manier. Mais cette fabrication est longue et coûteuse, et l'on a été assez heureux pour découvrir une terre qui réunit dans certaines proportions les qualités du savon, c'est celle que nous avons ici : on l'appelle terre à foulon, parce qu'elle sert surtout pour le nettoyage des étoffes de laine; elle y remplace le savon.

En discourant ainsi, nous nous étions approchés de la source du ruis-

seau qui coulait d'une ouverture du rocher à quelques pieds de terre ;
Frédéric, qui s'était engagé dans cette ouverture, me cria alors que la
grotte avait de ce côté-là une plus grande étendue que nous n'avions
présumé ; je gravis le rocher, et pénétrai en effet dans une nouvelle caverne.

Nous commençâmes par tirer un coup de pistolet, et nous pûmes juger, au prolongement de l'écho qui le répéta, que la grotte s'étendait
fort loin. Nous allumâmes d'abord deux bougies, dont nos gibecières

étaient toujours munies ; elles brûlèrent sans obstacle, et la lumière vive
et pure qu'elles répandaient autour de nous me rassura sur la salubrité
de l'air. Nous continuâmes donc à avancer, Frédéric et moi, car nous
avions laissé les autres à l'extérieur, et tout-à-coup, nous vîmes avec
une surprise mêlée de joie la lueur de nos torches se répéter à l'infini
dans les parois du rocher. Ah ! papa, s'écria Frédéric tout transporté,
voyez donc, encore une grotte de sel ! quel bonheur ! Regardez ces
masses énormes qui gisent à nos pieds ?

— Tu te trompes, lui répondis-je ; ces masses ne sauraient être du
sel ; autrement l'eau qui coule ici en prendrait un goût salé, et l'humidité du ruisseau aurait infailliblement dissous ces masses énormes. Au
lieu de sel, nous avons devant nous du cristal ; nous sommes bien réellement dans un palais de cristal de roche.

— Encore mieux alors ! un palais de cristal de roche ! mais c'est pour
nous un trésor inestimable.

— Oui, à peu près comme la mine d'or en fut un pour Robinson.

— Tenez, mon père, voici un échantillon que je viens d'arracher ; ce n'est pas du sel, comme vous dites; mais si c'est du cristal, il n'est guère transparent.

— C'est ta faute; c'est que tu l'as troublé en l'arrachant.

Cette expression parut nouvelle à mon fils. Il ne comprenait pas qu'il fût possible de troubler un morceau de cristal. Je lui expliquai alors la formation des cristaux, et je tâchai de lui faire comprendre le sens du mot dont je venais de me servir.

— Ces masses que nous avons devant nous, lui dis-je, forment toutes, comme tu vois, des colonnes ou des pyramides à six faces : la terre fine et déliée sur laquelle elles reposent leur sert, pour ainsi dire, d'aliment, et elles ne sont, à proprement parler, que la base du cristal et non le cristal lui-même : c'est sur elle que viennent se placer ces masses transparentes que tu as vues en Europe, et qui demandent la plus grande habileté à ceux qui veulent les en extraire : la violence détermine dans l'intérieur du cristal de longues aiguilles qui s'y croisent et y produisent l'obscurité que tu remarques dans celle-ci. Le cristal alors s'appelle cristal troublé. Quant au cristal primitif, à ces masses ternes que tu vois ici, on en enlève des blocs considérables, comme tu as pu en voir dans les musées de notre pays. Il faut commencer par enlever ces masses avant de les dépouiller du cristal pur et transparent qu'elles portent.

— Allons, reprit mon fils d'un air un peu fâché, je vois bien qu'en effet notre découverte ne nous servira pas à grand'chose, si ce n'est, ajouta-t-il, à parer notre musée, et ce morceau peut très-bien augmenter le nombre des merveilles que nous avons déjà fait entrer dans notre collection.

La curiosité de mon fils était excitée par ce que je venais de lui dire au sujet des cristaux; il m'accablait de questions, et je voyais avec une satisfaction véritable que sa jeune imagination cherchait à se rendre compte de tous les miracles de la nature qui se présentaient devant lui. Je lui appris que les cristaux se formaient de résidus des émanations de l'eau, qui s'attachaient aux parois du rocher, s'y coagulaient, puis finissaient par atteindre, en vieillissant, une dureté plus grande que celle des métaux même.

On a trouvé dans nos montagnes de Suisse, lui dis-je encore, des cristaux à l'état intermédiaire, souples et malléables, qui attestent ainsi les différentes phases qu'ils traversent pour arriver à l'état solide. Les anciens considéraient le cristal comme un morceau de glace durcie; la science moderne a été plus loin, elle l'a étudié dans sa formation, et elle a su pousser ses investigations si loin, que ce n'est plus seulement au hasard qu'il appartient aujourd'hui comme autrefois de faire découvrir le cristal, mais que l'on marche à coup sûr là où l'on sait qu'il se trouvera. Le cristal est en grand ce que les pierres précieuses sont en petit : ce sont deux richesses de la terre, dans lesquelles l'homme n'a longtemps trouvé qu'un objet de vaines parures ou la matière de meubles plus brillants qu'utiles; mais elles commencent l'une et l'autre à payer aujourd'hui leur tribut à la science. L'art du verrier façonne et moule à son gré le cristal de roche, il en tire des instruments précieux pour la physique et la chimie. Le diamant est entré dans l'horlogerie, et il fait faire à cette science admirable un pas immense, en permettant d'atteindre à une justesse et à une rigoureuse exactitude que l'on ne pouvait attendre même des métaux les plus durs.

Cependant la lumière de nos bougies commençait à baisser, et je crus prudent de songer à la retraite; d'ailleurs rien n'annonçait que nous dussions toucher de sitôt à la fin de la grotte; Frédéric voulut tirer un coup de fusil avant de partir, et l'explosion se perdit encore dans un lointain dont il nous était impossible de calculer la portée.

Quand nous reparûmes à l'entrée de la grotte, nous y trouvâmes Rudly tout en pleurs; en me voyant il me sauta au cou et se mit à me faire mille caresses.

— Eh bien! lui dis-je, que t'est-il donc arrivé, que tu mêles ainsi tes larmes et ta joie?

— Ah! c'est que je suis bien content de vous revoir, papa, car j'ai eu la plus affreuse inquiétude!... J'ai entendu comme deux éboulements terribles, et j'ai cru que vous étiez ensevelis sous le rocher, et que je ne vous reverrais plus.

En disant ces mots, le pauvre enfant m'embrassait de nouveau; je me sentis attendri, et le pressai tendrement contre mon cœur.

— Remercions Dieu, lui dis-je, mon pauvre Rudly! il ne nous est rien arrivé de fâcheux; ce que tu as entendu, ce sont deux coups de pistolet que ton frère a tirés pour éprouver la solidité de la voûte et juger de l'étendue de la grotte. C'est un nouveau palais que nous venons de découvrir, aussi brillant que celui de Felsenheim, un palais immense dont nous pourrons un jour mesurer l'étendue. Mais qu'as-tu donc fait d'Ernest? où est-il?

Rudly nous conduisit alors au bord du marais, où nous trouvâmes le flegmatique philosophe qui n'avait rien entendu des deux explosions, fort tranquillement occupé à tresser un panier de roseaux de la forme et de la dimension de ceux dont se servent les pêcheurs et qu'ils appellent nasses : c'était un assemblage de longues tiges terminées à un bout par un entonnoir qui donnait bien entrée au poisson, mais qui ne lui permettait pas de ressortir.

— Arrivez ! nous cria-t-il en nous apercevant. arrivez ! car j'ai tué un petit serpent.

Nous avions tant parlé de serpents, d'œufs et de petits, que le pauvre garçon avait pris, de la meilleure foi du monde, une superbe anguille de quatre pieds de long pour un petit boa ; il avait marché droit à elle, et lui avait appliqué sur la tête deux ou trois coups de crosse de fusil, avec tout autant de courage qu'il lui en aurait fallu pour briser le crâne du plus dangereux reptile.

L'examen que je fis du serpent rabattit un peu de la gloire du vainqueur; mais sa capture n'en fut pas moins bien accueillie, et nous reprîmes le chemin de Felsenheim, en longeant le marais dont le rivage nous offrait un chemin plus sûr et plus facile. Nous trouvâmes ma femme et notre petit Fritz qui nous attendaient à la fontaine : ils apprirent avec plaisir l'issue rassurante de la battue que nous venions de faire; nous présentâmes à la bonne ménagère les masses de terre à foulon, et nous commençâmes à raconter, dans les plus grands détails, nos aventures et nos découvertes de la journée.

Je n'avais encore accompli que la moitié de mon projet; il me restait à explorer la contrée de la métairie où je craignais que le boa n'eût laissé des œufs, et je voulais, s'il était possible, en fortifiant les passages qui existaient dans le rocher, nous mettre désormais à l'abri des visites de semblables voisins. J'avais voulu nous assurer, avant de partir, contre tout événement, et nous ne nous mîmes en route qu'après avoir réuni des provisions, des armes, des ustensiles, et tout ce qui devait concourir à nous rendre l'excursion plus sûre et moins pénible ; nous n'oubliâmes pas des torches destinées à brûler pendant la nuit, et à écarter par leur lumière les animaux qui pourraient être tentés de s'approcher trop près de nous : on aurait dit, en un mot, à nous voir partir de Felsenheim, une entrée en campagne, tant la voiture était chargée d'objets divers. C'était la première fois que nous nous mettions en route dans un tel équipage. La bonne mère trouva place sur la charrette, l'Orage et Vaillant furent attelés de compagnie, ce qui ne les empêcha pas de prendre sur leur dos leurs cavaliers ordinaires; la vache fut mise en tête de l'attelage ; et Frédéric, monté sur l'onagre, allait en éclaireur à cinquante ou soixante pas devant la caravane, tandis qu'Ernest et moi nous suivions tranquillement à pied la voiture. Cette manière de voyager allait mieux à mon petit savant que l'équitation ou qu'une place sur la charrette ; elle secondait merveilleusement son goût pour la conversation et les discussions scientifiques auxquelles tout ce que nous rencontrions sur notre passage servait de sujet. Les dogues soutenaient les ailes du convoi, et *Rapide* (c'est le nom de notre petit onagre) caracolait gaîment autour de nous.

Nous descendîmes en bon ordre l'avenue de Falkenhorst, où nous retrouvâmes quelques traces du boa, déjà à demi effacées par le vent. Tout était en bon ordre à Falkenhorst ; les moissons et les fruits prospéraient et donnaient les plus belles espérances pour l'hiver qui approchait. Les chèvres et les moutons nous accueillirent avec plaisir, et vinrent d'eux-mêmes, pour recevoir quelques poignées de sel que nous leur présentions. Mais nous ne fîmes que passer, nous avions hâte de toucher à la métairie du Lac, qui était le principal but de notre excursion, et nous désirions y arriver assez tôt pour pouvoir recueillir encore, avant la nuit, une provision de coton suffisante pour nous procurer des oreillers et des matelas qui nous rendissent, sous la tente, la terre moins dure et moins fraîche pendant notre sommeil.

A mesure que nous nous éloignions de Falkenhorst, les traces du serpent disparaissaient ; le bois de cocos ne nous montra pas un seul singe, et le chant de nos coqs, mêlé aux bêlements des chèvres qui nous saluaient de loin, vint seul jusqu'à la métairie apporter quelque diversion à la monotonie du voyage. Nous trouvâmes tout en bon ordre. Nous fîmes halte ; la bonne mère s'occupa sans retard de la cuisine, et nous allâmes pendant ce temps-là faire la provision de coton que nous avions projetée.

Après dîner, j'annonçai qu'on allait immédiatement commencer la battue ; nous nous partageâmes en trois corps, chacun chargé d'explorer une partie de la contrée. Ernest et sa mère eurent pour mission de veiller aux provisions, et de recueillir dans la rizière la plus grande quantité d'épis mûrs qu'ils pourraient y rencontrer. Cette mission sédentaire pouvait devenir tout aussi dangereuse que les nôtres ; nous laissâmes en conséquence avec ceux qui s'en chargeaient la brave Billy pour les défendre. Rudly et Frédéric, accompagnés de Turc et du chacal, prirent la rive droite du lac, et je suivis la gauche avec Fritz et les deux jeunes dogues qu'il avait élevés. C'était la première fois que le petit garçon était associé aux périls d'une expédition, la première fois qu'une arme lui était confiée. Il marchait la tête haute, fier comme un enfant qui vient de passer au rang d'homme ; et, tout glorieux de son arme, il brûlait du désir d'en faire usage. Mais le bruit de nos pas dans les roseaux desséchés, que nous foulions, n'en faisait guère sortir que des hérons,

si prompts à fuir et à se perdre dans les nues, qu'il ne fallait pas même
songer à les tirer. Fritz était tout fâché, sans rien perdre pour cela de
son ardeur; mais ce fut bien pis, quand nous eûmes quitté les roseaux,
nous nous trouvâmes en présence d'une quantité de canards et de cygnes
noirs, qui de toutes parts sillonnaient les eaux. Cette vue éveilla au plus

haut point l'appétit de mon petit chasseur; il allait tirer sur eux quand
une sorte de cri sourd et prolongé comme un mugissement s'éleva du
milieu des roseaux et vint jusqu'à nous. Je m'arrêtai tout étonné, Fritz
fit de même, et comme le même cri recommençait :

— J'y suis, me dit-il: c'est notre ânon.

— C'est impossible, car il est attaché avec l'onagre, et il n'aurait pas
pu venir se cacher dans ces roseaux sans que nous le vissions passer.
C'est plutôt, je crois, un oiseau de marais que l'on appelle le butor.

— Comment un oiseau peut-il donc mugir ainsi? car c'est la voix du
bœuf ou au moins de l'âne. Il doit être alors d'une taille prodigieuse.

— Nullement; il n'est ni plus gros ni plus fort que les autres hérons,
à la famille desquels il appartient. Mais ta supposition vient de ce que tu
ignores que la voix d'un animal n'a aucun rapport avec sa force corpo-
relle, mais seulement avec la conformation de son gosier et les muscles
de sa poitrine, qui ont la propriété de chasser l'air avec plus ou moins
de force. Ainsi, le rossignol et le serin, qui sont des oiseaux extrêmement petits, remplissent l'air de leur chant, et ils donnent à leur voix
des modulations aiguës et prolongées qu'on n'aurait jamais cru devoir
sortir d'un si faible corps. Quant au butor, on dit que, quand il veut
chanter, il enfonce dans la vase du marais l'extrémité de son bec, et
que c'est surtout à cette précaution qu'il doit ces accents majestueux
et profonds qui ressemblent plus à la voix d'un bœuf qu'à celle d'un
oiseau.

— Oh! que je voudrais bien le tuer! me dit alors mon petit chasseur;
je serais fier que mon coup d'essai abattît une bête si extraordinaire.

— Eh bien! alors, fais attention, et tâche de viser juste sur la bête
qui va passer devant toi.

J'appelai en même temps à nous nos dogues qui rôdaient alentour; je
les lançai dans les roseaux, et j'entendis presque aussitôt la détonation
du coup de Fritz; mais au lieu de tirer en l'air, mon jeune chasseur
avait fait partir son coup dans l'épaisseur du marécage, et je vis les
oiseaux, que les chiens avaient fait lever, s'envoler sains et saufs d'un
autre côté.

— Maladroit! dis-je, en me rapprochant de Fritz, tu as laissé échapper
ton gibier!

— Au contraire, papa! je l'ai! je l'ai! répéta-t-il avec une joie pas-
sionnée, voyez plutôt!

En effet, je le vis sortir des roseaux et traîner après lui un animal
ressemblant assez à un agouti, et que le petit chasseur baptisait déjà de
ce nom. Je l'examinai avec attention, et je reconnus tout d'abord qu'il
y avait entre lui et l'animal que Frédéric avait abattu, le jour de notre
descente dans l'île, de notables différences. Celui-ci avait environ deux
pieds de long; il avait des dents incisives comme un lapin, la lèvre
fendue, les pieds palmés, mais il n'avait point de queue. — Voilà ce qui
s'appelle dignement réparer ta maladresse, dis-je à mon petit garçon;
tu as abattu là une bête rare et curieuse; c'est un naturel de l'Amérique
du Sud, qui appartient à la famille des agoutis et des peccaris, c'est un
cabiai, et, qui plus est, un cabiai de première force.

— Et qu'est-ce que c'est donc que le cabiai? je n'en ai jamais entendu
parler.

— Non, sans doute, mais tu l'as entendu braire, car c'est lui qui m'a
induit en erreur au sujet de son cri que j'attribuais au butor.

Cet animal profite de la nuit pour pourvoir à sa nourriture : il court
assez doucement ; il nage bien ; il reste volontiers long-temps sous l'eau ;
il mange appuyé sur ses jambes de derrière ; et quant à son cri, tu l'as
entendu, il ne ressemble pas mal au braiement de l'âne.

Cependant il était temps de songer à la retraite, et le petit Fritz jouissait
d'avance du triomphe qui l'attendait en rentrant auprès des nôtres. Il
prit son cabiai, le jeta sur son épaule, et nous partîmes ; je m'aperçus
alors que le fardeau était bien lourd pour lui. Néanmoins je me gardai
bien de venir à son aide ; je voulais lui laisser tout le mérite de se tirer
d'affaire lui-même.

— Vraiment, me dit-il enfin d'un petit air résolu, je suis bien sot de
me charger ainsi ! Si je vidais mon gibier, ce serait toujours cela de
moins à traîner.

— A merveille ! tu le peux, d'autant mieux que nous ne mangerons
pas les entrailles, et que nos chiens, à qui elles reviennent de droit, s'en
accommoderont volontiers ici.

— Allons donc, reprit-il, à l'œuvre !

En même temps le petit garçon se mit en devoir d'éventrer son cabiai.
Pendant cette opération, dont il se tira assez bien, j'essayai de lui faire
remarquer que la peine va toujours à côté du plaisir dans les gloires du
monde. Mais mon instruction fut à peu près perdue : le petit homme
était sous l'influence du charme de la victoire, et je dois avouer qu'il ne
m'entendit guère.

Quand il eut fini, nous nous remîmes en route ; mais le cabiai était
encore bien lourd pour ses faibles épaules. Il lui vint enfin une dernière
idée, ce fut de le placer sur le dos de l'un des chiens.

Nous arrangeâmes de notre mieux le gibier sur le dos de Braun, à
l'aide de la sacoche que celui-ci portait ordinairement, et le dogue, fier
de sa charge, releva sa tête et se mit à cheminer devant nous.

Nous arrivâmes au bois de pins ; notre premier soin fut de ramasser
une provision de cônes que nous avions trouvés bons à manger. Nous
aperçûmes dans le lointain quelques singes qui disparurent à notre approche, ce qui nous fit comprendre que, si notre punition les avait éloignés de notre habitation, elle ne les avait pas pour cela chassés de la
contrée. Mais quant au boa, rien ne put nous mettre sur sa trace, rien
n'indiquait qu'il eût passé par là, ni qu'il y eût laissé des petits.

Nous trouvâmes, en rentrant, maître Ernest tranquillement assis sur le

bord de la rizière, entouré d'un nombre prodigieux de rats d'une assez
grosse espèce, et qu'il avait tués en notre absence. Le flegmatique philosophe nous raconta ainsi qu'il suit l'histoire de ce massacre :

Nous étions occupés, dit-il, ma mère et moi, à choisir dans la rizière
les épis les plus mûrs que nous recueillions avec soin, quand je découvris, à quelques pas du bord, une espèce de digue haute et solide qui
ressemblait assez à une chaussée construite au milieu du marais. Je sautai
dessus, et maître Knips, qui travaillait avec nous à la récolte du riz, y
vint avec moi. Mais il y avait à peine mis le pied que je ne tardai pas à
le voir se lancer sur un petit animal qui fut plus leste que lui, et qui
disparut avec une rapidité incroyable sous une espèce de voûte qui se
trouvait à côté de la chaussée. Je remarquai en avançant que ces voûtes
étaient très-nombreuses, et qu'elles formaient des deux côtés comme une
suite non interrompue de petits édifices de même forme et de même
hauteur. Je voulus savoir ce qu'ils contenaient, et j'introduisis par l'ouverture la canne de bambou que j'avais à la main. Quand je la retirai, je vis sortir une légion d'animaux semblables à ceux-ci, qui se
perdirent dans la rizière. Knips courut après eux ; mais les épis ne lui
laissaient pas un passage assez large, et il n'attrapa rien. Il me vint
alors une idée ; j'avais mon sac dans lequel je déposais les épis que
j'avais cueillis ; je le plaçai à l'ouverture de l'un des petits édifices de
terre, et en frappant sur la voûte j'effrayai si bien les habitants, que je
les forçai à se réfugier dans le sac. Je le fermai alors, et je me mis à
frapper sur les prisonniers à grands coups de bâton. Mais ceux-ci se mirent en revanche à pousser des cris si perçants, si aigus, que le cœur
commença à me manquer, et j'allais laisser là la besogne, quand je me
vis tout-à-coup assailli par une armée de rats qui sortaient de toutes les
retraites, et commençaient à monter à l'assaut le long de mes jambes.
Knips faisait les plus horribles grimaces : mon bâton ne faisait plus rien,
mes cris encore moins, et je ne sais pas vraiment ce qui serait arrivé, si
Billy ne m'eût enfin entendu et ne fût venue à mon aide. Elle se rua
de si bon cœur sur l'armée des rats, elle en fit un si large et si terrible
carnage, que je ne tardai pas à me voir délivré. Les victimes que vous
vous voyez là sont celles qu'ont faites mon bâton et les dents valeureuses
de la brave Billy. Quant au reste de l'armée, il est rentré dans ses niches
et caché jusque sous terre.

Le récit que venait de faire Ernest piqua ma curiosité : je voulus
moi-même voir la digue et les habitations, et je reconnus avec admiration une suite de travaux semblables à ceux des castors, avec cette seule

différence qu'ils avaient moins d'étendue. Je fis remarquer à mon fils la conformité qui existait entre les rats qu'il venait de tuer et le castor des latitudes septentrionales : c'était la même membrane aux extrémités destinée à faciliter la natation, la queue en spatule, et, comme le castor aussi, il portait deux petites poches pleines de musc.

Frédéric et Rudly revinrent sur ces entrefaites. Ils rapportaient une poule à fraise et un nid rempli d'œufs : nous plaçâmes sous une de nos poules, qui couvait aussi, les œufs que mes petits chasseurs venaient de rapporter.

Nous nous réunîmes tous autour d'un potage au riz que la bonne mère nous avait préparé ; le cabiai, dont elle avait préparé un morceau, nous parut un mets détestable, et nous en abandonnâmes la plus grande partie à nos chiens, qui le trouvèrent de leur goût ; ils avaient été plus difficiles pour les gros rats dont nous avions pris la peau, car ils en avaient dédaigné la chair, sans doute à cause de l'odeur de musc dont elle était pénétrée. Le repas fut gai ; nous étions heureux de n'avoir découvert aucun indice du terrible reptile, et mes petits espiègles se livrèrent assez bruyamment à une guerre d'épigrammes contre le grand vainqueur des rats, comme ils appelaient le pauvre Ernest, depuis sa victoire dans la rizière.

Nous nous trouvions naturellement amenés à parler de la destination qu'il convenait de donner à la dépouille de ces animaux. Il fut résolu qu'on en ferait un tapis qui préserverait de l'humidité un de nos appartements pendant la saison des pluies. Nous eûmes soin, en les écorchant, de donner aux peaux une première préparation, de les nettoyer avec du sable et des cendres, selon que nous avions coutume de faire. Les deux petites poches de musc que ces animaux portaient à l'intérieur des cuisses avaient vivement excité l'attention de mes enfants, et elles déterminèrent une foule de questions sur la manière de recueillir cette richesse précieuse dont les Européens font si grand cas.

Je leur appris que beaucoup d'animaux jouissaient de l'avantage de porter avec eux une provision de musc : la gazelle, le castor, l'ondatra (car tel était le nom réel du rat qu'Ernest avait tué), la fouine, la civette et le musc. Je leur expliquai en même temps les procédés divers dont on se sert pour les dépouiller de cette production, et comment les Hollandais, qui savent apprivoiser quelques-uns de ces animaux, se font de leur précieuse propriété un revenu régulier, en enfermant, à des temps égaux, les fouines, les muscs, les civettes, dans des endroits où ils peuvent déposer le contenu de leurs poches, après quoi on les laisse partir

41

pour recommencer plus tard la même opération. Mais comme le musc ne devait pas être pour nous d'une très-grande utilité, je ne donnai à ces détails que l'étendue que réclamait un simple motif de curiosité.

Cependant la dissertation sur la civette et l'ondatra n'avait pas réussi à faire oublier le goût détestable que nous avait laissé le cabiai.

— Ah! dit en soupirant Ernest, assez friand de son naturel, si nous avions seulement un peu de dessert pour nous débarrasser de l'odeur de poisson que nous a laissée la chair dure et fétide de ce maudit animal!

A cette exclamation, Rudly et Fritz coururent à leurs gibecières.

— En voilà, monseigneur, dit le plus jeune en déposant devant le gourmand une poignée de cônes de pin.

— En voilà, monseigneur, dit à son tour Rudly, en jetant sur la table de petites pommes luisantes, d'un vert pâle, et qui répandaient au loin une forte odeur de cannelle.

Un cri général d'admiration accueillit cette surprise.

— Halte-là! m'écriai-je, avant de goûter à ce fruit inconnu, il faut que la science prononce, et que messire Knips veuille bien tenter l'épreuve accoutumée; car ces fruits pourraient bien être ceux du mancenillier, et les pommes de mancenillier donnent des coliques dont on ne relève guère.

Je pris en même temps un de ces fruits; je l'ouvris, et je reconnus tout d'abord que je m'étais trompé dans mon appréhension. La pomme du mancenillier a un noyau fort dur, et celle-ci avait des pépins. Pendant que je faisais remarquer cette différence à mes fils, maître Knips avait trouvé le moyen de se glisser sous mes mains et d'y dérober une des pommes qu'il se mit à croquer du meilleur appétit du monde. Cette épreuve nous suffit; je distribuai ces fruits à la ronde, et tous, en les dégustant, nous déclarâmes que c'était une excellente découverte. Frédéric voulut savoir le nom du nouveau fruit.

— Ce sont, je crois, lui dis-je, des pommes de cannellier. Tu as dû les recueillir sur un buisson assez peu élevé; n'est-ce pas, Rudly?

— Ah! oui! oui! buisson.... cannellier.... Je tombe de sommeil, me balbutia en bâillant le jeune étourdi.

Je donnai aussitôt le signal de la retraite : nous fîmes autour de la tente toutes les dispositions nécessaires pour passer la nuit en sûreté, et nous allâmes demander à nos matelas de coton le repos que les fatigues de la journée nous avaient rendu nécessaire.

Le lendemain, au point du jour, nous nous remîmes en route pour continuer notre excursion. Nous nous dirigeâmes du côté du champ des cannes à sucre, où nous avions laissé une hutte de branches et de feuilles :

nous la trouvâmes en assez mauvais état. Nous étendîmes par-dessus la toile qui nous servait de tente, et nous nous arrêtâmes dans l'intention de rester dans ce parage jusqu'après dîner. En attendant que ma femme eût fini les préparatifs de ce dernier, nous nous engageâmes dans le marais des cannes à sucre : c'était une retraite assez naturelle pour un serpent ou sa famille, si le pays en contenait encore d'autres que celui que nous avions abattu. Fort heureusement, notre investigation fut sans résultat, et nous allions quitter les cannes à sucre, quand tout-à-coup nos chiens se mirent à hurler comme s'ils se trouvaient aux prises avec quelque dangereux animal. Nous n'apercevions rien ; mais, comme il n'était pas prudent d'attendre au milieu des cannes, je commandai à mes fils de prendre leur course vers la plaine : je leur donnai l'exemple et nous fûmes bientôt hors des roseaux. Nous en vîmes sortir presque en même temps un nombreux troupeau de marcassins d'une taille et d'une force déjà passables. Je crus d'abord que c'était la famille de notre truie qui continuait toujours à vivre en liberté ; mais le nombre des marcassins ne me permit pas de m'arrêter long-temps à cette idée : d'ailleurs, la couleur grise de leur peau, l'ordre vraiment extraordinaire qui présidait à leur marche, me convainquirent que ce n'étaient pas des cochons européens. Ils trottaient l'un après l'autre sans se déranger, et avec une régularité de pas qui aurait fait honneur à une troupe à la parade. J'armai mon fusil ; je lâchai l'un après l'autre les deux coups, et deux animaux tombèrent. Cette perte parut faire peu d'impression sur le reste de la troupe, qui ne se dérangea pas d'une ligne, et qui n'en courut pas plus vite pour cela. C'était un spectacle vraiment étrange que de voir cette

famille trottiner le long des cannes à sucre, avec une tranquillité imper-
turbable : ils allaient tous à la suite sans chercher à se dépasser, et en
les examinant de près, on eût dit que le chef de la bande faisait dans le
sable l'empreinte où tous les autres devaient passer après lui.

Cependant Rudly et Frédéric, qui étaient à quelques pas de moi, ne
voulurent pas demeurer en reste. *Pif! paf!* j'entendis aussitôt des
coups de pistolet et des coups de fusil qui m'apprirent que les petits
garçons voulaient aussi prendre leur part de la victoire. Nos chiens
eux-mêmes ne restèrent pas inactifs, et ils étranglèrent chacun une
victime.

Je ne tardai pas, en m'approchant, à reconnaître les cochons à poche,
ou *tajacus;* et comme je savais qu'ils portent sous le ventre deux petites glandes qu'il faut enlever tout de suite après leur mort, autrement
l'humeur qu'elles contiennent se répand dans la chair et la rend détestable,
je ne perdis point de temps, et nous nous mîmes à l'opération. Mes deux
fils m'aidèrent de bon cœur, tant ils étaient joyeux de voir la superbe
chasse que nous avions faite ; car nous avions devant nous six cochons
d'environ trois pieds de long chacun.

Pendant que nous étions ainsi occupés, nous entendîmes dans le lointain deux coups de feu retentir : je pensai que ce devait être Ernest et
Fritz qui, étant restés à la tente, avaient aussi pris les cochons au passage. Je ne me trompais pas, et Ernest, qui revint bientôt après avec la
voiture que j'avais donné commission à Frédéric d'aller chercher pour
rapporter notre butin, me confirma dans mes conjectures : ainsi nous
avions encore là trois autres cochons, car Billy avait aussi fait son devoir, et elle n'avait pas voulu laisser passer la bande de fuyards sans lui
donner un coup de dent.

L'arrivée du savant provoqua naturellement une discussion sur le nom
à donner à notre gibier. Frédéric prétendait que ces animaux devaient
être de la race des cochons d'Otaïti, dont le capitaine Cook fait mention ; Ernest fut d'un autre avis, et il fut enfin reconnu que le seul nom
qui lui appartînt était celui de *peccari.* Cet animal est très-commun à
la Guyane et dans toute l'Amérique. Avant de charger notre gibier sur
la charrette, nous résolûmes de le vider pour en diminuer le poids.

Quelque diligence que nous eussions apportée à la besogne, il nous fut
impossible de finir avant l'après-dîner, et nous fûmes très-heureux de
trouver dans les cannes à sucre, dont nous sucions des morceaux, un
cordial qui nous rafraîchissait et nous nourrissait tout ensemble. Nous
abandonnâmes aux chiens un énorme monceau d'entrailles dont ils firent

bonne fête, et nous reprîmes ensuite le chemin de la tente ; mais nous étions si fiers et si heureux de notre belle chasse, que mes petits espiègles ne purent résister au désir de convertir notre convoi en une marche de triomphe ; ils coupèrent dans les buissons d'alentour des branches vertes dont ils ornèrent la voiture ; ils s'en parèrent eux-mêmes, ils ornèrent leurs fusils avec des fleurs, et nous rentrâmes en chantant un hymne de victoire.

M'avez-vous fait assez attendre, messieurs les chasseurs? nous dit la ménagère à notre arrivée. Mon rôti est brûlé ; mais, bon Dieu, quelle quantité de viande ! ajouta-t-elle aussitôt. Ce n'est pas là user des libéralités de la nature ; c'est les gaspiller, c'est les perdre.

Nous nous justifiâmes de notre mieux : mes enfants offrirent à leur mère les cannes à sucre qu'ils rapportaient ; ce présent fut très-bien reçu. Je rejetai sur l'occasion le gaspillage dont ma femme se plaignait, et il fut résolu que l'on préparerait immédiatement toute cette riche provision.

Frédéric proposa de régaler la famille d'un rôti de sa façon, à la mode d'Otaïti : nous accueillîmes sa proposition ; mais elle fut unanimement renvoyée au lendemain, attendu que la préparation de nos cochons ne nous laissait guère le temps de songer à autre chose.

J'ordonnai de réunir une provision de branches et de feuilles vertes que je destinais à fumer le lard. En attendant, nous nous mîmes sans perdre de temps, Ernest à griller le poil des cochons, Frédéric et moi à les découper ; ma femme à saler ces morceaux, et les petits servaient aux uns et aux autres. J'entassai les jambons et toutes les pièces de lard

afin que le sel pénétrât partout, et nous arrosâmes encore les piles de viandes avec l'eau salée qui en tombait, ce que nous continuâmes jusqu'à ce que la hutte pour fumer fût prête : cela dura jusqu'au soir. Quant aux têtes et aux os, le tout fut abandonné aux chiens.

Le lendemain matin, Frédéric me rappela ma parole de la veille, et me demanda la permission de servir à la famille un rôti de sa façon. J'y avais déjà songé : en conséquence. on creusa en terre une fosse large et profonde; Frédéric alla prendre le cochon qu'il avait réservé pour cet effet; il le lava avec soin. le pénétra intérieurement d'une couche de sel, ensuite l'emplit d'un hachis de viande, de pommes de terre et de racines; toutefois le sel et cette farce étaient des particularités qui devaient faire différer son rôti de celui des habitants d'Otaïti, qui se contentent volontiers d'une nourriture fade, que les Européens priseraient très-peu, si elle n'était relevée par un assaisonnement.

Cependant la fosse avait été remplie de matières combustibles; on y avait mis le feu, et les petits garçons y jetaient de temps en temps, d'après les ordres de leur aîné. des cailloux qu'ils y laissaient rougir.

Ma femme considérait tous ces préparatifs d'un air tant soit peu railleur.

— Belle cuisine! en vérité, disait-elle en secouant la tête : un cochon tout entier! de la terre, des cendres et un feu de paille sèche! J'augure, messieurs, que vous nous préparez là quelque chose de friand!

Néanmoins, et malgré le peu de confiance qu'elle éprouvait dans le succès de l'entreprise, elle ne pouvait s'empêcher de donner à ses fils des conseils que lui inspirait son expérience, et elle aidait Frédéric à faire prendre à son cochon la tournure la plus gracieuse et la plus digne de figurer sur la table de gens comme il faut.

Quand ces préparatifs furent terminés, le cuisinier en chef enveloppa son rôti otaïtien de feuilles et d'écorce; on pratiqua ensuite dans la cendre une place assez large pour recevoir le corps du cochon ainsi préparé; on l'y déposa, on le recouvrit de cailloux brûlants, et l'on étendit par-dessus une couche épaisse de terre, pour empêcher l'air d'y pénétrer.

A la vue de cette dernière cérémonie, ma femme laissa tomber ses bras, et avec l'accent du découragement le plus absolu :

— Maintenant, nous dit-elle, grand merci de votre cuisine! cela peut être fort bon pour des sauvages, mais ne comptez pas assurément qu'une Suissesse, qui se pique d'avoir quelques connaissances en cuisine et sur la théorie du rôti, consente jamais à toucher à la grillade charbonnée qui va sortir de ce trou-là.

Cependant Frédéric ne désespérait pas encore, et il faisait doctement appel à tout ce que les voyageurs ont dit du rôti des habitants d'Otaïti, pour nous persuader que nous allions voir sortir de la cendre le mets le plus délicieux. J'interrompis son érudition en rappelant l'attention sur la hutte à fumer que nous avions dressée pour la préparation de notre viande. Nous avions une quarantaine de jambons superbes, et je voulais en faire de vrais jambons de Westphalie, qui devaient être pour la famille une ressource précieuse pendant la saison des pluies. Nous emplîmes de feuilles vertes et de branches humides la hutte que nous avions construite : nous y allumâmes du feu, et nous l'entretînmes pendant plusieurs jours, jusqu'à ce que notre viande nous parût fumée suffisamment.

Nous avions enfin retiré le rôti de Frédéric : deux heures environ avaient suffi pour le cuire, et ce ne fut pas sans quelque étonnement qu'après l'avoir débarrassé de la triple couche de terre, de cendres, de pierres brûlantes qui le couvraient, l'odeur la plus délicieuse vint frapper agréablement notre odorat ; j'avais à peine compté sur un rôti mangeable, et nous avions devant nous le mets le mieux cuit à point avec un parfum d'épices si bien combiné, que le tout eût fait honneur au cuisinier le plus habile : Frédéric triomphait ; la bonne mère avouait naïvement qu'elle était vaincue, et tout le monde fut d'accord à ce que l'on procédât sans délai à une expérimentation plus positive, et que le cochon rôti fût solennellement dégusté. On le débarrassa de quelques traces de cendre et de terre qu'il avait conservées, et qu'il était facile de prévenir une autre fois ; la chair fut jugée délicieuse. Ce qui m'étonnait le plus, c'était l'odeur d'épices dont elle était imprégnée ; je ne tardai pas à me convaincre qu'elle devait cette qualité aux feuilles dont nous avions enveloppé l'animal. C'était une découverte nouvelle qui était pour nous d'une haute importance, en ce qu'elle assurait nos ragoûts d'un assaisonnement agréable, et que la nature prendrait elle-même soin de renouveler pour nous tous les ans. Je cherchai à rapprocher cette feuille de diverses productions de même nature que je pouvais connaître, et mes souvenirs me conduisirent à penser que ce devait être le ravensara de Madagascar, que l'histoire naturelle appelle *agatophytum,* c'est-à-dire *bonne feuille.* J'eus soin d'en brûler une certaine quantité dans la hutte à fumer où nos jambons étaient suspendus ; j'espérais leur donner par là cette odeur aromatique dont nous venions d'être si réjouis.

Pendant trois jours que dura la fumigation, je partais régulièrement avec trois de mes fils pour explorer le pays ; un seul restait avec la mère pour veiller à la garde et à la défense du logis. Ces courses ne nous apprirent rien sur le boa, mais elles ne se terminaient jamais sans que nous fissions quelque utile découverte, sans que nous revinssions avec quelque conquête utile qui enrichissait notre intérieur et nous ren-

dait l'existence plus agréable. Un jour que nous nous étions dirigés
vers le marais des bambous, nous en revînmes avec une provision
de vases de toute dimension : c'étaient des roseaux que nous avions
coupés au-dessus et au-dessous des nœuds, et dont le diamètre était si
fort, que nous en avions fait des espèces de tonnelets de dix-huit pouces
à deux pieds de large. Nous avions fait le même jour une autre découverte : c'est que chaque nœud de ces roseaux distillait une matière sucrée qui se cristallisait au soleil, et qui, recueillie dans un vase, ressemblait
parfaitement à du sucre râpé. Les roseaux nous fournirent aussi des
épines longues et solides dont nous pouvions nous servir très-bien en
guise de clous.

Ces divers objets, mais surtout le sucre râpé, firent grand plaisir à notre
ménagère : les tonnelets de roseaux, également, reçurent d'elle l'accueil
distingué que toute ménagère accorde aux ustensiles qui doivent faciliter
l'administration intérieure de la maison. C'étaient pour elle de vrais trésors, dont elle ne tarda pas à trouver l'emploi.

Nous fîmes aussi une excursion à Prospect-Hill ; mais nous y trouvâmes tout dans le plus grand désordre : les cloisons étaient renversées,
les troupeaux en fuite ; les singes avaient passé par là, et ils avaient
laissé des traces non équivoques de leur passage. Je compris qu'il faudrait définitivement entreprendre une guerre d'extermination contre cette
vilaine engeance, qui paraissait bien décidée à ne nous laisser jouir en
paix d'aucune de nos constructions. Mais je remis à un autre temps
la solution de cette question importante.

Enfin, nous entourâmes d'un rempart de terre la hutte où nous laissions nos jambons ; nous la fortifiâmes, autant qu'il nous fut possible,
de pierres et de branches d'arbres qui devaient défendre notre provision
d'hiver contre les oiseaux de proie et les bêtes sauvages, et nous nous
disposâmes, le matin du quatrième jour, à partir et à pousser nos explo-
rations au-delà du défilé qui servait de passage entre la partie que nous
habitions depuis deux ans, et une autre contrée qui nous était encore inconnue, et où nous n'avions pénétré qu'une fois pour nous trouver face
à face avec un troupeau de buffles dont nous avions failli devenir les
victimes.

CHAPITRE

8

SOMMAIRE DU CHAPITRE 8.

ous nous mîmes en route avec le jour, et, après avoir marché deux heures environ, je donnai le signe de la halte. à une portée de fusil du défilé qui séparait les deux contrées; la position me parut aussi favorable qu'on pouvait le désirer : la forêt de pins et la montagne faisaient un rempart naturel à notre campement. Nous étions en outre sur un point élevé, d'où l'œil s'étendait au loin et pouvait facilement dominer la campagne.

— Voici, dit Frédéric, une place de choix et d'où nous pourrions répondre à toutes espèces d'attaques de l'ennemi; si vous m'en croyez, mon père, nous y établirons un poste.

Rudly, qui, selon sa louable habitude, ne prêtait pas la moindre attention à ce qui se disait autour de lui, ce qui d'ailleurs ne l'empêchait pas de prendre part à la conversation, saisit au passage le dernier mot de son frère, et confondant un poste militaire avec le service des dépêches :

— Une poste! dit-il, et pour quelle destination prendrons-nous les lettres?

— Pour Sidney, le port Jackson et la Nouvelle-Hollande, lui répondis-je gravement.

Cette réponse attira l'attention de Fritz, qui me demanda pourquoi j'avais nommé ces lieux, si je pensais que nous en fussions réellement voisins, ou bien si ces noms ne m'étaient échappés que par hasard.

— Toutes les fois, lui répondis-je, qu'il m'arrive de consulter les cartes du capitaine, je ne puis m'empêcher de penser que nous sommes en effet dans ces parages. Les principales circonstances du naufrage, la route que le vaisseau avait suivie jusque-là, les pluies des tropiques, les productions de la côte, les cannes à sucre, les épices, les palmiers, concourent encore à me confirmer dans cette opinion. Mais, quel que soit le lieu où nous nous trouvons réellement, nous sommes toujours dans la grande famille de Dieu, et nous devons le remercier des trésors qu'il nous a prodigués en nous sauvant du naufrage.

Frédéric voulait qu'avant de quitter ce lieu, nous y laissassions, comme trace de notre passage, une forteresse à la façon des Kamtschadales, qui se compose simplement d'un plancher posé sur quatre pieux, à une élévation de terre assez haute pour prévenir toute visite des animaux sauvages. Avant d'examiner ce projet plus attentivement, je voulus qu'on fît autour du camp une investigation de sûreté. Mais nous n'aperçûmes dans notre battue que deux margais ou chats sauvages, qui s'élancèrent d'un buisson où ils étaient cachés et se perdirent dans la forêt, avant même que nous eussions eu le temps de les coucher en joue.

Le reste de la matinée fut consacré à divers travaux d'ordre qui devaient assurer notre campement. Nous dînâmes; mais la chaleur était si accablante, qu'il nous fut impossible de nous mettre en route, et que nous dûmes renvoyer au lendemain l'excursion dans la savane.

Rien ne vint troubler le repos de la nuit. Nous étions debout aux premiers rayons du jour, et en peu d'instants nos préparatifs de départ furent complets. Je pris avec moi les trois aînés de mes fils; je voulais être en force avant d'entrer dans la contrée encore inconnue que nous allions explorer. On rira peut-être de cette expression, appliquée à une armée de quatre personnes, dont deux enfants très-jeunes, un autre de dix-sept ans, et enfin un homme; mais quelle qu'elle fût, cette armée composait toutes nos ressources. Fritz et sa mère restèrent auprès des bagages. Nous déjeûnâmes, nous plaçâmes dans nos gibecières quelques provisions, puis nous prîmes congé de la bonne mère, qui ne nous vit pas partir sans inquiétude.

Nous traversâmes le défilé à l'extrémité duquel nous avions élevé autrefois une palissade de bambous et de palmiers épineux; mais la clô-ture n'existait plus; les pieux étaient épars çà et là, et nous pûmes reconnaître facilement sur le sable les traces du boa, d'où nous conclûmes que le monstre était venu de la savane dans la contrée que nous habitions, en traversant le défilé. Les tempêtes de l'hiver, les torrents gonflés par les pluies, les singes, les cochons sauvages, les buffles et peut-être encore d'autres animaux plus terribles, tous semblaient s'être réunis pour détruire les premières constructions que l'homme avait osé élever dans la contrée où ils avaient été jusqu'alors les seuls maîtres. Je conçus dès lors le projet d'élever un rempart plus solide et qui fût à l'épreuve des animaux et des éléments; mais cet ouvrage ne pouvant s'exécuter immédiatement, je renvoyai le plan à une autre fois. Nous avions auparavant toute la savane à explorer, nous franchîmes le défilé, et nous nous aventurâmes dans cette contrée encore inconnue pour nous.

Rudly reconnut la place où nous avions pris le buffle, la rivière qui partageait la plaine en deux et dont les rives étaient couvertes de toutes les richesses de la végétation. Nous la suivîmes pendant quelque temps, et nous retrouvâmes la grotte où mon fils avait pris le jeune chacal; mais à mesure que nous nous éloignions du courant, l'aspect du sol changeait visiblement; la végétation disparaissait, et nous nous trouvâmes bientôt au milieu d'une plaine immense où la vue se perdait dans un horizon lointain, et que nous ne devions pas songer à atteindre. Le soleil tombait d'à-plomb sur nos têtes, le sable était brûlant; et en un mot c'était le désert, le désert sans un seul arbre, le désert de sable, où nous rencontrâmes à peine deux ou trois géraniums desséchés sur leurs tiges, et quelques plantes grasses qui faisaient un singulier contraste avec l'aridité du sol. En traversant le ruisseau nous avions rempli nos gourdes d'eau douce; mais le soleil avait tellement échauffé cette eau que nous ne pouvions plus la boire, et nous désaltérer.

— Quelle différence de cette contrée telle que nous la trouvons aujourd'hui, avec ce qu'elle était lors du combat des buffles ! disait Rudly en soupirant.

— C'est l'Arabie Pétrée, reprenait Ernest.

— C'est une terre maudite, s'il en fut jamais, ajoutait Frédéric avec découragement; tous les poisons du Nouveau-Monde auraient dû croître ici de compagnie, la place est bien faite pour eux.

— C'est un volcan, disait encore Ernest, car je sens les pieds qui me brûlent; on croirait marcher sur du fer chaud.

J'essayai de relever le courage abattu de mes pauvres enfants. — Patience ! leur dis-je, patience ! on n'obtient rien sans travail. *Ad angusta per angusta*, dit le proverbe latin. Voyez, plus nous marchons, moins la plaine nous semble uniforme. Nous distinguons déjà une colline à portée de nous; qui sait? le revers est peut-être un nouvel Éden où nous allons trouver la fraîcheur et le repos.

Enfin, après deux heures environ de la marche la plus pénible, nous arrivâmes au pied de la colline que nous apercevions depuis long-temps : c'était un rocher qui s'élevait au milieu du désert, et dont la cime qui surplombait nous offrit un abri contre les rayons du soleil. Nous étions si fatigués, que nous n'eûmes pas d'abord le courage de gravir le long du roc pour jeter sur la contrée un coup-d'œil de reconnaissance ; nous nous étendîmes aussitôt à l'ombre, car nos forces nous abandonnaient. Nos chiens eux-mêmes ne pouvaient plus se soutenir, et ils se couchèrent à nos côtés. Nous jetâmes alors un regard sur l'espace que nous avions parcouru ; nous étions isolés au milieu du désert, et la rivière, que nous apercevions encore, se dessinait à l'horizon comme un filet d'argent au milieu de la verdure qui couvrait ses rives. C'était le Nil vu du sommet d'une montagne, au milieu des plaines brûlantes de la Nubie.

Il y avait à peine dix minutes que nous étions assis, que maître Knips, qui avait été associé à l'excursion, nous quitta tout-à-coup en faisant les grimaces les plus comiques; il prit le chemin du rocher et disparut. Nous pensâmes qu'il avait sans doute senti dans le voisinage quelque famille de singes, ou que son instinct de gourmand avait flairé quelque friandise. Nous le laissâmes courir où il voulait, nos chiens ainsi que le chacal de Rudly le suivirent.

Nous nous sentions trop épuisés par la chaleur et la fatigue pour courir après eux ; de plus, comme la soif nous dévorait, j'avais tiré de mon havre-sac quelques morceaux de canne à sucre que je distribuai à mes jeunes gens ; ce rafraîchissement ayant fait naître l'appétit, quelques tranches de peccari rôti nous fournirent un excellent repas.

— Convenez, dit Frédéric en riant, qu'un morceau de jambon rôti à l'otaïtienne n'est pas une chose indifférente dans un désert comme celui-ci.

— Cela vaut un peu mieux, en effet, reprit Ernest, que la viande mortifiée à la manière des Tartares, qui mettent, dit-on, la chair qu'ils mangent sous la selle de leurs chevaux, et portent ainsi leur cuisine avec eux en quelque lieu qu'ils se trouvent.

Ce trait d'érudition de la part d'Ernest donna lieu à une discussion, et tandis que je m'évertuais à expliquer les raisons qui me paraissaient rendre peu probable cette fable, que pourtant beaucoup de voyageurs ont accréditée, Frédéric, dont l'excellente vue faisait toujours les découvertes lointaines, se leva tout-à-coup avec effroi.

— Que vois-je? nous dit-il; on dirait deux cavaliers qui viennent à nous ! en voici un troisième qui se joint à eux, ils galopent de front. Ce sont sans doute des Arabes du désert.

— Des Arabes? reprit Ernest, tu veux dire des Bédouins.

— C'est-à-dire, ajoutai-je alors à mon tour, que ton frère ne se serait pas trompé, car les Bédouins sont simplement un peuple nomade qui appartient à la grande famille des Arabes. Mais, tiens, Frédéric, prends ma lorgnette, car ta découverte m'étonne.

— Oh ! je vois bien autre chose à présent, je distingue des troupeaux qui paissent, puis comme des voitures chargées de foin qui vont du côté du torrent ou qui en reviennent, maintenant je ne discerne plus... Mais pourtant je suis sûr qu'il y a là-bas quelque chose d'extraordinaire.

— Tu vois des choses merveilleuses! donne-moi donc aussi la lunette! s'écria Rudly plein d'impatience : et à son tour il déclara qu'il voyait en effet des cavaliers portant de petites lances au bout desquelles flottaient des banderolles.

— Allons, dis-je à mon tour, je me défie de vos yeux à tous ; vos imaginations sont trop poétiques, témoin le monstre que vous avez découvert une fois dans un banc de harengs.

Je pris alors la lorgnette, et après avoir regardé quelque temps :

— Eh bien ! dis-je à Rudly, tes Arabes du désert, tes cavaliers armés de lances, tes troupeaux errants, tes voitures ambulantes, veux-tu savoir ce que c'est....

— Des girafes, peut-être ?

— Non, quoique le mot ne soit pas mal trouvé : ce sont des autruches; c'est une chasse magnifique que le hasard nous amène, et je suis bien d'avis de ne pas laisser passer ces belles habitantes du désert, sans chercher à nous emparer au moins de l'une d'elles.

— Des autruches! s'écrièrent à la fois Frédéric et Rudly, oh! quel bonheur! nous en apprivoiserons une, et ses plumes figureront joliment sur nos chapeaux.

— Oui, reprit gravement Ernest, ces plumes figureront très-bien, quand nous tiendrons la bête qui les porte.

Cependant les autruches approchaient, et il était temps de songer au moyen de nous en rendre maîtres. Il me sembla que la manière la plus simple était de les attendre, et de les attaquer par surprise. Je commandai en conséquence à Frédéric et à Rudly d'aller à la recherche des chiens et du singe, tandis qu'Ernest et moi, pour éviter d'être vus d'abord par les autruches, nous pourrions nous tenir blottis. Nous cherchâmes un abri derrière de grandes touffes d'une plante qui croît entre les rochers et que je reconnus pour être l'*euphorbe*; c'est celle que les apothicaires appellent *lait de loup*, et dont le jus est l'un des poisons les plus actifs de tous ceux que produit le Nouveau-Monde.

Rudly et Frédéric revinrent avec nos compagnons de chasse; ceux-ci avaient mis à profit le temps de leur absence, et nous jugeâmes facilement en voyant leur poil mouillé, qu'ils avaient trouvé de quoi se désaltérer et se donner les plaisirs du bain.

Les autruches étaient déjà arrivées à la portée de l'œil, et je distinguais très-bien que la famille se composait de quatre femelles et d'un mâle; celui-ci reconnaissable aux longues plumes blanches dont sa croupe était ornée. Nous nous blottîmes aussitôt derrière notre rempart de feuillages, et retenant nos chiens à nos côtés, de peur que leur pétulance naturelle ne fît manquer notre stratagème.

Pendant ce temps-là les autruches avançaient toujours, et nous nous entretenions de la manière ordinaire dont on prend ces oiseaux.

— Dispose ton aigle, dis-je à Frédéric, car si nos jambes et celles de nos coureurs ne suffisent pas, nous aurons recours à ses ailes.

— Les autruches courent donc bien fort? demanda Rudly. En tout cas il me semble que Frédéric et moi nous ne sommes pas des escargots; d'ailleurs, maître Ernest n'a-t-il pas déjà gagné le prix de la course?

— Oh! répondis-je, les jambes d'Ernest, telles bonnes qu'elles soient, seraient ici en défaut; car l'autruche ne craindrait pas même un cheval au galop.

— Alors, comment les prend-on donc? j'ai vu souvent des gravures de la chasse aux autruches, et les chasseurs sont toujours représentés à cheval.

— C'est vrai ; mais c'est plus par la ruse que par la vitesse de leurs montures qu'ils réussissent. Voici comment on s'y prend : l'autruche ne s'attaque ni de front, ni par derrière, mais seulement de côté. On sait que quand cet oiseau est poursuivi, il décrit un cercle plus ou moins vaste, et qu'il revient toujours au point d'où il est parti. Toute la science du chasseur, c'est de le contraindre à resserrer le plus possible l'étendue de ce cercle. Pour cela il se place à côté de lui, il le suit, il le presse, il le harcelle, et c'est quand l'oiseau est fatigué, qu'il tombe entre les mains des chasseurs. Mais comme le cercle qu'il décrit est quelquefois très-étendu, et que le même cheval ne pourrait pas suffire à le fatiguer, les chasseurs se relaient pour fournir cette course de temps en temps, et il arrive ainsi qu'une autruche met quelquefois sur les dents une caravane tout entière.

— Est-il vrai, me demanda Ernest, que l'autruche ait coutume, comme on l'a dit, de cacher sa tête dans le sable ou derrière une pierre, et qu'elle croie bonnement que cela la rend invisible ?

— Pour te répondre, il faudrait savoir ce qui se passe dans la tête d'un oiseau, et je ne pense pas que ceux-là mêmes qui ont prêté les premiers à l'autruche cette stupidité gratuite, aient jamais eu de données bien précises sur les facultés intellectuelles de cet oiseau. Il est beaucoup plus probable que, s'il cache sa tête à l'approche du danger, c'est pour obéir à cet instinct de tous les êtres, qui les porte à entourer de plus de défense les parties les plus sensibles de leur corps, que parce qu'il croit se rendre invisible. Il se pourrait bien encore que l'autruche, en enfonçant sa tête dans le sable, n'y cherchât qu'un point d'appui qui lui donne plus de force pour résister à l'ennemi, et lancer aux chevaux qui l'attaquent par derrière des coups de pied mieux appliqués. Je crois, pour ma part, qu'on a calomnié l'autruche, et que la fable qui se transmet de siècle en siècle n'a pas le moindre fondement.

Cependant je m'aperçus que les autruches nous avaient sentis ; elles parurent d'abord hésiter dans leur marche ; mais comme nous nous tenions immobiles dans notre cachette, elles nous auraient vraisemblablement pris pour des pierres, et elles se seraient avancées jusque vers nous, si nos dogues que nous ne tenions qu'avec peine n'eussent enfin fini par nous échapper. Ils se jetèrent en aboyant sur les timides oiseaux, qui disparurent avec une rapidité qui ne peut se comparer qu'à celle du vent chassant devant lui un monceau de plumes. Leurs pieds ne parais-

saient pas toucher la terre, leurs ailes étendues un peu courbées avaient
la forme des voiles d'un navire, et le vent en les soutenant ajoutait encore à la célérité extraordinaire de leur course. Je commandai alors à
Frédéric de déchaperonner son aigle; celui-ci fendit l'air, et ne tarda

pas à joindre l'autruche mâle; il s'abattit sur lui, et l'attaqua si vigoureusement, que nous vîmes bientôt le gigantesque oiseau tomber dans
la poussière. Les chiens et le chacal nous devancèrent, et quand nous
arrivâmes, il n'était déjà plus temps de songer à sauver l'autruche; elle
expirait sous les nombreuses blessures dont nos féroces amis l'avaient
couverte.

Nous fûmes consternés de l'issue déplorable qu'avait eue notre chasse:
mais comme le mal était sans remède, nous nous contentâmes de sauver
ce qui pouvait l'être encore. L'aigle et le chacal furent immédiatement
écartés comme étant les plus dangereux d'entre les vainqueurs. Nous
dépouillâmes ensuite le malheureux oiseau des plumes blanches qui ornaient sa queue, et nous les plaçâmes glorieusement sur nos chapeaux.
Ces riches et somptueux panaches, sur nos feutres troués et déjà passablement usés, étaient d'un singulier effet; mais ils projetaient une ombre
qui nous rendait moins insupportable l'ardeur du soleil. Fritz ne pouvait
se lasser d'admirer les proportions gigantesques de cet oiseau.

— Quel dommage, disait-il, d'avoir ainsi mis à mort ce magnifique
oiseau! comme il aurait bien figuré parmi nos animaux domestiques!

— Comment se fait-il, demanda Ernest, qu'un pareil oiseau trouve
une nourriture suffisante dans un désert?

— Tu raisonnes ici, lui répondis-je, sous l'influence d'un préjugé
européen: ce que nous appelons désert par rapport à nous, ne l'est pas

par rapport à tous les animaux de la création, et les plaines les plus arides produisent toujours quelques plantes éparses, des palmiers, du gazon, qui suffisent à la subsistance des animaux qui les habitent. D'ailleurs, l'autruche ressemble à tous les animaux des contrées improductives ; c'est un oiseau extrêmement frugal, et capable de supporter facilement la faim. Enfin, sois persuadé d'une chose, mon fils, c'est que le divin Auteur de la création a dû calculer assez bien ses moyens, pour que les êtres qu'il jetait dans le désert n'y mourussent pas plus de besoin que ceux qu'il plaçait dans les plus fertiles contrées, sur les bords riants des fleuves, qui portent avec eux la richesse et l'abondance.

La conversation se prolongea encore quelque temps sur les autruches ; nous remarquâmes les pointes aiguës qu'elles portent au bout des ailes, et qui leur servent comme d'éperons pour activer leur marche quand elles sont poursuivies ; je détruisis aussi cette idée fausse que mes fils avaient recueillie dans les contes des voyageurs, que l'autruche lance quelquefois aux chasseurs des pierres ou du sable.

— On en pourrait dire autant du cheval, ajoutai-je ; car lui aussi lance en galopant des pierres et de la boue sur les grandes routes qu'il parcourt. Et cependant personne n'a songé à lui en faire une faculté du genre de celle qu'on accorde ici à l'autruche.

Frédéric voulut encore savoir si l'autruche avait un cri. Je lui appris que pendant la nuit surtout elle faisait entendre une sorte de gémissement plaintif, et d'autres fois un fort rugissement qui ne ressemblait pas mal à celui du lion.

Tandis que nous causions ainsi, Rudly et Ernest, qui avaient suivi le chacal, venaient de faire une découverte, et nous ne tardâmes pas à les entendre nous appeler et à les voir agiter en l'air leurs chapeaux surmontés de plumes blanches, comme pour hâter notre arrivée.

— Un nid ! nous criaient-ils, un nid d'autruche ! arrivez vite !

En effet, ils avaient devant eux un nid d'autruche, si toutefois on peut appeler nid un trou creusé dans le sable, et dans lequel étaient rangés symétriquement vingt-cinq à trente œufs tout aussi gros que la tête d'un enfant.

— Prenez garde, criai-je d'abord à mes jeunes étourdis qui allaient se jeter dessus, prenez garde de les déranger et de troubler en rien l'ordre qui y est établi ; autrement la femelle ne rentrerait plus dans son nid.

Je leur demandai ensuite comment ils avaient fait la découverte de ce nid d'autruche. Elle était due à Ernest ; il avait remarqué que la dernière autruche, qui avait fui devant nos chiens, s'était tout d'un coup élevée de terre, et il en avait conclu qu'elle était probablement occupée à couver. Il avait fait part à Rudly de cette observation, et, accompagnés du chacal, ils s'étaient mis tous deux en quête du nid. L'instinct de l'animal les avait bien servis; mais comme il avait le premier mis le nez sur les œufs, il avait commencé par en briser un : il en était sorti un poussin que le féroce chasseur avait immédiatement dévoré. Nous fîmes à ce propos observer à Rudly qu'il manquait encore quelque chose à l'éducation de son élève, et qu'il fallait au moyen de quelques coups de verges corriger en lui cette ardeur de rapine.

Cependant, mes fils voulaient s'emparer des œufs d'autruche : ils les feraient éclore, disaient-ils en les tenant exposés au soleil pendant le jour, et en les couvrant pendant la nuit des matières les plus chaudes dont nous pourrions disposer. Je fis observer à Frédéric, de qui venait cet avis, que chacun des œufs pesant au moins trois livres, le nid en pèserait à peu près cent, et que, n'ayant ni voiture ni monture, il était impossible de les transporter à travers un désert où nous avions eu assez de peine à nous traîner avec nos armes et nos gibecières; ensuite qu'il était douteux qu'on parvînt à remplacer l'influence de la mère par une chaleur factice; mais comme mes enfants tenaient beaucoup à cette nouvelle découverte, on rabattit un peu des prétentions, et il fut convenu que chacun prendrait modestement un œuf qu'il porterait dans son mouchoir. Ce surcroît de charge ne laissait pas que de se faire sentir, et si mes petits garçons avaient osé, ils auraient volontiers renoncé aux autruches pour se débarrasser des œufs.

Ils changeaient de temps en temps leur fardeau de main, avec tous les signes de l'ennui et de la fatigue. Je vins enfin à leur secours, et je leur conseillai de couper quelques tiges d'une espèce de pin assez bas qui croissait autour des roches, et de s'en servir pour porter leurs œufs, comme les laitières hollandaises portent leurs pots au lait. Chacun équilibra le mieux qui lui fut possible son mouchoir au bout d'un bâton, et nous nous remîmes en route. Mon procédé réussit à merveille, et dès lors mes petits garçons se remirent en marche sans faire entendre la moindre plainte.

Cependant nous arrivâmes au bord d'un petit marais qui semblait être le confluent de plusieurs sources qui sortaient des rochers, et venaient se mêler ensemble à quelque distance au-dessous. Nous retrouvâmes les traces de nos chiens et du singe, et nous reconnûmes que c'était là qu'ils avaient trouvé le bain qui les avait si bien rafraîchis. Nous apercevions dans le lointain des troupeaux de buffles, de singes et d'antilopes, mais à une telle distance, que nous n'y prenions pas même garde. Du reste, rien ne nous indiquait la présence du serpent, rien ne nous portait à croire qu'il eût séjourné ou passé dans ces parages. Nous fîmes halte sur le bord du marais, nous y dînâmes, et après nous y être rafraîchis quelque temps, nous remplîmes d'eau nos gourdes épuisées, et nous nous disposions à repartir, quand le chacal de Rudly fit une découverte : c'était un objet rond qu'il déterrait avec ses pattes, et qu'il s'efforçait de tirer du sable. Rudly s'en aperçut, et, s'emparant aussitôt de la trouvaille, il me l'apporta. Ce n'était à proprement parler qu'une masse assez malpropre de terre humide ; je la jetai dans l'eau pour la nettoyer, et je fus tout étonné de m'apercevoir que ce que j'avais pris d'abord pour une racine ou tout autre objet insensible, était une créature animée : c'était une tortue de la plus petite espèce, grosse à peine comme une pomme, et qui se mit à marcher devant nous.

— Eh bien ! dit Fritz, je croyais, moi, qu'il n'y avait des tortues que dans la mer : comment celle-ci a-t-elle pu venir ici ?

— Qui sait ? dit Ernest ; il y a peut-être eu dans ce désert une pluie de tortues, comme il y eut autrefois pour les Romains une pluie de grenouilles.

— Halte-là, savant ! repris-je alors ; ton ironie ne révèle pas ta science, autant que j'en puis juger, car tu me parais ignorer qu'il y ait des tortues de terre et d'eau douce de la famille de celle-ci. Non-seulement on trouve celles-ci au bord des marais, mais encore dans les jardins, où elles font la chasse aux limaçons, aux chenilles et à toutes sortes d'insectes.

— Eh bien ! donc, repartit Ernest, il faut que nous en rapportions quelques-unes à maman, pour nettoyer son jardin potager de toute cette engeance, et puis nous en mettrons aussi dans notre cabinet d'histoire naturelle.

Le chacal de Rudly continuait pendant ce temps-là à fouiller dans le sable, et nous eûmes bientôt une douzaine de petites tortues à notre disposition; je m'en chargeai et les plaçai dans ma gibecière. Frédéric réitéra sa question au sujet des différentes espèces de tortues.

— Celles-ci, lui dis-je, se trouvent ordinairement dans les plaines, alternativement sèches et marécageuses, du cap de Bonne-Espérance; pendant l'été, c'est-à-dire dans la saison où le soleil dessèche les plaines et les fait ressembler à de vastes arènes de sables, les tortues s'enfoncent dans ce sable, quelquefois à la profondeur de plusieurs pieds, et lorsque viennent les pluies, elles en sortent et viennent se réjouir à la fraîcheur de l'air.

Il en est de ces animaux, comme de beaucoup d'autres en Europe, qui passent une partie de l'année ainsi en sûreté dans la terre. Les grenouilles s'enfoncent dans la vase des marais, et elles y demeurent, à une profondeur de plusieurs pieds, pendant les mois d'hiver. Dans nos montagnes, les marmottes ne s'ensevelissent-elles pas aussi pendant toute la saison mauvaise au fond de leurs profonds terriers, où elles dorment?

Nous quittâmes les bords de l'étang, et au lieu de retourner directement sur nos pas, nous suivîmes pendant quelque temps un petit filet d'eau qui s'en dégageait, et qui nous ramenait au rocher où nous nous étions reposés la première fois dans la savane. C'était une route délicieuse, en comparaison de celle que nous avions suivie toute la journée; nous retrouvions des arbres, de la verdure, enfin la végétation qui anime les bords des rivières; c'était une oasis dans le désert, et nous en fûmes si heureux, que nous lui laissâmes le nom de *Vallée-Verte*. Nous l'aurions volontiers baptisée d'un nom plus pompeux, pour peu que nous eussions voulu le mesurer au plaisir qu'elle nous avait procuré. Mais nous ne tardâmes pas à la perdre de vue et à rentrer dans le désert. Cependant la chaleur était moins vive; soit que le repos nous eût rendu nos forces épuisées, soit que la pensée que nous marchions désormais vers un asile assuré nous fît trouver la route moins pénible, nous cheminions tranquillement, sans qu'on entendît trop de plaintes ni de soupirs. Nos œufs d'autruche étaient la seule conquête que nous eussions faite. Mais ce n'était pas notre faute, si c'était le gibier qui nous avait manqué. Comme nous avions remarqué que les animaux de ces contrées avaient souvent plus peur de nos chiens que de nous, nous avions pris

la précaution de tenir en laisse nos fidèles, mais trop pétulants compagnons. Je m'étais chargé de Turc ; Frédéric menait Braun, Ernest
Falb, et Rudly son chacal. Quant à Billy, comme elle avait habituellement sur le dos maître Knips, en guise de cavalier, nous avions moins
à craindre de ses escapades, et nous l'avions laissée libre.

Nous étions encore à une demi-heure de la grotte du chacal ; Rudly et
Frédéric s'arrêtèrent un instant pour changer d'épaule leur fardeau ;
je m'arrêtai avec eux, et Ernest continua à marcher en avant, suivi
de Falb.

— Le savant est pressé de trouver de la fraîcheur, dit Rudly en
riant, et s'il court si bien devant nous, ce n'est tout simplement que
pour se reposer le premier.

Mais à peine l'étourdi avait-il achevé sa plaisanterie que nous entendîmes un cri de détresse : c'était la voix d'Ernest ; puis tout-à-coup
deux mugissements très-bien articulés, auxquels nos chiens répondirent
par un hurlement d'alarme. Ernest reparut presque aussitôt ; il courait
de toutes ses forces, la figure défaite, la voix éteinte et étouffée par
la peur :

— Des ours ! nous dit-il, des ours !... ils me suivent !...

Et le pauvre garçon tomba dans mes bras, plus mort que vif. Je n'eus
pas le temps de le rassurer ni de remonter son courage, et je me sentis
moi-même saisi d'un frisson soudain, en voyant paraître en effet un ours
énorme qui fut bientôt suivi d'un second.

— Enfants, du courage ! C'est tout ce qu'il me fut possible de dire ;
je saisis mon fusil, je l'armai, et je me préparai à bien recevoir l'ennemi.

Frédéric en fit autant ; et avec un courage et un sang-froid au-dessus de son âge, il vint se placer à côté de moi. Rudly prit aussi son fusil ; mais il resta en arrière, et Ernest qui n'avait point d'arme, car dans son effroi il avait laissé tomber son fusil, s'enfuit plus loin encore.

Cependant nos chiens étaient déjà à l'attaque, et ils avaient commencé à se mesurer corps à corps avec leurs terribles adversaires. Nous tirâmes ensemble, et quoique nos coups n'eussent point abattu l'ennemi, ils avaient néanmoins assez bien porté pour que l'un des ours en eût la mâchoire brisée, et l'autre une épaule fracassée. Mais le combat n'était pas fini pour cela ; seulement, le premier ne pouvait plus mordre, et l'autre ne pouvait plus étouffer. Nos fidèles compagnons faisaient des prodiges de courage et d'intrépidité ; ils luttaient comme des hommes, ils se roulaient dans la poussière avec l'ennemi, et le sang coulait de part et d'autre et rougissait le sable. Nous aurions voulu tirer encore une fois ; mais nous avions peur de tuer ou de blesser un de nos chiens : il était impossible, dans la lutte animée qui avait lieu, de tirer assez juste à la distance où nous étions, pour frapper l'un des combattants sans toucher l'autre : nous résolûmes d'avancer, et nous vînmes, à quatre pas des combattants, décharger sur les ours chacun un coup de pistolet. Ils furent suivis d'un rugissement de rage qui nous fit frémir ; mais les deux monstres étaient hors de combat, et la victoire était définitivement à nous.

— Ah ! m'écriai-je alors, voilà une bonne besogne de faite ! rendons grâce au ciel qui vient encore une fois de nous sauver la vie.

Nous restâmes quelque temps muets d'étonnement et de frayeur devant nos deux terribles adversaires. Nos chiens, tout couverts de sang et de blessures, leur lançaient encore de profonds et vigoureux coups de dents. J'eus peur d'une feinte, et pour m'assurer que les ours étaient bien morts, je leur déchargeai encore à chacun un coup de pistolet dans les côtes. Rudly, qui pendant le combat avait fait du moins bonne contenance, fut le premier à chanter victoire, et il nous amena le pauvre Ernest qui tremblait encore de tous ses membres. Je demandai au dernier de nous raconter comment il avait fait la découverte de ces terribles ennemis. Il m'avoua alors, les larmes aux yeux, qu'il ne s'était mis en marche avant nous que pour arriver le premier à la grotte, et que pour y faire peur à Rudly en s'y cachant et en imitant le rugissement de l'ours.

— Je faillis mourir de peur, nous dit-il, quand je vis tout-à-coup mon coupable projet si bien réalisé : on eût dit que le bon Dieu voulait me punir immédiatement de ma faute : je ne sais vraiment pas comment j'ai pu revenir jusqu'auprès de vous, tant les forces me manquaient.

Je n'eus pas besoin de faire une longue réprimande à mon fils à ce sujet, il était pénétré de repentir ; mais je profitai de cette occasion pour faire sentir à mes enfants tout le danger de ces absurdes surprises qui, faites soi-disant *pour rire*, amènent quelquefois les plus fâcheux résultats.

i nous n'avons pas rencontré de nid de serpent, dis-je ensuite, nous n'avons pas moins fait pour la sécurité de notre habitation, car ces deux monstres étaient bien de taille à nous causer de très-sérieuses inquiétudes.

Rudly fut le premier à remarquer que la présence des ours dans une contrée aussi chaude que celle que nous habitions était une chose assez extraordinaire.

— Je ne saurais trop comment l'expliquer, dis-je, car je n'ai pas assez de connaissance en zoologie pour juger si ces deux ours sont de la famille de ceux d'Europe, ou s'ils viennent de l'Amérique du Nord, ou bien encore s'ils appartiennent à la race de ceux qu'on a rencontrés au Thibet.

Pendant cette dissertation, les petits garçons s'étaient approchés des deux animaux, et ils les contemplaient avec un mélange d'effroi et d'admiration : ils passaient leurs mains sur les dents larges et solides qui garnissaient leurs mâchoires ; ils soulevaient leurs pattes armées de griffes terribles ; ils tiraient leur poil fauve, mêlé de taches blanches. La conclusion de cet examen fut que nous devions nous estimer très-heureux d'en avoir été quittes aussitôt et à si bon marché ; la peur n'est rien quand la victoire est là pour la faire oublier.

— Que ferons-nous de la dépouille de ces deux animaux ? demandai-je ensuite.

Rudly opta pour que des deux têtes nous nous fissions des casques, qui se présenteraient, dit-il, de la meilleure façon à tout ennemi qui voudrait nous attaquer. Ernest, moins belliqueux, proposa de faire simplement de ces peaux des manteaux de campagne ou des matelas qui nous rendraient moins sensible l'humidité de la terre.

Cependant il était trop tard pour songer à entreprendre cette besogne immédiatement ; il fallait songer à la retraite. Nous nous hâtâmes en conséquence de traîner dans la caverne les cadavres des deux ours ; nous les couvrîmes de broussailles pour empêcher les animaux carnassiers ou les oiseaux de proie de venir les endommager pendant la nuit, et nous nous remîmes gaîment en route pour la tente, où la bonne mère nous attendait. Nous nous décidâmes aussi à déposer là nos œufs d'autruche, dont le poids retardait notre marche, nous les enterrâmes dans le sable ; c'était la seule manière dont nous pussions en avoir soin, et nous n'aurions rien fait de plus en les emportant plus long-temps avec nous.

Le soleil se couchait quand nous rejoignîmes la mère et notre petit Fritz : ils nous reçurent avec les démonstrations de joie les plus vives. Un bon feu et un souper cuit à point nous délassèrent et nous rendirent la force. Mes petits héros se mirent alors à raconter la victoire du jour, et maître Rudly, qui n'y avait pas contribué pour beaucoup, s'en dédommagea en bavardant par-dessus tout le monde. Ma femme était fort effrayée de cette aventure. il lui fut même impossible de dissimuler les larmes qui roulaient dans ses yeux en pensant au danger terrible que nous avions couru ; et malgré l'assurance que je lui donnais, que la chair d'ours nous procurerait d'aussi bonnes provisions que celle des peccaris. elle avait peine à revenir à elle.

Cependant cette excellente mère et son jeune fils n'étaient pas demeurés oisifs pendant notre absence : ils avaient découvert sur les bords du ruisseau une sorte de terre grasse blanche et fine, qui me parut être de belle terre de pipe : ils avaient aussi recueilli dans des vases de bambou, le long du rocher, assez d'eau pour en abreuver nos bestiaux ; enfin, ils avaient, à force de patience et de courage, amassé à l'entrée du défilé les premiers matériaux dont nous avions besoin pour y construire la fortification que nous avions projetée.

Je remerciai onne ménagère des soins qu'elle avait pris ; nous avions allumé un grand feu de garde pour la nuit, et nos chiens, dont ma bonne et soigneuse femme avait lavé et pansé les récentes blessures avec du beurre frais, s'étendirent tout autour. Je voulus, avant de nous retirer, tenter une épreuve de la terre blanche, que je soupçonnais être de la porcelaine : j'en façonnai deux boules que je jetai au milieu du brasier, j'allumai encore quelques flambeaux, pour qu'à défaut du feu leur clarté pût éloigner les bêtes sauvages ; ensuite nous rentrâmes tous sous la tente. où un sommeil réparateur ne tarda pas à fermer nos yeux.

Le lendemain, il nous fallut des efforts inouïs de courage pour nous arracher à nos matelas, nous y parvînmes cependant. Je trouvai la terre que j'avais enfouie dans les cendres, durcie par la chaleur : c'était bien, comme je l'avais soupçonné, de la porcelaine : elle n'était pas, il est vrai, du plus beau grain, mais cela pouvait bien venir un peu de la préparation. Nous déjeûnâmes à la hâte : nos bêtes furent attelées à la charrette, nous partîmes, et nous arrivâmes sans encombre ni accident à la caverne *des ours.*

En approchant, nous vîmes l'entrée occupée par une troupe d'oiseaux qu'à leur conformation, à la disposition de leurs cous et à la couleur de leurs plumes, nous prîmes d'abord pour des coqs d'Inde; mais quand nous pûmes les considérer de plus près, il nous fut aisé de juger que c'étaient des oiseaux de proie qui étaient venus avant nous pour exploiter la dépouille des deux ours; car ils entraient avec mille cris discordants et à grand bruit dans cette caverne, et en ressortaient portant de grands lambeaux de chair qu'ils allaient dévorer à quelque distance. Au nombre prodigieux de ces oiseaux, nous jugeâmes bien que notre besogne était finie et que ces voraces ne nous laisseraient que les os du formidable gibier que nous avions abattu la veille. Nous ne savions comment pénétrer dans la caverne, attendu que notre présence ne semblait nullement inquiéter les voleurs : tout-à-coup nous entendîmes un grand bruit d'ailes au-dessus de nous, une ombre noire se dessina sur la terre, et en relevant les yeux nous vîmes une autre merveille, c'était un immense oiseau d'une force prodigieuse, et dont les ailes étendues embrassaient un espace de quinze à seize pieds dans l'air. Il se dirigeait aussi vers la caverne; mais comme il abaissait son vol puissant, Frédéric fit feu, et le formidable oiseau tomba comme une masse à nos pieds; il avait été atteint au cœur, et le sang sortait de la plaie mortelle à gros bouillons.

L'explosion de l'arme à feu jeta une si grande terreur parmi les oiseaux de proie, qu'ils s'enfuirent en poussant des cris aigus, et bientôt l'entrée de la caverne fut libre. Nous examinâmes alors le monstre ailé que Frédéric avait si adroitement abattu, et nous reconnûmes en lui un condor de la plus grande espèce.

Nous entrâmes enfin dans la caverne où nous trouvâmes un de nos ours à moitié dépecé, et l'autre entièrement vide de ses entrailles, ce qui fut une besogne de moins pour nous; nous en

primes les peaux et ce qui restait de chairs intactes, et nous abandonnâmes le reste à nos chiens.

Il nous fallut consacrer un jour entier à la préparation de la chair des
ours. Après avoir enlevé les peaux avec le plus de soin et de précaution
qu'il nous fut possible de prendre, je détachai les jambons, puis les
pieds, que je destinais à faire un mets du premier mérite, selon l'opinion
des gourmets européens. Nous dépeçâmes ensuite le reste de la chair;
nous la coupâmes en longues bandes d'un pouce d'épaisseur environ,
comme faisaient les anciens boucaniers, et nous exposâmes le tout à une
fumée épaisse. La graisse fut recueillie et conservée avec soin : ma femme
en faisait grand cas, parce qu'outre le parti qu'elle comptait en tirer
pour la cuisine, elle n'ignorait pas qu'on pouvait encore la manger sur
le pain en guise de beurre frais.

Nous obtînmes environ cent livres de graisse, avec celle que nous avaient
fournie quelques jours auparavant les peccaris ; le tout fut déposé dans des
tonnelets de bambou, ce qui en rendit le transport beaucoup plus facile.
Nous abandonnâmes à nos chiens la carcasse osseuse ; mais ils furent si
bien aidés par les oiseaux de proie qui s'y abattirent à côté d'eux, qu'en
moins de rien les deux ours ne présentèrent plus que deux squelettes si
blancs, si parfaitement nettoyés, que nous aurions pu les prendre pour
les faire figurer dans notre musée. Quant aux peaux, elles furent lavées
à l'eau de mer, frottées de cendre et de sable, et quoique nos talents
dans l'art du corroyeur fussent assez médiocres, nous parvînmes à rendre
ces peaux assez souples sans être obligés de recourir au procédé des
Groënlandais, qui ont coutume, dit-on, de les préparer avec leurs dents.

Je regrettais beaucoup que nous fussions trop loin de l'endroit où
nous avions découvert le ravensara dont l'écorce et les feuilles avaient
donné à notre préparation de peccari une odeur si friande; mais, parmi
les broussailles que mes enfants m'apportèrent, je remarquai une espèce
de liane dont l'odeur aromatique me frappa, c'était le poivre. J'accueillis,
avec les plus vifs transports, cette nouvelle richesse, et, quand je me fus
assuré que je ne me trompais pas sur sa nature, nous nous mîmes tous
à la recherche de cette précieuse plante, et nous eûmes bientôt recueilli
une quantité considérable de poivre blanc et de poivre noir. C'était un
vrai trésor, et pour notre cuisine, et pour la conservation d'une foule
d'objets que la chaleur excessive du climat finissait toujours par endommager, quels que fussent les soins que nous apportassions dans la préparation. Les peaux d'ours, les jambons et les bandes de chair fumée
reçurent la première application de la découverte nouvelle.

Le condor vint ensuite, car nous avions recueilli ce gigantesque oiseau pour en faire un ornement de notre musée. Après l'avoir dépouillé de toute chair, et avoir saupoudré l'intérieur de la peau de poivre écrasé, nous remplîmes cette peau de coton et de mousse, nous réservant plus tard le soin de donner à l'oiseau la forme et l'attitude convenables.

Cependant tous ces travaux étaient d'une nature trop paisible pour le caractère inquiet et turbulent de mes petits garçons ; il m'était facile de m'apercevoir que l'ennui commençait à les prendre, et j'en jugeais par l'humeur quinteuse et difficile à laquelle ils s'abandonnaient depuis quelque temps, et il me sembla que le meilleur moyen d'y remédier serait d'introduire quelque diversion dans la monotonie de nos travaux. Je leur proposai donc de faire seuls, et sans autre guide qu'eux-mêmes, une nouvelle excursion dans la savane. Ma proposition, comme on le devine, fut très-bien accueillie, et la perspective de courir en liberté, d'être eux-mêmes les maîtres de la caravane, n'entra pas pour peu de chose dans l'explosion de joie qui suivit.

Ernest refusa de faire partie de l'expédition, et préféra demeurer auprès de nous. D'un autre côté, Fritz témoignait un tel désir d'accompagner ses frères, qu'il me fut impossible de ne pas lui accorder cette faveur.

Frédéric, Rudly et Fritz se mirent donc immédiatement en devoir de seller leurs montures qui paissaient sur les bords du ruisseau, et les trois cavaliers, après nous avoir solennellement salués, s'enfoncèrent gaîment dans le désert.

Ce ne fut pas sans un sentiment pénible que je les vis s'éloigner ainsi, seuls, abandonnés à eux-mêmes. Mais je sentais combien il importait dans notre position d'habituer de bonne heure mes enfants à se suffire à eux-mêmes. Un accident imprévu pouvait les priver de leur père et de leur mère, et il était bon qu'ils sussent s'en passer quelquefois. Je me reposais sur la prudence et l'intelligence de Frédéric : j'étais sûr qu'il veillerait sur ses jeunes frères : le sang-froid dont ceux-ci avaient eux-mêmes donné des preuves en plusieurs occasions me rassurait encore ; mais j'avais besoin de quelque chose de plus certain que tout cela : je me tournai vers Dieu, et en l'implorant, je me tranquillisai en pensant que la main qui avait su ramener à leur père les fils de Jacob s'étendrait aussi sur les miens, et les guiderait au milieu du désert.

Je rentrai dans la grotte quand mes yeux ne purent plus distinguer les trois cavaliers. Ma femme reprit avec moi les travaux domestiques qui nous occupaient, et Ernest, tranquillement assis sur le sable, s'occupait à nous faire des vases avec les œufs d'autruche, car nous nous étions assurés, en mettant tout de suite ces œufs dans l'eau chaude, que les petits qu'ils contenaient avaient cessé de vivre. Ernest s'était avisé d'un procédé assez ingénieux pour couper ces œufs par la moitié sans les endommager; il les entourait d'une fibre de coton imbibée de fort vinaigre. L'action de l'acide sur la coque calcaire de l'œuf creusait une ligne circulaire qui finit par séparer les deux parties. Néanmoins la pellicule qui se trouvait dessous était encore si forte, qu'il fallut l'intervention du canif pour la séparer; elle avait la dureté et l'élasticité d'un parchemin.

Cependant nous ne tardâmes pas à quitter cette opération pour en entreprendre une autre. En parcourant l'intérieur de la grotte, j'avais découvert différentes sortes de produits minéraux; entre autres une couche d'amiante, espèce de filament pierreux connu par sa qualité incombustible; et parmi cette amiante un superbe bloc de talc transparent comme du verre, et dont je ne désespérais point de faire un jour des vitres. Ernest m'aida avec beaucoup d'intelligence dans cette besogne qui demandait assez d'adresse, et nous parvînmes à détacher de la couche un superbe morceau de deux pieds de long sur autant d'épaisseur.

Ma femme, à qui tout ce qui rappelait l'Europe faisait grand plaisir, accueillit avec joie ma découverte, surtout quand je lui eus dit l'usage auquel je destinais ce morceau qui pourrait se diviser en feuilles minces comme du papier.

Nous avions été ainsi occupés la meilleure partie de la journée, et comme le soir approchait nous nous rapprochâmes du foyer où notre ménagère faisait cuire, avec tous les soins imaginables, deux pattes d'ours qui avaient trempé long-temps dans la saumure, et dont l'odeur appétissante, en s'échappant de la marmite, nous promettait un souper délicieux. En attendant le retour de nos chasseurs nous nous mîmes tranquillement à jaser.

Ernest était émerveillé de la grotte, et la découverte que nous venions d'y faire ne contribuait pas peu à la lui rendre précieuse.

— Nous devrions, dit-il, faire de cette caverne une seconde habitation, et la fortifier à la Robinson.

— Qu'entends-tu par fortifier à la Robinson?

— Ah! il ne faut, pour cela, ni maçonnerie ni ciment; il ne faut que des arbres, que l'on plante symétriquement, et si rapprochés les uns des autres, qu'ils finissent par se lier et par faire un mur impénétrable.

— Mais en attendant qu'ils se soient liés et que ton mur ait poussé, lui répliquai-je, comment te défendras-tu?

Mon objection embarrassa tout court le petit savant, et, comme il semblait chercher sa réponse, nous entendîmes derrière nous des cavaliers galoper, des cris de joie et de triomphe : c'étaient nos chasseurs qui revenaient de la savane. Ils ne tardèrent pas à être auprès de nous ; sauter en bas des montures, les attacher, les débarrasser des harnais, fut l'affaire d'un instant.

Rudly et Fritz portaient chacun sur le cou un petit chevreau, dont les pattes étaient liés par devant, et la carnassière de Frédéric me paraissait bien enflée.

— Bonne chasse, papa, s'écria Rudly le premier, et je puis me vanter que mon Orage ne s'y est pas mal montré. Ah ! il faut le voir arpenter le désert, et y faire voler des nuages de poussière derrière lui : Frédéric a dans son sac une paire de lapins angoras magnifiques, et un coucou complaisant qui nous a menés sur la ruche la plus belle et la mieux garnie que j'aie jamais vue.

— Rudly ne dit pas tout, reprit Frédéric alors : nous avons fait prisonnier tout un troupeau d'antilopes, et nous les avons forcés à passer dans nos domaines, où nous pourrons les chasser à loisir, les prendre, les apprivoiser, selon qu'il nous conviendra.

— Eh bien ! repris-je à mon tour, Frédéric non plus ne dit pas tout, et il oublie aussi le meilleur : il oublie que la grande merveille de cette journée, c'est que Dieu ait ramené à leur père trois petits garçons lancés seuls au milieu du désert. Commençons, mes amis, par rendre grâce au ciel de cette nouvelle faveur.

Puis, me tournant vers Rudly qui avait la figure toute bouffie : D'où vient, lui dis-je, cet embonpoint subit de tes joues ? raconte-nous tes aventures, elles me paraissent avoir été tant soit peu périlleuses.

Frédéric le prévint.

— Je vais, dit-il, vous raconter par ordre tout ce qui nous est arrivé.

En vous quittant, nous prîmes la direction de la Vallée-Verte, et nous profitâmes d'un endroit resserré où des arbres jetés en travers de la rivière nous offraient un pont naturel pour gagner l'autre rive ; nous nous enfonçâmes ensuite dans la savane. Nous fûmes quelque temps sans rien apercevoir ; nos montures galopaient toujours, le soleil n'avait pas encore eu le temps de les fatiguer. Nous découvrîmes enfin dans un éloignement assez grand deux troupeaux de petits quadrupèdes dont nous ne pouvions distinguer l'espèce. Ce devait être des chèvres, des antilopes ou des gazelles. Notre premier soin fut de rappeler nos chiens et de les tenir étroitement attachés auprès de nous ; car nous avions remarqué dans nos chasses que les animaux sauvages avaient plus peur des chiens que de nous. Nous cherchâmes alors à nous rendre maîtres de ce bétail.

Je divisai mes forces pour multiplier l'attaque ; je donnai à Fritz la ligne qui suivait la rivière, Rudly devait occuper le milieu, tandis que, monté sur l'onagre, je soutiendrais l'aile droite et ramènerais au centre les animaux qui tenteraient de se répandre dans la plaine. Nous effectuâmes ce mouvement, mais les troupeaux semblaient ne pas nous remarquer, et l'un d'eux même passa la rivière aussi tranquillement que s'il eût été seul dans la savane. L'autre troupeau restait immobile, et ce ne fut que quand nous l'eûmes presque atteint qu'il s'aperçut de notre présence ; les plus avancés se levèrent alors de l'herbe où ils étaient étendus, ils dressèrent en l'air leurs cous allongés et leurs têtes surmontées de petites oreilles pointues. Les autres les suivirent, et le troupeau tout entier fut bientôt sur pied. Il s'ébranlait pour fuir, mais il était déjà trop tard, nous poussâmes le galop de nos montures, nous rendîmes à nos chiens la liberté, et ils nous secondèrent si bien, qu'en moins de rien le troupeau était forcé ; il passa la rivière et s'engagea dans le défilé qui sépare notre habitation de la savane. C'était peu d'avoir fait passer nos prisonniers du désert dans notre habitation, il fallait encore les y maintenir. Nous imaginâmes pour cela divers moyens qui tous offraient plus ou moins d'inconvénients; enfin nous nous en tînmes à celui-ci : ce fut de tendre en travers du passage une longue corde à laquelle on suspendrait des guenilles et d'autres objets flottants dont le mouvement continuel effraierait suffisamment nos animaux. Nous avions encore sur nos chapeaux les plumes d'autruche de la première excursion. Elles firent, avec quelques fragments de nos mouchoirs, les premiers frais de l'épouvantail.

— A merveille! dis-je à Frédéric, qui parut s'arrêter comme pour juger de l'effet que produisait sur moi son stratagème. A merveille! seulement, tu n'as trouvé là qu'un épouvantail de jour : il en faudra nécessairement un autre pour la nuit. Mais quel qu'il soit, en es-tu l'inventeur?

— Non : je le dois à Levaillant, qui l'a consigné dans son voyage au cap de Bonne-Espérance. C'est ainsi, dit-il, que les Hottentots s'y prennent pour retenir autour de leur habitation les antilopes qu'ils ont pris à la chasse.

— Très-bien! répondis-je alors à mon fils. Je vois avec plaisir que tes lectures ne sont pas perdues. Tu dois comprendre maintenant combien il importe de s'approprier réellement les enseignements que l'on trouve dans les livres. Tu n'aurais, certes, pas songé, quand tu lisais Levaillant pour te délasser, que tu dusses jamais mettre en pratique dans une savane du Nouveau-Monde les procédés des Hottentots pour chasser à l'antilope.

— Mais maintenant, ajoutai-je, parle-moi de tes lapins, et surtout de ce que tu penses en faire. Tu ne destines sans doute pas ces deux habitants au potager de ta mère; ils y feraient trop de ravages pour qu'elle les y vît entrer avec plaisir.

— Non, certes, mais il me semble que l'une des deux îles que nous avons à notre disposition pourrait les recevoir sans dommages. L'Ile du requin, par exemple, deviendrait une garenne magnifique, où nous trouverions sans frais de bons rôtis et des fourrures pour nos chapeaux, car les peaux de rats ne dureront pas toujours. C'était donc dans la pensée d'en faire une colonie que je les ai apportés.

— A la bonne heure! nous les admettons volontiers à ce titre. Mais comment as-tu pu les prendre vivants?

— C'est à mon aigle qu'est dû l'honneur de la capture. C'est lui qui, s'abattant sur une troupe de lapins qui fuyaient devant nous, les a, pour ainsi dire, fascinés, les a saisis dans ses serres puissantes et me les a apportés. Le brigand ne s'en est pas tenu là : après avoir chassé pour moi, il a chassé pour lui-même, il a dévoré un troisième lapin, tandis que le reste disparaissait dans les terriers.

Cependant Rudly trouvait la narration de son frère un peu longue, et il lui tardait de placer un mot sur ses aventures personnelles. Je m'en aperçus et j'engageai le pauvre garçon à parler.

— A mon tour! dit-il en débutant, à mon tour! Seulement j'irai plus vite que Frédéric ; je vais comme mon Orage, au galop! Pendant que Frédéric était arrêté à ses lapins, nous continuâmes de marcher, Fritz et moi. Les chiens nous suivirent, mais nous les vîmes tout-à-coup s'élancer dans la plaine ; et deux animaux de la grosseur d'un lièvre venaient de s'élever dans l'herbe et ils fuyaient devant nous avec une rapidité incroyable. Nous mîmes nos montures au galop pour soutenir nos chiens ; nous courûmes ainsi pendant un quart d'heure environ, mais les deux fuyards se fatiguèrent ; ils furent atteints, pris et garrottés avant que nos chiens eussent le temps de leur faire le moindre mal. Et les voilà, ajouta le narrateur en nous désignant deux jolis petits animaux qu'ils avaient rapportés. Je crois que ce sont de jeunes faons.

— Je crois, moi, que ce sont des antilopes, interrompis-je, mais ils n'en seront pas pour cela moins bien-venus de nous.

— Quoi qu'il en soit, reprit Rudly, nos montures firent joliment leur devoir ; et je peux dire aussi que les chasseurs ne se conduisirent point mal. Mais ce n'était rien encore : nous nous étions à peine remis à marcher, que nous vîmes s'abattre devant nous une sorte de coucou dont

le chant moqueur avait l'air de nous provoquer ; il se levait au fur et à mesure que nous approchions, puis il allait recommencer plus loin sa chanson. Fritz, qui voit du merveilleux dans tout, dit d'abord en riant : Eh ! on dirait quelque prince enchanté par une fée qui veut nous conduire.

— Bah ! lui répondis-je, je m'en vais dire un mot à ton prince en-chanté, et déjà je le couchais en joue, quand Frédéric me fit observer que, mon fusil étant chargé à balle, je perdrais probablement mon coup.

Je remis mon fusil sur mon dos et nous continuâmes à marcher. Mais au bout de quelque temps, le coucou cessa bientôt de chanter et de sauter, et nous nous aperçûmes qu'il s'était arrêté au-dessus d'un nid d'abeille artistement creusé en terre.

Nous commençâmes à tenir au-dessus de la ruche un conseil de guerre, et à discuter le plan d'attaque qui devait nous rendre maîtres du trésor. Fritz demanda grâce, en alléguant que l'essai malheureux qu'il avait fait contre les abeilles de Falkenhorst le dispensait de recom-mencer : Frédéric, en sa qualité de général en chef, déclara qu'il don-nerait bien le conseil, mais qu'il renonçait à l'exécution. C'était donc à moi de mettre la main à l'œuvre. Armé d'un morceau de mèche sou-frée que j'avais dans ma gibecière, et auquel je mis le feu, je tentai d'étouffer les abeilles en jetant ce brandon au milieu de la ruche. Mais à peine eus-je porté l'incendie dans la demeure des paisibles insectes, qu'un bourdonnement horrible s'y fait entendre, les abeilles sortent et se répandent dans l'air comme un nuage noir, j'en suis enveloppé des pieds à la tête. Elles m'atteignent et me harcèlent avec une effrayante impétuosité : elles s'attachent à mes mains, mon visage, mes cheveux, et c'est à grand'peine si je puis regagner ma monture, l'enfourcher et prendre le large. Toutefois j'emportai avec moi quelques-unes de mes ennemies, et vous voyez les marques honorables des blessures qu'elles m'ont faites ; mes frères me suivirent, mais comme ils s'étaient tenus prudemment à l'écart, le danger n'avait pas été le même pour eux. Je n'aurais jamais cru, continua Rudly en terminant son récit, qu'un ani-mal aussi petit qu'une abeille pût faire autant de mal.

— Eh bien ! lui dis-je, prends ton aventure pour une leçon d'histoire naturelle, et tâche de ne pas l'oublier. En attendant, va auprès de ta mère, car je la vois qui se dispose à t'appliquer des compresses, qui calmeront le feu de tes piqûres.

Nous cessâmes de causer pour nous occuper des lapins et des deux jeunes antilopes. Je construisis, pour les transporter plus facilement à Felsenheim, une espèce de panier de jonc recouvert d'une toile, qui devait, en les privant du jour, leur laisser cependant assez de liberté pour respirer. Nous étions incertains sur la demeure qu'on leur donne-rait, si nous les garderions à Felsenheim, autour de l'habitation, ou si nous les abandonnerions dans un des îlots de la côte. Mes enfants auraient préféré garder auprès d'eux ces gracieux animaux ; mais des considérations de sécurité nous firent pencher pour l'autre habitation, et il fut convenu qu'on leur donnerait pour demeure l'île du requin.

Cependant, je ne pouvais m'empêcher de réfléchir à ce que Rudly venait de dire de l'étrange oiseau qui les avait conduits sur une ruche pleine de miel : je reconnus bien le coucou indicateur des naturalistes ; mais, me disais-je, si la côte est inhabitée, comment cet oiseau a-t-il pu reconnaître des hommes, comment a-t-il pu savoir qu'ils aimaient le miel comme lui, et que, pour prix de son indication, ils devaient l'associer au partage de la découverte ? Sa conduite ne serait-elle point un indice que nous ne sommes pas les premiers hommes qui foulions le sol de cette contrée ? l'intérieur du pays serait-il donc habité ?

Ces réflexions, auxquelles je donnais beaucoup plus d'étendue dans mon imagination, étaient toutes de la plus haute importance.

Je me disais bien que l'instinct de l'oiseau pouvait être cette loi de la nature qui le guidait à se faire aider par un être plus fort et plus adroit que lui-même dans la conquête d'un trésor qu'il désirait ; mais toutes mes réflexions n'aboutirent qu'à me convaincre qu'il était pour nous du plus grand intérêt de ne nous aventurer à l'intérieur qu'avec la plus grande réserve. Je résolus en outre d'élever sur la côte une sorte de forteresse destinée à nous défendre, et je choisis pour cela l'île du requin. Il me semblait qu'une construction solide qui dominerait de là la côte de Felsenheim, qui serait pourvue des deux canons que nous avions à notre disposition, pourrait au besoin nous offrir une retraite, et nous permettrait de répondre avec avantage à une invasion de l'intérieur, si jamais il en venait.

Quand nous eûmes pourvu aux soins que réclamaient les antilopes, je voulus faire voir à mes jeunes chasseurs que nous n'avions point perdu le temps pendant leur absence, et je leur montrai avec orgueil le bloc de talc que nous avions détaché du roc. Mais l'admiration qu'ils me témoignèrent ne tarda pas à être bientôt entièrement effacée par l'invitation que nous adressa à tous la bonne mère de venir prendre part au souper qu'elle avait préparé. Une patte d'ours fut le principal mets qu'elle nous servit. Ce plat, malgré l'excellente odeur qui s'en exhalait, fut d'abord assez médiocrement accueilli ; car je ne sais qui de nous s'avisa de remarquer que cette patte ressemblait à une main d'homme. Là-dessus Rudly, toujours plaisant, se mit à faire la grosse voix, et à dire comme l'ogre dans le conte du petit Poucet : *Ah ! je sens la chair fraîche.* Cette saillie nous fit beaucoup rire ; enfin la gaîté et l'appétit triom-

phèrent de la prévention ; j'attaquai le morceau, et nous trouvâmes tous
que c'était bien, en effet, le manger le plus délicat dont nous eussions encore goûté. Ma femme elle-même ne tarissait pas en éloges sur ce ragoût
que, du reste, elle avait apprêté avec tout le soin possible.

Après le souper nous allumâmes nos torches et nos feux ; nous renouvelâmes la provision de combustibles dans la hutte à fumer, et nous
trouvâmes dans la tente, jusqu'au lendemain matin, un sommeil doux et
paisible.

Au point du jour, j'étais debout, et j'éveillai mes fils. Nos travaux
étaient à peu près terminés, la chair de nos ours était fumée, la graisse
emplissait des tonnes de bambou, et la saison des pluies qui approchait
nous commandait de retourner à notre habitation, où beaucoup d'autres
besognes nous attendaient. Néanmoins, je ne voulais pas partir avant
d'avoir fait une dernière excursion dans le désert que nous venions d'explorer : je voulais tenter si une seconde visite au nid d'autruche ne nous
réussirait pas mieux que la première ; je tenais en outre à recueillir ce
qui s'était échappé de gomme d'euphorbe des incisions que j'avais faites
à cette plante lors de notre
course précédente. C'était
donc pour une nouvelle excursion dans la savane que
je réveillai de si bonne heure
mes fils encore endormis.

Comme nous voulions don-
ner à cette course toute la
rapidité possible, je décidai
qu'elle serait faite à cheval.
Frédéric me céda l'onagre :
il prit pour lui le jeune poulain ; Rudly et petit Fritz en-
fourchèrent leurs montures
accoutumées. Quant à maître
Ernest, ses goûts tournaient
de plus en plus au repos ; il
était devenu le gardien habituel des bagages avec sa
mère ; aussi nous vit-il partir sans en témoigner la moindre peine. Il avait
pris la place de Fritz à la cuisine, et de son côté le petit garçon se trouvait tout fier de se voir associé aux expéditions des hommes.

Nous ne prîmes avec nous que Turc et Billy, et nous partîmes en suivant la direction de la Vallée-Verte, où nous retrouvâmes toutes les places illustrées par quelques souvenirs de notre dernière course : l'endroit où nous avions rencontré les ours, le marais des tortues, et enfin le rocher d'où Frédéric avait découvert les autruches ; nous avions donné à ce rocher le nom de Tour des Arabes, par allusion aux conjectures auxquelles nous nous étions livrés en apercevant les autruches que nous avions d'abord gravement saluées du nom belliqueux d'Arabes du désert.

Fritz et Rudly se mirent à galoper de toute la force de leurs montures ; je les laissai se livrer à ce plaisir, car la plaine était si unie, qu'ils ne pouvaient échapper à mes regards. Je gardai Frédéric auprès de moi pour m'aider à recueillir la gomme d'euphorbe qui était tombée des incisions que j'avais faites aux plantes, et qui s'était déjà coagulée au soleil. Je m'étais muni d'un vase de bambou, et j'y recueillais les petites boules de gomme solidifiée.

Cette gomme est un poison des plus violents et des plus subtils que la nature produise. C'est surtout aux environs du cap de Bonne-Espérance

qu'il croît et que l'on en fait usage. Les habitants s'en servent pour empoisonner les eaux où les bêtes sauvages viennent se désaltérer ; mais de peur que les animaux domestiques ne tombent dans cette espèce de piége tendu aux bêtes fauves, les colons ont coutume de creuser, à côté d'une source réelle, un bassin où ils amènent l'eau ; ils couvrent ensuite de grosses pierres le courant naturel de la source, et c'est dans le bassin qu'ils ont creusé, qu'ils jettent la plante empoisonnée. Quant à leurs troupeaux, ils ne les laissent jamais approcher d'une source sans l'avoir examinée, et pour peu qu'ils rencontrent sur le sable des traces d'euphorbe, ou qu'ils aperçoivent au-dessus de l'eau une sorte de brouillard léger, signe certain de la présence du poison, ils les éloignent.

Toutefois, la précaution est souvent en défaut ; mais les colons y trouvent néanmoins un avantage, car pour quelques têtes de bœufs ou de brebis qu'il leur en coûte, ils sont fort aises de rencontrer, au bord des sources, des tigres, des lions, des hyènes, des antilopes, dont ils n'ont plus qu'à enlever la peau. Les Hottentots font plus : ils mangent la chair des animaux ainsi empoisonnés, et ils se contentent d'en rejeter les entrailles.

Mon fils me demanda dans quel dessein je recueillais ce poison avec tant de soin : — Je veux m'en servir, lui dis-je, pour détruire les singes dans les parages que nous habitons; c'est un moyen cruel, sans doute, mais cette maudite engeance nous force, par ses dégâts et ses dévastations, à y recourir. Nous emploierons encore l'euphorbe avec succès dans la préparation des peaux d'oiseaux ou de quadrupèdes que nous voulons empailler : il les préservera de la corruption et en éloignera les insectes. Enfin, nous en ferons encore des vésicatoires dont l'action équivaut à celle des cantharides. Mais, quels que soient les avantages que je me promets de cette plante, elle n'en sera pas moins l'objet de la plus scrupuleuse précaution, et je me garderai bien surtout de l'acclimater autour de notre demeure, où la moindre méprise pourrait entraîner les suites les plus funestes.

Cependant nos deux cavaliers avaient presque disparu dans la savane, et c'était à grand'peine si nos yeux pouvaient encore les suivre dans le nuage de poussière qu'ils soulevaient derrière eux. Ils avaient dépassé de beaucoup le nid d'autruche, vers lequel nous nous dirigeâmes alors dans l'intention de savoir si les œufs avaient été abandonnés, ou bien si les femelles que nous avions dispersées étaient revenues au nid.

Nous étions à peine en marche que nous vîmes s'élever tout-à-coup, du sable où elles s'étaient abattues, quatre autruches de la plus belle taille. Le premier soin de Frédéric fut de disposer son aigle au combat; mais afin de le mettre hors d'état de renouveler la scène de carnage dont il avait été le héros lors de notre dernière chasse, il lui lia étroitement le bec, et il le rendit ainsi à peu près inoffensif. Nos chiens furent également musclés, et nous nous arrêtâmes pour ne pas effrayer les autruches qui venaient à nous. Nous voyions ces oiseaux magnifiques, les ailes à demi étendues, glisser dans l'air avec une rapidité incroyable. Soit qu'ils ne nous eussent point aperçus, soit qu'ils nous eussent pris pour des objets inanimés, car nous avions soin de nous tenir immobiles, ou bien encore soit que la frayeur qu'ils devaient éprouver en entendant galoper derrière eux nos étourdis les poussât vers nous, ils s'approchèrent, sans dévier, jusqu'à une portée de pistolet environ. J'eus alors tout le loisir de les examiner : c'étaient trois femelles et un mâle; celui-ci marchait un peu en avant comme pour frayer le passage et prévenir le danger. Les plumes de sa queue flottaient majestueusement derrière lui, et je jugeai que nous avions devant nous l'une des plus belles proies que nous pussions désirer. Je crus le moment venu d'attaquer : je saisis alors ma fronde à balles, et faisant appel à tout ce que je pouvais avoir d'adresse dans la main et de justesse dans le coup d'œil, je la lançai contre l'autruche mâle. Mais au lieu de frapper l'oiseau aux jambes, comme j'en avais l'intention, les balles de ma fronde vinrent tourner autour de son corps, et je ne réussis qu'à lui serrer les ailes contre les flancs. C'était bien diminuer considérablement ses chances de salut; mais la victoire n'était pas complète, et l'autruche effrayée, se retourna brusquement d'un autre côté, et à l'aide de ses longues jambes se mit à fuir avec une nouvelle rapidité. Ses compagnons, loin de suivre la même direction, s'enfuirent à droite et à gauche. Nous les laissâmes partir : nous avions assez de nous occuper à poursuivre le mâle, moi monté sur l'onagre, et Frédéric sur le poulain. Mais il commençait à nous fatiguer déjà beaucoup, quand heureusement Rudly et Fritz, qui revenaient, se trouvèrent à point pour lui couper la retraite. Frédéric déchaperonna son aigle, le lança vers l'oiseau, et alors commença contre celui-ci une guerre terrible avec le déploiement de toutes nos forces. Rudly et Fritz d'un côté, Frédéric et moi de l'autre, le fatiguions et le harcelions sans repos; mais le combattant le plus utile dans cette attaque, ce fut l'aigle. La présence de ce nouvel ennemi troubla sensiblement la pauvre autruche ; elle le sentait au-dessus de sa tête, elle entendait le battement de ses ailes, et son instinct l'avertissait sans doute qu'au-dessus du cercle où nous la pressions planait un ennemi dont le bec et les serres ne pardonnent jamais. L'aigle, de son côté, éprouvait un déplaisir visible à se sentir le bec emprisonné dans des ligatures de coton ; il en paraissait furieux, et ses mouvements en étaient si violents, qu'à un coup d'aile qu'il appliqua sur la tête de l'autruche, nous vîmes ce grand et robuste animal chanceler comme étourdi. Rudly, qui était alors à portée de la fronde, lança si habilement la sienne, qu'il atteignit les jambes de l'autruche, autour desquelles la corde fit plusieurs tours, et l'oiseau colossal s'abattit. Ce fut un cri de joie parmi les chasseurs. L'aigle fut rappelé et chaperonné, et nous courûmes tous sur le vaincu qui se débattait, pour nous assurer de lui, avant qu'il eût pu se débarrasser des liens qui l'étreignaient. Il lançait des coups de pied vigoureux, il s'agitait sur le sable avec une telle violence, que nous ne savions comment approcher de lui. J'imaginai fort à propos qu'en le privant du jour nous diminuerions sensiblement sa fureur ; je jetai sur sa tête mon sac de chasse, ma veste et tout ce que nous pûmes trouver, et nous parvînmes ainsi, tant bien que mal, à lui envelopper la tête : j'avais trouvé le secret des forces de l'autruche ; car elle n'eut pas plutôt les yeux couverts, qu'elle s'apaisa et devint souple, au point qu'il nous fut permis de l'entourer d'autant de courroies, de cordes et de ligatures que nous pûmes le juger nécessaire pour nous assurer contre ses violences. Je lui passai d'abord autour du corps une large courroie de peau de chien de mer, et, de chaque côté, j'attachai deux autres courroies en forme de guides ; je lui passai aussi autour des jambes une corde solide, assez lâche pour lui permettre de marcher, mais en même temps assez étroite pour l'empêcher de prendre le galop et de nous échapper.

— Voilà qui est fort bien ! s'écria Rudly, quand la besogne fut à peu près terminée ; voilà la bête prise, mais comment l'amènerons-nous, et surtout comment pourrons-nous jamais apprivoiser ce géant?

— Attends, lui répondis-je : le naturel le plus féroce cède à l'éducation ; ne sais-tu donc pas que les Indiens apprivoisent des éléphants au sortir des forêts où ils les ont pris, et cela par un moyen bien simple : ils placent l'éléphant sauvage entre deux autres animaux de la même espèce, mais déjà apprivoisés ; ils le privent de l'usage de sa trompe en la liant fortement ; ils l'attachent ensuite entre les deux éléphants apprivoisés, qui se chargent de donner eux-mêmes à leur frère trop rétif ou trop sauvage des mœurs plus douces. Un cornac, armé d'une pique dûment aiguisée, les aide et réprime par de fréquentes admonitions les écarts de l'élève.

— A merveille ! papa, reprit Rudly avec un violent éclat de rire ; il nous faudrait pour cela au moins deux autruches apprivoisées, et il me semble que ni Frédéric ni moi ne sommes de taille à y suppléer.

— Je ne le pense pas davantage, repris-je à mon tour ; mais à défaut d'autruches, nous avons d'autres auxiliaires qui les remplaceront très-bien. Le taureau et le buffle, par exemple, feraient, j'imagine, un fort bon effet de chaque côté de l'oiseau captif, et toi et ton frère, armés chacun d'un fouet en guise de lance, remplaceriez naturellement les cornacs, et lui apprendriez à marcher en rang avec les autres.

— Oui ! oui ! ce sera délicieux, et cela réussira à merveille !

Telle fut la réponse à ma proposition.

Je me mis aussitôt en devoir d'exécuter le plan que je venais d'exposer. Je fis approcher les deux coursiers, je disposai mes courroies, et quand tout me parut prêt et que les deux cavaliers furent en selle, armés chacun d'un fouet solide, je débarrassai l'autruche de tout ce qui lui couvrait les yeux.

Elle resta d'abord quelque temps immobile, et comme uniquement absorbée par le retour de la lumière qui la frappait. Elle se leva enfin avec vivacité ; mais elle n'avait pas compté sur les courroies qui l'attachaient à ses deux acolytes ; aussi fut-elle brusquement arrêtée et retomba-t-elle presque aussitôt sur ses genoux. Elle renouvela plusieurs fois la tentative et toujours avec aussi peu de succès. Elle essaya de voler, mais ses ailes étaient retenues captives par les cordes de ma fronde et la sangle dont je l'avais renforcée ; ses grandes jambes aussi étaient emprisonnées dans d'étroites entraves : elle se jetait à droite, à gauche ; mais l'obstacle qu'elle rencontrait de chaque côté était plus fort qu'elle, et le buffle et le taureau ne paraissaient pas seulement prendre garde aux secousses qu'elle leur donnait. Enfin de guerre lasse, et, comme si elle eût compris l'inutilité de ses efforts, elle parut prendre son parti : elle se dressa, et se soumettant au voisinage de ses deux compagnons, elle partit avec eux au galop. Rudly et Fritz étaient en selle, et l'espèce d'attelage qu'ils formaient paraissait tout-à-fait de leur goût. L'air retentissait de leurs cris, et l'autruche, que ces cris effrayaient, en prenait une nouvelle vitesse ; ils coururent ainsi pendant une demi-heure, jusqu'à ce que le buffle et le taureau, moins habitués que l'autruche aux sables de la savane, forcèrent celle-ci à modérer son ardeur et à prendre un pas un peu moins fougueux.

Pendant que nos deux cavaliers se livraient ainsi à la course, nous nous dirigeâmes, Frédéric et moi, vers le nid des autruches. La croix de roseau que nous avions eu soin de planter à côté, lors de notre première excursion, nous l'eût aisément fait reconnaître, si, à notre approche, nous n'eussions vu une femelle s'élever tout-à-coup du sable où elle était accroupie ; c'était une mère qui couvait le nid. Sa présence me parut d'un bon augure, et j'en conclus que les œufs avaient encore conservé le principe de vie qui pouvait nous les faire rechercher. J'avais eu soin de me munir d'un sac et d'une bonne provision de coton ; j'y déposai six de ces œufs que j'enveloppai le plus chaudement et le plus soigneusement qu'il me fut possible, de telle sorte qu'ils n'eussent rien à craindre des accidents du voyage, et nous laissâmes les autres dans le nid, dans l'espoir que la couveuse que nous venions de déranger ne s'apercevrait point du vol qui lui était fait.

Nous plaçâmes avec beaucoup de soin le sac qui contenait ce fragile et précieux trésor sur le dos de l'onagre, que je devais monter ; et nous nous mîmes aussitôt en route : Frédéric reprit l'ânon, et Rudly et Fritz marchèrent devant nous, escortant l'autruche, à qui de fréquents et vigoureux coups de fouet insinuaient insensiblement les habitudes et les mœurs civilisées que nous avions à cœur de lui donner. Nous traversâmes sans rien rencontrer toute la Vallée-Verte, et nous arrivâmes fort heureusement à la grotte des ours, où Ernest et sa mère nous reçurent avec un étonnement qu'il est plus facile de concevoir que d'exprimer.

— Au nom du ciel, s'écria ma femme en apercevant l'autruche, que voulez-vous donc faire de cet immense oiseau ? nos provisions vous paraissent-elles donc tellement abondantes, qu'il nous faille aller chercher dans les savanes tout ce que celles-ci renferment d'animaux susceptibles de nous aider à les consommer ? On dit que l'autruche digère du fer, et que voulez-vous donc que je lui donne à manger ? Encore une fois, qu'en voulez-vous faire ?

— Un cheval de poste, maman, répondit Rudly, un cheval de poste qu'il faut nommer *vol-au-vent*, si vous m'en croyez, car rien n'égale la rapidité de son galop ; aussi je ne veux plus monter que ce coursier à longues jambes, et je t'abandonne mon brave Orage, Ernest, toi qui n'as pas de monture.

Je rassurai ma bonne Élisabeth sur les inquiétudes qu'elle concevait toujours à l'arrivée de chaque nouvelle conquête vivante que nous faisions.

— L'autruche, lui dis-je, n'a pas précisément l'appétit vorace qu'on lui suppose. C'est, au contraire, un animal fort sobre qui ne vit que de fruits et d'herbages, et saura très-bien se suffire à lui-même. Et d'ailleurs, s'il arrive que nous soyons obligés de l'aider à vivre, nous aurons soin de lui faire gagner le pain qu'il nous coûtera.

Pendant que je faisais à ma femme cette courte apologie de l'autruche, Rudly et Fritz se querellaient derrière moi sur la propriété de l'animal.

— Rudly prétend, disait Fritz d'un air fâché, s'adjuger l'autruche comme sa propriété ; cela n'est pas juste, car il ne l'a pas prise tout seul.

— Eh bien ! repris-je, partageons-la, car chacun de nous a contribué pour sa part à la capture. Frédéric aura la tête, parce que c'est son aigle qui a étourdi l'animal en le frappant à la tête d'un coup de son aile. Je revendique le corps, attendu que c'est ma fronde qui l'a enveloppé tout d'abord. Rudly a droit aux jambes, à cause de son coup de fronde ; et toi, maître Fritz, nous t'adjugerons une plume de la queue, car c'est, je crois, par cet endroit que tu as touché l'animal pour l'exciter à se lever de terre où il se tenait accroupi.

Cette distribution de la victime fit rire mes petits garçons, et chacun renonça à ses prétentions, et l'on préféra faire de la conquête une gloire commune.

Ernest avait écouté tous ces débats avec un air de tristesse soucieuse.

— Faut-il donc, dit-il presque les larmes aux yeux, que j'aie le malheur d'être toujours absent quand vous faites de belles découvertes !

— Quant à cela, mon ami, tu dois te souvenir que tu as désiré toi-même rester cette fois au logis, au lieu de nous accompagner dans notre expédition ; du reste, mon enfant, je ne t'en blâme point ; le bon Dieu donne à chacun des dispositions particulières dont il faut savoir tirer parti ; ainsi tu as le goût des études et de la vie sédentaire, tes frères ont plus de penchant pour la vie active, et toutes les choses qui demandent le développement des forces physiques ; que chacun se distingue dans sa partie. Et toi aussi, ajoutai-je, tu as tes jours de triomphe, quand tu nous mènes à la découverte de quelque trésor nouveau que nous devons plus à tes réflexions qu'au hasard : et si jamais un vaisseau européen vient à toucher ces côtes, c'est toi qui seras notre interprète ; c'est avec toi que le capitaine communiquera.

Ces paroles servirent de baume à la petite blessure que la joie bruyante de ses frères avait faite au cœur du pauvre Ernest ; et l'idée d'être utile aussi à sa manière ne tarda pas à le consoler.

Cependant, il était déjà trop tard pour songer à nous mettre en route. J'attachai solidement l'autruche entre deux arbres, et le reste du jour fut consacré aux préparatifs du départ que je fixai au lendemain. Nous

avions une foule de richesses à réunir, car nous ne voulions rien perdre
ni rien laisser derrière nous.

Le lendemain, nous partîmes de bonne heure; l'autruche avait pris
sa place entre le buffle et le taureau : les courroies qui nous avaient aidés
à l'amener servirent encore à la conduire. Elle était loin de se prêter de
bonne grâce à la nouvelle promenade que nous lui imposions ; elle se
jetait à droite et à gauche, comme si elle eût voulu rompre les liens qui
l'attachaient ; mais ses deux acolytes étaient comme deux masses immobiles contre lesquelles tous ses efforts venaient échouer. En outre, le
fouet des deux cornacs ne contribuait pas peu à la maintenir dans la
ligne droite quand elle faisait mine de s'en écarter. Frédéric montait le

jeune ânon, que nous appelions Rapide, et moi l'onagre; Ernest dirigeait la charrette à laquelle nous avions attelé la vache. Quant à ma
femme, elle était majestueusement assise au milieu de nos provisions.
Notre marche était lente, comme on peut facilement se le figurer ; mais
elle avait quelque chose de pittoresque qui nous réjouissait : c'était une
véritable caravane.

Nous fîmes halte à l'entrée du défilé où mes fils avaient suspendu les
plumes d'autruche de leurs chapeaux, pour servir d'épouvantail aux antilopes et aux gazelles ; nous remplaçâmes la corde qu'ils avaient tendue
par une palissade de bambous haute et serrée, et qui pouvait nous assurer contre l'invasion de tous les animaux qui ne grimpent pas. Pendant
cette construction, nous fîmes encore une découverte : ce fut celle de la
vanille, espèce de liane à feuilles longues et étroites que je reconnus à
ses gousses brunes ainsi qu'à son odeur balsamique ; des fleurs blanches
à six pétales ornaient les tiges flexibles de la plante.

Pour donner autant de solidité que possible à la barrière que nous venions d'élever, nous entrelaçâmes des fascines d'épines des deux côtés, ce qui la rendit à peu près inabordable. Nous étendîmes aussi en avant une couche de sable fin, dans l'intention de reconnaître, aux traces que nous y trouverions, la nature des animaux qui auraient franchi notre barrière. Tous ces soins nous retinrent assez long-temps, et nous n'arrivâmes à la cabane de l'ermitage qu'à la nuit. Nous retrouvâmes la hutte à fumer telle que nous l'avions laissée, et la provision de peccari intacte. Nous allumâmes nos feux de garde, et, après un repas frugal, nous nous étendîmes sur nos sacs de coton, où nous goûtâmes jusqu'au jour le sommeil dont nos membres fatigués avaient grand besoin.

Au jour, nous reconnûmes un accroissement de richesses auquel nous n'avions pas pris garde la veille. Les perchoirs du poulailler étaient garnis d'une vingtaine de jeunes poules de bruyère : c'étaient les œufs que Rudly avait rapportés dans son chapeau, et que nous avions confiés à nos poules domestiques, qui les avaient produites. Ma femme fut si enchantée de cette découverte, qu'elle voulut en emporter plusieurs paires avec nous.

Nous nous remîmes en route, et nous avions tellement hâte de retrouver notre cher Felsenheim, nous étions tellement pressés de rentrer dans cette propriété où tout respirait l'aisance et le bien-être, que nous résolûmes de ne pas nous arrêter que nous n'y fussions arrivés. Ce ne fut que dans l'après-midi que nous touchâmes à ce terme désiré ; nous tombions tous de fatigue ; cette longue course sous un soleil brûlant et au travers d'un sable blanc et scintillant, nous avait accablés : aussi, nous n'entreprîmes rien jusqu'au soir ; c'est à peine si nous eûmes le courage de donner à nos animaux les soins qu'ils réclamaient de nous.

Le lendemain de notre arrivée à Felsenheim, ma femme commença ses travaux de bonne ménagère, par ouvrir les fenêtres, épousseter, nettoyer et remettre tout en ordre ; elle déploya dans cette occupation, avec ses deux cadets, une activité vraiment merveilleuse. Je pris, pendant ce temps-là, les deux aînés avec moi pour m'aider à déballer les richesses que nous rapportions.

L'autruche avait été placée la veille sous les arbres et fortement garrottée au pied de l'un de ceux-ci ; mais nous lui établîmes un autre abri, près de notre demeure, entre deux des fortes colonnes de bambous qui supportaient la galerie, et auxquelles nous assujettîmes l'animal jusqu'à ce qu'il fût tout-à-fait dompté.

Nous visitâmes ensuite les œufs que nous avions rapportés, et ils furent, comme les précédents, soumis à l'épreuve de l'eau tiède.

Plusieurs œufs tombèrent lourdement au fond ; nous les retirâmes sans espoir : d'autres s'agitèrent en entrant dans l'eau ; ceux-là furent conservés soigneusement comme ayant gardé un principe de vie que nous voulions faire développer par la chaleur artificielle du feu et du coton. Je disposai, pour cela, une étuve dans laquelle j'eus soin de maintenir une température constante, au degré que le thermomètre désigne sous le nom de *chaleur de poule*.

Nous nous occupâmes ensuite d'installer nos lapins angoras dans l'Ile

du requin. Nous aurions pu les y abandonner à eux-mêmes, mais nous voulions tirer un parti meilleur des ressources qu'ils nous offraient. Nous leur construisîmes un terrier à l'instar de ceux qui se croisent en tous sens dans les garennes d'Europe ; mais c'était beaucoup moins dans l'intention de leur être agréables que dans celle de nous assurer d'eux, quand nous en aurions besoin. Nous eûmes soin encore, avant de les abandonner dans les galeries souterraines que nous leur avions creusées, de les peigner et de retirer de leur poil tout ce qui pouvait s'en détacher facilement : nous disposâmes, en outre, aux entrées du terrier, des peignes immobiles pour enlever à chaque animal qui s'y engageait une portion du superflu de sa toison, que nous devions plus tard convertir en castors imperméables.

Les deux antilopes furent également transplantés dans l'Ile du requin : nous aurions eu un grand plaisir à garder auprès de nous ces charmantes créatures ; mais la crainte de nos chiens et des autres animaux, à leur égard, nous en empêcha : il aurait fallu condamner les deux timides animaux à une prison dans laquelle ils n'auraient pas manqué de périr. Nous préférâmes les sauver en les éloignant ; mais nous voulûmes en

même temps leur rendre l'exil le plus agréable possible ; nous construisîmes, au milieu de l'îlot, une espèce de hangar pour les abriter, et nous
eûmes soin d'ajouter aux productions naturelles du sol les provisions
que nous savions leur être le plus convenables.

Nous nous plaisions à voir bondir gracieusement, au milieu des hautes
herbes, ces frêles et timides créatures. Nous admirions leurs mouvements légers, la rapidité de leur course et les formes heureuses de leurs

corps. « L'antilope est d'un brun foncé, qui, dans quelques parties, approche du noir ; une longue raie de poils blancs s'étend du cou, le long
du dos et de la queue ; mais elle est presque entièrement cachée par les
longs poils d'un brun foncé qui règnent sur toute l'étendue de l'échine.
Sur chacun des os de ses joues sont deux larges points blancs, et différents autres plus petits sont répandus sur ses hanches ; ses jambes sont
grêles, ses pieds extrêmement petits ; sa queue, quoique très-courte,
est couverte de longs poils qui s'étendent jusqu'à la partie extérieure de
ses cuisses ; son nez et sa lèvre supérieure sont fournis d'une moustache
noire. Ce sont bien les plus mignonnes et les plus gracieuses créatures
que l'on puisse imaginer.

» L'antilope porte avec lui une sorte de richesse qui le fait rechercher
par les chasseurs américains : c'est le musc. Il y a, dit-on, une manière
fort cruelle et assez communément employée de le dépouiller de cette
funeste richesse. On frappe l'antilope à coups de bâton, jusqu'à ce qu'il
se forme sur son dos des bosses et des contusions, où le sang s'amasse ;
on lie ces contusions, et l'on serre tellement le nœud que le sang extra-
vasé dans cette espèce de poche ne puisse plus sortir ; on laisse ensuite
sécher ces poches sur l'animal, jusqu'à ce qu'elles tombent d'elles-

mêmes ; c'est là qu'on trouve ce sang parfumé qui devient le musc, et que les Européens achètent à grand prix. »

Il ne nous restait plus que deux tortues de celles que nous avions rapportées du désert. Elles furent transplantées dans le Marais des canards ; il avait été question un moment de les admettre dans le potager, où elles auraient pu rendre de grands services, en faisant la guerre aux insectes ; mais ma femme craignit que ses salades n'eussent trop à souffrir de leur présence, et on les relégua parmi la vase et les roseaux du marais. Rudly fut chargé de les y porter ; à peine arrivé au marais, nous l'entendîmes appeler Frédéric, en le priant de se munir d'un bâton. Je crus d'abord que l'étourdi méditait quelque expédition contre les habitants paisibles du marais, et qu'il s'agissait tout bonnement d'assommer des grenouilles à coups de bâton ; mais je ne fus pas médiocrement étonné, peu d'instants après, de voir mes deux fils revenir avec une énorme anguille qu'ils avaient trouvée dans l'une des nasses qu'Ernest avait tendues avant notre excursion dans la savane. Les autres nasses avaient aussi bien réussi ; mais il était facile de juger aux brèches assez larges qu'elles avaient dans le ventre, que les poissons qui les avaient visitées s'étaient trouvés assez forts pour s'ouvrir un passage à travers les brins de joncs dont elles étaient faites.

L'anguille fut reçue avec distinction ; la ménagère en coupa un morceau qu'elle nous accommoda immédiatement ; le reste fut préparé comme les mariniers préparent le thon, et déposé dans des tonnes de bambou.

Le poivre et la vanille, plantes grimpantes, trouvèrent naturellement place autour des colonnes de bambous qui soutenaient une espèce de galerie que nous avions établie à l'entrée de notre grotte, et s'unissait à la plate-forme du colombier. Je ne regardais pas la vanille comme une richesse bien précieuse par l'avantage immédiat que nous devions en tirer ; je pensais qu'elle pourrait nous être utile pour assaisonner certaines productions de ces climats, qui par leur nature trop froide pouvaient affaiblir l'estomac.

Enfin, les tonnes de graisse que nous avions ramenées, la chair fumée des ours et des peccaris, furent déposées dans le magasin aux vivres, et il résulta de cet ensemble de provisions un front de bataille formidable, derrière lequel nous pouvions très-bien attendre la famine et la braver.

Quand ces premiers travaux furent accomplis, nous nous occupâmes de ceux qui semblaient plus spécialement appartenir à l'embel-

47

lissement de notre habitation, ou au luxe de la vie que nous y menions.

Les deux peaux d'ours furent plongées dans l'eau de mer, et pour empêcher le courant de les emporter, nous les chargeâmes de grosses pierres qui devaient encore les protéger contre l'invasion des crabes.

Ma femme se chargea du soin des poules de bruyère que nous avions rapportées, elle veilla à ce que maître Knips et le chacal de Rudly voulussent bien les considérer comme faisant partie de nos animaux domestiques, les respectassent comme telles, et surtout ne se crussent point le droit de tenter sur elles quelqu'une de ces expériences de physiologie animale qui leur étaient familières.

Le condor fut déposé dans le musée : nous nous réservions de consacrer quelques-unes des journées d'hiver à le placer convenablement à côté du boa. Nous mîmes également en réserve, dans le musée, le bloc de talc, l'asbeste et la terre à porcelaine que nous avions rapportés ; mais ces trois derniers objets n'étaient pas simplement destinés à figurer comme curiosité ou comme échantillon des productions de la nature ; j'avais bien l'intention de convertir le talc en vitres pour nos fenêtres, la porcelaine en ustensiles de toutes sortes, et enfin, je voulais, de l'amiante, faire des mèches incombustibles pour alimenter le réverbère que nous avions suspendu à la voûte du rocher. Mais il fallait renvoyer tous ces travaux à la saison des pluies, qu'ils devaient nous rendre moins longue.

Je déposai encore dans le musée la provision de gomme d'euphorbe, et j'eus soin de l'envelopper d'un papier sur lequel j'écrivis en grosses lettres : *poison*, pour prévenir les suites funestes qui pouvaient résulter d'une étourderie, à propos de cette substance dangereuse.

Les peaux des rats qu'Ernest avait tués nous infectaient de l'odeur de musc qui s'en exhalait : j'en fis un paquet, et me rappelant ce que j'avais lu des marins qui rapportent d'Asie l'*assa fœtida*, espèce de gomme fétide, en le hissant au sommet de leur mât, je plaçai nos peaux de rats en plein air sous la galerie, de manière à ce que nous n'en soyons pas incommodés.

Toutes ces opérations ne nous demandèrent pas moins de deux jours : Rudly, à qui le changement plaisait toujours, se trouvait assez bien de leur diversité ; Ernest, au contraire, qui avait très-peu de goût pour la vie active, ne se prêtait que difficilement à toutes ces allées et venues. Il disait même qu'il s'estimerait beaucoup plus heureux d'être assis tranquillement à l'ombre d'un arbre, rêvant à loisir, ou suivant une lecture attachante, que de transporter et de ranger ainsi ce que nous appelions nos richesses. Je tâchai de rectifier ici ce qu'il y avait de faux dans le raisonnement de mes fils. Je rappelai à Rudly que la vie tout entière ne pouvait toujours ressembler à une lanterne magique, où les objets se succèdent et varient à l'infini, et qu'il fallait savoir opposer quelquefois la constance et l'énergie à l'uniformité de nos occupations. Quant à Ernest, je lui fis observer qu'une vie inactive laissait les plus nobles facultés de l'intelligence s'engourdir dans un honteux sommeil, et qu'alors on n'était utile ni à soi ni aux autres.

Je méditais néanmoins un projet qui, en employant tous nos bras, ne devait pas laisser le savant plus oisif que ses frères. Je voulais, avant les pluies, préparer un champ pour recevoir les semences que jusqu'alors nous avions confiées à la terre, sans ordre ni méthode. C'était une entreprise difficile, et nous comprîmes, dans toute sa vérité, l'arrêt qui condamna l'homme à gagner son pain à la sueur de son front : nous fîmes appel à la force et à la bonne volonté de nos bêtes de somme; mais le soleil était si brûlant qu'elles haletaient sous le joug à faire pitié. Nous ne pouvions guère travailler que quatre heures par jour, deux heures le matin et autant le soir. Nous parvînmes pourtant à façonner assez bien environ deux acres de terre, qui devaient nous fournir une ample récolte de maïs, de manioc et de pommes de terre.

Que de gémissements, que de plaintes j'eus à entendre pendant tous ces travaux! mais l'amour-propre, ce stimulant naturel de la paresse humaine, venait en aide à mes fils, et Ernest lui-même fit assez bonne contenance, jusqu'à l'entier accomplissement des travaux.

— Ah! disait Rudly, comme ce pain-là sera bon! avec quel appétit nous le mangerons! nous l'avons bien gagné!

Je feignais de ne pas entendre : je redoublais d'énergie et d'ardeur, et l'exemple produisait plus d'effet sur ma jeune famille, que toutes les dissertations que j'aurais pu lui faire sur la constance et la persévérance dans le travail.

Dans les intervalles que nous laissaient nos pénibles travaux, nous nous occupâmes de commencer l'éducation de l'autruche. C'était une entreprise aussi difficile que nouvelle pour nous : j'avais lu quelque part que l'on parvient, à force de patience, à dompter le caractère sauvage de cet oiseau, et nous résolûmes d'essayer.

Notre élève avait débuté par se mettre en colère, battre du pied, donner des coups de tête et des coups de bec; mais nous ne trouvâmes rien de mieux, pour y répondre, que de la traiter comme l'aigle de Frédéric, c'est-à-dire de l'étourdir avec du tabac dont la fumée narcotique exerçait sur ses facultés une telle action, que nous ne tardâmes pas à voir le grand et majestueux oiseau se balancer, chanceler sur ses longues jambes, puis enfin s'abattre sans force et sans mouvement. Nous recourûmes

souvent à ce moyen ; peu à peu nous alongeâmes la corde qui la retenait aux pieux des bambous, et nous lui donnâmes bientôt assez de latitude pour lui permettre de s'abattre quand elle voulait, et se relever à loisir et de tourner autour des pieux. Nous avions songé aussi à son bien-être : une bonne litière de roseaux était étendue sous elle, des courges remplies de glands doux, de riz, de maïs, de goyaves, étaient placées chaque jour devant l'animal ; en un mot nous ne négligions rien de tout ce qui nous paraissait devoir répondre le mieux à ses goûts.

Pendant trois jours toutes nos prévenances réussirent assez mal, et nos mets recherchés n'obtinrent guère qu'un injurieux dédain ; la belle captive ne voulut pas manger, et elle apporta à sa résolution un tel entêtement, que nous commencions à en redouter sérieusement les conséquences. Ma femme eut heureusement l'idée d'un stratagème qui nous tira d'embarras ; il consistait à faire entrer bon gré mal gré, dans le bec de l'animal, de petites boules de maïs et de beurre. L'autruche fit d'abord une assez laide grimace, mais quand elle eut goûté les boulettes qu'elle avalait, elle parut s'accommoder si bien de notre cuisine, que nous n'eûmes plus besoin désormais de l'engager à manger ; elle débarrassait les courges de riz et de maïs avec un appétit très-satisfaisant. Les goyaves surtout obtenaient auprès d'elle une faveur spéciale. Ce premier progrès nous fit grand plaisir, et nous permit de bien augurer de notre mode d'éducation.

En effet, sa sauvagerie naturelle disparaissait tous les jours ; elle se laissait approcher sans donner ni coups de pied ni coups de tête, et au bout de quelque temps, nous crûmes pouvoir sans danger la détacher de son pieu, et entreprendre avec elle une petite promenade dans le voisinage. Nous la plaçâmes de nouveau entre le buffle et le taureau, et nous la fîmes passer par tous les caprices du manége ; trotter, courir le galop, s'arrêter tout court, trotter encore, aller au pas, etc. Je ne dirai pas que le pauvre oiseau se soit prêté de la meilleure grâce du monde à cette première leçon ; mais le fouet et la pipe, la pipe surtout, venaient très-heureusement en aide aux instituteurs. Une bouffée de tabac bien dirigée répondait à tous les emportements et à toutes les velléités d'indépendance qui pouvaient prendre à la sauvage élève.

Au bout d'un mois, l'éducation était complète, et elle avait si bien réussi, que je dus songer sérieusement au moyen de tirer un parti plus direct et plus utile de notre nouvelle conquête. Je voulais l'associer à nos animaux domestiques, la soumettre comme eux à des mouvements réguliers, la faire arrêter ou marcher selon nos besoins. La première chose à trouver, c'était un mors ; mais comment imaginer un mors pour un bec ? Je n'en avais jamais vu, et je dois convenir que mon imagination me laissa quelque temps dans un embarras assez grand. J'en sortis enfin.

J'avais remarqué que l'absence du jour opérait sur l'autruche une action très-directe, qu'elle s'arrêtait tout court dans l'obscurité, et qu'elle ne consentait à marcher que quand ses yeux étaient libres. Cette découverte servit de base au nouveau mors que je projetais. Je fis avec de la peau de chien de mer une espèce de chaperon comme nous en avions fait un pour l'aigle, qui lui enveloppait la tête et venait se fermer autour de son cou. Je pratiquai de chaque côté, et à la hauteur de ses yeux, deux ouvertures ; je plaçai devant chacune de ces ouvertures une coquille de petite tortue, qu'un ressort de baleine, habilement ménagé, faisait ouvrir et fermer. Des guides, combinées avec les ressorts et les écailles de tortue, nous donnaient la facilité de faire passer notre monture, selon que nous le voulions, du jour à l'obscurité, et réciproquement. Quand les deux écailles étaient ouvertes, l'autruche galopait droit devant elle ; si nous en fermions une, elle déviait et marchait alors dans la direction de celui de ses yeux qui recevait la lumière ; si, au contraire, nous laissions tomber les deux œillères, elle s'arrêtait tout court. Le cheval le mieux dressé n'obéit pas avec plus de précision que ne le faisait notre autruche sous son chaperon.

Ce premier succès nous encouragea, et, comme la vanité humaine

entre toujours pour quelque chose dans nos actions, il fallut décorer le
chaperon de l'autruche de tous les ornements dont nous pouvions disposer. En conséquence, on planta au-dessus deux plumes blanches,
débris de la queue de la première autruche, on décora le tout de petites
tresses de rubans, et notre coursier avait réellement bonne mine quand
il courait, et faisait voltiger autour de sa tête les rubans et les panaches
dont il était paré.

Mes enfants n'en auraient pas demandé davantage; mais, pour moi,
ce n'était point encore assez que le futile amusement qui pouvait résulter
de l'accoutrement de la belle prisonnière. L'autruche est un animal robuste et susceptible de supporter long-temps la fatigue. Je voulais faire
servir la nôtre alternativement à transporter des fardeaux, à tirer comme
une bête de somme, elle était assez forte pour l'une et l'autre de ces
fonctions : et même en faire un cheval de course. Je me mis, en consé-

quence, à lui fabriquer des
harnais pour chacune de ces
destinations. Je ne dirai rien
des deux premiers; mais le
troisième, c'est-à-dire la selle
et tout ce qui était nécessaire
à l'équitation, composait un
vrai chef-d'œuvre de sellerie.
J'avais si bien entendu mon
système de courroies et de
brides, que je ne doute pas le
moins du monde qu'au cap
de Bonne-Espérance, le pays
des autruches, je n'eusse facilement obtenu un brevet d'invention et le titre pompeux de
premier sellier du royaume.
Mais quel que fût le mérite
de mon invention, je dois
avouer que l'autruche fit de
grandes difficultés pour s'y

soumettre. J'eus beaucoup de peine surtout à obtenir d'elle qu'elle se
prêtât au rôle de cheval de poste; cet exercice la récréait extrêmement peu. Mais je savais que la patience et la persévérance sont les
deux premiers éléments de succès en matière d'éducation : je ne me dé-

courageai pas : et, après un certain nombre d'expériences plus ou moins difficiles, nous eûmes la satisfaction de voir le nouveau coursier se prêter assez bien à la selle, et galoper entre Felsenheim et Falkenhorst, à la satisfaction générale. Il parcourait cet espace trois fois plus vite que nos meilleurs coureurs n'auraient pu le faire.

Après que l'éducation de l'animal fut achevée, la question de propriété se représenta avec toutes ses difficultés. Rudly n'avait rien perdu de ses prétentions ; Fritz et ses frères, de leur côté, n'étaient pas d'avis du tout d'abandonner leurs droits : si bien que je me vis obligé d'interposer l'autorité paternelle pour mettre fin aux débats. Rudly était plus léger et plus leste que ses deux aînés ; d'un autre côté, il était plus fort que Fritz, qui pouvait peut-être rivaliser avec lui pour l'agilité. Ces deux considérations me parurent militer suffisamment en sa faveur, et je lui adjugeai la propriété de l'animal, mais à une condition, c'est que tout le monde y aurait droit, et qu'il servirait plus au bien général qu'aux cavalcades légères que pourrait exiger de lui son propriétaire.

Ce jugement, tout restrictif qu'il fût, combla de joie maître Rudly ; les autres s'y soumirent ; seulement ils crurent se dédommager un peu en adressant à l'heureux propriétaire d'innocents quolibets dont celui-ci ne s'inquiétait guère. Tout fier de son triomphe, il secouait les plaisanteries dont on l'accablait, comme un voyageur ferait des flocons de neige qui couvrent son manteau. Et il répondait à tout cela en enfourchant sa monture, et en la faisant manœuvrer habilement aux yeux des railleurs.

Cependant la couvée artificielle des œufs d'autruche, que nous avions enveloppés de coton et soumis à la chaleur d'une étuve, avait à peu près réussi, c'est-à-dire que, de six œufs, nous étions parvenus à en faire éclore trois. Les poussins qui en sortirent étaient bien les plus drôles de créatures que l'on pût imaginer : ils ressemblaient à des oies montées sur de longues jambes, et se dandinant maladroitement sur de frêles échasses. La vie dont ils jouissaient ne paraissait pas complète. L'un des trois mourut presque en sortant de l'œuf ; les deux autres survécurent, et nous nous appliquâmes à remplacer, par toutes les prévenances et les attentions imaginables, ces soins maternels qui ne se remplacent guère plus chez les animaux que chez les hommes, et qui devaient manquer à nos poussins. Le maïs, le gland doux, le riz bouilli, le lait, la cassave, nous leur donnions à profusion toutes les richesses et toutes les friandises dont nous disposions.

L'autruche fut, pendant près de deux mois, l'objet de notre occupa-

tion principale ; mais quand les difficultés de l'éducation furent vaincues.
et qu'elle eut pris rang parmi nos animaux domestiques, elle eut le sort
de toutes les choses qui n'ont plus l'attrait de la nouveauté : l'admiration
disparut et l'habitude la dépouilla insensiblement du prestige dont elle
nous avait paru d'abord entourée. Nous retournâmes à nos occupations,
et nous commençâmes à exécuter une foule de travaux, tous de moindre
importance que l'éducation laborieuse et difficile que nous venions de
réaliser, mais qui devaient contribuer, chacun pour sa part, à nous
procurer le bien-être et l'aisance dans la vie que nous menions à la grotte
de Felsenheim.

Nous débutâmes par donner à nos peaux d'ours la préparation dont
elles avaient besoin. Je les dépouillai avec le plus grand soin de toutes
les parcelles de chair qu'elles auraient pu retenir, je les frottai de vinaigre à plusieurs reprises, d'un mélange de cendre et de graisse, et à
force de les travailler et de les manier, j'arrivai à leur donner toute la
souplesse désirable : elles n'avaient conservé aucune odeur ; c'étaient les
deux couvertures les plus chaudes que nous pussions désirer.

Nous n'avions encore eu pour boisson que l'eau pure des ruisseaux,
quelques coupes de vin de palmier et le baril de vin du Cap que nous
étions parvenus à sauver du naufrage. Mais ce vin ne pouvait pas toujours durer, et la ressource de celui de palmier était précaire. En conséquence, je résolus de suppléer à tous ces inconvénients par la composition d'une boisson factice. J'avais entendu parler souvent de l'hydromel
des Russes ; nous avions la matière première dans le miel que nous fournissaient nos ruches, et je n'hésitai pas à faire une première tentative.
Nous fîmes bouillir du miel étendu dans suffisante quantité d'eau, et,
après l'avoir versé dans deux tonneaux, j'y jetai de la pâte de seigle aigrie,
afin de faire fermenter la liqueur : nous obtînmes ainsi une boisson
agréable légèrement acidulée, et qui devait être pour nos journées d'hiver une ressource de haute importance. Nous remplîmes d'abord deux
tonnes que nous plaçâmes à la cave, ou, pour parler plus juste, dans la
cavité que nous décorions de ce nom. Nous fîmes ensuite une boisson
plus recherchée que la première : c'était encore de l'hydromel auquel
nous avions ajouté des noix muscades, des feuilles de ravensara et un
échantillon de toutes les plantes aromatiques que produisait la côte. Cette
boisson, plus généreuse que la première, était réservée aux circonstances
extraordinaires, aux banquets de fête, à la célébration des anniversaires, etc.

Il s'éleva une petite discussion sur le nom propre qui lui convenait ; les uns voulaient l'appeler vin du Cap, d'autres auraient préféré le nom de Madère. Le savant mit fin à tout embarras en proposant de l'appeler *vin de muscade*. C'était, en effet, le nom qui lui convenait le mieux, puisque le principal ingrédient auquel il dût sa vertu étaient les muscades que nos pigeons nous rapportaient de leurs courses lointaines.

Après l'hydromel vint le vinaigre; c'était encore une nécessité pour nous; nous en avions besoin pour la cuisine et dans une foule d'autres circonstances. Ma femme accueillit ce nouveau produit de notre industrie avec une faveur marquée.

Quand toutes nos provisions furent à peu près réunies, que nous nous trouvâmes assez riches pour attendre l'hiver sans craindre que la faim ne vînt nous trouver avant qu'il fût passé, nous pûmes nous occuper d'objets de moindre importance. La première chose que nous entreprîmes, en attendant les pluies, ce fut la fabrication des chapeaux. C'était un travail aussi difficile que nouveau pour nous, et dans lequel nous ne déployâmes pas sans doute toute l'habileté et toute la finesse des artistes en chapellerie qui travaillent pour les dandys de Londres ou de Paris; mais cette fois encore nous eûmes, pour dédommager notre amour-propre, cette consolation un peu banale : Nous sommes parvenus du moins au but où nous tendions.

La première question qui se présenta, ce fut la forme qu'il convenait de donner aux chapeaux. Chacun émit son avis; mais la nécessité, que nous n'avions pas appelée au conseil, vint après nous, et elle nous obligea à donner à nos chefs-d'œuvre la forme le plus en rapport avec nos moyens d'exécution. Elle devait être extrêmement simple; je fabriquai de mon mieux une tête de bois qui se divisait en deux parties, et par-dessus nous étendîmes une couche épaisse d'une espèce de pâte souple et molle composée de colle de poisson et de poil de rat. Nous la laissâmes sécher et prendre l'empreinte exacte du moule, et nous obtînmes ainsi une calotte dont mes lecteurs peuvent facilement se faire une idée.

Nous nous étions donné beaucoup de peine pour produire quelque chose d'assez disgracieux. Mes fils n'étaient guère plus satisfaits que je ne l'étais moi-même, mais l'état de délabrement auquel étaient arrivées nos coiffures européennes, le besoin d'opposer une barrière aux rayons du soleil qui auraient frappé d'aplomb sur nos têtes, devaient nous faire passer sur la forme du couvre-chef auquel nous travaillions.

— Est-ce un bonnet? est-ce un chapeau? est-ce une calotte? demandait en riant maître Ernest. Voilà une belle question à soumettre à l'académie de Felsenheim à sa première réunion.

— Chapeau, bonnet ou calotte, reprit Frédéric ; je demande, moi, si ce tissu doit conserver la vilaine couleur qu'il a maintenant. Je vote, ajouta-t-il, pour une teinture qui la relèvera infailliblement.

— Oui, reprit Ernest. Eh bien ! je vote, moi, pour le rouge ; c'est la couleur du poète.

— Et des cardinaux, et des docteurs en facultés, répliqua aussitôt Rudly. Teignons la calotte en rouge, nous aurons un joli bonnet de cardinal pour M. le professeur Ernest. Avec la science dont il est pourvu, il ne peut pas, d'ailleurs, s'arrêter en route, et cardinal ou pape, je crois qu'il peut tout devenir et viser à tous les bonnets.

La saillie du maître étourdi nous fit rire. Fritz préférait le gris, et Rudly le vert, comme étant la couleur favorite du chasseur ; Frédéric enfin, en physicien habile, avait voté pour le blanc, parce qu'il se rappelait que cette couleur absorbe moins les rayons lumineux qu'aucune autre ; d'où il concluait qu'elle était plus convenable à un vêtement de tête, dont la première qualité doit être la fraîcheur.

— C'est à merveille, dis-je à mes fils, vos avis me font infiniment de plaisir, je suis seulement fâché de ne pas pouvoir y répondre comme je le désirerais. Frédéric a fait preuve de capacité en votant pour le blanc ; Rudly, en demandant un bonnet de chasseur, a plus songé à un ornement qu'à un vêtement utile ; pour Ernest je ne le soupçonne pas d'avoir songé le moins du monde à la barette de cardinal en votant pour le rouge. Mais, quoi qu'il en puisse être, force sera de nous arrêter à cette couleur, non précisément pour ce qu'elle a de poétique et de doctoral, mais parce que c'est à peu près la seule dont nous puissions disposer.

En effet, j'eus recours à la cochenille, et je fus assez heureux pour donner à notre feutre une belle et brillante teinte de pourpre. Le succès de la teinture fit oublier la réussite équivoque de la fabrication. Le nouveau chapeau reprit crédit : je le relevai de deux plumes d'autruche. La bonne mère passa à l'entour un galon qui se trouva fort à propos au fond du sac enchanteur, et le dédain dont le pauvre feutre avait d'abord été l'objet se modifia tellement, que tout le monde aurait volontiers présenté sa tête pour le recevoir.

Mais sa destination avait été fixée d'avance : il appartenait de droit au petit Fritz, qu'un accident imprévu avait privé de son vieux chapeau peu de jours auparavant.

Fritz était un bel enfant, d'une figure douce et gracieuse : le nouveau bonnet le coiffa à merveille ; ses beaux cheveux blonds qui s'en échap-

paient en boucles, sa figure enfantine, ses yeux bleus et son regard où
respirait l'innocence, semblaient lui donner l'air du fils de Guillaume
Tell, comme le représentent les chroniques de notre pays, au mo-

ment où son père se soumit à
la terrible épreuve. Ce souvenir
national fit la fortune du nouveau
chapeau. La Suisse! Guillaume
Tell! Ces deux noms-là portaient
avec eux tant de souvenirs! ils ré-
sumaient tant de pensées à la fois
tristes et gracieuses, qu'il nous fut
impossible de retenir des larmes.

Nous nous crûmes pour un instant rendus au bord de nos lacs
et au pied de nos montagnes. Nous
parlâmes long-temps de notre pays; Ernest raconta la légende du héros
de la Suisse; ma femme répéta quelques-unes des chansons de nos
montagnes. L'imagination, cette fée magique, nous avait fait retrouver
nos chalets, nos arbres, nos précipices : nous oubliâmes, pendant deux
heures, qu'il y avait entre la Suisse et nous une étendue de mer de plus
de trois mille lieues peut-être, et nous passâmes ainsi l'une des plus
agréables soirées que nous eussions encore eues depuis notre naufrage.

Je n'avais fait qu'un seul chapeau; mais j'avais quatre fils : on comprendra facilement que chacun d'eux eût voulu se voir coiffé comme le
cadet. Mais la matière première manquait, et j'engageai mes petits garçons à se procurer la plus grande quantité possible de poils de rat, afin
de procéder à une nouvelle fabrication. Je commençai par construire des
piéges sur le modèle de ceux qu'on fait en Europe pour prendre les fouines
et les autres bêtes du même genre : ils se composaient de deux tiges de fer
disposées de telle sorte, qu'au moindre mouvement elles faisaient l'effet
d'un ressort, retombaient sur elles-mêmes, et prenaient, comme dans
un étau, l'animal gourmand qui avait eu l'imprudence de se laisser tenter
par l'appât dont ces piéges étaient pourvus. Armés de ces piéges, nous
nous mîmes, mes fils et moi, en campagne. Au lieu du morceau de lard
dont on se sert en Europe pour faire la chasse aux rats, nous imaginâmes
d'employer une sorte de petit poisson que le marais nous fournissait en
abondance, et dont ces rats étaient très-friands. Les premiers instants de
la chasse furent assez gais; elle fut aussi des plus abondantes, et nous revînmes à la grotte avec une provision copieuse de peaux de rats. Nous

avions eu tout le loisir d'examiner les industrieux animaux auxquels nous
venions de donner la chasse, leurs constructions, leurs formes, leurs
mœurs, etc. Les merveilles qu'ils enfantaient nous en avaient fait un
sujet d'étude réelle.

« L'ondatra est à peu près de la grosseur d'un petit lapin ; sa tête,
courte et épaisse, ressemble à celle du rat d'eau. Il a de grands yeux,
les oreilles courtes, arrondies et couvertes de poil en dedans comme en
dehors ; sa fourrure moelleuse, luisante, est d'un brun rougeâtre ; sa
queue est latéralement aplatie et couverte d'écailles. Ces animaux ressemblent beaucoup, pour la forme générale de leurs corps et par un
grand nombre de leurs habitudes, aux castors. Ils construisent leurs
habitations avec des plantes sèches, et particulièrement avec des roseaux,
les cimentent de terre glaise, et les couvrent d'une espèce de dôme. Au
fond de ces demeures sont différents boyaux, par lesquels ils passent
pour aller chercher leur nourriture, car ils n'amassent pas de provisions
pour l'hiver. Ils ont aussi des asiles souterrains dans lesquels ils se reti-
rent toutes les fois que leur demeure est attaquée.

» Ces habitations, qui sont destinées à ne servir que l'hiver, sont re-
construites tous les ans ; les ondatras commencent à les bâtir à l'approche
de cette saison, pour se mettre à l'abri des frimas. Plusieurs familles
occupent la demeure, qui, quelquefois dans les latitudes septentrionales,
est recouverte d'une épaisseur de huit à dix pieds de neige ou de glace,
de sorte que nécessairement ces animaux doivent mener une vie fort
triste et fort maussade jusqu'au retour du printemps. Dans l'été, ils
errent çà et là par couples, se nourrissant, avec beaucoup de voracité,
d'herbes et de racines ; ils deviennent alors extrêmement gras et acquièrent cette odeur forte de musc qui leur a fait donner le nom de rats
musqués.

» Il y avait entre le rat musqué et le castor des points de ressemblance
trop nombreux, leurs huttes pyramidales se rapprochaient trop de celles
qui bordent les lacs du Canada, pour que l'ondatra ne nous conduisît
pas directement à parler du castor. Nous résumions tout ce que nous
avions lu de cet industrieux animal, et au milieu des travaux paisibles
de la chapellerie, c'était le castor qui avait tous les honneurs de nos
éloges et de notre admiration. En effet, il est peu d'êtres dans la création
qui se rapprochent plus de l'homme que celui-là ; il en est peu chez qui
le besoin de la société se fasse sentir davantage, et chez qui l'instinct
produise des résultats qui approchent autant des merveilles de l'industrie humaine.

» Le castor a tout au plus trois ou quatre pieds de longueur : tout son corps, à l'exception de sa queue, est recouvert d'un poil fin et serré, long d'un pouce, et qui sert à conserver la chaleur de l'animal. La tête du castor paraît presque carrée ; ses oreilles sont rondes et fort courtes ; ses yeux sont petits ; sa bouche est armée en devant de quatre dents incisives, fortes et tranchantes, deux en haut et deux en bas. Ce sont là les seuls instruments qu'il emploie pour couper des arbres, les abattre et les traîner. Il se sert de ses pieds de devant comme de mains, avec une adresse au moins égale à celle de l'écureuil. Les doigts en sont bien séparés, bien divisés, armés d'ongles longs et pointus, au lieu que ceux des pieds de derrière sont réunis entre eux par une forte membrane ; ils lui servent de nageoires et s'élargissent comme ceux de l'oie. Comme les pattes de devant du castor sont plus courtes que celles de derrière, il marche toujours la tête baissée et le dos arqué, il a les sens très-bons, surtout l'odorat très-fin ; il ne peut supporter ni la malpropreté ni les mauvaises odeurs ; sa queue est remarquable et très-appropriée aux usages qu'il en fait : elle est longue, un peu plate, toute couverte d'écailles, garnie de muscles, et toujours humectée d'huile et de graisse qui empêchent l'humidité de pénétrer.

» Les castors sont peut-être le seul exemple qui subsiste comme un ancien monument de cette intelligence des brutes, qui, quoique infiniment inférieure par son principe à celle de l'homme, suppose cependant des projets communs et des vues relatives ; projets qui, ayant pour base la société, et pour objet une digue à construire, une bourgade à élever, une espèce de république à fonder, supposent aussi une manière quelconque de s'entendre et d'agir de concert.

» Un individu, pris solitairement et au sortir des mains de la nature, n'est qu'un être stérile, dont l'industrie se borne au simple usage des sens. L'homme lui-même, dans l'état de pure nature, dénué de lumières et de tous les secours de la société, ne produit rien, n'édifie rien. Le castor, seul et isolé, loin d'avoir une supériorité marquée sur les autres animaux, paraît, au contraire, être au-dessous de quelques-uns d'entre eux par les qualités purement individuelles ; son génie et ses talents ne brillent que lorsqu'il est réuni en société ; encore ces animaux ne songent-ils point à bâtir, à moins qu'ils n'habitent dans des terres désertes, dans un pays libre où il n'y ait que quelques hommes sauvages en petit nombre, et par lesquels ils ne soient point inquiétés.

» Il y a des castors en Languedoc, dans les îles du Rhône. Il y en a en plus grand nombre dans les provinces du nord de l'Europe ; mais comme toutes ces contrées sont fréquentées par les hommes, les castors y sont, comme tous les autres animaux, dispersés, solitaires, fugitifs ou cachés dans un terrier.

» Le castor est un animal assez doux, assez tranquille, assez familier, un peu triste, même un peu plaintif, sans passion, sans violence, sans appétits véhéments, ne se donnant que peu de mouvement, ne faisant d'efforts pour quoi que ce soit ; cependant occupé sérieusement du désir de la liberté, rongeant de temps en temps les portes de sa prison, mais sans fureur ; au reste, assez indifférent, ne s'attachant pas volontiers, ne cherchant point à nuire, et assez peu à plaire. Il paraît inférieur au chien par les qualités relatives qui pourraient le rapprocher de l'homme : il ne semble fait ni pour servir, ni pour commander, ni même pour commercer avec une autre espèce que la sienne. Son sens renfermé en lui-même ne se manifeste en entier qu'avec ses semblables : seul, il a peu d'industrie personnelle, il ne sait pas même se bien défendre, quoiqu'il morde cruellement lorsqu'on le saisit. C'est dans les mois de juin et de juillet que les castors commencent à se rassembler pour se réunir en société : ils arrivent de plusieurs côtés vers le bord des eaux, et forment bientôt une troupe de deux ou trois cents ; si ces eaux se soutiennent toujours à la même hauteur, comme celle des lacs, ils ne construisent point de digue ; si ce sont des eaux courantes, sujettes à hausser et à baisser, ils construisent une chaussée ou une digue qui puisse tenir l'eau à un niveau toujours égal. Cette chaussée a souvent quatre-vingts ou cent pieds de longueur, sur dix ou douze pieds d'épaisseur à sa base.

» Ils choisissent, pour établir leur digue, un endroit de la rivière qui soit peu profond. S'il se trouve sur le bord un gros arbre qui puisse tomber dans l'eau, ils commencent par l'abattre pour en faire la pièce principale de leur construction ; ils s'asseyent plusieurs autour de l'arbre, et se mettent à ronger continuellement l'écorce et le bois dont le goût leur est fort agréable ; car ils préfèrent l'écorce fraîche et le bois tendre à la plupart des aliments ordinaires. Ils rongent aussi le pied de l'arbre, et sans autre instrument que leurs dents incisives, ils le coupent en assez peu de temps, et le font tomber en travers de la rivière. Lorsque cet arbre, qui est quelquefois de la grosseur d'un homme, est renversé, plusieurs castors entreprennent de ronger les branches et de les couper, afin de faire porter partout également ; pendant ce temps, d'autres parcourent le bord de la rivière, coupent des morceaux de bois de différentes grosseurs, les scient à la hauteur nécessaire pour en faire des pieux, et, après les avoir traînés sur le bord de la rivière, ils les amènent par eau, les tenant entre les deux dents. Ils font, par le moyen de ces pièces de bois, qu'ils enfoncent dans la terre et qu'ils entrelacent avec des branches, un pilotis serré ; tandis que les uns maintiennent les pièces de bois à peu près perpendiculaires, d'autres plongent au fond de l'eau, creusent avec les pieds de devant un trou, dans lequel ils font entrer les pieux ; ils entrelacent ensuite ces pieux avec des branches, pour empêcher l'eau de couler à travers tous ces vides : ils les bouchent avec de la glaise qu'ils gâchent et pétrissent avec leurs pieds de devant, et qu'ils battent ensuite avec leur queue, qui leur tient lieu de truelle. La position du pilotis est digne de remarque : les pieux, qui sont tous de même hauteur, sont plantés verticalement du côté de la chute de l'eau ; tout l'ouvrage, au contraire, est en talus du côté qui en soutient la charge, en sorte que la chaussée, qui a douze pieds de largeur à sa base, se réduit à deux ou trois pieds d'épaisseur au sommet : elle a donc non-seulement toute la solidité nécessaire, mais encore la forme la plus convenable pour retenir l'eau, l'empêcher de passer, en soutenir le poids et en rompre les efforts.

» Lorsque les castors ont travaillé tous en corps pour édifier le grand ouvrage public, dont l'avantage est de maintenir les eaux à la même hauteur, ils travaillent par compagnies pour édifier des habitations particulières ; ce sont des cabanes, ou plutôt des espèces de maisonnettes bâties dans l'eau sur un pilotis plein, tout près du bord de leur étang, avec deux issues, l'une pour aller à terre, l'autre pour se jeter à l'eau. La forme de ces édifices est presque toujours ovale ou ronde ; il y en a depuis quatre jusqu'à cinq et dix pieds de diamètre ; il s'en trouve qui ont deux ou trois étages. Les murailles ont deux pieds d'épaisseur et l'édifice est terminé en une forme de voûte. Toute cette bâtisse est impénétrable à l'eau des pluies, et aux vents les plus impétueux. Les divers matériaux dont

ils font usage pour la construction sont des bois, des pierres, des terres
sablonneuses ; les parois sont revêtues d'une espèce de stuc appliqué à
l'aide de leur queue, avec tant de solidité et de propreté, qu'on croirait
y reconnaître l'art humain. Dans chaque cabane est un magasin qu'ils
remplissent d'écorce d'arbres et de bois tendre, leur aliment ordinaire.
Les habitants de chaque cabane y ont tous un droit commun et ne vont
jamais piller leurs voisins ; les plus petites cabanes contiennent deux,
quatre, six, et les plus grandes jusqu'à dix-huit ou vingt castors, presque
toujours en nombre pair, autant de mâles que de femelles. On a vu
quelquefois des bourgades de vingt à vingt-cinq cabanes.

» Quelque nombreuse que soit cette société, la paix s'y maintient sans
altération. Amis entre eux, dit Buffon, s'ils ont quelques ennemis au-dehors,
ils savent les éviter ; ils s'avertissent en frappant avec leurs queues sur
l'eau, qui retentit au loin dans toutes les voûtes des habitations : chacun
prend son parti, ou de se plonger dans le lac, ou de se recéler dans
leurs murs. La durée de la vie de ces animaux ne peut pas être bien longue, et c'est peut-être trop que de l'étendre à quinze ou vingt ans. Quoi
qu'il en soit, chaque couple, dans ce réduit, vit content l'un de l'autre :
ils ne se quittent guère : s'ils sortent, c'est pour aller chercher des écorces
fraîches. C'est principalement dans l'hiver que l'on fait la chasse aux
castors, parce que leur fourrure n'est parfaitement bonne que dans cette
saison. On les tue à l'affût, on leur tend des piéges amorcés avec du bois
tendre et frais, on attaque leurs cabanes dans le temps des glaces : ils s'en-
fuient sous l'eau, et comme ils ne peuvent pas y rester long-temps, ils
viennent, pour respirer, à des ouvertures qu'on a pratiquées à la glace, et
on les y tue à coups de hache. D'autres remplissent ces ouvertures avec de
la bourre, pour n'être pas vus par les castors, et alors ils les saisissent
adroitement par un pied de derrière.

» Lorsque les chasseurs, en détruisant ainsi les cabanes des castors,
en prennent un trop grand nombre, la société, trop affaiblie, ne se rétablit plus ; ceux qui ont échappé à la mort ou à la captivité se dispersent,
deviennent fuyards ; leur génie, flétri par la crainte, ne s'épanouit plus ;
ils s'enfouissent eux et tous leurs talents dans un terrier, ne s'occupent
plus que des besoins pressants, n'exercent que leurs facultés individuelles,
et perdent sans retour les qualités sociales que l'on admire en eux. Le
commerce des peaux de castors est la plus grande richesse du Canada.
Les sauvages s'habillent de peaux de castors, et les portent en hiver, le
poil contre la chair : ce sont ces peaux imbibées de la sueur des sauvages,
que l'on appelle castor gras, et que les chapeliers mêlent avec le poil des

autres castors qui n'ont point servi au même usage, et que l'on nomme castor sec, afin de donner du liant et du corps à ce dernier. »

Comme on le voit, nos dissertations sur le castor prenaient une certaine étendue; mais outre l'admiration bien méritée qui s'attache à cet industrieux animal, c'était encore la conversation la plus convenable dans un atelier de chapeliers, car nous avions repris nos travaux. Raser les peaux, fouler le poil, le convertir en tissu souple et solide au moyen d'une certaine quantité de colle de poisson, l'étendre sur des formes de bois, le façonner en calottes, puis petit à petit y ajouter des bords, et arriver progressivement du tronc de sphère au chapeau en règle, telle fut pendant plus de dix jours l'occupation de toute la famille. La cochenille, que rien ne nous faisait un devoir d'épargner, nous fournit en abondance une belle et brillante teinture rouge, qui donnait à nos coiffures un aspect assez étrange. A nous voir marcher gravement sur la côte, comme il nous arrivait quelquefois après les travaux du jour, on nous aurait pris volontiers pour quatre dignitaires de la cour de Rome. Nous avions laissé à Fritz le privilége du panache; les bords que nous étions parvenus à ajouter à nos calottes les remplaçaient avec avantage.

Nos succès dans la fabrication des chapeaux nous encouragèrent à en tenter d'autres : nous manquions absolument d'ustensiles solides, et tels que ma femme en désirait souvent pour les besoins de la cuisine. Il fallait donc passer de l'art du chapelier à celui de potier.

J'entendais peu de chose en poterie; ce qui m'embarrassait le plus, c'était la préparation à donner à la terre avant de l'employer. Nous nous reposâmes un peu sur l'expérience et le système des tentatives qui nous avait toujours si bien servis, et l'atelier fut établi tout d'abord dans un coin de la grotte.

Je disposai un fourneau avec des compartiments pratiqués à l'intérieur et destinés à recevoir les divers ustensiles que je projetais et qui devaient s'y cuire. J'avais également ménagé un ensemble de tuyaux de terre, destinés à conduire la chaleur et à donner un degré de cuisson à peu près uniforme à tous les objets de ma fabrication. Ces premiers préparatifs furent assez longs, car c'était moins à mes souvenirs qu'à mon imagination qu'il fallait faire appel. J'inventai donc bien plus que je n'imitai le fourneau à potier.

Quand j'eus fini, il fallut songer à préparer la matière : je fis prendre une certaine quantité de terre à porcelaine : c'était une espèce de sable très-fin et très-blanc que nous avions trouvé, comme on sait, près des rochers, dans notre expédition de la savane. Je donnai commission à mes fils de débarrasser cette terre de toutes les parties étrangères qu'elle pourrait contenir ; ce soin me paraissait indispensable pour ne point, en pétrissant, nous déchirer les mains aux parcelles de cailloux qui auraient pu s'y trouver mêlées.

J'y mêlai ensuite une certaine quantité de ce talc que nous avions trouvé sous la couche d'asbeste ou amiante ; cette substance, suivant mes idées, devait rendre la pâte plus ferme et plus solide : quand celle-ci fut bien travaillée, je la laissai un peu sécher avant de l'employer ; mais il fallait d'abord faire le métier ou tour sur lequel le potier dispose sa pâte. Une roue d'affût de canon posée horizontalement sur un pivot et surmontée d'une autre roue ou table ronde, laquelle, réunie par un axe à celle de dessous, tournait avec elle, en fit pour moi l'office ; je parvins, après bien des essais, à tourner sur cette machine plusieurs ustensiles, tels que des assiettes, des plats et quelques terrines : je fis même des tasses avec leurs soucoupes, des bols, etc. J'exposai ces objets à un feu ardent : quelques-uns se brisèrent, mais je sauvai au moins moitié des pièces que j'avais tentées ; elles étaient toutes du plus beau grain et de la transparence la plus parfaite. Ma femme voyait avec une joie indicible sa cuisine s'enrichir d'ustensiles de toutes sortes. Elle nous promettait en échange une foule de friandises auxquelles elle avait été obligée de renoncer jusqu'alors, faute d'une vaisselle convenable.

Quand nous eûmes satisfait au premier besoin, nous songeâmes au luxe, et nos tasses de porcelaine, malgré leur transparence, nous parurent beaucoup trop nues. Rudly aurait voulu y voir quelques-unes de ces belles fleurs qui émaillent la vaisselle de notre pays, et réjouissent l'œil par le mélange de leurs couleurs vives et bigarrées. Mais la peinture sur porcelaine était un art de luxe, qui demandait un ensemble de connaissances spéciales qui nous manquaient totalement. Nous fûmes obligés de renoncer aux fleurs ; mais j'y remédiai autant que je pus au moyen du stratagème que voici :

Nous avions sauvé du vaisseau plusieurs caisses contenant des colliers, des bracelets en verroteries et destinés à faire des échanges avec les sauvages de l'Amérique ; je les broyai à coups de marteau, et quand ils furent réduits en poussière, je les mêlai à ma pâte de porcelaine ; ce mélange donnait à ma vaisselle des nuances diverses et du meilleur effet, en même temps que des rangs de ces perles, incrustés dans la pâte encore fraîche, y ajoutaient de nouveaux ornements. Après les ustensiles qui peuvent s'exécuter sur la roue, vinrent ceux qui sont le produit du moulage. Je fabriquai toutes sortes de moules en bois que nous fendions ensuite en deux, et au moyen desquels nous obtînmes ainsi des vases qui ne rivalisaient sans doute ni avec les produits de la Chine, ni avec ceux de la manufacture de Sèvres de France, mais qui attestaient du moins des intentions positives. Nous avions des tasses, des compotiers, des soucoupes, ornés tout autour de cannelures et d'ornements divers. Ma femme et ses fils les déposaient avec orgueil sur les planches qui figuraient un buffet dans la cuisine. J'étais heureux, de mon côté, de voir mes enfants mettre leur gloire à se suffire à eux-mêmes, et à regarder comme une grande victoire tout avantage remporté par notre industrie sur la nécessité.

CHAPITRE

SOMMAIRE DU CHAPITRE 9.

Le cajack. — Retour des jeunes gens. — Épreuve du cajack. — La hyène. — Les pigeons voyageurs. — La poste aux pigeons. — Les cygnes noirs. — L'oiseau de paradis. — La redoute. — Découvertes diverses. — Panique de Rudly. — Le fort dans l'île du Requin.

ependant la saison mauvaise approchait, et nous fûmes bientôt obligés de renoncer à nos excursions. Les vents et la pluie recommencèrent comme tous les ans; le ciel, long-temps si pur, se voila de nuages noirs; des orages terribles annoncèrent l'arrivée de l'hiver : nous fermâmes la porte de la grotte, et nous commençâmes à nous livrer régulièrement aux travaux paisibles que nous avions réservés pour cette partie de l'année.

La roue du potier était presque continuellement en mouvement. Nous perfectionnâmes de plus en plus la fabrication de notre porcelaine, et nous tentâmes de confectionner plusieurs ustensiles dont la patience et le courage nous firent venir heureusement à bout. Nous avions conservé les coquilles des œufs d'autruche, qui n'avaient produit aucun poussin : Ernest les avait séparés, comme je l'ai déjà dit, en deux parties égales, en les entourant de fils imbibés de vinaigre ; ces moitiés d'œufs furent converties en coupes élégantes : je tournai des pieds en bois que j'y adaptai, et nous obtînmes ainsi des vases à boire et d'autres destinés à recevoir des fleurs pendant la saison d'été.

Le condor, que nous avions été obligés de négliger d'abord, fut définitivement empaillé. L'euphorbe nous servit pour assurer la peau contre les insectes ; nous lui fîmes des yeux de porcelaine, et ce ne fut qu'après de longs tâtonnements que nous nous arrêtâmes sur la place qu'il convenait de lui donner, et sur l'attitude qu'il devait prendre dans notre musée.

Enfin il fut élevé les ailes étendues, et la tête haute ; son bec recourbé, son cou à demi déplumé, ses serres larges et solides, indiquaient encore le brigand des airs. Cet oiseau, dont l'envergure était immense, joint au boa qu'il dominait, donnait déjà un aspect imposant à notre musée naissant.

Cependant, de tous les instruments que nous avions à notre disposition, le tour anglais était sans contredit celui qui nous rendait le plus de services ; et ma femme faisait à mon industrie de si fréquents appels, qu'elle devait finir nécessairement par faire de moi un assez bon ouvrier.

Mais tous ces travaux m'occupaient beaucoup plus que ma jeune famille, et je craignais que l'inactivité à laquelle je la voyais réduite ne se convertît en paresse et n'engendrât bientôt l'ennui, car nous étions à peine arrivés au milieu de la saison des pluies. Ernest trouvait bien dans ses livres un moyen d'employer ses moments ; mais ses frères, moins amis de l'étude et de la science, n'entraient dans la bibliothèque que quand il ne restait plus aucune place dans la grotte où ils pussent demeurer. Je sentais le besoin de trouver pour eux une occupation qui les tînt en haleine, et répondît mieux à leur goût que la lecture d'un livre. Je cherchais en vain, quand Frédéric lui-même vint heureusement à mon secours.

— Nous avons, me dit-il un jour, dans la personne de l'autruche, un superbe équipage de poste, pour parcourir les routes de notre royaume ; nous avons des attelages solides pour le transport des provisions ; nous avons une chaloupe et une pirogue qui se balancent majestueusement dans la Baie du salut : il nous manque encore une chose, c'est un équipage qui vole sur la surface de l'eau, comme l'autruche sur le sable qu'elle touche à peine ; il nous manque une barque légère qui nous porte en un clin-d'œil d'un bout à l'autre de notre empire, en côtoyant les rochers, ou en remontant un ruisseau. J'ai lu quelque part que les Groënlandais avaient une espèce de nacelle du genre de l'équipage que je demande, et qu'ils l'appelaient un cajack : pourquoi ne ferions-nous pas aussi un cajack ? nous avons bien construit une pirogue, pourquoi ne réussirions-nous pas, Européens civilisés, à faire ce que de simples et grossiers sauvages savent exécuter ?

J'accueillis bien, comme on le pense, la proposition de mon fils ; mais ma femme, qui gardait toujours contre la mer et ses caprices un levain de vieille rancune, ne se montra pas favorable au cajack, et la seule idée que ce devait être un nouvel instrument de navigation l'indisposa contre lui. Nous eûmes beau recourir à tous les arguments que notre imagination nous suggérait : nos raisonnements et nos démonstrations ne convainquirent pas la bonne Élisabeth ; elle se tut plutôt qu'elle ne se rendit à nos raisons. Selon elle, la pirogue et la pinasse étaient deux chances de naufrage déjà bien suffisantes pour la colonie, et elle ne concevait pas la nécessité d'en augmenter encore le nombre.

La tempête qui nous avait jetés sur la côte où nous étions était encore présente à sa pensée, et, après trois ans, c'était encore avec toutes les marques de la terreur et de l'anxiété qu'elle nous parlait de tous les dangers qui avaient pensé nous assaillir sur la mer, cet élément perfide, ajoutait-elle.

Quoi qu'il en fût, comme la construction d'un cajack avait un but qu'il m'importait de ne pas négliger, celui d'occuper mes enfants, nous nous mîmes aussitôt à la besogne, en promettant à la bonne mère un chef-d'œuvre dont la grâce et la légèreté feraient sans doute cesser les préventions qu'elle manifestait contre lui.

Le cajack, la seule embarcation des Groënlandais, est une sorte de canot en forme de coque, dont deux ou trois morceaux de baleine et une peau de phoque font à peu près tous les frais. C'est une construction extrêmement légère, et le navigateur qui a glissé avec elle sur la surface d'un fleuve la charge facilement sur ses épaules quand il est arrivé à terre. Le Groënlandais développe, dans le maniement de son cajack, une adresse et une audace presque incroyables ; il tente avec lui des voyages de long cours : il donne la chasse aux phoques, aux chiens de mer et à tous les monstres marins qui vivent le long des côtes qu'il habite ; que la mer soit calme ou qu'elle soit mauvaise, que son cajack soit emporté par les vagues comme une plume légère, ou bien qu'il se balance doucement sur la surface paisible des flots, le Groënlandais ne connaît ni le danger ni la peur ; les jambes croisées au fond de son canot, les mains armées de ses rames, il n'y a pas pour lui de naufrage. Le Groënlandais dans son cajack, c'est le scaphandre, c'est l'homme identifié avec l'embarcation qui le porte.

Le Groënlandais ne se pique ni de civilisation, ni de grandes connaissances dans les arts ; aussi son cajack n'est-il point un chef-d'œuvre de construction : la coupe en est peu gracieuse, et même la disposition en

est assez mal commode pour le navigateur. Nous crûmes devoir le perfectionner tant soit peu ; nous avions donné jusqu'alors trop de preuves
de génie industriel pour accepter en aveugles, des mains d'un peuple
sauvage, une construction que le génie européen pouvait, sans grands
efforts, améliorer notablement. Notre cajack ne devait donc emprunter
à celui des Groënlandais que la légèreté et la souplesse.

Des fanons de baleine, des tiges de bambous, des joncs d'Espagne et
des peaux de chiens de mer furent les matériaux que nous employâmes ;
deux fanons arqués, réunis aux deux bouts et séparés au milieu par un
morceau de bambou transversal, formèrent les deux côtés de l'embarcation. D'autres fanons artistement entremêlés de joncs flexibles, de
mousse liée par plusieurs couches de goudron, achevèrent la carcasse.
Le premier perfectionnement que nous donnâmes à notre construction,
fut de la disposer de façon à ce que le rameur pût y demeurer assis,
tandis que, dans les cajacks groënlandais, il faut, pour ramer, se tenir
les jambes croisées, à la manière des tailleurs, ou les étendre horizontalement dans le fond de la barque, ces deux positions étant également
incommodes et défavorables, en ce qu'elles privent le rameur de la plus
grande partie de ses forces.

Je ne dirai rien des embellissements extérieurs, de la forme plus
allongée et conséquemment plus gracieuse que nous donnâmes à la construction : du reste, cet ensemble de joncs, de bambous et de baleines
formait un tout si léger et si élastique, qu'il suffisait de laisser tomber
par terre la nouvelle nacelle, pour la voir rebondir comme un ballon :
nous en fîmes l'épreuve sur l'eau, et, toute chargée, elle enfonçait à
peine de deux pouces. Nous avions été plus d'un mois à mener à fin ce

nouveau chef-d'œuvre ; mais il avait si bien réussi, que mes jeunes ouvriers
s'en promettaient merveilles.

Quand la carcasse fut achevée et que l'intérieur en fut revêtu de mousse et de gomme élastique, nous nous occupâmes de l'enveloppe. Je pris pour cela deux peaux de veaux marins entières, c'est-à-dire sans ouverture latérale. J'en revêtis notre construction en y faisant entrer de force chaque extrémité, et en tirant les peaux de manière à les rapprocher juste à la moitié de l'esquif. Une couture artistement pratiquée en dessous de la nacelle les réunit l'une à l'autre, excepté à l'endroit où devait s'asseoir le conducteur. Je n'ai pas besoin de dire qu'avant d'employer ces peaux, j'avais eu soin de les soumettre à une préparation qui les avait rendues aussi souples, aussi faciles à manier que le cuir le plus doux dont se servent les selliers d'Europe. J'eus soin également de revêtir la suture d'une couche épaisse de gomme élastique pour empêcher l'eau de pénétrer. Je taillai des rames de bambous, qui s'appliquèrent assez bien aux côtés de l'embarcation, et l'une d'elles était munie, à son extrémité, d'une vessie bien gonflée, afin de prêter un point de résistance au navigateur en cas de besoin. Je ménageai sur le devant une place destinée à recevoir une voile, dans le cas où nous nous déciderions plus tard à y en planter une.

Ainsi, nos ressources venaient de prendre un nouvel accroissement, la flotte venait de s'augmenter d'une embarcation. Frédéric, comme l'auteur de l'idée du cajack, comme l'aîné, le plus adroit et le plus capable de s'en servir, fit valoir les droits qu'il croyait avoir sur cette propriété nouvelle; on les reconnut volontiers, car les dangers réels, qui se présentaient à la suite de toutes les courses auxquelles le cajack devait être consacré, tentaient assez peu MM. Ernest et Rudly. Frédéric fut donc solennellement reconnu comme propriétaire du nouveau navire.

Il restait une chose importante à faire pour l'achèvement de notre bateau groënlandais; c'était l'équipement de celui qui devait le manœuvrer. J'avais souvent entendu parler d'un appareil bien connu de tous ceux qui habitent les ports, et qui consiste à envelopper l'homme comme d'une couche d'air qui doit le rendre plus léger que le volume de liquide que son corps déplace. Je donnai à mes fils la description de cet appareil; je leur parlai de la cape qui enveloppe la tête du nageur, et qui se termine par un tuyau destiné à fournir à celui-ci la somme d'air dont il a besoin pour respirer sous l'eau. Ma description, et surtout l'idée du tuyau faisant l'office d'une cheminée à air, occupa long-temps la tête de mes petits garçons, et ils n'eurent pas de repos que je n'eusse imploré l'assistance de leur mère, pour nous fabriquer un de ces merveilleux appareils. C'était encore un moyen de soutenir le courage de mes enfants jusqu'à la fin des pluies ; je dus l'adopter avec empressement.

Ma bonne Élisabeth, pour qui tous nos désirs étaient des lois, se prêta de la meilleure grâce du monde à ce que nous réclamions de son adresse ; elle se mit à l'œuvre, et son aiguille fonctionna si bien, qu'en moins de quelques jours Frédéric avait un costume complet de plongeur. Une veste dont le dos et le devant étaient couverts d'une peau de boyau de baleine, hermétiquement fermée et cousue sur tous les bords, de manière à ne pas laisser échapper l'air qu'on y introduirait à l'aide d'un tuyau, en fit tous les frais. Ce tuyau flexible, et terminé par un bec qui se fermait au moyen d'un petit couvercle vissé, permettait au scaphandre de gonfler ou d'abaisser à la volonté les outres dont il était en quelque sorte revêtu.

Cependant l'hiver s'écoulait insensiblement ; la lecture, l'étude des langues, se mêlaient heureusement à ces tentatives industrielles, et nous rendaient moins longs et moins pénibles à traverser les sombres jours qui nous séparaient encore de la belle saison.

L'hiver avait ressemblé à ceux des années précédentes. Il s'était ouvert au milieu des plus violents orages, puis nous avions eu deux mois et demi environ de pluies continuelles. Enfin, les tempêtes, qui avaient ébranlé la nature au commencement de la saison, s'étaient remontrées à la fin comme pour annoncer le retour du printemps.

Peu à peu le soleil reparut, le vent cessa, la mer redevint calme, la verdure sortit de dessous l'eau qui l'avait couverte pendant trois mois : la nature était régénérée. Nous quittâmes la grotte pour reprendre la vie extérieure ; nous retrouvâmes, avec un plaisir indicible, et l'air pur de la côte, et les grands arbres de Falkenhorst, et toute cette végétation puissante et riche que le Créateur semblait avoir répandue autour de nous comme pour prévenir nos désirs et nos besoins.

L'habit de plongeur étant la dernière chose que nous eussions faite, Frédéric se disposa à nous donner une représentation du scaphandre. Il fut décidé qu'avant tout on en ferait l'épreuve ; en conséquence, par un beau soleil d'après midi, il revêtit solennellement sa casaque, qui lui prenait juste autour du cou et se serrait par une ceinture bouclée, il se couvrit la tête de la cape en toile imperméable, qui s'ajustait également à la veste ; ce bonnet ou masque avait sur le devant deux ouvertures garnies d'une feuille de talc pour voir clair, et le haut se terminait par une tige de roseau qui permettait à l'air de se renouveler dans l'intérieur. Notre premier mouvement, en le voyant dans son nouvel équipement, fut de

rire de toutes nos forces ; mais fier de son accoutrement, Frédéric entra
gravement dans l'eau, et prit la route de l'Ile du requin, où nous arrivâmes en même temps que lui, grâce à la rapidité de la pirogue. Le
nageur vint à terre, et secoua comme un canard l'eau qui l'inondait ;
nous le débarrassâmes de la cape qui lui emprisonnait la tête, mais l'é-
preuve avait si bien réussi, l'habit de plongeur avait eu un si beau succès,
que tout le monde eût voulut en avoir un. La bonne mère promit à ses
fils de les contenter, puis nous commençâmes à visiter l'île, que nous
n'avions pas parcourue depuis quatre mois. Nous avions hâte de savoir
ce qu'étaient devenus, pendant l'hiver, les nouveaux colons que nous y
avions établis.

Notre première visite fut pour les antilopes. Ils prirent la fuite à notre
approche, mais nous vîmes avec plaisir qu'ils avaient fait bon accueil
aux provisions de riz et de maïs mêlés de sel que nous avions préparées
pour eux, en voyant la paille et la mousse foulées sous les abris que
nous leur avions dressés ; nous renouvelâmes en conséquence les roseaux
qui devaient leur servir de litière, nous leur laissâmes d'autres provisions, et afin de ne pas les tenir plus long-temps éloignés du lieu où
ils paraissaient se plaire, nous les quittâmes, et nous nous répandîmes
dans l'île ; mes fils ramassèrent une provision abondante de coquilles, de
coraux et de toutes les autres curiosités dont ils crurent pouvoir orner

notre musée. Ma femme, qui donnait peu d'attention à une branche de
corail, fit une autre découverte : c'était une plante marine dont elle
ne nous apprit alors ni le nom ni la vertu, et dont elle se contenta de
faire mettre un paquet assez considérable dans le fond de la pirogue.
Quand nous fûmes de retour, elle y mêla d'autres feuilles qu'elle trouva
dans la Baie du salut, et elle enferma tout cela avec un certain mystère
dans la chambre aux provisions.

Cette conduite m'étonna. — Parbleu! lui dis-je en riant, il faut que tu caches là quelque trésor d'un haut prix : à voir le soin que tu y mets, on dirait presque que c'est du tabac, et que tu le caches ainsi, de peur que nous ne venions à le rencontrer et à en faire usage.

Elle sourit; et tout ce qu'elle me répondit, c'est que je connaîtrais plus tard le nom et les propriétés de la plante mystérieuse, et elle m'assura même que je serais le premier à exalter sa vertu et ses qualités. Cette réponse n'était pas de nature à me satisfaire, toutefois je me résignai à attendre, et il ne fut plus question de la découverte.

La terre était encore trop humide pour nous permettre de reprendre nos excursions. Nous profitâmes des derniers jours que nous avions à passer sous la voûte de la grotte pour ranger convenablement sur les tablettes du musée les coquillages, les coraux et les autres richesses minérales que nous venions de rapporter de l'île du requin. Cette occupation convenait surtout à Ernest, qui avait à cœur de mériter le nom de savant que nous lui donnions, et de justifier son titre de bibliothécaire et de premier conservateur du musée de Felsenheim. Il avait étudié avec beaucoup d'ardeur pendant les quatre mois qui venaient de s'écouler; et il nous expliquait la formation du corail, il nous disait comment il forme quelquefois, au milieu des flots, des îles qui paraissent dues à des tremblements souterrains : il dissertait sur les polypes; enfin il ne laissait échapper aucune occasion de faire le professeur, et il faut le dire, c'était avec plaisir que nous écoutions ses leçons.

— « Les coquillages, nous dit-il, sont une des branches de l'histoire naturelle les plus difficiles et les moins explorées jusqu'à ce jour. On dirait que la science a reculé devant ces merveilles de la création, et que, prompt à enregistrer les phénomènes qui se révèlent dans l'existence des autres êtres organisés, son œil investigateur a été inhabile à saisir le secret de la vie qui anime les enveloppes épaisses que nous appelons coques ou coquilles.

» On distingue quatre sortes de coquilles : 1° celles d'une seule pièce, qui sont les *univalves;* 2° celles qui sont composées de deux pièces inégales en grandeur, et souvent de nature différente, dont l'une est plate et sert d'opercule : ce sont les coquilles *operculées;* 3° celles dont les deux pièces, que l'on nomme battants, sont à peu près égales : elles sont nommées coquilles *bivalves;* 4° celles qui sont formées par l'assemblage de plusieurs pièces ordinairement inégales : ce sont les coquilles *multivalves.*

» Les coquillages ont été employés à une foule d'usages chez diverses nations. Celui qu'on appelle *monnaie de Guinée*, ou cauris, sert en effet de monnaie en Guinée et même aux îles du Cap-Vert, à Léonda, au Sénégal, à Bengale, et dans quelques îles Philippines. A Bengale, on en fait encore des brasselets, des colliers et d'autres bijoux. Les Canadiens en font des ceintures et des colliers. En Égypte et en Afrique, les dames pendent pour ornement des coquillages à leurs oreilles et à leur cou. Les Grecs en composaient une espèce de fard. Les habitants de Tyr retiraient autrefois du *murex* une belle couleur pourpre dont ils faisaient usage en teinture. Les Turcs et les Levantins garnissent avec les *cauris* les harnais de leurs chevaux et en revêtent des vases avec une adresse surprenante. Dans l'île de Sainte-Marthe, les coquillages sont employés à orner les nattes de jonc et de palmes qui couvrent les murailles. On tire du burgau une belle nacre nommée dans le commerce *burgandine*, qu'on incruste d'or, et dont on fait des bijoux fort délicats. On fait avec les *cames* des bagues sculptées, que l'on appelle *camées*. Les huîtres produisent des perles qui servent d'ornement, et leur grosseur, ainsi que leur orient, contrebalancent souvent le brillant du diamant. Des personnes industrieuses font des bouquets de fleurs avec des coquilles, et l'art avec lequel on les choisit et on les arrange, joint à leur forme et à leurs couleurs si variées, trompe souvent les yeux. Chez les Romains, les coquilles nommées *buccins* servaient de trompettes à la guerre; ce sont les mêmes que les Hollandais nomment encore *trompettes*. Les sauvages, peuple amateur du chant et de la danse, joignent ensemble des *tonnes*, des *buccins*, des *porcelaines*, des *casques*, et en forment des espèces de lyres, qui, étant exposées à un courant d'air, rendent un certain bruit propre à les animer dans leurs danses. On fait dans quelques pays, avec les *nautiles*, des coupes dont on se sert en place de verre à boire. Les coquilles ont servi long-temps dans les assemblées, pour donner les suffrages. La loi de l'ostracisme tire son nom d'un mot grec qui signifie *huître* ou *coquille*. Cette loi, comme l'on sait, fut établie chez les Athéniens pour exiler pendant dix années ceux que leurs grandes richesses ou un crédit trop étendu rendaient suspects au peuple. En Corse, on fait des étoffes avec la soie du *byssus*. On prétend qu'à la Chine, dans les provinces du Kiam-Fi, on pile les coquilles, qu'on les enfouit dans la terre, et qu'ensuite on les fait entrer dans les pâtes de porcelaine ; dans l'île de Ciana, on calcine les coquilles pour en faire de la chaux. En Angleterre, les coquilles servent à blanchir la cire : les Anglais s'en servent aussi, de même que les cultivateurs de Sardaigne et de Sicile, pour fertiliser la terre. Il y a plusieurs espèces de coquillages dont on mange la chair : tels sont les moules, les huîtres, les lépas, les limaçons, etc. Les Romains de la décadence, bons juges en matière de gastronomie, en admettaient toujours dans leurs repas. Un de leurs écrivains a même pris le soin de nous conserver la manière dont il faut s'y prendre pour engraisser les coquillages, afin de les rendre plus agréables au goût. »

Cependant la terre devenait plus sèche, les longues flaques d'eau qui la couvraient disparaissaient peu à peu, et nous reprîmes nos excursions accoutumées sur tous les points de nos domaines; nous revîmes Falkenhorst et ses arbres géants, le potager, l'angle du rocher qui nous servait de serre-chaude, tous les lieux, en un mot, où notre industrie avait laissé quelques traces de notre passage.

Un soir, comme nous revenions de Falkenhorst plus fatigués que de coutume, car la chaleur avait été excessive, en entrant, ma femme nous offrit une grande terrine pleine d'une espèce de gelée transparente d'une saveur et d'une fraîcheur délicieuse : c'était un mélange de sucre, d'aromates et d'une agréable acidité, et, après en avoir mangé quelques cuillerées, nous nous sentîmes tout à la fois restaurés et rafraîchis; et soit appétit, soit mérite réel du nouveau mets, nous déclarâmes unanimement que nous n'avions rien mangé qui en approchât. Nous nous épuisions en conjectures pour deviner ce que ce pouvait être; ma femme riait en gardant le silence.

— C'est de l'ambroisie, dit Ernest le savant.

— C'est.... c'est..., disait Rudly en se grattant la tête.

— C'est, reprit en riant la bonne mère, c'est, messieurs, le résidu de la plante marine que j'ai recueillie, et serrée lors de notre premier voyage à l'Ile du requin : vous savez, cette plante que vous avez si mal reçue d'abord.

— Serait-il vrai? repris-je avec admiration. Comment as-tu rencontré, reconnu cette plante? c'est à peine si je puis me souvenir d'avoir trouvé son nom dans les livres.

— Voilà comme vous êtes, messieurs, reprit ma femme à son tour, avec toute l'autorité que lui donnait sa découverte. Les pauvres femmes vous paraissent tout au plus bonnes à faire la cuisine, et vous êtes tout étonnés quand par hasard elles vous apportent quelque idée juste ou heureuse, à côté de laquelle votre science aurait passé sans s'arrêter. Ah! messieurs les savants, la science ici vient d'être en défaut. Voilà une découverte qui en vaut bien une autre; vous ne l'auriez probablement pas faite de sitôt. Et c'est une femme, une pauvre femme!...

— Ah ! c'est vrai ; nous sommes vaincus, et nous nous humilions. Mais comment, lui dis-je, as-tu eu l'idée d'extraire de la plante marine que tu as découverte cette gelée délicieuse ?

— Je n'en ai pas eu la première idée, il est vrai, je n'ai eu que de la mémoire : cette dame hollandaise qui était avec nous sur le bâtiment et qui avait long-temps habité le cap de Bonne-Espérance, m'avait raconté que les habitants de ce pays recueillaient sur le bord de la mer une espèce d'algue qu'ils lavaient avec soin et qu'ils faisaient sécher au soleil : ils y mêlaient du sucre et du citron en la faisant cuire, et ils obtenaient une gelée semblable à celle-ci. Au lieu de sucre, j'ai pris le jus de nos cannes ; j'ai remplacé le citron par des feuilles de ravensara, des gousses de vanille et quelques gouttes d'hydromel, et je crois avoir assez bien réussi, puisque mon mets a trouvé grâce devant vous.

Nous remerciâmes notre bonne ménagère de cette nouvelle attention, et nous lui en fîmes tout l'honneur, car se bien souvenir, c'est presque inventer.

Une seconde excursion à l'Ile du requin nous permit d'examiner à loisir les diverses plantations que nous y avions faites ; elles avaient réussi, et nous trouvâmes plusieurs jeunes arbres déjà forts qui s'élevaient de plusieurs pieds au-dessus du sol. Nos lapins avaient aussi prospéré ; la famille s'était agrandie dans une proportion dont nous fûmes étonnés ; et nous les vîmes de loin qui rongeaient des algues sur le bord de la mer, ce qui nous rassura sur le sort de nos plantations.

Ces herbes marines, auxquelles je trouvai un goût sucré et une légère odeur de violette, me firent voir que ce n'étaient point celles qu'avait trouvées ma femme ; mais je crus les reconnaître pour le *fuccus saccharinus* dont les habitants de l'Islande tirent du sucre. Nos lapins devaient se bien trouver de cette nourriture ; cependant, comme à notre approche ces petits animaux s'étaient enfuis dans les rochers, nous résolûmes, pour en être maîtres et en disposer à notre volonté, de leur construire une garenne, c'est-à-dire un enclos fermé de pierres et d'épines, où nous les forçâmes d'entrer.

Nous fîmes aussi une descente dans l'îlot de la baleine ; les plantations que nous y avions faites avaient parfaitement réussi ; ainsi tout était en prospérité autour de nous : nos possessions maritimes et celles de la terre ferme offraient le spectacle le plus agréable aux yeux des propriétaires : l'abondance, la richesse et une végétation puissante, promesse certaine d'une récolte heureuse. Nous nous arrêtâmes un instant à considérer, du haut du rocher qui bordait l'îlot, cette terre si bien pré-

parée ; la pensée des trésors qu'elle allait enfanter pour nous porta nos
cœurs vers le Seigneur, et nous bénîmes son nom dans un sentiment
profond d'action de grâces et de reconnaissance. Nous retournâmes ensuite au rivage, où des travaux de la saison nous rappelaient.

Un jour que j'étais occupé à des soins domestiques dans l'intérieur de
la grotte, trois de mes fils disparurent sans rien dire ; ils emportaient
avec eux des provisions de bouche, des carottes et leurs armes. Je devi-
nai facilement, d'après les carottes, quel devait être le but de leur course.
C'était évidemment une chasse aux rats, et mes drôles ne s'étaient esqui-
vés que pour se procurer les matériaux nécessaires à une nouvelle fabrication de chapeaux. Je leur souhaitai bon voyage et bonne chance, et je
ne m'en occupai plus.

Ernest, toujours casanier, n'était pas de l'escapade ; il était resté dans
la bibliothèque, où ses goûts le retenaient ; la bonne mère vaquait aux
soins intérieurs du ménage : je résolus d'imiter mes trois jeunes aventuriers et de tenter aussi une excursion seul. J'avais besoin de gros blocs de
bois pour écraser le blé que nous récoltions ; mais je ne voulais pas les
prendre autour de notre habitation, de peur de la dégarnir. J'aurais été
fâché d'abattre un seul de ces beaux arbres dont l'ensemble formait le

plus riant paysage. J'allai droit à
l'écurie ; mais les montures avaient
aussi disparu : il ne restait que le
buffle ; je m'en contentai. Je l'attelai
au traîneau, et nous partîmes de
compagnie dans la direction du Ruisseau du chacal. Je pris avec moi
Folb et Braun ; la fidèle Billy resta
auprès d'Ernest et de la ménagère ;
quant à Turc, il était parti dès le
matin avec ses jeunes maîtres.

En marchant vers le ruisseau,
j'avais intention de visiter en passant
nos plantations de manioc et de
pommes de terre, qui s'étendaient de
l'autre côté de la rivière. Je n'avais
pas vu, depuis quatre mois, cette
terre que nous avions préparée avec tant de peine, et j'étais curieux de
juger de l'action des pluies sur elle : je m'attendais à trouver une végétation abondante, et les plus belles espérances pour la moisson à venir.

Mais quels furent ma surprise et mon chagrin, en approchant, de trouver la plantation toute bouleversée! les feuilles et les tiges qui s'étaient élevées de terre avaient été brisées et foulées aux pieds; les racines étaient éparses çà et là sur la terre; c'était, en un mot, le spectacle de la désolation la plus complète, au lieu de l'abondance que je m'étais promise. Je pensai d'abord que ce pouvaient être mes fils qui, par ordre de leur mère, étaient venus commencer la récolte; mais je ne m'arrêtai pas long-temps à cette idée : des empreintes, que je ne reconnus cependant pas tout de suite, me convainquirent que des animaux fouilleurs avaient passé par là. Toute la question se réduisait donc à savoir si les auteurs du dégât étaient des cochons sauvages ou bien la famille de notre truie, que son insociabilité tenait toujours éloignée de nous. Quels qu'ils dussent être, je les maudis de bon cœur. Fallait-il donc, me disais-je avec découragement, qu'entre toutes les richesses que la nature semble avoir accumulées avec complaisance sur cette côte, ces méchants animaux choisissent précisément celles qui nous avaient coûté tant de peines et sur lesquelles reposaient toutes nos espérances?

Cependant mes deux compagnons, Folb et Braun, qui n'entendaient rien aux méditations philosophiques dans lesquelles j'étais entré, s'étaient mis en quête des dévastateurs, et ils ne tardèrent pas à ramener vers moi toute une famille, en tête de laquelle je reconnus tout d'abord notre vieille truie, dont les grognements attestaient un haut degré de mécontentement. J'étais si irrité de la dévastation que j'avais devant moi, que, par un mouvement presque instinctif, j'armai mon fusil, et d'un seul coup j'abattis dans la bande deux jeunes cochons qui payèrent pour toute la famille. Les autres prirent la fuite : je rappelai mes chiens qui les poussaient, et je les retins auprès de moi en leur abandonnant les têtes des deux victimes. La décapitation m'avait paru le moyen le plus expéditif et le plus simple de les saigner. Je plaçai ensuite les corps sur le traîneau, et je me mis en devoir de chercher autour de moi les arbres dont j'avais besoin. Je les marquai d'un coup de marteau comme font les marchands de bois dans les ventes, et je me remis en route pour Felsenheim, beaucoup moins joyeux de la chasse que j'avais faite qu'attristé de la dévastation qui l'avait motivée.

La peine que l'homme s'est donnée pour arriver à un but quelconque n'est rien en comparaison de la douleur qu'il ressent à voir se perdre le fruit de ses travaux. J'étais dans la position du laboureur qui a passé des mois entiers à retourner la terre et à l'ensemencer, et qu'un jour d'orage vient dépouiller soudain de toutes ses espérances.

Je racontai à ma femme les dégâts dont je venais d'être témoin ; elle
en fut profondément affligée, et elle regardait à peine les deux cochons
que je rapportais. Cependant, je l'engageai à ne les considérer que
comme une proie de bonne prise, et à les transporter dans sa cuisine
pour leur faire subir la transformation nécessaire avant de figurer sur
notre table. Ernest aida sa mère, et ils se mirent en devoir de préparer
le plus petit pour notre repas du soir. Le dos d'un de ces jeunes porcs
fut mis à la broche, et des pommes de terre placées dans la lèchefrite
reçurent la graisse succulente qui s'en échappait.

Vers le soir, et comme nous commencions à éprouver déjà quelque
inquiétude de l'absence de nos voyageurs, nous vîmes tout-à-coup Rudly
paraître dans le lointain. Il arrivait au grand trot sur son autruche ; ses
deux frères ne le suivaient que de loin. Du reste, il marchait libre de
toute charge et de tout embarras ; il prétendait que sa monture se prêtait
assez mal à recevoir un fardeau quand elle avait déjà son cavalier sur
le dos. Fritz et Frédéric avaient en croupe chacun un sac rempli de plusieurs pièces de gibier, en un mot, tout le produit de la chasse. Celle-ci
avait été heureuse, et ils rapportaient avec eux quatre de ces animaux
que nous avions baptisés du nom de bête-à-bec, vingt ondatras, un

singe, un kangourou et deux variétés nouvelles d'animaux musqués qu'ils
avaient rencontrés dans le marais. La première était le *castor moschaten :* il ne diffère guère de l'ondatra que par la forme de son museau
qui s'allonge en forme de trompe ; je crus reconnaître dans l'autre le
tolay de Buffon.

Fritz déposa encore devant nous un faisceau d'une espèce de chardons
à aiguillons recourbés qui pouvaient nous devenir d'une grande utilité

pour travailler le poil de nos feutres et de nos étoffes. Cependant chacun brûlait de raconter les détails de l'expédition : selon sa coutume, Rudly commença.

— D'abord, s'écria-t-il, honneur avant tout à ma monture! honneur à mon cheval à longues jambes! honneur à l'hippogriffe! c'est de lui qu'on peut dire qu'il est aussi léger que le vent et qu'il court aussi vite que la tempête. Il m'emporte avec une telle rapidité, que la plupart du temps je suis obligé de fermer les yeux, et c'est à grand'peine si je puis trouver le moment de respirer. La première chose qu'il me faut maintenant pour assurer mon équitation, c'est un masque avec des œillères de verre. Vous m'en ferez un, n'est-ce pas, mon père? Il m'en faut un.

— Ah! seigneur cavalier, j'en suis fâché, mais je ne vous ferai point de masque.

— Et pourquoi donc?

— Pour deux raisons : la première. c'est qu'au lieu de le demander tu commandes, et que tu sembles avoir oublié que, vis-à-vis de ton père, *il faut* n'est jamais la formule convenable. La seconde raison, c'est qu'au lieu d'avoir recours à l'industrie d'autrui, tu ne devais t'adresser qu'à toi-même. Quand l'homme n'exécute pas lui-même ce qui se trouve à la portée de ses forces, c'est paresse et indolence : ainsi donc, si tu veux un masque, tu t'en feras un.

— Vous avez raison, mon bon père, dit Rudly en me tendant la main, pardonnez à ma brusquerie, je vous prie; je tâcherai pourtant de m'en corriger.

— C'est bien, reprit Frédéric. Tout par soi-même; c'est bien aussi le principe que nous mettons en pratique depuis ce matin : nous n'avons eu besoin de personne pour nous préparer à dîner aujourd'hui au milieu du désert; mais, cher père, que dites-vous de cette abondance de fourrures que nous vous apportons?

— Je l'accueille avec toute la faveur qu'elle mérite; mais j'aurais voulu que mes chasseurs n'eussent pas cru devoir la gagner au moyen d'une escapade et en laissant leurs parents dans l'inquiétude, comme ils ont fait....

— Eh bien, c'est encore vrai! s'écria Frédéric, nous y avons pensé quand nous fûmes à une lieue d'ici, mais je vous réponds que cela ne nous arrivera plus.

La franchise de cet aveu me désarma, et je me serais fait un reproche de prolonger l'état de contrainte dans lequel je voyais mes chers étourdis. Je me hâtai de donner le change à leurs idées, en les invitant à débarrasser leurs montures des harnais et des fardeaux dont elles étaient chargées.

Pendant que mes fils s'occupaient de ce soin et qu'ils installaient les patients animaux à l'écurie, où des râteliers pleins d'herbe fraîche les attendaient, la bonne mère songeait aux cavaliers, elle donnait au rôti son dernier tour, et nous fûmes bientôt tous réunis autour de la table.

— En vérité, dit Fritz en aspirant avec délices l'odeur qui s'élevait du cochon rôti, voilà un banquet qui s'annonce au moins aussi bien que le dîner de sauvage que nous avons fait tantôt ; et je dois confesser ici que je me sens peu de goût pour la vie nomade et ses repas, où la frugalité est tout à la fois la vertu du mangeur et l'assaisonnement des mets.

— A merveille, reprit alors la bonne mère en riant, je suis enchantée d'avoir deviné les goûts de mon petit Fritz ; et elle prit de là occasion de nous faire remarquer avec une emphase comique tous les trésors dont elle avait eu soin de charger notre table. A côté du cochon de lait, nous avions une jatte de la plus fraîche salade du potager, et en regard une large terrine de cette excellente gelée hottentote que nous avions si bien accueillie à notre dernier voyage de Falkenhorst ; pour dessert nous avions des fruits, une espèce de beignet de pommes de goyaves frits dans du beurre, et des tiges de cannelle confites dans du sirop de sucre ; une bouteille de vin du Cap, une autre d'hydromel complétaient le luxe de ce dîner, qui n'avait rien de sauvage, mais qui brillait, au contraire, de toutes les recherches de la civilisation.

Pendant le repas, chacun raconta ses aventures ; Frédéric nous fit le récit de leur entrée dans le vallon du marais, l'attaque des ondatras avec la carotte jaune, et celle des castors à trompe, avec une espèce de petit poisson dont ces animaux se montrèrent très-friands. — Enfin, ajouta-t-il, nous dûmes à cette circonstance de voir des bêtes à bec venir se prendre à un appât qui ne leur était pas destiné. Nous pêchâmes ensuite pour notre propre compte, et nous relevâmes notre dîner d'un plat de ginseng cuit dans les cendres.

— Ah ! voilà quelque chose de beau, dit mon petit Rudly toujours un peu fanfaron, des poissons, des rats ! mon coursier à moi s'entend bien autrement à la chasse : c'est à lui que nous devons cette proie de roi, ce noble et beau kangourou !

— Oui, ajouta Fritz, proie d'autant plus facile à prendre, qu'elle attendait tranquillement le chasseur en broutant l'herbe, et que d'ailleurs elle n'avait pas encore appris à fuir à l'odeur de la poudre.

— Pour moi, répliqua Frédéric, je ne rapporte qu'une plante, mais elle vaut peut-être mieux qu'un kangourou ; examinez, je vous prie, la disposition et la solidité de ces chardons ; voyez ces pointes qui se rabattent en crochets sur elles-mêmes ; n'aurons-nous pas là d'excellents instruments dans la fabrication de nos chapeaux, pour peigner et lisser le poil ?

— Ah ! laisse donc avec tes chardons, reprit Rudly, ma chasse vaut bien mieux que cela ! N'est-ce pas mon brave chacal qui nous a fait prendre notre gibier ?

Nous avions ainsi devant nous toute la chasse de nos aventuriers. Les rats n'obtenaient qu'une faible attention : nous les connaissions trop pour nous y arrêter long-temps ; le *castor moschaten* eut les honneurs d'un examen plus sévère ; mais le kangourou fut surtout l'objet d'une étude spéciale de la part de maître Ernest. Ce n'était encore que le second animal de cette espèce que nous ayons rencontré depuis notre naufrage.

— Le kangourou, nous dit-il, est l'un des animaux les plus curieux du Nouveau-Monde ; il a quelquefois près de neuf pieds de long, depuis l'extrémité du museau jusqu'au bout de la queue, et on en a vu qui pesaient jusqu'à cinquante livres ; son poil est court et mollet, d'un gris rougeâtre, qui s'éclaircit sur les flancs et sous le ventre : il a la tête petite et allongée, les oreilles larges et droites, et le nez fourni de moustaches ; son cou et ses épaules sont petits ; il augmente graduellement de volume vers les hanches et le bas-ventre ; les jambes de devant des plus grands kangourous ont environ dix-huit pouces de longueur ; elles servent à ce quadrupède à gratter la terre pour former son terrier, et à porter les aliments à sa bouche ; il se meut entièrement sur ses jambes de derrière en faisant des bonds de sept à huit pieds de haut. On ne lui compte à chaque pied que trois doigts, et celui du milieu excède considérablement en longueur et en force les deux autres ; mais l'interne est d'une structure remarquable : en l'examinant de près, on reconnaît qu'il est réellement divisé dans le milieu et même à travers l'orteil qui lui appartient, de manière qu'ils paraissent avoir été séparés par un instrument tranchant.

La queue du kangourou est longue, épaisse à son origine, et se termine en pointe : il s'en sert pour sa défense, et porte avec cette arme des coups si violents, qu'ils seraient capables de casser la jambe d'un homme.

Cependant chacun des jeunes aventuriers avait mille détails particuliers dont il voulait nous faire part ; il n'y eut pas jusqu'à Fritz qui, tout novice qu'il était, ne voulût nous persuader qu'il avait marqué par de véritables prouesses son entrée dans la carrière. Je laissai tous ces petits amours-propres se traduire en liberté, et je me mis à examiner les produits de l'expédition, et à chercher le parti que nous en pourrions tirer.

Les chardons de Frédéric, dans lesquels je reconnus le chardon à foulon, me parurent une conquête précieuse ; c'était un instrument de plus ajouté aux ressources industrielles dont nous disposions. Mes jeunes gens avaient aussi songé à prendre des boutures de pommes douces et de cannelle ; la bonne mère les accueillit avec joie, et dès le lendemain matin elles furent solennellement plantées dans le potager.

Je sus gré à mes fils de ces pensées de prévoyance, et j'étais heureux de voir l'idée du lendemain s'introduire déjà dans leurs jeunes têtes et leur inspirer des actes de prudence au-dessus de leur âge.

Il fallut ensuite songer au moyen le plus expéditif et le plus facile de dépouiller le gibier, c'est-à-dire le kangourou, et j'inventai pour cela une machine qui fit d'abord beaucoup rire mes enfants.

Nous avions trouvé sur le vaisseau, dans les instruments du chirurgien, une grosse seringue. Je la pris : je pratiquai dans les flancs du cylindre deux soupapes destinées à remplir les fonctions d'une machine pneumatique ; et sans rien dire à mes fils, qui avaient suivi mon opération avec tous les signes de l'étonnement, je leur ordonnai d'attacher aux branches d'un arbre le kangourou par les jambes de derrière, de telle sorte que sa poitrine fût à peu près à la hauteur de la mienne. Quand l'animal fut ainsi disposé, je pratiquai dans sa peau une petite incision, et je m'armai solennellement de ma seringue.

Ici la gravité de mes fils ne put pas tenir plus long-temps, et ce fut un feu roulant de plaisanteries du genre de celles dont ce malheureux et pourtant très-utile instrument est souvent l'objet.

Je ne perdis rien, pendant tout ce temps-là, de ma gravité primitive.

— Attendez un instant, dis-je aux rieurs, et vous jugerez de mon œuvre par les résultats.

J'adaptai en même temps la canule à l'ouverture que j'avais pratiquée dans la peau, et je commençai à faire jouer l'instrument. Peu à peu, la peau de l'animal se gonfla, et en quelques instants le kangourou ne fut plus qu'une masse informe.

— A l'œuvre maintenant! criai-je aux jeunes garçons étonnés, frappez à coups de bâton sur cette outre gonflée, dépouillez de sa fourrure ensuite ce bel animal; car l'opération est plus qu'à demi consommée.

En effet, il suffit d'une incision dans la longueur du ventre, et avec quelques efforts la peau se détacha parfaitement.

— Eh bien! demandai-je à Rudly, comprends-tu maintenant, maître rieur, l'efficacité de mon procédé?

— Je vois la merveille, dit-il, mais je ne sais pas le pourquoi.

— Le voici donc. Tu dois savoir que la peau des animaux ne tient à leur chair que par une réunion de fibres et de vésicules extrêmement ténues et délicates. Ces fibres sont douées d'élasticité; mais elles ne se distendent pas au-delà de certaines limites, ou bien elles se brisent et elles rompent ainsi les liens qui joignent la chair à la peau. Telle a été précisément l'action de ma seringue sur le kangourou. En insinuant entre la chair et la peau un certain volume d'air, j'ai soulevé la peau d'abord, puis je l'ai distendue, puis enfin, les fibres et les vésicules se sont rompues; de là, la facilité avec laquelle vous avez pu dépouiller l'animal.

— Ah! vraiment, répliqua mon étourdi, il faut presque être sorcier pour cela.

— Pas le moins du monde; il ne faut que raisonner un peu et vouloir bien se souvenir : ce que je viens de faire, tous les bouchers de village le savent et l'exécutent beaucoup mieux et beaucoup plus habilement que moi.

Nous entreprîmes et nous exécutâmes assez heureusement encore une
foule d'autres ouvrages domestiques destinés à entourer de toutes les
aisances d'une vie confortable notre modeste et paisible existence. Avions-
nous besoin d'un instrument nouveau, vite je me mettais à l'œuvre ; et
sauf quelques morceaux de bois ou de fer qui se perdaient souvent, et
que je pouvais considérer comme le tribut de mon apprentissage, nos
tentatives avaient en général assez de succès. Je m'avisai un jour de
choisir dans la carcasse de la baleine, parmi les os blancs et solides qui
composaient l'échine du monstre, des mortiers pour piler notre grain.
J'en trouvai six, que j'établis aussi solidement que possible sur de gros
blocs que je transportai dans la cuisine. Ma femme les étrenna avec le riz
de notre récolte. Ses fils l'aidèrent, et ce n'était pas un spectacle sans
intérêt que celui de cette bonne ménagère apprenant à ses enfants à pourvoir ainsi aux nécessités de la saison mauvaise. Ils n'allaient pas, il est
vrai, très-vite en besogne ; mais ils réussissaient assez bien, et cela suffisait. C'était pour nous, d'ailleurs, que nous travaillions ; nous n'avions
à satisfaire à aucune exigence, nous n'avions nulle parole de maître qui
nous gourmandât, nous n'avions point de marché à pourvoir, et nous
pouvions, en conséquence, donner à nos travaux domestiques tout le
temps qu'ils exigeaient pour être bien faits.

Nos poules de bruyère et l'autruche se montraient assidues autour
de mes enfants quand ils étaient occupés à piler le riz, et il ne s'échappait pas un grain des mortiers qu'il ne fût immédiatement avalé par l'une
de ces naturelles du pays. L'autruche surtout, du haut de ses longues
jambes, étendant son cou flexible et venant becqueter à terre un grain
de riz au milieu des poules, était bien le spectacle le plus original et le
plus pittoresque qui pût se voir. Il y avait de la vie et du mouvement

autour de nous ; nos animaux domestiques, qui s'apprivoisaient tous les
jours davantage, l'activité de mes fils, tout concourait à donner à l'habitation de Felsenheim l'aspect d'une ferme où tout respire la richesse et
l'abondance.

Cependant, je ne tardai pas à m'apercevoir que le blé que nous avions
semé avant l'hiver était arrivé à maturité. Il n'y avait pas plus de cinq
mois que nous l'avions confié à la terre : cette précocité nous combla
de joie, car elle nous donnait l'assurance de pouvoir faire deux récoltes
par an.

Nous nous trouvions ainsi tous les travaux de la colonie en même
temps sur les bras. Le passage des harengs ne devait pas tarder ; la chasse
aux chiens de mer devait suivre de près, et d'un autre côté ma bonne
Élisabeth se lamentait d'une façon tout-à-fait pitoyable, en énumérant
tous les travaux qui suivraient ceux de la salaison et de la préparation de
nos salaisons. C'était le manioc qu'il fallait arracher, c'étaient les pommes
de terre qu'il fallait recueillir et serrer, c'étaient mille soins à donner,
mille travaux à entreprendre, pour lesquels l'année ne devait jamais
avoir assez de jours.

Je tranquillisai de mon mieux notre ménagère : je l'assurai que le
manioc pouvait sans danger rester en terre lorsqu'il est mûr ; et quant
aux pommes de terre, je lui appris qu'on n'avait point à craindre pour ce
fruit précieux, dans les terres sablonneuses et chaudes, ces rejetons et ces
excroissances qui ne manquent jamais de l'envahir dans les terrains pierreux de notre Europe, pour peu que l'on tarde à le tirer de la terre
quand il a atteint sa maturité.

Je décidai que les travaux commenceraient par le blé. C'était pour
moi la principale et la meilleure de nos ressources ; mais comme il importait d'effectuer la récolte dans le plus bref délai possible, et qu'il fallait
en outre proportionner les fatigues qu'elle allait nous imposer aux forces
de mes ouvriers, je résolus de suivre pour la récolte la méthode de l'Italie
plutôt que celle de la Suisse. Nous devions y gagner sous le rapport du
temps et sous celui de la fatigue.

Je commençai par disposer au-devant de la grotte un emplacement
assez vaste dont je voulais faire une aire. Je l'arrosai pour cela à plusieurs
reprises du résidu des fumiers de nos bêtes ; ensuite, armés de pelles
larges et solides, nous frappions à coups redoublés cette terre ainsi humectée. Quand le soleil avait aspiré toute l'humidité dont nous l'avions
imprégnée, nous recommencions, et nous continuâmes ainsi jusqu'à ce
que nous eussions obtenu une surface lisse et solide, compacte, sans

fissures, et presque aussi impénétrable à l'eau qu'aux rayons du soleil. J'avais appris en Suisse cette manière de préparer la terre; c'est celle dont se servent tous les fermiers de nos montagnes pour fonder les aires de leurs granges.

Quand nous eûmes fini, je fis atteler de compagnie le buffle et le taureau au fameux panier d'osier qui, sous le nom pompeux de palanquin, avait été jadis pour le pauvre Ernest un instrument de cruelle mystification. Rudly et Fritz ne manquèrent pas de rappeler au savant cette triste scène, et de l'inviter à se placer de nouveau entre les deux bêtes de somme; mais le savant n'était pas de ceux qu'on prend deux fois au même piége, et les porteurs arrivèrent tranquillement à vide jusqu'au champ que nous allions moissonner.

Avant de se mettre à l'œuvre, ma femme demanda en quel lieu on trouverait des liens pour réunir les épis en faisceaux et en faire des gerbes; mes garçons, de leur côté, me demandaient des faucilles.

— Nous n'avons besoin, leur répondis-je, de rien de tout cela; nous allons faire la récolte à la manière des Italiens; ceux-ci, naturellement ennemis de la peine, se passent de faucilles, comme trop lourdes à manier, et de liens, comme trop durs à tourner.

— Alors, reprit Frédéric, comment fait-on donc pour réunir des gerbes et les transporter dans les granges?

— Ah! pour cela, l'Italien n'a pas grand'peine: d'abord, il ne fait point de gerbes, et ensuite, comme il bat son grain sur le terrain même où il l'a récolté, il n'éprouve pas le moindre embarras pour rentrer les gerbes chez lui.

— En ce cas, ce doit être une chose assez originale qu'une récolte à l'italienne.

— Tu vas en juger.

En même temps je réunis dans ma main gauche autant d'épis qu'elle en pouvait contenir: je serrai fortement la poignée, et me servant d'un long couteau dont ma droite était armée, je tranchai les épis à six pouces environ au-dessous de leur naissance. Je jetai dans le panier des deux bêtes de somme cette première poignée, et me tournant vers Frédéric: Voilà, lui dis-je en riant, le premier acte d'une récolte à l'italienne.

Mes enfants trouvèrent le procédé admirable, et en assez peu de temps le champ ne présenta plus qu'une surface inégale, hérissée de pailles décapitées, et au milieu desquelles s'élevaient encore çà et là quelques épis oubliés.

— Pour moi, dit la mère en promenant un regard de pitié sur ce champ ainsi pillé, je dois vous confesser que la récolte à l'italienne n'a pas mon approbation. Grand Dieu ! le cœur d'une vraie Suissesse se navre à voir les restes de cette déprédation que vous appelez récolte, et tous ces épis perdus que vous laissez parmi la paille !

— Pas si vite, bonne ménagère, repris-je en riant ; tu te hâtes trop de condamner ma nouvelle méthode ; tout paresseux qu'il est, l'Italien n'entend peut-être pas si mal sa récolte : ce qu'il ne mange pas, il le boit.

— Ah ! pour cela, c'est une énigme à laquelle je ne comprends rien.

— Tu as raison, ma bonne femme, mais il est quelquefois bon d'employer les énigmes pour forcer l'esprit à réfléchir sur des choses que sans cette forme il eût peut-être oubliées ; mais pour t'expliquer celle-ci, je te dirai que l'Italien boit la partie de sa récolte qu'il ne mange pas, avec cette simple différence que ce n'est pas sous la même forme. L'Italie est un pays aussi peu favorable à l'éducation des bestiaux que fertile et riche en toutes sortes de produits agricoles. L'herbe, les pâturages et le foin y sont extrêmement rares. L'Italien pare à cette disette en convertissant en fourrage les restes de sa récolte. Il laisse plusieurs semaines, sur pied, la paille qu'il a dépouillée de ses épis : la fraîcheur qui règne naturellement entre les diverses tiges de cette paille y fait naître de l'herbe, et c'est quand celle-ci a atteint la hauteur de la paille elle-même, qu'elle a formé avec elle une sorte de masse solide, c'est alors qu'il y porte la faux, et qu'il recueille, pour ses bestiaux, un fourrage précieux qu'il doit autant à son intelligence qu'à la nature. Les épis qu'il a laissés çà et là se trouvent dans le fourrage, et la vache qui les rencontre rend bien en lait l'équivalent de la générosité calculée de son maître. Voilà dans quel sens j'ai voulu dire que l'Italien buvait la partie de sa récolte qu'il ne mangeait pas.

— C'est bien, reprit la mère à son tour ; mais si l'Italien donne sa paille aux bestiaux pour les nourrir, avec quoi leur fait-il de la litière ?

— Il ne leur en fait point : la terre d'Italie est bonne et clémente, et elle ne recèle pas cette humidité malfaisante de nos climats, qui ne permettrait pas de faire coucher les bestiaux sur la terre nue. Mais ne nous éloignons pas du but que nous nous sommes proposé ; après avoir fait la récolte à l'italienne, il nous reste encore à battre le grain et à le séparer des balles comme font les Italiens. Messieurs, retournons à la grotte, et là préparez vos montures, car nous en aurons besoin.

Nous quittâmes sans tarder le champ que nous venions de moisson-

ner ; les paisibles porteurs du palanquin reprirent le chemin de la grotte.
Quand nous fûmes arrivés, Ernest et sa mère reçurent commission de
parsemer d'épis tout le tour de l'aire que nous avions préparée, tandis
que mes trois coureurs ordinaires disposaient leurs montures et se tenaient prêts à monter à cheval au premier signal que je leur en donne-
rais. Ils n'avaient jamais vu de tels préparatifs pour battre du grain :
aussi préludaient-ils par de bons et joyeux éclats de rire à ce qu'ils regardaient déjà comme une fête.

— Ah ! parbleu, disait Rudly, ma monture va faire là un métier auquel
elle ne s'est guère accoutumée dans les déserts de la savane.

— Battre du grain à cheval ! reprenait un autre.

— La récolte et la moisson au galop, disait un troisième. Et les plaisanteries et les quolibets se croisaient en tous sens ; l'innovation que j'in-
troduisais avait du moins l'avantage de procurer déjà à la famille le rire
le plus joyeux et le plus franc.

Cependant je gardai le sang-froid qui convient à tout homme qui apporte avec lui une idée nouvelle, et j'opposai aux railleries un air de
conviction profonde dans l'infaillibilité de mon procédé.

Quand l'aire me parut suffisamment jonchée : — En selle ! m'écriai-je,
mes cavaliers, en selle ! et je leur indiquai qu'ils n'avaient autre chose à
faire que quelques tours de manége par-dessus les épis. Je laisse à penser
de la joie et des cris qui redoublèrent encore ; le taureau, l'onagre et
l'autruche rivalisèrent de vitesse ; ma femme, Ernest et moi, armés
chacun d'une fourche de bois, nous avions le soin de ramener dans la
ligne les épis que le pied des animaux en faisait sortir.

Tout allait à merveille, quand deux incidents, que je n'avais pas prévus, vinrent ranimer un peu la verve ironique de ma femme, qui n'était
pas encore sincèrement convertie à la méthode italienne. Le taureau s'oublia au point de satisfaire à ses besoins naturels au beau milieu des épis ;
puis, s'arrêtant tout court, de concert avec l'onagre, ils étendirent l'un
et l'autre une langue longue et large sur le blé qu'ils venaient de fouler,
et ils en enlevèrent chacun une assez belle mesure.

— Eh bien ! dit Frédéric le premier, en s'arrêtant à l'incongruité du
taureau, cela serait-il aussi dans la méthode italienne ?

— Et la ration que viennent de s'adjuger ces messieurs, dit à son
tour la mère, d'un petit air satirique, ne serait-ce point là aussi de
l'économie à l'italienne ?

Il me fallait répondre sans délai à ces deux traits dirigés contre moi.

— Quant à l'incongruité du taureau, répondis-je à Frédéric, c'est un de ces malheurs auxquels on ne peut rien et dont, d'ailleurs, on peut rire ; le climat sous l'influence duquel nous sommes en préviendra facilement toutes les conséquences. Enlevez cela, ajoutai-je, et dans peu d'instants il n'y paraîtra plus. Quant à l'acte d'intempérance que ma bonne Élisabeth vient de reprocher sérieusement à ces pauvres animaux, on peut, je crois, le justifier, et pour moi je le leur pardonne purement et simplement en vue de ce verset de l'Écriture : « Le bœuf se nourrira du produit de la meule qu'il aura tournée. »

L'à-propos de ma citation rétablit tout-à-fait l'honneur de la méthode italienne, que deux circonstances imprévues venaient de menacer d'une manière sérieuse.

Quand le grain fut battu, nous songeâmes à le séparer des pailles légères et de la poussière qui s'y trouvaient mêlées. Cette opération devait être la plus difficile et la plus pénible de toutes. Nous plaçâmes le blé sur une claie serrée, et nous, avec des pelles de bois, nous le soulevions de manière à en dégager les ordures et la poussière. Mais ce n'était guère qu'aux dépens de nos yeux, de notre bouche, de notre nez, que cette séparation s'effectuait. Les malheureux ouvriers toussaient à faire pitié, si bien que nous fûmes obligés de nous partager le travail et de n'y passer qu'à tour de rôle chacun quelques instants. Vers la fin, nous songeâmes au bonnet dont je me servais pour aborder les abeilles : celui qui était de service s'en coiffait, et il s'en trouvait bien.

Le peuple emplumé de la basse-cour, qui s'était tenu à l'écart pendant que nos montures exécutaient au galop l'office du batteur en grange, retrouva toute son assurance, et nous nous vîmes en moins de rien assiégés

d'une foule de bêtes gloussantes et becquetantes, qui s'en allaient le long de nos tas, lever en détail la dîme que le taureau et l'onagre avaient mesurée d'un seul coup de langue.

— Laissez-les, dis-je à mes fils : ce qu'ils nous volent ici, nous le
retrouverons ailleurs ; et si le tas de blé diminue, les poulets en seront
plus gras.

Mais ma recommandation arrivait déjà trop tard, et ma femme, qui
goûtait assez peu les nouveaux principes d'économie domestique que
je venais d'émettre, avait déjà dissipé à coups de gaule tout le peuple
gloussant.

Nous mîmes plusieurs jours à ces divers travaux. Nous voulûmes,
avant de serrer la récolte, savoir au juste à combien elle s'élevait : nous
étions riches à défier la famine pour long-temps ; nous avions plus de
soixante boisseaux d'orge, quatre-vingts de froment, et plus de cent de
maïs. Cette dernière graine était celle qui avait le plus fourni, d'où je
conclus que le terrain lui était beaucoup plus favorable qu'à l'orge, au
froment et aux autres graines d'Europe que nous avions semées en même
temps et en même quantité, et qui avaient moins rendu.

Nous ne préparâmes pas le maïs comme nous avions fait du blé, nous
en fîmes sécher les cônes à part, et en les frappant avec des lattes minces
et flexibles, nous en détachâmes les grains ; ses feuilles, qui sont plus
souples et plus élastiques que la paille, servirent à remonter nos lits.
Ma femme brûla une assez grande quantité de tiges, et elle en obtint des
cendres que leur qualité alcaline rendait très-propres au blanchissage du
linge.

Cependant je ne perdais pas de vue la pensée que j'avais conçue d'abord
d'obtenir une seconde récolte avant la fin de la campagne. Aussitôt que
nos grains furent rentrés, nous commençâmes à débarrasser le terrain
des pailles que nous y avions laissées. Ce simple travail devait tenir lieu
de tout labour.

Nous avions à peine commencé, que nous vîmes s'élever, du milieu
du champ, un essaim nombreux de cailles et de perdrix beaucoup plus
fortes que celles d'Europe. C'étaient les épis que nous avions laissés après
nous qui les avaient attirées là. Comme nous ne nous attendions pas à
les rencontrer, elles nous échappèrent, ou du moins, tout ce que nous
en retirâmes, ce fut une caille que Frédéric abattit d'un coup de pierre ;
mais la présence de ces oiseaux après la récolte était une indication
précieuse pour les années suivantes, et il me sembla que nous pouvions
compter d'avance que le même champ auquel nous aurions dû notre
provision de maïs ou de blé nous donnerait infailliblement, deux ou
trois jours après, une superbe chasse aux cailles et aux perdrix.

Quand le terrain fut débarrassé, je l'ensemençai de nouveau ; mais me rappelant ce qui se pratique en Europe pour ne pas épuiser la terre, je changeai la nature des grains, et je me contentai, pour la seconde récolte, de semer l'orge et l'avoine que j'avais recueillies l'année précédente avant la saison des pluies.

Les travaux agricoles étaient à peine terminés que le banc de harengs parut à la hauteur de la Baie du salut. Nos provisions d'hiver étaient déjà assez abondantes pour nous rendre l'arrivée de celles-ci moins nécessaires. Nous nous contentâmes d'en préparer deux tonnes, la première de harengs salés, et la seconde de harengs fumés. Nous prîmes aussi d'autres poissons vivants que nous déposâmes dans les réservoirs que nous avions disposés dans la Rivière du chacal, et où nous pouvions aller les chercher quand nous en avions besoin.

Les chiens de mer eurent leur tour : ma seringue pneumatique fit merveille, et, grâce à son intervention, le dépouillement de ces animaux s'effectua sans trop de peine et assez lestement. Les peaux, les boyaux, les vessies, tout fut utilisé : l'expérience nous avait déjà rendus habiles dans l'art de préparer ces diverses richesses et d'en tirer parti ; nous commencions à exécuter ces travaux d'une manière assez adroite. Ce fut seulement alors que nous pûmes complètement terminer le cajack ; nous nous en occupâmes sérieusement, et il fut abondamment pourvu de vessies et de boyaux gonflés d'air, qui devaient le rendre plus léger et le maintenir à la surface des flots. Quand ce travail fut fini, on parla d'une épreuve de la nouvelle embarcation. C'était à Frédéric qu'appartenaient naturellement les premiers honneurs de la nacelle.

L'essai du cajack devait être une fête : tout le monde voulut y concourir pour sa part, et quand maître Frédéric fut revêtu du costume maritime que l'on connaît, on l'invita à prendre place dans son bateau de cuir. J'ai omis de dire plus haut que le cajack avait dans sa quille deux petites roulettes en cuivre, débris d'une double poulie du navire et qui permettaient au besoin d'en faire une voiture sur terre aussi bien qu'une embarcation sur mer. Cet avantage permit à mes étourdis de donner aux préparatifs de la cérémonie toute la pompe désirable. Frédéric s'installa sur son banc, aussi fier que Neptune ou tel autre dieu marin qui part sur l'élément liquide pour quelque voyage lointain. La forme du cajack ne ressemblait pas mal à ces vastes coquilles dont la fable a fait des chars pour les dieux de la mer : la gravité du héros, qui tenait en main une rame en guise de trident, les efforts de ses frères qui poussaient le cajack par derrière, en sonnant de toutes leurs forces dans des conques marines dont ils s'étaient fait des trompes comme les tritons

de Neptune, tout cela présentait un tableau aussi animé que pittoresque :
j'en riais de bon cœur ; mais ma bonne Élisabeth, qui gardait toujours
sa vieille haine contre l'Océan, dissimulait mal les grosses larmes qui
roulaient dans ses yeux, quand elle songeait aux dangers qu'allait affronter son fils aîné sur un si frêle et si fragile esquif. Pour la rassurer, je
détachai la pirogue du rivage et je la tins prête à voler au secours du
navigateur groënlandais, si cela devenait nécessaire, avant qu'il courût
aucun danger réel.

Quand toutes les précautions furent prises : — En mer ! criai-je à
Frédéric. — En mer ! au large ! répétèrent mes jeunes étourdis ; et le
cajack glissa sur l'eau avec une rapidité inconcevable : la surface de la
baie était unie et tranquille, et bientôt le Groënlandais se mit à se balancer gaîment sur l'onde : comme un joûteur habile, nous le vîmes
commencer à exécuter à souhait une série d'évolutions toutes plus
adroites ou plus audacieuses les unes que les autres. Tantôt il s'avançait
en ligne droite à perte de vue, puis il rompait soudain et revenait vers
nous avec la même rapidité ; d'autres fois il disparaissait dans un nuage

d'écume, au grand effroi de sa mère ; puis nous le voyions un peu plus
loin sortir de nouveau la tête au-dessus des flots, élever une rame en
l'air, pour nous montrer qu'il avait su triompher du péril.

L'adresse et l'audace de notre jeune navigateur provoquaient, comme on le pense bien, de vifs et fréquents applaudissements de notre part. De son côté, il ne voulut point rester au-dessous des encouragements que nous lui prodiguions, et non content de voler sur la surface à peu près unie des flots, il tourna son frêle navire du côté de la Rivière du chacal, et il tenta de remonter le courant; mais le courant était plus fort que lui, et il le rejeta si loin en pleine mer, que nous l'eûmes bientôt tout-à-fait perdu de vue.

Sauter dans la pirogue, voler au secours du pauvre Groënlandais, fut l'affaire d'un instant. Rudly et Ernest montèrent avec moi, et nous laissâmes Fritz au rivage, à côté de sa mère qui s'abandonnait à toutes les terreurs que peut inspirer l'amour maternel dans une semblable circonstance. La roue de la pirogue nous parut trop lente, et tandis que je la faisais tourner, mes deux fils prirent en main chacun une rame. Nous effleurions à peine la surface des flots; mais nous n'apercevions rien encore: nos cris n'avaient d'écho que celui des rochers, et nos regards se perdaient tout à l'entour dans les flots d'écume qui bouillonnaient au loin. Je sentais mon cœur se serrer, et je n'avais pas le courage de dire à mes fils l'inquiétude qui commençait à me gagner, quand tout-à-coup, dans la direction d'un rocher à fleur d'eau, je vois s'élever un léger nuage de fumée. Je portai la main à mon pouls, et je comptai quatre battements jusqu'à ce que la fumée fut suivie d'une détonation.

Je sentis renaître mon courage.

— Il est sauvé! m'écriai-je; il est sauvé! Frédéric est là, dans la direction de la fumée que vous venez de voir, et avant un quart d'heure nous l'aurons rejoint.

Je tirai aussi un coup de pistolet, et il y fut répondu immédiatement par un second parti dans la même direction que le premier.

Ernest tira sa montre, nous nous mîmes à ramer avec une ardeur nouvelle, et dix minutes s'étaient à peine écoulées, que nous distinguions déjà Frédéric; au bout d'un quart d'heure nous étions auprès de lui.

Nous trouvâmes le jeune héros de la mer établi entre les rochers à fleur d'eau; devant lui était un morse ou vache marine, lequel, frappé de deux coups de harpon, était étendu sur le roc, où il rendait la vie avec son sang.

Je commençai par adresser à mon fils les reproches que méritait son imprudence.

— Mon bon père, c'est le courant, me répondit-il, qui m'a entraîné

malgré moi : mes rames étaient trop légères contre l'impétuosité de la
Rivière du chacal, et je me trouvai, sans presque m'en apercevoir, rejeté
tout-à-coup à une distance fort grande de vous ; car je n'apercevais plus
ni la côte ni la voile de la pirogue. Mais je n'eus pas le temps d'avoir
peur, car je fus distrait presque aussitôt par une compagnie de morses
qui passaient presque sous mon nez. Jeter le harpon, frapper l'un de
ces animaux, fut l'affaire d'un instant ; mais la blessure que je lui avais
faite n'était pas mortelle, et, loin de diminuer ses forces, elle semblait,
au contraire, lui en avoir donné de nouvelles. La trace de sang qu'il
laissait derrière lui, et la vessie pleine d'air qui surnageait à la corde du
harpon, me servaient de guides pour le suivre. Je redoublai d'ardeur,
et je fus assez heureux pour le joindre d'assez près encore et lui lancer
un second harpon dans le flanc. Ce dernier coup fut décisif, et le monstre,

après quelques efforts, vint s'étendre sur le roc où vous le voyez. Je me
rappelai ce qui était arrivé à Rudly avec la queue du boa, et pour obvier
à tout accident de ce genre, j'achevai ma conquête de deux coups de
pistolet : ce sont ceux que vous avez dû entendre.

— Tu as fait là une action vraiment héroïque, dis-je alors à mon fils,
et le combat dont tu viens de sortir vainqueur n'était pas sans péril. Le
morse est un monstre redoutable ; au lieu de fuir devant toi, comme il a
bien voulu le faire, il pouvait se retourner contre ta frêle embarcation,
et Dieu sait ce que tu serais devenu, mon pauvre enfant, s'il avait seulement appliqué ses longues et larges dents contre les parois si minces de
ton vaisseau de cuir. Mais, Dieu soit loué ! tu es sauvé, et cela vaut
mieux que la prise de dix de ces monstres marins, qui, d'ailleurs, ne
sont pas eux-mêmes un gibier bien précieux. Car je ne sais pas trop à
quoi pourrait nous servir celui que tu viens de tuer, nonobstant ses quatorze à quinze pieds de long.

— Ah ! du moins, s'il ne peut servir à rien, reprit Frédéric, je retiens sa tête ; je la préparerai, je l'attacherai ensuite à l'avant de mon cajack : ses longues dents blanches y seront d'un merveilleux effet, et je donnerai à mon embarcation le nom sonore et pompeux de Morse.

— Soit, les dents du morse sont à peu près la seule part de sa dépouille qui vaille la peine d'être ramassée. Elles ont la blancheur et presque la dureté de l'ivoire. Mais hâte-toi dans ton opération, car voici le ciel qui se charge à l'horizon, et tout annonce un orage.

— Ce sera un magnifique ornement, dit Rudly, que cette tête à l'avant de ton canot, Frédéric.

— Oui, reprit Ernest, pour nous infecter d'une belle et bonne odeur de poisson pourri.

— Sois en paix, docteur, répondit le navigateur, sois en paix : je saurai donner à la tête de mon wallross une préparation si bien entendue, qu'il ne sentira pas plus mauvais que les animaux empaillés du musée de Zurick.

Frédéric se mit en besogne.

— Je croyais, me dit Ernest pendant ce temps-là, que les phoques, les morses et les autres bêtes du même genre n'habitaient que les mers du Nord. Comment peut-on donc en rencontrer dans ces brûlantes latitudes ?

— Sans doute, lui répondis-je, ces amphibies appartiennent principalement aux mers du Nord ; mais la présence de ceux-ci dans un climat brûlant est un phénomène qui s'explique : il a pu suffire d'une tempête, d'un bouleversement des abîmes de la mer, pour transporter ici ces animaux ; au surplus, on en trouve aussi une autre espèce à la hauteur du cap de Bonne-Espérance, et qu'on appelle le dugon, et peut-être celui-ci en est-il un. Il y a entre eux quelques différences légères ; mais ils vivent à peu près tous de la même manière, c'est-à-dire d'herbes marines et de coquillages qu'ils parviennent, à l'aide de leurs longues dents, à détacher des rochers.

Cependant Frédéric avait fini son opération, et tandis que nous nous arrêtions encore à lever le long du dos et des flancs du monstre des courroies de son cuir, il profita de l'occasion pour me prier d'ajouter trois choses fort utiles à l'équipement de son cajack : c'étaient une boussole pour s'orienter dans le cas où il serait jeté loin de la côte par une tempête, enfin une lance et une hache pour pouvoir attaquer ou se défendre. Je trouvai ces demandes fort bien motivées, et, comme nous avions plus d'une boussole parmi nos instruments de marine, je promis à mon fils de lui en donner une qu'on placerait sur le devant de son petit esquif, de manière qu'il pût se diriger dans tous les temps. Quant à la hache et à la lance qu'il me demandait également, j'accueillis d'autant mieux cette idée que ces deux armes devaient épargner nos munitions de guerre, et qu'en outre elles sont plus favorables à l'abordage qu'un pistolet ou toute autre arme à feu.

Je voulais prendre Frédéric et son cajack dans la pirogue pour rentrer à Felsenheim : il refusa et voulut aller devant nous, en éclaireur, annoncer le premier à sa mère son salut et notre retour. Je le laissai faire, et nous partîmes ensemble, mais il nous eut bientôt dépassés.

Tandis que nous ramions tranquillement, Ernest, à qui il fallait toujours le dernier mot de chaque chose, me demanda comment j'avais pu calculer si juste la distance qui nous séparait de son frère.

— D'une manière bien simple, lui répondis-je, et il m'a suffi pour cela de quelques données connues de tous ceux qui sont initiés tant soit peu aux phénomènes de la nature. On sait que la lumière parcourt l'espace avec une rapidité extrême, et que son éclat aux yeux de l'homme est presque instantané, à tel point qu'on a évalué qu'il ne lui fallait pas plus d'une seconde pour parvenir à une distance d'environ quatre-vingts lieues de deux mille toises. Le son, au contraire, est beaucoup plus long dans sa transition ; car il ne mesure guère, dans le même temps, que cent soixante-douze toises ou trois cent trente-huit mètres.

Or, je savais que mon pouls, comme celui de tout homme fait et qui jouit d'une bonne santé, battait régulièrement soixante fois par minute. Je comptai quatre battements, entre la vue de la fumée et la perception du coup, d'où je conclus que nous devions être séparés de Frédéric d'environ quatre mille cent soixante pieds. C'était à peu près un quart de nos lieues : voilà comment j'ai pu vous annoncer avec autant d'exactitude que nous avions encore un quart d'heure à ramer avant que d'être auprès de votre frère.

Tu conçois, ajoutai-je, que des circonstances atmosphériques imprévues. le vent, la pluie, peuvent bien quelquefois contrarier ces calculs, mais il ne saurait toujours en résulter que de faibles différences.

— Encore un secret de la nature que je ne connaissais pas, reprit mon petit savant avec un accent qui dénotait le plaisir qu'il éprouvait de m'avoir compris. Encore une de ces merveilles qui paraissent de l'impossibilité à l'homme qui ne sait pas.

Mais, reprit-il presque aussitôt, peut-on également déterminer aussi d'où part la lumière céleste, et le temps qu'elle met à parvenir jusqu'à nous ?

— Oui, certes ! l'astronomie sait avec la plus rigoureuse exactitude la distance qui sépare notre globe du soleil et des autres astres qui l'éclairent. Elle pourrait t'apprendre, par exemple, qu'il faut aux rayons solaires huit minutes pour descendre sur la terre, et que la lumière de Sirius, par exemple, ne demande pas moins de six ans pour arriver jusqu'à nous. Ainsi, si on tirait un coup de canon dans cet astre, nous ne l'entendrions guère que six mille ans après la détonation.

— Ah ! par exemple, pour celui-ci, c'est à y perdre la tête !

— Ce serait bien pis encore, si j'appliquais mon calcul à toutes les étoiles fixes qui sont encore des milliards de fois plus éloignées de nous que Sirius. C'est là, mon enfant, c'est dans ce livre immense, dans ce sublime ensemble de merveilles qu'il faut s'étudier à connaître le souverain auteur de toutes choses. C'est surtout en présence de ce majestueux concert d'harmonies que l'homme est petit et qu'il doit s'humilier, car toutes ces étoiles qui parsèment comme une poudre d'or la voûte du firmament, sont peut-être autant de mondes habités pour lesquels notre globe ne paraît qu'un grain de sable dans l'espace.

Cependant l'orage avait marché plus vite que je ne l'avais présumé ; nous étions à peine au tiers de notre course, que des nuages noirs et épais, amoncelés à l'horizon, éclatèrent soudain en torrents de pluie. Le vent, les éclairs, les flots, la nature entière se confondit dans un horrible désordre. Frédéric était trop loin de nous pour venir nous rejoindre dans la pirogue, où j'étais bien fâché de ne l'avoir point fait monter, comme j'en avais eu l'intention d'abord. Mais il ne fallait plus y songer; la pluie tombait si épaisse, que nous ne l'apercevions même plus. Je commandai à Rudly et à Ernest de revêtir leurs corsets natatoires; nous avions soin de ne jamais nous mettre en route sans nous être munis préalablement de ces utiles appareils; je leur dis aussi de se cramponner solidement aux courroies de la pirogue, afin de ne pas se laisser emporter par les lames qui nous croisaient. L'âme pleine d'inquiétude, je tournai vers le ciel ce regard de prière que Dieu comprend toujours, et j'attendis l'événement en lui demandant seulement la résignation à sa volonté.

La tempête augmentait, et mon anxiété s'accroissait avec elle : les flots s'élevaient comme des montagnes. Tantôt un coup de vent nous portait au sommet; l'instant d'après nous voyions s'ouvrir devant nous un abîme immense, et notre frêle esquif s'y perdait sans laisser de trace. Nos voiles et nos rames étaient aussi peu utiles les unes que les autres, et nous croyions à chaque minute que la pirogue allait se partager en deux.

Mais la durée de la tourmente parut se mesurer à sa violence, c'est-à-dire qu'elle dura peu. Les flots s'apaisèrent comme par enchantement; après un quart d'heure environ de bouleversement le vent tomba; mais de lourds et noirs nuages planaient encore au-dessus de nos têtes, et continuaient à entretenir l'anxiété dans nos cœurs. Cependant la pirogue s'était bien maintenue pendant cet ouragan, elle n'avait point d'avarie malgré les violents coups de lames qu'elle venait de recevoir et qui la faisaient tourner comme une plume sur la surface des eaux.

Notre premier sentiment fut celui de la reconnaissance. Nous remerciâmes le Dieu qui nous avait encore une fois sauvés; mais tout ne finissait pas là : Frédéric et son cajack étaient sans cesse présents à mon esprit. Son embarcation était si frêle, les vagues avaient été si violentes! Tout ce que je pouvais faire, c'était de me tourner encore vers le Seigneur, et je lui demandai la force dont sans doute j'allais avoir besoin pour supporter un coup dont je craignais d'envisager toute l'étendue.

Nous redoublâmes de rames; je me chargeai de la manivelle qui mettait en mouvement les ailes mécaniques du bateau, et nous ne tardâmes pas à arriver à la hauteur de la Baie du salut. Nous entrâmes sans tarder dans ce mouillage que nous connaissions, et les premiers objets qui se présentèrent à notre vue furent mon Frédéric, Fritz et leur mère, agenouillés tous trois sur le rivage. Ils avaient d'abord remercié le Seigneur du salut de Frédéric, et ils priaient maintenant pour notre retour et notre conservation ; car on doit facilement se faire une idée du désespoir de ma bonne Élisabeth : son cœur de mère et d'épouse était brisé d'anxiété. et il lui avait fallu toute la foi dont elle était animée pour ne point y succomber.

Nous sautâmes à terre, au milieu des cris de joie et des embrassements réitérés des nôtres, qui nous tendaient les bras de loin. Ma femme n'eut pas la force d'articuler un seul mot de reproche pour la haute imprudence dont nous venions de donner une preuve. Le sentiment de reconnaissance qui l'animait envers le Seigneur, qui nous avait ramenés sains et saufs, l'absorbait tout entière.

Nous nous réunîmes tous pour prier, et nous nous retirâmes dans notre habitation pour changer contre des vêtements secs ceux que nous portions, et que la pluie et la mer avaient complètement pénétrés.

— Enfin, dit Frédéric, qui commença le premier à parler, nous en sommes dehors ; pour moi, je dois avouer qu'il me serait assez difficile de dire au juste comment cela s'est fait : je ne dirai pas non plus que j'ai eu peur, car dès que j'ai senti que mon canot ne pouvait submerger, je me suis tranquillisé, et quand une lame d'eau venait sur moi, je retenais ma respiration, la vague passait et je me retrouvais dans la même position qu'avant ; j'en ai été quitte pour avaler quelques gorgées d'eau salée que je recrachais aussitôt après. Mais quant à l'issue de ma navigation, ce ne sont certes pas mes rames qui m'ont ramené au rivage ; il y avait une main plus forte que la mienne qui soutenait mon cajack sur les flots, la main de Dieu, ajouta le jeune homme d'un ton pénétré, et à laquelle je me plais à rendre hommage.

— Quelle journée, mon père ! disait Ernest encore pâle de frayeur ; n'est-ce pas que la tourmente a été terrible ?

— Pour moi, dit Rudly, je n'ai pas été aussi adroit que Frédéric, car j'ai avalé une superbe provision d'eau de mer, et je puis vous assurer que c'est bien la boisson la plus détestable à laquelle gosier humain puisse s'ouvrir.

— C'était ta faute ou à peu près, répondit l'aîné, et cela vient sans doute de ce que tu ouvrais la bouche de toute l'étendue de tes mâchoires quand venait la vague. Ce qu'il te fallait faire, c'était de tenir tes lèvres bien fermées, de les mordre au besoin, de telle sorte que l'eau ne pût pas y entrer.

— Je ne sais pas au juste ce que je faisais ; mais je n'aurais jamais pu me soumettre à cette manœuvre, tant j'étais occupé à considérer

messire Ernest, qui n'ouvrait pas la bouche, mais qui faisait bien en revanche les plus étranges grimaces que la peur ait jamais suggérées.

— Ah! vraiment, reprit le savant, d'un ton tant soit peu aigre, je
suis bien aise d'avoir pu divertir M. Rudly, dans un moment où le diver-
tissement n'était peut-être pas chose très-facile à produire. Au surplus,
quelle qu'ait été ma contenance, quelque peur que j'aie eue, je ne crois
pas avoir embarrassé beaucoup, ni par mes plaintes, ni par aucune dé-
monstration de terreur.

— C'est vrai, ajoutai-je à mon tour, et si Ernest a eu peur, il a su
renfermer en lui-même ce qu'il éprouvait; il s'est rappelé que c'est souvent rendre un danger plus grand et plus embarrassant qu'il n'est réellement que de se livrer à toutes les vaines exclamations qu'inspire souvent
la peur.

— Bref, interrompit enfin la bonne mère, il ne s'agit pas d'évaluer
maintenant le degré de crainte que chacun de nous a pu éprouver. Ce qu'il
y a de certain, c'est qu'il était bien permis d'avoir peur, quoi qu'en
pense maître Rudly le fanfaron. Pour moi, je dois confesser naïvement
que j'aurais succombé à l'anxiété que j'éprouvais, si je n'avais pas remis
mon esprit entre les mains du Seigneur.

— Et tu avais ainsi choisi la meilleure part, lui dis-je, femme pieuse
et excellente! Maintenant, ajoutai-je, que le danger est passé et que
nous pouvons sûrement jeter un regard en arrière, félicitons-nous de la
solidité de notre équipage : notre pirogue d'écorce a tenu tête à l'orage
comme un vaisseau de ligne, et j'irais hardiment avec cette embarcation au
secours de quelque navire en détresse, quelle que fût la fureur de
la mer.

— Ah! sans doute, s'écria Frédéric, c'est bien pour la pirogue, et je
lui accorde volontiers le brevet de solidité qu'on réclame pour elle; mais
mon cajack a bien aussi quelque droit aux honneurs de la journée, car
s'il a été submergé deux ou trois fois, rien pourtant ne s'est brisé dans
sa frêle structure : aussi je ne serais pas le dernier à vous accompagner,
mon père. Toutefois, il vaudrait peut-être mieux encore que nous allassions à la rencontre des navires, quand il faudrait pour cela nous aventurer un peu au large.

— Ah! oui, dit Rudly en riant, un beau sauvetage! à condition que
les naufragés aient soin de n'échouer que par un beau temps et une mer
sans vagues.

— Pourquoi, ajouta Frédéric en poursuivant son idée, pourquoi ne
construirions-nous pas dans l'Ile du Requin une sorte de fort d'où nous

pourrions faire entendre le canon de signal ? Les échos se le répèteraient au travers du vent et de la pluie, les malheureux dans la détresse nous répondraient, et nous pourrions courir à eux et les sauver.

— Ah! oui, nous verrions encore des hommes! reprirent en trépignant de joie tous mes jeunes gens, emportés par cet instinct de sociabilité si fort et si doux qui lie entre eux tous les membres de la race humaine, des hommes sur cette côte! des hommes comme nous! oh! quel bonheur ce serait!

— Sans doute, tout cela serait fort beau : si j'avais à ma disposition le chapeau enchanté du prince Fortunatus, je prendrais tranquillement un canon sous chaque bras comme faisait cet oiseau d'un conte merveilleux et qui transportait dans son bec des éléphants et des rhinocéros par-dessus les rochers. Autrement je ne vois pas au juste comment je m'y prendrais pour aller hisser un canon sur le fort projeté de l'Ile du requin. Ah! messieurs, vos imaginations vont vite en besogne, et c'est merveille, vraiment, de voir avec quelle facilité heureuse elles savent sauter par dessus les difficultés. Peste! un fort à construire en mer, et des canons à braquer dessus, le tout avec les forces d'un homme aidé de quatre jeunes gens et d'une femme, bonne ménagère assurément, mais assez novice en matière de constructions militaires!

— Eh quoi! reprit ma femme avec une légère ironie, il me semble que, loin de te plaindre de cela, tu devrais, au contraire, t'en applaudir; car toutes les difficultés que va chercher pour toi l'imagination de tes fils sont autant de triomphes qu'ils te préparent....

— C'est bon! c'est bon! repris-je en riant, nous ajournerons, si vous voulez bien, le dernier triomphe que vous venez de me ménager, et nous nous occuperons de mettre en sûreté nos équipages.

On commença aussitôt : la pirogue fut tirée sur le sable, le cajack placé dans la grotte, et la tête du morse, ou cheval marin, ainsi que les courroies que nous avait fournies sa peau, furent portées dans la chambre de travail, où elles devaient recevoir la préparation nécessaire avant d'être mises en œuvre et pouvoir servir à l'ornement du cajack.

Cependant la pluie avait été si abondante, et elle avait causé dans la Rivière du chacal une crue si subite et si grande, que les eaux s'étaient répandues dans la campagne et avaient même endommagé plusieurs de nos constructions, qui demandaient une prompte restauration.

Pendant que nous étions occupés à considérer ces ravages, le hasard nous fit faire une découverte nouvelle : c'étaient de petites poires de la grosseur d'une olive ou d'une petite prune, dont le sable était tout jonché. Elles

avaient si bonne mine, que mes enfants se jetèrent d'abord dessus ; mais,
à peine mes avides gourmands y eurent-ils porté la dent, qu'ils les reje-
tèrent avec colère : maître Knips, qui les goûta après eux, fit aussi de
même. Je voulus savoir à mon tour ce que pouvait être au juste ce fruit
nouveau, et je reconnus avec plaisir le fruit du giroflier : c'était un nouveau trésor de cuisine à placer honorablement à côté du poivre, de la
cannelle et des autres épices qui figuraient déjà dans nos ragoûts.

« Le giroflier croît dans les îles Moluques, situées près de l'équateur,
et est de la forme et de la grandeur du laurier ; son tronc a un pied et
demi d'épaisseur ; il est dur, branchu, et revêtu d'une écorce comme
celle de l'olivier. Ses branches, qui s'étendent fort au large, sont d'une
couleur rousse claire, et garnies de beaucoup de feuilles alternes, semblables à celles du laurier, et pleines de nervures, avec des bords un peu
ondés ; les feuilles sont portées sur une queue longue d'un pouce ; les
fleurs naissent en bouquet à l'extrémité des rameaux ; elles sont en roses,
à quatre pétales bleus, et répandent une odeur très-pénétrante. Le milieu de ces fleurs est occupé par un grand nombre d'étamines purpu-
rines, garnies de leurs sommets : le calice des fleurs est cylindrique,
partagé en quatre parties à son sommet, de couleur de suie, d'un goût
aromatique ; après que la fleur est séchée, il se change en un fruit ovoïde
ou de la forme d'une olive, n'ayant qu'une capsule de couleur verte,
blanchâtre d'abord, puis roussâtre, ensuite brun noirâtre, et contenant
une amande oblongue, dure, et creusée d'un sillon dans sa longueur. Si
on le laisse sur l'arbre, il ne tombe de lui-même que l'année suivante ;
quoique sa vertu aromatique soit faible, il peut encore servir à la plantation ; et dans l'espace de huit ou neuf ans, il forme un grand arbre
qui porte des fruits. Les Hollandais ont coutume de confire sur le lieu
même ces clous récents avec du sucre, et, dans les voyages sur mer, ils
en mangent après le repas, pour rendre la digestion meilleure, et pour
prévenir le scorbut.

» On cueille les clous de girofle avant que les fleurs s'épanouissent : la saison est depuis le mois d'octobre jusqu'en février ; la cueillette s'en fait en partie avec les mains. On fait tomber le reste avec de longs roseaux ; on reçoit ces espèces de fruit sur des linges que l'on étend sous les arbres : quelquefois on les laisse tomber sur la terre, après avoir rasé avec un grand soin l'herbe qui la couvrait. Dans ces premiers instants, les clous de girofle sont roussâtres ; mais ils noircissent en séchant. D'ailleurs on les expose, dit-on, pendant quelques jours à la fumée sur des claies, ce qui suffirait pour leur donner la dernière couleur, que nous lui connaissons. Personne ne s'entend mieux à tirer parti des clous de girofle que les Hollandais de Ternate ; ce sont presque eux seuls qui cultivent, récoltent et préparent tout le girofle qui se consomme dans les trois parties du monde. Le girofle, la cannelle et la muscade composent le cercle dans lequel s'exerce indéfiniment toute leur activité commerciale et industrielle. »

Nous exécutâmes du côté de Falkenhorst plusieurs travaux destinés à prévenir de nouveaux ravages, en cas d'ouragan semblable à celui qui venait de passer sur notre côte. Pendant ces travaux, nous reçûmes, à l'entrée de la Rivière du chacal, la visite d'une superbe compagnie de saumons. Nous en prîmes une certaine quantité qui furent salés, fumés et préparés selon les règles qui président à la préparation du poisson de mer que l'on veut conserver. Nous en gardâmes quelques-uns en réserve, et comme à l'ancre, de manière à pouvoir les trouver à notre premier besoin, en leur passant une forte cordelette à travers la bouche et les ouïes, de la même manière qu'on fait remonter le Danube aux esturgeons que l'on conduit ainsi tout vivants à Vienne en Autriche.

— Eh bien ! dit Fritz d'un air de naïf étonnement, est-ce que le saumon n'est pas un poisson de mer dans ce pays-ci ? Voici la seconde fois déjà que nous le pêchons dans une rivière d'eau douce.

— « Petit, reprit doctoralement maître Ernest, le saumon est un poisson tant de l'Océan que des rivières qui vont s'y rendre. C'est un superbe poisson, et sa chaire rouge et tendre vaut bien la peine qu'on lui donne quelque attention.

» Il a, comme tu vois, la tête aiguë et petite, en proportion de la grandeur de son corps : l'ouverture de sa bouche est assez ample ; la mâchoire supérieure est plus allongée lorsque sa bouche est fermée ; ses narines sont percées de deux trous, un peu plus près des yeux que du bec. Ses yeux sont ronds, situés au côté de la tête, avec un iris argenté, mêlé d'un peu de verdâtre, et sa prunelle est noire.

» La longueur totale du saumon est de vingt-huit à trente pouces. Un naturaliste que tu ne connais pas et qu'on appelle Peyerces a fait des observations anatomiques très-curieuses sur les entrailles du saumon. Les lieux où l'on trouve plus communément ce poisson sont les parages de la Baltique et l'embouchure des rivières qui viennent se perdre dans cette mer. Le saumon a cela de particulier et de distinctif des autres habitants de l'eau qu'il semble diriger constamment ses efforts à lutter contre le courant des rivières ; il est très-agile à sauter, il donne à son corps la forme d'un cercle ou d'un rond ; il franchit des espaces souvent considérables. Son grand ennemi, c'est la sangsue, qui le tourmente et l'épuise par ses morsures continuelles : c'est à elle qu'il doit en partie l'agilité et l'impétuosité des bonds auxquels il se livre. On peut regarder le saumon comme un des plus grands poissons de rivière que nous connaissions ; il égale quelquefois le thon pour la grandeur. On en prend qui pèsent trente à quarante livres. Sa peau est peu épaisse ; sa chair, en dedans, est entremêlée de graisse, et surtout au ventre : cette chair est blanchâtre avant d'être cuite, mais le sel ou l'action du feu lui donne une belle teinte rouge. »

Rudly interrompit la leçon par je ne sais quelle mauvaise plaisanterie ; il reprocha au docteur d'être au moins aussi cuisinier que savant ; mais celui-ci se contenta de sourire, et avec un ton de dédain profondément senti :

— Je plains, dit-il, les sots qui, ne pouvant pas s'élever jusqu'à la science, prennent le parti de la dénigrer.

Cependant nous avions repris le cours paisible de nos occupations domestiques, quand, par une nuit pure et sereine, je me sentis tout-à-coup éveillé par des hurlements et des cris, comme si tous les chacals de la contrée, les ours ou les tigres de la savane eussent fait invasion ensemble dans notre demeure. Je me levai d'abord effrayé, et, m'armant d'un fusil, je marchai vers la porte de la grotte, que nous avions coutume de laisser entr'ouverte pour recevoir un peu d'air frais pendant la nuit. Frédéric m'avait presque devancé ; je le trouvai à demi vêtu et s'apprêtant aussi à aller faire face au danger.

— Qu'est-ce là, mon père ? me demanda-t-il d'une voix inquiète. C'est sans doute une nouvelle invasion de chacals.

Je dissimulai la crainte réelle que j'éprouvais, et je cherchai à rassurer mon fils, en lui disant que c'étaient sans doute tout simplement nos cochons qui s'étaient avisés de nous faire une visite nocturne. Je ne croyais pas si bien dire.

Nous sortîmes, et nous reconnûmes en effet nos chiens et le chacal de Rudly aux prises avec deux ou trois porcs d'une taille et d'une force prodigieuses; la vie des champs et la liberté réussissaient à merveille à notre vieille truie et à sa lignée.

Notre premier mouvement fut de rire : nous voulûmes ensuite rappeler nos chiens; mais la chose n'était pas facile. Ils s'étaient cramponnés aux oreilles des malheureux porcs, et nos appels et nos menaces furent également impuissants à leur faire lâcher prise. Nous fûmes obligés de leur ouvrir la gueule avec nos mains, et alors seulement le combat cessa. Les cochons, délivrés de l'étreinte qui les arrêtait, ne demandèrent ni avis ni conseils, et ils eurent bientôt regagné la Rivière du chacal, par laquelle ils étaient entrés dans nos domaines.

J'attribuai d'abord l'invasion à une négligence de notre part, et je pensai que les cochons avaient peut-être trouvé libre le Pont de famille, dont nous avions omis sans doute de retirer les planches. Mais je me trompais, toutes les planches avaient été enlevées, et les audacieux mangeurs de glands avaient très-adroitement franchi ce passage sur les poutres qui servaient d'assise au pont.

Cet événement me convainquit que le Pont de famille ne suffisait plus à notre sécurité; au lieu d'être une barrière, ce n'était plus qu'un moyen de passage pour pénétrer dans nos domaines. J'avais eu depuis longtemps l'idée d'un pont-levis; le moment de l'exécuter me parut arrivé. Certes, un pont-levis n'était pas petite chose à entreprendre; mais après avoir construit deux navires, après avoir tenté et conduit à bonne fin vingt autres constructions qui attestaient autant de capacité que d'adresse dans l'art du charpentier, on ne devait pas reculer devant la construction d'un pont.

Je connaissais les ponts tournants; mais comme je n'avais ni vis ni manivelle, comme en outre les travaux de ce genre de construction auraient pu m'offrir des difficultés contre lesquelles ma science aurait peut-être échoué, je m'arrêtai au plus simple de tous les ponts-levis; je construisis entre deux poteaux élevés une bascule facile à mouvoir, et au moyen de deux cordes, d'un levier, d'un contre-poids, dont je combinai entre elles la force et les actions diverses, j'arrivai au but que je m'étais proposé, et nous eûmes un pont qui s'élevait et s'abattait à volonté sans grand déploiement de forces. C'était ce qu'il nous fallait pour nous assurer contre les invasions des animaux, car la Rivière du chacal n'était ni assez profonde ni assez large pour opposer un obstacle réel à une attaque plus sérieuse. Quoi qu'il en soit, nous n'en venions pas

moins d'enrichir nos domaines d'un nouveau chef-d'œuvre, et mes jeunes
gens faisaient mille exercices de gymnastique autour des poteaux du
pont-levis : on le baissait, on le levait ; ce fut pendant plusieurs jours un
véritable amusement.

Le pont-levis eut le sort de tout ce qui est nouveau : l'admiration s'use
si vite ! et au bout de quelques jours, si l'on grimpait encore aux poteaux, ce n'était plus que pour avoir le plaisir de voir, de cette élévation,
les antilopes et les gazelles qui bondissaient dans la plaine du côté de
Falkenhorst.

— Voyez-vous, disait l'un, comme ces gracieux animaux sont légers et
agiles, ils touchent à peine à terre : quel dommage de ne pas pouvoir les
apprivoiser, ou du moins d'approcher d'eux sans qu'ils partent aussitôt
comme un tourbillon de poussière que le vent emporte ! Il serait si
agréable de les voir venir se désaltérer au ruisseau tandis que nous travaillons sur le bord !

— Pour cela, reprenait Ernest, il faudrait faire ce que font les habitants de la Géorgie pour attirer les buffles.

— Ta ta ! répliquait à son tour Rudly, est-ce que tu ne pourrais pas,
savant, aller chercher tes exemples un peu moins loin ?

— Pour le monde de la pensée, répondit gravement le docteur, il n'y
a pas de distance, et il vaudrait peut-être mieux savoir ce qu'on fait en
Géorgie pour attirer les buffles que de rejeter tout d'abord le procédé
parce que la Géorgie est trop loin.

— Eh bien ! maître savant, fais-nous la leçon.

Le professeur, qui oubliait volontiers les sarcasmes et les plaisanteries que l'on faisait pleuvoir sur lui pourvu qu'il retrouvât l'occasion de parler le langage de la science, se mit tranquillement à expliquer son idée.

— Dans les savanes de l'Amérique du Nord, dit-il, sur le versant de la longue chaîne des monts Alléganys, on trouve de place en place certaines couches de marnes répandues à la surface du sol, et qui contiennent des sels dont les animaux domestiques et les animaux sauvages se montrent très-friands ; les buffles surtout se pressent en grand nombre autour de ces appâts que la nature elle-même a pris soin de leur préparer. Les naturels du pays les y attendent, et c'est là qu'ils en font une chasse aussi productive qu'abondante.

A défaut de marne salée et d'appât naturel, continua le savant, nous pouvons, si nous voulons, préparer aux antilopes et aux gazelles une sorte d'appât artificiel auquel ces gracieux animaux ne manqueront pas de venir se prendre. Il nous suffira pour cela de mêler ensemble de la terre à porcelaine et du sel.   ·

— Adopté, adopté ! reprirent tous les petits garçons unanimement : vive le savant Ernest, premier professeur de l'académie de Felsenheim, docteur, bibliothécaire, conservateur du musée, naturaliste, etc., etc. !

Arrêter une excursion, en solliciter la permission, fut l'affaire d'un instant ; et mes jeunes écervelés s'en promettaient tant de plaisir, que je n'eus pas le courage de les contrarier.

— Ah ! merci, merci, papa ! tel fut le cri général ; une excursion, cela est bien plus amusant que de construire des ponts.

— Je vais faire du pemmican, dit Frédéric ; nous avons encore de la chair d'ours assez pour cela.

— Et moi, dit Rudly avec un mystère qui n'était pas dans ses habitudes, je prendrai deux pigeons avec moi. J'ai mes intentions, c'est mon secret.

— Et moi, ajouta le petit Fritz, j'aurai soin de l'attelage, et si Frédéric m'en croit, il fera bien de prendre le cajack avec nous ; il glissera joliment sur la surface du lac, et nous parviendrons peut-être à prendre des cygnes noirs. Ah ! ce serait là une belle capture, et une paire de cygnes noirs feraient un bon effet dans le bassin de Falkenhorst.

Le temps était pur et serein ; tout promettait à mes jeunes aventuriers la plus riante et la plus belle excursion.

Frédéric s'en alla d'abord auprès de sa mère, qui était occupée à son potager. Il la salua avec toutes les formes d'un aimable cavalier, et il lui demanda si elle ne voudrait point lui donner quelques morceaux de chair d'ours pour faire un pemmican.

— Tu me diras au moins, lui répondit la bonne mère, ce que c'est qu'un pemmican.

— C'est un mets fort connu et fort estimé dans l'Amérique du Nord, répondit Ernest. Les Canadiens en font presque leur unique nourriture. Il se compose de chair d'ours ou de chevreuil que l'on macère et que l'on bat jusqu'à ce qu'on l'ait réduite à un très-petit volume.

— Et d'où te vient donc ce subit appétit de Canadien? car ton mets n'est pas, j'augure, de ceux qui doivent flatter sensiblement le palais d'un gourmet. De la chair d'ours battue et macérée, cela doit produire une singulière cuisine.

— Ah! ma mère, mon appétit me vient d'une excursion que nous allons faire du côté de la savane, et le pemmican doit être la nourriture du voyage.

— Allons, dit la bonne mère d'un ton un peu chagrin, encore une course délibérée en conseil pendant mon absence! Ah! messieurs, vous avez là un beau moyen de prévenir toutes mes objections.

Frédéric déploya auprès de sa mère tout ce qu'il avait d'adresse pour lui persuader qu'elle n'avait point été exclue du conseil; il la flatta, et fit si bien, en un mot, que nous le vîmes bientôt revenir avec la provision de chair d'ours qu'il désirait. La fabrication du pemmican commença immédiatement sous les ordres et sous la direction de Frédéric. La chair fut pilée, hachée, écrasée, et ensuite assaisonnée de sel et d'épices, si bien qu'après deux jours de travail elle avait perdu plus de la moitié de son volume primitif. Je voulus goûter ce mets dont Frédéric faisait un pompeux éloge; il ne me parut pas absolument mauvais.

On rassembla des sacs, des paniers et tous les ustensiles qui pouvaient servir au transport. Notre vieux traîneau eut lui-même son tour; on le descendit des roues de canon sur lesquelles on l'avait monté, et il fut chargé de tout ce que les jeunes aventuriers emportaient avec eux. Le cajack, les armes, les munitions de guerre et de bouche, rien ne fut oublié; on prit encore une provision de riz et de sel, et vingt autres choses que j'ai oubliées. Une caravane qui s'engage dans les déserts de l'Arabie ne fait des préparatifs ni plus grands ni plus complets.

Le matin du départ arriva. Tout le monde était debout avant le jour; Rudly, sans rien dire, se glissa dans le colombier, et il y prit plusieurs paires de pigeons d'Europe. C'était de ceux que l'on appelle demi-becs. Ils ont autour des yeux un cercle rouge, et ils appartiennent à cette famille que Buffon a désignée sous le nom de *pigeons turcs*.

— Eh bien! dis-je à l'étourdi en le voyant placer avec soin dans un panier ses pigeons tant soit peu effarouchés, il paraît que ces messieurs ne se contenteront pas du mets du sauvage et qu'ils prennent leurs précautions en conséquence ; je crains seulement qu'ils aient mal fait leur

choix et que la chair de ces vieux pigeons ne soit pas beaucoup meilleure que le pemmican.

Le malin me regarda en riant et ne répondit point à ma remarque. Seulement, au moment de se mettre en route, je le vis chuchoter mystérieusement avec Ernest : mais ils avaient pris l'un et l'autre tant de précautions, que force fut de me résigner à ne rien connaître ; je me contentai de m'attendre à quelque surprise, car j'avais acquis la certitude qu'on m'en préparait une.

On partit enfin : la mère répéta plusieurs fois à ses fils d'être prudents ; nous les embrassâmes, et ils eurent bientôt disparu dans un nuage de poussière, avec leurs montures et le traîneau. Ernest resta seul avec moi et sa mère ; je le pris pour m'aider dans une construction que je méditais depuis long-temps, et que ma femme réclamait tous les jours avec une nouvelle instance ; c'était un pressoir à sucre, c'est-à-dire destiné à faire sortir des cannes le jus qu'elles contiennent. Nous nous mîmes à l'œuvre sans perdre de temps. La machine, qui se composait de trois cylindres posés debout, différait peu des pressoirs ordinaires ; seulement, je disposai le manége de telle sorte que nos animaux pussent le faire manœuvrer sans que nous fussions obligés de nous y atteler nous-mêmes.

Ces travaux nous amenaient naturellement à parler de la fabrication du sucre.

— Encore quelques perfectionnements, disait Ernest en riant, et nous aurons bientôt à Felsenheim une raffinerie en règle.

— Attends encore, lui répondis-je : il y a entre une raffinerie, et même entre la plus mince exploitation de sucre, et notre pressoir mécanique, une grande distance, et je ne crois pas que nous parvenions de sitôt à la combler. Il faut à la fabrication du sucre des ateliers, des ustensiles, et un ensemble de matériel dont notre pauvreté n'approche pas.

— Je le pensais aussi, reprit le savant, quoiqu'à vrai dire je n'aie encore que des notions très-imparfaites sur le sucre et les procédés au moyen desquels le jus épais et liquoreux que nous extrayons de ces cannes se transforme en une matière dure, blanche, d'un grain brillant et pur.

Cette phrase, dans la bouche d'Ernest, équivalait à une demande formelle pour me prier de résumer mes connaissances sur le sucre et d'en faire le sujet d'une dissertation. Je ne laissai pas attendre long-temps l'impatience de mon petit savant.

— « Le sucre, commençai-je, provient de la plante que tu connais, la canne à sucre sur laquelle nous venons d'exercer notre génie industriel.

» La canne à sucre se cultive et se propage très-facilement ; il suffit pour cela de coucher les cannes dans des sillons, et de chaque nœud il sort un rejeton qui croît et devient bientôt la souche d'une nouvelle tige. La canne à sucre met neuf à dix mois pour parvenir à maturité. C'est alors qu'on la coupe : on en rejette les feuilles, et les cannes s'écrasent sous des rouleaux de bois très-dur ; la liqueur qui en découle, et qu'on appelle *miel de canne*, est le sucre.

» Le premier soin à donner au miel de canne, c'est de le faire cuire ; cette opération doit être instantanée ; au bout de vingt-quatre heures il s'aigrit, et, pour peu que l'on tarde plus long-temps, il se change tout-à-fait en vinaigre.

» On fait bouillir pendant un jour entier, en y versant de l'eau de temps en temps, la liqueur extraite des roseaux : on l'écume, et la lie qui surnage sert à nourrir les animaux. Pour purger davantage le sucre, on y jette une forte lessive de cendres de bois et de chaux vive, et on écume continuellement ; ensuite on passe la liqueur au travers d'une étoffe. Le marc sert en quelques endroits à nourrir les pourceaux ; ailleurs, en y mêlant de l'eau et le laissant fermenter, on en fait du vin. On fait bouillir de nouveau cette liqueur : on apaise l'impétuosité des bouillons en versant quelques gouttes d'huile ; la plus petite quantité d'acide empêcherait le sucre de se cristalliser et de prendre une consistance solide. On verse la liqueur encore chaude dans des moules de terre en forme de cônes creux, cerclés aux deux extrémités, ouverts par les deux bouts, et dont le petit trou, qui est à la pointe, est bouché avec du bois, de la paille ou du linge. Toutes les opérations que l'on fait dans la préparation du sucre et dans l'art de le raffiner tendent à débarrasser ce sel essentiel d'un suc mielleux qui lui ôte la blancheur, la solidité, la finesse et le brillant de son grain. On ouvre donc le petit trou pour donner écoulement au suc mielleux. On verse sur la partie supérieure du cône une bouillie claire faite avec de la terre blanche argileuse. L'eau se charge d'une substance glutineuse de la terre, et passe à travers la masse du sucre, lave les petits grains et les purifie du suc mielleux.

» Au bout de quarante jours, le sucre est suffisamment desséché et solide : il a pris une couleur rousse, et s'appelle alors sucre terré rouge. S'il est d'une couleur grise, blanchâtre et en morceaux friables, il prend le nom de moscouade moyenne ; c'est là la matière dont on fait toutes les autres espèces de sucre. Lorsque la moscouade a subi de nouveau à peu près les mêmes opérations, elle est plus purifiée de ce suc mielleux, et c'est alors de la cassonade, dont la meilleure est blanche, sèche, ayant une odeur de violette. La cassonade purifiée elle-même par les mêmes moyens que je viens d'indiquer, ou par les blancs d'œufs, ou par le sang de bœuf, donne le sucre raffiné, le sucre fin ou le sucre royal, ainsi nommé à cause de la pureté et du grain brillant dont il jouit. Ce sucre étant très-sec, et frappé avec le doigt, produit une sorte de son ; et frappé ou frotté dans l'obscurité avec un couteau, il donne un éclat phosphorique. Douze cents livres de sucre raffiné ne doivent produire que six cents livres de sucre royal. La liqueur mielleuse qui découle des moules ne peut s'épaissir que jusqu'à la consistance du miel ; c'est pourquoi on l'appelle miel de sucre, remel, et plus communément mélasse ou doucette. Le sucre candi n'est que du sucre fondu à diverses fois et cristallisé : il y en a du blanc et du rouge. Il se fait en Hollande un commerce très-considérable de sucre de toutes sortes, spécialement des Indes-Orientales, du Brésil, des Barbades, d'Antigoa, de Saint-Domingue, de la Martinique et de Surinam. Le sucre du Brésil est moins blanc, plus gros et plus huileux que celui des Barbades, de la Jamaïque et de Saint-Domingue. »

Tandis que nous étions à disserter tranquillement, nos jeunes aventuriers poursuivaient leur course et continuaient à marcher du côté de la savane. Voici comment ils nous racontèrent eux-mêmes, plus tard, l'emploi de leurs premières journées.

Ils avaient parcouru tout l'intervalle qui séparait le Pont de famille de la contrée à laquelle nous avions donné le nom de l'Ermitage ou Waldegg, et où ils voulaient passer le reste de la journée, lorsqu'en s'approchant de la métairie ils entendirent s'élever tout-à-coup dans le lointain des accents semblables à ceux d'une voix humaine. C'était une sorte de rire prolongé, mais dont le timbre avait quelque chose de sinistre. Les animaux s'arrêtèrent avec tous les signes de l'effroi, les chiens se mirent à hurler, et l'autruche, plus effrayée que tous les autres, se mit à fuir dans la direction du Lac aux cygnes avec une rapidité contre laquelle la voix et les efforts de son cavalier furent également impuissants.

Cependant les mêmes accents continuaient à se faire entendre, et le taureau et l'onagre se montraient si troublés, que Frédéric et son frère furent obligés de mettre pied à terre.

— Il y a ici, dit l'aîné à Fritz, quelque animal féroce : nos montures vont nous échapper, si nous ne parvenons à les retenir ; et à juger par leur effroi, l'ennemi doit être un lion, un tigre ou quelque bête de même nature. Fais quelques pas en avant, pendant que je vais maintenir ici le taureau et l'onagre, et si tu aperçois quelque chose, reviens en hâte vers moi, et alors nous nous concerterons sur le parti à prendre, ou nous reprendrons nos montures, pour fuir en toute hâte s'il le faut ; malheureusement notre frère a pris sa course d'un côté opposé.

Fritz se jeta aussitôt à bas de sa monture, saisit son fusil, passa deux pistolets à sa ceinture, appela à lui Folb et Braun, et se mit tranquillement à marcher dans la direction d'où ce rire étrange se faisait toujours entendre par intervalles.

Il n'avait pas fait trente pas en se baissant et marchant avec précaution, qu'il aperçut, à travers le fourré, une énorme hyène qui, après avoir terrassé un de nos moutons, était en train de le dévorer : le sang lui

ruisselait des lèvres, et elle faisait entendre une espèce de glapissement de joie sauvage qui ressemblait tout-à-fait au rire à demi-étouffé.

La présence du petit chasseur ne dérangea pas le monstre de son hideux repas, et tout en roulant ses prunelles flamboyantes il continua à se ruer sur sa proie ; Fritz ne manqua ni de cœur ni de présence d'esprit. Il se plaça derrière un arbre, ajusta l'animal, et tira ses deux coups à la fois, et si heureusement, qu'ils vinrent casser les pattes de devant et percer la poitrine de la hyène. Les chiens intervinrent alors, leur terreur se changea en rage, et le combat le plus terrible s'engagea entre eux et le monstre que sa double blessure rendait encore plus furieux. C'était de part et d'autre des mugissements et des cris horribles ; le sang ruisselait, nos chiens serraient de près l'ennemi ; mais ils recevaient aussi de larges et profondes blessures.

Frédéric, qui était parvenu à attacher l'onagre et le taureau à un arbre, accourut au bruit de la double explosion comme les deux chiens se jetaient sur le monstre abattu. Il aurait voulu d'un seul coup terminer le combat ; mais il était impossible d'y songer : frapper la hyène, c'eût été assurément frapper les chiens. Ainsi les deux jeunes gens furent donc contraints d'attendre l'issue naturelle de ce combat. Folb prit la hyène à la gorge, et Braun au museau ; ils la tinrent ainsi jusqu'à ce que les forces lui manquassent et qu'elle tombât sans vie. Mes fils poussèrent une joyeuse clameur et se hâtèrent de rappeler nos chiens si braves et si courageux ; ils pansèrent les blessures qu'ils avaient reçues, en les frottant d'hydromel et de graisse d'ours qu'ils avaient emportée pour manger.

Peu de temps après Rudly revint. Il avait eu grand'peine à se tirer du milieu de la rizière où l'autruche avait couru se réfugier, et ce n'était pas sans de grands efforts qu'il l'avait enfin forcée à revenir sur ses pas.

En voyant le monstre que ses frères avaient si courageusement abattu en son absence, Rudly n'en témoigna pas moins son admiration, quoiqu'il n'eût point pris part à ce bel exploit.

En effet la hyène, avec sa crinière fauve, hérissée de poils noirs et rudes, ses pattes armées d'ongles aigus, son museau allongé comme celui du loup, ses yeux petits, ronds et rouges, est l'un des animaux sauvages qui portent à un plus haut degré les caractères de la férocité.

« La hyène est à peu près de la grandeur d'un sanglier, mais son corps est plus court et plus ramassé ; elle a la tête plus carrée et plus courte, ses oreilles sont longues, droites, nues, et ses jambes, surtout celles de derrière, sont plus longues ; elle a les yeux placés comme ceux du chien, le poil du corps long, une crinière de couleur gris obscur, mêlée d'un peu de fauve et de noir, avec des ondes transversales. Elle est peut-être de tous les quadrupèdes le seul qui n'ait que quatre doigts tant aux pieds de derrière qu'à ceux de devant.

» Cet animal sauvage et solitaire demeure dans les cavernes des montagnes, dans les fentes des rochers, dans des tanières qu'il se creuse lui-même sous terre. Rien ne peut dompter son naturel féroce, et quoique pris fort jeune il ne s'apprivoise jamais. Il vit de proie comme le loup, mais il est plus fort et surtout plus hardi ; il attaque quelquefois les hommes, il se jette sur le bétail, suit de près les troupeaux, et souvent il enfonce pendant la nuit les portes des étables et des bergeries : ses yeux brillent dans l'obscurité, et l'on prétend qu'il voit mieux la nuit que le jour. La hyène se défend contre le lion ; elle ne craint pas la panthère, terrasse l'once. Lorsque la proie lui manque, elle creuse la terre avec ses pieds, et elle en tire par lambeaux les cadavres des animaux et des hommes. On la trouve dans presque tous les climats chauds de l'Asie et de l'Afrique. La prise de cet animal était, sans contredit, l'une des actions les plus héroïques que nous ayons encore faites depuis notre établissement sur la côte. »

Lorsque mes fils eurent conduit leur chargement à Waldeck, où ils voulaient faire leur établissement temporaire, ils revinrent chercher leur proie, qu'ils transportèrent sur le traîneau. La journée du lendemain tout entière fut consacrée à dépouiller l'animal et à faire subir à la peau la première préparation dont elle avait besoin pour être conservée.

Or, pendant que nos trois fils se livraient à ces occupations, nous étions, nous, paisiblement assis sous la voûte de la grotte.

— Où sont mes frères? disait Ernest ; j'augure que nous ne tarderons pas à avoir de leurs nouvelles.

— Comment penses-tu cela? lui demandait sa mère.

— Qui sait? je crois aux songes, répondit-il en riant ; j'ai rêvé...

— Bah ! belle garantie que celle de tes rêves !...

Et pendant qu'ils jasaient ainsi, un oiseau, dont nous ne distinguions pas bien l'espèce à cause de l'obscurité qui commençait, se glissa par la porte ouverte du colombier.

— Fermez, fermez ! s'écria Ernest, nous verrons demain matin quel est ce nouvel hôte : qui sait? c'est peut-être le courrier de la Nouvelle-Hollande, et il a peut-être sous son aile des dépêches de Sydney, Port-Jackson, etc., etc., dans les parages desquels vous nous avez annoncé que nous devions être.

— Quelle fantaisie de poste, de dépêches, de nouvelles, t'a donc pris ce soir?

— Ah ! ce n'est rien, répondit-il avec indifférence ; seulement l'arrivée de ce pigeon m'a rappelé ce que j'ai lu quelque part des anciens Romains et des Grecs, qui correspondaient, dit-on, au moyen de pigeons voyageurs. Ce fait est-il bien vrai, mon père? ajouta-t-il en même temps.

— De la plus grande vérité, lui répondis-je : de tous les habitants de l'air, il n'en est pas qui puisse rivaliser avec le pigeon pour franchir de grandes distances; cet oiseau est essentiellement voyageur. Outre les pigeons dressés à l'office de courriers, l'histoire naturelle parle d'une espèce particulière qui fait volontiers le trajet des monts Alléganys aux montagnes de l'Écosse. L'histoire de ces pigeons est tout-à-fait curieuse; au lieu de te la raconter, je veux te la lire dans un livre français où je l'ai remarquée dernièrement par hasard.

Je pris en même temps, dans la bibliothèque du capitaine, le livre dont je venais de parler, et je lus :

« Les ornithologistes ont donné à cette espèce de pigeons le nom de *columba migratoria*, c'est-à-dire pigeon voyageur, et ses habitudes justifient complètement cette dénomination, qui n'est cependant pas assez caractéristique. En effet, tantôt fixé près du golfe du Mexique, et tantôt visitant les côtes de la baie d'Hudson, ses courses lui font parcourir plus de sept cents lieues suivant la direction du méridien ; elle s'étend moins en longitude, et ne dépasse point la chaîne des montagnes rocheuses, limites de ses excursions à l'ouest. Quelques individus, plus aventureux,

A.PLON

ou entraînés hors des régions qu'ils fréquentent le plus habituellement, traversent l'Océan, et viennent quelquefois jusqu'en Écosse. Leur puis-

sance de vol et la portée de leur vue sont étonnantes ; de la hauteur à
laquelle ils s'élèvent dans l'air, ils aperçoivent sur les arbres les petits
fruits dont ils se nourrissent, les baies de genièvre et les airelles, et
lorsqu'ils s'arrêtent au milieu de leurs courses, ce n'est jamais infruc-
tueusement. Comme ils volent en troupes nombreuses et serrées, au
point qu'ils interceptent quelquefois la lumière du soleil, on a pu mesurer leur vitesse par les moyens qui donnent celle des nuages, et il est
avéré qu'ils ne font pas moins de vingt-cinq lieues de poste par heure.
Si l'industrie humaine parvenait à s'associer ces rapides coursiers, les
télégraphes deviendraient presque inutiles ; une matinée suffirait pour
transmettre un message de Zurich à Berlin.

» La structure et la forme du corps favorisent dans ces oiseaux les
longs voyages qu'ils entreprennent. Leurs ailes sont proportionnellement
plus longues que dans aucune autre espèce de ce genre ; leur queue
fourchue et d'une grande surface est un gouvernail proportionné à
l'étendue et à la force de leurs ailes. Quant aux couleurs et à leur distribution sur le plumage de ces oiseaux, on remarque une très-grande
différence entre les deux sexes : l'extérieur modeste des femelles contraste avec la brillante parure des mâles autant que celui des poules ordinaires comparé au magnifique plumage des coqs ; si ces pigeons voyageurs pouvaient s'accoutumer à la vie sédentaire des colombiers, ils
seraient un ornement de plus pour les habitations champêtres. Le mâle
est non-seulement plus beau, mais encore plus grand que sa femelle ;
depuis le bec jusqu'à l'extrémité de la queue, sa longueur est de près
de deux pieds ; la tête est d'un bleu d'ardoise, les ailes et le dessus du
corps, du même bleu parsemé de taches noires et brunes ; la poitrine est
d'une couleur de noisette rougeâtre ; le cou est orné des plus belles couleurs ; l'or, le vert, le pourpre, une écarlate magnifique, y brillent de
tout leur éclat ; le ventre est d'un blanc pur, les jambes et les pieds
d'un beau rouge ; une large bande d'un noir lustré traverse la queue
dans toute sa longueur.

» Le caractère distinctif et dominant de cette espèce paraît être l'amour
de la société ; point d'individus isolés ; dans les courses lointaines, point
de traîneurs : leurs bandes sont d'une étendue prodigieuse lorsqu'ils se
mettent en route pour chercher dans les forêts un lieu qui fournisse à
leur subsistance. Un naturaliste célèbre estime à plusieurs centaines de
millions une de ces troupes volantes qu'il rencontra sur les bords de
l'Ohio, et son calcul, loin d'être exagéré, descend peut-être beaucoup
trop au-dessous de la réalité. En effet, ce nuage d'oiseaux s'étendait sur

une largeur d'environ deux mille mètres, et comme son passage ne dura pas moins de trois heures, sa longueur était au moins de soixante-quinze lieues ou trois cent mille mètres ; en ne comptant que deux oiseaux par mètre cubique, la bande aurait été composée d'un milliard deux cents millions d'oiseaux ; mais la troupe était si serrée, qu'elle projetait une ombre sur la terre. Le bruit de toutes ces ailes mises en mouvement était très-fort et d'une monotonie assoupissante. Il faut observer que ces immenses colonnes mobiles se forment par la réunion d'un très-grand nombre de troupes distinctes, mais ayant toutes un but commun, exécutant les mêmes manœuvres dans les mêmes lieux ; elles ont aussi la singulière habitude de se choisir un même juchoir, dans le lieu du rendez-vous où elles arrivent le soir, quelquefois de très-loin, et qu'elles quittent le matin pour aller chercher leur subsistance. La forêt qui reçoit ces voyageurs est d'ailleurs assez mal payée de son hospitalité, car les pigeons s'abattent si impétueusement et en si grand nombre sur les arbres, que les plus fortes branches sont rompues et tombent avec leur fardeau. On dirait qu'un violent orage a frappé à coups redoublés cette partie de la forêt.

» On a calculé la nourriture consommée chaque jour par une grande bande de pigeons, en réduisant chaque individu à une ration très-modique, car ils ont besoin de manger souvent et beaucoup. On a peine à croire au résultat de cette estimation : une seule de ces populations ailées, qui établit au sein des forêts sa ville aérienne, consommerait quatre ou cinq fois autant que la plus populeuse des capitales de l'Europe, en ne tenant compte, toutefois, que du poids des subsistances. Il n'est donc pas étonnant qu'à l'apparition de l'aurore cette population se disperse pour mettre à contribution un espace équivalent à plusieurs cantons de la Suisse. Quelques divisions de la grande bande vont prendre leurs repas très-loin, et par conséquent très-tard, ce qui ne les empêche pas de revenir ponctuellement au juchoir. Ce lieu de repos a été choisi avec prudence, aussi sécrètement qu'il a été possible, loin de l'habitation ordinaire des ennemis naturels de ces pacifiques oiseaux ; précautions insuffisantes contre les plus dangereux de ces ennemis, les colons américains. Aussitôt qu'un juchoir de pigeons est découvert, on fait à la hâte les préparatifs d'une expédition de longue durée, et qui occupera tout le monde ; outre les armes, les munitions et les provisions indispensables, les chariots transportent les futailles vides, du sel, quelques ustensiles de ménage ; toute la famille se met en marche, menant avec elle ses animaux domestiques. Lorsque les chasseurs sont réunis et installés, ils conviennent entre eux de

divers signaux d'avertissement, établissent une sorte de police pour l'intérêt et la sûreté de tous, et la campagne est ouverte. La fusillade commence le soir, et dure aussi long-temps qu'on peut apercevoir le gibier.
De grand matin, et après le départ des oiseaux, on procède à la récolte,
mais l'homme a été devancé sur ce champ de carnage par les animaux
voraces de la contrée, oiseaux et quadrupèdes; durant la journée, d'é-
normes tas de pigeons imposent une forte tâche aux personnes chargées
de plumer, préparer, encaquer. Cependant la récolte n'a pas été complète: on a laissé la portion des glaneurs; ce sont les cochons, qui, durant
cette chasse, ne vivent que de pigeons et engraissent à vue d'œil. Si on
n'est pas trop éloigné des villes, les marchés y sont abondamment appro-
visionnés de ce gibier que les gourmets ne dédaignent point. On a vu à
New-Yorck un brick uniquement chargé de cette marchandise, et dont
la cargaison emplumée eut un prompt et avantageux débit. La vie des
malheureux pigeons est une succession de fatigues et de périls. Attaqués
au lieu de leur repos, ils le sont encore à l'époque des soins et de l'éducation de chaque génération nouvelle; pour ce temps, il faut choisir un

domicile et renoncer aux grandes courses; mais les associations, quoique
subdivisées, ne sont pas dissoutes, et les nids, rapprochés autant qu'il

est possible, couvrent tous les arbres d'une grande forêt. On a vu, dans l'état de Kentucky un de ces établissements qui, sur une largeur de plus d'une lieue, occupait au moins seize lieues en longueur. Tous les nids sont occupés à la fois au commencement d'avril; vers la fin de mai, les petits prennent leur volée, et toute la bande commence ses grands voyages. Il y a, dit-on, jusqu'à trois couvées par an, et très-souvent trois nids à construire; dès qu'un lieu de nichée est reconnu, ce qui n'est pas difficile, les moyens de destruction sont préparés; les chasseurs arrivent dans la forêt peu de jours avant l'époque du départ, armés de haches, amenant, comme pour l'autre expédition, tout leur ménage et ce qui est nécessaire pour un campement de quelques jours; les arbres sont abattus, tous les nids dont ils étaient surchargés tombent à la fois; les cris de désespoir des victimes, le bruit de la chute des arbres, et plus encore celui des ailes des pères et mères qui ne cessent de voler autour de leur malheureuse progéniture que lorsque la faim les y contraint, les coups redoublés des haches et les avertissements des bûcherons, font un vacarme assourdissant.

» Les pigeonneaux sont alors très-gras : les indigènes américains ont appris aux colons comment cette graisse peut être mise à profit; ils la recueillent en la faisant fondre, et la conservent dans des pots dont ils ont eu soin de se munir. Un grand arbre, chargé de nids et de jeunes oiseaux, suffit quelquefois pour fournir à une famille sa provision de graisse durant plusieurs mois.

» Les pigeons voyageurs de l'Amérique ne peuvent conserver leurs habitudes que dans les immenses forêts de l'intérieur, au-delà des monts Alléganys; les bandes qui s'aventurent à l'est de cette chaîne rencontrent sur leur passage plus d'ennemis, et ne trouvent plus des asiles aussi sûrs. Lorsque la faim les contraint à s'abattre sur les plaines cultivées, une autre arme leur est encore plus funeste que le fusil : les cultivateurs prennent leurs filets, et d'un seul coup ils amènent ordinairement plusieurs centaines de prisonniers. Toute la population est à la chasse; la mousqueterie ne cesse de se faire entendre que lorsque la bande ailée a terminé son passage. On mange alors des pigeons à tous les repas, sans que l'uniformité de ce régime paraisse fatiguer ni déplaire; mais les Américains n'y sont pas condamnés pour toujours; le temps approche où la chasse des pigeons de passage sera beaucoup moins productive. A mesure que la population augmentera dans l'intérieur du continent, ces oiseaux se trouveront resserrés dans un plus petit espace, les associations ne pourront continuer, et l'espèce, toujours poursuivie avec acharne-

ment, diminuera de plus en plus ; elle sera forcée à changer ses mœurs,
aujourd'hui si remarquables, et vivra dans les forêts de l'Amérique
comme les ramiers dans celles de l'Europe, disséminée, confondue avec
les autres espèces du même genre, et n'excitant plus une curiosité par-
tiulière. »

Je m'arrêtai : Ernest causa encore quelque temps ; il fit plusieurs remarques sur l'instinct voyageur des pigeons dont je venais de lire l'histoire ; mais dans ses remarques et au travers de toutes les paroles qu'il
prononçait, il y avait une sorte de réserve qu'il me fut impossible de
percer. Je lui adressai plusieurs questions.

— A demain, à demain, fut la seule réponse qu'il nous fit ; et nous
ne tardâmes pas aller nous coucher.

Le lendemain, Ernest était levé avant moi, et il avait été faire sa visite
dans le colombier avant même que j'eusse songé qu'il y avait là quelque
grand secret. Je ne lui en parlai pas, et quand après les premières occupations du matin j'annonçai l'heure du déjeuner, je vis Ernest arriver
gravement et tenant en main un papier plié en forme de lettre admi-
nistrative et cacheté, qu'il nous présenta avec un profond salut, en
disant :

— Noble et gracieux seigneur de ces lieux, vous excuserez, s'il vous
plaît, votre maître de poste de Felsenheim, du retard qu'éprouvent aujourd'hui les dépêches de Sydney, Port-Jackson, et de toute la côte de
la Nouvelle-Hollande ; le paquebot a été retardé, il n'est arrivé qu'hier
soir très-tard ; voilà pourquoi nous nous trouvons forcé de ne vous remettre que ce matin les lettres qu'il apportait pour vous.

Sa mère et moi ne pûmes nous empêcher de rire de cette espèce d'exorde burlesque.

.— Eh bien ! repris-je en continuant la plaisanterie, que font nos sujets des côtes de Sydney, Port-Jackson et de la Nouvelle-Hollande ? Monsieur le secrétaire, ouvrez nos dépêches, et donnez-nous-en lecture.

A ces mots, maître Ernest déploya dans toute son étendue le papier qu'il tenait, et donnant à sa voix tout le développement dont elle était susceptible, il commença :

« *Le général-gouverneur de la nouvelle Vallée du Sud , au* »*gouverneur de Felsenheim, Falkenhorst, Waldegg, du* »*champ des cannes à sucre et de toutes les contrées environ-* »*nantes*, SALUT.

» Noble et fidèle allié, nous apprenons avec déplaisir que trente hommes » que nous supposons faire partie de votre colonie, s'en sont éloignés pour » vivre à leur gré dans le désert, ce qui ne manquera pas de causer beau- » coup de tort aux grandes et aux petites chasses de la province. Nous » avons également appris que d'effroyables hyènes, aussi affreuses que » nuisibles, ont franchi les limites de notre quartier, et causé de grands » dégâts parmi les animaux domestiques de nos colons; en conséquence, » nous vous invitons, d'une part, à rappeler vos chasseurs affamés, et de » l'autre, à prendre les mesures nécessaires pour chasser et purger de ces » hyènes et autres bêtes féroces toute l'étendue de votre territoire, ou , » du moins, les restreindre dans des bornes convenables.

» Sur ce, je prie Dieu, monsieur le gouverneur, qu'il vous ait en sa » sainte et digne garde.

» Fait à Sydney-Cove, au port Jackson, le 12 du mois de casuar, et » de la colonie la trente-quatrième année.

» *Le gouverneur*, PHILIPP PHILIPPSON. »

Ernest s'arrêta en riant, et comme pour juger de l'effet qu'il avait produit sur nous. Le général Philippson ne m'intriguait pas beaucoup ; mais il y avait eu dans toute cette plaisanterie une telle suite et un tel en- semble, que ma curiosité en était vivement piquée. Mon fils jouissait de mon embarras, et comme il faisait une gambade pour témoigner sa joie à la manière des enfants, il laissa tomber de sa poche un nouveau papier. J'allais le prendre et l'ouvrir, quand il m'arrêta tout-à-coup, en me disant :

— Ce sont encore des dépêches ; celles-là viennent de Waldegg : peut-
être seront-elles moins pompeuses que la missive officielle du général
Philippson, mais peut-être aussi contiendront-elles un peu plus de vérité.
Écoutez donc, voici une lettre de Waldegg.

— De grâce, explique-nous cette éternelle énigme. Est-ce que ton
frère t'a laissé une lettre avant son départ, en te commandant de ne me
la remettre qu'aujourd'hui ? Mais cette hyène, est-ce que vraiment ?....
Est-ce qu'il se serait aperçu de la présence de ce féroce animal ? Est-ce
qu'il aurait conçu le projet téméraire d'aller attaquer le monstre, sans
vouloir m'en parler ?

— Voici une lettre de Frédéric, reprit Ernest ; c'est mon pigeon d'hier
soir qui l'a rapportée sous son aile.

— Ah ! sois béni, mon petit savant ! lui dit sa mère en l'embrassant ;
sois béni pour ta bonne et heureuse idée !.... mais cette hyène.... Lis,
lis-nous la lettre de ton frère.

— Je vais, reprit-il, lire cette fois sans rien changer. Et il nous lut
les lignes suivantes :

« Chers parents, et toi, mon bon Ernest,

»Je vous apprendrai qu'à notre arrivée dans la contrée de Waldegg,
»nous avons été accueillis par une hyène de grande et belle taille qui a
»dévoré quelques-uns de nos moutons et sans doute plus d'une chèvre
»sauvage.

»Fritz a fait preuve d'adresse et d'intrépidité : c'est à lui seul qu'ap-
»partient l'honneur d'avoir abattu le monstre, nos chiens l'ont achevé,
»et nous en sommes heureusement délivrés. Nous avons passé presque
»toute la journée à préparer sa peau, qui est très-belle, et qui pourra
»nous devenir utile.

»Le pemmican est bien le manger le plus détestable dont de pauvres
»voyageurs puissent s'embarrasser.

»Adieu ; nous vous embrassons tous les trois tendrement.

»FRÉDÉRIC. »

— Ah ! voilà bien une lettre de chasseur ! m'écriai-je ; mais cette
hyène, comment sera-t-elle entrée dans nos domaines ? est-ce que la palissade serait encore une fois renversée ? Cette pensée me tourmente singulièrement.

— Mes pauvres enfants, dit la mère les larmes aux yeux, puisse
Dieu veiller sur eux et me les ramener sains et saufs ! Faut-il partir immédiatement ? faut-il attendre encore ?

— Le dernier parti me paraît le meilleur, reprit Ernest, car nous recevrons sans doute ce soir une nouvelle missive qui nous donnera de plus grands détails et nous aidera dans la détermination à prendre.

En effet, dans l'après-dînée, il rentra au colombier un nouveau pigeon. Ernest, qui était aux aguets, ne perdit pas de temps ; fermer le colombier, aller prendre sous l'aile du messager aérien la dépêche qu'il rapportait fut l'affaire d'un instant, et il revint tout joyeux avec un nouveau billet que voici :

« La nuit a été bonne. — Le temps est beau. — Course en cajack sur » le lac. — Prise de beaux cygnes noirs. — Plusieurs animaux nouveaux. » — Apparition et fuite soudaine d'une bête aquatique dont le genre nous » est entièrement inconnu. — Demain à Prospect-Hill.

» Portez-vous bien.

» Vos fils,

» FRÉDÉRIC, RUDLY et FRITZ. »

— C'est presque une dépêche télégraphique, dis-je en riant, tant elle est concise : nos chasseurs trouvent, à ce qu'il paraît, plus facilement un coup de fusil qu'une phrase. Néanmoins leur missive me tranquillise : s'ils ont eu la nuit bonne, c'est que la hyène de Fritz était la seule dans la contrée.

Ma femme se montrait moins inquiète ; nous résolûmes en conséquence d'attendre encore avant d'aller rejoindre nos fils. Leur lettre était bien le sommaire exact de tout ce qu'ils avaient fait depuis leur départ ; mais elle était si concise, que j'eus besoin des explications ultérieures qu'ils nous donnèrent de vive voix pour bien comprendre tout ce qu'elle nous annonçait. Je continue ici la narration que me firent plus tard mes fils de leur excursion.

Délivrés du voisinage dangereux de la hyène, ils avaient entrepris d'explorer le marais des cygnes, et de le soumettre à une battue générale. Frédéric avait pris pour cela son cajack, et ses frères le suivaient en côtoyant le bord du plus près qu'il leur était possible.

Les cygnes noirs furent pour nos chasseurs une proie friande ; aussi s'adressèrent-ils tout d'abord à ces beaux et gracieux animaux. Un lac en fil d'archal attaché à un bambou était le piége au moyen duquel ils cherchaient à s'emparer de ces oiseaux et les entraîner avec eux au rivage ; mais ils ne purent attraper de la sorte que trois jeunes cygnes, les vieux étaient trop forts et se défendaient belliqueusement à grands coups d'ailes.

Après les cygnes, un oiseau de nouvelle espèce vint s'offrir à la vue de nos jeunes chasseurs : c'était, à le juger sur son port majestueux et sa noble allure, le roi du marais; sa tête était ornée d'une couronne, et il se rengorgeait comme un être qui a la conscience d'une haute dignité et d'une autorité reconnue. Ce noble extérieur attira l'attention de Frédéric, et le bel oiseau reçut le lacet sans presque s'en douter; on l'attira à terre, on lui lia les pattes et les ailes, et il fut déposé à côté des cygnes.

Tandis que mes trois fils étaient ainsi occupés autour de leur magnifique proie, qu'Ernest nous déclara plus tard être le héron royal, un animal extraordinaire partit tout-à-coup du fond des roseaux, et passant presque à côté d'eux leur causa une sorte d'effroi. C'était un animal de la taille d'un poulain, dont la forme se rapprochait de celle du rhinocéros; mais il n'avait pas sur le nez la corne ou défense qui distingue ce dernier; il avait la lèvre supérieure très-proéminente, et tout le corps d'un noir brun. Mes trois chasseurs n'étaient pas des naturalistes bien distingués: ils n'en donnèrent pas moins un nom à la bête étrange qui se présentait devant eux pour la première fois, et ils décidèrent, faute de mieux, qu'il devait ressembler au tapir ou à l'anta d'Amérique.

« Le tapir est un animal qui se trouve communément à la Guiane et au Brésil. La forme de son corps ressemble assez à celle du cochon; sa tête se termine en pointe par le haut; sa lèvre supérieure dépasse de beaucoup sa lèvre inférieure, sa gueule est armée de quatre dents; ses yeux sont petits, ses oreilles arrondies et pendantes; sa queue courte, pyramidale et sans poil. Il a les jambes comme celles du sanglier; ses

pieds de devant sont garnis de quatre ongles noirâtres ; ceux de derrière
n'en ont que trois. Le poil du tapir est court, tacheté de blanc dans les
premières années de l'animal ; mais il devient ensuite d'un brun foncé et
uniforme. Le tapir est l'un des quadrupèdes qui s'entendent le mieux à
nager : il parcourt sous l'eau des espaces très-étendus, et il trompe ainsi
l'adresse du chasseur qui le poursuit, et qui se trouve tout étonné de le
voir dresser la tête à une distance fort éloignée quand il le croyait à ses
pieds.

» Le tapir est amphibie : des naturalistes ont dit de lui qu'il dormait
tout le jour sous l'eau, et qu'il profitait de la nuit pour aller butiner
dans les forêts.

» Ce sont les Portugais qui lui ont donné les premiers le nom d'anta.
Les sauvages estiment sa chair et la prisent à l'égal du bœuf ; ils tirent
aussi un parti fort avantageux de sa peau, qu'ils emploient à couvrir leurs
boucliers, après l'avoir étendue en long et fait sécher au soleil. »

Frédéric ne possédait pas précisément toutes ces connaissances sur
l'animal en question : il ne s'en mit pas moins à le poursuivre avec son
cajack ; mais le tapir nageait avec une telle rapidité que mon fils fut
obligé de renoncer à l'entreprise.

Pendant ce temps-là, Rudly et Fritz avaient repris le chemin de la
hutte avec leurs cygnes noirs et le bel oiseau royal, qui conservait jusque
dans ses liens quelque chose de la dignité de son rang. Ils rencontrèrent,
chemin faisant, une compagnie de grues qui volaient au-dessus de leurs
têtes à grand bruit d'ailes et en poussant des cris aigus ; ils en firent un
abattis superbe, sans avoir recours à leurs fusils, mais seulement à leurs
arcs. Ils étaient pourvus de flèches longues et garnies d'une pointe triangulaire. Mais cette arme devait surtout son efficacité à des ficelles en-
duites de glu et qui flottaient autour de la hampe. Ces cordons, en vol-
tigeant dans l'air, s'attachaient aux ailes et aux pattes des oiseaux que le
fer n'avait point touchés, et il n'était pas rare qu'une seule flèche re-
tombât avec un double gibier. Ils prirent également par ce moyen ingénieux deux beaux oiseaux appelés demoiselles de Numidie, et qui faisaient
partie de la troupe des grues.

Frédéric, en rejoignant ses frères, se sentit un peu piqué en voyant
la belle chasse qu'ils avaient faite ; d'un autre côté, l'insuccès de sa
course après le monstre du marais le rendait quelque peu honteux. Il
voulut relever son honneur et réparer l'échec que sa réputation d'heureux chasseur venait d'éprouver : il appela ses chiens à lui, et, accompagné de son aigle, il se dirigea du côté du bois des goyaves ; il n'y fut

pas plus d'un quart d'heure, que les chiens firent lever une compagnie des plus beaux oiseaux qu'on puisse voir ; ils étaient du genre des faisans. Frédéric lança son aigle : et tandis que celui-ci poursuivait l'un des fuyards, un autre, en quelque sorte pétrifié par la peur, tomba entre les mains de Frédéric qui en prit encore un second, lequel s'était blotti sous un buisson ; celui-ci était magnifique, il avait une queue de plus de deux pieds d'étendue, parmi les brillantes plumes de laquelle on en remarquait deux fort étroites qui serpentaient dans le milieu, offraient les plus riches couleurs d'or, de vert, de brun, et se terminaient par une tache de velours noir. A la seule description que la lettre de Fritz donnait de cet oiseau, le savant Ernest reconnut tout d'abord l'oiseau de paradis, le *manu codiata*, le plus riche, le plus élégant, le plus beau de tous les oiseaux qui s'abattent sur les côtes de la Nouvelle-Hollande.

Et quand, à l'arrivée de ses frères, le jeune naturaliste put se convaincre de la réalité de ses suppositions, il s'écria tout transporté : Voilà donc ce bel habitant de l'air dont la vie a donné lieu à tant de fables ! Tout en lui, jusqu'à son nom, n'a long-temps été qu'une erreur. On avait imaginé que, sorti du paradis terrestre, aucun lieu n'était digne de le recevoir un instant, et qu'il ne se reposait que sous les ombrages de l'Eden ; on a même dit qu'il n'avait point de pieds : or, un oiseau sans pieds ne devait exister que pour un vol perpétuel ; aussi l'oiseau de paradis volait-il même en dormant, et ce qui est plus admirable, la femelle, pondant ses œufs en l'air, les couvait en volant, si ce n'est pendant quelques moments où elle se tenait suspendue à une branche d'arbre, au moyen de larges filets qui décorent si heureusement son plumage. La nourriture de l'oiseau de paradis devait répondre à sa constitution presque immatérielle ; aussi n'était-ce que de substances aériennes, de parfums, de vapeurs, ou tout au plus de rosées, que devait se nourrir l'oiseau céleste.

Un être aussi mystérieux ne pouvait manquer de qualités merveilleuses : l'homme, assez heureux pour posséder un seul individu de ce genre et le conserver avec la vénération que méritent les objets sacrés, devait obtenir les faveurs du ciel, éloigner ou guérir toutes les maladies. On en fit des fétiches, des amulettes, et dès-lors les chasseurs se mirent à la recherche des lieux où ces oiseaux abondent le plus, et ils étudièrent les moyens de les prendre : l'oiseau de paradis devint ainsi l'objet d'une spéculation assez lucrative.

Voilà les niaiseries, continua le petit docteur, que l'on a crues et débitées pendant des siècles ; mais la science dont le flambeau dissipe l'erreur, la science est venue et elle a fait tomber le prestige qui entourait l'oiseau de paradis ; aux fables et merveilles, elle a substitué la vérité. L'histoire naturelle a approfondi le mystère ; adieu dès-lors aux fantaisies poétiques, aux rêves brillants de l'imagination. On a vu que l'oiseau

de paradis a des pieds, qu'il se nourrit d'aliments solides, et en contemplant son beau plumage on n'y a rien trouvé qui ne se rencontre dans les autres volatiles, si ce n'est plus d'éclat, plus de brillant, plus de richesses dans les couleurs qui peignent de tant de reflets divers ses ailes, sa gorge, et les longs filets qui ornent sa queue.

L'oiseau de paradis a le vol très-léger, et comparable à celui de l'hirondelle, quoiqu'il s'élève beaucoup plus haut dans les airs et qu'il ait l'habitude de se percher sur la cime des grands arbres. Sa grosseur réelle est celle du geai, mais ses plumes sont disposées de manière à grossir considérablement le volume de son corps.

Les plumes qui entourent la base de son bec sont d'un beau noir de velours, changeant en vert foncé ; cette couleur s'étend sur les joues et la gorge, à travers le jaune qui couvre la tête et le derrière du cou, et le vert à reflets métalliques qui couvre le devant de cette même partie ; le reste du plumage est d'un marron foncé sur le ventre et clair sur le dos. Les plumes décomposées sont étagées, et les plus larges n'ont pas moins de dix-huit pouces. Les filets ont deux pieds neuf pouces de longueur ; on croit que ceux de la femelle sont plus courts, et que dans ce genre d'oiseau, comme dans tous les autres, la parure du mâle est plus éclatante et plus somptueuse, tandis que la femelle se contente d'un vêtement plus modeste.

Cette dissertation sur l'oiseau de paradis en amena d'autres, dans lesquelles tout l'honneur restait au savant. J'étais étonné moi-même de l'aptitude qu'apportait cet enfant à l'étude de sa science favorite, et de la facilité avec laquelle il se retrouvait au milieu du dédale souvent fort embarrassé des classifications, des distinctions de genres, d'espèces, etc., qui hérissent d'obstacles très-réels l'étude de l'histoire naturelle.

L'oiseau secrétaire, l'oiseau mouche, les perroquets, toutes les races eurent un mot, toutes les familles de riches et magnifiques volatiles qui se balancent sous les nuages du Nouveau-Monde obtinrent un éloge, une description, ou du moins un souvenir de la part du savant. Mais je reviens au récit de l'excursion de mes jeunes gens.

Nos chasseurs, après tant de prouesses, avaient gagné un vigoureux appétit, et, tout frugal que fût le repas, ils y firent le plus grand honneur. La viande froide de peccari, les goyaves, des pommes de cannelle, des pommes de terre cuites sous la cendre, toutes ces provisions furent absorbées avec un admirable appétit. Le pemmican seul, dont on attendait merveille, fut dédaigné, et déclaré indigne de sa réputation ; on l'abandonna aux chiens, ce qui était le moyen ordinaire de se débarrasser d'une chose qui ne plaisait à personne.

Avant le soir, nos jeunes explorateurs, afin de mettre leur voyage à profit, remplirent un sac d'épis de riz mûrs ; ils recueillirent aussi une bonne provision de coton, qu'ils se proposaient d'emporter le lendemain à Prospect-Hill, but d'une excursion nouvelle qu'ils projetaient.

Frédéric, qui s'était muni de gomme d'euphorbe pour donner aux singes une bonne leçon, avait besoin de noix de coco divisées en deux pour tenir lieu de tasses, et de vin de palmier pour servir d'appât. Mes jeunes gens alors imaginèrent un moyen qui devait leur éviter la peine de grimper jusqu'aux sommets des palmiers élevés dont ils étaient entourés ; ils choisirent parmi ceux qui leur parurent le plus chargés de fruit, et à la manière des Caraïbes, qui abattent l'arbre pour en cueillir le fruit ; ils coupèrent deux superbes palmiers, d'où ils tirèrent tout à la fois du vin, des cocos et deux énormes choux palmistes.

Quand on me conta cette particularité du voyage, j'improuvai sévèrement l'emploi de ce moyen, et je défendis bien qu'à l'avenir on y eût recours davantage. Le palmier était l'un des plus beaux arbres de la contrée, et en même temps l'une des richesses végétales les plus précieuses dont nous pussions disposer : le gaspiller tout d'abord, c'était nous enlever une de nos principales ressources, car les jeunes plants ne devaient pas pousser aussi promptement que les vieux arbres tombaient sous la hache. Mes fils pourtant m'assurèrent qu'ils avaient planté plus de dix cocos en terre pour remplacer un jour les arbres qu'ils avaient coupés.

Mes fils quittèrent Waldegg ; mais des événements encore plus importants les attendaient à Prospect-Hill, vers lequel ils se dirigeaient.

Maintenant je vais laisser parler Frédéric lui-même et reproduire les principaux points de sa narration qu'il nous fit au retour.

— En entrant dans le bois des pins, dit-il, nous y fûmes accueillis par un concert épouvantable de cris aigus qui partaient de tous les arbres ; c'étaient les singes qui, du haut des branches où ils étaient perchés, entremêlaient de la plus bizarre mélodie les grimaces qu'ils nous adressaient. Des grimaces, ils passèrent aux projectiles, et nous ne tardâmes pas à nous sentir assaillis par une grêle de pommes de pin qui n'aurait pas manqué de nous devenir très-préjudiciable, si nous n'y eussions mis ordre en dirigeant plusieurs coups chargés à mitraille vers la maudite engeance. Cette réception ne fit qu'augmenter les dispositions peu bienveillantes dont j'étais animé envers les singes, et me fortifier dans le projet du châtiment que je leur préparais en esprit depuis long-temps.

Nous trouvâmes aussi sur la lisière du bois une espèce de millet dont les tiges avaient huit ou dix pieds de haut ; je le reconnus aisément à ses épis rougeâtres et bruns pour le doura ou millet nègre. Ce champ de millet s'étendait au loin ; mais à différentes places on remarquait beaucoup de tiges brisées au sommet, comme si la grêle eût frappé ces épis. Nous aperçûmes de là notre habitation de Prospect-Hill : malgré l'éloignement, elle nous parut singulièrement délabrée. Nous nous hâtâmes, mais en approchant nous fûmes convaincus que les singes avaient encore passé par là. Les plantations que nous avions faites étaient ravagées, notre petite cabane était dévastée et de plus infectée par les ordures que ces vilains animaux y avaient laissées. Nous nous servîmes d'un faisceau des épis de millet dont j'ai parlé en guise de balais pour nettoyer l'intérieur, et une grande coquille nous tint lieu de pelle. Je ne puis vous dire quels furent notre colère et notre désappointement. Nous passâmes l'après-dînée à déblayer une place dans laquelle nous pussions étendre nos sacs pour passer la nuit sans avoir rien à craindre d'une invasion des animaux du désert. J'employais déjà dans ma pensée la journée du lendemain : ce devait être celle de la punition pour la race maudite des singes.

Je dois ici, mes chers parents, reprit Frédéric, vous demander pardon d'une faute dont je me suis rendu coupable, celle d'avoir emporté sans vous en prévenir de la gomme d'euphorbe ; j'en avais besoin pour l'exécution de mon projet, et je craignais que vous ne consentissiez pas à m'abandonner cette dangereuse substance. Je me suis alors déterminé à un larcin que je confesse humblement et dont je sollicite l'oubli.

Nous commençâmes avant la nuit les préparatifs du grand piége que nous tendions à la maudite engeance. Les noix de cocos, les courges, et

en général tous les ustensiles dont nous pouvions disposer, furent mis
en réquisition. Nous les emplîmes de riz, de goyaves, de vin de palmier,
et de toutes sortes de friandises; j'ajoutai à chacun de ces mets une portion de la gomme empoisonnée; nous les répandîmes dans la forêt, et
nous nous retirâmes pour attendre l'événement. Il était presque nuit;
nous ne pouvions plus songer à rien entreprendre avant le jour suivant.

Nous allions nous étendre sur nos sacs de coton, quand nous vîmes
briller tout-à-coup à l'horizon une large lueur que nous prîmes d'abord
pour un vaisseau qui brûlait en mer. Nous quittâmes aussitôt la hutte,
et nous courûmes aussi vite qu'il nous fut possible au sommet du Promontoire de l'espoir trompé, et l'incendie alors prit à nos yeux une forme régulière. C'était une masse de feu parfaitement ronde qui sortait des flots
et s'élevait petit à petit au-dessus de leur surface. C'était la lune qui se
levait à l'horizon.

C'était bien l'une des plus merveilleuses scènes de la nature que j'aie encore vues. La mer était calme, ou du moins ses ondes se balançaient doucement et avec un doux murmure au pied du cap; le vent s'était changé en
une brise légère et fraîche; la nature entière semblait préluder aux merveilles de la nuit, et chanter au Créateur un hymne de gloire et de remer-
cîment. Quoique nous eussions été trompés dans notre espoir, et qu'au
lieu d'un vaisseau en mer nous n'eussions trouvé que la lune au firmament,
cependant nos cœurs étaient si joyeux de tout ce beau spectacle qui se déroulait devant nous que nous ne songions pas à nous plaindre de la décon-
venue. Nous demeurâmes quelque temps dans un silence religieux; nos
âmes s'élevaient d'elles-mêmes vers le Seigneur, et nous lui rendions grâce

instinctivement des merveilles que sa main puissante avait préparées et qui s'offraient sans cesse à l'admiration des hommes.

Cependant la contemplation douce et calme à laquelle nous nous abandonnions ne dura pas long-temps ; elle fut interrompue par les sons les plus étranges, et qui nous parurent d'autant plus effrayants qu'ils contrastaient avec le silence de la nuit. C'était tout à la fois des hurlements, des rugissements, des hennissements, enfin mille cris discordants et confus qui semblaient partir du banc de sable, qui s'étend depuis le pied du Promontoire jusque dans la mer ; et pourtant nous ne distinguions rien, ni sur ses eaux, ni sur ses bords. A ces accents formidables, nos chiens répondirent par de longs hurlements, le chacal de Rudly semblait avoir retrouvé toute l'âcreté de son cri sauvage pour répondre à cette voix nouvelle, d'autres chacals y joignaient leurs glapissements sympathiques : du côté de la savane, nous distinguions le cri perçant d'un cheval sauvage ; mais ce qui nous causait une profonde terreur, c'était de démêler au fond de tous ces bruits un rugissement sourd et terrible qui devait être celui du tigre ou du lion. Ce singulier concert dura plus d'un quart d'heure. Nous hésitions à descendre, quand enfin nous entendîmes comme le galop d'un cheval qui s'éloigne, et nous regagnâmes la hutte avec la certitude qu'il y avait dans les environs un hippopotame, un éléphant, un lion ou un tigre, ou du moins quelque animal terrible.

Nous trouvâmes tout tranquille autour de la hutte ; mais à peine avions-nous mis, comme on dit, *la tête sur l'oreiller*, qu'un concert d'une autre espèce partit de la forêt des pins. Ce fut d'abord un solo, puis un tutti de voix dures et aigres qui semblaient descendre de tous les arbres, mais en modulations tellement étendues que ce n'était pas seulement à déchirer les oreilles, mais à fendre les pierres. La musique cessait de temps en temps, puis elle reprenait avec une nouvelle rage. Elle dura de la sorte environ quatre heures, puis nous n'entendîmes plus rien.

Il est inutile de vous dire que nous passâmes une assez mauvaise nuit. Nos feux à entretenir, la pensée qu'un hippopotame ou un tigre rôdait peut-être à peu de distance de nous, les hurlements presque continuels de nos chiens, que nous avions attachés aux poteaux de la hutte afin qu'ils n'allassent point attaquer les singes mal à propos ; de temps à autre leurs aboiements redoublés nous annonçaient l'approche des maraudeurs et nous tenaient éveillés. Cependant, vers le matin, le calme se rétablit, et nous pûmes reposer une heure ou deux. Au lever du soleil nous courûmes dehors, empressés de voir le résultat de la nuit, ne doutant point que les musiciens nocturnes n'en fissent partie. Hélas ! nous trouvâmes tous les musiciens bien et dûment endormis en terre, mais endormis du sommeil sans fin. C'étaient messieurs les singes qui, après s'être gloutonnement empoisonnés en avalant notre riz et notre vin de palmier, nous avaient régalés toute la nuit de leur chanson de mort.

La terre était jonchée de cadavres, l'euphorbe avait produit un effet terrible. Nous jetâmes à la mer les singes empoisonnés et les ustensiles qui avaient contenu le poison, et nous reprîmes le chemin de la hutte, où nous fûmes bien aises de trouver un peu de repos après la hideuse et dégoûtante besogne qui nous avait occupés une partie de la journée. C'est alors que Rudly composa sa fameuse lettre que vous n'avez peut-être pas reçue. La voici, c'est de la haute poésie.

« Prospect-Hill, le 11, 12, ou 13 du courant.

« Le caravensérail de Prospect-Hill est nettoyé, et rendu de nouveau » habitable. Ce travail nous a coûté des sueurs, mais les coupables les » ont payées de leur sang. Némésis a versé le poison dans la coupe de » vengeance. et l'Océan roule maintenant dans ses flots les cadavres des » traîtres. — Le soleil dans toute sa splendeur assiste à nos préparatifs de » départ; il nous retrouvera ce soir au défilé de la savane. — *Valete.* »

La lecture de cette pièce semi-burlesque mit fin à la narration de Frédéric, ou du moins elle entraîna tant et de si longues digressions, que je me vois obligé de résumer le récit de mon fils, et d'instruire mes lecteurs des impressions que cette lettre énigmatique avait produites sur nous, ainsi que de ce qui suivit, jusqu'à notre réunion à nos jeunes et hardis explorateurs.

Nous avions en effet reçu la lettre de Rudly; au travers de ses images mythologiques de Némésis et de la coupe empoisonnée, elle contenait des choses que nous ne comprenions pas. Qu'étaient-ce que ces cadavres que l'Océan roulait dans ses flots? etc., etc.

Une autre dépêche vint au milieu de l'après-dînée mettre le comble à notre anxiété. La voici :

« La palissade du défilé qui conduit à la savane est détruite. — Les » cannes à sucre sont renversées et dévastées sans ressources; on re- » marque dans le sable de larges empreintes, comme celles du pied d'un » éléphant, et d'autres plus petites qui ressemblent assez au sabot d'un » cheval. Venez vite, venez vite à notre aide, chers parents. Il y a beau- » coup à faire ici pour la sûreté de la colonie. Sur toutes choses, ne per- » dez pas un instant. »

Je laisse à penser à quelle inquiétude nous nous trouvâmes en proie à la lecture de cette dernière missive.

Je sellai l'onagre sans perdre un instant : je laissai à la grotte Ernest et sa mère avec ordre de venir nous rejoindre le lendemain au défilé, et je partis immédiatement. Il y avait à peu près entre mes fils et moi un espace de six lieues ; je le parcourus en trois heures, et j'étais au défilé avant la nuit.

Mes enfants furent très-surpris de me voir arriver avec tant de promptitude, et me reçurent avec de joyeux transports.

L'idée que je m'étais faite du désastre que Frédéric m'annonçait n'approchait pas de la réalité. Les cannes à sucre étaient perdues sans ressource, et celles qui n'étaient pas écrasées avaient été dépouillées de leurs feuilles par un animal qui devait infailliblement être un éléphant, car il avait fallu toute l'adresse de cette bête intelligente pour aller cueillir ainsi le long des tiges les feuilles longues et minces dont elles étaient enveloppées. Les gros pieux que nous avions plantés avec tant de peine pour former la barrière du défilé étaient arrachés, brisés et dispersés à terre comme des brins de jonc ; les arbres tout à l'entour avaient été dépouillés de leur écorce ; les bambous n'avaient pas été mieux traités que les cannes à sucre, et il n'y avait plus dans la vaste plantation une seule pousse jeune ou tendre : tout avait été soigneusement cueilli. J'examinai attentivement les empreintes qui existaient sur le sable, et je me convainquis qu'un éléphant seul avait dû laisser de telles traces ; d'autres pas plus petits qui se remarquaient de place en place devaient être ceux d'un hippopotame. Je revins sur mes pas, afin de m'assurer si quelque bête féroce autre que celle dont je reconnaissais les traces ne s'était point introduite dans notre canton par ce passage, mais je n'en démêlai aucune, sinon des traces de loup ou de chien que je supposai devoir être celles de la hyène que Fritz avait tuée ; mais comme elles ne marquaient point le retour de l'animal au passage, je me tranquillisai.

Je fis dresser tout autour de la tente des branches de bois sec, nous amassâmes une provision abondante de combustibles, et nous allumâmes nos feux de garde à l'entrée de la nuit. Nous nous partageâmes le soin de les entretenir et de veiller ; mais rien ne vint nous troubler jusqu'au retour du jour. Les éléphants firent naturellement le sujet de notre conversation pendant cette nuit de veille : mes jeunes chasseurs étaient bien aises de connaître l'ennemi qu'ils allaient peut-être avoir à combattre. Nous nous resserrâmes autour du feu, et je tâchai de résumer en peu de mots ce que je savais sur le monstrueux animal vers lequel toute notre attention était tournée.

« L'éléphant, leur dis-je, est un des plus singuliers d'entre les quadrupèdes, pour la conformation de plusieurs parties de son corps. En considérant cet animal relativement à l'idée habituelle que nous avons de la justesse des proportions, il est assez mal conformé : son corps est gros et court, ses jambes raides et mal formées, ses pieds ronds et tortus :

sa tête monstrueuse est recouverte d'une peau fort dure, et le crâne, surtout à l'endroit du front, a jusqu'à sept pouces d'épaisseur ; ses oreilles tombent de chaque côté de ses joues comme des feuilles inanimées : sa trompe, ses défenses, ses pieds sont des organes aussi disgracieux à l'œil qu'ils sont nécessaires à l'animal.

» Les pays chauds de l'Afrique et de l'Asie sont les lieux où naissent plus spécialement les éléphants ; ceux des Indes sont beaucoup plus grands, et par conséquent plus forts que ceux d'Afrique.

» Lorsque l'éléphant est revêtu de sa chair et de sa peau, les jambes de derrière paraissent plus courtes que celles de devant, parce qu'elles sont moins dégagées de la masse du corps ; ces jambes ressemblent plus à celles de l'homme qu'à celles de la plupart des quadrupèdes, en ce que le talon pose à terre, et que le pied est fort court ; la plante de leur pied est garnie d'une corne d'os en forme de semelle qui est dure, solide et épaisse d'un pouce ; il y a lieu de croire que cette partie varie de forme dans les divers individus. La force des jambes de l'éléphant est proportionnée à sa lourde masse ; aussi dit-on qu'il va fort vite, et que de son pas il atteint aisément un homme qui court. Il nage assez bien, tant à cause du grand volume d'eau que sa masse déplace que parce qu'il est sujet à avoir le ventre enflé par des veines qui augmentent son volume. Quelques auteurs ont dit que le peu de souplesse des jambes empêchait l'éléphant de se relever lorsqu'il était couché. On peut regarder cette assertion comme peu véridique : l'éléphant se couche et se relève très-facilement.

» L'organe le plus admissible et le plus particulier à l'éléphant est sa trompe, dans laquelle on remarque des mouvements et des usages qui ne se trouvent point dans les autres animaux ; la structure en est tout-à-fait singulière.

» Cette trompe est très-longue, et l'animal l'allonge et la raccourcit à volonté. Cette partie, qui, à proprement parler, n'est que son nez, est charnue, nerveuse, creuse comme un tuyau, extrêmement flexible dans tous les sens ; l'extrémité de cette trompe s'élargit comme le haut d'un vase, et fait un rebord dont la partie de dessous est plus épaisse que les côtés ; ce rebord s'allonge par le dessus, et forme alors comme le bout d'un doigt. Au fond de cette espèce de petite tasse, on aperçoit deux trous, qui sont les narines ; c'est par le moyen de ce rebord, qui est à l'extrémité de sa trompe, que l'éléphant exécute tout ce qu'on peut faire avec la main.

» Lorsque cet animal applique les bords de l'extrémité de sa trompe sur quelque corps et qu'il retire en même temps son haleine, ce corps reste collé contre sa trompe et en suit les divers mouvements ; c'est ainsi que l'éléphant enlève facilement des choses fort pesantes, et même jusqu'à des poids de deux cents livres.

» L'éléphant a le cou trop court pour pouvoir baisser la tête jusqu'à terre, et brouter l'herbe avec la bouche, ou boire facilement lorsqu'il a soif ; il trempe le bout de sa trompe dans l'eau, et en aspirant il en emplit toute la cavité ; ensuite il la recourbe en dessous pour la porter dans son gosier.

» Quand l'éléphant veut manger, il arrache l'herbe avec sa trompe, et la recourbe ensuite dans sa bouche : tout cela peut faire penser que le petit éléphant tette avec sa trompe, et qu'il la recourbe ensuite dans sa bouche pour avaler le lait. Cette trompe lui sert non-seulement de main, mais encore d'un bras nerveux ; il s'en sert pour arracher les arbres et briser les branches lorsqu'il veut se frayer un passage dans les forêts. Il fait jaillir au loin et dirige à son gré l'eau dont il a rempli sa trompe.

» La bouche de l'éléphant est la partie la plus basse de sa tête, elle n'est armée que de huit dents, quatre à la mâchoire supérieure, et quatre à l'inférieure. Comme sa trompe et ses huit dents seraient une trop faible défense, la nature lui en a encore donné deux autres, qui sortent de la mâchoire supérieure, et qui sont très-fortes. Elles sont longues de quelques pieds et un peu recourbées en haut ; l'animal s'en sert pour atta-

quer et se défendre vivement contre ses ennemis. La femelle est armée
de défenses de même que le mâle ; elles sont creuses dans leur naissance,
et environ jusqu'à la moitié de leur longueur, et même plus : le reste,
jusqu'à la pointe, est solide. Ces défenses fournissent l'ivoire. L'éléphant
a des yeux très-petits ; ses paupières sont garnies de poils, ce qui lui est
particulier avec l'homme, le singe, l'autruche et le grand vautour. Son
corps est couvert d'une peau toute composée de rides, ce qui la fait paraître fort vilaine, d'autant plus qu'elle est garnie en quelques endroits
seulement de soie semblable à celle du sanglier. On en observe surtout à
la partie convexe de la trompe, aux paupières, et à la queue, qui en est
garnie en toute sa longueur et terminée par une houppe assez longue.
Les Indiens attribuent à ces poils de grandes vertus qui ne sont qu'ima-
ginaires ; les Africains, tant hommes que femmes, s'en servent dans leurs
parures.

» Les éléphants sauvages vivent d'herbes, de fruits et même de branches
d'arbres, dont ils mangent le bois ; dans le mois d'août et de septembre,
ils viennent dans les champs de riz ou de maïs, où ils font de grands
dégâts. Les Africains, pour garder leurs champs, allument de côté et
d'autre des feux dont l'éclat épouvante les éléphants. Ces terribles mangeurs peuvent cependant rester sept à huit jours sans prendre de nourriture. Leur boisson est de l'eau, qu'ils ont soin de troubler avant de la
boire, ainsi que fait le chameau.

» Les éléphants sauvages entrent quelquefois dans les champs de tabac,
qu'ils ravagent. Si la plante est encore jeune et abondamment aqueuse,
elle ne leur fait point de mal ; mais si elle est mûre ou près de sa maturité, elle les enivre, et alors ils se livrent aux contorsions les plus plai-
santes. Quand, par malheur pour eux, la dose est un peu trop forte, ils
s'endorment, et alors les nègres se vengent aisément du dommage qu'ils
ont reçu de leurs pieds et de leur trompe.

» L'éléphant a beaucoup d'instinct et de docilité. On dit qu'il est susceptible d'attachement, d'affection et de reconnaissance, jusqu'à sécher
de douleur lorsqu'il a perdu son gouverneur. On l'apprivoise si aisément, et on le soumet à tant d'exercices différents, que l'on est surpris
qu'une bête aussi lourde prenne si facilement les habitudes qu'on lui
donne. »

Mes fils m'adressèrent une foule de questions auxquelles je m'empressai de répondre. Ces conversations contribuèrent à nous rendre la
nuit moins longue.

Ernest et sa mère arrivèrent dans l'après-dînée ; ils avaient avec eux la voiture. la vache, l'ânon, et tout l'ensemble d'ustensiles dont nous avions besoin pour un campement qui devait être de quelque durée.

Nous nous installâmes, et nous nous remîmes à construire une autre palissade, ou, pour dire mieux, une fortification plus solide et plus susceptible de résister que toutes nos constructions antérieures. J'épargnerai à mes lecteurs les détails de cet ennuyeux travail; il nous occupa pendant plus d'un mois, sans que nous nous donnassions presque le temps de faire autre chose. Ma bonne Élisabeth elle-même se mêlait à nos travaux, et son exemple donnait à ses fils une persévérance et une ardeur peu communes à leur âge. Nous eûmes pourtant quelque délassement pendant ces rudes travaux : ma femme soignait le ménage et les animaux, je recueillais de la terre à porcelaine, Frédéric faisait quelques promenades en canot, tandis que ses frères, rôdant autour de l'habitation, nous rapportaient chaque jour quelque chose d'utile.

La fortification dont nous avions fermé le défilé ne nous suffisait point, il nous fallait y construire une espèce d'habitation propre à nous abriter lorsque nous viendrions dans ces parages. Nous n'avions pas assez de bras pour chercher à construire un fort en règle, sans compter que nos connaissances architecturales étaient fort bornées. Nous eûmes donc recours à nos souvenirs, et Frédéric se rappela fort à point que les Kamtschadales se construisaient des maisons économiques qui devaient répondre parfaitement à notre intention.

Les maisons de campagne des Kamtschadales se composent tout bonnement de quatre pieux solides fichés en terre, et plus ou moins haut. A l'extrémité de ces pieux on étend en sens divers des planches et des poutres qui forment un plancher qui se trouve ainsi élevé à quinze ou vingt pieds du sol. On dresse à l'entour des parois de roseaux, et par-dessus on jette un toit de branchages et d'écorces.

Ce genre de construction ne demandait pas de grandes connaissances dans l'art de bâtir; c'était, sous ce rapport-là, ce qui nous convenait le mieux; et bien qu'une telle forteresse ne dût pas présenter un aspect très-formidable, elle suffisait néanmoins pour nous mettre à même de repousser à coups de fusil les hôtes de la savane qui seraient tentés de se diriger vers nous, et elle nous permettait de les attendre de pied ferme.

Au lieu de pieux, que nous aurions eu d'ailleurs quelque difficulté à enfoncer en terre, nous choisîmes quatre arbres dont la disposition et l'écartement naturel figuraient assez bien les quatre colonnes de l'édifice kamtschadale. Nous ne les coupâmes point en tiges, et nous nous servîmes de leurs branches pour asseoir les poutres de notre plancher. Ces

arbres ressemblaient assez au platane d'Europe ; ils étaient garnis de plusieurs pieds de vanille qui grimpaient le long du tronc, mais que la
trompe intelligente d'un éléphant semblait avoir dégarnis de leurs fruits.

Nous tressâmes en roseaux et en bambous fendus les parois de notre
château aérien ; nous élevâmes au-dessus un toit en pointe, et nous le
couvrîmes de feuilles de tallipot imperméables à la pluie. Le tallipot est
une espèce de palmier dont les feuilles acquièrent un développement
très-considérable, au point qu'une seule peut servir d'abri à dix hommes.
Elles ont en outre l'avantage d'offrir à la pluie un tissu gras et compact
que celle-ci ne perce pas. La découverte du tallipot nous donnait ainsi,
sans grande peine, un assortiment de tuiles légères en harmonie avec la
solidité de la construction, et auxquelles nous aurions difficilement suppléé avec les ressources industrielles dont nous disposions.

Cependant les branches supérieures dont nous n'avions pas dépouillé
les arbres, et qui servaient d'appui à notre cabane aérienne, retombaient
gracieusement à l'entour, le tout formait une espèce de berceau couvert
assez semblable à l'habitation de Falkenhorst. Nous nous arrêtâmes avec
complaisance devant notre œuvre, et la verdure qui la couronnait lui

donnait un air si riant, que, malgré les meurtrières dont nous l'avions
pourvue, nous ne pouvions pas encore nous résigner à la considérer
comme un édifice militaire.

Pour parvenir au premier étage de cette habitation, nous imaginâmes
un procédé des plus simples : c'était une poutre qui descendait du plancher jusqu'en bas, et dans la longueur de laquelle nous avions pratiqué
de place en place des incisions destinées à servir de marches ; pour plus
de sûreté, nous avions combiné ces incisions avec les dents d'une roue
qui nous permettait de placer et de retirer l'escalier à volonté. C'était,
comme on le voit, toute la sévérité d'une construction de guerre.

Frédéric et Rudly se promettaient merveille de cette nouvelle forteresse, qui dominait à la fois et le mur que nous venions de construire et
la savane jusque dans un horizon reculé. Nous voyions de loin la grande
rivière qui serpentait comme un filet d'argent au milieu du désert, et au
moyen de nos lunettes d'approche nous parvenions de temps en temps à
y distinguer des troupeaux de buffles ou d'autres animaux qui venaient
se désaltérer dans le courant.

— Les sauvages qui viendront par là, disait l'un, recevront nos coups
sans même se douter d'où ils seront partis.

— Et les éléphants, et les hippopotames! reprenait un autre. Ah!
messieurs les habitants du désert, je vous conseille maintenant de venir
faire une visite dans nos domaines!

Cependant, en attendant les sauvages et les hippopotames, la forteresse aérienne servit d'abord à recevoir les paisibles animaux que nous
avions pris depuis notre départ de Felsenheim. Le héron royal s'y accommoda assez bien, ainsi que les cygnes noirs ; les oiseaux aquatiques
qui trouvaient à barboter toute la journée dans le ruisseau s'accoutumèrent si bien à nos soins qu'ils ne nous parurent pas regretter la fraîcheur
de leur lac ; le *manu superba* fut celui de tous qui souffrit davantage ;
il s'était trouvé tellement resserré dans le petit enclos que nous lui avions
assigné, que je me vis forcé de lui couper sa magnifique queue, ce qui
donnait au pauvre oiseau un air aussi honteux que ridicule. Toutefois,
j'espérai que cette perte ne serait pas irréparable, et je comptai beaucoup sur le temps de la mue pour la voir reparaître dans tout son éclat.

Nos travaux de construction nous laissèrent encore le temps de faire
plusieurs découvertes importantes. Un jour que Frédéric s'était amusé à
remonter dans son cajack la grande rivière de la savane, il trouva parmi
les végétaux qui couvraient ses rives quelques arbustes inconnus dont il
s'empressa de nous rapporter des échantillons. Les uns portaient de lon-

gues grappes de fruits d'un beau vert terminés à leur extrémité par une
teinte violette, et de la forme d'un gros cornichon ; les autres, couverts
d'une multitude de petites fleurs, offraient en même temps de gros fruits
ressemblant à des concombres. Frédéric cueillit plusieurs régimes des premiers, et des branches des seconds toutes garnies de leurs longues gousses, il en fit un faisceau qu'il attacha à l'arrière de son cajack, et qu'il
ramena ainsi à la remorque.

En examinant ces prétendus concombres, je reconnus bientôt deux des
plus précieuses productions des tropiques : les plus gros de ces fruits
étaient ceux du cacaotier, dont on fait le chocolat; les autres, plus utiles
encore, puisque dans plusieurs contrées de l'Amérique ils servent de
nourriture aux nègres, étaient ceux du bananier. Nous goûtâmes avec
empressement ces fruits tant vantés, mais leur bonté ne répondit point
à notre attente. Les fèves du cacao se trouvaient placées au milieu d'une
espèce de moelle visqueuse, assez semblable à de la crème épaissie,
moins le goût pourtant, car cette moelle était fade et sans saveur, tandis
que la fève elle-même était d'une amertume insupportable ; quant aux
bananes, quoiqu'elles nous parussent un peu meilleures, nous leur trouvâmes cependant un arrière-goût peu agréable, et une saveur approchant de celle des poires trop mûres.

— Voilà qui est bien singulier, dis-je en riant, que ce fruit (je parle
de la banane, car, quant à l'autre, il a besoin de grandes préparations
pour valoir quelque chose), que la banane, réputée un aliment délicieux,
nous paraisse si fort au-dessous de sa réputation; il est probable qu'il
lui faut aussi quelques apprêts pour être mieux jugée.

La malheureuse épreuve du cacao ne rebuta cependant pas mes fils;
ils connaissaient tous très-bien le chocolat, et ils savaient quel parti
avantageux notre gourmandise pouvait tirer de cette découverte.

— Pourtant, papa, du cacao ! du chocolat ! s'écrièrent-ils tous à l'envi ;
il faut nous faire du chocolat !

— C'est bien, messieurs, leur répondis-je avec un peu moins d'enthousiasme; mais, avant de vous réjouir d'une friandise que nous ne
tenons pas encore, il serait peut-être plus logique de vous informer
d'abord de la plante qui doit vous la fournir et des moyens de convertir
le fruit amer du cacaoyer en un chocolat savoureux. Voyons, quelqu'un
de vous a-t-il des notions et sur l'origine et sur la préparation de cette
précieuse friandise ?

Ces paroles furent suivies d'un instant de silence parmi mes petits
garçons. Le docteur prit enfin la parole :

Le cacaoyer, dit-il, est un arbre de grandeur et de grosseur médiocres qui varie un peu suivant la nature du sol où il croît. Le bois de cet arbre est poreux et fort léger. Ses feuilles sont longues d'environ neuf pouces sur quatre de large ; aux feuilles qui tombent il en succède d'autres, en sorte que cet arbre ne paraît jamais dépouillé, il est garni en tout temps d'une multitude de fleurs en forme de roses extrêmement petites, mais il en est plus chargé vers les deux solstices qu'en toute autre saison. Ses fruits, parvenus à leur perfection, sont de la grosseur et ont la figure d'un concombre qui serait pointu par le bas, et dont la surface serait taillée en côtes de melon. Ces fruits croissent le long de la tige et des mères branches, contrairement à la plupart des fruits d'Europe.

Le cacao fait un objet de commerce assez considérable dans le nouveau continent ; aussi apporte-t-on beaucoup de soin à la culture de l'arbre qui le produit sur la côte de Caraque. On dispose ces arbres à la distance de douze à quinze pieds, afin qu'ils profitent mieux ; on a grande attention surtout de les mettre à l'abri des vents. Ils se plaisent dans les lieux plats et humides, au milieu de bois que l'on a brûlés pour défricher l'emplacement. Comme on ne fait venir ces arbres que de semence, on a soin de ménager l'ombre aux jeunes plants.

Lorsqu'on juge que le cacao est mûr, on envoie à la récolte les nègres les plus adroits, qui, avec de petites gaules, font tomber les cosses mûres, prenant bien garde de toucher à celles qui ne le sont point, non plus qu'aux fleurs. Dans les mois d'un grand rapport, on cueille tous les quinze jours ; dans les saisons moins abondantes, on cueille de mois en mois. On met tous ces fruits en tas pendant quatre jours : si les graines restaient plus long-temps dans leurs cosses, elles germeraient ; aussi, lorsqu'on a voulu employer des graines de la Martinique aux îles voisines pour semer, a-t-on eu un soin extrême de ne commencer à cueillir que lorsque le bâtiment de transport allait mettre à la voile, et de les employer d'abord en arrivant. Dès le cinquième jour, au matin, on retire les amandes de dedans les cosses, on les met en tas sur un plancher couvert de feuilles de balisier; on les recouvre de semblables feuilles qu'on affermit avec des planches pour faire éprouver au cacao une légère fermentation, et ce sont ces graines ainsi préparées que l'on apporte en Europe.

Les Américains, avant l'arrivée des Espagnols, faisaient une liqueur avec le cacao délayé dans de l'eau chaude, assaisonné avec le piment, coloré par le rocou, et mêlé avec une bouillie de maïs pour en augmenter le volume. Tout cela, joint ensemble, donnait à cette composition un air si brut et un goût si sauvage, qu'un soldat espagnol disait qu'il n'aurait jamais pu s'y accoutumer, si le manque de vin ne l'avait contraint à se faire cette violence pour n'être pas obligé de boire de l'eau pure. Ils appellent cette liqueur chocolat, et nous avons conservé ce nom. Les Espagnols cherchèrent à en corriger le désagrément : ils ajoutèrent à la pâte de cacao divers aromates d'Orient et plusieurs drogues du pays; de tous ces ingrédients nous n'avons conservé que le sucre, la vanille et la cannelle.

On dépouille les amandes du cacao de leur écorce par le feu; on les rôtit dans un bassin à feu modéré, on les pile dans un mortier bien chaud, et on en forme une pâte qu'on mêle à un poids à peu près égal de sucre.

— Ce que c'est que la science! interrompit ici Rudly l'étourdi : je mange le chocolat, certes, aussi bien que qui que ce soit, eh bien! jamais je n'ai songé à m'informer de son origine, de sa croissance, etc. De ma tasse à ma bouche, il ne m'était jamais venu dans l'esprit qu'il pût avoir d'autre voyage à faire. Aussi je m'humilie de grand cœur devant le professeur Ernest, et je lui vote la première tasse de chocolat qui sortira des fabriques de Felsenheim.

— Adopté! fut le cri général, et le triomphe du docteur s'accomplit au milieu d'un éclat de rire long-temps prolongé.

La banane devint ensuite comme le cacao l'objet d'une discussion approfondie. — N'est-il pas bien étrange, dis-je en goûtant de nouveau la plante fade du cacao et une tranche de la pâte douceâtre de la banane, que ces fruits, si estimés dans le Nouveau-Monde, soient si peu de notre goût! Dans les colonies on se fait un grand régal de la crème de cacao, en y mêlant, il est vrai, du sucre et de la cannelle! Il en est de même des bananes, qui nous paraissent si peu dignes de leur renommée, car, suivant un auteur qui a si bien décrit les merveilles de la nature et les sages prévisions de la Providence : « Le bananier aurait pu suffire seul à toutes les nécessités du premier homme. Il produit le plus salutaire des aliments dans ses fruits farineux, succulents, sucrés, onctueux, aromatiques, du diamètre de la bouche et groupés comme les doigts d'une main : une seule de ses grappes fait la charge d'un homme. Il présente un magnifique parasol dont la cime, étendue et peu élevée, a d'agréables ceintures dans ses feuilles d'un beau vert, longues, larges et satinées.

» Ces feuilles s'abaissent par leurs extrémités et forment par leurs courbures un berceau charmant, impénétrable au soleil et à la pluie. Comme elles sont fort souples dans leur fraîcheur, les Indiens en font toutes sortes de vases; ils en couvrent leurs cases, et ils tirent un paquet de fil de leur tige en la faisant sécher; les nègres s'en servent comme de suaires pour envelopper leurs morts : ainsi le bananier seul donne à l'homme de quoi le nourrir, le loger, le meubler, l'habiller et l'ensevelir.

» Ce n'est pas tout, cette belle plante, qui ne produit son fruit, dans nos serres, que tous les trois ans, le donne sous la ligne dans le cours d'une année, après laquelle la tige qui l'a porté se flétrit; mais elle est entourée d'une douzaine de rejetons de diverses grandeurs qui en portent successivement, de sorte qu'il y en a en tous temps et qu'il en paraît un tous les mois comme les grappes lunaires du cocotier. Tels sont les bananiers qui croissent sous la ligne et sur le bord des ruisseaux, leur élément naturel.

» Il y a une multitude d'espèces de bananiers de différentes grandeurs, depuis celle d'un enfant jusqu'au double de celle d'un homme, et des bananes depuis la grosseur du pouce jusqu'à celle du bras, de sorte qu'il y en a pour tous les âges. Il y a à l'Ile de France des bananiers nains, et d'autres gigantesques, originaires de Madagascar, dont les fruits longs et recourbés s'appellent cornes de bœuf. Un homme peut les cueillir aisément en grimpant le long de leur tige, où les queues de ses anciennes feuilles forment des saillies. Une seule de leurs bananes peut le nourrir un repas, et une de leurs grappes tout un jour. Il y a des bananes de saveur très-variée : l'espèce naine a, plus que toutes les autres, un goût de safran; l'espèce commune appelée figue-banane est onctueuse, sucrée et farineuse; elle est de la consistance du beurre frais en hiver, en sorte qu'il n'est pas besoin de dents pour y mordre, et qu'elle convient également aux enfants du premier âge comme aux vieillards édentés. Elle a encore d'autres prérogatives non moins rares : c'est que, quoiqu'elle ne soit recouverte que d'une peau, elle n'est jamais attaquée avant sa parfaite maturité par les insectes et par les oiseaux, et qu'en cueillant sa grappe, qu'on appelle aussi régime un peu auparavant, elle mûrit parfaitement dans la maison et se conserve un mois dans toute sa bonté.

» On trouve des bananiers dans toute la zone torride, en Afrique, en Asie, dans les deux Amériques, dans les îles de leurs mers, et jusque dans les plus reculées de la mer du Sud. — C'est donc avec raison que les voyageurs ont appelé le bananier le roi des végétaux, parce qu'ils ont observé qu'une infinité de familles, entre les deux tropiques, ne vivent que de bananes.

» C'est sous son délicieux ombrage que dans l'Inde, et au moyen de ses fruits qu'il renouvelle sans cesse par ses rejetons, le bramine prolonge souvent au-delà d'un siècle le cours d'une vie sans inquiétude. Un bananier sur le bord d'un ruisseau pourvoit à tous ses besoins *. »

Je présume, ajoutai-je lorsque j'eus épuisé tout ce que mes lectures m'avaient appris au sujet du bananier, que les fruits de celui-ci, n'étant pas à leur point de maturité convenable, perdent pour nous quelques-unes de leurs précieuses qualités, ou peut-être leur immersion dans l'eau de mer en aura-t-elle altéré le goût ; quoi qu'il en soit, je crois que c'est une bonne acquisition que nous avons faite, et il faudra tâcher d'en tirer parti.

Pendant ce temps, ma femme, qui avait ouvert plusieurs bananes, cherchait, mais en vain, dans ces fruits quelques pepins ou graines dont elle pût enrichir sa collection de plantes utiles dans son jardin ; je lui fis remarquer encore une particularité de la banane, c'est qu'elle ne contient point de semences ; le moyen de reproduction de ce singulier végétal semble être uniquement placé dans ses rejetons. On multiplie le bananier par des boutures qui, mises dans un terrain humide, gras et profond, reprennent facilement. Quant aux semences du cacao que ma femme voulait absolument placer dans son jardin, elle fut également obligée d'y renoncer sur une observation de maître Ernest, qui nous apprit que la fève de cacao demandait à être mise en terre aussitôt que le fruit venait d'être cueilli, si l'on voulait qu'elle pût germer et prospérer.

Il fut résolu, en conséquence, que Frédéric monterait le lendemain

----

* Bernardin de Saint-Pierre.

dans son cajack, et qu'il irait chercher les éléments nécessaires à la reproduction des deux précieuses plantes. Ma femme, en ménagère prudente, ne perdait jamais, comme on le voit, l'idée de son potager, et elle ne rencontrait pas une plante utile qu'elle ne l'y plaçât aussitôt.

Le lendemain Frédéric s'embarqua, il remonta le courant pendant que nous étions occupés à nos préparatifs de départ, et, craignant que son cajack ne suffît pas à la cargaison qu'il projetait sans doute, il le fit suivre d'une sorte de claie en roseau qu'il devait remorquer après lui. Il aurait eu honte, disait-il, de ne s'embarquer que pour aller recueillir quelques plants de cacao et de banane. Il fallait à un aventurier de sa force un butin bien autrement productif que celui-là. Il resta absent toute la journée ; mais quand il reparut le soir, le cajack et la claie étaient tellement chargés qu'ils enfonçaient à moitié, et que tous les objets qu'il rapportait avaient eu l'avantage de faire la traversée dans un état d'immersion continuelle.

— Bravo ! bravo ! s'écrièrent les trois jeunes frères en voyant arriver Frédéric au milieu d'une forêt de broussailles vertes. Ils se jetèrent dessus, et Fritz et Ernest se mirent à les traîner vers la hutte avec autant de bonheur et de contentement qu'ils eussent tiré sur le sable les galions d'argent d'Acapulco, quand l'amiral Anson les eut conquis. Cependant Rudly avait reçu de son frère un autre fardeau : c'était un sac humide qui semblait contenir quelque chose d'animé, à en juger par les mouvements de la toile. Le jeune garçon se retira à l'écart, et après avoir jeté un coup-d'œil furtif sur le contenu du sac mystérieux :

— Bon ! Frédéric a fait ma commission, dit-il à demi-voix ; et sans rien communiquer à personne de sa découverte, il s'en alla cacher soigneusement son sac dans l'endroit du rivage où le fourré était le plus épais.

Frédéric arriva le dernier ; il tenait en main un superbe oiseau dont il avait eu soin de lier les pattes, les ailes et la tête, et qu'il nous présenta comme la meilleure pièce du butin de la journée.

C'était le sultan-coq de Buffon, le roi des poules d'eau par la beauté de ses formes et l'éclat de ses plumes. Je le reconnus à ses longues pattes rouges, à son beau plumage, où le vert se mêle au violet le plus riche, et surtout à la tache écarlate qu'il porte au front. Ma femme voulut l'associer immédiatement aux autres habitants de notre basse-cour ; et comme c'était un animal fort doux, quoiqu'un peu sauvage, il s'apprivoisa en peu de temps avec nos volailles, bien que celles-ci parussent quelquefois jalouses de la beauté du nouveau venu.

Frédéric nous raconta les détails de sa journée. Il nous apprit qu'en remontant le fleuve il avait été étonné de l'aspect nouveau que présentaient ses rives, de la majesté des forêts épaisses dont il était bordé, et de l'élévation prodigieuse des montagnes qui formaient l'horizon. Il avait rencontré plusieurs familles de poules d'Inde, de pintades, de paons, dont les gloussements et les cris divers répandaient un air de vie sur la surface du fleuve. Plus loin, la scène avait changé : c'étaient des éléphants énormes qui se tenaient en troupe de vingt à trente sur le rivage. Les uns descendaient dans l'eau, et tantôt ils s'y tenaient immobiles ; d'autres fois, et comme en se jouant, ils se lançaient des fusées d'eau avec leurs trompes comme pour se procurer un peu de fraîcheur contre la chaleur brûlante du climat. D'autres mangeaient tranquillement de grosses bottes d'herbe qu'ils cueillaient et qu'ils façonnaient avec toute l'adresse d'une main humaine. Enfin, c'étaient des tigres et des panthères qui accouraient au fleuve pour apaiser leur soif dévorante, tandis que d'autres, nonchalamment étendus au soleil, et dont la magnifique fourrure contrastait agréablement avec le tapis de verdure sur lequel ils étaient couchés, semblaient les rois de ces déserts. Au surplus, aucun de ces animaux ne parut remarquer le jeune navigateur.

— Je me trouvais bien petit et bien faible, nous dit Frédéric, en me voyant ainsi seul face à face avec ces terribles ennemis. Mon fusil, mes balles et mon adresse n'étaient plus qu'un bien pauvre secours ; aussi n'hésitai-je pas long-temps à virer de bord et à fuir de toute la force de mes rames. Je commençais à peine à tourner mon cajack, quand tout-à-coup, à deux portées de fusil environ, je vis l'eau bouillonner, et sortir du milieu du fleuve une gueule longue et large, armée de la plus belle rangée des plus formidables dents qu'on eût jamais vues, et cette gueule effroyable s'ouvrit et se tourna directement vers moi. Je ne sais pas comment je trouvai assez de force pour fuir, tant j'étais effrayé de cette dernière apparition. J'ai fait là, je vous assure, une leçon d'histoire naturelle qui en vaut bien une autre, et j'aime à croire qu'elle m'aura assez profité pour que je ne sois pas obligé de la recommencer souvent.

— Quel était donc, demanda Fritz, cet animal à la gueule béante, aux dents longues et pointues, que Frédéric a aperçu à fleur d'eau ?

— C'était vraisemblablement un alligator, dit Ernest, ou, si tu aimes mieux, un nom plus connu de toi, un crocodile.

— Un crocodile, cet animal que les Égyptiens adoraient autrefois comme un dieu ?

— Précisément, reprit le docteur, enchanté de l'occasion de faire de la science : le crocodile appartient à la grande famille des lézards : mais il est le plus grand et le plus fort d'entre eux tous. On croit que c'est l'animal dont il est fait mention dans l'Écriture-Sainte sous le nom de léviathan.

Le crocodile, qu'aux Antilles on appelle aussi caïman, est un monstre d'une grande voracité ; il naît d'un œuf assez petit, et pourtant il parvient à une grosseur de plus de vingt pieds ; il est couvert d'une peau fort dure, écailleuse, couleur de bronze et mêlée de marques de blanc et de vert ; il a le grouin d'un cochon, sa gueule s'ouvre jusqu'aux oreilles, et ses mâchoires sont garnies d'un grand nombre de dents canines longues et rondes, blanches et pointues, et qui rentrent exactement les unes dans les autres ; ses yeux sont semblables à ceux du porc, quelquefois étincelants, et sortent hors de sa tête, placés en sûreté sous leur orbite osseux ; ses pieds sont armés de griffes tranchantes, sa queue est ronde et aussi longue que tout le reste de son corps.

« On trouve les crocodiles dans le Gange, dans le Nil, le Niger, en Asie, en Afrique, et dans plusieurs grands fleuves d'Amérique. Ceux que l'on voit en Europe viennent de l'Égypte, où il y en a une grande quantité ; ils habitent dans les rivières et dans la vase, ils s'y tiennent immobiles, et, là, se mettent à l'affût pour surprendre leur proie ; ils mangent beaucoup de poissons et sont fort friands de chair humaine.

» On prend les crocodiles avec des hameçons de fer, car leur peau est une cuirasse si dure qu'elle est impénétrable aux flèches et même à l'épreuve de la balle. On voit des crocodiles qui ont jusqu'à trente-trois pieds de longueur. »

Le récit de Frédéric me donna beaucoup à penser ; il était clair que les environs étaient peuplés d'animaux féroces ou terribles, et que nous

avions bien fait de consolider le passage par où ces mauvais voisins auraient pu s'introduire dans nos parages.

Nous achevâmes nos préparatifs de départ, et nous nous disposâmes à
quitter le défilé au lever du jour, et à regagner Felsenheim. Frédéric me
demanda la permission de faire le voyage par eau dans son cajack, et
de rentrer à l'habitation en suivant la côte et en doublant le Cap de l'espoir trompé. J'y consentis d'autant plus volontiers que l'habileté qu'il
avait acquise dans le maniement de cette embarcation ne me laissait plus
aucune inquiétude sur son compte, et puis je n'étais pas fâché de connaître au juste ce promontoire dont nous n'avions pas encore réussi à
faire le tour.

Nous partîmes tous en même temps ; nos deux voyages s'accomplirent
également bien. Le navigateur, tout en doublant le cap, fit deux nouvelles découvertes : parmi les buissons qui tapissaient les flancs du
rocher, il remarqua deux arbustes dont l'un, couvert de fleurs très-odo-
rantes et roses, avait des feuilles longues et étroites et des tiges épineuses ; l'autre, à fleurs plus petites, blanches et très-nombreuses, avait
le port du myrte ainsi que sa feuille. Il nous rapporta une branche de
ces deux arbrisseaux, dans l'un desquels ma femme reconnut le câprier
dont on confit les boutons au vinaigre, tandis que le second me parut
une espèce de thé chinois que nous accueillîmes avec une distinction
marquée.

En effet, l'espoir, quoique bien incertain, où nous étions, qu'un jour
quelque navire s'approcherait de nos côtes, ne nous quittait point, et

dans cette idée nous cherchions à recueillir tout ce que la contrée que nous habitions présentait de précieux ou d'utile, afin d'être en état d'entrer en relation avec les arrivants, soit par des échanges, soit pour payer notre passage si l'occasion s'offrait de quitter notre solitude. C'est ainsi que nous recueillions chaque année des provisions de coton bien au-delà de nos besoins, des fruits que nous faisions sécher ou confire, des aromates, et des épices, telles que le poivre, la vanille, la cannelle, le girofle, et même des noix de muscade que nos beaux pigeons bleus nous rapportaient tous les ans des îles lointaines, et dont nous débarrassions fort adroitement leurs jabots lorsqu'ils revenaient au colombier. On peut penser que la découverte du thé fut regardée par moi comme l'une des plus importantes que nous ayons pu faire à cet égard, et tout en examinant les branches chargées de feuilles et de fleurs que Frédéric nous avait rapportées comme échantillon de ce précieux arbuste, je contais à mes fils tout ce que savais de curieux sur l'histoire du thé. « Cet arbuste, qui croît à la Chine et au Japon, y est cultivé avec un soin tout particulier, surtout celui qui est destiné à la consommation de la famille impériale : les champs où croît celui-ci sont divisés en compartiments comme un vaste jardin coupé de canaux remplis d'eaux courantes et d'allées sinueuses qu'on balaie chaque jour avec soin. Ceux qui recueillent le thé impérial, lequel se compose des premières feuilles à peine déployées, et détachées des sommités des plus petits rameaux, sont tenus de faire cette besogne avec des gants ; ils doivent s'abstenir de manger du poisson ou certaines viandes ; enfin, on les oblige à se baigner deux fois par jour, de peur que quelque chose d'impur se mêle à la précieuse récolte à laquelle le grand pourvoyeur de la cour, entouré de gardes et de commis, veille avec un soin scrupuleux. A la Chine, et généralement dans l'Inde, la récolte et la préparation du thé se font par la main des femmes : vers le mois de mai, les mères de famille, les enfants, les esclaves du sexe féminin, sortent de leurs demeures et visitent les arbres à thé à toutes les heures du jour, afin de cueillir la feuille aussitôt son développement ; elles emportent le soir la récolte de la journée, et placent les feuilles amoncelées sur des plaques de fer poli et chauffées à divers degrés ; elles les retournent continuellement avec la main jusqu'à ce que ces feuilles commencent à se flétrir, ensuite elles les étendent sur des nattes de roseaux, les éventent, les refroidissent et les remettent sécher tour à tour. Elles réitèrent ces différentes opérations jusqu'à quatre fois, et à mesure que le thé repasse sur les plaques de fer, la main de ces femmes le roule de plus en plus et finit par lui donner la forme que nous lui voyons. Lorsque le thé est parfaitement sec, on l'enferme dans des vases de porcelaine à long col que l'on bouche hermétiquement, ou plus communément dans des boîtes doublées d'étain et renfermées elles-mêmes dans de petites caisses vernissées.

» La consommation du thé s'accroît avec les années d'une manière considérable; autrefois l'Europe, où son usage n'était pas aussi générale-ment répandu qu'il l'est de nos jours, en consommait de huit à dix millions de livres par an : maintenant le chiffre a plus que doublé : il paraît qu'une fois que l'usage de cette boisson s'établit quelque part, il est difficile d'y renoncer. Les Hollandais, les Anglais, tous les peuples du Nord en font une consommation considérable ; la France, où le thé n'était, il y a quarante ans, qu'un objet de luxe et un breuvage médicinal, commence à s'y adonner, mais ce qu'elle en consomme n'est rien au-près de ce qui s'en débite aux États-Unis d'Amérique. Il paraît que le thé a toujours été pour les Américains une sorte de passion, et leur grande révolution a éclaté à l'occasion d'un nouvel impôt que l'Angle-terre, alors leur mère patrie, voulait mettre sur l'importation de la feuille chinoise. »

Ces détails intéressèrent vivement ma jeune famille, et il fut convenu que l'année suivante, c'est-à-dire à la sortie de l'hiver, nous viendrions faire une récolte du thé qui croissait dans ces parages, et que nous orga-niserions une sécherie en règle, afin de posséder, tant pour notre usage que pour nos projets futurs, une ressource aussi précieuse qu'avan-tageuse.

Rudly arriva au pont-levis une demi-heure à peu près avant nous ; les jambes allongées de son autruche laissaient toujours en arrière nos montures plus modestes. Le premier soin de l'étourdi fut de courir au Marais des canards, où il choisit une place convenable pour déposer le sac mystérieux qu'il n'avait pas manqué de prendre avec lui.

Nous arrivâmes et nous débarquâmes avec toute la tranquillité de bons propriétaires qui rentrent, après une absence, dans un domaine qu'ils ont quitté depuis plusieurs mois. Frédéric arriva quelque temps après nous.

Quand tout fut déballé et placé en lieu convenable, nous nous occu-pâmes de disposer nos nouveaux hôtes et de leur assigner des places dans l'ordre de notre économie domestique, car nous n'étions pas d'avis de les laisser, en qualité d'étrangers, gaspiller à discrétion nos provisions et nos richesses.

Les coqs de bruyères, les poules du Canada et les grues (une de celles-ci avait l'aile un peu endommagée) furent confinés dans les deux petites îles voisines. Le héron royal, le coq sultan, les cygnes noirs, et

l'élégante demoiselle de Numidie eurent pour habitation le Marais aux canards, à cause de la beauté de leur forme et de la richesse de leur plumage : nos vieilles poules partagèrent avec ces oiseaux le privilége de rester dans notre voisinage et même de venir ramasser les miettes de nos repas.

Ces premiers soins nous occupèrent une bonne partie de la journée, et comme nous attendions l'heure du souper en écoutant les descriptions que Frédéric nous faisait du promontoire qu'il avait doublé, nous fûmes tout-à-coup surpris d'entendre un sourd et horrible hurlement qui ressemblait tantôt au grondement du tonnerre éloigné et tantôt à un mugissement de colère. Ces accents étranges paraissaient sortir du Marais des canards. Nos chiens se mirent à hurler, le buffle et le taureau dans leur écurie en furent effrayés, et je me levai aussitôt pour chercher d'où venait ce concert de nouvelle espèce.

— Rudly, criai-je, apporte-moi mon fusil, et voyons d'où sort ce musicien; et toi, Frédéric, quoi ! tu restes immobile à l'approche d'un danger !...

Frédéric sourit et me fit signe de me rasseoir; il me dit, pendant que Rudly était allé chercher mon fusil, qu'il savait très-bien d'où venait la voix qui nous inquiétait : — Ce sont les croassements de deux grenouilles-monstres que Rudly a déposées lui-même dans les roseaux du marais pour vous faire peur à vous.

— A merveille ! dis-je alors, levons-nous tous, et quand il va reparaître, n'oublions pas de donner les signes de la plus grande inquiétude : ou je me trompe fort, ou le farceur tombera lui-même dans son piége.

Rudly, qui, en effet, n'avait pas deviné la cause de ces affreuses clameurs, ne tarda pas à revenir : il rapportait deux fusils.

— C'est bien, lui dis-je, tu t'es conduit là en brave garçon, et tu as pensé qu'en présence d'un danger tu pouvais bien trouver ta place à côté de moi.

Rudly ne me répondit rien ; mais, se tournant du côté d'Ernest, qui feignait une grande anxiété :

— Eh bien ! lui dit-il, sait-on quel est l'animal ?...

— Oui ! et nous allons marcher droit à lui ; nous venons de l'apercevoir très-bien dans les roseaux.

— Et tu l'appelles ?

— Un jaguar, reprit Frédéric.

— Mais qu'est-ce qu'un jaguar ?

— Un jaguar, dit le savant à son tour, c'est le tigre le mieux vêtu de toute l'Amérique ; sa fourrure est superbe. Les naturalistes l'appellent *felis concator ;* il a....

— Il a, il a..., interrompit le poltron, à qui le mot de tigre en avait suffisamment appris, il a toutes les qualités que tu voudras ; mais pour moi je vous déclare que je ne vais pas à la chasse aux tigres.

Et en disant ces mots il se mit à fuir vers la grotte, où il entra précipitamment, sans faire attention seulement que nous l'appelions de toutes nos forces. Nous ne tardâmes pas à le voir reparaître sur la galerie extérieure : il était pâle et tout bouleversé.

Nous nous approchâmes alors en riant à gorge déployée, et maître Ernest se mit à raconter au peureux comment il était lui-même la première cause de sa terreur.

— C'est ton sac, lui dit-il, et ce sont tes deux grenouilles que nous avons entendues ; voilà le jaguar, le tigre à riche fourrure, le monstre devant lequel tu as si bravement pris la fuite. Ah ! sur ma foi, les jaguars auraient beau courir, je crois, tu n'aurais pas grand'chose à craindre d'eux.

Ce petit événement apporta quelque distraction dans notre vie un peu monotone, et Rudly fit les frais de la soirée ; on l'appelait le chevalier du jaguar, le héros des grenouilles ; on lui rendait tous les brocards et toutes les plaisanteries dont il aimait à accabler ses frères quand l'occasion se présentait.

Au bout de quelques jours et quand nous fûmes un peu délassés de nos fatigues, ma femme me rappela Falkenhorst et son château aérien que nous avions presque oublié depuis la découverte de la caverne de sel.

— Nous avons tort, me dit-elle, de laisser tomber en ruine cette belle et riante habitation qui n'est pas même finie. Si Felsenheim nous offre pendant les pluies un abri sûr et solide, il ne faut pas oublier pour cela que Falkenhorst, avec ses branches gigantesques et sa riante verdure, est toujours la plus agréable habitation d'été que nous puissions avoir.

Ma femme avait raison, et je lui promis qu'avant peu de jours nous nous rendrions à son désir. En effet, après avoir tout mis en ordre à Felsenheim, nous quittâmes le rivage et nous vînmes nous installer dans notre ancienne habitation. Nous la perfectionnâmes de notre mieux, et nous l'ornâmes par tous les moyens que l'expérience avait mis à notre disposition. Nous achevâmes d'égaliser les racines courbées du centre desquelles partait le tronc de notre habitation aérienne; la terrasse que nous avions déjà établie sur ces mêmes racines fut remastiquée avec un mélange de goudron, de résine et de terre glaise; l'escalier subit aussi quelques réparations; quant à notre chambre à coucher, nous substituâmes un toit d'écorces bien jointes par des chevilles à la tente de toile qui l'avait abritée jusqu'alors, nous la garnîmes tout alentour de balcon et de treillages, de manière à ce que le tout devînt une demeure propre, agréable, et non plus ressemblant à un nid d'oiseau informe et mal construit.

Cependant les embellissements de Felsenheim n'étaient qu'un prélude à des travaux plus considérables et plus difficiles. Frédéric n'avait point renoncé à l'idée de fortifier l'Ile du requin, et de faire de ce point avancé une sorte d'avant-garde destinée à protéger la côte. Il me tourmenta si bien, et développa devant moi tant de plans et de projets, qu'il me fut impossible de résister, et que nous entreprîmes en effet la construction long-temps rêvée. On concevra facilement tout ce qu'il dut y avoir d'obstacles à vaincre pour un homme et quatre jeunes gens à transporter deux pièces de canon dans l'îlot, et à les braquer sur une plate-forme de plus de cinquante pieds de haut. Ce ne fut pas sans peine que nous inventâmes d'abord une machine à bascule pour transporter les deux canons, d'abord dans la chaloupe, et ensuite à la place qui leur était destinée. J'avais disposé sur la plate-forme du rocher qui devait faire notre redoute un cabestan et un moufle; et, pour abréger le trajet à moi aussi bien qu'à mes jeunes ouvriers, j'avais attaché à sa base un câble garni de nœuds dans toute sa longueur, de manière à ce qu'il nous servît d'échelle pour monter et descendre, suivant qu'il était nécessaire. Ce cabestan, d'une construction toute particulière, nous fut très-utile; nous attachâmes les canons, l'un après l'autre, à de fortes cordes, nous fîmes jouer la manivelle et les poulies, et, après un rude travail de plus d'un jour, nous amenâmes les pièces au haut du rocher, où nous les établîmes la bouche tournée vers la mer. Nous construisîmes ensuite une guérite en bambou et en planche à l'arrière de notre artillerie; et, sur le faîte du petit édifice, nous fixâmes un pavillon qui pouvait se changer à volonté au moyen d'une corde et d'une petite poulie.

Cette construction, qui nous demanda plusieurs mois de travail, était certainement celle qui nous avait coûté le plus de peine; mais les ingénieurs qui viennent d'élever un phare sur un rocher qui surplombe ne sont pas plus fiers que nous le fûmes en posant la dernière pierre de notre fort.

Lorsque nous eûmes couronné cette construction toute militaire, par un pavillon, celui-ci fut accueilli par des cris de joie, et quelque économes que nous dussions être de nos munitions de guerre, on le salua de six coups de canon que l'écho des rochers répéta à l'infini sur la vaste étendue de l'Océan.

CHAPITRE
10

SOMMAIRE DU CHAPITRE 10.

Aperçu général sur la colonie après dix ans d'établissement. — Excursion de Frédéric. — Événement. — Les nids de salanganes. — La pêche aux perles. — Le sanglier d'Afrique. — Le coton de Nankin. — Les lions. — Nouvelle course de Frédéric. — Le cachalot. — Aventures de Frédéric. — La sœur d'adoption.

C'est avec une sorte d'effroi que je jette les yeux sur cette quantité de feuilles que j'ai remplies peu à peu, et qui s'entassent tous les jours au coin de la table. Quel que soit mon plaisir à consigner jusque dans les plus minutieux détails chaque aventure de ma famille, je ne puis cependant m'empêcher de me faire cette réflexion : que le lecteur pourrait bien juger long et quelque peu fastidieux ce journal, où tant d'événements uniformes, des faits à peu près identiques reviennent tous les jours avec de très-faibles variantes. En conséquence, et dans le plus grand intérêt de la patience de ceux qui me liront, je vais abréger considérablement le récit de nos aventures.

Dix années s'étaient écoulées depuis que nous étions sur cette côte, celles qui suivirent présentèrent peu de différence dans le genre des occupations qui partagèrent notre temps. C'était toujours la même succession de travaux : nos champs à ensemencer, nos récoltes à serrer, des soins à donner à notre intérieur, quelques courses de sûreté, tel était à peu près le cercle dans lequel tournait uniformément notre existence. Il me suffit donc que le but que je me suis proposé en écrivant ce journal soi bien démontré, et qu'il apprenne à mes lecteurs, si j'en ai jamais, comment un jeune homme peut se fortifier dans une existence de famille pieuse, active et unie, et comment il doit s'y préparer à remplir les devoirs auxquels le hasard ou plutôt la Providence le destine.

Cette dernière avait voulu que le théâtre de notre désastre fût l'un des lieux qu'elle avait le plus favorisé de ses dons : nous lui rendions grâce tous les jours de cette ineffable bonté, et je remarquais avec plaisir que l'usage des présents que Dieu nous prodiguait ne diminuait point en mes enfants les sentiments de reconnaissance envers le divin auteur de tout bien.

Les dix années que nous venions de passer avaient pu se considérer comme les années de la conquête et de l'établissement ; nous nous étions construit deux habitations, nous avions posé à nos domaines des limites infranchissables, et la muraille dont nous venions de fermer l'entrée de la savane nous garantissait de l'invasion des animaux malfaisants que le désert aurait pu nous envoyer. De hautes montagnes d'un côté, la mer tout à l'entour, faisaient de la portion de côte dont nous nous étions emparés une habitation sûre et tranquille. Nous connaissions en outre assez bien le terrain, nous l'avions battu assez de fois et dans tous les sens pour nous convaincre qu'il ne renfermait aucune cause de danger réel. Nous n'avions donc plus que des travaux d'embellissements et de perfectionnements à entreprendre et à exécuter.

Nos principales habitations étaient jolies, commodes et surtout très-saines. Felsenheim nous offrait un sûr abri pour nous et nos provisions pendant la saison d'hiver ; tandis que Falkenhorst était notre résidence d'été, notre maison de campagne ; Waldegg, Prospect-Hill, et même l'établissement placé à la garde du défilé, étaient comme ces paisibles métairies que le voyageur égaré dans nos montagnes n'aborde jamais sans y trouver l'hospitalité la plus franche et la plus cordiale. Ma bonne Élisabeth était heureuse de ce rapprochement qu'elle faisait souvent, et, dans un doux sentiment qui sera bien compris de tous ceux qui ont eu le malheur d'être arrachés à la terre où ils sont nés, elle aimait à se rappeler la Suisse et ses montagnes, et en se tournant vers les masses énormes qui bornaient l'horizon du côté de la savane : Vois-tu, me disait-elle quelquefois, vois-tu les Alpes et leurs sommets blancs? ces arbres qui balancent là-bas leurs têtes dans les nues, ce sont les sapins de la Forêt-Noire, et là, derrière la métairie, s'étend le lac de Constance, avec sa nappe limpide et calme. Je partageais moi-même ces illusions chéries.

Le souvenir du pays est un de ceux qui ne se perdent pas : l'amour du sol sur lequel on est né, où l'on a joui du premier bonheur, la pensée des lieux auxquels se rattachent nos premières sensations, sont des pensées qui ne meurent point, un amour qui survit à l'âge et qui brûle encore de tout son feu dans le cerveau déjà glacé du vieillard.

De toutes nos richesses, celle qui avait le plus prospéré, c'étaient les abeilles ; l'habitude m'avait donné la dextérité nécessaire pour tirer parti de ces ingénieux insectes, elles se multipliaient d'elles-mêmes, et nous n'avions que la peine de préparer chaque année, après la saison des pluies, de nouvelles ruches pour les voir s'y établir. Nous pouvions désormais user du miel selon nos besoins et sans crainte de voir s'épuiser jamais cette précieuse ressource.

A la vérité, cette prodigieuse quantité de ruches dont tous nos environs étaient parsemés y attirait quantité d'oiseaux appelés *mérops*, où mangeurs-d'abeilles, pour lesquels ces précieux insectes sont un friand régal. D'abord, charmés par la beauté de ces oiseaux et l'éclat de leur plumage, leurs visites nous étaient agréables, mais nous fûmes bientôt obligés d'y mettre un terme pour empêcher peut-être la dévastation entière de nos ruches : nous tendîmes des piéges et des gluaux ; plus d'une pauvre abeille, il est vrai, demeura collée aux perfides enduits, mais nous prîmes, de la sorte, plusieurs oiseaux aux couleurs brillantes, dont nous enrichîmes notre cabinet d'histoire naturelle. L'étude de cette dernière science était pour nous la source des plus agréables délassements : nous possédions dans notre bibliothèque plusieurs bons ouvrages pour nous guider dans les différentes branches de cette science intéressante ; et la nature, étalant chaque jour sous nos yeux de nouvelles merveilles, nous offrait aussi de nouvelles observations à faire ; les abeilles surtout, leur intelligence, leur sagacité, leur ardeur au travail, enfin leurs mœurs curieuses à observer attiraient le plus souvent notre attention : l'esprit de l'homme s'abîme à pénétrer le secret de cette intelligence dont les effets sont si développés dans un être aussi frêle, et c'est surtout en présence de ce spectacle admirable qu'il peut s'écrier : Le Seigneur n'est pas seulement grand parce qu'il a suspendu au firmament les globes lumineux qui nous éclairent, parce qu'il a peuplé les déserts d'animaux terribles ; mais c'est surtout dans les plus petites choses que sa grandeur se révèle le mieux. L'abeille seule suffirait pour prouver l'existence d'un Être suprême, l'existence d'une Providence intelligente dont la main a sagement répandu sur tous les êtres de la création ses plus précieux trésors. L'abeille, dans sa ruche, n'est pas moins admirable que le lion qui rugit dans les forêts, que la baleine, monstre immense, dont chaque mouvement agite, jusque dans leurs abîmes, les flots de l'Océan.

Notre colombier avait également bien réussi, mais il était devenu trop étroit, et nous avions été obligés d'y suppléer en suspendant aux branches du figuier de Falkenhorst des paniers dans lesquels nos ramiers venaient passer la nuit. De petits toits de feuilles garantissaient de la pluie ces colombiers ambulants.

Nous perfectionnâmes aussi la galerie qui longeait la façade de Felsen-

heim ; un toit qui descendait du rocher, et s'appuyait sur quatorze colonnes de bambou, lui donnait quelque chose de pittoresque et d'élégant. De gros piliers supportaient cette galerie, dont chaque extrémité était terminée par un cabinet entouré d'un treillage tapissé de plantes grimpantes. Une source qui venait au milieu de la galerie tomber dans un bassin d'écaille de tortue, répandait tout alentour une douce fraîcheur ; une autre source moins élégante coulait à l'une des extrémités, et s'en allait, par des canaux de bambou, se perdre dans le potager. Des plantes à odeur avaient été déposées au pied de chacun des poteaux qui soutenaient la galerie, mais la vanille et le poivre étaient à peu près les seules qui eussent réussi : elles grimpaient de là jusqu'au toit. Nous avions voulu faire un essai de la vigne ; l'ardeur du climat s'y était opposée, et la plupart des plants indigènes que nous avions plantés en même temps s'y étaient desséchés. Quoi qu'il en soit, la galerie de Felsenheim n'en était pas moins devenue une place fort agréable, un lieu de repos où nous aimions à nous réunir tous après nos travaux, et à goûter la fraîcheur du soir. Les deux cabinets qui terminaient la galerie et servaient comme d'abri aux fontaines avaient deux petits toits pointus et relevés aux angles ; ce qui, avec leurs treillis de bambous, leur donnait l'apparence de deux pavillons chinois ; on y montait par trois marches, ainsi que dans le reste de la galerie, que nous avions pavée de grandes dalles d'une espèce de pierre, tendre au sortir de la terre, et qui se coupait facilement au ciseau, mais qui ensuite à l'air acquérait une grande dureté.

Les alentours de notre demeure étaient aussi riches qu'agréables : nos plantations y avaient parfaitement réussi ; entre la grotte et la baie une foule d'arbres et d'arbustes plantés dans une agréable confusion donnaient à toute cette partie l'aspect d'un véritable jardin anglais. L'Ile du requin même, qu'on apercevait en mer, n'était plus un banc de sable aride, nous l'avions plantée de palmiers, de pins et d'autres arbres élevés ; tandis que des buissons de mangliers, mêlés aux grands roseaux dont ses bords étaient couverts, défendaient le sol contre les empiétements des vagnes. Sur le sommet de cet écueil on apercevait une jolie guérite surmontée de son pavillon agité par les vents et qui servait ainsi à rompre l'uniformité de la perspective. Le premier plan de ce paysage maritime était animé, tant sur le rivage que sur les eaux, par toutes sortes d'oiseaux aquatiques : les cygnes vêtus de deuil se mêlaient aux oies blanches comme la neige ; des troupes de canards aux couleurs éclatantes se livraient entre eux à mille jeux bruyants ; de temps à autre on voyait partir des roseaux, tantôt le héron royal dont la tête est armée d'une aigrette d'argent, tantôt le flamant couleur de pourpre et de rose ; la demoiselle de Numidie, avec sa belle robe de plumes lustrées comme du satin, se tenait aussi dans ces parages, et on la voyait souvent parmi les joncs poursuivre les grenouilles ou les autres habitants du marécage. Plus loin, c'est-à-dire sous les arbres élevés et sur les pelouses qui, hors des sentiers frayés, tapissaient le sol, les grandes autruches se promenaient avec gravité jusqu'à ce qu'un caprice ou quelques taquineries de la part des autres animaux compagnons de leur domesticité leur fît prendre le trot, et fuir en étendant leurs blanches ailes ; les grues, les dindons et les outardes se tenaient plus volontiers dans notre voisinage ; la belle manura s'était fort bien accoutumée avec nos poules, mais les canadiennes ainsi que les coqs de bruyères faisaient bande à part, et nichaient de préférence dans les grandes herbes de l'autre côté du Pont de famille ; quant aux beaux pigeons bleus des Moluques, bien que leur principal établissement fût à Falkenhorst, ils venaient constamment roucouler sur le toit de notre galerie, et, comme pour nous récréer, étaler devant nos yeux toute la richesse de leur plumage ; enfin, nous étions entourés de tous côtés d'objets si gracieux et si riants que nous comparions souvent notre séjour au paradis terrestre.

Ce lieu, jadis si aride et si désolé, n'était plus reconnaissable, et, grâces à nos travaux et à nos soins, il était devenu pour nous l'abri le plus agréable et le plus sûr. Il avait, à droite, pour limite le Ruisseau du chacal, dont les bords escarpés étaient si couverts de palmiers épineux, d'aloès, de karatas, de figuiers d'Inde et d'autres plantes armées, et entre lesquels s'élevaient de temps à autre des orangers, des citronniers sauvages ; toutes ces plantes formaient un enclos si épais, si formidable, qu'une souris n'aurait pu y pénétrer. A gauche, des rochers inaccessibles et dans lesquels se trouvait la grotte de cristal que nous n'avions point encore utilisée, et où nous allions seulement chercher de la fraîcheur pendant les jours les plus brûlants de l'été. En face, comme je l'ai dit, la mer et toute la côte qui s'étendait à gauche ; mais le Marais des canards nous séparait si bien de cette dernière, que nous n'avions pas jugé nécessaire d'élever aucune défense sur ce point. Les grondements de l'horrible grenouille-monstre dont Rudly avait peuplé le marécage rendait ses abords assez déplaisants ; mais nous supportions pourtant ces concerts bruyants sans trop d'impatience, depuis que ma femme avait eu l'idée de mettre de temps en temps quelques-unes de ces musiciennes aquatiques en fricassée, ce qui ajoutait encore un mets fort délicat à notre table. Derrière nous, la masse de rochers dans laquelle nous avions creusé notre demeure était si élevée et si escarpée que nous n'avions rien à craindre dans cette direction ; le seul passage pour sortir de notre petit élysée était donc le Pont de famille sur le Ruisseau du chacal, et dont nous avions fait un pont-levis ; celui-ci était toujours levé, et, pour en mieux assurer la défense, nous y avions placé deux petits canons de six ; deux pièces de même calibre, élevées derrière un parapet, construit en pierres, défendaient l'entrée de la baie, tandis que deux mortiers et quelques autres petites pièces d'artillerie de marine armaient notre navire, la célèbre pinasse.

Tout l'espace compris entre la grotte et le ruisseau contenait nos jardins : une palissade en bambous entremêlés de plantes épineuses les entourait, et servait encore à notre sécurité dans les endroits où les rochers ne nous auraient pas offert assez de sûreté. Cette palissade se dirigeait en droite ligne de notre demeure au Ruisseau du chacal ; dans l'intérieur de ce triangle se trouvait un petit champ de blé, une plantation de coton, une de cannes à sucre, quelques plants de cochenille, un certain nombre de plantes potagères, le tout en petites quantités et seulement pour avoir de toutes ces choses sous la main ; enfin le potager de ma femme et un petit verger de toutes espèces de fruits d'Europe. Toutes ces diverses plantations étaient arrosées par des rigoles et des tuyaux de bambous qui allaient prendre l'eau dans le ruisseau et la distribuaient ensuite dans toutes les parties du terrain.

Nos arbres d'Europe n'avaient pas eu précisément le même sort que la vigne ; ils s'étaient élevés avec une rapidité et une puissance de végétation presque incroyables ; mais leurs fruits avaient perdu leur saveur, et soit que l'air ou le terrain leur fussent peu favorables, ce n'étaient plus les fruits de notre pays ; les pommes et les poires étaient devenues aigres et noueuses, les prunes et les abricots n'offraient qu'un noyau fort dur et entouré d'une chair maigre et sans goût ; en revanche, les productions indigènes nous dédommageaient au centuple : l'ananas, les figues, les goyaves, l'orange et le citron, qui seuls entre les arbres d'Europe s'étaient acclimatés sans dépérir, faisaient du coin de l'île que nous habitions un vrai paradis terrestre où toutes les richesses de la végétation semblaient être accumulées. C'était surtout dans l'angle que formait la jonction des deux parois de rocher dont j'ai parlé dans le temps que ces richesses de la nature se trouvaient groupées et resserrées. Mais l'abondance des fruits produisait aussi un autre inconvénient; c'était une multitude d'oiseaux et de pillards de toute sorte, qu'il nous fallait chasser et traquer par tous les moyens possibles. Les gluaux, les lacets nous furent d'un grand secours, et il nous arriva souvent de voir tomber dans nos piéges des animaux qui ne se montraient guère dans nos parages et qui arrivaient justement quand certain fruit était dans sa maturité; par exemple, le grand écureuil du Canada, remarquable par sa belle queue touffue et couverte d'un poil roux et lustré, accourait quand nos noix, nos avelines et les châtaignes commençaient à mùrir; plus d'un bel ara et d'autres perroquets aux couleurs étincelantes vinrent s'abattre, en poussant mille cris discordants, sur les branches de nos amandiers; de nombreuses familles de geais bleus, de piverts, de merles roses, de loriots jaunes, sans compter les moineaux, les grives et autres hordes pillardes plus vulgaires, se jetaient comme à l'envi sur nos cerises, nos prunes, nos figues et nos raisins. Outre les oiseaux de jour, il en vint même de nuit, et nous eûmes grand'peine à déloger de nos grands arbres toute une couvée de chauves-souris d'une taille et d'une horrible laideur qui paraissait vouloir y établir son domicile.

Quand nos arbres étaient jeunes encore et que leurs fruits étaient précieux pour nous, nous fîmes toutes sortes de piéges pour prendre ces voleurs, ou des épouvantails pour les éloigner; mais la gent ailée semblait se rire de nos efforts, il fallut en venir à la puissance de la poudre. Mais lorsque, plus tard, nos vergers furent en plein rapport, nous nous trouvâmes dans une telle abondance que nous consentîmes à partager avec les gourmands toutes ces richesses, que la bonne nature faisait croître pour eux comme pour nous.

L'époque des fruits n'était pas seulement ce qui nous attirait des nuées d'oiseaux étrangers dans nos parages, celle de la floraison en amenait également; mais dans ceux-ci il y en avait dont l'arrivée était toujours extrêmement bien fêtée; c'était celle des oiseaux-mouches, qu'on appelle aussi colibris; il n'était rien de plus réjouissant que de voir ces charmants oiseaux voltiger autour des branches fleuries avec des mouvements gracieux, mais d'une incroyable rapidité à étinceler au soleil comme des pierres précieuses. C'était aussi un spectacle fort drôle que de suivre ces petits animaux naturellement vifs et colères dans leurs querelles, soit entre eux, soit avec des oiseaux bien plus grands qu'eux, qu'ils attaquaient avec hardiesse et parvenaient souvent à chasser du petit district qu'ils s'étaient assigné ; on les voyait aussi quelquefois se disputer entre eux ou s'irriter et exercer leur petite fureur sur la fleur qui avait trompé leur espoir, soit qu'un insecte ou tout autre suceur de miel les eût devancés, soit que le soleil en eût déjà desséché le nectar ; dans leur dépit, ils arrachaient les étamines de la fleur, déchiraient ses pétales, comme pour se venger sur elle de leur espoir déçu. Ces petites scènes nous divertissaient, et nous cherchâmes non à apprivoiser ces jolis oiseaux, mais à les attirer et à les fixer dans notre voisinage : nous mettions des morceaux de rayons de miel sur les branches ; nous plantions les fleurs qu'ils aimaient de préférence autour de notre habitation. Nos soins furent récompensés, car plusieurs couples finirent par suspendre leurs petits nids tout ronds et garnis de coton aux guirlandes parfumées des vanilles qui serpentaient autour des piliers de la galerie ; le voisinage des orangers et de quelques arbustes à épices, tels que le cannellier, le poivre, etc, dont le parfum est un grand attrait pour ces oiseaux, les y fixa probablement et contribua à nous assurer ces hôtes charmants.

Nos épices, comme je l'ai dit, avaient prospéré ; la muscade dont nos pigeons des Moluques nous avaient fourni la première semence, était en plein rapport ; il s'en trouvait quelques pieds mêlés à des bouquets de bananiers, tout près de l'entrée de notre demeure, et lorsque nous nous reposions le soir après nos travaux, sous le portique, l'odeur pénétrante et balsamique de ces arbustes ajoutait encore aux charmes de la soirée et du repos. Il est vrai que les muscades nous attiraient aussi des troupes d'oiseaux de paradis bien dignes de ce nom par la beauté de leur plumage d'or et de velours, mais que leur voracité et la discordance de leurs cris nous rendirent bientôt à charge ; au surplus, après en avoir pris aux gluaux quelques-uns des plus beaux, il nous fut facile d'écarter les autres au moyen de quelques oiseaux de proie empaillés que nous perchâmes sur les muscadiers, et dont la vue suffit pour les effaroucher.

Nos oliviers furent de toutes nos plantations celle qui souffrit le moins de dégâts de la part de ces divers maraudeurs. Comme nous avions de deux espèces d'olives, nous recueillions les unes, plus grosses et plus charnues, avant leur maturité, et après les avoir passées dans une lessive, comme on le fait en Provence, nous les faisions confire dans le sel avec des épices, ce qui servait à relever le goût de nos aliments ; l'autre espèce, que nous laissions mûrir jusqu'à ce qu'elle devînt toute noire, était employée à faire de l'huile.

Nous voulûmes aussi perfectionner et étendre nos ressources industrielles. Comme nous avions chaque année une grande quantité de noix, d'amandes, de pignons, je substituai au mortier et au pilon de la cuisine un pressoir simple et facile à mouvoir, et dont la meule nous fournissait autant d'huile que nous en pouvions désirer, sans trop de fatigue pour nos bras.

La fabrication du sucre fut aussi l'objet d'une attention spéciale. Nous étions déjà sous ce rapport en voie de progrès ; nous continuâmes à avancer vers le perfectionnement. Nous n'en vînmes pas, il est vrai, jusqu'à cristalliser le sucre comme dans les raffineries ; cependant nous en vînmes à un résultat fort satisfaisant. Nous avions recueilli parmi les débris du navire divers ustensiles destinés à une sucrerie, entre autres, les cylindres en métal, indispensables à un pressoir à sucre, trois grandes chaudières pour cuire le jus de cannes, et des pelles pour le remuer, et de grandes écumoires pour le purifier ; le pressoir fut établi sous une vis perpendiculaire, et qui, tournant sur elle-même, était en rapport avec les cylindres ; le tout fut mis en mouvement au moyen d'un levier passé horizontalement dans la vis, et auquel une de nos bêtes de somme fut attelée, et, chaque jour, quelques heures de manége nous suffisaient pour avoir la quantité de sucre nécessaire à notre consommation de l'année. Nous fîmes une autre machine du même genre, destinée à trois usages : d'abord pour broyer d'une manière plus prompte et moins fatigante notre chanvre, au lieu de le frapper comme nous avions fait jusqu'à présent ; ensuite, pour écraser nos olives et en tirer l'huile plus facilement ; enfin, à piler le cacao, ou d'autres substances de même nature. Le fond de ce pressoir était formé d'une grande pierre creusée avec un goulot par où le jus ou les huiles pouvaient s'écouler ; cette pierre avait un rebord de neuf pouces, et par-dessous était un four que nous faisions chauffer au besoin, c'est-à-dire, quand on pressait quelque denrée huileuse, comme noix, amandes, etc., qui ont besoin d'être travaillées ainsi.

Ces deux pressoirs avaient été établis d'abord en plein air, entre notre pont-levis et la Pointe aux harengs; mais par la suite nous construisîmes à l'entour des clôtures avec un toit, et il en résulta un atelier commode, et où l'on pouvait travailler à l'abri, même pendant la saison des pluies.

L'Ilot de la baleine ne fut pas non plus négligé, nous l'avions embelli de plantations comme l'Ile du requin, toutefois ce lieu n'était destiné qu'à nos travaux les plus grossiers; c'était là que se faisaient toutes les préparations malpropres, ou qui exhalaient quelques mauvaises odeurs, comme la préparation du poisson, la fonte des graisses, la tannerie et la fabrication des chandelles. L'atelier pour ces divers travaux avait été établi sous une avance de rocher, de manière qu'on s'y trouvait abrité du soleil et de la pluie.

Nos soins se partageaient entre ces divers établissements, sans négliger l'entretien de ceux qui étaient plus éloignés, que nous appelions nos colonies. A Waldegg, nous transformâmes peu à peu le marais en une véritable rizière, qui paya nos travaux par des récoltes extraordinaires: nous fîmes aussi des plantations de cannelle dans les environs, et nous en rendîmes le produit plus abondant, par des soins appropriés.

Prospect-Hill eut aussi son tour, et nous y fîmes une plantation de coton en règle: chaque année nous y allions, surtout à l'époque de la floraison des câpriers, et nous rapportions alors une bonne provision de boutons de câpres, que ma femme faisait confire dans du vinaigre aromatisé; quelque temps après la saison des pluies, et lorsque l'arbre à thé poussait ses premières feuilles nous allions en faire la récolte, et revenus chez nous, ma femme et son plus jeune fils se mettaient à les sécher, les rouler et les serrer enfin dans des vases de porcelaine avec le même soin qu'on apporte à la Chine à la préparation de cette précieuse denrée; avant l'hiver nous avions soin de couper les cannes à sucre alors en pleine maturité. Nous recueillions aussi le doura ou millet nègre, qui nous était si nécessaire pour la nourriture et l'engrais de nos volailles. Nous nous servions, pour toutes ces courses lointaines, de notre pirogue, dans laquelle nous rapportions notre butin; nous revenions ainsi par mer et nous visitions en passant nos possessions maritimes, l'Ile de la baleine et celle du requin.

Nous faisions de temps en temps une excursion à la tour de garde du défilé de la savane, afin de voir si quelque éléphant ou d'autres animaux nuisibles à nos plantations avaient pénétré dans nos possessions ou s'étaient pris aux piéges que nous avions disposés pour cela dans les environs. Frédéric alors remontait le fleuve dans son cajack, et nous

rapportait des provisions de cacao, de bananes, de ginseng, tandis que nous chargions aussi notre chariot des produits de nos récoltes, de notre chasse et de terre à porcelaine pour compléter nos ustensiles de ménage.

omme Frédéric avait une fois rencontré, dans les bois qui avoisinent ce passage, des traces d'oiseaux qu'à leur forme et à leur gloussement il jugea devoir être du genre des coqs d'Inde, nous résolûmes un jour d'y faire une grande chasse à la manière des colons du Cap. Nous établîmes pour cela un grand carré de poutres posées les unes sur les autres, et que nous fournirent les bambous gigantesques dont j'ai déjà eu l'occasion de parler; l'édifice prit peu à peu la forme d'un énorme trébuchet, tel qu'en font les enfants avec des tiges de sureau pour prendre de petits oiseaux : chacun des côtés avait dix pieds de long sur six de haut; une porte en treillage remplaçait la trappe de ces sortes de piéges, le dessus était également couvert d'un treillis de bambous. Pour attirer les oiseaux dans cette grande cage, nous creusâmes un fossé profond qui allait aboutir, comme une mine de guerre, au centre de l'édifice, nous recouvrions ce fossé de planches, de terre et de gazon, et nous placions à l'entrée extérieure et dans le passage souterrain du millet ou de petits fruits; puis nous nous retirions : les poules d'Inde et les autres volatiles se précipitaient sur l'appât, et, à mesure qu'ils trouvaient à manger, s'enfonçaient dans le passage jusqu'à ce qu'arrivés à l'extrémité, ils se trouvassent pris dans la cage; car, comme l'entrée de la mine, de ce côté, était masquée par des branchages touffus à travers lesquels les oiseaux avaient passé sans s'en apercevoir, ils ne retrouvaient plus cette issue : alors les malheureux volaient tout effarés de côté et d'autre, ils se frappaient la tête contre le treillage, mais le tout en vain, car nous ne tardions pas à nous introduire par la porte dans l'enceinte, et à nous emparer des prisonniers.

Ce fut ainsi que nous prîmes pendant nos différentes excursions, tant au défilé de la savane que dans les environs du champ des cannes à sucre, une superbe espèce de poules qui nous servirent à perfectionner les races que nous avions rapportées d'Europe. Ces oiseaux avaient un plumage

magnifique ; le coq ressemblait pour le port au dindon , mais il était plus haut sur pattes , de sorte qu'il pouvait prendre facilement sur le coin de notre table le grain ou le pain que nous y placions pour lui.

Des changements étaient aussi survenus dans le personnel de nos animaux domestiques : la famille de Turc et de Billy s'augmentait régulièrement chaque année d'un certain nombre de jeunes chiens, que, nonobstant les qualités brillantes qu'ils annonçaient, nous nous voyions forcés de jeter à l'eau, car nous aurions fini infailliblement par être dévorés par nos serviteurs, si nous avions voulu les élever tous. Il y eut cependant une exception, et je permis, sur les instantes prières de Rudly, que la famille canine s'accrût d'un membre auquel on donna le nom de *Coco*, attendu, dit Rudly, que la voyelle *o* étant la plus sonore, ce nom retentirait merveilleusement dans les forêts. Le buffle femelle et la vache nous donnaient aussi tous les ans un rejeton de leur race; mais nous n'élevâmes qu'une seule génisse et un second taureau. Nous les avions dressés à se laisser monter, à traîner et porter comme leur père. On avait appelé la vache *la Blonde,* en raison de sa couleur d'un jaune pâle, et le buffle *Tonnerre,* à cause de sa voix formidable. Nous eûmes également deux ânons mâle et femelle que nous nommâmes *la Flèche,* et l'autre *l'Alerte,* en raison de la rapidité qu'ils tenaient de leur race.

Nos cochons n'étaient pas devenus plus sociables. La truie que nous avions amenée dans l'île était morte depuis long-temps; mais elle avait laissé à sa postérité un tel esprit d'indépendance et de sauvagerie, que tous nos efforts ne pouvaient rien pour le modifier. Nos autres bestiaux s'étaient multipliés dans la même proportion , de sorte que nous pouvions en tuer de temps en temps sans crainte de voir la race disparaître : nous en laissions aussi aller quelques individus dans les bois, où ils rentraient dans leur état de sauvagerie primitive ; ils s'y multipliaient et nous fournissaient souvent d'excellent gibier.

Les lapins angoras avaient peuplé l'Ile du requin d'une manière si prodigieuse, que nous fûmes obligés d'en détruire beaucoup pour qu'ils y trouvassent la nourriture suffisante. Nous avions tant que nous voulions du poil pour la fabrication de nos chapeaux, et nous étions forcés de temps en temps de procéder à des décimations dont nos chiens se trouvaient fort aises, car la chair des lapins avait toujours conservé une odeur de musc qui nous la rendait désagréable à manger. Quant aux antilopes, auxquels nous prodiguions nos soins les plus tendres, nous ne parvînmes à les apprivoiser un peu que lorsque nous en eûmes transporté un couple dans la cour de Felsenheim ; ils multipliaient lentement, et le climat un peu rude de l'Ile du requin, où ils étaient relégués, en faisait périr tous les ans.

Tel était à peu près l'état de la colonie dix ans après notre arrivée sur la côte. Nos ressources s'étaient multipliées, nos forces et notre industrie avaient fait des progrès, l'abondance régnait autour de nous, et la plupart des dangers que nous pouvions avoir à redouter étaient prévus : nous connaissions la partie de l'île que nous habitions comme un propriétaire connaît son parc, nous présentions en un mot le tableau de la félicité la plus complète ; c'était la famille du premier homme reportée au milieu des délices de l'Éden, moins ce grand vide que nous sentions en nous-mêmes, la société que nous avions perdue. Au milieu de nos richesses et de notre abondance, il nous manquait encore quelque chose : c'étaient les hommes, nos frères, pour qui nous nous sentions nés.

Depuis dix ans, nous n'avions aperçu ni sur la mer ni sur la terre aucune trace humaine. Nous avions tenu maintes fois nos yeux tournés vers l'Océan, mais sans jamais rien y découvrir. Il y avait là pour nous tous un sentiment douloureux dont personne ne parlait ; mais le besoin de retrouver des hommes était si fort en nous, que nous ne pouvions pas y renoncer, et qu'instinctivement nous faisions tout en vue d'une rencontre sur laquelle nous comptions. Ainsi nous réunissions patiemment toutes les denrées précieuses dont l'île était pourvue et qui pouvaient devenir un objet de commerce. Nous amassions dans notre magasin le cacao, les épices, le coton, les plumes d'autruche, les noix muscade, et tout ce que nous espérions vendre un jour à un navire européen. Nous avions besoin de cette idée : c'était notre force et notre avenir ; elle nous donnait du courage et nous sauvait de l'ennui qui trop souvent produit le désespoir. Nous nous portions tous bien, et, durant ces dix années, nous n'avions éprouvé d'autres maladies que quelques accès de fièvre et d'autres légères indispositions.

Mes fils n'étaient plus des enfants : Frédéric était devenu un homme fort et vigoureux ; il n'était pas très-grand, mais ses membres s'étaient développés par l'exercice : il avait vingt-cinq ans.

Ernest en avait vingt-trois ; quoique bien constitué, il était moins fort que son frère ; mais son esprit méditatif avait mûri, la raison était venue en aide à ses dispositions studieuses, et il était parvenu jusqu'à un certain point à vaincre sa paresse ; en un mot, c'était un jeune homme instruit, d'un jugement sain et solide, et sans contredit la lumière de la famille.

Rudly avait peu changé. Il était étourdi à vingt ans comme il avait été d'une tête folle à dix ans ; mais il excellait dans les exercices du corps.

Fritz avait dix-huit ans : il était grand et robuste ; son caractère, sans avoir aucun trait saillant qui le distinguât, semblait tenir le milieu entre ceux de ses frères. Il était réfléchi sans annoncer la profondeur d'Ernest : il se tirait bien des exercices du corps, mais sans approcher de l'habitude de Rudly et de Frédéric. En général, mes fils étaient de bons et honnêtes garçons, et chez lesquels le sentiment religieux, que je m'étais surtout occupé de leur inspirer, se manifestait souvent d'une manière aussi spontanée que touchante.

Ma bonne Élisabeth n'avait pas trop vieilli.

Quant à moi, mes cheveux étaient devenus blancs, ou, pour parler plus juste, il ne me restait plus que quelques cheveux ; la chaleur du climat ou plutôt les fatigues excessives, dans les premiers temps de notre séjour sur cette côte, les avaient fait tomber avant le temps ; cependant je me sentais encore fort et vigoureux, quoique je ne fusse déjà plus l'homme jeune et entreprenant qui avait, dix ans auparavant, commencé l'établissement de la petite colonie qui se trouvait alors en pleine prospérité.

Il y avait pour moi dans tous ces changements une source d'idées tristes et amères. Je prévoyais pour mes enfants un avenir terne et désolé, et souvent, les yeux tournés vers l'Océan, je me prenais à dire au Seigneur : Mon Dieu, vous nous avez tirés du naufrage, vous nous avez arrachés à la mort, vous nous avez entourés de toutes sortes de biens ; achevez votre œuvre, et ne laissez pas périr dans la solitude ceux que votre main a sauvés.

On concevra facilement qu'avec les développements qu'elle avait pris, ma jeune jamille ne fût plus aussi facile à conduire que pendant les premières années de notre séjour sur la côte. Mes enfants éprouvaient surtout un besoin de liberté qui les faisait souvent s'absenter pendant des jours entiers; ils couraient dans la forêt, ils gravissaient au sommet des rochers; mais lorsqu'ils rentraient le soir, succombant à la fatigue, si je voulais leur faire quelques reproches de cette vie errante qui nous privait de leur présence, ils avaient toujours tant de choses curieuses à me raconter de leurs découvertes et de leurs aventures, que je n'avais plus le courage de gronder.

Frédéric fit un jour une absence de ce genre qui nous causa à tous une vive inquiétude. Il avait pris avec lui des provisions, et comme si une course dans l'île n'avait pas dû fournir des aventures qui répondissent à l'activité qu'il avait besoin de dépenser, il avait équipé son canot, et il s'était lancé sur la pleine mer.

Il était parti au petit jour, et la nuit approchait que nous n'apercevions encore aucun indice de son retour. Ma femme était dans la plus vive anxiété. Je détachai la pirogue du rivage, et nous nous rendîmes aussitôt à l'Ile du requin. Là, du haut du fort que nous avions construit, nous hissâmes le pavillon de signal, et nous tirâmes le canon d'alarme. Peu d'instants après, nous découvrîmes à l'horizon un point noir se détachant au milieu des petites vagues éclairées par les feux du soleil couchant; au moyen d'une longue-vue nous ne tardâmes pas à reconnaître notre cher aventurier. Il s'avançait vers nous lentement, et en frappant la mer avec les rames comme si son bateau groënlandais eût été chargé d'un double poids.

— Feu! cria Ernest du ton du commandement, et en sa qualité d'officier garde-côte, Rudly mit le feu au canon; nous poussâmes un hourrah général et descendîmes en courant afin de regagner notre pirogue et devancer Frédéric au rivage de la baie vers laquelle il se dirigeait.

Arrivé là, je vis alors ce qui avait retardé la marche du jeune navigateur. L'avant de son cajack, qu'il avait décoré de la tête du morse aux dents d'ivoire, était chargé de diverses choses, tandis qu'une grosse tête velue et qui ressemblait plutôt à une outre gonflée qu'à un animal, et un sac qu'il remorquait également, tenaient le petit esquif à demi enfoncé dans l'eau.

Nous reçûmes le voyageur à bras ouverts.

— Il paraît, lui dis-je, mon cher Frédéric, que ta journée n'a pas été mauvaise; mais quel que soit ton butin, il ne vaut pas ton retour parmi nous : béni soit Dieu qui t'a ramené sain et sauf, et t'a rendu aux larmes de ta mère !

— Ah! oui, répondit Frédéric, béni soit Dieu! car outre le butin que vous voyez, je crois bien avoir fait une découverte qui vaut mieux à elle seule que tous les trésors de la mer, et qui nous fera faire bientôt de nouvelles excursions.

Ces paroles, qu'il prononça comme à demi, piquèrent singulièrement ma curiosité; mais je n'en témoignai rien d'abord, car tous donnaient à peine le temps au voyageur de reprendre haleine, tant on le pressait de questions. Lorsque nous eûmes détaché le sac, rempli de grosses huîtres, à ce qu'il me parut d'abord, et l'animal marin qui lui servait de contre-poids, mes enfants se mirent à traîner le petit bateau avec le pilote, encore assis dedans, vers notre habitation, en poussant de joyeuses clameurs; nous les suivîmes, ma femme et moi. Ils retournèrent ensuite chercher sur un brancard le reste du chargement; puis nous nous assîmes tous sous la galerie, et nous nous disposâmes à écouter le récit que Frédéric allait nous faire de son excursion. Il commença d'abord par nous prier de lui pardonner sa petite escapade; comme nous ne connaissions rien de la partie orientale du pays que nous habitions, il avait résolu de la visiter, et il n'était parti que pour chercher des aventures, des dangers qui rompissent tant soit peu l'uniformité de nos occupations trop paisibles pour son activité de vingt-cinq ans.

— J'avais tout disposé depuis long-temps pour cette expédition, continua Frédéric lorsque sa mère, en l'embrassant, et moi, par un signe de tête, nous l'eûmes assuré de son pardon; j'avais, dit-il, muni mon cajack de quelques provisions de bouche et de deux outres, l'une pleine d'eau douce et l'autre d'hydromel; j'attachai sur le tillac une boussole; un filet à poisson, un harpon et une gaffe étaient placés à droite; un fusil et une ancre avec son câble roulé à gauche; j'avais aussi une paire de pistolets à ma ceinture, une gibecière garnie de munitions à mon côté; je disposai mon aigle que je voulais emmener avec moi, et j'at-

tendis avec impatience l'occasion de m'embarquer à votre insu, chers
parents, car je craignais les tendres reproches de ma mère. Ce matin,
avant votre réveil, je me levai tout doucement et courus, suivant ma
coutume, au bord de la mer. Le temps était si beau, l'onde si tranquille,
que je ne pus résister à profiter de ces favorables circonstances ; je m'em-
parai aussi d'une bonne hache, je sautai dans mon cajack tout appa-
reillé, et me laissai entraîner par le courant du Ruisseau du chacal, qui
me lança comme un trait vers les écueils où notre vaisseau avait péri.
Je vis là, en passant et à une profondeur qui n'était pas très-grande,
une quantité de barres de fer, des canons, des boulets que nous pourrons peut-être un jour retirer, quand nous aurons découvert le moyen
de plonger jusqu'à cet endroit. Je me dirigeai ensuite en biaisant vers
la côte occidentale, à travers des écueils où mille fragments de rochers
de toutes formes, et comme les débris d'un promontoire déroulé, s'élevaient à la surface des eaux ou se cachaient dans leur profondeur. Une
multitude d'oiseaux de mer y faisaient leurs nids, et voltigeaient à l'entour de ces récifs en poussant des cris perçants. Là où ces roches offraient
quelque surface, on voyait de grands animaux marins dont les uns,
étendus au soleil, ronflaient à grand bruit, tandis que les autres se
jouaient avec d'affreux mugissements dans les eaux voisines. Il y avait
là des lions, des ours, des éléphants de mer et de toutes sortes de
phoques, et surtout des morses qui, accrochés aux rochers par leurs

défenses recourbées, laissaient pendre la partie inférieure de leur corps
dans la mer. Il faut que cette dernière espèce surtout ait établi son
quartier-général dans ces parages, car je remarquai, en côtoyant la rive,

plusieurs endroits semés de leurs ossements et de leurs dents d'ivoire ; de sorte que nous pourrons aller là chercher pour notre musée quelque belle carcasse bien propre et bien blanche quand nous le voudrons.

— Oh ! voilà qui est charmant, s'écrièrent tous les auditeurs, nous irons chercher des dents d'ivoire pour nous faire des manches de couteaux et même d'outils !

Fritz, dont l'esprit réfléchi avait toujours une remarque à faire, me demanda alors à quoi pouvaient servir à certains animaux ces énormes dents recourbées qui leur sortaient de la bouche et qui n'étaient propres ni à mordre ni à broyer.

— Toutes les dents n'ont pas cette destination, lui dis-je ; les unes sont des armes pour l'attaque ou la défense, telles sont celles de l'éléphant, du rhinocéros, du morse et du narval ; d'autres, comme les boutoirs du sanglier ou les tiges recourbées du phoque, les défenses contournées du babirossa, sont des espèces d'outils dont la nature a pourvu ces animaux, soit pour déterrer les tubercules, les racines dont ils se nourrissent, soit pour détacher les coquillages des roches marines, ou accrocher, tirer à eux les branches des arbres dont ils mangent le feuillage ; l'hippopotame seul a des dents si variées et si fortes qu'on ne sait à quoi il les emploie, car cet animal est frugivore. Au surplus, les défenses de l'hippopotame et du morse étant moins poreuses que celles de l'éléphant, l'ivoire qu'on en tire est aussi plus estimé parce qu'il est moins sujet à jaunir ; c'est pourquoi les dentistes les recherchent pour la fabrication des dents artificielles.

Frédéric reprit son récit.

— Il faut vous avouer, continua-t-il, que lorsque je me vis au milieu de tous ces monstres, je ne me sentis pas fort à l'aise ; je tâchai de passer inaperçu à travers les écueils, et j'eus le bonheur de ne rencontrer aucun animal qui voulût me disputer le passage ; toutefois, ce ne fut qu'au bout d'une heure et demie que je parvins à sortir de ces dangereux parages. Je m'arrêtai alors devant un magnifique portique de rochers que la nature semblait s'être plue à construire dans les formes les plus sévères et les plus imposantes : c'était comme l'arche d'un pont immense, sous laquelle la mer entrait ainsi que dans un canal, tandis que le rocher sous lequel cette caverne était en partie creusée descendait de chaque côté à pic et s'avançait comme un immense promontoire au milieu des eaux. Je n'hésitai point à entrer sous cette sombre voûte à l'extrémité de laquelle une faible lueur me faisait présumer une issue ; il y régnait une délicieuse fraîcheur, de tous côtés on voyait voler une quantité prodigieuse de petites hirondelles de rivage qui avaient placé là leurs nids. A mon entrée sous la voûte, un essaim de ces oiseaux m'environna en poussant mille cris aigus, comme s'ils eussent voulu m'en défendre l'approche; leur courage ne diminua ni le mien, ni ma curiosité. J'amarrai mon esquif à une pierre anguleuse de la caverne marine et me mis tranquillement à en examiner les merveilles ainsi que les habitants; ces oiseaux me parurent de la taille des roitelets, ils avaient la poitrine d'un blanc éblouissant, les ailes gris-clair, le dos et les plumes de la queue d'un noir lustré; leurs nids, attachés par milliers à la voûte et aux parois du rocher, me semblaient faits comme ceux des autres oiseaux, de plumes, de feuilles sèches et de brins d'herbe; mais ce qu'ils avaient de singulier, c'est que chacun d'eux était placé sur une espèce de support qui ressemblait à une cuiller allongée et sans queue, collée au rocher, et qui me parut fait d'une sorte de cire grisâtre et polie. Quelques-uns de ces nids étaient vides, je les détachai, et, les ayant examinés avec plus d'attention, je reconnus qu'ils étaient d'une substance solide et semblable à de la colle de poisson; j'en fis une petite provision que j'empaquetai avec soin avec les débris des autres nids et des herbes sèches, et je plaçai le tout à l'avant de mon bateau, dans la tête du morse, afin de vous les faire voir : vous me direz, mon père, si l'on en peut tirer quelque parti.

— Certes, mon fils, dis-je alors, ce serait un bon objet de commerce que ces nids d'hirondelles, si nous étions en rapport avec la Chine ou d'autres contrées de l'Inde où cette denrée se vend au poids de l'or, car on en mange par millions et on les regarde comme un mets des plus délicats.

Ici mes autres fils et ma femme se récrièrent en donnant à l'envi des marques de dégoût à l'idée de manger des nids d'oiseaux : je leur fis comprendre qu'il n'était point question de manger les plumes et le foin qui tapissaient ces nids, mais seulement l'enveloppe qu'on nettoie avec soin, qu'on fait cuire avec des épices, et qui produit une espèce de gelée transparente, savoureuse, et tout-à-fait agréable. Le mot de gelée rappelant à ma femme celle qu'elle nous faisait de temps en temps avec une substance qui paraissait peu susceptible d'être regardée comme une friandise, revint la première de sa prévention, et convint qu'avec une préparation et des assaisonnements convenables on pourrait peut-être tirer bon parti de la découverte de Frédéric.

— N'a-t-on pas eu l'idée, ajoutai-je, de faire des nageoires de requin jusqu'alors méprisées une friandise des plus recherchées? Que ne doit-on pas à la nécessité ou à la gourmandise des hommes? Et, dans le fait, tu devrais bien nous accommoder quelques-uns de ces nids, chère femme, ajoutai-je, afin de nous faire juger s'ils sont dignes de leur renommée.

— Volontiers, répondit la bonne ménagère, quoique je sois assez ignorante en fait de cuisine transcendante ; toutefois, je crois que je pourrai bien vous en faire une gelée, pourvu qu'on me nettoie bien ces petites galettes, qui me paraissent passablement malpropres.

Petit Fritz, qui était encore l'aide-marmiton, assura sa mère que ce serait le premier ouvrage dont il s'occuperait le lendemain ; puis, se tournant vers moi, il me dit :

— Mais, papa, d'où les hirondelles tirent-elles donc la matière gommeuse dont elles font les supports de leurs nids ?

— C'est ce qu'on ne sait pas encore d'une manière bien positive, répondis-je, quoiqu'on ait prétendu que c'était de l'écume des mers que ce petit oiseau, appelé *salangane*, ramasse avec son bec, dont il se sert pour fixer son nid aux rochers. Cette substance, en se séchant, prend l'apparence de cire ou plutôt de colle de poisson ; on croit aussi qu'elle viendrait d'une espèce de mollusque qui sert à la nourriture de la salangane, qui, après l'avoir avalé, en dégorge la partie gélatineuse, soit pour construire son nid, soit pour nourrir ses petits. Cette dernière opinion me paraît la plus fondée, en ce que cette substance possède les qualités nutritives des substances animales. Mais laissons-là cette discussion, et revenons au récit de notre voyageur.

— Je m'avançai hardiment, reprit celui-ci, à travers les eaux tranquilles qui baignaient ce sombre passage ; à sa sortie je me trouvai dans une magnifique baie dont les rives basses et fertiles côtoyaient une savane d'une immense étendue. Des bosquets gracieux d'arbres de toute espèce en variaient l'uniformité; à droite s'élevaient d'énormes masses de rochers, dont celui que je venais de traverser n'était que le prolongement ; à gauche coulait un fleuve calme et limpide, et au-delà de ce fleuve s'étendait un grand marécage que terminait enfin une épaisse forêt de cèdres.

Pendant que je suivais dans mon esquif les sinuosités de la rive, j'aperçus au fond des eaux transparentes, sur un fond pierreux, des couches plus ou moins étendues de grands coquillages du genre des huîtres, et qu'on appelle, je crois, bivalves. Voilà, me dis-je, un manger qui doit être plus succulent que nos petites huîtres de la Baie du salut, il faut que je goûte de celles-ci, et, si elles sont bonnes, j'en porterai à Felsenheim. Aussitôt j'en détachai quelques-unes avec ma gaffe, je les recueillis dans le filet, et je les jetai sur le sable sans sortir de mon canot, parce que je voulais tout de suite faire ma provision. Quand je retournai

au rivage avec une nouvelle charge d'huîtres, je trouvai que les premières s'étaient ouvertes et que l'ardeur du soleil avait déjà commencé à les corrompre ; j'en ouvris pourtant une ou deux de celles que je rapportais, mais, au lieu de l'huître blanche et grasse dont j'espérais me régaler, je ne trouvai qu'une viande dure, coriace et sans goût. En essayant de détacher l'animal de la coquille, dont l'intérieur était, du reste, couvert d'une nacre éblouissante, je sentis sous mon couteau de petits corps durs ronds comme des pois, je les fis sortir de la chair de l'huître, et trouvai ces petites boules si jolies que je m'amusai à fouiller toutes ces coquilles et à en réunir les perles dans une petite boîte que j'avais sur moi. Ne pensez-vous pas, mon père, ajouta Frédéric en me la présentant, que ce sont effectivement des perles ?...

— Voyons, voyons, Frédéric ! s'écrièrent les frères en se jetant sur la boîte au risque de renverser tout son contenu. Oh ! quelle trouvaille ! qu'elles sont brillantes et régulières !...

Je pris la boîte à mon tour : — Ce sont bien des perles ! m'écriai-je, et des perles orientales de la plus grande beauté ! tu as découvert là un trésor, mon fils ; à la vérité, il nous sera encore moins utile que tes nids de salangane, puisque nous ne possédons aucun moyen d'en tirer parti ; cependant cette découverte peut avoir pour nous un jour des résultats avantageux, nous ne la négligerons pas, et nous irons visiter cette riche baie ; en attendant, continue ton récit.

— Après avoir réparé mes forces, reprit Frédéric, par quelque nourriture, je continuai ma route le long de cette côte, échancrée d'une multitude de petites anses couvertes de verdures et de fleurs. Je parvins ainsi jusqu'à l'embouchure du fleuve, dont les eaux tranquilles se rendaient presque sans bruit à la mer ; sa surface, couverte de plantes aquatiques, ressemblait à une prairie verdoyante où volaient divers oiseaux, et entre autres une espèce qui, montée sur de longues jambes, en traversait toute la largeur à grands pas. Je donnai à ce fleuve le nom de *Saint-Jean*, parce que je me rappelai avoir lu quelque chose de semblable au sujet du grand fleuve de la Floride qui porte ce nom. Après y avoir renouvelé ma provision d'eau douce, je me dirigeai vers l'autre promontoire qui termine cette baie, et qui se trouve en face de celui que j'avais franchi en passant sous l'arche creusée dans ses flancs. Cette baie, que je n'hésitai pas à qualifier du nom de Baie aux perles, a environ deux lieues d'un promontoire à l'autre, et une chaîne de récifs s'étendant en droite ligne la sépare de la pleine mer. Un seul endroit un peu à l'ouest y offre une entrée commode, et tout le reste, fortifié par des écueils et des bancs de sable, forme un port naturel auquel il ne manque que le voisinage d'une ville pour le rendre parfait.

J'essayai de sortir par ce passage que je venais de découvrir, mais la marée montante commençait, et il me fallut pour le moment renoncer à mon projet : je remontai le long des rochers jusqu'au promontoire, mais il n'avait pas d'ouverture comme l'autre, et je fus obligé de mettre pied à terre, car je voyais de tous côtés des têtes d'animaux marins, qui me paraissaient de la grandeur d'un veau, s'élever sur les eaux, plonger, disparaître, se poursuivre comme en se jouant, et je ne voulais pas me risquer à être renversé par eux dans leurs joyeux ébats ; en conséquence, j'attachai mon cajack à une pointe de rocher, je pris mon aigle et mes armes, et je me disposai à frapper le premier de ces animaux qui s'approcherait assez près du rivage, car non-seulement je voulais vous rapporter une de ces bêtes, qui, par sa rotondité, ressemblait à une valise bien pleine et bien gonflée, mais sa peau, couverte d'un poil court et serré, me parut une excellente conquête à faire. Une compagnie de ces joueurs s'approcha bientôt du bord où j'étais caché, je lançai mon aigle, qui s'attacha au plus beau et l'eut bientôt aveuglé ; je sautai alors de

rocher en rocher jusqu'à l'endroit où le pauvre animal se débattait sous
la serre cruelle de son ennemi, je l'assommai d'un coup de gaffe et l'attirai avec le crochet jusqu'à mon cajack : tous les autres avaient fui
comme par enchantement.

Aussitôt je me mis en devoir de vider l'animal, dont le poids était déjà
trop considérable pour mon léger esquif; mais, pendant que j'étais ainsi
occupé, une quantité prodigieuse d'oiseaux de mer vint m'assaillir de
tous côtés; les mouettes, les frégates, les hirondelles de mer et d'autres
espèces encore s'approchaient de moi avec tant de hardiesse que, dans
mon impatience, je me mis à frapper à travers la troupe emplumée, et,
au hasard, j'abattis un grand oiseau d'une force extraordinaire : c'était,
je pense, un albatros. Cependant, après avoir écarté ces importuns
visiteurs, je terminai ma besogne; j'attachai ma loutre marine, car tel
est, je crois, le nom de cet animal, à l'arrière de mon canot, à côté du
sac aux huîtres, et je songeai au retour. Le reflux commençait à se faire
sentir, je retrouvai l'entrée de la baie entre les rochers, et sortis heureusement de son enceinte; bientôt je me retrouvai dans des parages
connus, j'aperçus dans le lointain notre pavillon, et j'entendis le canon
de la redoute qui signalait ma bienvenue.

Après ce récit, et pendant que ma femme et mes fils étaient retournés
au cajack, l'une pour examiner le nouveau mets recommandé à ses talents culinaires, et les autres empressés de voir les huîtres à perles, nous
demeurâmes seuls, mon fils et moi. Il avait réservé pour la fin la meilleure partie de son récit, et il me tira encore à l'écart pour me confier
un secret dont il avait cru devoir me donner préalablement connaissance
avant de le divulguer.

— Écoutez, me dit-il, une circonstance singulière de mon voyage :
En examinant l'albatros que j'avais abattu d'un coup d'aviron, jugez de
ma surprise quand je vis l'une de ses pattes entourée d'un linge! Je le
déliai, et j'y lus en bon anglais les mots que voici : *Sauvez le pauvre
naufragé de la roche fumante.*

Je ne saurais vous exprimer, mon père, ce que j'ai ressenti en faisant
cette découverte. Je relus dix fois la ligne comme pour m'assurer que
ce n'était point une illusion de mes yeux. — Mon Dieu, disais-je, faites
que ce soit là une vérité! — Je cherchais ensuite à m'expliquer la présence d'un être humain parmi ces rochers, mais l'histoire de notre naufrage m'en montrait assez la possibilité : dès cet instant, chercher sur la
côte ou sur la mer le rocher qui fume, sauver cet être souffrant, mon
semblable, mon frère, devint mon unique pensée; mais, j'avais beau

regarder de tous côtés, mes yeux se perdaient dans l'espace sans pouvoir rien découvrir.

Il me vint alors une idée, c'était de rattacher à la patte de l'albatros le premier linge, et d'écrire sur un second, que j'attacherais à son autre patte, ce peu de mots en anglais : *Ayez confiance en Dieu, secours est proche.* Si l'oiseau retourne à celui qui l'a envoyé, me disais-je, celui-ci lira ma réponse ; si, au contraire, le messager ne fait que passer auprès de l'infortuné sans s'arrêter, il apercevra le second linge, et ce seul indice suffira pour lui inspirer de la confiance, car il comprendra sans doute que son oiseau a été rencontré par des hommes.

Je ramassai une plume tombée de l'aile de l'oiseau lorsque j'avais abattu celui-ci ; je la taillai avec mon couteau, et, l'ayant trempée dans le sang de la loutre de mer, j'écrivis sur une petite bande de toile arrachée à mon mouchoir le peu de mots que je vous ai dits. L'albatros

n'avait été qu'étourdi du coup, et je le ranimai en lui faisant avaler quelques gouttes d'hydromel. J'attachai à sa patte cette correspondance de nouvelle espèce, et je le laissai partir en faisant des vœux pour qu'il retournât vers celui qui l'avait envoyé.

L'oiseau partit ; il s'éleva d'abord droit au-dessus de ma tête, comme s'il eût voulu reconnaître les lieux vers lesquels il voulait se rendre ; puis, prenant sa direction à l'ouest, il se mit à fuir avec une telle rapidité que bientôt mes yeux le perdirent de vue, et que je fus obligé de renoncer au projet de le suivre à force de rames.

Maintenant, mon père, continua Frédéric avec une généreuse émotion, que pensez-vous de cet événement? Si nous allions enfin trouver un être humain, un nouvel ami? car nous irons à la recherche de l'étranger, n'est-ce pas, mon père? oh! oui, nous irons! Quelle joie! quel bonheur ! Mais aussi quel désespoir, si nous ne réussissions pas dans cette entreprise !... Voyez-vous, mon père, ce sont ces alternatives de crainte et d'espoir qui m'ont fait faire un secret de cette rencontre à maman, à mes frères ; je n'ai voulu le confier qu'à vous : il faut leur épargner les angoisses d'un espoir qui, après tout, peut être déçu...

Mon fils prononça ces derniers mots avec tristesse.

— Je suis content de toi, lui répondis-je, tu as agi avec prudence : tu as bien fait de résister d'abord au premier mouvement de ton cœur qui te portait à chercher un être souffrant pour le secourir. Tu nous aurais tous plongés dans une mortelle inquiétude, si la nuit fût venue sans que tu nous eusses rejoints. Quant à l'événement, il a sans doute quelque chose d'extraordinaire ; mais il ne faudrait pas cependant fonder sur lui de trop hautes espérances : l'albatros est un oiseau voyageur, il parcourt en peu de temps les plus grandes distances ; il se pourrait aussi que l'écrit que cet oiseau portait à la patte y fût depuis long-temps, et. en supposant même qu'il fût d'une date assez récente, il pourrait bien se faire que le malheureux qui l'a tracé fût à un tel éloignement de ces lieux que nous ne pussions jamais parvenir jusqu'à lui. Mais continuons à garder ce secret, je réfléchirai aux moyens de sauver cet infortuné s'il existe... sans causer de nouvelles inquiétudes à la famille.

Ces paroles froides et positives étaient dictées par le désir d'apaiser l'espèce d'exaltation qui s'était emparée de la jeune imagination de mon fils, et l'empêcher de se jeter en étourdi dans quelque fâcheuse entreprise ; car je n'ignorais pas que souvent des pirates cachés dans quelque baie employaient ces faux signaux pour attirer dans leur repaire les navigateurs. Je dis donc à mon fils de se tranquilliser, et que nous aviserions ensemble au projet qu'il méditait. Nous retournâmes auprès de la famille, que nous retrouvâmes encore occupée aux perles.

— Voyez, disait Ernest à ses frères, nous avons là toute une fortune ; « l'Europe paie au poids de l'or les perles fines que l'Orient lui envoie : le gouvernement anglais, en 1804, a vendu à un entrepreneur plus de trois millions de francs le droit de pêcher une seule fois le banc d'huîtres à perles de la côte de Ceylan.

» La pêche des perles commence au mois de mars ; elle occupe un grand nombre de bateaux. Les Orientaux qui s'y adonnent en font une sorte de travail mystérieux, et ils ne l'entreprennent jamais sans s'être livrés préalablement à toutes sortes d'ablutions et de prières, qui, dans leurs croyances, ont la vertu de donner un succès infaillible aux entreprises qu'elles ont précédées. On part dans la nuit, car il est essentiel, dit-on , d'avoir jeté l'ancre à la hauteur du banc que l'on va exploiter avant le lever du soleil.

» Néanmoins les opérations ne commencent pas avant sept heures du matin, c'est-à-dire avant que la chaleur ait permis aux plongeurs d'entrer dans l'eau. Voici comment on s'y prend pour effectuer la pêche :

» On fait, avec des avirons et d'autres pièces de bois, une sorte d'échafaudage à jour qui dépasse des deux côtés du bateau, et auquel on suspend une pierre en forme de pain de sucre qui descend de cinq pieds dans l'eau, et qui prend le nom de pierre à plonger. La corde qui la soutient est réunie à un étrier destiné à recevoir le pied du plongeur. Celui-ci met le pied dans l'étrier, et il y demeure debout quelques instants, jusqu'à ce qu'on lui ait jeté un filet en forme de panier dans lequel il pose son autre pied ; ce filet est surmonté d'une corde que le plongeur tient à la main.

» Ainsi disposé, le plongeur bouche d'une main ses narines pour empêcher l'eau d'y pénétrer, puis il donne à la corde qui correspond à la pierre une secousse assez vive, et il descend dans l'eau. Arrivé au fond, il retire son pied de l'étrier ; on remonte sur-le-champ la pierre, qu'on accroche de nouveau à l'aviron : c'est alors que le plongeur commence sa récolte, c'est-à-dire que, les détachant avec une petite pince de fer dont il est pourvu, il se met à ramasser le plus de coquillages qu'il peut en réunir. Il remplit son filet et demeure ainsi dans l'eau environ une minute et demie. S'il est habile, ce court espace de temps lui suffira pour ramasser cent cinquante huîtres. Quand il a fini, il en avertit l'équipage, en donnant une secousse à la corde du panier. On retire aussitôt cette corde avec toute la vitesse possible ; mais le plongeur a reparu à la surface avant le riche butin qu'il vient de faire, et il va attendre, en se jouant autour du bateau, que son tour de plonger revienne. Une pierre à plonger occupe ordinairement deux hommes.

» Les naturels de Ceylan et de toute la côte de Coromandel sont grands amateurs de cette pêche, et toute pénible qu'elle soit, les hommes qui y sont employés n'en parlent que comme d'un délassement agréable. Ils travaillent ainsi, pendant six heures au moins, sans articuler la moindre plainte ; et, s'il leur arrive par hasard d'être tristes, c'est que le banc qu'ils pêchent est mal fourni.

» Après la pêche, les huîtres sont entassées dans de grands enclos où on les garde avec beaucoup de soin pendant dix jours, c'est-à-dire jusqu'à ce qu'elles se corrompent, afin de pouvoir en extraire les perles. Quand elles sont arrivées à un état convenable, on les jette dans un réservoir rempli d'eau de mer, et on les y laisse douze heures ; puis on les ouvre, on les lave, et c'est alors que les coquilles passent entre les mains des rogneurs, qui en détachent les perles avec des tenailles. »

Après cette explication donnée par le docte Ernest, chacun fit ses remarques particulières sur la beauté, la grosseur, le nombre des perles qui se trouvèrent dans les coquilles que Frédéric avait rapportées. Pour répondre aux questions de Fritz, qui me demandait si toutes les perles étaient toujours de cette nuance brillante et argentée, j'ajoutai aux détails donnés par Ernest que la beauté des perles était en rapport avec la pureté du fond sur lequel on pêche les coquilles : elles sont ternes, dit-on, dans les eaux bourbeuses, et claires et brillantes dans le gravier ou le sable ; elles changent également de nuance suivant les lieux : on en pêche dans le golfe de Californie qui sont d'un jaune orangé, celles des côtes d'Afrique sont plus lisses et presque noires, on en voit de verdâtres qui sont fort estimées des Arabes. Il y a en Écosse et en Lorraine de grandes moules qui fournissent aussi des perles ; mais celles-ci, dont la teinte est bleuâtre, sont de formes irrégulières.

— Et comment donc se forment les perles? demanda encore Fritz.

— Long-temps cette formation a été regardée comme merveilleuse ; on l'attribuait à une sorte de rosée qui tombait du ciel, et vous devez vous souvenir de ce joli apologue de la goutte d'eau se plaignant de tomber dans l'immense océan, avalée par une huître, et devenue par là une des plus belles perles orientales dont on orna ensuite la couronne du grand roi de Perse. Il n'y a rien de vrai dans ce conte que la morale. Quant à l'origine réelle des perles, les naturalistes ont découvert que cette substance était la même que celle qui tapisse la coquille de l'huître qui la produit, et que, d'abord liqueur visqueuse, elle s'agglomérait et se durcissait dans le corps de l'animal quand quelque chose venait en arrêter la sécrétion : ainsi on a remarqué que c'était dans les huîtres blessées qu'on trouvait le plus de perles, et surtout dans celles qui ont été piquées par un petit ver marin, appelé vrille, qui sait percer la dure écaille de l'huître perlière et sucer ainsi le pauvre animal : celui-ci, pour se défendre, couvre le trou d'une substance nacrée qui devient aussi dure que la coquille, et en prend l'éclat et le brillant. On ajoute aussi que l'huître à perles enduit aussi de cette même nacre les grains de sable ou autres corps étrangers qui s'introduisent parfois entre les écailles, et des pêcheurs multiplient ainsi les perles en perçant les coquilles ou en y glissant de petits cailloux quand ils les aperçoivent entr'ouvertes.

Après les perles, les nids d'hirondelles eurent leur tour ; mais la loutre surtout excitait l'attention de nos jeunes naturalistes.

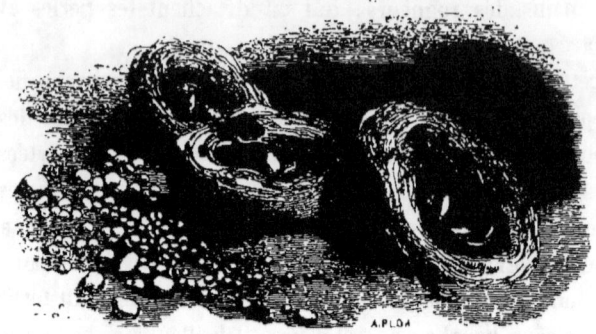

— Quel vilain animal avec ses moustaches effilées qui lui prennent de chaque côté du museau ! disait Fritz en l'examinant ; et tu dis que c'est une loutre ?

— Oui, reprit Ernest qui se trouvait en train de professer, c'est bien effectivement une loutre de mer : c'est l'un des animaux les plus innocents à qui la mer serve d'élément : elle est douée d'une foule de bonnes qualités, surtout d'un amour maternel à toute épreuve, et elle se laisse mourir de faim quand par hasard elle vient à être privée de ses petits. Si on l'attaque, elle ne fait pas de résistance, mais elle cherche à s'échapper en fuyant. Souvent ce moyen lui réussit mal : alors elle grogne comme un chat, dont elle imite les grimaces ; elle s'étend sur le côté ; elle couvre sa figure de ses pattes de devant, comme pour parer les coups qu'elle attend, et elle se prépare ainsi à la mort ; mais, si elle est assez heureuse pour échapper, elle n'est pas plutôt hors de danger, qu'elle se dresse sur les flots et qu'elle commence à se livrer à mille singeries, comme pour narguer l'ennemi dont elle a déjoué les efforts. Du reste, la loutre est une proie très-recommandable ; outre sa peau, qui nous fournira une excellente fourrure, sa chair est encore fort estimée, et l'on dit qu'elle vaut au moins celle du mouton.

Nous donnâmes encore quelques soins à d'autres objets moins importants que Frédéric avaient rapportés avec lui ; et quand le premier enthousiasme fut un peu calmé :

— Ma chère femme, dis-je tout-à-coup en prenant un ton de gravité peu habituelle, et vous, mes fils ! ce jour doit être un de ceux qui compteront dans l'histoire de la famille. Frédéric n'est plus un enfant ; depuis quelque temps, et surtout dans la dernière excursion qu'il vient de faire, il s'est conduit avec tant de courage et de prudence que je résigne vis-à-vis de lui mon autorité paternelle, et je déclare devant vous qu'à partir de ce jour il est libre de toute subordination, que je le considérerai comme un homme, comme un ami appelé à m'aider de ses conseils et de son activité dans l'administration de notre petite colonie.

Cette scène inattendue fut suivie d'un moment de silence : Frédéric lui-même, à qui je n'avais rien dit de mon projet, avait peine à dissimuler son embarras; sa mère y mit fin en lui tendant les bras, et des larmes de bonheur roulèrent dans les yeux de ma bonne Élisabeth.

— C'est la cérémonie de la toge virile, mon cher Frédéric! dit au bout de quelque temps maître Ernest ; te voilà maintenant un homme, mais tâche de ne plus rentrer avec tes pieds affranchis dans les petits souliers de l'enfance.

Mais il y avait dans toute cette scène de famille tant de sérieux et de gravité que la plaisanterie devait échouer contre elle.

Je ne parlai à personne de la révélation que Frédéric m'avait faite, car je n'étais pas encore déterminé sur les moyens à prendre pour y donner suite, et j'avoue que cela m'embarrassait singulièrement.

Cependant les perles étaient un objet trop important pour qu'on pût les oublier, et dès le lendemain mes fils me demandèrent avec instance de se mettre en route pour aller faire une pêche en règle de ces précieuses bagatelles.

— Doucement, messieurs, leur dis-je, avant de monter à cheval, il faut préparer son cheval, et, si vous voulez que votre entreprise réussisse, il faut vous munir des outils nécessaires pour l'effectuer ; que chacun de vous invente et fournisse quelque chose d'utile à l'expédition, non-seulement je l'approuverai, mais j'en ferai partie.

Cette proposition fut reçue avec acclamation, et aussitôt tout le monde se mit en besogne. Je forgeai moi-même deux grands râteaux et deux petits crocs en fer; je munis les premiers de manches en bois, longs et solides, avec des anneaux de fer, afin de pouvoir les fixer à la quille de notre chaloupe et les faire traîner ainsi en passant sur le fond où se trouveraient les huîtres perlières ; les petits crocs étaient pour détacher plus commodément ce que les râteaux n'auraient pu enlever. Ernest fabriqua, d'après ses idées, une espèce d'échenilloire avec des ciseaux qu'une corde faisait mouvoir pour détacher les nids de salanganes, dont nous voulions faire aussi une provision. Rudly avait fait une échelle fort légère, en perçant dans toute sa longueur une forte tige de bambou à des distances régulières et en passant dans ces trous d'autres morceaux de canne de dix-huit pouces, ce qui faisait comme un bâton de perroquet auquel on pouvait monter d'autant plus facilement que le jeune homme avait muni le haut d'un crochet de fer qui pouvait servir à suspendre son échelle, et d'une pointe, également en fer, pour l'appuyer solidement sur les rochers s'il en était besoin. Fritz, fort adroit à faire des filets, raccommoda les nôtres et en fit de plus solides pour armer nos crocs et recevoir ainsi les huîtres qu'ils avaient détachées.

Frédéric, pendant ce temps-là, travaillait en silence à son cajack, et il cherchait à y pratiquer une seconde place. J'avais seul le secret de ce travail, seul je lisais dans l'âme de mon fils l'espérance à laquelle s'ouvrait cette âme généreuse. J'en jouissais, mais je n'osais pourtant l'encourager.

On songea aussi aux provisions pour le voyage : on fit cuire deux jambons, on y joignit des gâteaux de cassave, des pains de froment, du riz, des noix, des amandes et d'autres fruits secs, et pour boisson une tonne d'eau douce et un baril d'hydromel ; on chargea le tout dans la chaloupe, avec les instruments qui devaient servir à l'expédition.

Nous passâmes un jour entier à préparer notre embarcation. Un vent frais et favorable, une mer doucement agitée nous invitèrent le lendemain à partir. Fritz et sa mère furent chargés de garder le rivage, et nous mîmes gaîment à la voile en les saluant. Nous partîmes au milieu

des souhaits et des vœux qu'ils faisaient pour notre heureux retour. Nous avions pris avec nous quelques-uns de nos serviteurs : le jeune Knips (c'était un nouveau singe qui avait succédé à l'ancien élève de Frédéric, car le bon vieux grimacier était mort), le chacal de Rudly que la domesticité n'avait pas empêché de devenir un animal vigoureux et fort, avaient également trouvé place dans la pirogue ; enfin nous avions pris aussi Billy, Braun et Folb, comme trois compagnons susceptibles de faire face à un danger. En effet, le climat de l'île leur avait si bien convenu, ils avaient pris dans leur vie de liberté et d'exercice continuel un tel accroissement de forces qu'on aurait pu les comparer à ces chiens de noble race que Porus donna un jour à Alexandre, et qui ne craignaient pas de se mesurer avec des lions et des éléphants.

Rudly s'arrangea de façon à occuper dans le cajack de Frédéric la seconde place que celui-ci y avait disposée. Ernest et moi nous conduisions la chaloupe avec toutes les provisions et les animaux dont elle était chargée.

Le cajack prit les devants, et nous le suivîmes à travers les écueils et les rochers à fleur d'eau qu'il tournait avec une aisance que notre embarcation plus lourde ne pouvait pas toujours imiter. Nous ne rencontrâmes pas de monstres marins; mais en revanche les rochers étaient couverts d'os blanchis et de défenses de morses, d'ours et de chevaux marins. Ernest nous fit arrêter plusieurs fois, au risque de nous briser sur les pointes à fleur d'eau, pour prendre, parmi ces débris de monstres, des merveilles pour notre musée.

La mer était calme et brillante comme un miroir, et l'on voyait glisser à la surface de petites flottes de nautiles papyrus: on appelle ainsi un genre de coquille univalve faite comme une petite gondole à poupe élevée; on prétend que c'est de l'animal qui l'habite que les hommes ont appris l'art de naviguer. Au moins la forme de cette coquille approche de celle d'un vaisseau, et l'animal semble se conduire sur la mer comme un pilote conduirait un navire. Quand le nautile veut nager, il élève ses deux bras, et étend comme une voile la membrane mince et légère qui s'y trouve attachée; il se sert des deux autres, qu'il plonge dans la mer et qui lui tiennent lieu d'avirons, un autre lui sert de gouvernail. Il ne prend d'eau dans sa coquille que ce qu'il lui en faut pour lester ce petit navire et pour marcher avec autant de vitesse que de sûreté; mais à l'approche d'un ennemi ou dans les tempêtes, il replie sa voile, retire ses avirons, remplit sa coquille d'eau pour couler ou se précipiter plus promptement au fond de la mer. Il retourne sa barque sens dessus-dessous lorsqu'il veut remonter à la surface, et à la faveur de certaines parties qu'il gonfle ou qu'il comprime à volonté, il peut traverser la masse des eaux; mais, dès qu'il en a atteint la superficie, il tourne adroitement son petit navire dont il vide l'eau, et, épanouissant ses barbes palmées, il se met à voguer en s'abandonnant au gré des vents. Le nautile est un navigateur perpétuel qui est tout à la fois le pilote et le vaisseau.

La coquille du nautile est mince comme du papier, d'un blanc de lait, striée et contournée en spirale ; l'animal est une espèce de polype à huit pieds, avec plusieurs franges couvrant les deux côtés de la bouche ; ces lambeaux, qui se divisent en vingt doigts, sont comme les mains de l'animal, ils lui servent pour s'allonger, se retirer, saisir sa proie et la porter à sa bouche.

Mes jeunes naturalistes ne purent voir ces charmants coquillages exécuter leurs rapides évolutions sur la surface tranquille des ondes sans désirer de leur faire la chasse : nous en eûmes bientôt pris une demi-douzaine des plus beaux à l'aide des filets que nous avions emportés avec nous ; ils furent aussitôt vidés et placés avec soin dans une corbeille, pour servir à l'ornement de notre cabinet d'histoire naturelle.

Nous eûmes bientôt atteint le promontoire derrière lequel, suivant les avis de Frédéric, devait se trouver la Baie aux perles. Ce promontoire, outre le passage creusé dans ses flancs, offrait un ensemble aussi imposant qu'extraordinaire : c'étaient des voûtes régulières, des arceaux, des pyramides découpées à jour ; en un mot, c'était la façade d'une de ces vieilles cathédrales gothiques embellie par les mille fantaisies de l'artiste du moyen-âge, avec cette seule différence que les proportions y étaient colossales, qu'au lieu d'un parvis de marbre c'était la mer, et que les colonnes, au lieu de reposer sur la terre, avaient leurs bases sous les flots. On aurait dit un temple élevé à l'Éternel au milieu de l'immensité.

Nous pénétrâmes sous la voûte : elle était sombre, car elle ne recevait de jour, comme les églises gothiques, qu'à de rares intervalles, par les fissures de la pierre, ou par quelques fenêtres naturelles qu'y avait ouvertes un morceau de roc en se détachant de l'ensemble.

Nous fîmes plusieurs fois le tour extérieur de ce singulier édifice ; nous n'y rencontrâmes nulle trace d'êtres vivants ; seulement, des ossements de monstres marins, épars çà et là aux pieds des rochers, attestaient qu'ils avaient dû servir de retraite à quelques-uns de ces terribles animaux avec lesquels nous n'avions point encore eu à nous mesurer, mais que leurs dents et leur taille pouvaient nous faire considérer comme de redoutables ennemis.

Le bruit de nos rames effraya les paisibles salanganes, qui se mirent à voler avec inquiétude dans toute l'étendue de la voûte, tellement que nous avions de la peine à nous conduire à travers cet essaim bruyant ; mais, quand nos yeux se furent habitués à l'obscurité du lieu, nous reconnûmes avec plaisir que toutes les cavités des sculptures naturelles étaient remplies de leurs nids. Ceux-ci, semblables à de petites coupes blanches, transparents comme de la corne, étaient garnis, comme les nids des autres oiseaux, de plumes et d'herbes sèches, mais celle-ci était très-parfumée. L'essai que nous avions fait de cette substance, qui, bouillie et assaisonnée de sel et d'épice, ressemble à des cartilages très-délicats, nous avait paru trop avantageux pour que nous n'en fissions pas une ample provision ; d'ailleurs nous savions que les nids d'hirondelles de mer étaient un objet de commerce très-important à la Chine, et nous nous étions si bien habitués à l'idée de voir un jour arriver sur nos côtes un vaisseau avec lequel nous pourrions lier des relations d'échange, que nous nous mîmes en devoir de recueillir une certaine quantité de ces nids ; toutefois nous eûmes soin de ne prendre que ceux où il n'y avait ni œufs ni petits, afin de ménager cette richesse. Frédéric et Rudly grimpaient comme de vrais chats le long des saillies qui tapissaient le rocher, tandis qu'Ernest et moi nous recevions et déposions dans un grand sac les morceaux qu'ils avaient détachés. Il fut bientôt rempli : je ne voyais qu'avec une sorte d'inquiétude mes deux fils suspendus à une échelle au-dessus des eaux, les deux autres étaient fatigués ; je fis cesser la récolte, et, après avoir réparé nos forces par quelque nourriture, nous nous disposâmes à franchir le ténébreux passage. Toutefois je voulus, avant d'aller plus loin, qu'Ernest et Rudly achevassent de nettoyer une quantité de nids qu'ils avaient arrachés des parties basses du rocher avant de les placer avec les autres.

— En vérité, dit tout-à-coup maître Ernest que la besogne n'amusait que d'une façon très-médiocre, quand j'y réfléchis un peu, j'ai peine à comprendre l'espèce de foi avec laquelle nous entassons ici cette sale provision, pour la vendre à un navire qui ne touchera peut-être jamais à nos côtes. Dix ans déjà passés....

— L'espérance, mon fils, lui répondis-je, est un des plus grands bienfaits que le ciel ait accordés à l'homme sur la terre ; c'est la fille du courage et la sœur de l'activité, car l'homme courageux ne se désespère jamais, et celui qui espère travaille toujours pour arriver au but de ses désirs. La philosophie de la paresse dit seule que le succès de nos soins est incertain, travaillons toujours avec courage, et laissons à Dieu la réussite de nos travaux !

Cependant je donnai l'ordre du départ.

Frédéric m'avait assuré que les eaux dans lesquelles nous nous trouvions étaient navigables, et qu'en suivant le sombre passage nous arriverions plus sûrement et plus vite à la grande baie. En effet, la marée étant venue à monter, elle nous porta avec une grande rapidité à l'autre extrémité de la caverne marine sans qu'il nous fût nécessaire de ramer ; nous admirâmes à l'aise la magnificence de ce passage : on apercevait à droite et à gauche des grottes, des cavernes qui se perdaient dans les ténèbres et s'étendaient peut-être à de vastes profondeurs. La voûte offrait tantôt des coupoles éclairées par le haut, de longues ogives enrichies de mille festons de pierres ou de stalactite ; tantôt de grands plafonds ornés de caissons, de rosaces, comme ceux d'un temple grec ; on eût dit qu'après divers essais le grand architecte universel avait jeté là les fondements de son temple et qu'il l'avait ensuite abandonné. À notre sortie de la voûte, nous nous trouvâmes, comme Frédéric nous l'avait annoncé, dans une baie d'un aspect enchanteur. Nous y restâmes quelque temps. Les flots étaient si purs et si calmes que nous voyions les poissons s'agiter à une grande profondeur. J'y reconnus le poisson blanc dont les écailles luisantes fournissent la matière dont on fait les perles fausses : je le montrai à mes fils ; mais l'expression de perles fausses dont je me servis devait entraîner une discussion qui, en effet, ne se fit point attendre.

Mes enfants, qui n'étaient point habitués à ces valeurs conventionnelles que les sociétés civilisées donnent à certains objets, ne comprenaient pas que l'on accordât plus de prix à la perle qui se trouve dans un coquillage qu'à celle que produit un poisson, quand l'éclat et la beauté de celle-ci égalent souvent la première.

— C'est moins l'objet en lui-même, leur dis-je, que l'on paie ainsi, que la difficulté de se le procurer. Une perle se priserait assurément assez peu si toutes les rivières d'Europe en regorgeaient ; tout son prix est dans son origine.

— Ah ! oui, reprit Ernest, c'est ce qu'on appelle *pretium affectionis*.

On se moqua un peu du docteur et de son mot latin, et tout en discourant nous parvînmes au banc de rocher où Frédéric avait fait une pêche si copieuse d'huîtres à perles. La côte présentait l'aspect le plus riant, des forêts qui s'échelonnaient jusque dans un horizon immense, de hautes montagnes, et partout la végétation riche et puissante des tropiques. Un fleuve majestueux venait se perdre dans la baie, et nous le voyions descendre de loin au travers des prairies qu'il semblait couper d'une large bande d'argent. Tout nous engageait à aborder et nous promettait un lieu de repos agréable. Nous sautâmes facilement du bord de nos embarcations sur le sable : nos chiens nous suivirent ; mais maître Knips, plus timide, ne put jamais se résoudre à franchir le faible espace qui le séparait de la terre. Vingt fois il se dressa sur ses pieds de derrière, et vingt fois il recula comme s'il eût eu l'Océan à franchir. Nous eûmes enfin pitié de lui, et nous tendîmes la corde du bateau sur laquelle il s'aventura avec beaucoup de grâce et de légèreté. Nous courûmes ensuite tous au fleuve, où nous nous désaltérâmes à loisir ; Knips et les chiens firent plus, ils se baignèrent selon l'habitude salutaire qu'ils avaient contractée toutes les fois qu'ils rencontraient un courant à leur convenance.

La journée était trop avancée pour commencer la pêche des huîtres ; nous soupâmes tranquillement de quelques tranches de jambon, de pommes de terre grillées et de gâteaux de cassave, et nous allumâmes le long de la côte des feux destinés à brûler toute la nuit et à nous préserver de la visite des hôtes de la forêt, après quoi, laissant nos chiens à terre, nous nous retirâmes dans la chaloupe : maître Knips fut installé sur le mât comme une vedette ; nous étendîmes la voile au-dessus de nos têtes, en guise de tente, et nous nous enveloppâmes dans nos peaux d'ours pour laisser moins de prise à l'humidité de la nuit. Rien ne vint troubler notre sommeil, si ce n'est un concert de chaçals qui nous régalèrent, pendant une heure environ de la soirée, du plus horrible charivari ; l'élève de Rudly leur répondait avec une persistance dont nos oreilles étaient déchirées.

Nous nous levâmes avec le jour, et, après un déjeûner frugal, nous commençâmes les travaux de la journée par la pêche des perles ; c'est-à-dire que les râteaux, les crocs et les harpons dont nous étions armés, joints à l'heureuse disposition des lieux, nous permirent d'amasser en peu de temps une assez belle provision d'huîtres à perles. Nous aurions pu l'augmenter encore, mais notre avidité était satisfaite, et nous ne voulions pas d'ailleurs n'avoir que des perles à présenter au vaisseau européen que nous attendions toujours. Nous amoncelâmes notre pêche en un grand tas sur la rive, afin que le soleil fît ouvrir ces précieux coquillages sans en altérer le contenu.

Nous découvrîmes pendant cette journée une herbe salée fort précieuse : c'était l'herbe qui sert à faire la soude. J'en fis recueillir une assez grande quantité, car mes connaissances en chimie, toutes faibles qu'elles fussent, me faisaient entrevoir le moyen de tirer de cette plante un parti avantageux tant pour la fabrication du savon que pour d'autres usages.

Vers le soir la côte nous paraissait si belle, la végétation qui la couvrait si riche et si pleine de vie, qu'il nous fut impossible de résister au

désir de tenter une course vers un petit bois où nous entendions glousser
des dindons ou d'autres volatiles. Chacun de nous prit avec lui l'un de

nos fidèles compagnons, et nous nous séparâmes. Ernest était entré le premier dans le bois, accompagné
de Folb; Rudly ne tarda pas à le suivre, tandis que
Frédéric et moi nous achevions de garnir nos gibecières
de quelques munitions. Peu de minutes après nous
entendîmes une détonation et la voix de Rudly pousser
un cri lamentable qui fut suivi pourtant d'un autre coup
de feu. Frédéric décoiffa aussitôt son aigle, j'armai mon
fusil, et nous courûmes du côté d'où partaient les cris
de : A moi! je suis mort! à moi! à moi!

Le pauvre garçon s'exagérait un peu, et le danger qu'il courait, et la
position où il se trouvait : il n'était pas mordu, il n'était pas même blessé,
mais il s'était trouvé face à face avec une espèce de cochon sauvage armé

de défenses semblables à celles du sanglier, et qui l'avait si rudement heurté, qu'il s'était cru d'abord perdu. Rudly, malgré ses vingt ans, avait encore une bonne partie de la fanfaronnade et de la poltronnerie de son enfance.

Ses frères coururent à lui sans perdre de temps; deux coups de pistolet, tirés à bout portant, délivrèrent le malheureux aventurier de son terrible ennemi, et nous ne nous fîmes pas faute de sarcasmes et de plaisanteries en réponse aux gémissements et aux lamentations qu'il faisait encore entendre.

Cependant, comme l'extrême frayeur qu'avait éprouvée le jeune homme aurait pu avoir des suites fâcheuses, je lui fis avaler un verre de vin de Canarie, et après avoir bassiné les contusions qu'il avait à la tête et au dos avec le même liquide, nous le ramenâmes dans la chaloupe, où je le fis coucher sur un matelas de coton, où il ne tarda pas à s'endormir profondément.

— Maintenant, dis-je à Ernest en retournant au rivage, raconte-nous donc ce qui s'est passé, car je ne m'en rends pas encore bien raison.

— J'étais entré dans le petit bois, dit alors Ernest, avec Folb, lorsque ce brave chien, sentant le gibier, me quitta vivement et se mit à la poursuite d'un sanglier qui traversait le taillis tout en grognant, et qui ne s'arrêta qu'à la lisière du bois, où il se mit à aiguiser ses défenses contre les troncs des arbres avec un bruit terrible. Dans ce moment, Rudly arriva dans le bois; son chacal, qui avait aussi flairé le sanglier, se précipita sur celui-ci comme un furieux, tandis que Folb l'attaquait d'un

autre côté. Je m'approchai en passant prudemment d'un arbre à l'autre, afin de me trouver à la portée de tirer mon coup de fusil sur la bête. Le chacal, s'étant approché trop près de son ennemi, en reçut un si fu-

rieux coup de pied, qu'il alla rouler à vingt pas de là. Rudly alors se
mit à découvert et tira sur le sanglier, mais il le manqua ; l'animal furieux se tourna vers le nouvel assaillant et se mit à poursuivre le pauvre
Rudly, qui, saisi d'une terreur panique, se mit à fuir avec la vélocité
d'un Hottentot. Sans doute qu'en peu d'instants il eût été hors de la
portée du monstre, si en courant une racine d'arbre ne l'eût fait trébucher ; il tomba ; je tirai mon coup de fusil, qui ne fut pas plus heureux
que celui de mon frère. Le sanglier eut bientôt rejoint le fuyard, et il se
mit à le piétiner et le fouler à grands coups de tête et de boutoir : toutefois, il n'eut pas le temps de lui faire grand mal, car je vis aussitôt
arriver Braun et Billy, qui, saisissant l'animal féroce chacun par une
oreille, le tinrent si ferme que, malgré sa fureur, il ne put se dégager
de leurs dents. Ce fut alors que l'aigle de Frédéric, comme le génie de
quelque conte de fées, s'abattit sur la tête du sanglier écumant de rage,
lui donna de tels coups de bec qu'il l'aveugla, et que Frédéric, qui
s'était approché, lui tira un coup de pistolet dans la gueule et le tua :
c'est là le troisième coup que vous avez entendu. L'animal en expirant
tomba sur le corps de Rudly, qui n'avait pas encore pu se relever ; j'accourus alors, et j'aidai à le dégager de dessous cette masse ; il se releva
comme vous savez en poussant force gémissements ; mais comme il convenait lui-même qu'il n'était pas blessé, je laissai Frédéric le conduire
vers vous, mon père, et je demeurai près de l'endroit où le sanglier avait
comme labouré la terre. Ce ne fut pas sans quelque surprise que je vis
alors maître Knips se régaler de gros tubercules noirs dont la terre était
parsemée à cette place, j'en ramassai quelques-uns que je mis dans ma
gibecière, et les voilà.

En achevant ces mots, le jeune naturaliste me présenta cinq ou six
tubercules ressemblant assez à des pommes de terre, et dont l'odeur
pénétrante me frappa : j'en ouvris un, et, l'ayant goûté, je reconnus
que c'étaient d'excellentes truffes ; la chair en était parfumée, cassante et
délicate, avec de petites marbrures blanches.

— Il paraît, dis-je à mon fils en le félicitant de sa découverte, que le
sanglier en question, animal fort amateur des truffes, était occupé à
déterrer celles-ci pour son souper, et que sa grande fureur venait de ce
qu'on l'avait dérangé dans cette opération. Au surplus, la découverte
n'est pas sans mérite, et ta mère t'en saura gré surtout, car voilà un
nouveau moyen d'assaisonner nos mets et que nous envieraient bien les
gourmands d'Europe.

Mes fils me demandèrent alors quelques détails sur cette singulière production qui ne présentait nulle apparence végétale. Les naturalistes, leur dis-je, s'accordent à regarder la truffe comme une espèce de champignon ; elle pousse sans racines qui la fixent à terre, sans feuilles ni tiges qui décèlent sa présence au dehors. On ne la trouverait pas si elle ne se trahissait elle-même par le parfum qu'elle exhale, parfum qui, d'ailleurs, échapperait à nos sens imparfaits, si nous n'avions eu la précaution, pour le reconnaître, d'appeler à notre aide les organes d'animaux plus favorisés sous ce rapport que nous ne le sommes. Ces animaux sont les cochons et les chiens : les premiers ne se bornent pas à reconnaître et à déterrer la truffe, ils l'exploitent encore à leur profit, c'est pourquoi on leur met un anneau de fer au grouin, afin qu'ils ne dévorent point les truffes qu'ils découvrent : les chiens, au contraire, se contentent d'indiquer, en grattant à la surface de la terre, l'endroit qui recèle le précieux tubercule.

— Mais, demanda encore Ernest, n'est-il aucun autre moyen de reconnaître le terrain qui contient des truffes ?

— Il y a, dit-on, un indice assez certain, c'est la présence de petites mouches vertes que l'on voit voltiger au-dessus des pelouses sèches où croissent d'ordinaire les truffes ; ces mouches proviennent de vers qui rongent ces tubercules, sur lesquels elles déposent à leur tour leurs œufs ; quant à la forme et à l'espèce de ces insectes, je ne saurais vous l'indiquer.

On a trouvé des truffes dans presque toutes les parties du monde, mais surtout dans les pays tempérés. La France et le Piémont en fournissent, dit-on, une quantité prodigieuse dont la chair et le parfum jouissent d'une estime spéciale auprès des connaisseurs.

La truffe est ronde, de forme irrégulière, et présente à l'extérieur une surface noire ou grise, hérissée d'aspérités tuberculeuses ; sa substance intérieure est une chair ferme, compacte, et coupée de petites veines brunes et comme entremêlées de filets blancs ; on classe la truffe parmi les criptogames, avec les champignons. On a été long-temps à chercher le secret de la reproduction des truffes : on l'a, dit-on, enfin découvert. Si ce fait est vrai, s'il est donné désormais à tout jardinier de multiplier à son gré le tubercule, dont la rareté faisait au moins moitié du mérite, c'en est fait de la truffe et de sa gloire, c'en est fait de l'auréole dont l'ont entourée jusqu'à ce jour toutes les familles de gourmets qui ont recueilli en Europe l'héritage de gourmandise du vieil empire romain.

Tout en causant ainsi, la nuit était venue, il fallait songer au repos : nous allumâmes notre feu de garde ; nous mangeâmes un morceau, après

quoi nous nous retirâmes dans notre chaloupe. Nous aurions bien désiré
avoir nos chiens près de nous : mais ils étaient restés auprès du sanglier, dont ils se faisaient une ample curée, et il était trop tard pour
aller à leur recherche. Nous nous couchâmes sous notre voile, qui nous
servait de tente, et nous ne tardâmes pas à nous endormir aussi paisiblement que nous aurions pu le faire dans la grotte de Felsenheim.

Notre premier soin, au lever du jour, fut de songer à la préparation
du sanglier que Rudly avait découvert; nous laissâmes le malheureux
chasseur encore un peu abattu de la peur qu'il avait eue la veille, et,
accompagnés de nos chiens qui nous avaient rejoints, nous nous dirigeâmes du côté où l'animal avait été abattu. Nous trouvâmes une masse
de chair énorme dont les formes, qui tenaient à la fois de celles du buffle
et du sanglier, réalisaient une des organisations les plus hideuses qui
puissent s'imaginer, et qui aurait pu tenir tête au lion lui-même. La
hure surtout était d'une grosseur démesurée.

Pendant que nous examinions ses proportions gigantesques, Frédéric
s'écria :

— Parbleu! voilà de quoi suppléer à ces fameux jambons de Westphalie que nous n'avons plus; ce gaillard-là a les cuisses et les épaules
singulièrement développées.

— Pour moi, dit Ernest, je tiens à la tête; c'est un morceau, comme
nous l'a fort bien annoncé notre pauvre Rudly, un morceau à placer
dans un musée. Mais, avant de nous mettre à faire l'éloge de toutes les
parties de l'animal, nous ferions peut-être aussi bien d'aviser au moyen
de le transporter à bord de notre embarcation.

— Quant à cela, reprit Frédéric, si mon père veut me laisser faire,
ce ne sera ni long ni difficile.

— Volontiers, mais je crains que la chair de ce vieil africain ne soit pas meilleure que celle d'un vieux sanglier d'Europe. En conséquence, mon avis, à moi, c'est qu'au lieu de nous fatiguer à traîner cet énorme cadavre, dont nos chiens ont déjà entamé une bonne partie, nous ferions beaucoup mieux de le dépecer ici et de n'emporter que les morceaux qui en vaudront la peine.

Mes fils partagèrent mon sentiment, et nous nous mîmes aussitôt en devoir d'enlever les jambons et la tête du sanglier. Des branches d'arbres pourvues de tous leurs rameaux nous fournirent des espèces de traîneaux auxquels nous nous attelâmes ainsi que nos chiens, et nous revînmes tous ainsi au rivage avec une abondante provision. Nous eûmes tous quelque peine à faire comprendre à nos chiens, et surtout au chacal, qu'ils devaient se borner à traîner le fardeau que nous leur imposions, et non le diminuer en le visitant de trop près ; mais une surveillance active, jointe à quelques coups de houssine bien appliqués, suppléèrent à l'insuffisance des recommandations.

Pendant que nous étions occupés à placer sur nos branches d'arbres les jambons que nous allions emporter, le hasard nous avait fait faire une découverte beaucoup plus précieuse pour nous que n'étaient quelques livres de viande. Ernest remarqua sur les branches que nous avions employées pour faire nos traîneaux une espèce de noix ; il en ouvrit une ; mais, au lieu d'une amande, elle contenait un beau coton fin d'un jaune foncé, dans lequel je reconnus le véritable coton de Siam dont on fait le nankin. Le nankin doit son nom à la province de la Chine qui le fournit le plus particulièrement, et il tient de la nature même la couleur que nous lui connaissons. Nous fîmes une provision abondante de ces noix précieuses, et nous enlevâmes avec soin deux jeunes arbres pour les replanter à Felsenheim.

Rudly revit avec effroi la tête de son terrible ennemi, et parut d'abord fort joyeux que cette hure monstrueuse figurât dans notre musée ; toutefois, sur l'observation d'Ernest que cette pièce serait fort difficile à préparer, et que d'ailleurs il avait toujours entendu dire que la hure de sanglier était un morceau fort recherché des gourmets, il fut décidé qu'au lieu de l'empailler nous la ferions cuire avec des truffes à la manière des peccaris d'Otaïti ; en conséquence, mes deux fils, Frédéric et Ernest, se mirent à creuser une fosse profonde, tandis que je me chargeai de nettoyer la hure et d'en brûler les soies, ainsi que de préparer les jambons que nous voulions faire sécher avant de les emporter. Quand ces divers préparatifs furent terminés, nous plaçâmes la tête, bien farcie de truffes et assaisonnée de sel, de poivre et de muscade, dans la fosse qu'Ernest avait garnie de feuillage, nous la couvrîmes de cendres, de braises et de pierres rougies au feu.

En attendant que notre souper fût cuit, nous disposâmes nos jambons sur un des côtés du feu, attachés tous quatre à une forte branche, et celle-ci placée sur deux fourches de bois plantées en terre. La journée s'était écoulée dans ces divers travaux; le soir approchait, et nous songions à déterrer notre hure dont le fumet se faisait déjà sentir, quand tout-à-coup un cri large et profond vint à retentir du côté de la forêt. C'était la première fois que les accents d'une telle voix arrivaient jusqu'à nous; les rochers les répétaient à l'infini, et nous ne fûmes pas maîtres de réprimer un sentiment de terreur inexprimable. Nos chiens et le chacal poussaient de leur côté des hurlements prolongés.

— Quel concert diabolique! dit Frédéric le premier en saisissant son fusil de chasse, il nous annonce quelque grand danger. Attisez les feux, continua-t-il, tandis que son regard de chasseur cherchait à percer la profondeur des bois, et retirez-vous dans la chaloupe, tandis que je remonterai dans mon cajack le courant du fleuve; de là, je parviendrai peut-être à découvrir quelque chose sur le danger qui nous menace.

Ce plan me parut sage, je l'adoptai. Nous nous levâmes aussitôt, nous jetâmes sur le feu tout ce que nous trouvâmes de bois coupé à notre portée, et, sans perdre de temps, nous regagnâmes la chaloupe. Frédéric, de son côté, s'était placé dans son cajack, et, faisant force rames, il ne tarda pas à disparaître dans l'obscurité qui était alors devenue complète.

Cependant les hurlements ne cessaient pas, et même ils se rapprochaient sensiblement de nous. Nos chiens étaient revenus près du feu, ils regardaient avec inquiétude vers le bois, ils poussaient tantôt des hurlements plaintifs et tantôt des gémissements étouffés. Maître Knips était encore plus effrayé qu'eux; le pauvre petit animal était dans un état de souffrance qui faisait peine à voir. Quant à moi, je supportais un peu mieux l'idée du danger, dont je mesurais d'ailleurs très-bien toute l'étendue; je ne doutais pas que nous n'eussions à quelques portées de fusil de nous des panthères ou des léopards, qu'avaient sans doute attirés les restes du sanglier que nous avions laissés dans le bois.

Mes doutes ne durèrent pas long-temps, car nous ne tardâmes pas à découvrir dans l'obscurité, à la lueur de nos feux, un animal terrible: c'était un lion; mais celui-ci était incomparablement plus fort qu'aucun de ceux que j'avais vus en Europe dans les ménageries et dans les jardins royaux. En deux ou trois bonds il eut franchi l'intervalle qui séparait le bois du rivage ; il s'arrêta alors immobile, et avec une sorte de majesté terrible ; puis, comme s'il eût été pris par un accès de rage subite, il se mit à se battre les flancs de sa queue. et ses hurlements recommencèrent avec une nouvelle force ; il jetait des regards pleins de fureur et de convoitise sur nos jambons, suspendus à la fumée, et sur nos chiens qui se tenaient prudemment retranchés derrière le feu, mais l'éclat et le pétillement de la flamme l'empêchaient d'en approcher : tantôt il frappait la terre de ses larges pattes, tantôt il bondissait, comme s'il eût voulu se jeter jusque sur nous. Cette pantomime effrayante dura assez long-temps : de temps en temps il courait au ruisseau, afin d'y rafraîchir sa gueule brûlante ; puis il revenait chaque fois avec une nouvelle force et comme méditant une attaque brusque et soudaine. Je remarquai avec une angoisse mortelle que l'animal rétrécissait de plus en plus les demi-cercles qu'il faisait dans cette manœuvre ; enfin il s'étendit tout-à-coup à terre. la tête posée sur ses pattes de devant, et se mit à fixer sur nous des yeux

si flamboyants, si terribles, comme s'il eût deviné que nous étions ses véritables ennemis, que, moitié crainte et moitié désespoir, je levai mon fusil pour tirer ; mais à peine en avais-je fait le mouvement, qu'un coup de feu retentit, l'animal fit un bond prodigieux, poussa un horrible rugissement, et retomba sur la terre, où il demeura sans mouvement.

— C'est Frédéric, murmura mon pauvre Ernest, pâle comme la mort. Mon Dieu, protégez mon frère !...

— Oui ! c'est lui, m'écriai-je, c'est notre brave Frédéric ; il nous a sauvés là d'un affreux danger. Mais il faut aller à lui.

En deux coups de rames nous fûmes à terre ; mais nos chiens, en nous voyant, par un instinct admirable, se prirent à hurler de toutes leurs forces en se tournant du côté de la forêt. Je ne négligeai pas cette indication ; nous rejetâmes du bois sur nos feux, et nous nous hâtâmes de regagner notre retraite. Il était temps, car nous y étions à peine, qu'un second ennemi déboucha de la forêt; il était un peu moins fort que le premier, mais ses hurlements étaient aussi terribles. Cette fois, c'était une lionne, et vraisemblablement la femelle du superbe animal qui venait de succomber. Nous nous estimâmes heureux que tous deux n'eussent point paru d'abord ensemble, car nous aurions peut-être assez mal répondu à leur double attaque.

La lionne marcha droit au cadavre de son mâle : elle le flaira à plusieurs reprises, elle passa sa large langue sur le sang qui tombait de sa

plaie, et quand elle se fut convaincue qu'il n'existait plus, elle parut animée d'une rage nouvelle, ses hurlements devinrent plus terribles, et il était facile de juger à la nature de sa fureur qu'elle avait un mort à venger. Elle se battait les flancs de sa queue, et elle ouvrait tout étendue son énorme gueule, comme si elle eût voulu préparer ses dents au combat.

Toutefois notre chasseur était là, et un second coup de feu, moins heureux que le premier, quoique fort habilement ajusté, vint la frapper à l'épaule et la lui brisa. La lionne blessée commença à se rouler sur le sable avec une rage de plus en plus effrayante; mais nos chiens, qui semblaient attendre ce moment, fondirent tous les trois sur elle en même temps. Ce fut encore une fois le combat des ours de la savane : l'obscurité de la nuit, la voix formidable de la lionne, les hurlements de nos chiens acharnés à la proie, tout cela fit sur moi une telle impression qu'un moment j'en demeurai interdit. Cependant Braun et Folb s'étaient cramponnés aux flancs de l'animal, et la brave Billy l'avait saisi à la gorge. Un nouveau coup de feu aurait pu suffire pour mettre fin au combat, mais je n'osais pas le tenter, de peur de blesser nos chiens : je sautai à terre, et marchant droit à l'animal que nos dogues tenaient en arrêt, je lui enfonçai dans le cœur mon long couteau de chasse. Il tomba presque aussitôt, couvert du sang qu'il perdait à profusion : mais cette seconde victoire nous avait coûté cher : notre pauvre Billy, toute déchirée de morsures et de coups de griffes, expira presque en même temps que la lionne.

Frédéric, qui avait été animé de la même pensée que moi, arriva presque aussitôt, armé aussi de son couteau de chasse. Nous revînmes ensemble auprès d'Ernest et de Rudly, que nous trouvâmes tout en larmes, et qui se jetèrent avec effusion dans nos bras. Le danger que nous venions de courir leur avait causé une angoisse mortelle, et ils cherchaient à se convaincre par des embrassements réitérés que nous étions bien réellement sains et saufs.

Nous allumâmes des torches de résine, et nous nous dirigeâmes vers le champ de bataille. Nous trouvâmes la pauvre Billy les dents encore convulsivement attachées à la gorge de la lionne ; quant au couple royal, il était majestueusement étendu sur le sable : mais nous pouvions à peine réprimer un dernier sentiment de frayeur en regardant ces deux bêtes énormes, tout inoffensives qu'elles fussent devenues.

— Quelle gueule effrayante ! disait Ernest en soulevant la tête du lion, un homme y passerait tout en vie !

— Et ces griffes ! reprenait Rudly, quels trous cela doit imprimer dans la chair !

— Oui, mes amis, repris-je à mon tour, remercions Dieu en présence du danger dont il nous a sauvés ; remercions-le d'avoir dans sa sagesse départi à l'homme assez d'adresse et d'énergie pour triompher des forces de semblables ennemis.

— Pauvre Billy ! disait Frédéric en détachant du cadavre de la lionne celui de notre vieille compagne. Elle a fait pour nous aujourd'hui ce que notre vieux grison a fait lors du boa. Allons, savant Ernest, voici encore un sujet d'épitaphe, et j'espère que ta muse ne fera pas défaut.

— Ah ! ma muse, je dois confesser qu'elle s'est un peu ressentie de la peur que j'ai éprouvée, et elle a encore le sang tellement glacé dans les veines, qu'elle aurait grand'peine à trouver deux rimes.

— C'est égal ; va-t'en rêver pendant que nous allons creuser ici la dernière demeure de notre pauvre chienne, et tâche de réveiller ta cervelle de manière à nous fournir une épitaphe quand nous en serons à la pierre du monument.

Billy obtint de la sorte les honneurs d'une inhumation aux flambeaux : nous lui creusâmes une fosse de quelques pieds, nous l'étendîmes tristement au fond, et une pierre plate et assez mal polie servit de pierre tumulaire. Ernest l'enrichit de la légende que voici, qu'il nous débita d'un ton tout-à-fait pathétique. J'aurais voulu être poète, dit-il, mais les rimes m'ont manqué, j'ai eu trop peur cette nuit ; Billy se contentera d'une légende en prose.

Ci-gît
Billy, chienne
admirable
pour son courage et son dévouement.
Elle est morte
sous les griffes d'une lionne
à laquelle
elle avait elle-même donné la mort.

— A merveille ! lui dit Frédéric ; il faut avouer, mon cher, que tu as pour l'épitaphe un beau talent, soit en prose, soit en vers.

Rudly, qui ne s'arrêtait guère plus à la poésie qu'à la prose, nous fit remarquer que la nuit allait bientôt nous quitter ; d'où il tira la conclusion que nous avions prolongé notre veille tant soit peu long-temps, et qu'il était dans l'ordre naturel des choses que nous nous sentissions en appétit.

— Pour moi, disait-il, je sens qu'il me serait impossible de fermer l'œil, j'ai encore dans les oreilles la musique infernale de ces vilains animaux, et je ne vois pas d'occupation qui puisse mieux aller à mon estomac, en attendant le jour, qu'un bon repas. D'ailleurs le rôti à l'otaïtienne doit être cuit vingt fois pour une, et si vous voulez nous allons y voir.

La motion de Rudly fut bien accueillie, et pendant que je m'occupais à panser les blessures de Folb et de Braun, mes fils dégageaient leur rôti de la triple couche de cendre, de charbon et de terre qui l'enveloppait. Mais au lieu du mets succulent qu'ils s'étaient promis, ils ne trouvèrent d'abord qu'un assemblage de chair et d'os à peu près carbonisés. Ils allaient le jeter avec dégoût, quand je les arrêtai en leur disant de ne pas s'en tenir à ces apparences défavorables ; en effet, je dégageai la hure de sa peau grillée, et nous trouvâmes en dessous un manger délicieux, car les truffes avaient saturé cette chair d'un parfum que tout gourmet sait toujours apprécier partout où il le rencontre.

Quand nous eûmes mangé, nous nous disposâmes à prendre dans la

pirogue quelques heures de repos : la nuit avait été assez agitée pour
nous le rendre nécessaire.

Au lever du soleil, nous nous mîmes à la besogne que le combat de
la nuit nous avait préparée, c'est-à-dire que nous dépouillâmes les deux
lions de leurs magnifiques fourrures : la machine pneumatique dont nous
avions soin de nous munir, par mesure de prévoyance, dans toutes nos
expéditions, nous fut d'une grande utilité. La peau du lion, surtout,
était bien la fourrure la plus riche et la plus magnifique qu'il fût possible
de voir. Son pelage était doux et uni, à l'exception de la crinière, dont
les poils longs et abondants s'étendaient depuis le front jusqu'à la naissance des épaules.

L'opération à laquelle nous nous livrions était une occasion naturelle
de parler du lion et de combattre quelques préjugés que mes fils avaient
sans doute admis sur cet animal.

— « De tous les êtres de la création, leur dis-je, il en est peu qui
soient plus connus que le lion, et il en est peu sur qui les fables de
toute sorte aient trouvé plus de crédit. On a fait du lion le roi des animaux, on s'est plu à accumuler sur lui mille qualités dont la grandeur
d'âme et la clémence font la base. C'est une erreur. Le lion n'est ni clé-
ment ni magnanime ; c'est tout simplement un animal féroce qui se jette
sur sa proie, qu'il dévore comme le tigre et la panthère ; seulement,
quand son appétit est satisfait, il est moins avide : c'est là une qualité
qu'il partage avec beaucoup d'autres animaux.

» Du reste, cette erreur, toute favorable au lion, date de l'antiquité
la plus reculée. De temps immémorial, le
lion a été l'emblème de la noblesse et du
courage, et les naturalistes modernes lui ont
aussi décerné le sceptre parmi les animaux.
e lion, dit Buffon, a la figure imposante,
le regard assuré, la démarche fière, la voix
terrible. Sa taille n'est pas excessive comme celle de l'éléphant et du
rhinocéros : elle n'est ni lourde, comme celle de l'hippopotame ou du
bœuf, ni trop ramassée, comme celle de la hyène et de l'ours, ni trop
allongée, ni déformée par des inégalités, comme celle du chameau, mais
elle est, au contraire, si bien prise et si bien proportionnée, que le corps
du lion paraît être le modèle de la force jointe à l'agilité ; aussi solide
que nerveux, n'étant chargé de chair ni de graisse, et ne contenant rien
de surabondant, il est tout nerfs et muscles. Cette grande force muscu-
laire se marque en dehors par les sauts et les bonds prodigieux que le

lion fait aisément, par le mouvement brusque de sa queue, qui est assez forte pour terrasser un homme, par la facilité avec laquelle il fait mouvoir la peau de sa face, et surtout celle de son front, ce qui ajoute beaucoup à sa physionomie, ou plutôt à l'expression de sa fureur, et enfin, par la faculté qu'il a de remuer sa crinière, laquelle non-seulement se hérisse, mais se meut et s'agite en tout sens lorsqu'il est en colère. »

Sans doute tout cela est vrai, cette peinture est fidèle ; mais, des mouvements que le lion imprime à son front, à sa magnanimité tant vantée, la distance est grande, et nonobstant toute la bonne volonté que j'y apporte, je ne saurais parvenir à m'expliquer la cause de ces précieuses qualités que l'on s'est plu à entasser sur la tête du lion : vous venez d'entendre ses hurlements, vous avez été témoins de sa colère, celle du tigre ne saurait être plus terrible.

— Ah ! mon père, reprit Ernest en riant, c'est évidemment un parti pris chez vous de faire tomber du trône qu'il occupe depuis tant de siècles, ce pauvre roi lion : je réclame en sa faveur, je réclame surtout au nom de votre victoire ; car il sera bien plus glorieux pour vous de pouvoir dire un jour : Nous avons vaincu le lion, nous avons étendu à nos pieds le roi des animaux, que de raconter humblement que vous avez tué une bête fauve.

Frédéric remercia Ernest du soin qu'il prenait de notre gloire, et nos conversations menèrent à bonne fin le dépouillement que nous avions entrepris. Rudly trouvait que la peau du lion aurait fait un superbe

manteau dans le genre de celui d'Hercule, après sa victoire de la forêt de Némée ; mais nous renvoyâmes à un autre moment la décision à prendre sur l'emploi qu'il conviendrait de faire des deux précieuses dépouilles.

Cependant l'ardeur du soleil commençait à faire, des huîtres à perles entassées depuis deux jours sur le rivage, un foyer de corruption, et l'odeur infecte qui s'en exhalait nous fit prendre la résolution de partir sans délai pour Felsenheim ; les préparatifs ne furent pas longs, et nous mîmes à la voile dans la matinée.

Rudly ne se soucia point de reprendre sa place dans le cajack de Frédéric ; il prétendit que l'exercice de la double rame était trop fatigant pour lui, et il vint s'asseoir à côté de nous dans la pirogue, où la voile et les avirons mécaniques rendaient la besogne moins pénible.

Frédéric partit devant nous, comme pour nous servir de pilote ; mais lorsqu'après avoir traversé la voûte aux salanganes il nous eut conduits hors des rochers et des écueils à fleur d'eau, où notre embarcation aurait pu se heurter, il se retourna et me présenta au bout d'un aviron une lettre qu'il n'avait pas pu, dit-il, me remettre plus tôt, attendu que nous dormions au moment où la poste était arrivée.

Je me prêtai volontiers à la comédie que voulait jouer mon fils, et prenant gravement la dépêche qu'il me remettait, je me retirai sous la tente dressée sur notre chaloupe pour la lire avec plus d'attention. Je ne m'attendais pas au contenu de cette lettre, et je ne fus pas médiocrement étonné quand je vis que Frédéric, loin d'avoir oublié l'aventure de l'albatros et du naufragé du rocher fumant, m'avertissait, dans son message, qu'il allait nous quitter pour courir à la recherche de l'infortuné qu'il voulait sauver et rendre à la société de ses semblables.

J'avais mille objections à faire à ce projet romanesque ; mais quand je reparus sur le pont du navire, il était déjà trop tard, et Frédéric voguait dans son canot avec une rapidité qui me permit à peine de lui jeter un dernier adieu avec le porte-voix. — Reviens bientôt ! lui criai-je, sois prudent ! Mais le vent emporta ces dernières recommandations, et le cajack et le navigateur ne tardèrent pas à se perdre comme un point noir à l'horizon. Nous donnâmes au cap sous lequel nous nous trouvions le nom de *Cap de l'Adieu*. Nous fîmes des vœux pour le prompt retour de l'aventurier, et j'engageai mes rameurs à redoubler de bras, car je tenais à arriver de bonne heure à Felsenheim ; ma bonne Élisabeth devait trouver déjà bien longue notre absence de trois jours.

Nous arrivâmes sans accident. Les diverses richesses que nous rapportions furent bien accueillies : les truffes, les peaux de lions, les perles, le nankin, devinrent le sujet de mille questions ; mais ils ne réussirent pas à faire oublier l'absence de Frédéric, et ma femme déclara qu'elle eût donné volontiers toute notre cargaison de perles et de truffes pour voir son fils revenir avec nous. Je la consolai en lui parlant de l'adresse et de l'habileté de Frédéric ; mais toutes mes raisons venaient échouer devant cette sollicitude de mère, si habile à prévoir le danger et à en calculer toutes les chances.

Je n'avais pas encore parlé à ma femme des projets du jeune homme, afin, comme nous en étions convenus avec ce dernier, de lui épargner les regrets d'un espoir trompé ; toutefois je crus devoir, dans la circonstance présente, lui confier le véritable motif de l'absence de son fils ; je ne me trompai pas dans l'effet que j'attendais de cette confidence, car, dès que mon excellente femme eut compris qu'il n'était point question d'une course aventureuse, mais bien d'une bonne action, elle se calma, approuva fortement son fils et fit des vœux pour le succès de son entreprise.

Je m'étais chargé du soin de préparer les peaux de lions, et je les avais transportées, à cet effet, dans notre tannerie de l'Ile de la baleine ; nous avions aussi à nettoyer, laver et ranger les provisions que nous venions de rapporter, et à leur donner les soins que réclamait leur conservation. Cinq jours s'écoulèrent dans ces diverses occupations ; Frédéric n'avait point reparu pendant tout ce temps-là, et sa mère commençait à s'inquiéter. Je proposai de mettre la pinasse à la mer et de faire une nouvelle course à la Baie des perles. C'était prévenir l'un des vœux les plus ardents de ma bonne Élisabeth, qui devinait bien que c'était au devant de son fils que nous allions ; ma proposition fut accueillie avec des cris de joie. Nous pensions tous que Frédéric reviendrait de ce côté-là, et que nous diriger du côté de la baie, c'était aller à sa rencontre. Nous ne perdîmes point de temps, la pinasse fut mise en état, et dès le lendemain matin nous pûmes mettre à la voile dans la direction désirée. Le vent était favorable, la mer peu agitée, et nous arrivâmes en peu de temps à la hauteur de la baie ; mais, avant d'y entrer, un obstacle que nous n'avions pas vu faillit nous faire chavirer ; la chaloupe heurta une masse noire dont le choc la jeta de côté et la tint à demi renversée. Ma femme et mes fils jetèrent un cri d'épouvante ; mais l'embarcation ne tarda pas à reprendre son équilibre. Cependant l'obstacle que nous avions rencontré n'était pas une pointe de rocher comme nous l'avions cru d'abord, c'était un monstre marin de la famille des souffleurs, car nous ne tardâmes pas à voir s'élever en l'air deux gerbes d'eau mêlée de sang. Je fis braquer les canons de la pinasse, et une bordée de notre artillerie ne laissa pas au monstre le temps de nous renverser, ce qu'il aurait infailliblement fait si notre première rencontre ne l'eût déjà étourdi et sans

doute grièvement blessé. Nous vîmes avec plaisir que les flots le poussaient sur un banc de sable situé à peu de distance du rivage : la mer
nous mettait ainsi entre les mains la proie que nous venions d'abattre ;
elle était énorme, c'était un cachalot d'au moins quarante pieds ; à le
voir étendu sur le sable, on aurait dit un navire échoué à la côte.

« Après les baleines, dit un naturaliste, il n'est pas de cétacées plus
remarquables par la grandeur de leur taille que les cachalots. Ils dis-
putent même l'empire des ondes à cette reine de l'Océan. En effet, les
cachalots sont plus courageux et mieux armés que les baleines ; ils marchent en troupes nombreuses, voyagent dans presque toutes les mers,
poursuivent leur proie dans presque tous les parages, portent le ravage
dans les bancs de poissons et attaquent même les baleines avec fureur.
Les cachalots à grosses têtes atteignent jusqu'à quatre-vingts pieds de
longueur et même au-delà ; ils sont agiles et pleins de courage ; les baleines, au contraire, sont timides, ne voyagent jamais en troupes et
sortent rarement de leurs retraites accoutumées. Les cachalots sont va-
gabonds, ils se trouvent aussi bien sous l'équateur que dans les glaces
des pôles, ils se forment en caravanes pour parcourir les mers, et il n'y
a pas un point de l'Océan qui ne contribue pour sa part aux frais de
leur immense nourriture.

» On compte sept espèces de cachalots. Un des principaux caractères
distinctifs de ce cétacée est d'avoir la mâchoire inférieure garnie d'une
grande quantité de dents, tandis que sa mâchoire supérieure n'en a que
trois. Il a le museau obtus et d'une grandeur excessive en proportion de
son corps : sa tête, à elle seule, forme presque la moitié de sa masse. Il
a la langue petite, mais son gosier est si large qu'il peut servir de passage, non-seulement à des poissons, mais qu'un bœuf ne serait pas pour
lui une proie trop volumineuse. On a trouvé, dit-on, dans le ventre d'un
cachalot un requin de plus de quinze pieds.

» Le cachalot donne moins d'huile que la baleine, mais cette différence
est largement compensée par le blanc de baleine ; on croit que cet animal
fournit aussi l'ambre gris, espèce de parfum fort estimé et connu générale-
ment sous le nom d'ambre, mais dont l'origine est encore douteuse.

» On appelle *blanc de baleine* une matière luisante et à demi transparente, composée de flocons allongés, très-légers, doux et huileux au
toucher, inflammables et dissolubles dans l'huile. Cette substance, lorsqu'elle est fraîche, n'a que peu d'odeur, mais un goût agréable et huileux.
Elle sert en médecine, et l'on en fait aussi des chandelles dont la blancheur égale celle de la bougie la plus pure. »

Pendant que nous dissertions ainsi sur le cachalot et que nous calcu-
lions tranquillement la valeur de la nouvelle proie que le hasard venait
de mettre entre nos mains, Ernest poussa un cri soudain dont nous
fûmes tous effrayés.

— Un homme! nous dit-il, un sauvage! et il nous désignait, à une
distance éloignée, une espèce de canot qui glissait à la surface des flots.
Celui qui le conduisait semblait nous avoir aperçus, car il s'avançait,
puis il disparaissait derrière une pointe de rocher, comme pour transmettre aux siens la découverte qu'il venait de faire. Je laisse à penser
toutes les conjectures auxquelles nous nous livrâmes. Enfin, il ne nous
vint rien de mieux à faire que de nous fortifier dans la pinasse et de
nous disposer à faire face à l'ennemi : nous préparâmes nos armes et
nous établîmes une espèce de rempart avec des bottes de tiges de maïs
que nous avions emportées pour la préparation de notre potasse, et de
manière à nous mettre à l'abri des flèches, car nous ne doutions plus
que nous n'eussions en tête une tribu de sauvages qui vraisemblablement
allait nous accueillir assez mal.

Nous braquâmes nos canons, nos fusils et nos pistolets furent chargés,
les haches d'abordage disposées, et nous nous tînmes prêts à combattre
derrière le rempart qui devait nous garantir des pierres et des autres
projectiles des assaillants.

Cependant la pantomime du sauvage continuait toujours ; nous n'osions
pas avancer, et il paraissait lui-même éprouver la même défiance à notre
égard.

— Il faudrait pourtant en finir de cette comédie, s'écria Ernest ; si
nous prenions le porte-voix, nos sauvages sauraient peut-être quelques
syllabes des cinq ou six langues que nous avons à notre disposition.

L'avis d'Ernest me parut bon ; je m'armai aussitôt d'un long roseau percé qui nous servait de porte-voix, et je criai de toute la force de mes poumons quelques mots de malais ; mais le malais n'était vraisemblablement pas la langue de nos sauvages, car l'homme du canot resta immobile, comme s'il n'eût rien compris à ce que je venais de lui dire.

— Au lieu de malais, dit Rudly, si nous lui parlions anglais?

Et en même temps il saisit le roseau, et de sa voix claire mais forte, il se mit à crier deux ou trois mots assez grossiers et bien connus de tous ceux qui ont passé quelques jours sur un vaisseau anglais. Je l'arrêtai aussitôt ; mais il avait eu plus de succès que moi, car nous vîmes presque en même temps le sauvage se diriger vers nous, une branche verte à la main. Rudly riait comme un fou de la réussite de son stratagème ; mais ce fut bien mieux encore, quand la petite embarcation s'étant approchée, il reconnut dans celui qui la montait Frédéric lui-même.

— Ah ! la bonne farce ! s'écria-t-il, c'est Frédéric, c'est Frédéric ; voilà son cajack et la tête de cheval marin qu'il a mise à l'avant ! c'est Frédéric, mais il est déguisé en sauvage.

En effet, nous ne tardâmes pas à reconnaître comme lui notre intrépide aventurier, quoiqu'il fût nu jusqu'à la ceinture et que son visage et tout ce qu'on voyait de son corps fût tatoué de blanc et de noir comme celui d'un Caraïbe. Nous le reçûmes à bras ouverts ; sa mère surtout ne put pas retenir les larmes de joie et de bonheur qui l'oppressaient.

Quand Frédéric fut un peu délivré de nos caresses et de nos embrassements, nous commençâmes à l'accabler de questions ; nous parlions tous ensemble, c'était le meilleur moyen de n'obtenir de lui aucune réponse. Enfin, quand le premier moment d'enthousiasme fut passé, je demandai à mon fils de me répondre sur deux points seulement : d'abord si son expédition avait été heureuse, et ensuite pourquoi il avait joué cette espèce de comédie qui nous avait causé quelques inquiétudes.

— Quant au but de ma course, me répondit-il avec une joie qu'il déguisait mal, je l'ai atteint ; et le jeune homme me serra fortement la main à la dérobée, en appuyant sur ce mot avec intention. Quant à mes inquiétudes, elles étaient aussi réelles que possible ; je vous avais pris pour une tribu malaise, ou de toute autre nation, qui côtoyait les rochers ; dans la crainte de rencontrer quelques ennemis, j'avais imaginé de me déguiser de la sorte en me noircissant avec de la poudre écrasée dans de l'eau. Deux coups de canon que j'avais aussi entendus me faisaient penser de plus en plus que vous deviez être en force, et redoublèrent les craintes que j'éprouvais déjà. J'avais peur de tomber entre les mains d'insulaires qui peut-être m'auraient assez mal accueilli. Les quelques mots de malais que vous m'avez adressés d'abord ne m'auraient fait bouger pour rien au monde, et si Rudly n'eût eu l'idée bouffonne de me crier ces deux ou trois dictons de matelots, il est probable que je serais encore à la hauteur du cap, faisant des manœuvres dans l'intention de vous tromper, et que vous seriez encore sur votre pinasse à craindre à tout moment de voir une flotte de sauvages déboucher de derrière le rocher. Nous nous égayâmes tous de notre panique réciproque; mais Frédéric me prenant à l'écart :

— J'ai réussi, mon père ! me dit-il avec vivacité, la main de Dieu m'a conduit sur la côte où était la pauvre naufragée, car c'était une femme qui avait écrit ! j'ai trouvé la Roche fumante et celle qui l'habitait depuis

trois ans ! toute seule ! mon père, dénuée de tout ! concevez-vous cela ? mais la pauvre demoiselle, qui porte des habits de matelot, m'a conjuré de ne pas révéler son sexe, si ce n'est à ma mère et à vous, car elle a peur de mes frères, quoique j'aie eu soin de la rassurer autant que possible sur l'accueil qu'elle recevrait de nous tous. Je l'ai amenée avec moi ; elle est ici près, dans une petite île de la Baie aux perles ; ne voulez-vous pas venir la chercher vous-même avec ma mère et mes frères.... Oh ! ne dites rien à ceux-ci ! je veux jouir de leur surprise quand ils verront que je leur ai trouvé une sœur ; car elle permettra, j'espère, à la fin, que nous lui donnions ce doux nom !

Je consentis au désir de mon fils , et, sans rien dire de plus à la famille, j'ordonnai de lever l'ancre, de hisser les voiles et de tout disposer pour une excursion. Frédéric, comme on le pense bien, ne fut ni le dernier ni le moins actif à hâter les préparatifs du départ ; mais aupara-

vant il s'était débarrassé de son tatouage factice et de tout son attirail
sauvage. L'intrépide aventurier, placé dans son canot, nous servit de
pilote et dirigea la marche de la pinasse au travers des écueils dont la côte
était semée. Après environ une heure de navigation, il dériva soudain,
et nous conduisit vers une petite île toute ombragée et qui se trouvait à
peu de distance de la Baie aux perles; une langue de terre y formait une
anse si sûre et si commode, que nous arrivâmes facilement jusqu'au rivage, où le tronc d'un arbre eût suffi pour amarrer notre chaloupe, si
je n'eusse craint que la marée ne la laissât à sec. Frédéric était déjà sur le
sable, et nous le vîmes bientôt prendre sa course vers un petit bois qui
s'élevait à quelque distance de la mer. Les manœuvres de la pinasse ne
pouvaient s'exécuter précisément comme celles du cajack : aussi nous
fallut-il pour aborder un peu plus de temps que Frédéric n'en avait mis.
Néanmoins, la singularité de la conduite de leur frère donna à mes compagnons une activité extraordinaire, et nous fûmes bientôt à l'ancre.

Sauter à terre et courir dans la direction que Frédéric avait prise fut
l'affaire d'un instant. Nous nous enfonçâmes derrière lui dans le bois où
il avait disparu; mais à peine y avions-nous fait quelques pas, que nous
trouvâmes devant nous une hutte bâtie à la manière des Hottentots, un
feu bien disposé et sur lequel était posée une grande coquille en guise de
marmite, dans laquelle cuisaient des poissons.

Frédéric était entré dans la hutte, et nous ne fûmes pas médiocrement
étonnés, après l'avoir entendu crier à plusieurs reprises, *hohé ! hohé !*
de voir glisser le long d'un arbre haut et touffu un jeune et joli matelot, qui, tournant vers nous des yeux timides, s'arrêta d'abord tout
interdit et sans oser approcher. Il me serait impossible d'exprimer les
divers sentiments de joie, de surprise et d'attendrissement dont nous
fûmes saisis à cet aspect.

Il y avait si long-temps que nous n'avions vu d'hommes! dix ans! La
société nous était devenue tellement étrangère, que nous restâmes d'abord
stupéfaits; nos cœurs volaient vers le jeune étranger, mais nos bouches
demeuraient muettes.

Frédéric rompit enfin le silence, et prenant par la main le jeune matelot :

—Mon père, ma mère, et vous, mes frères, dit-il avec un accent
plein de joie et d'émotion, voilà un ami, un frère que je vous présente,
un nouveau compagnon d'infortune, sir Édouard Montrose, qu'un naufrage à peu près semblable au nôtre a jeté seul sur cette côte.

—Qu'il soit le bienvenu parmi nous! criâmes-nous tous ensemble.

Je m'approchai du jeune homme, dans lequel je n'eus pas de peine à reconnaître une femme ; mais je respectai le mystère dont elle voulait s'entourer ; je l'encourageai, je l'assurai qu'il trouverait au milieu de nous aide et soutien, que nous serions pour lui des parents et que mes fils seraient ses frères.

Ma femme, par un sentiment tout maternel, lui avait ouvert les bras ; le faux matelot s'y jeta avec une tendre effusion, et parut se mettre sous sa protection spéciale en se recommandant à ses bontés.

La joie la plus vive éclata alors dans notre petit cercle ; avant de faire aucune question, on parla de se mettre à table ; mes fils se montrèrent empressés de tout disposer pour célébrer cette réunion qui leur paraissait presque miraculeuse : ils faisaient de temps à autre des questions à Frédéric, qui leur répétait avec enjouement : Je vous conterai tout cela ; occupons-nous seulement de notre nouveau frère !

Le souper fut bientôt servi, quelques cruches de notre hydromel aromatisé achevèrent d'en faire un vrai festin de fête. Tout le monde parlait à la fois ; mes fils agaçaient leur nouveau compagnon avec une vivacité qui embarrassait quelquefois le timide étranger : ma femme en eut pitié, et, comme il se faisait, du reste, déjà tard, elle donna le signal de la retraite en emmenant le jeune matelot avec elle sur la chaloupe, où elle voulait lui préparer un lit ; afin, ajouta ma bonne Élisabeth, de dédommager le pauvre enfant des mauvaises nuits qu'il avait dû passer jusqu'ici.

Nous nous séparâmes donc, et ma femme prépara à sa nouvelle com-

pagne une couche de peaux d'ours, tandis que mes fils allumaient sur le rivage le feu qui devait leur servir de sentinelle pendant la nuit.

Le nouveau matelot devint naturellement le sujet de la conversation.

— Parbleu, dit Fritz le premier, en s'adressant à Frédéric, je voudrais bien savoir comment tu t'es imaginé d'aller à la rencontre de notre nouveau frère. Comment avais-tu pu savoir qu'il y avait sur la côte un homme échoué?

Frédéric souriait sans répondre.

— Est-ce que tu serais doué par hasard du don de seconde vue à la manière des Écossais? reprit Ernest.

— Non, ajouta Rudly; je parie, moi, que sir Édouard t'aura écrit une lettre, et que tu l'auras reçue par la poste aux pigeons.

— Eh bien! c'est presque cela, répondit Frédéric; et il se mit à raconter à ses frères l'histoire de l'albatros, il leur parla de ses conjectures, de ses projets; mais il mit dans sa narration tant de chaleur, qu'il oublia le rôle qui lui avait été donné, et le mystère dont la jeune fille voulait encore s'entourer. Il s'oublia jusqu'à laisser échapper son nom véritable, et il l'appela miss Jenny....

— Miss Jenny! miss Jenny! reprirent à la fois les trois jeunes gens, qui commençaient à se douter du mystère, miss Jenny! Frédéric s'est trahi, et sir Édouard est une fille! notre frère d'adoption n'est qu'une aimable sœur! Oh! voilà qui est charmant!

Je laisse à penser quel dût être l'embarras de Frédéric; désolé de son imprudence, en vain essaya-t-il de revenir sur le mot qu'il avait lâché: mais le mystère était éventé, le matelot ne pouvait plus se cacher sous son pantalon de toile, ni sous son chapeau à larges bords.

Cette découverte changea peu le tour de la conversation. Frédéric fit comprendre à ses frères les motifs qui avaient porté miss Jenny à cacher son sexe, dans la crainte où elle était de n'être pas bien traitée par quatre garçons dont elle ne connaissait ni le caractère ni les manières. Mais les jeunes gens déclarèrent que ce changement ne ferait rien perdre à miss Jenny dans leur esprit; qu'au surplus, ils aimaient autant avoir une sœur qu'un frère, et la nuit était déjà bien avancée que nos jeunes garçons répétaient encore en riant autour de leur feu le nom de miss Jenny.

Le lendemain matin, ce fut un spectacle assez comique que l'espèce de retenue embarrassée et maladroite avec laquelle ils s'approchèrent de celui qu'ils avaient embrassé la veille comme un camarade et comme un frère. Mes pauvres enfants n'entendaient rien aux belles manières que donne l'habitude de la société; aussi dois-je avouer qu'ils se montrèrent d'une haute gaucherie vis-à-vis de la jeune Anglaise. Le

nom de sœur fut substitué à celui de frère qu'on avait employé la veille,
mais toujours avec un peu d'embarras. Pour miss Jenny, elle paraissait
singulièrement contrariée de la découverte des jeunes gens, et elle se
jeta timidement dans les bras de ma femme, comme pour y chercher un
asile. Puis après, et, prenant son parti, elle tendit en souriant la main
à chacun des jeunes gens, en leur demandant fort gracieusement pour
la sœur l'amitié qu'ils avaient si généreusement accordée au frère. Cette
démarche aimable dissipa subitement l'embarras de mes trois fils, ils
assurèrent la jeune personne de leurs dispositions toutes fraternelles à
son égard ; la gaîté se rétablit, et l'on se mit à table pour déjeûner :
celui-ci se composait de fruits, de viandes froides et de chocolat de notre
fabrique, qui parut faire grand plaisir à la jeune miss, en lui rappelant les
douceurs de sa patrie. Après le déjeûner, je proposai de lever l'ancre et
de retourner à la Baie des perles, où le cachalot échoué sur la côte nous
offrait une sorte de richesse que nous ne voulions abandonner ni aux
mouettes, ni aux vautours. Arrivés là, nous avisâmes au moyen de nous.
emparer de la substance huileuse que contient le crâne et l'épine dorsale
de ce poisson. Malheureusement nous n'avions point de tonneaux pour
recueillir ce précieux produit. Miss Jenny nous tira d'embarras, en nous
conseillant un procédé qu'elle avait vu employer dans les Indes pour les
pompes à eau ; c'était d'enfermer cette huile à demi figée dans des sacs
de toile mouillée. L'idée me parut excellente et nous l'employâmes de
suite. Je fis réunir tout ce que nous avions de sacs, et après les avoir
trempés à l'eau de mer, nous en garnîmes l'intérieur de cerceaux de
branchage pour les tenir tendus.

Il nous fallut près de deux heures pour ces apprêts ; mais la marée
n'était pas encore assez haute pour que nous pussions nous diriger avec
notre navire vers le banc de sable sur lequel reposait le cachalot ; nous
prîmes la pirogue et le cajack de Frédéric. Nous laissâmes les deux
femmes sous la sauvegarde de Turc à bord de la pinasse, et suivis de
Folb, de Braun et du Jager, nous atteignîmes en peu de minutes le point
de notre destination. Le monstre était encore à sec, nos dogues se pré-
cipitèrent vers lui avec une incroyable vivacité, ils tournèrent par derrière, et dans l'instant nous entendîmes des hurlements sinistres, qui,
mêlés aux aboiements furieux de nos chiens. nous firent pressentir
quelque chose d'extraordinaire. Nous approchâmes et nous vîmes nos
braves dogues luttant contre une troupe de loups noirs qui étaient occupés à ronger les flancs du cachalot : deux de ces parasites étaient déjà
étendus expirants sur le sable. deux autres résistaient encore à Braun et

à Folb. Le reste se sauva vers un endroit guéable, gagna la côte et se réfugia dans les bois. Nous aperçûmes aussi quelques chacals à la suite des
fuyards et qui avaient fait partie de l'expédition ; en ce moment Jager,
le chacal de Rudly, qui s'était tenu jusqu'alors assez timidement près de
son maître, se mit à courir sur les traces de ses alliés en faisant des bonds
joyeux, comme s'il eût été charmé de leur rencontre, et disparut aux yeux
de Rudly interdit et confus d'une telle escapade.

Cependant nos dogues avaient achevé leur besogne, quatre loups gisaient sur le sable ; mais ce n'était pas sans périls que ces courageux
animaux avaient terrassé leurs adversaires, ils étaient couverts de morsures, et Folb surtout avait les oreilles cruellement déchirées ; Rudly

se mit à laver et à panser leurs plaies, tandis que Frédéric et Fritz m'aidèrent à une autre besogne.

Le premier, après avoir armé ses pieds de crampons de fer, grimpa
sur le dos du monstre comme aurait fait un chat, il ouvrit à grands
coups de hache la tête informe du cachalot : pendant ce temps, je tenais
tout ouvert près de là un de nos grands sacs préparés, et Frédéric avec
une pelle puisait le blanc de baleine comme dans une cuve, et le versait
dans le sac ; Fritz était tout près, et de son côté il jetait du sable mouillé
ou plutôt du limon à l'extérieur : cela forma bientôt une croûte solide
qui empêcha la graisse liquide de suinter. Bientôt tous nos sacs se trouvèrent pleins, car à mesure que Frédéric vidait la cavité elle se remplissait de nouveau, attendu que l'épine dorsale de ce monstre cétacé en
était remplie et communiquait avec le crâne. Je fus obligé de relever
mon fils dans cette fatigante opération, et nous remplîmes encore tous
les vases que nous avions dans notre embarcation. Nous allâmes ensuite
sur le rivage couper une charge de roseaux dont nous fîmes de petits
toits pointus pour abriter nos sacs du soleil, et les préserver de l'attaque

des oiseaux de mer qui commençaient à s'amonceler autour du cachalot.

Cette partie de la journée s'était écoulée dans ces travaux, il fallait songer au retour, la marée était haute, mais nos embarcations n'auraient pu contenir notre chargement : il nous fallut donc laisser nos sacs jusqu'à ce que leur contenu fût entièrement figé, et nous retournâmes à l'île de verdure que nous nommâmes de la Bonne-Rencontre à cause de celle que nous y avions faite de miss Jenny.

L'aspect des sacs debout sur le banc de sable était fort drôle ; on eût dit de loin de petits Chinois coiffés de chapeaux pointus : cette vue donna lieu à beaucoup de plaisanteries, et nous abordâmes en riant et disant mille folies.

Après avoir conté nos aventures et montré nos quatre superbes loups noirs dont la fourrure épaisse avait bien son prix, nous fûmes invités par nos ménagères à nous mettre à table ; elles avaient préparé un repas des mieux combiné et enrichi d'un nouveau mets que nous trouvâmes fort de notre goût : c'était une sauce à la manière des Caraïbes, faite avec des œufs de crabes de terre dont il se trouvait une quantité dans l'île.

Nous parlâmes ensuite des travaux à faire pour le lendemain ; il nous fallait dépouiller les loups et aviser aux moyens de transporter les sacs de blanc de baleine à notre quartier-général. Je n'étais pas sans inquiétude à cet égard, car, comme je l'ai dit, la pinasse ne pouvait pas, sans risquer de s'engraver, s'approcher assez près du banc de sable pour opérer facilement cette translation ; chacun émettait son opinion, et les avis étaient partagés, lorsque miss Jenny, qui nous avait écoutés tous, me dit d'une voix caressante :

— Si vous voulez, bon père, car elle s'était déjà accoutumée à me donner ce doux nom, si vous me le permettez du moins, pendant que vous et mes frères vous serez occupés de votre vilaine écorcherie, je me chargerai du soin de transporter ici les dix sacs, et même, ajouta-t-elle en riant, si vous voulez seulement me donner un petit morceau de peau de loup, j'en ferai un charme à l'aide duquel je ramènerai le Jager de mon frère Rudly que je vois là tout triste d'avoir perdu son compagnon de chasse.

Cette proposition fut accueillie d'une manière assez railleuse par mes jeunes gens un peu piqués de ce qu'une jeune fille sans expérience se crût capable d'exécuter une chose qui leur présentait de si grandes difficultés ; ils firent toutes sortes de mauvaises plaisanteries à leur sœur adoptive qui, sans vouloir dire son secret, les soutint fort gaîment, et enfin courut se réfugier près de la mère déjà occupée sur le navire à préparer nos matelas. La jeune fille, sans en rien témoigner, avait été un peu blessée des sarcasmes dirigés contre elle ; ma femme consola de son mieux la pauvre enfant, en attribuant les procédés peu aimables de ses fils à un manque d'usage plutôt qu'à une mauvaise disposition de cœur à son égard. La douce jeune fille sécha ses larmes, et après avoir embrassé tendrement sa mère adoptive, elle se mit à faire avec le morceau de peau de loup qu'en effet je lui avais donné, une espèce de muselière pour le chacal qu'elle s'était engagée à ramener, et elle ne se coucha point que ce petit travail ne fût terminé.

Le lendemain, à peine étions-nous levés sur le navire, mes fils qui avaient couché sur des nattes près du feu du bivouac, n'étaient point encore éveillés, que miss Jenny se prépara pour son expédition ; elle prit une vessie pleine d'eau douce, un panier contenant quelques vivres, et, descendant lestement l'échelle du bâtiment, elle se plaça hardiment dans le cajack de Frédéric, le détacha et se mit à le manœuvrer avec autant de grâce que d'adresse ; bientôt elle se dirigea du côté du banc de sable ; je voulus en vain la rappeler, la petite friponne me fit de la main quelques signaux d'amitié et poursuivit courageusement sa route.

Elle avait si bien pris son temps qu'elle arriva à la marée montante, c'est-à-dire au moment où l'eau commençait à mouiller le pied des sacs. L'aventureuse jeune fille sauta sur la rive, et attachant tous ses sacs par des cordons à un câble solide dont elle s'était munie, elle lia celui-ci au cajack, après quoi, remontant dans l'esquif, elle entraîna après elle tous ces sacs : le contenu en étant figé, ils surnagèrent d'eux-mêmes comme s'ils eussent été gonflés d'air.

La conquête du chacal fugitif donna plus de peine à l'ingénieuse petite fille, car elle fut obligée de débarquer sur la côte et d'attacher son embarcation à une grosse pierre. Du point où j'étais, j'avais, à l'aide de ma longue-vue, suivi tous les mouvements de la jeune fille ; mais en la voyant disparaître entre les arbres de la petite baie où elle avait fait entrer son esquif, je conçus quelques inquiétudes qui pourtant ne tardèrent point à se dissiper, car elle parvint bientôt également à son but ; elle revint sur le bord de la baie, s'assit sur l'herbe, se mit à manger, et jeta çà et là des morceaux de pain ou de viande, en appelant souvent et d'un ton amical Jager, qu'elle savait être dans le voisinage. En effet, le pauvre animal, qui mourait de faim, n'étant point accoutumé à chercher comme ses pareils sa nourriture dans les bois, s'approcha peu à peu de la jeune enchanteresse : elle lui jeta des morceaux de biscuit trempé, toujours de

plus en plus près, lui tendit enfin une jatte pleine d'eau, et l'ayant attiré
par ces divers appâts jusqu'auprès d'elle, elle lui jeta son lacs autour du

cou, lui mit adroitement la musclière, et l'entraîna dans le cajack ; elle
le plaça avec un peu de peine dans la seconde ouverture pratiquée à
l'avant de l'esquif, après avoir pris la précaution de lui lier les pattes de
derrière afin qu'il ne tentât point de s'échapper de nouveau. Dans cette
position, le pauvre Jager, fort confus de sa mésaventure, se trouvait
assis, et le haut de son corps dépassait le tillac ; mais, en approchant de
l'île où nous étions et d'où j'observais tous ses mouvements, je vis la
jeune espiègle couvrir la tête du chacal d'un chapeau de jonc qu'elle
avait fabriqué elle-même dans sa solitude, et l'affubler d'un morceau
d'étoffe de manière à lui donner l'apparence d'un petit passager.

Pendant ce temps, mes fils, qui étaient occupés à dépouiller les loups,
et qui, malgré leur petite guerre de la veille, commençaient à s'inquiéter
de la longue absence de leur sœur adoptive, proposèrent de monter dans
la pinasse pour aller à sa rencontre, lorsqu'ils la virent reparaître de derrière un petit promontoire qui l'avait cachée jusqu'alors à leur vue. L'aspect de son nouveau compagnon les jeta dans une grande surprise.

— Où donc notre nouvelle sœur a-t-elle été chercher ce nouveau
frère? dit l'un; est-ce que les hommes poussent dans ce pays comme
des champignons? dit l'autre: c'est peut-être le sorcier qui l'a aidée
dans son œuvre magique, ajouta Fritz. Frédéric seul ne disait rien, mais
il regardait de tous ses yeux, et sans s'en apercevoir il était entré dans
l'eau comme pour voir de plus près l'individu qui accompagnait sa sœur.
Tout-à-coup il partit d'un grand éclat de rire, frappa dans ses mains, et
pataugeant dans l'eau de manière à nous éclabousser tous, il s'écria en
prenant Rudly par les épaules :

— Eh c'est lui! c'est ton coquin de Jager! le voilà qui revient, le mauvais sujet, comme un personnage respectable et avec l'air du monde le plus raisonnable, ah! ah! ah!

Nous rîmes tous de bon cœur de l'invention bizarre de la jeune personne, qui, s'élançant alors à terre, mit le captif en liberté et nous montra avec un petit air triomphant la longue suite de sacs qui suivaient son esquif.

Nous l'accueillîmes avec de vifs témoignages de joie et d'amitié, nous louâmes son adresse et la manière ingénieuse dont elle avait effectué son entreprise. Rudly, que la joie de revoir son chacal avait mis en bonne humeur, mêla aux remerciements qu'il fit à la jeune personne quelques excuses sur sa petite malhonnêteté de la veille, et toute fâcheuse impression disparut.

Il était près de midi, nous nous mîmes à table; après le dîner nous fîmes les apprêts du départ pour Felsenheim où nous désirions installer notre nouvelle compagne. Nous fîmes alors le chargement de tout ce que nous avions à terre, parmi lequel se trouvaient tous les trésors de la jeune personne, c'est-à-dire les objets qu'elle avait sauvés de son naufrage ou qu'elle s'était fabriqués elle-même avec une adresse infinie. Frédéric, pendant le peu de temps qu'il avait été près d'elle, lui avait fabriqué une caisse qui contenait tous ces objets, et leur examen fut pour nous des plus curieux. Ils consistaient en vêtements, parures, ustensiles de ménage, et toutes sortes d'objets qu'elle avait faits dans son exil avec le peu de matériaux qui étaient à sa disposition : c'étaient des cordons tissus des cheveux de la jeune fille dont elle s'était fait une ligne avec des hameçons de nacre de perles, quelques aiguilles faites d'arêtes de poissons, des alènes et des poinçons faits de becs d'oiseaux, deux jolis étuis à aiguilles, l'un fait d'une plume de pélican, et l'autre d'un os de veau marin, une peau de jeune phoque cousue pour servir d'outre, une lampe faite d'un coquillage avec une mèche de coton tiré d'un fichu de miss Jenny; au-dessus de la lampe une autre coquille servant de bouilloire; une écaille de tortue pour cuire les aliments en y jetant des pierres rougies au feu, quelques vessies de poissons, toutes sortes de coquillages servant de verres, d'écuelles et d'assiettes : dans quelques-uns se trouvaient encore des provisions de ménage, comme du sel que la jeune fille recueillait dans le creux des rochers, au bord de la mer, des œufs de poissons et même de petits poissons salés et conservés comme des sardines, de petits sacs pleins de grains ramassés par la jeune solitaire; c'étaient presque toutes des plantes anti-scorbutiques, telles que le cochléaria, l'oseille, le céleri, le cresson, qui croissait sur les rochers, grâce à l'engrais qu'y déposent chaque année les oiseaux de mer.

Parmi les objets de toilette, on remarquait un chapeau fait de la poche duveteuse du cormoran, et qui, soutenu en forme de capote par les tiges de plumes du même oiseau, pouvait mettre le visage et le cou à l'abri du soleil, puis des sacs et des nattes de diverses grandeurs tressés en jonc très-fin ou en roseaux ; un petit gilet à manches formé de la peau antérieure d'un veau marin dont les pattes de devant servaient à passer les bras, quelques autres vêtements aussi en peau de phoque ou d'oiseau de mer, des ceintures, des bas et des chaussures également en peau cousue en double.

Les bijoux de miss Jenny consistaient en débris, tels qu'un peigne en or et deux rangs de perles fines qu'elle avait sur elle au moment du naufrage. Elle avait aussi quelques écailles de tortue qui se fermaient comme des boîtes, et dans lesquelles elle avait des morceaux d'ambre, des perles d'une belle couleur rouge qu'elle avait extraites d'un coquillage, et enfin des pinceaux faits de plumes et de cheveux avec lesquels la jeune solitaire s'amusait à peindre et à écrire. Je ne dois pas oublier de mentionner un petit réseau en lanières de peau de veau marin contenant un choix de coquillages rares et des branches de corail, que la jeune solitaire s'était amusée à recueillir sur le rivage.

Tout ce petit mobilier était renfermé dans une grande caisse que Frédéric avait faite avec des planches de bateau, et que nous pûmes placer sur notre bâtiment déjà chargé des sacs de blanc de baleine, et des peaux de loups. Le reste du jour fut employé à ce chargement, et pendant le dernier repas que nous fîmes dans l'île, l'adresse de miss Jenny et les divers moyens qu'elle avait employés pour subvenir à ses besoins dans son exil, fournirent autant de sujets d'une conversation aussi intéressante qu'animée.

Le lendemain, après avoir placé dans la pinasse les derniers objets de son établissement temporaire, miss Jenny nous apporta encore une nouvelle preuve de sa patience et de son industrie; elle courut chercher sous un buisson dont les branches pendaient dans la mer, un grand oiseau qui y était attaché par la patte, et qu'elle nous présenta comme un habile compagnon de pêche : c'était un cormoran que la jeune fille avait apprivoisé et dressé, à la manière des Chinois, à prendre du poisson.

Miss Jenny dit ensuite adieu à la côte qui l'avait reçue, aux arbres qui l'avaient abritée pendant son court séjour dans ce lieu. Mais nous

ne voulûmes pas quitter ce lieu, sans lui avoir donné un nom, et nous
appelâmes l'anse où Frédéric avait abordé le premier, la *Baie heu-*
reuse, par allusion à la rencontre que nous y avions faite.

Nous reprîmes la direction de la Baie aux perles, où nous ne devions
plus faire qu'un court séjour avant de retourner à Felsenheim, où nous
étions impatients d'installer notre nouvelle compagne.

CHAPITRE

II

SOMMAIRE DU CHAPITRE II.

Frédéric, monté dans son cajack, nous servait de pilote pour pénétrer dans la Baie aux perles, et, après avoir franchi heureusement ce passage difficile entre les écueils qui la formaient, nous allâmes jeter l'ancre à l'endroit où nous avions abordé peu de jours auparavant. Tout s'y trouvait encore comme nous l'avions laissé : la table et les bancs étaient encore dressés, la fosse à rôtir et le foyer n'étaient pas détruits ; mais l'atmosphère était purifiée, les huîtres, consommées par le soleil, avaient perdu toute mauvaise odeur ; les cadavres des lions et du sanglier n'offraient plus qu'un monceau informe d'os blanchis : les vautours et toute la famille des oiseaux de proie, sans compter les animaux féroces que recélait la forêt, en avaient enlevé jusqu'à la dernière parcelle de chair.

Tout paraissait tranquille le long de la côte, et nous crûmes pouvoir y faire halte pour recueillir les perles que les huîtres maintenant ouvertes nous permettaient de prendre. Nous établîmes notre tente, nous dressâmes le foyer, et nous nous mîmes en devoir d'extraire les perles de leurs coquilles ; toutefois, cette besogne qui était assez dégoûtante, ne retint pas long-temps miss Jenny, elle courut retrouver ma femme, et lui demanda si elle ne serait pas bien aise d'augmenter d'un plat de poisson le dîner que celle-ci préparait. La ménagère sourit d'un air incrédule, et dit qu'elle ne connaissait point de moyen de se procurer assez de poisson pour sept personnes en si peu de temps qu'elles en avaient jusqu'au dîner.

— Eh bien! dit la jeune miss, laissez-moi faire, je me charge de vous l'apporter avant une demi-heure.

Elle prit son cormoran sous le bras, sauta dans le cajack qui était amarré au rivage; en deux coups de rames elle fut à vingt pas de la rive : alors elle passa au cou du cormoran un gros anneau de cuivre, afin qu'après avoir pris du poisson l'oiseau n'avalât point sa pêche. Ainsi préparé elle le posa sur le bord de l'esquif, et demeura sans faire le moindre mouvement. Bientôt la pêche commença : c'était quelque chose de fort amusant que de voir l'oiseau pêcheur, le cou tendu, l'œil fixé sur les flots, y plonger brusquement et reparaître avec un poisson argenté, soit une truite, un saumoneau ou quelque autre sorte qu'il apportait l'un après l'autre à sa jeune maîtresse. Celle-ci put de la sorte remplir son engagement dans le délai convenu; elle délivra alors son compagnon de pêche de l'anneau, lui donna quelques petits poissons pour sa peine, et courut toute joyeuse porter sa pêche à sa mère adoptive, qui fut émerveillée de l'ingénieuse adresse de la jeune demoiselle.

Quand le travail des perles fut terminé, nous réunîmes notre butin dans un sac de toile, et nous en comptâmes plus de quatre cents, parmi lesquelles il y en avait de très-grosses. Il fallait cependant songer au souper; mes quatre fils prirent leurs fusils et leurs gibecières dans l'intention d'aller tirer quelques gros oiseaux dans le Bois aux truffes; la petite Jenny voulut faire partie de l'expédition, et quand je lui fis l'observation que l'exercice des armes à feu ne devait pas lui être familier, elle m'assura, en souriant, que la fille d'un colonel et d'un chasseur habile savait fort bien se servir d'un fusil, et que d'ailleurs elle n'avait rien à craindre pour elle, puisqu'elle ne quitterait pas ses frères. Je la laissai donc partir, tout en me défiant un peu, ainsi que mes fils, de ses talents : toutefois j'appris plus tard le contraire, et une bécassine tirée au vol par la jeune chasseresse lui attira de la part de mes fils une telle considération qu'au retour ils ne se lassaient pas de faire son éloge. Mes fils alors s'exercèrent au tir au vol : ils abattirent quelques oiseaux qui devaient passer immédiatement sur notre table.

Nous voulions d'abord ne faire que toucher la côte et reprendre aussitôt le chemin de Felsenheim; mais une découverte imprévue nous retint plus long-temps que nous n'avions pensé d'abord dans le mouillage de la baie. J'avais remarqué, parmi les pierres qui bordaient la côte, une sorte de roche qui me parut devoir se convertir facilement en chaux. C'était une découverte trop précieuse pour la négliger; je résolus donc d'établir sans hésiter un four à chaux sur le bord de la mer. Cette opération ne fut pas très-longue à exécuter; mais celle de la calcination de nos pierres le fut davantage; nous fûmes même obligés d'y passer une partie de la nuit. Pendant ce temps, nous fîmes des tonneaux d'écorces de pin cerclés de fortes lianes, et dont un rond également en écorce, placé à chaque bout, faisait le fond et le couvercle pour renfermer notre chaux. Pour égayer notre travail et abréger la longueur de la veillée. j'engageai Frédéric à nous conter d'une manière plus complète qu'il ne l'avait fait jusqu'alors, comment il avait fait la rencontre de notre nouvelle fille et les autres détails de son voyage. C'était la meilleure manière d'employer le temps qui nous restait; et la curiosité de mes fils se trouva tellement excitée, qu'ils se placèrent immédiatement en cercle autour de Frédéric, qui prit alors la parole et commença ainsi :

— Vous vous rappelez tous, dit-il à ses frères, comment je vous quittai, après avoir remis à mon père une lettre dans laquelle je l'instruisais de mes projets et de mon plan d'excursion. La mer était calme; mais j'eus à peine dépassé la Baie des perles, qu'il s'éleva tout-à-coup un vent violent qui prit successivement tous les caractères d'une tempête en règle : les vagues s'élevaient jusqu'au ciel; la pluie, les éclairs, le tonnerre, tout se confondait avec un horrible fracas. Mon embarcation

n'était pas de force à résister à la tourmente : tout ce que je crus devoir faire, c'était de me laisser emporter au gré des vagues, sans trop m'effrayer de la violence avec laquelle elles me ballottaient. Je mis en Dieu ma confiance, et j'espérais que sa main s'étendrait encore sur moi, et qu'il me sauverait du naufrage comme il avait déjà fait plusieurs fois.

Mon espérance ne fut point trompée. Après plusieurs heures de tourmente, le vent tomba, l'air se rasséréna, et mon canot commença à retrouver son équilibre sur la surface plus unie des flots; mais j'étais loin des parages que nous connaissions, la tempête m'avait porté sur une côte tout-à-fait nouvelle à mes yeux; la conformation des rochers, l'élévation gigantesque des pics qui se perdaient dans les nuages, la végétation, les animaux que j'apercevais le long des côtes, les oiseaux qui volaient au-dessus de moi, tout m'annonçait, pour ainsi dire, un nouveau monde.

Mon premier soin, au milieu de cette scène nouvelle, fut de jeter les yeux autour de moi pour voir si je ne découvrirais point quelque fumée s'élever au-dessus des rochers; car, vous le savez, la Roche fumante était toute ma pensée : c'était le but de mon expédition, et je sentais en moi comme une voix intime qui me disait que mon excursion n'aurait pas été tentée en vain.

Je n'apercevais toujours rien, cependant je ne perdis pas courage, et je me mis à ramer le long des côtes. La nuit vint : je la passai dans mon cajack, après avoir fait un assez maigre souper de pemmican.

Le lendemain matin je recommençai à ramer; plus j'avançais, plus la côte me paraissait changer d'aspect. Je rencontrais de temps en temps de beaux fleuves qui venaient majestueusement se perdre dans la mer. L'un d'eux formait comme une baie immense, et je me décidai à le remonter pendant quelque temps : ses rives étaient garnies de grands arbres, et des lianes qui couraient de l'un à l'autre semblaient des guirlandes de fleurs que le vent balançait mollement au-dessus des eaux; des oiseaux de toute espèce et même des singes et des écureuils se jouaient sur ces ponts aériens. Parmi les oiseaux aquatiques qui traversaient le fleuve sur ces arches de verdure, il y en eut qui, à mon approche, se laissèrent tomber dans l'eau comme s'ils eussent été frappés de la foudre, mais à peine eurent-ils touché le fond de l'élément liquide, qu'ils se relevèrent subitement; et dressant vers moi leur cou long et mince terminé par une petite tête plate et un bec pointu, je crus voir deux serpents. C'était aussi, à ce que j'en pus juger par les doigts palmés de l'un de ces oiseaux que j'aperçus comme il fendait l'eau du fleuve en s'éloignant; c'était ce qu'on appelle, je crois, l'anhinga, ou l'oiseau cou de serpent qui vit dans l'eau et niche sur les arbres.

Vers le milieu du jour, la chaleur devint tellement insupportable, qu'il me fut impossible de résister au désir d'aller chercher un peu d'ombre sous l'une de ces voûtes de verdure. Je tournai mon canot, et je remontai pendant quelque temps le cours assez difficile d'un large et beau fleuve, et j'abordai sur une de ses rives dans l'intention de tirer sur quelque oiseau ; mais j'eus à peine lâché mon coup, qu'une masse énorme sortit tout-à-coup des roseaux à quelque distance, et je n'eus que le temps de ramasser mon oiseau et de rentrer dans mon cajack, et de m'éloigner en toute hâte.

J'aperçus alors à la surface des eaux du fleuve un hippopotame avec ses petits qui s'efforçait de gagner la rive et que mon coup de fusil

avait sans doute effrayé ; je descendis le fleuve, et, ayant regagné la mer, je me réfugiai sous l'ombre d'un rocher qui s'élevait au milieu de la baie.

Je ne fis pas un long séjour dans cette retraite, et, après m'être un peu rafraîchi, je poursuivis ma route. Je naviguai encore assez long-temps sans pouvoir aborder nulle part. Les fleuves et les côtes étaient également défendus par des hôtes avec lesquels j'étais peu curieux de faire connaissance. Je reconnus des éléphants, des lions, des panthères ; c'était, en un mot, comme la réunion complète de tous les animaux féroces de la création. Je vis aussi des antilopes, des troupeaux de gazelles ; mais ces paisibles et timides animaux ne semblaient avoir été placés là que pour servir de pâture aux rois carnassiers de ces côtes.

Cependant, après quelques lieues, l'aspect de la côte changea soudain, comme si les animaux féroces eussent eu leur district marqué dans le désert, je cessai tout-à-coup d'en apercevoir. Les côtes se présentaient à moi paisibles, mais désertes ; la brise qui murmurait dans les lianes, et le chant de quelques oiseaux inoffensifs étaient le seul bruit qui en troublait la tranquillité. Je me sentis rassuré, et je résolus d'aborder et d'aller prendre à terre un peu de repos. Je fixai mon canot aussi solidement que je le pus, et je sautai lestement sur le sable. J'avais faim, j'allumai du feu, et je me disposai à me préparer un dîner succulent aux

dépens d'un canard que j'avais tué en mettant pied à terre, et de quelques douzaines d'huîtres.

Tandis que j'étais occupé de ces apprêts, je crus remarquer, au travers des arbres d'un petit bois, une espèce d'être qui par les mouvements, la taille et la conformation, ressemblait tout-à-fait à l'homme. Le feu ne l'effrayait point, il se tenait droit, il marchait un bâton à la main, et il s'avançait vers moi sans témoigner la moindre hésitation. A cet aspect, j'éprouvai une émotion extraordinaire mélangée de joie et de crainte, car je crus voir un de mes semblables; mais cette illusion dura peu, et je ne tardai pas à reconnaître, dans l'être étrange qui s'avançait vers moi, le singe orang-outang. Je l'aurais volontiers laissé approcher, mais comme je m'aperçus bientôt qu'il n'était pas seul, et qu'il était suivi d'une troupe que je pouvais à bon droit regarder comme formidable, je tirai un coup de fusil à poudre, et la troupe tout entière disparut dans le bois en poussant des cris de terreur.

Cependant la nuit approchait, et je résolus de la passer sur cette côte. Je n'y fis pas de feu, dans la crainte que la lueur n'attirât vers moi les orangs-outangs, et j'eus soin de tirer encore plusieurs coups à poudre pour éloigner ces hideux visiteurs.

J'eus occasion de remarquer aussi, sous la voûte de rochers où je m'étais établi pour y passer la nuit, une sorte d'oiseau hideux, que ses mœurs et sa forme pourraient à bon droit faire passer pour les harpies de la fable, et qui suce le sang des personnes qu'il trouve endormies : c'était une énorme chauve-souris qu'on appelle, je crois, le vampire. Je commençai par tirer quelques coups de fusil pour écarter ces hôtes incommodes ; en effet, trois ou quatre de ces monstrueuses bêtes s'envolèrent en poussant des cris aigus : vous pensez bien que je ne dormis guère avec la pensée d'un pareil voisinage ; car, chaque fois que je m'éveillais, j'entendais, dans les broussailles dont le rocher était couvert, un bruit sinistre de becs et d'ailes qui me donnaient à penser que mes hideux compagnons n'étaient pas loin.

Je me levai dès que le jour parut, et m'éloignai avec empressement de ces rochers que je baptisai du nom d'*Ile des vampires*. La contrée en vue de laquelle je ne tardai pas à me trouver était d'un aspect tout différent de celles que j'avais côtoyées jusqu'alors : c'étaient de longues pelouses ombragées çà et là de grands bouquets de palmiers élancés, de petits lacs plantés de roseaux, sur les bords desquels se jouaient des éléphants ; des touffes épaisses de cactus de toutes sortes chargés de fleurs et de fruits, et que d'énormes rhinocéros abattaient de leur corne et qu'ils mangeaient sans paraître en redouter les dangereuses épines ; de frais bouquets de mimosa, dont la gigantesque girafe broutait la cime, comme aurait pu le faire une chèvre d'un simple buisson.

Jamais l'œuvre de la création ne m'avait paru si grande ni si imposante qu'elle se révélait alors à mon esprit. J'admirais la sagesse du divin Auteur de toutes choses, qui avait voulu que tant d'êtres divers, tant d'animaux si grands et si terribles, trouvassent dans la solitude leur nourriture de chaque jour ; et cette pensée soutenait mon courage et me paraissait un gage du succès de mon entreprise.

— Vous ne sauriez vouloir, ô mon Dieu ! m'écriai-je dans un sentiment de foi sincère, vous ne sauriez vouloir qu'un être humain pérît faute de secours, quand votre main bienfaisante s'étend sur tous les animaux du désert !

Et je ramais avec plus de force et de courage, et mes yeux se levaient avec plus de confiance pour chercher à l'horizon la Roche fumante.

Je me mis en route, et séduit encore une fois par l'aspect riant et pittoresque d'un fleuve qui venait se perdre dans une baie tranquille, je voulus le remonter pendant quelques instants. L'eau bouillonnait doucement autour de mes rames ; rien ne paraissait m'annoncer un danger à redouter ; il n'y avait ni serpents le long des rives, ni vautours au-dessus de ma tête ; je me laissais tranquillement aller à la fraîcheur du lieu et à l'aspect riant et calme qu'il présentait, quand je vis paraître tout-à-coup

devant moi une longue gueule armée de dents fortes et aiguës, et qui se
dressait lentement à fleur d'eau. Elle se distendait de toute son élasticité,
comme si elle eût voulu m'avaler d'un seul coup, moi, mon cajack et
mes rames. Je mesurai instinctivement la capacité de cette gueule monstrueuse ; je compris toute l'étendue de mon danger, et sans réfléchir
plus long-temps, car la scène ne devait pas durer une seconde, je saisis
l'une de mes rames, et j'en appliquai en travers un coup si bien et si
justement asséné dans la gueule béante du monstre, qu'il disparut étourdi :
une longue trace de sang, qui se dessina à la surface de l'eau, m'indiqua
que la blessure que je lui avais faite n'était pas sans quelque importance.
Je ne restai pas long-temps sur le fleuve ; deux autres monstres de la nature
du premier élevaient déjà derrière lui leurs gueules formidables. C'étaient
des crocodiles-alligators, l'espèce la plus terrible d'entre ces animaux,
mais dont la voracité est heureusement balancée par une paresse naturelle qui les retient aux lieux où ils naissent. L'alligator attend sa proie
au passage ; mais il va rarement la chercher ; toute sa science consiste à
se tenir caché sous l'eau et à se lever à point pour arrêter le pêcheur imprudent qui s'est embarqué sur le fleuve où il vit.

Je venais d'échapper à un grand danger ; un autre m'attendait encore
dans la même journée.

A peu de distance du fleuve des alligators, je remarquai, en suivant
la côte, un petit bois dont les arbres étaient chargés des oiseaux les plus
rares et les plus riches par leur plumage. C'étaient des lyres, des perroquets, des colibris, des oiseaux de paradis, en un mot un assemblage
complet des plus brillants plumages qui décorent les forêts du Nouveau-
Monde. Je ne pus pas résister au désir d'approcher ; j'abordai, j'attachai
mon cajack au rivage, et je me mis à courir vers le bois, en tenant sur
mon poing mon aigle tout déchaperonné. Je le lançai, et il revint avec
un superbe perroquet dont les plumes couleur de feu étincelaient au
soleil. Mais tandis que j'étais occupé à l'examiner, j'entendis derrière
moi un petit bruissement sur le gravier. Je pensai que ce devait être une
tortue ou quelque autre animal de la famille des crustacés qui se traînait
sur le sable. Je me retournai sans défiance ; il était temps : il y avait à
quelques pas de moi un grand tigre rayé, la gueule béante et qui d'un
bond s'apprêtait à fondre sur moi. Je demeurai comme frappé de stu-
peur, un brouillard couvrit mes yeux, et à peine pus-je lever mon fusil,
tant l'horreur avait paralysé mes forces ; c'en était fait de moi, quand
mon brave aigle, comprenant mon danger, s'élança hardiment sur la
tête du tigre, l'arrêta soudain, et se mit à lui travailler les yeux d'une

belle manière. Ce secours me sauva ; j'eus alors le temps de lâcher un
coup de fusil dans le flanc de mon ennemi, et deux coups de pistolet

tirés presque à bout portant dans la gueule entr'ouverte du tigre l'achevèrent. Il tomba ; mais, hélas ! ma victoire devait être empoisonnée par
un événement bien funeste : mon pauvre aigle tomba en même temps

que l'ennemi vaincu, les redoutables griffes du tigre l'avaient saisi et mis
en pièces. Je le ramassai en pleurant, et le portai dans mon cajack
avec l'espoir de l'empailler et de le faire figurer un jour dans notre
musée.

Je quittai cette côte, l'âme pleine de tristesse ; mais la protection
visible que Dieu venait de m'accorder en m'arrachant à un danger
dont je pouvais à peine calculer toute l'étendue fit diversion dans mon
cœur aux pensées qui l'occupaient, l'espérance y revint peu à peu. Je
doublai un petit cap, et tout-à-coup, au sommet des rochers grisâtres

qui bordaient la côte, j'aperçus un léger tourbillon de fumée s'élever vers le ciel; à cet aspect la joie la plus vive saisit mon cœur, tous mes pressentiments étaient réalisés! c'était bien la Roche fumante, et j'allais jouir du bonheur de sauver un de mes semblables.

Je tournai aussitôt mon embarcation dans la direction du signal tant désiré qui venait de se révéler à moi. Les inégalités du roc qui bordait la côte étaient autant d'obstacles que j'aurais voulu éloigner ou franchir, et qu'il me paraissait trop long de tourner. J'abordai enfin, au risque de me briser ou de glisser vingt fois le long des pics que j'eus à gravir. Mais la main de Dieu, qui m'avait conduit jusque-là, me soutint encore, et j'arrivai heureusement à une plate-forme, d'où j'aperçus enfin une créature humaine. Après dix ans c'était le premier visage étranger à notre famille qui se présentât à mes yeux. Vous vous rappelez sans doute les sentiments que vous avez éprouvés il y a trois jours en vous trouvant en présence d'un nouveau compagnon d'infortune; ces sentiments je les ai éprouvés le premier.

Au bruit que je fis en approchant, l'individu, qui était occupé à attiser le feu, se releva, m'aperçut, poussa un cri de surprise et de joie, puis, joignant les mains, attendit, après avoir jeté un regard vers le ciel, que je lui adressasse la parole. Malgré les habits d'officier de marine dont il était vêtu, son exclamation et la délicatesse de ses traits m'avaient fait reconnaître une femme; enfin, je m'arrêtai à dix pas d'elle, et, rappelant à ma mémoire tout ce que je savais d'anglais, je lui dis d'une voix oppressée : Je suis le libérateur que Dieu vous envoie, j'ai reçu le message de l'albatros.

Je prononçai vraisemblablement ce peu de mots assez mal, car miss Jenny ne les comprit pas d'abord. Je les lui répétai, et au bout de quelques instants nous nous entendîmes assez pour faire un mutuel échange de nos pensées. Les gestes, le regard, le ton, tout suppléait à ce qu'il pouvait y avoir d'imparfait ou d'insuffisant dans le langage.

Je parlai à ma nouvelle sœur du château de Felsenheim, de la baie de Falkenhorst, de notre naufrage, de nos dix années d'existence sur la côte, où nous avions presque introduit la civilisation européenne; elle me raconta de son côté l'histoire de ses premières années, son naufrage et son existence dans l'île de la Roche fumante. Il y aura dans tout cela de belles pages à écrire pour mon père pendant les longues soirées d'hiver.

Nous étions ainsi devenus tout d'un coup frère et sœur; la communauté de malheur avait suppléé aux liens du sang. Miss Jenny m'invita gra-

cieusement à souper, et nous passâmes la nuit, moi dans mon cajack amarré à la côte, et elle entre les branches d'un arbre où elle avait établi sa chambre à coucher, de peur des animaux sauvages.

Le lendemain matin nous nous abordâmes en riant ; miss Jenny avait déjà préparé le déjeûner, qui consistait en fruits et en poissons grillés.

Ce repas terminé et la mer étant belle, j'engageai la jeune personne à monter avec moi dans mon cajack, à l'avant duquel j'avais placé tous les curieux ustensiles que cette industrieuse jeune fille s'était fabriqués elle-même. Nous partîmes ; mais un accident étant survenu à ma petite barque, nous fûmes obligés de relâcher à l'île que vous avez appelée *Heureuse*, en mémoire de cette rencontre : ce fut là que je laissai miss Jenny, qui, redoutant de se présenter ainsi à une famille étrangère, me pria d'aller demander à mon père la permission de l'amener parmi nous.

Je me rendis à ce désir, et, mon canot étant réparé, je repris le chemin de nos parages : c'est alors que je vous ai rencontrés, et que la crainte de trouver en vous des pirates malais m'a fait jouer la comédie qui vous a causé un moment d'inquiétude.

— Ah! voilà qui est bien! s'écria Rudly quand Frédéric eut terminé son récit, maintenant il nous reste à apprendre l'histoire de notre sœur.

Frédéric allait reprendre et commencer une narration qu'il avait annoncée comme devant offrir le plus grand intérêt ; je l'arrêtai et lui conseillai de se reposer un peu.

Le récit de Frédéric nous avait conduits beaucoup plus loin que nous ne le croyions ; je regardai à ma montre, il était plus de minuit. L'auditoire était encore très-éveillé ; mais, comme nous avions pour le lendemain des travaux à exécuter qui demandaient de la force et de l'activité, et qu'ils auraient pu souffrir de la fatigue qu'aurait nécessairement laissée après elle une nuit passée à écouter des récits, je crus nécessaire de couper court à la narration, et de renvoyer à une autre fois la conclusion que tout le monde attendait avec la plus vive impatience. Cette décision fut assez mal accueillie ; mais, quand on se fut convaincu qu'elle était positive, on s'y conforma, et chacun alla reprendre, les uns dans la pinasse, les autres sur le bord de la mer, la place qu'il avait occupée les nuits précédentes.

Le lendemain, quand toute la famille fut rassemblée pour le déjeûner, on s'entretint des dangers qu'avait courus Frédéric dans son entreprise et du courage qu'il avait déployé dans ces diverses circonstances ; ce récit rappela celui qui avait été promis la veille, et je fus obligé de consentir à ce que la narration de miss Jenny ouvrît la journée qui commençait. Nous aurions voulu tous que la jeune fille nous racontât elle-même ses aventures ; mais elle était si timide et en même temps si vive, qu'il lui était difficile d'y mettre quelque suite ; elle allait et venait sans cesse, tantôt pour veiller au feu ou à quelques soins domestiques, tantôt pour faire une caresse à la bonne mère ou une niche à ses frères. Frédéric fut donc invité à lui servir d'interprète, et il reprit son récit de la veille.

— Dès que je fus parvenu à me faire entendre de ma nouvelle sœur, je lui demandai par quelle suite d'événements elle s'était trouvée transportée sur la côte déserte où je venais de la rencontrer.

Elle m'apprit qu'elle était née dans l'Inde d'un père et d'une mère anglais d'origine. Son père, après avoir rempli les fonctions de major dans un régiment de la Grande-Bretagne, obtint le commandement d'une place importante dans les possessions anglaises.

Le commandant Montrose (c'est le père de Jenny) avait eu le malheur de perdre sa femme peu d'années après son mariage. Cette perte l'avait profondément affligé, et toutes ses affections s'étaient naturellement reportées sur son enfant. Miss Jenny n'avait pas sept ans quand sa mère mourut. Le commandant se chargea lui-même de l'éducation de sa fille, et, dans les loisirs que lui laissaient les devoirs de sa place, il s'appliquait à développer dans cette fille chérie les qualités précieuses dont la nature l'avait dotée. Non content d'orner son esprit de toutes les connaissances que la civilisation britannique avait naturalisées dans l'Inde, non content de faire de sa fille une jeune personne destinée à briller dans un salon et à s'attirer l'attention du monde élégant, il voulut encore en faire une femme forte et robuste, capable d'affronter un danger et d'y résister. Telle fut l'éducation de miss Jenny jusqu'à l'âge de dix-sept ans : elle maniait aussi bien un fusil de chasse qu'une aiguille ; elle était aussi bien à cheval, courant dans la savane, que dans le salon de son père, où sa grâce et ses manières élégantes méritaient les suffrages de toute la société anglaise qui s'y réunissait.

Le commandant Montrose ayant été nommé colonel eut ordre de revenir en Angleterre et de ramener une partie de son régiment en Europe. Cette circonstance le força à se séparer de sa fille, attendu que la discipline ne permet pas d'admettre les femmes sur un vaisseau de ligne en temps de guerre : il la fit partir presqu'en même temps que lui sur un autre bâtiment dont le capitaine était un de ses amis et qui devait faire le voyage d'une manière plus prompte.

Le vieux soldat pleura beaucoup en se séparant de sa chère enfant ; il concevait tous les dangers d'une traversée longue et pénible, et ce ne fut pas sans avoir recommandé long-temps sa Jenny au capitaine du navire qu'il se résolut à abandonner aux flots de l'Océan ce qu'il avait de plus cher au monde.

Les premiers jours de navigation furent heureux ; mais une tempête terrible vint surprendre au milieu de sa course le vaisseau qui portait miss Jenny. L'équipage fut jeté hors de sa route, et un coup de vent à peu près pareil à celui qui nous poussa il y a dix ans sur la côte où nous sommes dirigea aussi du même côté le navire anglais. Il rencontra comme nous des écueils contre lesquels il se brisa, et ce fut à grand'peine que deux chaloupes purent être mises à la mer et offrir une chance de salut aux malheureux naufragés. Miss Jenny trouva place dans la plus petite ; le capitaine était dans l'autre : du reste, elles étaient également chargées et toutes prêtes à faire eau. Un nouveau coup de vent les sépara. Miss Jenny perdit de vue celle qui portait le capitaine ; quant à celle où elle avait trouvé place, elle ne tarda pas à chavirer, et la pauvre jeune fille eut seule le bonheur d'échapper à la mort. Les flots la portèrent à demi évanouie jusqu'au pied du rocher où je l'ai rencontrée.

La pauvre enfant se traîna sous l'abri d'une roche avancée et remplie d'un sable fin et sec ; elle y tomba d'épuisement, et y dormit pendant vingt-quatre heures. Elle y passa plusieurs jours, livrée à un sombre désespoir et sans autre nourriture que quelques œufs d'oiseaux qu'elle dénicha dans les rochers. Au bout de ce temps, le soleil ayant reparu et la mer s'étant calmée, la pauvre naufragée pensa que les gens de la

grande chaloupe reviendraient peut-être pour la chercher dans ces parages. Dans cet espoir, elle songea à établir des signaux qui pussent
avertir ses amis ; comme elle portait, par ordre de son père, l'habit
d'aspirant de marine sur le bâtiment, elle se trouva munie d'une boîte
contenant un briquet, un couteau et d'autres menus objets. Aussitôt elle
rassembla des morceaux de bois que la mer rejetait sur le sable, elle les
porta au sommet du rocher, et établit là un feu qu'elle ne laissait éteindre
jamais, dans l'espoir que quelque navire en mer apercevrait ce signal et
viendrait à son secours.

Vous vous ferez facilement une idée de ce que durent être les premiers jours de solitude pour miss Jenny. Elle avait à lutter contre les
horreurs de la faim et tous les dangers du désert. Combien elle fut heureuse alors de l'éducation semi-virile que son père lui avait donnée !
L'habitude de la chasse avait développé en elle un courage et une résolution au-dessus de son sexe, et elle commença immédiatement à faire
servir à sa propre conservation une activité qui n'avait été jusque-là
qu'un moyen de récréation et de plaisir. Elle mesura toute l'étendue de
sa position, et se tournant alors vers le ciel avec une confiance et une
résignation pleine de foi et de sincérité, elle appela sur elle-même la
main de Dieu, et elle espéra. Elle se construisit une hutte, elle pêcha,
elle chassa, elle apprivoisa des oiseaux, entre autres un cormoran qui
allait pour elle à la pêche, et plusieurs albatros auxquels elle confiait le
frêle espoir qu'elle avait d'être enfin délivrée ; en un mot, elle vécut seule
et sans autre secours qu'elle-même, pendant près de trois ans, dans la
solitude.

Frédéric s'arrêta ; ses yeux se portèrent naturellement vers l'hé-
roïne du récit, qui dissimulait mal le trouble et l'embarras auxquels
elle était en proie. Je mis fin à cette scène muette et pénible pour la
jeune fille.

— Ainsi, mon enfant, lui dis-je, vous venez d'être une nouvelle
preuve de cette vérité, que la main de Dieu ne manque jamais à ceux
qui l'implorent. Ce que vous avez fait depuis près de trois ans, une
pauvre famille suisse le fait ici depuis dix ans, et l'appui divin n'a pas
plus manqué à l'une qu'à l'autre.

Je laissai quelque temps aux commentaires naturels que provoquait
l'histoire de miss Jenny. Mais comme j'avais résolu d'avance que cette
journée serait une journée de travail, je ne tardai pas à donner le signal,
et tout le monde se mit à l'œuvre. La chaux avait réussi : j'en soumis
plusieurs morceaux à l'épreuve de l'eau, et elle fut trouvée excellente.

Je n'oubliai pas la découverte que j'avais faite de l'herbe à la soude, et j'en recueillis une assez grande quantité que je brûlai, et dont j'emportai soigneusement les cendres pour les convertir en sel alcalin.

Miss Jenny nous aida beaucoup pendant toute cette journée de travail, et je vis avec plaisir que l'activité qu'elle déployait et la franche gaîté avec laquelle elle s'adressait à mes fils faisaient disparaître insensiblement le sentiment peu favorable avec lequel les plus jeunes l'avaient accueillie d'abord. Je commençai à espérer qu'elle pourrait, en effet, devenir pour eux une sœur véritable.

Vers le soir la pinasse se trouva chargée de tout ce que nous devions transporter, et l'on commença à parler sérieusement du retour à Felsenheim. Les descriptions poétiques que nous avions faites de la grotte de sel, les choses merveilleuses que nous avions racontées du château aérien de Falkenhorst et du site enchanteur au milieu duquel il s'élevait avaient rendu miss Jenny très-curieuse de juger par elle-même de toutes ces merveilles.

Le lendemain, nous levâmes l'ancre au point du jour. La voile de la pinasse se déroulait gaîment à un vent frais et favorable, et le cajack de Frédéric, dans lequel Fritz avait pris place à côté de son frère, nous ouvrait la marche et nous guidait au travers des écueils. Quand nous fûmes à la hauteur de Prospect-Hill, je proposai de relâcher un instant et de faire une descente à la métairie. Frédéric et son jeune frère nous demandèrent la permission de continuer leur route, afin d'aller, nous dirent-ils, préparer les logements à Felsenheim. Ils partirent, et nous abordâmes au pied de Prospect-Hill.

Tout était en ordre dans la métairie : miss Jenny, qui depuis plus de deux ans n'avait pas vu d'habitation humaine, ne put retenir un cri d'admiration. Ma femme lui montra avec orgueil les colonies de coqs et de poules qu'elle avait établies, et qui avaient prospéré au-delà de nos espérances. La jeune fille partageait la joie de la bonne mère avec une naïveté qui présageait une future bonne ménagère.

Nous remontâmes dans la pinasse, et de Prospect-Hill nous vînmes à l'Ile du requin, où les lapins angoras nous donnèrent en passant une provision abondante de leur poil fin et soyeux. De l'Ile du requin, nous cinglâmes droit à la côte de Felsenheim, et nous commencions à peine à la découvrir distinctement, qu'une salve de dix coups de canon nous apporta le salut d'abordage ; cette prévenance de Frédéric et de Fritz fit un bon effet parmi la famille. Seulement le docteur Ernest ne put s'empêcher de regretter qu'au lieu de dix coups la salve ne se fût pas

composée d'un nombre impair. Cela, dit-il magistralement, est entièrement contraire aux usages, et dénote que nos artilleurs n'ont jamais
lu de Voyages ; autrement ils auraient remarqué que les salves se composent toujours d'un nombre de coups impair.

L'observation du savant était fondée ; mais elle avait, il faut l'avouer,
assez peu d'importance, et je ne trouvai pas de meilleur moyen de
contre-balancer la faute qu'avaient commise nos artilleurs qu'en leur
répondant par une salve de onze coups. Ernest et Rudly s'en chargèrent,
et ils s'en acquittèrent de manière à faire honneur à de vieux canonniers
de marine.

Peu de temps après les salves, nous vîmes venir à nous Frédéric et
Fritz dans leur canot : ils nous reçurent à l'entrée de la baie, comme
aux limites de leur domaine, et nous les suivîmes jusqu'à la côte. Ils
débarquèrent avant nous, pour nous faciliter l'abordage. Au moment où
miss Jenny mit le pied sur le sable, un cri de joie retentit, et Frédéric,
s'approchant d'elle en galant chevalier, lui présenta la main et la conduisit jusqu'à la galerie qui régnait le long de la grotte.

Là un spectacle nouveau nous attendait : une table était dressée au
milieu de la galerie et couverte de tous les fruits que la côte produisait.
L'ananas, les figues, les goyaves, l'orange, s'y élevaient en pyramides
odorantes, sur de larges feuilles ou dans des plats de calebasses. Tous
les vases de notre fabrication, coupes de cocos, œufs d'autruches montés
sur des pieds tournés, urnes de porcelaine peinte, tout cela était rempli
d'hydromel, de vin de Canarie, de lait frais, tandis qu'un grand plat
de poissons et une dinde rôtie et farcie de truffes formaient la partie
solide du repas ; enfin une double guirlande de fleurs et de verdure se

balançait au-dessus de la table, et soutenait un médaillon sur lequel était écrit en grandes lettres rouges : *Vive miss Jenny Montrose* ! C'était une fête complète, une réception aussi pompeuse qu'elle pouvait l'être avec les moyens dont nous disposions. Miss Jenny se mit à table entre ma femme et moi, Ernest et Rudly se placèrent ensuite ; mais nos artilleurs ne voulurent jamais consentir à s'asseoir : une serviette sous le bras, ils faisaient le service de la table, et s'efforçaient, par l'activité qu'ils déployaient et leur attention à prévenir nos moindres désirs, de donner à la petite fête de famille qu'ils avaient improvisée tout l'attrait dont elle était susceptible. Les toasts les plus poétiques et les plus ronflants furent successivement portés, et le nom de miss Jenny fut mêlé à nos souhaits de bonheur et d'avenir.

Nous passâmes de la table dans l'intérieur de la grotte, où notre jeune compagne eut un appartement à côté de celui de la mère. Miss Jenny ne pouvait se lasser d'admirer ce qu'elle appelait nos richesses, elle s'étonnait que quatre enfants et un homme fussent parvenus à exécuter tant de choses. Nous la conduisîmes dans le potager, juste orgueil et objet de la prédilection spéciale de ma bonne Élisabeth : nous lui montrâmes le verger, la serre ; il ne resta pas un coin dans nos possessions de Felsenheim qu'on ne fît remarquer à la jeune fille. Enfin, quand nous fûmes suffisamment reposés, nous tentâmes un voyage en famille à Falkenhorst. Le château d'arbre se sentait un peu de la négligence dont il était devenu l'objet depuis quelque temps, et nous passâmes toute une semaine à le réparer et à remettre tout en ordre. Nous nous rendîmes également à Waldegg pour y faire la récolte du riz et de nos autres denrées ; car la saison avançait, et quelques ondées imprévues étaient déjà venues nous annoncer qu'il importait d'activer la rentrée de nos récoltes et d'achever nos provisions d'hiver. Miss Jenny fit preuve, pendant ces travaux, d'une intelligence et d'une bonne volonté qui nous rendirent précieux son concours ; tout le monde, en un mot, travailla avec tant d'ardeur que nous n'avions plus rien à serrer quand les pluies et le vent commencèrent à prendre un caractère prononcé et qu'il fallut définitivement fermer notre porte. Dix années auraient dû nous accoutumer aux terribles hivers de ces contrées, et chaque fois ce n'était qu'avec un sentiment de tristesse profonde, mêlée d'effroi, que nous les voyions venir. La mer, bouleversée jusque dans ses abîmes, le vent, le tonnerre, les éclairs qui se mêlaient avec un fracas horrible, tout concourait à nous rendre effrayante une crise que l'on pouvait prendre pour le bouleversement de la nature entière.

Nous avions réservé pour l'hiver plusieurs travaux sédentaires, auxquels notre nouvelle compagne apporta le tribut de sa patience et de son
adresse. Miss Jenny excellait dans les ouvrages des doigts qui sont plus
particulièrement le partage de son sexe ; elle nous montra à tresser la
paille, le jonc et les roseaux, dont elle savait faire des tapis, des rideaux
et toutes sortes d'objets. Nous fîmes de cette manière des chapeaux légers pour l'été, des paniers élégants, et même des gibecières d'un usage
aussi utile qu'agréable ; ma femme était enchantée de notre jeune compagne : une éducation heureusement soignée lui permettait de parler
science avec maître Ernest. Quant aux trois autres frères, Frédéric surtout, ils voyaient dans l'adresse de miss Jenny un stimulant qui ne leur
permettait pas l'infériorité. Ainsi, la présence de la jeune fille répandait
sur nos travaux d'hiver une activité, une bonne harmonie et une gaîté
qu'ils n'avaient point encore eus jusque-là. Jenny était devenue, pour
ma femme et pour moi, un cinquième enfant ; c'était aussi une sœur
pour mes fils.

C'est avec mille sensations diverses que j'écris ce mot *conclusion* :
il me rappelle tout ce qui m'agitait alors. Dieu est grand ! Dieu est bon !
tel est le sentiment qui domine dans mon cœur tous les autres ! j'ai tant
de grâces à rendre à la Providence !... Que le lecteur me pardonne donc
le désordre avec lequel je terminerai mon récit.

Je reprends le fil de nos aventures

C'était vers la fin de la saison des pluies, ou du moins nous ne les avions
plus qu'à des intervalles de plus en plus rares ; le vent avait perdu de sa
violence, et de larges trouées bleues qui apparaissaient dans le ciel au
travers des nuages nous annonçaient la fin de la mauvaise saison. Nos
pigeons quittèrent le colombier, et nous pûmes bientôt nous-mêmes ouvrir la porte de la grotte et mettre fin à la réclusion à laquelle nous étions
condamnés depuis plus de trois mois.

Nos premiers soins furent pour nos propriétés, que les pluies avaient
endommagées. Nous les réparâmes autant qu'il nous fut possible, et
quand le potager et les environs de la grotte nous parurent suffisamment
en état, nous songeâmes à nos possessions éloignées. Frédéric et Rudly
se proposèrent pour aller faire une descente dans l'Ile du requin, et s'assurer si les vents d'hiver n'avaient point renversé nos constructions militaires. J'y consentis, et ils partirent dans le cajack.

On sait que nous étions convenus de divers signaux à l'aide desquels
nous pouvions correspondre de la côte de Felsenheim avec le Fort du
requin. Un pavillon hissé en l'air devait nous apprendre que tout allait

bien dans l'île, et deux coups de canon, tirés à peu d'intervalle, devaient indiquer que l'on apercevait quelque chose en mer.

Mes fils, après avoir inspecté l'intérieur du fort et s'être assurés que l'hiver n'y avait causé aucune avarie un peu importante, se mirent à regarder au loin, pour découvrir si rien ne se dessinait à l'horizon ; ils aperçurent sur la côte plus d'un arbre renversé, mais ils ne virent ni baleine ni autre monstre-marin échoué sur la rive. Afin de s'assurer si les canons étaient comme tout le reste en bon état, mes jeunes gens s'amusèrent à tirer quelques coups, et même ils brûlèrent de la poudre avec une profusion qui s'accordait assez mal avec les motifs d'économie qui devaient nous faire épargner cette précieuse richesse.

Mais quel fut leur étonnement et leur émotion lorsqu'au bout de deux ou trois minutes ils entendirent trois coups de canon dans le lointain répondre à leurs signaux ! ils ne pouvaient s'y méprendre, car une faible lueur vers l'ouest avait précédé chaque coup. A cet instant les deux frères se saisirent la main avec une joie mélangée de doute et d'espoir,

tous deux se disaient d'une voix oppressée : Des hommes ! des hommes ! Après s'être consultés sur ce qu'il y avait à faire, ils résolurent de quitter l'île immédiatement et de venir nous donner avis de la découverte qu'ils avaient faite. Sauter dans le cajack et se remettre en mer fut l'affaire d'un instant. La frêle nacelle touchait à peine l'eau, elle glissait à la surface avec une rapidité inconcevable.

Nous avions entendu les coups de canon, et notre curiosité éveillée nous avait fait courir au rivage où nous étions, quand nous vîmes paraître nos deux marins.

— Eh bien ! qu'y a-t-il donc ? leur criai-je du plus loin qu'il me fut possible. Ils étaient saisis par la nouvelle même qu'ils apportaient, et tout ce qu'ils purent articuler d'abord fut : — O mon père ! mon père !

et en bégayant ces mots ils se jetèrent comme éperdus dans mes bras.
N'avez-vous rien entendu ?

— Non , rien , excepté les coups de canon de signal que vous nous
avez prodigués avec une largesse peu commune.

— Vous n'avez pas entendu trois autres coups dans le lointain ?

— Non.

— Eh bien ! nous les avons entendus , nous , clairement , distinctement.

— C'était l'écho , dit Ernest.

Rudly fut piqué de cette remarque , et il reprit avec un ton d'aigreur
très-sensible :

— Non , vraiment , monsieur le docteur. ce n'était pas l'écho : nous
avons tiré assez de coups pour juger de l'effet de l'écho et du retentisse-
ment dont nous parlons. Nous avons clairement entendu deux coups de
canon , et nous sommes sûrs qu'il y a des navires qui naviguent maintenant à la hauteur de nos côtes.

Il y avait dans le ton de voix du jeune homme quelque chose de si
vrai et qui portait un tel caractère de conviction , qu'il me fut impossible
de rejeter entièrement l'idée nouvelle qu'il venait d'émettre. La découverte d'un navire était une chose grave dans l'histoire de notre existence, et, si nous appelions de tous nos vœux le moment qui renoue-
rait entre les hommes et nous des relations interrompues depuis tant
d'années, nous ne devions cependant nous livrer qu'avec prudence et
réserve à un événement dont les conséquences pouvaient être des plus
importantes.

— Si réellement il y a un navire sous nos côtes , disais-je , qui sait s'il
est monté par des Européens ou par des pirates malais ? qui sait si nous
devons plutôt nous réjouir que nous affliger de sa présence, et si, au
lieu de faire des préparatifs de fêtes , nous ne devons pas nous disposer
au combat et à défendre contre une troupe de brigands nos possessions
et nos richesses ?

Ces pensées, toutes sévères, firent opposition à la joie impétueuse et
irréfléchie avec laquelle Frédéric et son frère nous avaient rapporté la
nouvelle qu'un navire croisait le long des côtes. Ma première résolution
fut qu'il fallait attendre et organiser en même temps un système de défense, et établir cependant un service de sûreté. Nous nous partageâmes,
mes fils et moi , de manière à veiller pendant la nuit chacun à notre
tour sous la galerie de la grotte, pour éviter une surprise au cas où l'on
en tenterait une. Mais la nuit s'écoula sans événement. Au matin , le

vent et la pluie s'élevèrent avec une violence inaccoutumée, et ils durèrent deux jours et deux nuits, sans qu'il nous vînt aucun indice de la découverte qui était devenue l'objet de toutes nos pensées.

Le soleil reparut avec le troisième jour. Frédéric et Rudly, pleins d'impatience, résolurent de retourner à l'Ile du requin, et de tenter un nouveau signal. J'y consentis; mais au lieu du cajack nous prîmes la pirogue, et je partis avec eux. Ma femme, Jenny, Ernest et Fritz restèrent dans la grotte. En arrivant au fort, nous hissâmes le pavillon pour rassurer les nôtres sur la bonne issue de notre traversée; et Rudly, pour qui tout retard était insupportable, se mit aussitôt en devoir de charger l'un des canons. Il tira deux coups, puis nous attendîmes; mais à peine les dernières vibrations de nos décharges se perdaient-elles le long des rochers, que nous entendîmes très-clairement un coup plus sonore que les nôtres retentir du côté du Promontoire de l'espoir trompé. Ce premier coup fut suivi de six autres.

Rudly ne se possédait plus de joie : — Des hommes! des hommes! criait-il en dansant autour de nous, des hommes, mon père!... en êtes-vous sûr maintenant?... — Et son enthousiasme se communiqua si bien, qu'il m'entraîna moi-même, et que je hissai tout ensemble nos deux pavillons, comme un signal plus facile à découvrir de loin.

Nous revînmes vers les nôtres, qui nous attendaient sur le rivage. Ils n'avaient rien entendu des sept coups de canon; mais ils avaient vu flotter dans l'air nos deux pavillons, et ils s'attendaient à des nouvelles précises et circonstanciées.

— Eh bien! nous demandèrent-ils tous en même temps, sont-ce des Européens? des Anglais? est-ce un vaisseau marchand? une corvette?

Nous avions bien peu de choses à répondre à tant d'empressement ; tout ce que nous pûmes faire, ce fut d'annoncer comme positive la présence d'un navire le long de nos côtes. Mes enfants se prêtaient difficilement aux idées sombres et tristes que je mettais sans cesse en avant. L'arrivée d'un navire ne pouvait être, selon eux, qu'un événement heureux, et miss Jenny surtout, donnant cours à son imagination naïve, nous assurait que c'était certainement son père qui venait à sa recherche, et que Dieu lui-même l'avait amené sur ces côtes. Cette pieuse confiance de la jeune fille me faisait plaisir, j'y souriais volontiers, mais il m'était impossible de m'y abandonner.

J'ordonnai de mettre tout en ordre et en sûreté dans la grotte ; mes trois plus jeunes fils, ma femme et miss Jenny partirent pour Falkenhorst avec notre bétail, et je montai dans le cajack avec Frédéric pour aller en reconnaissance. Cette séparation avait quelque chose de triste et de solennel ; ma bonne Élisabeth, que l'âge rendait moins confiante que nos enfants, ne put retenir ses larmes, et elle nous fit promettre à plusieurs reprises d'être prudents dans l'excursion que nous tentions.

Il était à peu près midi quand nous nous mîmes à la mer. Nous suivîmes d'abord les côtes sans rien découvrir ; des vagues qui s'élevaient à l'horizon, et auxquelles notre imagination donnait toutes les formes qui pouvaient favoriser notre première idée, furent pendant un assez long temps tout ce qui nous occupa. C'était l'illusion d'un moment que le premier coup de vent dissipait en écume. Toutefois nous étions tellement sûrs des sept coups de canon que nous avions entendus le matin que nous ne perdions point courage : nous continuions à suivre les côtes, quand nous vîmes tout-à-coup paraître, au détour d'un petit promon-

toire de rocher qui nous l'avait couvert jusque là, un beau navire européen majestueusement reposé sur ses ancres avec une chaloupe à côté et que nous reconnûmes au pavillon pour un vaisseau anglais.

Je chercherais en vain à exprimer les sentiments qui s'emparèrent alors de notre âme. Nous élevâmes nos mains et nos yeux vers le ciel, et il y avait dans cette simple action toute une prière pleine de foi et de reconnaissance envers le Seigneur. Si j'avais voulu croire Frédéric, il se serait jeté à la nage pour arriver plus tôt auprès du navire ; mais je le retins, et lui fis voir tout le danger que pouvait avoir son impétuosité ; car rien ne nous assurait encore que nous eussions devant nous un navire anglais : il était très-possible que des corsaires malais eussent recours à ce stratagème, et arborassent ainsi les couleurs d'une nation européenne pour mieux exercer leurs pirateries et tromper plus facilement les malheureux assez imprudents pour s'approcher d'eux sur la foi de leur pavillon.

Nous restâmes dans l'enfoncement d'où nous avions découvert le navire : je pensais que le moyen le plus sûr était de faire connaissance de loin d'abord, afin de ne nous livrer que lorsque notre confiance serait bien établie.

Nous étions à même de voir très-bien tout ce qui se passait sur le vaisseau. Deux tentes étaient dressées sur le rivage ; des tables garnies de fruits, des quartiers de viande qui rôtissaient devant des feux bien nourris, des hommes qui circulaient en tout sens, donnaient à la côte l'aspect d'un camp organisé. Deux sentinelles étaient sur le pont du navire, et quand elles nous eurent aperçus, elles en donnèrent avis au capitaine, qui parut aussitôt sur le pont et dirigea sa longue-vue de notre côté.

— Ce sont des Européens ! s'écria Frédéric ; il est facile d'en juger à la figure du capitaine ; voyez, mon père, des corsaires malais seraient assurément plus cuivrés que cela.

La remarque de Frédéric était juste ; néanmoins elle ne suffisait pas encore pour me rassurer complètement. Nous persistâmes à demeurer dans la baie, en faisant manœuvrer notre canot avec toute la dextérité dont nous étions capables. Nous nous mîmes à chanter une chanson de notre pays, et, quand nous eûmes fini, je criai dans notre porte-voix ces trois mots anglais : *Englishmen good men*. Mais ils n'obtinrent pas de réponse ; notre chanson, les manœuvres de notre canot, et plus encore peut-être notre habillement, nous firent prendre pour des sauvages, et vous vîmes le capitaine nous faire signe d'approcher en nous montrant des couteaux, des ciseaux, des objets de verroterie et d'autres bijoux grossiers dont les habitants du Nouveau-Monde sont ordinairement très-avides. Cette méprise nous fit rire, mais nous ne jugeâmes pas à propos d'avancer ; nous venions de nous convaincre des bonnes dispositions des nouveau-venus, mais nous voulions nous présenter à eux avec plus de pompe et plus de dignité. Nous leur jetâmes encore une fois le mot *Englishmen*, comme pour leur faire comprendre que nous les avions reconnus, et nous disparûmes de toute la rapidité de nos rames. La joie que nous ressentions doublait nos forces, car nous comprenions que le lendemain serait pour nous une ère nouvelle, et que les limites de notre existence devaient se doubler d'étendue du moment où nos relations avec les hommes se seraient renouées.

Nous abordâmes à la hauteur de Falkenhorst : les nôtres nous y attendaient réunis sur le rivage, impatients de connaître l'issue de notre démarche.

Notre prudence fut approuvée ; miss Jenny seule, toujours animée de l'idée que son père devait être sur le navire, ne comprenait rien à notre retenue qu'elle blâmait, et elle était fâchée que nous ayons prolongé jusqu'au bout notre petite comédie. Ma femme, au contraire, nous loua surtout de n'avoir pas voulu nous présenter à des étrangers dans un équipage aussi mesquin qu'un misérable cajack.

— En vérité ! disait-elle en riant, c'eût été déployer une idée trop mince de nos forces et de l'importance de notre établissement que de vous présenter ainsi ! Il faut prendre le plus beau de nos bâtiments pour aller à la rencontre de celui-ci, afin que le capitaine anglais ne pense pas n'avoir affaire qu'à de misérables naufragés.

Cette petite vanité de ma femme me fit sourire ; toutefois il fut décidé, dès le lendemain matin, que la pinasse serait gréée et qu'elle conduirait la famille en habits de fête jusqu'au mouillage du navire anglais.

Nous étions à la veille d'un trop grand et trop solennel événement pour que les projets ne commençassent point à se faire jour. Chacun faisait le sien, et ils étaient tous plus bizarres, plus extravagants les uns que les autres. Moi, sans partager l'enthousiasme de toutes ces jeunes têtes, je n'en étais pas moins préoccupé d'une manière très-vive, par l'issue que devait avoir l'événement auquel nous ne faisions que commencer d'assister. J'aurais renoncé avec peine à ma vie patriarcale, aux constructions que j'avais élevées, et à tant d'établissements qui m'étaient devenus chers parce qu'ils m'avaient coûté beaucoup de peine ; ma femme aussi ne se serait aventurée de nouveau sur la mer qu'avec une répugnance extrême ; mais tout ce que nous pouvions former de projets n'était encore qu'un rêve, car avant tout il fallait nous assurer définitivement des dispositions du navire anglais et prendre connaissance des ressources qu'il nous apportait.

Nous passâmes tout un jour à mettre la chaloupe en état et à la charger de divers présents que nous destinions au capitaine : nous tenions à honneur de lui faire voir que ceux qu'il avait pris pour des sauvages grossiers n'étaient pas aussi étrangers aux habitudes de la civilisation qu'il l'avait jugé d'abord. Nous partîmes enfin au lever du soleil ; le temps était magnifique, nous voguions à voiles déployées, et Frédéric, dans son canot, nous précédait comme un pilote. Ma femme et Jenny étaient habillées en matelots ; Ernest, Rudly et Fritz faisaient le service du bâtiment, j'étais assis au gouvernail. Nous eûmes soin de charger nos canons et nos fusils, et par précaution nous disposâmes sur la plate-forme de l'arrière toutes les armes offensives et défensives dont nous pouvions avoir besoin, telles que haches, sabres, piques, etc. Nous comptions sur des dispositions amicales de la part des Anglais ; mais s'ils nous eussent trompés, nous étions disposés à leur vendre chèrement notre vie.

Quand nous fûmes à portée de distinguer clairement le navire objet de toute notre attention, un saisissement subit parut s'emparer de tout mon équipage ; mes fils étaient muets d'attente et de plaisir.

— Arborez le pavillon anglais ! leur criai-je d'une voix de stentor, et en même temps un drapeau pareil à celui qui décorait le navire que nous voyions se balancer à l'ancre flotta à l'avant de la pinasse.

Si nous nous étions sentis saisis d'un sentiment extraordinaire en approchant d'un navire européen, les Anglais ne furent guère moins étonnés que nous en voyant un bâtiment léger venir à eux voiles déployées. S'ils eussent été des corsaires, il est probable que, dans ce premier moment de trouble, nous en aurions eu bon marché. Mais des cris de joie et de confiance ne tardèrent pas à succéder au premier sentiment d'effroi ; des salves réciproques furent tirées de part et d'autre. Je me joignis à Frédéric dans son canot, et nous nous approchâmes du navire anglais pour porter au capitaine le salut d'honneur.

Le capitaine nous accueillit avec cette franchise et cette cordialité loyale qui distinguent les marins : il nous conduisit dans sa cabine, où un flacon de vin du Cap cimenta l'alliance que nous venions de former ensemble.

Je racontai au capitaine, aussi brièvement que possible, l'histoire de notre naufrage et de notre séjour depuis dix ans sur cette côte. Je lui parlai de miss Jenny, et je lui demandai s'il n'avait point entendu parler du commandant Montrose. Le capitaine, non-seulement connaissait ce dernier, mais il entrait dans ses instructions de faire des recherches dans ces parages, où trois ans auparavant le navire le *Dorcas*, qui portait la fille du commandant Montrose, avait péri, afin de recueillir des naufragés s'il s'en trouvait, et des renseignements sur le sort de cette jeune personne. En conséquence, il manifesta le plus grand empressement de voir la jeune fille et de lui donner l'assurance des nouvelles favorables qu'il apportait. Il nous raconta qu'une tempête de quatre jours l'avait jeté hors de la ligne qu'il suivait pour Sydney et la Nouvelle-Hollande, et l'avait forcé à relâcher sur nos côtes, où il avait renouvelé ses provisions de bois et d'eau. — C'est alors, ajouta-t-il, que nous avons entendu les deux coups de canon auxquels nous avons répondu. Le lendemain, de nouvelles décharges vinrent nous convaincre que nous n'étions pas seuls sur la côte, et nous résolûmes d'attendre que le hasard ou toute autre cause nous mît en relation avec ceux que nous jugions d'abord devoir être des compagnons d'infortune. Mais nous avons trouvé mieux, une colonie organisée, et presque une puissance maritime dont je sollicite l'alliance au nom des royaumes unis de la Grande-Bretagne. Cette dernière phrase nous fit beaucoup rire, et nous serrâmes cordialement la main que le capitaine Littleton nous tendait.

Cependant le reste de la famille nous attendait à distance sur la pinasse : nous prîmes congé du capitaine, qui lui-même, faisant mettre à la mer la chaloupe du navire, nous suivit de près et arriva presque en même temps que nous à bord de notre embarcation. Nous le reçûmes avec toutes les démonstrations de joie et d'amitié possibles; miss Jenny sautait de plaisir à la vue d'un compatriote, d'un homme qui pouvait lui parler de son père.

Le capitaine avait amené avec lui une famille anglaise, que les fatigues de la traversée avaient rendue malade : c'était celle de M. Wolston, mécanicien distingué; elle se composait de quatre personnes, le père, la mère et deux jeunes filles. Ma femme offrit cordialement à mistress Wolston de venir à terre, et elle lui promit que sa famille trouverait à Felsenheim toutes les ressources qu'elle chercherait en vain à bord d'un navire; cette proposition fut acceptée : nous quittâmes le capitaine, qui ne voulut jamais consentir à passer une nuit loin de son équipage, mais nous emmenâmes avec nous la famille Wolston.

Mes lecteurs peuvent se faire une idée de l'étonnement que durent éprouver les membres de la famille Wolston en se trouvant en présence de tous nos établissements : nous leur montrâmes avec orgueil Felsenheim et la voûte de sel, l'arbre géant de Falkenhorst, Prospect-Hill et toutes les merveilles qui composaient nos domaines; le soir, un repas frugal, animé par la gaîté la plus franche, réunit les deux familles sous la galerie de la grotte, et ma femme eut soin de préparer, dans l'intérieur, des appartements et des lits pour recevoir pendant la nuit nos nouveaux hôtes.

Le lendemain matin, M. Wolston vint à moi, et me tendant affectueusement la main :

— Monsieur, me dit-il, je ne saurais vous exprimer toute l'admiration que m'inspirent les merveilles que vous êtes parvenu à réaliser ici.

La main de Dieu était avec vous, et c'est à elle que vous êtes redevable d'un bonheur aussi parfait que celui dont vous paraissez jouir, loin du bruit et du monde, seul avec votre famille, au milieu de toutes les richesses de la création.

J'ai quitté l'Angleterre pour aller chercher le repos quelque part : où le trouverai-je mieux qu'ici? Si vous y consentez, je m'estimerai le plus heureux des hommes de pouvoir m'établir dans un coin de vos domaines.

Cette proposition du bon M. Wolston remplissait tous mes vœux, je me hâtai d'y répondre, et de l'assurer qu'au lieu de lui donner un coin, comme il le demandait modestement, j'étais tout prêt à l'associer de moitié à mon empire patriarcal.

— La Providence, lui dis-je, a répandu ici tous ses trésors en abondance, et deux familles vivront facilement, sur cette côte, de ses libéralités.

M. Wolston se hâta d'aller annoncer à sa femme et à ses filles le succès de sa démarche; j'en fis autant de mon côté, et toute la matinée fut consacrée à la joie et au plaisir que causait cette bonne nouvelle.

Cependant, des considérations d'un ordre plus sévère occupaient mon esprit : le navire qui venait de mouiller sur nos côtes était le seul qui s'y fût présenté depuis dix ans, un même nombre d'années pouvait s'écouler encore avant qu'un autre n'y reparût : il importait donc de tirer tout le parti possible de cette occasion que l'on pouvait appeler

providentielle. En d'autres termes, devions-nous laisser le capitaine
Littleton et son équipage quitter nos parages en nous contentant de leur
souhaiter une traversée heureuse? Ces questions touchaient à nos intérêts de famille les plus chers. Ma femme ne voulait pas retourner en
Europe, j'étais moi-même trop attaché à ma nouvelle vie, et puis nous
vieillissions déjà l'un et l'autre, et nous touchions à cet âge où les hasards
et les dangers n'ont plus d'attraits, où toute ambition se résume en une
pensée de repos et de quiétude. Mais nos enfants étaient jeunes, la vie
pour eux ne faisait que commencer, et je ne me croyais pas le droit,
dans une pensée d'égoïsme, de les priver des avantages que la civilisation
et le contact du monde leur présentaient. D'un autre côté, miss Jenny,
depuis qu'elle savait que son père était de retour en Angleterre, ne cachait plus le désir qu'elle avait d'y retourner; je regrettais cette aimable
jeune fille, et pourtant il ne m'était pas possible de la retenir. Enfin, je
me décidai à appeler mes enfants et à tâcher de connaître leurs dispositions. Je leur parlai de l'Europe civilisée, des ressources de toute nature que la société offre à ceux qui se sont réunis à elle, et je leur
demandai s'ils préféreraient partir avec le capitaine Littleton ou se voir
condamnés à passer toute leur vie sur cette côte.

Rudly et Ernest déclarèrent qu'ils aimaient mieux rester. Ernest le
savant n'avait pas besoin du monde pour se livrer à ses penchants stu-
dieux, et Rudly le chasseur trouvait le domaine de Falkenhorst assez
vaste pour ses courses.

Frédéric ne répondit rien d'abord, mais je vis à sa rougeur qu'il avait
opté pour le départ. Je l'encourageai à parler, il m'avoua alors qu'il avait
un grand désir de revoir l'Europe; et son jeune frère, que nous appelions encore par habitude le petit Fritz, nous déclara qu'il accompagnerait volontiers son frère.

Quant à miss Jenny, la question était inutile : la jeune fille, depuis
trois jours, ne rêvait plus que l'Angleterre.

Ainsi, la famille du vieux pasteur se trouvait démembrée; deux de
nos fils allaient nous quitter, et l'espoir de les revoir était bien incertain.
Ma bonne Élisabeth se soumit à la nécessité de cette triste pensée; elle
était mère : elle se sacrifia à l'avenir de ses fils, et pour toute objection
elle se mit à pleurer.

M. Wolston, de son côté, démembrait aussi sa famille; il ne gardait
avec lui qu'une de ses filles, l'autre devait continuer sa route jusqu'à la
Nouvelle-Hollande.

Ces arrangements de famille furent pénibles; mais, quand ils furent arrêtés, je me hâtai d'en informer le capitaine de l'*Unicorne*, qui devait les ratifier pour les rendre exécutables.

Le capitaine consentit avec un vif plaisir à se charger de nos trois passagers.

— J'abandonne trois personnes, nous dit-il, monsieur et madame Wolston et une de leurs filles, j'en reprends trois autres, mon équipage reste dans les mêmes conditions.

L'*Unicorne* resta encore huit jours à l'ancre ; nous les employâmes à préparer la cargaison qui devait faire la fortune de nos voyageurs en arrivant en Europe : tout ce que nous avions ramassé de richesses, les perles, l'ivoire, les épices, les fourrures, et toutes les productions rares, fut immédiatement emballé et chargé sur le navire, dont nous renouvelâmes aussi les provisions de viandes, de fruits et de salaisons.

La veille du départ, et après avoir épuisé dans un dernier entretien, non la douleur dont nos cœurs étaient pénétrés à la pensée de cette séparation qui pouvait, hélas ! être éternelle, mais tout ce que ma tendresse inquiète et mon expérience pouvaient m'inspirer de plus frappant pour éclairer l'esprit de nos fils sur les dangers de la nouvelle carrière où ils allaient entrer, je remis à Frédéric le manuscrit qui contenait la relation de notre naufrage et de notre établissement sur ces côtes désertes : je lui enjoignis expressément de le publier aussitôt qu'il en trouverait l'occasion ; et ce désir de ma part, exempt de toute vanité d'auteur, n'a pour objet et pour espérance que d'être utile en offrant aux enfants les leçons de morale, de patience, de courage et de persévérance dont une famille chrétienne et soumise aux décrets de la Providence a fourni plus d'un exemple dans le cours de ces dix années. Puisse quelque jour un cœur de père trouver quelques motifs d'encouragement dans la manière dont nous avons supporté de grandes tribulations ! puissent surtout les jeunes gens voir dans le récit de nos travaux et de nos entreprises de toute espèce de quel prix une instruction variée, quoique recueillie au hasard, peut être un jour à celui qui la possède, et qui ne s'est pas laissé détourner par cette vaine et absurde question que se fait souvent l'égoïsme : *à quoi cela peut-il me servir ?*

Je n'ai point écrit cette relation comme aurait pu le faire un savant, et toutes mes indications ne sont peut-être pas conformes à la théorie, parce que nous étions dans une position toute exceptionnelle, et qu'il nous fallait user de nos seules ressources ; toutefois, il me semble que trois choses nous ont tiré d'affaire, et que, dans toute autre position, ces trois choses peuvent être utiles à employer : c'est d'abord une entière confiance en la volonté de Dieu, ensuite une volonté constante, et qui ne reculait devant aucune difficulté: et enfin un exercice constant de ce que la nature nous avait accordé à chacun d'intelligence, de force et d'adresse.

Nous ne dormîmes guère, les uns et les autres, pendant cette dernière nuit: à l'aube du jour, le canon du navire annonça l'ordre de se rendre à bord: nous conduisîmes nos enfants au rivage. là ils reçurent nos dernières bénédictions et nos derniers adieux; ils montèrent ensuite sur le bâtiment, on leva les ancres, les voiles furent déployées, le pavillon hissé au haut du grand mât. et un vent rapide nous sépara de nos enfants!

Je n'essaierai pas de peindre la douleur de ma chère Élisabeth: c'était la douleur d'une mère, muette mais profonde: tant qu'elle aperçut le navire qui emportait ses enfants, elle demeura sur le rivage à prier, à pleurer. Mes fils, Rudly et Ernest. pleuraient aussi en voyant s'effacer les voiles du bâtiment; quant à moi, renfermant en mon cœur la douleur qui me poignait et affectant un courage que je n'avais pas, je pris ma femme sous le bras et je l'arrachai à cette contemplation funeste: nous rentrâmes dans notre demeure, qui nous parut déserte et désolée. Je me mis à écrire ces pages, que le canot du capitaine, resté à terre pour quelques derniers arrangements, prendra dans une heure. Mes fils recevront encore ces dernières lignes où je dépose mes dernières bénédictions. Que Dieu soit avec eux et avec nous! Adieu, Europe! adieu, Suisse chérie, que je ne reverrai jamais! puissent tes habitants être toujours heureux, pieux et libres!

FIN.